Ascose-Klippen
Rondal-
gebirge
Hantirsee
eres
Nördlicher
Wald
Makrat
Land
der Sonne
Großer Nebenfluss
Kleiner Nebenfluss
Sershet-
Berge
Große
Wüste
Ausläufer
der
Großen Wüste
Enaar
Naar
Land der Tage
Alter Wald
von Bersith
Seferdi
Merish-See
(heute Sumpfgebiet)
Rehvni
Ludiano
Looh
Asteria
Land der Nacht
Großer
Mool-Wald
(heute Toter Wald)
DIE
AUFGETAUCHTE
WELT

Die Schattenkämpferin

LICIA TROISI

DIE SCHATTENKÄMPFERIN

DAS SIEGEL DES TODES

ROMAN

Aus dem Italienischen
von Bruno Genzler

HEYNE

Die Originalausgabe erschien unter dem Titel
Le guerre del mondo emerso – La setta degli assassini
bei Arnoldo Mondadori Editore SpA, Mailand

FSC
Mix
Produktgruppe aus vorbildlich bewirtschafteten Wäldern und anderen kontrollierten Herkünften
Zert.-Nr. SGS-COC-1940
www.fsc.org
© 1996 Forest Stewardship Council

Verlagsgruppe Random House FSC-DEU-0100
Das für dieses Buch verwendete FSC-zertifizierte Papier *EOS*
liefert Salzer, St. Pölten.

Redaktion: Dr. Ulrike Schimming
Herstellung: Helga Schörnig
Gesetzt aus der 11,5/13,2 Punkt Weiss
Satz: Christine Roithner Verlagsservice, Breitenaich
Druck und Bindung: GGP Media GmbH, Pößneck
Printed in Germany

ISBN 978-3-453-26564-6

www.heyne.de

Wash me away
Clean your body of me
Erase all the memories
They will only bring us pain.

MUSE, *Citizien Erased*

Inhaltsverzeichnis

DRITTER TEIL

JAHRBUCH DES RATS DER WASSER

Band VIII, einundvierzigstes Jahr seit der Winterschlacht
Dreizehnter Bericht
Verfasst von: LONERIN AUS DEM LAND DER NACHT,
Schüler des Ratsmitglieds Folwar

Wie vom Rat in seiner letzten Sitzung beschlossen, brach ich zu Beginn des Jahres zu einer Mission in das Zentrum einer Sekte kaltblütiger Mörder auf, die als Gilde der Assassinen bekannt ist und deren wichtigster Tempel im Land der Nacht liegt. Der Grund hierfür waren die letzten Meldungen, die uns von unserem Kundschafter Aramon erreichten, der vor mir im Umfeld der Gilde ermittelt hatte, gaben sie doch zu der Vermutung Anlass, dass die Gilde der Assassinen ein irgendwie geartetes Abkommen mit Dohor geschlossen hatte. Dieser König des Landes der Sonne herrscht nicht nur über dieses Reich, sondern faktisch auch über das Land der Nacht, des Feuers, der Felsen und des Windes. Durch Kriege und Intrigen konnte er sie erobern und lässt sie nun von Marionettenkönigen regieren. Über die genauen Hintergründe dieses Paktes zwischen der Gilde und Dohor wissen wir allerdings immer noch viel zu wenig.

Um nun mehr über die Pläne unserer Feinde herauszufinden, schmuggelte ich mich ins Herz der Gilde ein. Dazu gab ich mich als einer jener Verzweifelten aus, die den Tempel aufsuchen, um dort Thenaar, den Schwarzen Gott, anzuflehen, dass er sie von ihrem Leid erlösen möge. Postulanten werden diese ärmsten Anhänger der Sekte genannt. Auf die Qualen, die ich durchzustehen hatte, bis ich endlich als Postulant Aufnahme fand, brauche ich an dieser Stelle nicht näher einzugehen. Jedenfalls führte man mich dann unmittelbar ins Zentrum der Gilde, einen weitläufigen unterirdischen Bau, in dem die Mitglieder dieser Sekte leben.

Meine Kenntnisse vom Aufbau dieser Katakomben sind leider auch heute noch nicht sehr erschöpfend, denn die Postulanten werden dort wie Gefangene gehalten, und daher brachten meine nächtlichen Streifzüge durch den Bau notgedrungen wenig ein. Die Assassinen, die Angehörigen der Sekte also, bewachen die Postulanten äußerst streng und lassen sie wie Sklaven schuften bis zu dem Tag, da sie dem Gott Thenaar geopfert werden.

Lange Zeit, so muss ich gestehen, führten meine Nachforschungen zu nichts, abgesehen von der Bestätigung für unsere Vermutung, dass Dohor mit der Sekte paktiert, um sich die speziellen Fähigkeiten der Sektenmitglieder, die den Meuchelmord zelebrieren, zunutze zu machen. Bis mir dann das Schicksal – oder der Zufall – eine unerwartete Hilfe zuspielte.

Als ich gerade dabei war, mich im Versammlungssaal der Gilde umzusehen, einer riesengroßen Tropfsteinhöhle mit einer furchterregenden Thenaar-Statue und zwei schauerlichen, mit Blut gefüllten Becken darin, wurde ich von einem Mitglied der Sekte überrascht, einem jungen Mädchen von vielleicht siebzehn Jahren, das an eben jenem Ort, den ich auskundschaften wollte, herumschlich.

Sie ergriff mich und brachte mich in ihre Unterkunft, um dort Auskunft über mein Tun zu verlangen.

Ich aber spürte sofort, dass dieses Mädchen anders als die anderen Assassinen war. Sie schien mir wenig feindselig, eher besorgt, als sei sie selbst bei etwas Verbotenem ertappt worden. Es mag fahrlässig gewesen sein, doch als mich Dubhe, so ihr Name, fragte, wer ich sei und was ich dort gesucht hätte, antwortete ich ganz offen und ehrlich.

Auch im Hinblick auf das Misstrauen, das man im Rat der Wasser gegen Dubhe hegt, sollte ich hier, bevor ich fortfahre, nun kurz erzählen, wer sie ist und wie es zu der Abmachung kam, die wir in jener Nacht besiegelten.

Zwei Wege gibt es, um Mitglied der Gilde zu werden. Entweder wird man als Kind von Assassinen in sie hineingeboren oder man gerät ins Blickfeld dieser Mördersekte, weil man bereits in jungen Jahren einen Menschen getötet hat. Letztere werden Kinder des Todes genannt. Und zu diesen zählt auch Dubhe.

Ich weiß nicht genau, woher sie stammt. Sie hat einen natürlichen, allerdings auch verständlichen Widerwillen, von ihrer Vergangenheit zu erzählen, aber ihre Eltern waren wohl Bauern in einem Dorf. Als kleines Mädchen, sie war acht, tötete sie unabsichtlich bei einer Rauferei einen Spielkameraden und wurde dafür von der Dorfgemeinschaft schwer bestraft: Man trennte sie von ihren Eltern und schickte sie in die Verbannung. Während sie so ohne Halt und Ziel durch die Gegend irrte – Genaueres weiß ich nicht über diese Zeit –, muss sie irgendwann jenem Mann begegnet sein, der sie zur Meuchelmörderin ausbildete, von dem sie aber mit größter Ehrfurcht spricht. »Meister« nennt sie ihn nur.

Wohlgemerkt war sie acht, als diese Ausbildung begann. Wir haben es hier also mit einem Menschen zu tun, der zum Morden gezwungen, dem nichts anderes beigebracht wurde, als andere zu töten, ein Schicksal, das durch das in ihrem Dorf erlebte Drama noch zusätzlich erschwert wird. Ich betone dies, um zu zeigen, wie unbegründet der Argwohn des Rats ihr gegenüber ist. Doch ich schweife ab.

Für die Gilde ist Dubhe ein Kind des Todes. *Wenn ich richtig informiert bin, war Dubhes Meister, bevor er sich widersetzte und aus der Sekte austrat, lange Zeit selbst Assassine, und auf diese Weise erfuhr die Gilde von ihrem Schicksal. Mittlerweile hat Dubhe seit Jahren dem Morden abgeschworen und schlägt sich mit Diebstählen und Einbrüchen durchs Leben. Alle, die dies lesen, fordere ich daher noch einmal auf, dieses Mädchen mit größter Nachsicht zu beurteilen, nicht zuletzt weil wir nur ihr allein die Aufdeckung der Pläne der Gilde verdanken. Wir haben es hier mit einer jungen Frau zu tun, die ganz allein in der Welt steht und ihr Leben nur mittels jener Fertigkeiten fristen kann, die sie in der Ausbildung zur Schattenkämpferin durch ihren Meister gelernt hat.*

Durch eine List gelang es der Gilde, Dubhe an sich zu binden. Man belegte sie mit einem Fluch, der ihr über eine vergiftete Nadel eingepflanzt wurde. Zum ersten Mal bemerkte sie ihn, als sie bei einem Einbruch plötzlich einen Schwächeanfall erlitt. Passend zur abartigen Gesinnung der Mördergilde ist dieser Fluch besonders heimtückisch, ruft er doch eine Art Ungeheuer wach –

»die Bestie« nennt Dubhe es –, das in ihrer Seele Unterschlupf gefunden hat. Immer wieder bricht diese Bestie seitdem hervor und verleitet das Mädchen, bestialische Grausamkeiten zu verüben. Denn die Nahrung dieses Ungeheuers sind Blut und Tod.

Man redete Dubhe ein, nur die Gilde verfüge über ein Gegenmittel, das sie retten könne, und zwang sie auf diese Weise, sich der Mördersekte anzuschließen. Das war vor einigen Monaten. In regelmäßigen Abständen wurde ihr nun bei der Gilde ein Trank verabreicht, der zwar die Auswirkungen des Fluches unter Kontrolle hielt, aber keineswegs, wie man ihr weismachte, ein echtes Heilmittel war.

Wir haben es hier also nicht mit einem Menschen zu tun, der in der Gilde geboren und zur Perversion erzogen wurde, sondern mit einem Opfer der Sekte, das gegen seinen erklärten Willen dort zu leben gezwungen war.

Ich habe den Fluch, der auf Dubhe lastet, genau geprüft. Am Oberarm, wo die tückische Nadel sie traf, erkennt man ein Symbol: ein rotes und ein schwarzes Pentagramm, die einen Kreis umschließen, der von zwei ineinander verschlungenen Schlangen, ebenfalls rot und schwarz, gebildet wird. Bekanntermaßen hinterlässt ein gewöhnlicher Fluch kein solches Mal, es sei denn, es handelt sich um ein Siegel.

Als Dubhe mir das Symbol zeigte, war mir dank meiner Magierausbildung sofort klar, dass es sich um ein Siegel handeln musste. Ich eröffnete ihr diese bittere Wahrheit und erklärte ihr, solch ein Zauber könne nur von dem Magier gebrochen werden, der ihn geschaffen hat, und es gebe keinerlei Zaubertränke, die sie heilen würden, sondern nur solche, mit denen sich die Symptome unter Kontrolle halten lassen. Mit anderen Worten, die Gilde führte sie hinters Licht.

Ein wenig Hoffnung konnte ich Dubhe allerdings machen, und so kam es zu unserer Vereinbarung: Bekanntermaßen können Siegel, die von mittelmäßigen Magiern geschaffen wurden, durch stärkere Magier gebrochen werden. Da ich glaube, dass Dubhes Siegel von dieser Art ist, versprach ich ihr, sie, wenn uns die Flucht gelänge, mit einem mächtigen Magier zusammenzubringen, der dieses Siegel vielleicht brechen könne. Als Gegenleistung stellte sie alle Nachforschungen im Bau der Gilde für mich an.

Ich schließe nun diesen Einschub und will berichten, was Dubhe herausfand.

Wie einen Messias verehrt die Gilde den Tyrannen Aster, der fast die gesamte Aufgetauchte Welt zerstört hätte, und arbeitet emsig an dessen Wiederkehr. Es gelang ihr bereits, seinen Geist zurückzuholen, der jetzt in einer Art Zwischenreich zwischen unserer Welt und dem Jenseits in einem geheimen Raum im Bau der Gilde umherschwebt. Um das Werk zu vollenden, braucht die Gilde nun noch einen Leib, dem dieser Geist eingepflanzt werden kann. Ihre Wahl fiel dabei auf den Sohn Nihals und Sennars, der beiden Helden, denen es vierzig Jahre zuvor gelungen war, den Tyrannen zu stürzen und zu vernichten. Der Grund für diese Wahl ist leicht zu erahnen. Aster ist ein Halbblut, das Kind eines Menschen und einer Halbelfe, geradeso wie der Sohn Nihals, der letzten Halbelfe der Aufgetauchten Welt, und Sennars, einem gewöhnlichen Mann aus dem Land des Meeres.

So weit, was Dubhe herausfand.

In der heutigen Sitzung hat der Rat über diese Entdeckungen beraten und schließlich einen Entschluss zum weiteren Vorgehen gefasst. Zwei Missionen wurden beschlossen. Bei der ersten geht es darum, Nihals und Sennars Sohn zu warnen und in Sicherheit zu bringen. Der Kopf unseres Widerstandes gegen Dohor, der Gnom Ido, erklärte dem Rat, dass sich der Halbelf in der Aufgetauchten Welt aufhält im Gegensatz zu seinen Eltern, die viele Jahre zuvor den Großen Fluss, den Saar, überquerten und in die Unerforschten Lande zogen. Ido selbst hat es nun übernommen, den jungen Mann zu finden und in Sicherheit zu bringen.

Die zweite Mission wurde Dubhe und mir übertragen. Als überragender Magier, der er ist, kennt Sennar wahrscheinlich das Geheimnis des Zaubers, durch den Aster wiederauferstehen soll. Aus diesem Grund werden Dubhe und ich den Saar überqueren und uns auf die Suche nach ihm machen. Dubhe hat sich für diese Aufgabe angeboten in der Hoffnung, Sennar werde einen Weg finden, sie von dem Siegel zu erlösen. Ich weiß, dass sie mir eine große

Hilfe sein wird, nicht zuletzt weil unsere Flucht aus dem Bau der Gilde nicht unbemerkt geblieben ist und uns die Assassinen mit Sicherheit bereits auf den Fersen sind. Wer könnte uns besser vor deren Überfällen schützen als sie?

Damit komme ich zum Ende. Morgen werden wir aufbrechen. Mit Unruhe im Herzen schreibe ich diese letzten Zeilen. Niemand, der den Saar überquerte, ist je zurückgekommen, und die Unerforschten Lande flößen allen Furcht und Schrecken ein. Ich weiß nicht, was uns erwartet, ja, ich weiß noch nicht einmal, ob es uns überhaupt gelingen wird, die reißenden Wasser des mächtigen Stroms zu überwinden. In mir spüre ich gleichzeitig die Erregung des Entdeckers und die Angst vor dem Unbekannten. Doch stärker als die Furcht vor dem Tod ist die Sorge, dass unsere Mission scheitern könnte.

Denn unsere Mission ist wichtiger als alles andere, und nichts liegt mir mehr am Herzen als die Vernichtung der Gilde.

Prolog

Es war schon spät, als sich der letzte Gast verabschiedete. Er war betrunken und musste sich von einem Diener begleiten lassen. Sulana beobachtete, wie die beiden durch den dunklen Garten wankten, wobei ihr Gast noch etwas grölte, was sie nicht verstand. Vielleicht ein anstößiges Lied.

Sie war erschöpft. Der Zwang, sich jeden Augenblick unter Kontrolle zu haben, stets zu lächeln, wenn es verlangt war, ging irgendwann über ihre Kräfte. Bei Dohor, der seit diesem Morgen ihr Gemahl war, war das anders. Solche Auftritte schienen ihm im Blut zu liegen. Mit größter Anmut hatte er vor dem Priester ihre Hand ergriffen und sie dann durch den ganzen Tag geleitet. Nie ein unangemessenes Wort, nicht das geringste Anzeichen von Schwäche. Und Sulana hatte sich gewundert. Wie stellte er das bloß an, bei jedem Gast genau zu wissen, was er zu sagen hatte? Es war eine Kunst, die sie nicht erlernt hatte. Aber andernfalls hätten sie vielleicht gar nicht geheiratet.

Ihre Ratgeber hatten sie immer wieder bedrängt:

»Es wird Zeit, noch seid Ihr im passenden Alter.«

»Das Volk tuschelt bereits.«

»Wir brauchen einen König.«

Sieben Jahre lang hatte sie widerstanden, hatte es geschafft, ihr Reich, das Land der Sonne, allein durch Kriegs- und Friedenszeiten zu führen, hatte sich gegen Minister und

Höflinge durchgesetzt. Schließlich jedoch wurde ihr klar, dass sie nicht länger konnte. Obwohl kaum älter als zwanzig Jahre, fühlte sie sich bereits alt, ihrer Kindheit beraubt. So konnte es nicht weitergehen. Entschlossenheit und Kraft waren aufgebraucht, und so hatte sie irgendwann eingewilligt. Ja, sie würde heiraten.

Dabei machte sie sich keine großen Gedanken, wer denn nun ihr künftiger Gemahl werden sollte. Sie sehnte sich bloß nach Ruhe, nach Erholung, und wenn dies nur dadurch zu erreichen war, dass ein Fremder sie umarmte, so sollte es geschehen.

Ein junger Mann, nur unbedeutend älter als sie selbst, mit strohblonden, fast weißen Haaren und strahlend blauen Augen, war es, der sie schließlich eroberte.

»Ja«, raunte Sulana leise, als er um ihre Hand anhielt. Und nur für einen kurzen Augenblick schämte sie sich ihrer Schwäche.

Man kann nicht bis in alle Ewigkeit stark sein, hatte sie sich gesagt und auf die Lippen gebissen, während ein triumphierendes Lächeln über das Gesicht ihres Bräutigams huschte.

Die Hochzeitsvorbereitungen wollten kein Ende nehmen. Bankett, Zeremonien, Anproben für ihr Brautkleid – unzählige Entscheidungen waren zu treffen, und Sulana beobachtete sich selbst, wie sie all das erledigte. Irgendwann schien es nicht mehr ihre eigene Stimme zu sein, die erschöpft Anweisungen gab und Befehle erteilte. »Ja, die Lilien in die Mitte der langen Tafel.« – »Gewiss, ich werde dem Minister baldmöglichst für sein reizendes Geschenk persönlich danken.«

Dohor war nicht bei ihr, hielt sich von ihr fern. Seit er um ihre Hand angehalten hatte, hatten sie kaum noch ein Wort miteinander gewechselt.

Wie wird er zu mir sein? Wird er liebevoll sein? Werde ich ihn lieben können?

Gewiss, es war eine Vernunftehe und nicht mehr. Dohor würde König werden und sie endlich den Frieden finden, den sie sich wünschte. Allerdings hatte sie als kleines Mädchen immer davon geträumt, mit jemandem zusammenzuleben, den sie liebte. Und so betrachtete sie doch voller Hoffnungen ihren künftigen Ehemann, der ebenfalls mit Vorbereitungen beschäftigt war. Verborgen hinter einem Brunnen in dem großen Palastgarten beobachtete sie ihn heimlich. Entschlossen und selbstsicher erschien er ihr, auch schön mit seinem schlanken, muskulösen Körper. Allerdings strahlte er auch etwas Beunruhigendes aus. Vielleicht war es sein Lächeln oder auch bestimmte Gesten, jedenfalls erschrak sie darüber und fühlte sich gleichzeitig davon angezogen. Ein Geheimnis umgab ihn, die Tatsache, dass sie füreinander Fremde waren.

Sie begann zu glauben, dass sie ihn liebte. Und wenn sie ihn liebte, würde Dohor vielleicht ihre Gefühle erwidern können.

Die Zeremonie wollte kein Ende nehmen. Höflinge, Könige, Prinzen, Krieger, Minister, die üblichen Speichellecker … Einer nach dem anderen beugte das Knie vor dem königlichen Brautpaar. Lächelnd saß Sulana auf dem Thron, ließ eine Hand sanft auf der ihres Gatten ruhen. Doch niemand schien sie wirklich anzuschauen. Die Blicke der Gäste durchdrangen sie, und sie fühlte sich unsichtbar, auch für Dohor, der ganz von seiner Rolle als König eingenommen war.

Nur Ido schien sie wirklich zu sehen. Er trat vor sie hin mit Soana am Arm, der Frau, die er liebte und mit der er zusammenlebte. Die Zauberin, vor langer Zeit schon einmal Mitglied im Rat der Magier, hatte diese Stellung wieder eingenommen, nachdem ihr Nachfolger Sennar die Aufgetauchte Welt verlassen hatte. Ido schenkte der Braut eine Blume und ein Lächeln, in dem viel Verständnis lag. Die Königin erwiderte es von Herzen, und dies zum ersten Mal, seit dieser nicht enden wollende Tag begonnen hatte.

Von ganz anderer Art war der Blick, den der Gnom ihrem Gatten zuwandte. Nicht offen feindselig, aber äußerst kühl. Zunächst schien Dohor es nicht zu bemerken.

»Unser verehrter Oberster General!«, rief er. »Erhebt Euch, erhebt Euch!«

»Danke, Majestät«, grummelte Ido.

»Ist es nicht eigenartig, dass Ihr nun vor mir niederkniet? Bis gestern war es noch umgekehrt.«

Sulana fand die Bemerkung unpassend, schrieb sie jedoch dem Wein und der Erregung anlässlich des großen Ereignisses zu.

»Tja, so schnell kann sich das Schicksal ändern«, fuhr der König fort.

Soana versteifte sich, was Sulana sofort bemerkte.

»Die besten Wünsche für Euch und Eure Gemahlin, auf eine lange, friedliche Herrschaft«, sagte die Magierin mit einem Lächeln.

»Danke, danke«, entgegnete Dohor knapp, ein wenig pikiert, und wandte sich wieder Ido zu. »Jedenfalls werde ich nicht vergessen, dass ich in erster Linie ein Drachenritter bin, der seine soldatischen Pflichten nie vernachlässigt. Ist es nicht ein großes Glück für dieses Land, nun einen kriegserfahrenen König zu haben?«

»Lebten wir in Zeiten des Krieges, wäre es dies zweifellos.«

»Eben, und niemand kann vorhersehen, wann es wieder zum Krieg kommen wird …«

»Ich danke Euch nochmals für die Ehre dieser Einladung. Lang lebe das Herrscherpaar«, erklärte Soana hastig und verneigte sich noch einmal. Mit verwirrter Miene tat Ido es ihr nach.

Während sich die beiden entfernten, spürte Sulana, dass die Hand ihres Gemahls leicht zitterte. Sie blickte ihn an, doch er reagierte nicht. Kalt und gefasst hatte er bereits wieder ein Lächeln für den nächsten Gast parat.

Sulana zog sich so hastig aus, dass die Magd, die ihr dabei half, fast ungeduldig wurde.

»So ruiniert Ihr noch Euer Brautkleid!«, stöhnte sie.

Das war Sulana gleich. Sie würde es ohnehin nie mehr tragen. Nun stand die Hochzeitsnacht bevor, und sie wusste nicht, ob sie sich freuen oder Angst haben sollte.

Mit blassem Gesicht betrat sie das Schlafgemach, das nur vom Schein einer einzigen Kerze und vom strahlenden Mond der Sommernacht erhellt wurde. Es war leer.

Sulana verharrte auf der Stelle, wandte sich um und blickte den Flur hinunter, aber auch dort war niemand. Sie rief nach der Magd. »Wo ist der König?«

»Ich weiß es nicht, Herrin, ich habe ihn nicht hinausgehen sehen.«

Wo war Dohor? Was konnte ihm wichtiger sein als seine Braut?

Stocksteif saß Sulana auf der Bettkante in der törichten Sorge, das Bettlaken zu verknittern. So wartete sie.

Es war tiefste Nacht, und von Dohor keine Spur. Was war geschehen? Sulana hielt das Warten nicht länger aus. Barfuß lief sie durch den dunklen Garten. Sie mochte das angenehme Kitzeln der Grashalme unter den Fußsohlen.

Sie seufzte und dachte an die Träume ihrer Jugend zurück, von denen nun nichts mehr übrig zu sein schien.

Da hörte sie ein Flüstern. Sie fuhr herum und verharrte. Dann ging sie ihm nach, versuchte, keinen Laut zu machen.

Wer konnte das sein? Zu dieser späten Stunde hatte im Garten niemand mehr etwas zu suchen. Einen Augenblick lang machte sie sich vor, Dohor warte hier auf sie, um sie zu überraschen. Gewiss, ein dummer Einfall, aber vielleicht lieb gemeint.

Als sie bei der Buchsbaumhecke unter der Weide einen Schatten erblickte, begann ihr Herz schneller zu schlagen. Gemurmel. Zwei Stimmen. Und zwei Gestalten.

Sie versteckte sich hinter dem Baumstamm.

»Und wieso seid Ihr nicht zur Zeremonie gekommen?«

»Menschen wie ich betreten Paläste nur zu bestimmten Anlässen, und die sind längst nicht so fröhlich wie eine Hochzeit. Wo wir auftauchen, ist der Tod nicht weit.«

Es war eine kalte, monotone Stimme mit einem kaum wahrnehmbaren amüsierten Unterton. Die andere Stimme war unverwechselbar. Es war Dohor. Sulana erkannte sein Lachen wieder.

»Sehr gut. Ich verstehe. Nun, habt Ihr mir sonst noch etwas mitzuteilen?«

»Im Augenblick nicht. Es sei denn, Euch ein Lob auszusprechen: Ihr habt Euch als ein sehr aufgeweckter, scharfsinniger junger Mann gezeigt.«

»Andernfalls stände ich wohl jetzt nicht hier.«

»Aber das ist doch bloß der Anfang, nicht wahr?«

»Gewiss.«

Erneut dieses feine Lachen, das Sulana bis zu diesem Tag noch das Herz geöffnet hatte und sie jetzt vor Kälte erstarren ließ.

»Mit Sicherheit werde ich auch in Zukunft auf Eure Dienste und die Eurer Sekte zurückgreifen.«

»Wir sind stets zu allem bereit. Unseren Preis werdet ihr natürlich nicht vergessen haben ...«

»Nein, und es sollte mir nicht schwerfallen, diese Nachforschungen im Großen Land anstellen zu lassen.«

Der andere Mann verneigte sich elegant. »Schade, dass wir hier keinen Wein haben, um auf unseren Handel anzustoßen.«

»Das holen wir nach, wenn unsere Zusammenarbeit die ersten Früchte trägt.«

Sulana beobachtete, wie sich Dohor auf den Weg zurück in den Palast machte. Ihre Beine waren wie gelähmt, aber sie musste sich sputen, um noch rechtzeitig in ihr Schlafgemach zu gelangen. Das tat sie. Zum Glück kannte sie sich im Palast besser aus als ihr Gemahl.

Kurz vor ihm traf sie bei ihren Gemächern ein, schlüpfte hinein, legte sich aber nicht unter die Decke, sondern setzte sich auf das Bett, mit angezogenen Knien, die sie mit den Armen umfasste.

Schon öffnete Dohor leise die Tür. Als er sah, dass sie wach war, verharrte er überrascht auf der Schwelle. »Du schläfst noch nicht?«

»Ich habe auf dich gewartet.«

Er schloss die Tür hinter sich. »Es tut mir leid. Ich hätte dir ausrichten lassen müssen, dass ich noch zu tun habe. Aber es war wirklich nicht nötig, auf mich zu warten.«

Höflich. Aber kalt. Er stellte sich hinter den Wandschirm und zog sich um. Sulana hörte, wie er mit einem Krug Wasser hantierte, wie er sein Schwert zur Seite legte. Kein Wort für sie. Ihr hingegen lagen viele Fragen auf den Lippen.

Mit seinem Wams und seiner Uniformhose über dem Arm trat Dohor hinter dem Wandschirm hervor, nahm die Kerze neben dem Bett zur Hand und schickte sich an, sie zu löschen.

»Wo warst du?«

Dramatischer als Sulana es gewollt hatte, durchbrach die Frage die Stille.

Dohor verharrte. Drehte sich aber nicht zu ihr um. »Ich sagte bereits, ich hatte zu tun.«

»Willst du mir nicht sagen, was du zu tun hattest?«

»Das ist meine Sache«, antwortete er, während sich seine Finger dem Docht näherten.

Sulana war verwirrt, vielleicht auch ein wenig verärgert.

»Ich habe dich im Garten gesehen, im Gespräch mit einem Mann.«

Dohor fuhr herum. »Du hast mir nachspioniert?«

Im Blick seiner hellblauen Augen waren Wut, aber auch Furcht abzulesen.

»Ich kam zufällig dorthin …«

Er packte ihre Handgelenke. »Du hast uns belauscht. Wie konntest du es wagen …?«

Mit einem Mal überfiel Sulana panischer Schrecken. Allein mit einem Fremden war sie in ihrem Schlafgemach, mit einem Fremden, von dem sie nicht wusste, wozu er fähig war. Tränen traten ihr in die Augen.

»Du warst doch nicht hier, als ich kam … und ich wusste nicht, ob ich mich sorgen sollte … ich habe auf dich gewartet … und es wurde immer später … ich war enttäuscht … und deshalb … nun, schließlich ist das unsere Hochzeitsnacht …«

Sie schaute ihn an, suchte nach Verständnis in seiner Miene, doch davon keine Spur.

»Was ich tue, geht dich nichts an. Jetzt bin ich der König, und ab sofort führe ich die Staatsgeschäfte.«

Im Grund ihres Herzens war Sulana bereits alles klar. Dennoch versuchte sie es noch einmal. »Aber wir sind doch jetzt Mann und Frau … und dieser Fremde … nun, er wirkte so unheimlich …«

Dohor lächelte schief. »Mann und Frau? König und Königin trifft es eher. Du warst des Regierens müde, und ich wollte auf den Thron, mehr war da nicht. Dieser Mann ebnet mir den Weg nach oben, nach ganz oben, und das wird auch für dich kein Nachteil sein.«

Er stieß sie fort, löschte das Licht, legte sich nieder und drehte ihr den Rücken zu.

Mit weit aufgerissenen Augen blieb Sulana im Dunkeln sitzen. Da hörte sie, wie er sich noch einmal auf die andere Seite drehte.

»Und wag es ja nicht, mir Knüppel zwischen die Beine zu werfen, verstanden? Wir haben eine Abmachung, und an die wirst du dich halten.«

Mit eiskalter Ruhe sprach er diese Worte und zog dann die Bettdecke zu sich.

Lange Zeit blieb Sulana völlig reglos im Bett sitzen und ließ ihren Tränen ohne das leiseste Schluchzen freien Lauf.

Sie hatte einen Fehler gemacht. Aber erst mit der Zeit würde sie ganz verstehen, wie groß er war.

Erster Teil

Der Saar, auch Großer Fluss genannt, breitet sich im Westen der Aufgetauchten Welt aus und bildet dort eine schier unüberwindliche Grenze. Niemand ist in der Lage zu sagen, wie lang oder wie breit er ist, doch es wird erzählt, an seinen breitesten Stellen lägen die Ufer sieben oder acht Meilen entfernt. Auch welche Geschöpfe in seinen Wassern leben, ist nicht bekannt. Alles, was die Menschen von diesem mächtigen Strom wissen, ist sagenhaft, geheimnisvoll, denn von all denen, die sich aufmachten, ihn zu überqueren, ist noch nie jemand lebend zurückgekehrt.

Unbekannter Autor
aus der zerstörten Bibliothek
der Stadt Enawar

1

Am Rand der Aufgetauchten Welt

Als die eigenartige Reisegesellschaft eintraf, ging die Sonne bereits unter über dem Dorf Marva und seinen nur wenigen ärmlichen Pfahlbauten inmitten des Sumpfgebiets des früheren Landes des Wassers, das heute Mark der Sümpfe heißt. Das Mädchen und der Magier waren erst seit zwei Tagen fort. Die Fremden waren zu dritt, ihre Gesichter verhüllt von den Kapuzen ihrer weiten braunen Umhänge.

Wohin sie auch kamen, folgten ihnen besorgte Blicke. Marva lag abseits aller Verkehrsstraßen, und die faulige, stehende Luft der Sümpfe sorgte dafür, dass sich nur wenige zufällige Wanderer dorthin verirrten. Noch nicht einmal eine Schenke oder gar ein Gasthaus gab es. Jahrelang war dort niemand mehr vorbeigekommen, und nun binnen drei Tagen gleich fünf Fremde: Offensichtlich war irgendetwas geschehen.

Die Neuankömmlinge schlugen den Weg zur Werkstatt des Bootsbauers ein, praktisch das einzige einträgliche Handwerk an diesem gottverlassenen Flecken.

Als sie dort eintrafen, war Bhyf gerade damit beschäftigt, ein neues Boot mit Pech zu versiegeln, wurde aber sofort auf sie aufmerksam. Durch das Rechteck der Tür sah er sie auf sich zukommen, vorneweg der Mann, der ihr Anführer zu sein schien, und hinter ihm, ihn überragend, die beiden anderen. Ihr entschlossenes, selbstgewisses Auftreten ließ ihn erschaudern. Doch als der Anführer jetzt seine Kapuze abnahm, stieß Bhyf einen Seufzer der Erleichterung aus, denn zum Vorschein kam der Kopf einer jungen Frau mit blonden Locken und einem schönen, um die Nase herum mit Sommersprossen gesprenkelten Gesicht.

»Guten Abend«, wünschte sie mit einem höflichen Lächeln.

Bhyf zog seine Arbeitshandschuhe aus und musterte sie lange. Zunächst schien es ihm ratsam, misstrauisch zu bleiben. »Womit kann ich dienen?«

»Nur mit einigen Auskünften.«

Bhyf versteifte sich. Die Kleider der Frau waren fast vollkommen verhüllt von dem verschlissenen Umhang, doch um den Kragen herum schaute etwas Schwarzes hervor.

»Was soll ich denn schon wissen …?«

»Nun, sind in letzter Zeit vielleicht ein junger Magier und ein zierliches Mädchen in Männerkleidung hier vorübergekommen?«

Bhyf nickte, wobei er die beiden Männer in ihrer Begleitung nicht aus den Augen ließ. Das einzige Hindernis, das ihn von den Fremden trennte, war das Boot, an dem er gerade arbeitete.

»Halten sie sich noch im Dorf auf?«

»Nein«, antwortete er, während er ein wenig zurückwich.

»Verstehe. Und wann sind sie fort?«

»Gestern sind sie losgerudert.«

»Mit welchem Ziel? Wisst Ihr das?«

»Wozu all diese Fragen? Ich baue hier meine Boote und kümmere mich nur um meine Angelegenheiten …«

»Wisst Ihr es nun oder nicht?« Die junge Frau schien nicht zornig, doch ihre Stimme war sehr fest.

»Ich weiß überhaupt nichts. Sie waren bei Torio untergekommen, fragt ihn doch.«

Sie nickte und zog wieder die Kapuze über.

»Habt Dank, Ihr ward uns eine große Hilfe.«

Ohne ein weiteres Wort verließen sie die Werkstatt, und Bhyf bemerkte beunruhigt, dass ihre weiten Umhänge, ja sogar ihre Schritte kaum einen Laut machten.

Torio saß auf dem Steg vor seinem Haus und ließ die Beine baumeln. Er war ein noch recht rüstiger alter Mann mit der leicht stumpfen Miene eines Menschen, der sein Lebtag am selben Ort gewohnt hat und sich gar nicht vorstellen kann, dass es außerhalb davon eine größere Welt geben könnte. Während er seine Netze flickte, hörte er plötzlich leise Schritte, wandte sich um und sah auch schon drei schwarze Stiefelpaare, die neben ihm stehen blieben.

»Seid Ihr Torio?«

Der Alte hob den Kopf und blickte in das Lächeln einer anmutigen jungen Frau. Die beiden Männer hinter ihr trugen Kapuzen über dem Kopf, und einen Moment lang überkam ihn ein seltsames Gefühl. »Ja«, antwortete er argwöhnisch.

»Uns wurde gesagt, dass Ihr zwei Personen beherbergt habt, einen Magier und ein Mädchen in Männerkleidung. Wo sind die hin?«

Torio erstarrte. Beim Abschied hatte ihn das Mädchen eindringlich gebeten: ›Sollte jemand nach uns fragen, so wisst Ihr nichts von uns. Leugnet, dass wir hier waren oder sagt wenigstens, dass Ihr nicht wisst, wohin wir aufgebrochen sind. Auf keinen Fall dürft Ihr unser Ziel verraten.‹

»Da hat man Euch wohl einen Bären aufgebunden«, erklärte er jetzt und runzelte die Stirn, »schaut Euch doch mal um. Dieser Ort lockt keine Besucher an.« Und damit beugte er sich wieder über seine Netze als Zeichen, dass das Gespräch für ihn beendet sei.

Da ging die Frau neben ihm in die Hocke und blickte ihm fest in die Augen. »Es ist nicht ratsam, uns an der Nase herumzuführen …«

Torio fielen ihre schönen, strahlend blauen Augen auf, doch in ihrem Blick und auch in ihrer Stimme lag etwas, das ihn zutiefst beunruhigte. Seine Hände begannen zu zittern. »Bei mir war niemand … Wenn ich es Euch doch sage, seht doch …«

Er kam nicht mehr dazu, den Satz zu beenden. Die Frau hob nur die Hand, und blitzartig packten die beiden anderen den alten Fischer und stießen ihn ins Haus, schlossen die Tür und warfen ihn zu Boden, hielten ihn aber weiter an den Armen fest.

»Was zum Teufel …?«

Sofort stellte ihm die Frau den Stiefel auf den Mund und drückte zu. Sie war stark, unerwartet stark für ihre schlanke Gestalt.

»Jetzt sag schon, wo sind die beiden hin?«

Torio schwieg beharrlich. Gewiss hatte er Angst, aber nicht so stark, dass er die eindringliche, überzeugende Bitte des Mädchens beim Abschied vergessen hätte.

»Vielleicht ist dir noch nicht ganz klar, in welcher Lage du dich befindest!«, zischte die Frau jetzt mit einem gemeinen Lächeln.

Sie öffnete ihren Umhang, und starr vor Schreck erblickte Torio ein weites Wams mit einem Oberteil aus schwarzem Leder, das mit roten Knöpfen besetzt war. Auch die Beinkleider aus Wildleder waren schwarz, und die beiden Männer in ihrer Begleitung waren ebenso gekleidet. Eine Kluft, die er gut kannte und die jedermann in der Aufgetauchten Welt mit Schrecken erfüllte: die Bekleidung der Gilde, der Mördersekte.

»Offenbar weißt du, wer wir sind«, erklärte die Frau mit ihrem gemeinen Grinsen. Jedes Wohlwollen war aus ihrer Miene gewichen, und jetzt sah sie mehr wie ein böser Kobold aus.

Sie zog einen schwarzen Dolch aus dem Gürtel, dessen Heft einer Schlange nachgeformt war, beugte sich dann zu dem Alten am Boden herab und setzte ihm die Klingenspitze an die Wange.

Torio begann zu keuchen. Eigentlich verband ihn nichts mit den beiden jungen Leuten, die nur ein paar Tage bei ihm genächtigt hatten, zu kurz, um sie wirklich kennenzulernen. Aber er wusste eben, mit welchem Ziel sie unterwegs waren.

›Wir reisen im Auftrag des Rats der Wasser‹, hatten sie gesagt. Eine bedeutende Mission, daran bestand kein Zweifel für ihn. Nicht nur ihren Worten hatte er das entnommen, sondern auch den gemessenen Gesten des jungen Mannes, seiner kühlen Entschlossenheit. So bedeutend musste die Aufgabe sein, dass sie ihnen den Mut verlieh, den Saar zu überqueren. Nein, er durfte sie nicht verraten, unmöglich, das spürte er.

»Ich weiß nichts von ihnen.«

Die Miene der jungen Frau wurde sehr ernst. »Ich hätte dich für klüger gehalten.«

So jäh stach sie zu, dass Torio kaum Schmerz verspürte. Dann sah er das Blut und begann zu schreien.

»Wir wissen, dass du ihnen ein Boot gegeben hast. Wo wollten sie hin?«

Torio merkte, wie ihm die Wahrheit auf die Zunge trat, so wie das Blut, das aus seiner Wunde troff, aber es gelang ihm, sie zurückzuhalten. Es war eine Sache der Ehre, des Respekts Menschen gegenüber, die ihn um Hilfe gebeten hatten. »Das haben sie mir nicht gesagt.«

Wieder stach das Mädchen zu, in die andere Wange. Torio wurde schwarz vor Augen.

»Du bist wirklich zu dumm.«

»Nach Norden … zu den Wasserfällen …«, hauchte er.

Das Mädchen schüttelte den Kopf. »Das war ein Fehler … das war wirklich ein Fehler. Glaubst du, wir merken nicht, wenn man uns belügt?«

Im Morgengrauen glitt ein lebloser Körper langsam in das sumpfige Wasser. Rekla kniete am Ufer, neben ihr ein Fläschchen mit Blut, das mit einer grünen Flüssigkeit vermischt war. Sie sprach die Gebete, die sie in den langen Nächten in Thenaars Tempel gelernt hatte, die Hände so fest gefaltet, dass ihre Fingerknöchel weiß waren.

Vergib mir, oh Herr! Nimm es an, dieses Blut, in Erwartung des Bluts der Verräterin, das ich selbst in deine Becken gießen werde.

Thenaar antwortete nicht, und sein Schweigen traf Rekla bis ins Mark.

»Was machen wir jetzt?«, fragte einer der beiden anderen Assassinen unvermittelt.

Sie fuhr herum und starrte ihn böse an.

»Siehst du nicht, dass ich bete?«

»Verzeiht, Herrin, verzeiht mir.«

Rekla murmelte ihr Gebet zu Ende und erhob sich dann. »Wir folgen ihnen, was sonst?«

»Aber Herrin, sie planen, den Saar zu überqueren, das ist ein großes Wagnis ... Überlassen wir es doch dem Fluss, für ihr Ende zu sorgen. Ich habe viel gehört vom Saar und seinen Strömungen, nein, das schaffen sie nicht, die Fische werden sie fressen.«

Da packte ihn Rekla an der Gurgel. »Zwei Feinde Thenaars streifen ungehindert durch die Aufgetauchte Welt«, schrie sie, »und was schlägst du vor? Sie laufen zu lassen! Ist dir denn nicht klar, dass sie alles zerstören könnten, was wir uns in Jahrzehnten aufgebaut haben?«

Sie drückte noch fester zu.

»Wenn dein Glaube nicht stark genug ist für diese Aufgabe, wenn du so feige bist und nicht bereit, für unseren Gott dein Leben zu opfern, dann musst du eben umkehren. Ich jedenfalls werde mich nicht aufhalten lassen, weder vom Saar noch von sonst irgendetwas. Niemals.«

Sie wandte sich dem anderen Assassinen zu und blickte ihn entschlossen an.

»Wir müssen Seiner Exzellenz Bericht erstatten. Ich denke, es ist an der Zeit, dass uns Dohor seine Treue beweist, indem er uns einen Drachen zur Verfügung stellt.«

So wie ihre Köpfe mit jedem Zug ins Wasser ein- und daraus auftauchten, hob und senkte sich der Streifen Land vor ihnen. Mittlerweile war die Anstrengung übermenschlich. Aber es fehlte nicht mehr viel, jetzt nur nicht aufgeben.

Plötzlich ein Schrei, Dubhe hielt inne und drehte sich um. Nicht weit von ihr entfernt sah sie Lonerin, der aufgeregt winkte und um Hilfe flehte.

Hastig schwamm sie zurück, tauchte unter und sah Lonerins Kopf unter der Wasseroberfläche, während seine Beine hektisch strampelten. Sie legte ihm einen Arm um die Schultern und zog ihn hoch. Eine Weile rangen beide nach Luft und schwammen dann weiter, während das Brüllen hinter ihnen noch einmal anschwoll.

»Es taucht wieder auf!«, rief Lonerin und begann, noch einmal die Zauberformel zu sprechen. Aber das war gar nicht mehr nötig.

Ihre Füße berührten den schlammigen Grund des Flusses, und nach einigen weiteren Zügen konnten sie sich aufrichten. Immer niedriger wurde das Wasser, ihre Glieder schwerer, nur noch ein paar Schritte, und der Fluss lag hinter ihnen. Mit den Kräften am Ende, ließen sie sich noch ins Gras fallen, hatten keinen Blick für die Unerforschten Lande, die sie endlich erreicht hatten.

Ein lautes Brüllen hinter ihnen ließ sie noch einmal herumfahren. In einiger Entfernung vom Ufer reckte sich ein grüner Schlangenkörper aus dem Wasser des Saars, warf seinen überdimensionalen Kopf, halb Reptil, halb Pferd, hin und her und brüllte dem Himmel seine Wut über die entgangene Beute entgegen.

Von einem Fischer namens Torio, der ihnen vom Rat empfohlen worden war, hatten sie sich in Marva ein Boot geben lassen.

Dubhe war der Mann nicht eben gescheit vorgekommen, und Lonerin schien diesen Eindruck zu teilen. Doch Torio half ihnen und versorgte sie mit allem, was sie für die Reise benötigten: Fisch und Trockenfleisch, auch etwas Obst für die lange Überfahrt sowie mit einem Beutel, um das alles zu transportieren. Auch die Fläschchen mit dem für Dubhe unverzichtbaren Trank, der den Fluch unter Kontrolle halten sollte, packte Lonerin hinein.

»Der ist nach einem neuen Rezept hergestellt, das ich selbst entwickelt habe«, erklärte er, während er die Ampullen vorsichtig verstaute. »Reklas Mittel macht dich abhängig, das hier hoffentlich weniger.«

In Lonerins Augen erkannte Dubhe wieder dieses scheinbar grenzenlose Mitleid mit ihr, und für einen Moment ärgerte sie sich darüber. Doch senkte sie nur den Blick und konzentrierte sich wieder darauf, ihre Ausrüstung in das Boot zu laden.

Sie griff zu den Wurfmessern, den Pfeilen und dem Dolch, von dem sie sich niemals trennte. Es war der ihres Meisters.

Lonerin hingegen kümmerte sich um das Boot.

Dubhe blieb nicht, um ihm dabei zuzuschauen, wie er die Zauber sprach, die ihr Boot widerstandsfähiger gegen die Strömungen des Saars machen sollten. Nach den langen Jahren der Einsamkeit hatte sie sich noch nicht daran gewöhnt, einen Reisengefährten zu haben, und war, wenn möglich, lieber allein.

In einiger Entfernung setzte sie sich auf einen Steg und ließ den Blick über das flache Sumpfgebiet schweifen. Dabei dachte sie an ihr Leben, an ihren Meister. Wenn sie es genauer betrachtete, kam ihr die Errettung von dem Fluch, dessentwegen sie unterwegs war, nur wie eine Notwendigkeit, nicht aber wie ein Herzenswunsch vor. Es war einfach der Weg, der ihr vorgegeben war und von dem sie nicht abweichen konnte. Nach irgendeinem unerforschlichen Ratschluss führte eine gerade Spur von dem dramatischen Einschnitt ihrer Kindheit – als sie ihren Kameraden Gornar unbeabsichtigt getötet hatte – bis zu diesem verlassenen Dorf in den Sümpfen.

»Es ist noch niemandem gelungen, mit einem Boot den Saar zu überqueren«, hatte Torio beim Aufbruch zu ihnen gesagt.

»Dann werden wir die Ersten sein«, erwiderte Lonerin trocken, »und ich verspreche dir noch mehr: Wir werden auch heil zurückkehren.«

Er dachte nicht daran, es sich noch einmal anders zu überlegen, und Dubhe beneidete ihn um seine Zuversicht. Für sich selbst sah sie eher schwarz.

Schließlich stiegen sie in das Boot und befuhren einen kleinen Wasserlauf bis zu einem Nebenfluss des Saars, dem sie folgten, bis er irgendwann in eine Wasserfläche von immenser Weite mündete: den Großen Fluss.

Allein schon der Anblick ließ Furcht aufkommen. Diese Weite erinnerte Dubhe an das Meer, an den Ozean, wo sie eine Zeit lang mit ihrem Meister gelebt hatte. Gewiss, hier gab es keine Wellen, doch das Schauspiel war ähnlich grandios, zumal die Wasserfläche ganz weiß erschien. Denn jetzt, im späten Frühling, war die Sonne schon so stark, dass sie die ganze Weite in grellstes Licht tauchte.

Fast ehrfürchtig, so als verletzten sie geweihtes Gebiet, wagten sie sich in die Wasser des Großen Flusses vor. Aber war er nicht auch so etwas wie eine Gottheit, dieser Strom, der die Grenze zwischen der Aufgetauchten Welt und dem völlig Unbekannten bildete?

Mächtig legten sie sich in die Riemen, wobei Lonerin, der vorn saß, den Takt vorgab. Dabei folgten sie dem Licht am Bug, das der Magier hervorgezaubert hatte, eine schmale leuchtende Sichel, die unbeirrbar nach Westen, zum anderen Ufer wies.

Die Strömung war so gewaltig, dass ihre Arme bald schon so schwer wie Ambosse waren. Besonders Lonerins Kräfte ließen mehr und mehr nach, da er als Magier nie auf seine körperliche Ertüchtigung Wert gelegt hatte. Aber er ließ sich nicht unterkriegen – wie Dubhe bewundernd feststellte. Seine Entschlossenheit war wirklich beachtlich. So fuhren sie langsam, aber stetig ohne größere Schwierigkeiten dahin, und anfangs dachten beide, dass nur die immense Ausdehnung des Saars ein Hindernis darstelle. Die Wasser schienen keine Tücken zu bergen, und der Himmel über ihnen, an dem keine Vögel zu sehen waren, sodass sie fast den ganzen Tag in vollkommener Stille dahinglitten, war blau.

Irgendwann gelangten sie zu einer Insel. Kreisrund lag sie mitten im Fluss vor ihnen. Als Lonerin sie erblickte, war er begeistert, und sogar Dubhe verspürte eine eigenartige Erregung. Zwei Tage waren sie mittlerweile auf dem Großen Fluss unterwegs und vom anderen Ufer noch keine Spur.

Ohne lange zu überlegen, gingen sie an Land, glücklich, endlich wieder festen Grund unter den Füßen zu haben. Aber es war schon eine eigenartige Insel, ein so perfektes Rund, dass sie sich wunderten, und der Boden fühlte sich auch etwas seltsam an. Darüber hinaus aber war es eine ganz normale Insel, mit grünem Gras und niedrigem Buschwerk bewachsen.

An einem solchen Busch machten sie das Boot fest, legten sich nieder und schliefen bald ein. Nur Dubhes leichtem Schlaf, den sie sich von ihrer Ausbildung bei dem Meister erhalten hatte, war es zu verdanken, dass sie noch rechtzeitig aufmerksam wurden.

So fuhr sie plötzlich aus dem Schlaf hoch und merkte, dass die Erde unter ihnen seltsam bebte. Unverzüglich rüttelte sie Lonerin wach.

»Was ist denn los?«, fragte er verschlafen.

Noch konnte Dubhe ihm das nicht sagen, doch sie brauchte nur den Blick zu heben, um zu sehen, dass sich die Insel gegen den Strom bewegte. »Merkst du das nicht?«, rief sie und sprang auf.

Augenblicklich war Lonerin hellwach. Ihr erster Gedanke galt dem Boot, das aber, noch fest vertäut, ebenfalls mitgezogen wurde. Als sie hinrannten, merkten sie, dass die Insel nach vorn kippte, immer schneller wurde und gleichzeitig zu sinken begann.

Fassungslos blieb Dubhe stehen, doch Lonerins Stimme riss sie aus dem Staunen. »Verdammt! Ein Ungeheuer!«

Sie standen bereits bis zu den Knöcheln im Wasser, und kurz darauf verloren sie den festen Boden unter den Füßen und trieben mitten im Fluss.

Schwimmend erreichte Dubhe als Erste die Leine, mit der das Boot festgemacht war. Es hatte sich schon aufgebäumt, und einige Vorräte waren im Wasser gelandet, für immer verloren in den Tiefen des Flusses.

Mit einer Hand ergriff sie das Tau, während sie mit der anderen rasch ihren Dolch zog. Ein kräftiger Hieb genügte, die Leine war gekappt, und das Boot schnellte wieder hoch. Unter großer Anstrengung gelang es Dubhe, an Bord zu klettern, und kaum war sie drin, reckte sie sich vor, um dem Kameraden hineinzuhelfen.

»Hast du eine Ahnung, was hier los ist?«, fragte sie, während sie sich aufrichtete.

Lonerin schüttelte nur den Kopf. »Nein, aber da ist es wieder.«

Dubhe fuhr herum. Das Ungeheuer tauchte wieder auf, und was kurz zuvor noch eine Insel für sie war, sah jetzt nur noch wie eine groteske kreisrunde Rasenfläche auf einem überdimensionalen Körper aus. Es war der Leib einer riesenhaften Schlange, bedeckt mit grünen Schuppen, die zum Bauch hin, wo in regelmäßigen Abständen knallgelbe Flossen herausstachen, weiß wurden.

Zitternd starrte Dubhe mit offenem Mund auf das Ungeheuer.

»Die Ruder ...!«, rief Lonerin, nicht weniger schockiert als sie. »Die Ruder ...!«

Doch als das Mädchen nach ihnen greifen wollte, tauchte plötzlich ein riesiger Kopf aus dem Wasser auf, halb Schlangen-, halb Pferdkopf, mit einem weit aufgerissenen Maul, das den Blick auf entsetzlich lange Reißzähne freigab.

Im nächsten Augenblick würde sich dieser Schlund wieder schließen und sie verschlingen, und Dubhe dachte tatsächlich, dass es um sie geschehen sei. Unwillkürlich schloss sie die Augen, doch statt eines fürchterlichen Schmerzes durch diese Zähne, die ihr Fleisch zerrissen, gab es nur einen mächtigen Schlag.

Sie riss die Augen auf und sah, dass sich um das Boot herum eine silberne Kugel gebildet hatte. Von Lonerins Händen, der unerschrocken neben ihr stand, ging sie aus, und die Zähne des Ungeheuers steckten darin fest.

»Mach dich fertig!«, rief Lonerin, »sobald ich den Schutzschirm wegziehe, bist du an der Reihe.« Doch sie stand längst bereit.

Der Schutzschild verschwand, Dubhe führte eine Hand zur Brust, wo ihre Wurfmesser steckten, ergriff eines, schleuderte es los und traf genau. Die Klinge bohrte sich in ein Auge des Seeungeheuers. Vor Schmerz laut brüllend, wich es jäh zurück und schlug wütend um sich. Sofort begann das Boot, bedrohlich hin und her zu schwanken, und Lonerin fiel nach vorn. Dennoch gelang es ihm, eilig eine Zauberformel zu sprechen, sodass sich das Boot in die Lüfte erhob und, wie von einem magischen Wind getragen, davonglitt.

Während sie sich entfernten, sah Dubhe das gigantische Geschöpf hin und her schnellen, während sein riesiges Maul immer wieder auf der Suche nach der entgangenen Beute ins Leere schnappte.

Erst als Lonerin vollends die Kräfte verließen, griffen sie wieder zu den Rudern. Die ganze Zeit, während er das Boot durch die Lüfte hatte schweben lassen, beobachtete Dubhe schweigend und staunend, wie er alles gab, um sie beide zu retten. Nicht länger als eine halbe Stunde schaffte er es, den Zauber aufrechtzuerhalten, aber das tat ihrer Bewunderung keinen Abbruch.

Nun ruderte sie allein, so schnell sie konnte, und blickte dabei immer wieder zu Lonerin hinüber, der völlig erschöpft rücklings und mit geschlossenen Augen im Boot lag. Diese Nervenstärke angesichts solch eines gigantischen Seeungeheuers hätte sie ihm niemals zugetraut. Sogar sie selbst, die ja an Schrecken gewohnt war, hatte gewankt.

»Du warst … fantastisch«, sagte sie irgendwann zögernd. Es geschah zum ersten Mal, dass sie ihn lobte.

Lonerin lächelte, ohne die Augen zu öffnen. »Das hab ich mir bei Sennar abgeschaut. Hast du nicht von seinen Abenteuern auf See gelesen?«

Dubhe nickt heftig. Als kleines Mädchen, als sie noch in ihrem Heimatdorf Selva im Land der Sonne lebte und Gornar noch nicht tot war, hatte sie sich für Sennar begeistert und nicht genug bekommen können von seinen fantastischen Erlebnissen.

»Er hat als Erster diesen Zauber auf dem Meer angewandt, aber nicht nur bei einem kleinen Boot, sondern bei einem großen Segler, dem der Piratin Aires, und das viel länger als eine halbe Stunde.«

Ja, Dubhe konnte sich genau erinnern.

»Glaubst du, das Ungeheuer taucht noch mal auf?«, fragte Lonerin.

Zwar hatte Dubhe ihm ein Auge ausgestochen – da konnten sie sicher sein, denn sie verfehlte nie ihr Ziel –, aber tödlich war die Verwundung sicher nicht. »Keine Ahnung«, murmelte sie, »jedenfalls sollten wir uns beeilen.«

Die ganze Nacht hindurch ruderten sie und dann noch den folgenden Tag, bis sich endlich am Horizont ein schmaler grüner Streifen abzeichnete. Für beide war es wie ein Wunder.

»Land! Land!«, rief Lonerin, als der Streifen breiter wurde und dann mehr und mehr die Umrisse eines Waldes zu sehen waren.

Ihre Arme fanden neue Kraft.

Und plötzlich erhob sich eine Welle, himmelhoch, unnatürlich, und ein markerschütterndes Brüllen erfüllte die Luft.

Obwohl ihr Herz wie wahnsinnig zu schlagen begann, geriet Dubhe diesmal nicht in Panik. »Kümmere du dich um das Boot«, forderte sie Lonerin auf und überließ ihm die Ruder. Dann griff sie zu dem Bogen, den sie um die Schulter trug, zog rasch zwei Pfeile aus dem Köcher und nahm Aufstellung.

Gerade tauchte das Ungeheuer wieder aus den Fluten auf, immens und bedrohlich, und Dubhe erkannte die schwarze Höhle, wo vorher einmal sein Auge gesessen hatte. Das andere aber blitzte vor Wut und vor Schmerz.

Bei diesem Anblick befiel ein leichtes Zittern Dubhes

Hand, doch sie bekam es in den Griff. Ohne zu zaudern, ließ sie den Pfeil losschnellen, der sich genau in die Stirn des Seeungeheuers bohrte. Das brüllte auf und reckte seinen enormen Leib aus dem Wasser, sodass eine neue Flutwelle das Boot erfasste und auf und ab tanzen ließ.

»Lass es fliegen!«, schrie Dubhe Lonerin zu, ohne ihr Ziel aus den Augen zu lassen, den Pfeil bereits aufgelegt.

»Ich habe keine Kraft mehr!«, rief Lonerin schwer atmend zurück.

Der Pfeil schnellte los und bohrte sich jetzt in den Hals der Bestie. Während das Blut hervorspritzte, begann das gigantische Geschöpf, wild um sich zu schlagen.

»Geschafft«, murmelte Dubhe.

Doch sie hatte sich zu früh gefreut. Noch einmal holte das Ungeheuer aus und ließ mit einem fürchterlichen Schlag die Schwanzflosse unmittelbar neben ihnen niederfahren. Dem hielt das Boot nicht mehr stand und zerbarst.

Dubhe schaffte es gerade noch, Bogen und Köcher an sich zu reißen. Dann wurde sie unter Wasser gedrückt, fuchtelte wild mit den Armen, spürte aber gleich darauf, wie sie an den Haaren gepackt und hochgezogen wurde. Keuchend blickte sie in Lonerins blasses Gesicht mit den grünen Augen und den an der Stirn klebenden schwarzen Haaren.

»Schwimm!«, forderte er sie auf, und das taten sie.

In panischem Schrecken schwammen sie, so schnell sie konnten, während ihnen die von den Zuckungen des Ungeheuers verursachten Wellen immer wieder die Sicht auf das Ufer, die ersehnte Rettung, nahmen.

Und schließlich schafften sie es beide, fanden sich nach Luft ringend und entkräftet am Strand, am Rand der Unerforschten Lande wieder.

2

Wieder in Aktion

Lieber Ido,

ich weiß, es ist viel Zeit vergangen, seit ich Dir das letzte Mal geschrieben habe, und dafür schäme ich mich. Du hättest eine bessere Behandlung verdient. In der Zwischenzeit ist sehr viel geschehen, Dramatisches hat sich zugetragen, und dies ist der Grund, wieso ich mich so lange nicht gemeldet habe. Tarik ist fort von mir.

Wie Du weißt, war das Verhältnis zwischen meinem Sohn und mir schon lange gestört, doch ich schob es auf sein Alter, denn in gewisser Weise hassen ja alle Jungen irgendwann einmal ihren Vater … Zudem hoffte ich, dass er mich im Grund doch lieben würde, dass unserer gemeinsamer Schmerz und unsere Blutsbande stärker seien als all unsere törichten Meinungsverschiedenheiten. Doch ich irrte mich. Es waren nicht die üblichen Reibereien zwischen Vater und Sohn. Er hasst mich tatsächlich, das weiß ich jetzt, er hat mir nie verziehen, was geschehen ist, und das kann ich sogar verstehen: Wie sollte er auch, da es mir selbst ja auch keine Ruhe lässt? Tatsache ist, dass wir beide nach Nihals Tod ein freudloses Leben geführt haben, nicht mehr taten, als zu überleben, zu atmen und zu essen. Es war, als sei ich selbst mit ihr gestorben, und so konnte ich ihm kein Leitbild sein, konnte ihm nicht helfen, diese klaffende Wunde in seinem Herzen zu schließen. Wie eine Pflanze, die im Dunkeln heranwächst, zog ich ihn auf, und so hat er sich immer weiter von mir entfernt. Ist es nicht tragisch, dass uns die Wahrheit so häufig erst dann klar wird, wenn es bereits zu spät ist? Nun stehe ich vor einem Scherbenhaufen, denke über mein Versagen nach, während ich hier am Tisch sitze, den Brief vor mir, und um mich herum nur der von der Finsternis eingeschlossene Wald.

Ach Ido, ich fühle mich so allein. Wäre Nihal noch da, wäre das alles nicht passiert. Wenn ich zurückdenke an die Jahre, die wir hier zusammen mit Tarik verbracht haben, spüre ich noch, wie glücklich wir waren. Und dabei hätte ich damals schon wissen können, dass Leute wie wir kein Recht auf Ruhe und Frieden haben. Nihal hat das häufig gesagt, als wir noch in der Aufgetauchten Welt zusammenlebten.

Aber ich schweife ab. Im Moment komme ich mir vor wie ein Boot, das von Strudeln hin und her geworfen wird, habe gerade heute Abend das Gefühl, den Verstand zu verlieren. Aber vielleicht erzähle ich Dir am besten alles der Reihe nach.

Es begann wie so oft. Ich weiß noch nicht einmal mehr den Grund, an dem sich der Streit entzündete. Vielleicht wollte er zur Küste hinunter, und ich verbot es ihm. Manchmal zog es ihn dorthin, ich weiß gar nicht, warum, vielleicht nur, um mich zu ärgern, denn dort leben die Elfen. Auf alle Fälle begannen wir zu streiten und uns auf übelste Weise anzugiften … Wir schlugen uns alles um die Ohren, was sich aufgestaut hatte, spuckten auf diese fünfzehn gemeinsamen Jahre. Irgendwann stürmte er in sein Zimmer und schloss sich dort ein, und ich verkroch mich in meines, habe nur noch über den Büchern gesessen.

Eine ganz Woche lang haben wir nicht miteinander geredet. Mein Gott, was bin ich für ein miserabler Vater … Aber wie hätte ich auch wissen sollen … Schließlich kam er aus seinem Zimmer und klopfte bei mir an. Er sah so ernst aus, und ich dachte bei mir, dass er erwachsener geworden, dass er, ohne dass ich es bemerkt hatte, zum Mann geworden war und dass wir uns nun vielleicht endlich besser verstehen würden. Stattdessen eröffnete er mir, er halte dieses Leben nicht mehr aus, in den Unerforschten Landen gehe er langsam zugrunde, er müsse etwas ganz Neues anfangen, und in seinem Alter habe seine Mutter schon eine klare Vorstellung davon gehabt, was sie mit ihrem Leben anfangen wolle. Er sagte, dass er fortziehen würde, wohin, wisse er noch nicht, aber mit Sicherheit weit weg von mir.

Und kein einziges liebevolles Wort kam mir in dieser Situation über die Lippen. Stattdessen ließ ich mich hinreißen von einem törichten Stolz, wollte mich als Vater gegen ihn durchsetzen und schrie ihn an, drohte ihm. Denn ich wusste, ohne ihn hatte ich gar nichts mehr, und in meiner Verzweiflung reagierte ich so unbesonnen.

Er ließ mich stehen und schlug die Tür hinter sich zu. Damals habe ich ihn zum letzten Mal gesehen. Obwohl ich überall nach ihm suchte. All die Monate, in denen Du nichts von mir hörtest, habe ich nichts anderes getan, als diese verfluchten Lande hier auf der Suche nach ihm in alle Richtungen zu durchstreifen. Bis ich schließlich zum Saar gelangte. Er hat ihn überquert, Ido, ich weiß es. Er ist ins Land seiner Mutter heimgekehrt, in unsere Heimat. Und wenn es so ist, lebt er mittlerweile in einer anderen Welt und braucht mich nicht mehr.

So machte ich kehrt und bemühte mich zu akzeptieren, was geschehen war. Es ist so schwer. Ich weiß, Ido, Du bist der Einzige, der mich verstehen kann. Gemeinsam haben wir den Tyrannen bekämpft und besiegt. Aber was hat es uns gebracht? Wozu war es gut, all das Leid, all die Entbehrungen? Früher war ich überzeugt, wir würden, wenn unser Schmerz, vor allem der Nihals, erst einmal überwunden wäre, irgendwie belohnt werden: würden unser Glück finden oder zumindest Frieden. Und nun sieh dir mal an, was aus uns geworden ist.

Seit Nihals Tod ist um mich herum alles finster. Auch Du schreibst in Deinen Briefen von Kriegen und Intrigen. Und dann erst dieser Dohor, der dem Tyrannen Aster in vielem so ähnlich zu sein scheint.

Nichts von dem, was wir getan, was wir geopfert haben, hat wirklich zu etwas Gutem geführt. Vom Krieg gegen Aster blieb mir ein lahmes Bein, und Dir wurde ein Auge entrissen. Und wozu? Vergebliche Opfer, vergeblich vergossenes Blut. Aber vielleicht denkst Du ja anders darüber. Du gibst nicht auf, kämpfst immer weiter und wirst noch mit dem Schwert in der Hand sterben. Ich hingegen fühle mich so alt und verbraucht …

Mittlerweile kann ich Tariks Entscheidung verstehen und will ihm nicht noch einmal meine Nähe aufdrängen. Deshalb unterlasse ich es, nach ihm zu suchen. Ein Mann, der gescheitert ist, muss der Wahrheit irgendwann ins Gesicht sehen. Und ich bin gescheitert. Falls Du Tarik zufällig einmal begegnen solltest, so richte ihm doch von mir aus, ich verstünde ihn jetzt und er möge mir verzeihen, dass ich ihn unglücklich gemacht habe. Mehr nicht.

Damit will ich diesen Brief schließen. Ich glaube, ich werde noch lange Zeit zum Nachdenken brauchen, daher sorge Dich also nicht, wenn Du nichts von mir hörst. Jetzt wieder ganz allein zu sein, ist eine große Belastung, aber vielleicht ist diese Einsamkeit auch die einzige Rettung für mich.

Grüße bitte Soana von mir. Unten auf der Seite habe ich noch ein Rezept für einen Zaubertrank aufgeschrieben, der ihr bei ihrer Krankheit hoffentlich helfen kann. Gib es ihr zu lesen, sie weiß dann schon Bescheid.

Danke für alles, mein einziger Freund
Sennar

Mit dem Brief in der Hand, einigen durch die Jahre vergilbten, mit verblichener Tinte beschriebenen Blättern, stand Ido vor dem königlichen Palast in Laodamea. Die Luft war frisch, der Morgen klar. Ein herrlicher Frühsommertag kündigte sich an.

Im Lauf der Jahre, vor allem nach Nihals Tod und dem Beginn der Auseinandersetzungen mit Tarik, hatten Sennars Briefe immer trauriger geklungen, nachdenklicher und waren auch immer seltener geworden. Irgendwann beschränkten sie sich auf ein paar Zeilen, einen eilig hingeworfenen Gruß. Die Seiten, die er jetzt in der Hand hatte, stellten den letzten richtigen Brief dar, den er von dem Magier erhalten hatte.

Mit Sennars Schweigen verschwand für Ido auch der letzte Gefährte, der letzte Gleichgesinnte einer Welt, die er geliebt hatte. Nun war nur noch er selbst übrig, als einzige Ruine, die der Krieg und das Leben zurückgelassen hatten.

Manche Andeutungen in diesem Brief verstand Ido erst jetzt besser. Wenn er sich umblickte, sah er nur neue Gesichter, die ihm wenig oder gar nichts sagten: stets wechselnde Kampfgefährten, die Mitglieder des *Rats der Wasser,* Schüler. Niemandem aus dieser Schar fühlte er sich wirklich verbunden. Längst war er ein einsamer Krieger geworden, den der Tod in zahllosen Schlachten immer wieder verschmäht hatte, ein Relikt, ein Überlebender. Nun fühlte auch er sich alt und allein.

Die frische Morgenbrise weckte ihn aus seinen Gedanken. Er lächelte, ein wenig bitter. Schon früher hatte er immer mal wieder geglaubt, jetzt die Endstation erreicht zu haben, und jedes Mal war wieder etwas Neues in sein Leben getreten. Die Liebesbeziehung zu Soana, vor nunmehr fast schon vierzig Jahren, zum Beispiel. Vielleicht würde auch jetzt wieder etwas geschehen, was alles auf einen Schlag änderte.

Er steckte den Brief unter sein Wams zurück. Anders als sonst hatte er nicht seine Kriegsmontur angelegt. Für die bevorstehende Reise wäre sie unpassend gewesen. Man würde ihn verfolgen, und er musste darauf bedacht sein, nicht aufzufallen. Daher hatte er sich auch wie ein Kaufmann gekleidet, denn viele Gnomen aus dem Land der Felsen verdingten sich als Kaufleute. Um ganz sicherzugehen, trug er auch noch einen weiten Umhang, der seinen gedrungenen, muskulösen Leib verbarg, mit einer großen Kapuze, die notfalls auch seine markanten Gesichtszüge verdecken konnte.

Nun warf er sich den Reisesack über die Schulter, saß auf und ritt los, um das zu suchen, was von Nihal in der Aufgetauchten Welt übrig war: ihr Sohn Tarik.

Es ist komisch, dass er uns beiden so ähnlich sieht ... Wie gern würde ich ihn Dir zeigen, er würde Dir gefallen. Wie sein Vater hat er rotes Haar, nur eine Spur dunkler, doch seine Augen sind violett, so wie meine. Das Schönste jedoch sind seine Ohren: nicht genauso wie bei einem Menschen, aber auch nicht so spitz wie bei den Halbelfen, eher so ein Mittelding. Ach, sie sind so süß, ich könnte sie den ganzen Tag küssen. Es ist ein Wunder, Ido, ein Wunder. Du kannst Dir gar nicht vorstellen, wie fantastisch es ist. So ein Kind zu haben, ist eine Erfahrung, die ich auch Dir wünschen würde.

So hatte Nihal ihm die Geburt ihres Kindes mitgeteilt, ein Junge sei es, und es gehe ihm gut. In den Briefen der nächsten fünf Jahre hieß es dann immer wieder, wie lebhaft, fröhlich, aufgeweckt dieser Junge sei. Früher oder später würde er ihn einmal kennenlernen, hatte Ido gehofft, denn im Grund seines Herzens war er überzeugt, dass Nihal und Sennar eines Tages zurückkehren würden, weil ihnen die Aufgetauchte Welt doch mehr am Herzen lag, als ihnen bewusst war. Vielleicht wäre es so gekommen. Aber dann war Nihal gestorben, und Sennar hatte sich vollkommen zurückgezogen.

Als der Junge dann Hals über Kopf von zu Hause geflohen war, hatte Ido sogleich überlegt, sich auf die Suche nach ihm zu machen. Wäre es ihm gelungen, den Jungen zu finden, hätte er ihm ein paar hinter die Ohren gegeben und ihm klargemacht, dass dies kein Benehmen war, dass er nach Hause zurückkehren und seinem Vater zur Seite stehen solle. Zu jener Zeit jedoch war die Lage der Aufgetauchten Welt besonders dramatisch gewesen. Unterstützt von Aires, der Königin des Landes des Feuers, hatte Ido vor dem Rat Anklage gegen Dohor erhoben, der damals begann, das Land der Tage von den Fammin zu säubern. Von jenen kriegerischen Geschöpfen also, die der Tyrann durch seine teuflische Magie erschaffen hatte und die nach dessen Sturz versuchten, sich dort in diesem Land eine eigene Zukunft aufzubauen. Mithilfe verschiedenster Verbindungen und Ränkespiele war es Dohor gelungen, die Anklage vor dem Rat umzukehren und den Gnomen sowie die Königin Aires des Verrats anzuklagen. Ido verlor seine Stellung als Oberster General der Akademie der Drachenritter und wurde unehrenhaft aus dem Orden verstoßen. Und so beschloss er, Dohors Gegner um sich zu sammeln und im Land des Feuers eine Widerstandbewegung gegen den König zu organisieren und anzuführen. Nein, zu jener Zeit hatte er wirklich zu viel anderes im Sinn gehabt, um sich auf die Suche nach Tarik machen zu können.

Während er die weite Ebene ostwärts in Richtung des Landes der Tage durchritt, überlegte Ido, dass Tarik mittlerweile ungefähr fünfunddreißig Jahre alt sein musste. Er fluchte vor sich hin. Während er selbst immer noch gegen Dohor kämpfte, hatte Tarik wahrscheinlich längst eine Familie gegründet, hatte eine Arbeit gefunden und war zum Mann geworden. Ido überlegte einige Augenblicke. Egal, auch jetzt noch hatte der Junge ein paar hinter die Ohren verdient, und das konnte er besorgen – für Ido einer der wenigen Vorteile, wenn man als alt und griesgrämig galt.

Der Grund, im Land der Tage mit der Suche zu beginnen, lag darin, dass dort die Halbelfen gelebt hatten, bevor der Tyrann das ganze Volk ausrottete, und dass Nihal eine Halbelfe gewesen war. An Tariks Stelle wäre er jedenfalls nach dem Bruch mit dem Vater und auf den Spuren der eigenen Vergangenheit dorthin gezogen. Zudem hatte Ido im Land der Tage einen alten Freund, der ihm sicher dabei helfen konnte, den Jungen zu finden. Gewiss, das Verbindungsnetz, das während der Jahre im Land des Feuers entstanden war, hatte sich aufgelöst, als der Widerstand zusammenbrach. Ido beschloss damals, sich dem *Rat der Wasser* anzuschließen, der sich gerade gebildet hatte und über ein eigenes Heer verfügte, um offen gegen Dohor zu Felde zu ziehen. Er selbst war damit aber vom Krieger mehr zum Strategen hinter den Linien geworden. Nicht, dass ihm das besonders gefallen hätte: Praktisch sein ganzes Leben lang hatte er immer nur gekämpft, doch damals ging er dann schon auf die hundert Jahre zu, ein beachtliches Alter selbst für einen Gnomen, und auf das eine Auge, das ihm nach dem Krieg gegen den Tyrannen geblieben war, konnte er sich auch nicht immer verlassen, sodass er manchmal schon sein Ziel verfehlte. Daher war es fast eine Notwendigkeit, sich aus der offenen Feldschlacht zurückzuziehen. Zudem brauchte der Rat in dieser Anfangsphase dringend einen starken Mann, der allen Mut machte und seine ganze Erfahrung in den Dienst der Sache stellen konnte.

Dennoch waren ihm noch ein paar Freunde aus der Zeit, als er immer vorn in der ersten Schlachtreihe kämpfte, geblieben.

Bei den Sonnenbergen in einer der alten Kasernen des Ordens der Drachritter machte er halt. Mittlerweile waren fast alle Drachenritter zu Dohor übergelaufen, der darüber hinaus nach Idos Degradierung auch die Stellung des Obersten Generals an sich gerissen hatte. Und so waren hier jetzt die Ritter der Blauen Drachen stationiert, ein kleinerer Orden, deren Angehörige, wie der Name schon sagte, blaue Drachen ritten, die kleiner und gelenkiger als die übrigen Drachen waren.

Die Kaserne war in eine Art Hauptquartier umgewandelt worden, von wo aus die Truppen an die Front geschickt wurden. Im Moment herrschte wieder einmal offener Krieg zwischen Dohor und dem *Rat der Wasser*, und ein heftig umkämpfter Frontabschnitt verlief nicht weit entfernt an der Grenze zwischen dem Land des Meeres und dem der Sonne.

Auch weil er ein frisches Pferd brauchte, nahm Ido dort Quartier. Bis zu diesem Zeitpunkt war er fast unablässig geritten, hatte nachts nur wenige Stunden pausiert, und das arme Tier war völlig erschöpft.

Man empfing ihn mit den üblichen Ehrenbezeigungen, doch der Gnom hatte es eilig und für solche Förmlichkeiten nun wenig Sinn. »Ich brauche nur ein gutes Pferd und Proviant.«

»Gewiss«, nickte der General, der ihn begrüßt hatte. »Aber vielleicht können wir Euch auch noch mit anderem dienen.«

Es stellte sich heraus, dass einer der Ritter am nächsten Tag einen Aufklärungsflug ins Große Land unternehmen und Ido problemlos auf dem Rücken seines Drachen würde mitnehmen können.

Das hörte der Gnom gern. Auf diese Weise konnte er mindestens zwei, drei Tage sparen.

Seit sein eigener Drache Vesa in der Schlacht gefallen war, hatte Ido keinen Drachen mehr geritten. Ja, er hatte sogar geschworen, nie mehr einen Drachen zu besteigen. Vesa war für ihn nicht zu ersetzen, und dieser Vorsatz war Idos Art, dessen Andenken zu ehren. Der Tod seines geflügelten Gefährten hatte eine Lücke gerissen, die nicht zu füllen war.

Vesa war ein normaler Drache gewesen, rot und sehr imposant. Und obwohl jener, der Ido ins Große Land bringen sollte, zur blauen Rasse zählte, war es für Ido ein großer Moment, als er das Tier in der Arena zum Abflug bereitstehen sah.

Er spiegelte sich in den Drachenaugen und dachte an die Augen seines Vesa, die nunmehr schon so lange erloschen waren. Zum ersten Mal würde er seinem Vorsatz untreu.

Verzeih mir, Vesa, aber du wirst mich sicher verstehen.

Noch einmal seufzte er tief, dann sprang er auf. Der Drache nahm es gelassen hin.

Mit fast feierlicher Sorgfalt nahm Ido die Zügel in die Hand. Es war nicht zu leugnen, er freute sich, wieder einen Drachen reiten zu können. Viele Jahre waren vergangen, seit er zum letzten Mal die harten Drachenschuppen durch das Leder seiner Beinkleider gespürt hatte, die tiefen Atemzüge, das langsame, mächtige Schlagen von Drachenflügeln. Alles wäre perfekt gewesen, hätte sich dieser junge blaue Drachenleib unversehens in den alten roten Körper seines Vesa verwandelt. Ido spürte einen Kloß im Hals.

Der Drachenritter war ein junges Bübchen, das, wäre Ido noch Oberster General gewesen, vielleicht noch keinen Drachen hätte reiten dürfen.

»Es soll kein Misstrauen in deine Fähigkeiten sein, aber ich hab's sehr eilig«, erklärte er, die Zügel fest in der Hand.

»Aber General, der Drache hört nur auf mich ...«

Ido lächelte. »Vor meiner Laufbahn als Oberster General, die, wie du vielleicht weißt, auf turbulente Weise endete, habe ich mehr als fünfzig Jahre lang Drachen geritten. Glaub mir, auch mit deinem Drachen werde ich keine Schwierigkeiten haben.«

Nach einem Tagesflug gelangten sie ans Ziel. Es handelte sich um einen Vorposten im Großen Land, nicht weit von der Grenze zum Land der Tage entfernt. Das Gebiet war relativ ruhig und schien Ido ideal, um die Grenze zu überqueren. Dort würde wohl niemand auf ihn aufmerksam werden, zumal dieser Teil des Großen Landes Wüste war.

Im Lager hielt er sich nicht länger auf, als für die üblichen Formalitäten unbedingt nötig war, bestieg dann den Hengst, den man ihm dort zur Verfügung stellte, und machte sich wieder auf den Weg. In diesen Kriegszeiten konnte ihn der Drache nicht länger begleiten.

Ohne Schwierigkeiten durchquerte er das Gebiet des Großen Landes, und als er die Grenze erreichte, wurden ihm dort auch nur wenige Fragen gestellt. Er erklärte, er sei Kaufmann, und die dortigen Wachen, zerstreut und nachlässig, fanden nichts daran aussetzen. Sie forderten ihn noch nicht einmal auf, die Kapuze abzunehmen und sein Gesicht zu zeigen.

Im Stillen dankte er ihnen dafür.

Seit Nihals Zeiten hatte sich das Land der Tage sehr verändert. Wieder einmal war ein Krieg darüber hinweggegangen und hatte die ärmlichen Hütten der Fammin-Siedlungen dem Erdboden gleichgemacht.

Nachdem die Fammin vertrieben waren, schien sich die Lage dort auf den ersten Blick beruhigt zu haben. Doch Dohor presste den natürlichen Reichtum des Landes bis zum letzten Tropfen aus und nutzte ihn, um seine Armeen auszurüsten und seine ohnehin schon prachtvolle Hofhaltung noch dekadenter zu gestalten. Das Land selbst war aufgeteilt worden unter Dohors Mitstreitern, die ihn bei der Eroberung unterstützt hatten, und bestand nun aus einer Reihe von Herzogtümern, die von despotischen Exgenerälen, manchmal auch nur von gewöhnlichen Offizieren regiert wurden. Für das einfache Volk war es die Hölle.

Mit der Hauptstadt Seferdi hatte es das Schicksal am schlechtesten gemeint.

Schon der Tyrann hatte die Stadt in einer einzigen Nacht vollkommen zerstört. Dies war der Auftakt zur systematischen Ausrottung aller Halbelfen gewesen, der Nihal als Einzige entgangen war.

Nach der Großen Winterschlacht, die die Niederlage des Tyrannen herbeigeführt hatte, hatte man zunächst beschlossen, die Ruinen als Mahnmal für künftige Generationen stehen zu lassen. Dohor war da anderer Ansicht. Virka, der Regent, den er dort einsetzte, ließ die Sümpfe rings um die Hauptstadt herum trockenlegen und überließ den Boden einigen wenigen Gutsherren. Seferdi selbst wurde dem Erdboden gleichgemacht und entstand völlig neu, womit auch alle Spuren des vom Tyrannen verübten Völkermords getilgt wurden. Die Erinnerung daran ging mehr und mehr verloren. Die Jüngeren wussten heute nur noch in den Grundzügen von diesen dramatischen Ereignissen, und die meisten Bewohner kannten die Stadt nur in ihrem modernen Erscheinungsbild als eine Ansammlung grauer Backsteinbauten, zwischen denen immer noch die stinkende Luft der Sümpfe zu riechen war, die die Stadt einst umgeben hatten.

Es war schon Abend, als der Gnom dort eintraf. Bereits zwei Wochen war er unterwegs, und er wurde allmählich unruhig. Bis jetzt hatte er noch nichts erreicht.

Die Schenke, die er geradewegs ansteuerte, lag im Zentrum Seferdis, am hässlichsten Platz der Stadt, der nicht mehr war als ein mit weißen Platten gepflastertes Rechteck und einer Dohor-Statue in der Mitte, auf der der Schriftzug »Dem Befreier des Landes der Tage« zu lesen war. Mehr als einmal war diese Statue geköpft worden, in jener Zeit, als der Aufstand im Land des Feuers auch außerhalb der Grenzen mit Leidenschaft verfolgt wurde, und so hatte man den steinernen Dohor irgendwann mit einem Eisengitter umgürtet, das mit zahlreichen Spitzen versehenen war. Seitdem war die Statue nicht mehr angerührt worden. Ido wusste jedoch, dass die Rebellen nicht durch dieses Gitter vom Protest abgehalten wurden, sondern durch die erbarmungslose Unterdrückung, mit der Virka das Land überzog.

Die Schenke war die bekannteste in ganz Seferdi: Praktisch jeder Fremde, der in der Stadt kam, landete dort. Wenn es Tarik hierhergezogen hatte, hatte Ido allen Anlass zu vermuten, dass er dort abgestiegen war. Zum Glück war der Wirt ein alter Freund des Gnomen.

Er hieß Nehva. Während des Widerstands im Land des Feuers hatten sie sich kennengelernt und zusammen viel erlebt, bis Nehva dann bei einer Untergrundaktion gefasst worden war. Da er in den Reihen der Rebellen eine Kommandostelle innehatte, tötete man ihn nicht sogleich. Forra, der Schwager Dohors und Leiter der Einsätze im Land des Feuers, ließ es sich nicht nehmen, ihn eigenhändig zu foltern, um Namen und Pläne aus ihm herauszupressen.

Nehva hielt sich tapfer, biss die Zähne zusammen, unterdrückte seine Schreie und gab nichts preis. Doch als Ido und seine Leute ihn endlich befreien konnten, war er nicht mehr wiederzuerkennen. Unter anderem hatte er seinen rechten Arm verloren.

So hatte Nehva den Kampf aufgegeben. Dass aber nicht nur, weil seine körperliche Verfassung eine Fortsetzung unmöglich machte, sondern auch, weil etwas in ihm zerbrochen war. Bald interessierte er sich nur noch für seine neue Schenke, der er sich mit Leib und Seele widmete.

An diesem Abend war die Wirtsstube voller Gäste, das Bier floss in Strömen, und die Luft war mit Essensgerüchen gesättigt. Ido lief das Wasser im Mund zusammen.

Er nahm Platz, bestellte, aß mit großem Appetit und sprach ordentlich dem guten Bier zu. So blieb er sitzen, in Erinnerungen versunken, bis die letzten Gäste gingen. Es war in einer anderen Schenke gewesen, fast vierzig Jahre zuvor.

Das Lokal ist voll. Man trinkt. Um sie herum kündet Lärm vom Frieden, aufgekratzte Stimmen, fröhliches Gelächter …

Sie schweigt, fährt den Rand des Glases mit dem Finger nach. Er wendet den Blick von ihrer Gestalt dem Bierkrug vor sich zu. Ihr Schweigen ist sehr beredt.

Erst nach einer Weile hebt sie die vom Alkohol glänzenden Augen. »Jetzt sind wir zwei richtige Veteranen, nicht wahr?«

Er lächelt.

Eigentlich war er selbst immer schon eine Art Veteran. Er hat alles überstanden, den Verrat seiner Familie, die Feldzüge des Tyrannen und nun auch die siegreiche Große Winterschlacht. Alles hat er erlebt und überlebt, es gibt nichts mehr, was er nicht schon gesehen hätte, und nun ist der Friede da, das Einzige, von dem er wenig weiß.

»Ich hätte nicht geglaubt, dass es so sein würde. All die Jahre habe ich auf den Frieden gewartet, und nun, da wir ihn erreicht haben, kommt es mir so vor, als wenn ich ihn gar nicht richtig genießen könnte.«

»So ist das wohl, wenn ein Krieg zu Ende geht. Das ist die Strafe der Veteranen. Man gewöhnt sich so an den Krieg, dass man sich irgendwann gar nicht mehr vorstellen kann, ohne den Geruch des Schlachtfelds zu leben, ohne die Anspannung des Kampfes.«

Soana nimmt einen großen Schluck, vielleicht um sich Mut zu machen, und sagt dann. »Ich fühle mich richtig allein. So habe ich das noch nie erlebt. Gewiss war ich auch schon früher allein, habe mich einsam gefühlt, nach Fens Tod besonders, aber noch nie so sehr wie jetzt nach dem Weggang von Nihal und Sennar. Lange Jahre hat Nihal mein Leben ausgefüllt, und jetzt bleibt mir nur das Bedauern, dass ich ihr niemals wirklich die Mutter ersetzen konnte. Dabei habe ich mich doch immer wie ihre Mutter gefühlt, verstehst du?«

Ido nickt.

»Jetzt ist sie fort, und ich frage mich: Und nun?«

Müde lehnt sich Ido gegen die Wand. Seltsam, wie genau seine Empfindungen mit denen Soanas übereinstimmen. Die gleichen Gedanken, das gleiche Gefühl, jetzt doch langsam alt zu werden. »Ja, und nun? Nun werden wir lernen müssen, den Frieden zu genießen, lernen, ohne Nihal zu leben. Und wir werden uns darauf einstellen müssen, dass sich unsere Körper verändern, uns die Kräfte allmählich verlassen, die Zipperlein des Alters immer mehr werden ...«

»Tja, das Alter ... Ich fühle mich wirklich jahrhundertealt, so als hätte ich in meinem Leben schon zu viel erlebt. Das Massaker an den Halbelfen, Rais' Wahnsinn, den Tod des Mannes, den ich liebte, den Einsturz der Tyrannenfeste ... Ich bin müde ... Und hässlich geworden.«

Soana errötet einen Augenblick. Sie weiß gar nicht so recht, wieso ihr dieser letzte Satz herausgerutscht ist.

Ido betrachtet die feinen Runzeln um ihre Augen herum, die aus-

drucksstarken Falten um ihre Lippen, und spürt, wie ihm etwas die Eingeweide zusammenzieht. Es ist vielleicht verrückt, aber er denkt an eine andere Art Jugend, an einen neuen Anfang.

»Du bist schön, so wie immer schon, ja sogar noch schöner. Jeder Schmerz, den du erlebt hast, macht deine Schönheit einzigartiger, bereichert dein Gesicht.«

Sogleich bereut er diese Worte, die ihm plötzlich ganz unpassend vorkommen, für ihn, für ihr Verhältnis. Ein alter Mann, der plötzlich den galanten Jüngling gibt.

Doch sie reagiert mit einem strahlenden Lächeln, legt eine Hand auf die seine, die auf der Tischplatte ruht. Es ist, als habe sich jetzt schon etwas entschieden, er spürt es an dem leichten Schaudern seiner Hand, das von ihr erwidert wird.

»Kann ich heute Nacht bei dir bleiben wie in alten Zeiten?«, fragt ihn Soana.

Da muss er nicht lange überlegen. »Mein Haus ist auch dein Haus, das weißt du doch.«

Und so fing alles an.

Es war der Wirt, der abrupt den Strom von Idos Gedanken unterbrach.

Er war dünner, als er ihn in Erinnerung hatte, und beträchtlich älter geworden, war kahl wie ein Kürbis, was er nun mit einem langen Vollbart ausglich. Der rechte Ärmel seines Wamses war zugenäht. Aber sein Gesicht hatte sich nicht so sehr verändert, zumindest war es auch jetzt wieder gerötet wie nach ausgiebigem Biergenuss.

»Es ist schon spät, wir schließen jetzt. Oder soll ich Euch ein Zimmer geben? Oben haben wir hübsche, saubere Kammern.«

»Was ich dringender bräuchte, sind einige Auskünfte.«

Sogleich wurde Nehva zurückhaltender. »Wenn Ihr hier nicht übernachten möchtet, kann ich Euch nicht mehr anbieten und muss Euch bitten, jetzt zu zahlen und zu gehen.«

Ido lächelte unter seiner Kapuze. »Ich bin ein alter Freund.«

Der Wirt schaute nur fragend drein.

»Als du mir sagtest, dass du den Kampf aufgeben willst, hast du mir versprochen, dass ich immer auf dich zählen könne, wenn ich Hilfe brauche ...«

Nehva riss den Mund auf. »I...«

Sofort legte der Gnom den Zeigefinger an die Lippen. »Nein, nein, nur ein Kaufmann auf Reisen ... Verstanden?«

»Mein Gott, wie lange ist das her! Aber wieso ...?«

Ido stand auf und legte ihm eine Hand auf den Mund. »Es ist wahrscheinlich besser, wenn du das gar nicht weißt. Aber hast du hier ein Hinterzimmer?«

Nehva nickte und führte ihn dann an der Theke vorbei in seine Wohnung. Dort nahmen sie Platz.

Erst jetzt nahm Ido die Kapuze ab und zeigte sein Gesicht mit der langen breiten Narbe dort, wo einmal sein linkes Auge gewesen war.

Nehva lächelte: »Verdammt, du hast dich keinen Deut verändert ...«

»Und was ist mit all den grauen Haaren?«, erwiderte Ido, während er einen der vielen Zöpfe in die Hand nahm, die seine Frisur nach Gnomenart zierten.

Sein alter Freund lachte. »Ach, du warst doch schon grau, als wir noch zusammen im Land des Feuers kämpften.«

»Aber doch weniger, oder?« Auch Ido lachte.

»Ach, Ido, wer hätte das gedacht ...«, begann der Wirt, »hier bei uns hört man ja nur wenig von dir, sieht höchstens mal ein Schild mit der Höhe des Kopfgelds, das auf dich ausgesetzt ist. Ich habe schon geglaubt, du lebst gar nicht mehr ... Aber jetzt erzähl schon, wie läuft es denn bei euch?«

Ido schüttelte den Kopf. »Ich dachte, die Sache mit deinem Arm hätte dich Vorsicht gelehrt. Glaub mir, es ist besser, wenn du gar nicht weißt, was wir so treiben. Ich schaue nur auf einen Sprung bei dir vorbei, und du solltest mich wieder vergessen, sobald ich durch diese Tür raus bin. Verstehst du?«

Nehva nickte betrübt. »Aber es ist schade. Wie gern würde ich mit dir so offen reden wie in den alten Zeiten ... ich könnte es wirklich gebrauchen … Hier läuft alles immer mehr aus dem Ruder …«

»Nehva, glaub mir, ich würde dir wirklich gern zuhören, und wenn ich's nicht so eilig hätte und nicht gesucht würde … Aber je länger ich mich hier aufhalte, desto gefährlicher wird es auch für dich …«

Der Wirt zuckte mit den Achseln. »So, wie die Dinge liegen, wäre das vielleicht sogar eine Befreiung für mich.«

»Red keinen Unsinn, Leute wie du werden hier gebraucht.«

Nehva verzog zweifelnd das Gesicht. »Dann sag mir, wie ich dir helfen kann.«

»Es wird dir nicht leicht fallen, aber ich vertraue auf dein gutes Gedächtnis. Wie es aussieht, muss hier in der Gegend mal ein Halbelf aufgetaucht sein, vor vielen Jahren allerdings schon.«

Nehva lächelte. »Und glaubst du wirklich, das hätte ich dich nicht wissen lassen? Nein, Halbelfen gibt's hier doch schon so lange nicht mehr …«

»Es ist ja auch schon zwanzig Jahre her. Und außerdem sah er vielleicht nicht unbedingt wie ein Halbelf aus, eher wie ein normaler Junge mit roten Haaren, violetten Augen und leicht spitz zulaufenden Ohren.«

»Ach, der … ja, jetzt weiß ich«, erklärte der Wirt im Brustton der Überzeugung. »An den kann ich mich erinnern.«

»Du bist ein Phänomen. Das hätte ich wirklich nicht zu hoffen gewagt.«

»Lüg mich nicht an, deswegen bist du doch gekommen.«

»Ja, sicher, aber was weißt über ihn?«

»Nun ja, was soll ich sagen …? Ich hab ja noch nicht einmal mehr sein Gesicht vor Augen. Hier bei uns schneien so viele Fremde herein … das hast du ja selbst gesehen …«

»Erzähl mir alles, was du weißt.«

»Tja, er war eine ganze Zeit lang hier, hat sich ein Zimmer genommen. Ich erinnere mich noch daran, weil sich die Gäste im Allgemeinen hier nicht so lange einquartieren. Er aber blieb eine ganze Weile. Am ersten Abend hat er mich gefragt, wie er zu den Ruinen komme, und ich habe ihn ausgelacht und ihm dann die ganze Geschichte erzählt. Während er so zuhörte, ist er immer wütender geworden, und ich war schon drauf und dran, ihn rauszuschmeißen. Dann erzählte er, er suche Spuren von der Großen Winterschlacht, und ich riet ihm, ins Große Land zu reisen, dort gebe es Spuren in Hülle und Fülle. Und dann wollte er wissen, ob es hier irgendwo eine Nihal-Statue gebe, und ich habe mich gefragt, wo der wohl herkommt, dass er noch nie eine gesehen hat. Eines Morgens hat er sich dann wieder auf die Reise gemacht und sich vorher von mir den Weg ins Land des Windes erklären lassen.«

Das Heimatland seiner Mutter ... Ido schlug sich mit der flachen Hand gegen die Stirn. Wieso hatte er nicht daran gedacht?

»Hast du ihn später mal wiedergesehen?«

Nehva schüttelte den Kopf. »Also das war schon ein seltsamer Typ, wenn ich ganz ehrlich sein soll. Man hatte den Eindruck, der hat gar keinen Schimmer von der Aufgetauchten Welt. Er machte sich dann auf den Weg, und ich weiß nicht, was aus ihm geworden ist.«

Ido schlug sich mit beiden Händen auf die Oberschenkel. »Also dein Gedächtnis ist wirklich einmalig, du hast mir sehr geholfen«, sagte er mit einem Lächeln.

»Es hat wohl keinen Sinn, dich zu fragen, was du eigentlich suchst und wer der Junge war?«

»Da hast du recht.«

»Dann sag mir wenigstens, ob du in Schwierigkeiten bist.«

»Nein, eigentlich nicht«, antwortete der Gnom, obwohl er sich da selbst nicht so sicher war.

Nehva stieß die Luft aus. »Gut, dann will ich dir mal glauben.«

Ido stand auf.

»Schade, dass du schon wieder loswillst. Du hast mir gefehlt, du und die anderen. Ich vermisse diese Zeit, als wir noch glaubten, wir könnten tatsächlich etwas verändern, als man zwar nie wusste, ob man den nächsten Tag noch erleben würde, aber immerhin etwas hatte, für das es sich zu sterben lohnte.«

Ido lächelte traurig. Er dachte an all seine Männer, die gefallen waren, und für ihn war es nur ein schwacher Trost, zu wissen, dass sie für eine gerechte Sache gestorben waren. »Du hast mir auch gefehlt.«

Er umarmte ihn fest.

»Ich komme wieder, und dann haben wir alle Zeit der Welt, miteinander zu plaudern«, versprach er, während er sich losmachte und ihm das Geld für das Abendessen in die Hand drückte.

»Dann lass dich wenigstens von mir einladen!«, protestierte der Wirt.

Ido winkte ab. »Deine Auskünfte waren unbezahlbar.«

Forschen Schritts verließ er die Schenke, schwang sich auf das Pferd und machte sich wieder auf den Weg.

Nun musste er sehen, dass er schleunigst dorthin gelangte, wo er eigentlich mit seiner Suche hätte beginnen müssen: in das Land des Windes, die Heimat von Nihal und Sennar.

3

Die Pläne der Gilde

Wie gewöhnlich war es finster in Thenaars Tempel, und der stürmische Wind draußen drang wie düsteres Heulen an die Ohren der beiden Männer in der ersten Bank vor der mächtigen Statue des Schwarzen Gottes: Das schwarze Kristall, aus dem sie gefertigt war, glitzerte unheimlich, und mit einem höhnischen Grinsen im Gesicht, windzerzaustem Haar, in einer Hand einen Pfeil, in der anderen einen langen blutbesudelten Dolch, wachte Thenaar über ihr Gespräch.

»Nun, was ist?«, fragte der eine plötzlich in die Stille hinein.

Der andere kniete betend in der Bank, murmelte noch eine letzte Litanei und stand dann endlich auf. Er war alt, doch sein Körper wirkte noch robust und gelenkig. Aber wie hätte es auch anders sein können? Yeshol, der Höchste Wächter der Gilde, achtete streng darauf, immer in Form zu bleiben. Mehr noch als Priester sah er sich als Assassine, als Meuchelmörder, an den immer noch kein anderer heranreichte.

Jetzt wandte er sich seinem Gesprächspartner zu.

Im Gegensatz zu Yeshol hatte Dohor den muskulösen Körperbau eines kampferprobten Kriegers, seine Gesichtszüge waren markant, seine Haare so blond, dass sie weiß wirkten. Fast die gesamte Aufgetauchte Welt beherrschte er, eine Machtfülle, die vor ihm nur der Tyrann besessen hatte.

»Du erlaubst dir mir gegenüber immer noch Respektlosigkeiten, die ich keinem anderen verzeihen würde«, sagte er mürrisch.

Yeshol lächelte. »Mein Gott kommt eben immer an erster Stelle.« Dann wechselte er rasch das Thema. »Wir haben getan, worum Ihr uns gebeten habt.«

Er zog einen blutbesudelten Ring aus der Tasche und reichte ihn Dohor.

Der König betrachtete ihn aufmerksam im matten Licht der wenigen Fackeln an den Wänden. »Der ist von ihm«, erklärte er knapp mit einem zufriedenen Lächeln.

»Wir haben ihn gestern in einen Hinterhalt gelockt und getötet. General Kalhu wird Euch keinen Ärger mehr machen.«

Dohor nickte nur zustimmend, und Yeshol wartete geduldig, um erst nach einer Weile hinzuzufügen: »Darf ich mir erlauben, Euch sofort um den Lohn zu bitten?«

Der König fuhr herum. »Du bist sehr gewinnsüchtig geworden ...«

»Nur besorgt«, erwiderte Yeshol, »wie Ihr wisst, sind ein Postulant und eine Assassinin geflohen.«

Dohor nickte ernst. Diese Angelegenheit ging auch ihn unmittelbar an. Niemand wusste genau, was Dubhe und dieser andere herausgefunden hatten und für wen ihre Erkenntnisse bestimmt waren.

»Meine Leute sind ihnen auf den Fersen«, fuhr Yeshol fort, »und ich bin sicher, dass wir sie bald ergreifen werden. Doch wäre uns sehr ...«

Er zögerte einen Augenblick, wusste er doch genau, wie viel er da verlangte.

»... mit einem Drachen gedient«, fügte er fast flüsternd hinzu.

»Ein Drache? Das ist sehr viel mehr, als ich dir schuldig bin.«

»Ich weiß. Doch haben wir Euch noch niemals Grund gegeben, über unsere Dienste zu klagen. Unser Pakt hat bislang auch für Euch sehr gute Früchte getragen. Ich erinnere nur an die Ermordung von Aires ...«

»Dafür hast du deinen Lohn wohl schon eingestrichen«, erwiderte Dohor, während er mit ernster Miene die Hand hob, »und außerdem vergisst du Ido, der immer noch gesund und munter irgendwo dort draußen herumläuft.«

»Gewiss, aber ich bin sicher, mit einem Drachen könnten wir der Flüchtenden im Nu habhaft werden, und Ihr müsstet nicht allzu lange auf den Einsatz eines Drachenritters verzichten.«

»Ich führe Krieg, verstehst du? Krieg! Und dazu brauche ich jeden Mann.«

»Wenn Ihr uns helft, werden Euch sehr viele andere Männer zu Diensten sein, das kann ich Euch versichern.«

Yeshol hasste es, sich vor Dohor so klein zu machen, doch es geschah zum Ruhm Thenaars, und so schluckte er seinen Stolz herunter.

»Du weißt, worauf ich aus bin ...«, sagte Dohor mit schmeichelnder Stimme.

»Das werdet Ihr auch zu gegebener Zeit erhalten. Thenaars Kommen ist nahe, und Ihr sollt sein auserwählter Sohn sein.«

Diese Lüge erzählte Yeshol dem König bereits seit Jahren, seit sie ihren Pakt geschlossen hatten.

Es war Dohor gewesen, der die Bücher wiederbeschafft hatte, denen Yeshol die Zauberformeln entnahm, durch die er Aster zu neuem Leben zu erwecken hoffte. Zum überwiegenden Teil stammten sie aus dem Großen Land, lagen verstreut unter den Trümmern der alten Tyrannenfeste, dort wo sich Dohor einen neuen Palast zu erbauen gedachte.

Als Gegenleistung dafür hatte ihm Yeshol versprochen, dass er, Dohor, sollte das Experiment mit dem Tyrannen gelingen, Herrscher der gesamten Aufgetauchten Welt werden würde. Eine Abmachung, die bis zu diesem Zeitpunkt recht ordentlich funktioniert hatte.

»Versuch ja nicht, mich zu hintergehen. Du weißt, es enttäuscht mich, nicht vollständig in deine Pläne eingeweiht zu sein.«

Wie Yeshol wusste, hätte Dohor zu gern das Geheimnis der Riten geteilt, mit deren Hilfe Aster wiederauferstehen sollte. Aber das war nicht möglich, weil ihm dann klar geworden wäre, dass für ihn, sollte Aster wieder leben, kein Platz mehr war.

Yeshol war in einer schwierigen Lage, denn auch für die Bereitstellung eines Drachen verlangte Dohor eine Gegenleistung.

»Ich werde Euch die Beseelung toter Körper genauer erklären.«

Das ließ sich gut verkaufen und kostete Yeshol nicht viel.

»Ich hoffe, das wird nur der Anfang sein«, entgegnete Dohor mit schneidender Stimme.

»So ist es.«

Der König lächelte grimmig im Halbdunkel. Dann wandte er sich ab und verließ ohne weiteres Wort den Tempel.

Yeshol wartete, bis sich die Tür hinter ihm geschlossen hatte, und trat dann hinter die Thenaar-Statue, von wo aus die Geheimtreppe in den Bau der Gilde hinunterführte. Nun galt es, eine weitere dringliche Angelegenheit zu verhandeln.

Lautlos, wie von ihm gewohnt, betrat Sherva, der Waffenmeister, Yeshols Studierzimmer. Niemand im ganzen Haus verstand sich besser als er auf alle Techniken des Anschleichens und den Kampf mit bloßen Händen.

Er war ein fast unnatürlich schlanker Mann mit langen Gliedmaßen, die durch hartes Training immer biegsamer geworden waren. Sein vollkommen kahler Kopf und seine länglichen Gesichtszüge gaben ihm etwas von einer tückischen Schlange.

In jüngster Zeit nun wirkte sein Gesicht noch ausgezehrter als gewöhnlich. Das lag an seinem schlechten Gewissen, einer unterschwelligen Angst, hervorgerufen durch die Erinnerung an ein überflüssiges Gespräch mit Dubhe vor einiger Zeit, ein Gespräch, das nun leider stark nach Verrat schmeckte.

Tatsache war, dass er, Sherva, Dubhe indirekt bei der Flucht aus den Katakomben der Gilde geholfen hatte.

Damals hatte sie ihn völlig verzweifelt gefragt, wo sich die Unterkünfte der Wächter, der höhergestellten Assassinen also, befänden, die nicht im selben Flügel wie die anderen Gildenmitglieder schliefen. Und er, der sich nur der Zweckmäßigkeit halber und ohne an Thenaar zu glauben, in der Gilde aufhielt, hatte es ihr verraten. Wieso, war ihm jetzt selbst ein Rätsel.

Und wenige Tage später war Dubhe geflohen.

Damit begann die Hölle für ihn. Wenn der Höchste Wächter ihn jetzt zu sich bestellte, verspürte er jedes Mal einen Kloß im Hals, und sein Herz schlug schneller.

Mit blassem, ernstem Gesicht kniete er auch nun vor Yeshol, der sitzen blieb, nieder.

»Nun, wie weit bist du mit deinen Nachforschungen gekommen?«

Sherva seufzte erleichtert auf. Yeshol schien also nicht im Bilde zu sein.

»Wir wissen jetzt, wo Tarik lebt.«

»Hervorragend.«

»Er hat eine Frau, Talya mit Namen, und einen Sohn, San.«

»Wie alt?«, fragte Yeshol und richtet sich auf seinem Stuhl auf.

Verwundert hob Sherva leicht den Kopf.

»Was …?«

Er verstand nicht, was Yeshol meinte.

»Tariks Sohn, wie alt ist der?«

»Zwölf, unseren Kenntnissen nach.«

Yeshol sprang auf, sein Gesicht strahlte. »Das ist ein Zeichen des Schicksals, ein echtes Wunder!«, rief er, während er Sherva mit glänzenden Augen anblickte. »Zwölf Jahre …«

Der Assassine begriff immer noch nicht, was den Höchsten Wächter an dieser Mitteilung dermaßen begeisterte.

»Das passt ja exakt zu unseren Plänen …«

Er streichelte die Thenaar-Statue, die hinter seinem Schreibtisch thronte, und strich über die kleine Aster-Statue zwischen den Beinen des Gottes. Sherva kannte sie gut, diese kleine Statue, überall im Haus waren Nachbildungen davon aufgestellt, aber kaum war nun sein Blick darauf gefallen, dämmerte es ihm. Sie stellte einen Knaben dar, den Knaben, der Aster bis zu seinem Tod gewesen war.

Yeshol wandte sich ab und nahm wieder Platz. »Du bist wohl nicht vertraut mit den Theorien zur Verbindung von Geist und Körper …« Er beugte sich zu Sherva vor. »Seele und Körper sind nicht getrennt zu sehen, sondern als feste Einheit. So könnte die Seele eines Mannes niemals in den Körper einer Frau verpflanzt werden. Dort würde sie nicht überleben. Und ebenso würde auch der Geist eines Gnomen im Körper einer Nymphe absterben müssen. Daher plante ich, Tarik als Hülle für Asters Seele zu verwenden, weil beide die Söhne einer Halbelfe und eines Menschen sind. Doch das reicht vielleicht nicht. Ich wünsche mir, dass Aster wirklich im Vollbesitz all seiner Kräfte auf die Erde zurückkehrt.«

Yeshol atmete einmal tief durch und schloss die Augen, wie immer wenn er an seinen früheren Herrn dachte.

»Vierzig Jahre lang war Asters Geist im Leib eines zwölfjährigen Knaben gefangen, und diese lange Zeit hat ihre Spuren hinterlassen. Damit sich seine Seele nach der Wiedererweckung voll entfalten kann, braucht sie einen Körper, der jenem, in dem sie einst wohnte, so ähnlich wie möglich ist. Der Leib eines zwölfjährigen Halbbluts wäre ideal. San wäre ideal.«

Wieder beugte Sherva zustimmend das Haupt. Dabei ließ ihn das ganze Theater eigentlich kalt. Es interessierte ihn nicht, ob Aster wiederkehrte oder Thenaars Reich auf Erden Wirklichkeit würde.

»Du musst dir den Jungen schnappen, verstanden? Bring ihn lebend her. Seinen Vater und seine Mutter kannst du beruhigt töten.«

»Ja, Eure Exzellenz.«

»Suche dir selbst einen Begleiter für diese Aufgabe aus. Ich vertraue deinem Urteil.«

Dieses Wort, ›vertrauen‹ ließ Sherva aus irgendeinem Grund zusammenzucken.

»Und mach dich unverzüglich auf den Weg.«

Sherva nickte, legte zum Gruß die gekreuzten Fäuste an die Brust und machte Anstalten zu gehen.

»Ach, warte noch einen Moment.«

Kaum merklich zitternd, blieb Sherva auf der Schwelle stehen. Er drehte sich um und versuchte dabei, seine Miene in den Griff zu bekommen. »Ja?«

»Wir alle fühlen uns schuldig wegen Dubhes Flucht, und so soll es auch sein. Dennoch habe ich den Eindruck, dass du dir die Sache zu sehr zu Herzen nimmst. Ich sah es an deinem Blick in den vergangenen Tagen. Vergiss nicht, dass es meine Entscheidung war, die Verräterin in unseren Reihen aufzunehmen. Nicht deine. Du hast lediglich meinen Befehlen gehorcht. Aber wie dem auch sei, bin ich sicher, dass Thenaar dir mittlerweile vergeben hat.«

Noch einmal verneigt sich Sherva und verließ den Raum.

Kaum draußen, überkam ihn Verachtung für sich selbst. Er empfand die Katakomben der Gilde nicht mehr nur als ein modriges Loch, sondern als eine große Falle, die jederzeit zuschnappen konnte. Und er schämte sich seiner Angst, seiner Schwäche. Hier bei der Gilde war er fehl am Platz. Das hatte ihm Dubhe als Erste klargemacht.

›Oder fürchtest du mittlerweile, niemals so stark zu werden, um es mit Yeshol aufnehmen zu können?‹, hatte sie ihn gefragt.

In diesem Augenblick stand ihm die Wahrheit klar vor Augen. In die Gilde war er eingetreten, um ein erstklassiger Auftragsmörder zu werden, der beste Assassine überhaupt, und diesem Ziel hatte er alles andere untergeordnet. Eines Tages würde er gegen Yeshol antreten, so hatte er gedacht, ihn töten und damit beweisen, dass er selbst der Stärkste war.

Darüber waren die Jahre ins Land gegangen, und während er seinen Körper Tag für Tag mehr zu einer unfehlbaren, todbringenden Maschine formte, war sein Geist mehr und mehr ermattet. Er war nicht stärker geworden als Yeshol, sondern hatte sich ihm untergeordnet, hatte sich damit abgefunden, ein Wächter unter vielen zu sein, zwar höher stehend als ein normaler *Siegreicher*, aber nicht mehr. Bis dann Dubhe auf ihn eingeredet hatte.

Nun würde er Yeshol erst einmal das junge Halbblut bringen. Das stand fest. Aber danach?

»Na endlich, das wurde aber auch Zeit!«

Mit großen Schritten hielt Rekla auf den Drachen zu, der gerade ein paar Dutzend Ellen vor ihr gelandet war. Drachen waren nichts Besonderes für sie, hatte sie doch schon viele gesehen auf den Schlachtfeldern der Aufgetauchten Welt, wo hin und wieder auch Aufträge zu erledigen waren. Dieser hier schien seinen Zenit längst überschritten zu haben, was seine gelblichen, leicht verschleierten Augen und auch das verblichene Grün seiner Schuppen bezeugten. Der Rücken des Drachen war jedoch schwarz, und ebenso die immensen membranartigen Flügel. Es handelte sich also um eine Kreuzung zwischen einem gewöhnlichen Drachen und einem jener schwarzen Drachen, die sich der Tyrann viele Jahre zuvor für seine Kriege geschaffen hatte. Der Versuch, diese miteinander zu paaren, war Dohors Idee gewesen.

Das Tier wurde geritten von einem ungehobelt wirkenden Gnomen.

»Warum hat denn dein Herr so lange gebraucht, um dich hierher zu schicken?«, fuhr Rekla ihn an.

Der Gnom stieg gemächlich ab. »Weil es so lange gedauert hat«, erwiderte er frech und blies Rekla dabei seine Bierfahne ins Gesicht.

Die Frau bebte. Wie sie es hasste, von solchen Kreaturen abhängig zu sein, von *Verlorenen* der niedersten Stufe, Leuten, deren Leben völlig wertlos war. Doch zum Ruhm Thenaars war es eben auch notwendig, sich solch minderwertiger Geschöpfe für die höheren Ziele zu bedienen. Nur dieser Gedanke hielt sie davon ab, zum Dolch zu greifen.

»Dann sollten wir aber jetzt keine Zeit mehr verlieren«, erklärte sie, ihren Zorn mühsam zügelnd.

Im Kiesbett hatte sie ihre Spuren entdeckt. Es war schon mindestens zwei Tage her, seit Dubhe und Lonerin sie dort hinterlassen hatten, ein Zeitraum, der ihr jetzt unermesslich lang erschien. Dennoch war es ihr für einen Moment so vorgekommen, als steige ihr Dubhes Geruch in die Nase. Sie musste sie finden, das Verlangen, sie endlich in die Finger zu bekommen, ließ ihr keine Ruhe mehr.

»Wir sind zu viert, eine enorme Anstrengung für meinen Vhyl«, antwortete der Gnom gleichgültig, »mit anderen Worten, wir können nur sehr niedrig und keine weiten Strecken fliegen.«

Rekla versagte sich eine zornige Geste.

»Trotzdem sind wir schneller als sie«, warf Kerav, einer ihrer beiden Mitstreiter, ein.

»Hoffentlich«, gab sie wenig überzeugt zurück. Für sie war jede Entfernung, die sie von der Verräterin trennte, immer viel zu groß.

Mühsam versuchte der Drache, sich in die Lüfte zu erheben, schlug immer wieder, eine Staubwolke aufwirbelnd, mit den mächtigen Flügeln, bis sie endlich ein wenig an Höhe gewannen.

Rekla dachte an Dohor, vor dem sich Yeshol im Tempel unter der großen Thenaar-Statue zu verneigen gezwungen sah. Unzählige Aufträge hatte die Gilde für den König übernommen, und viele davon hatte sie persönlich ausgeführt. Und wie dankte er es ihnen? Mit einem halbtoten Drachen und einem zweifellos betrunkenen Ritter.

Wie von dem Gnomen angekündigt, flogen sie sehr niedrig, gerade mal ein paar Ellen über dem Wasserspiegel. Verzweifelt mühte sich der Drache, sackte aber immer wieder ein Stück ab. Der weiße Strom unter ihnen floss träge dahin, der Himmel über ihnen war grau, von Dunst verschleiert.

Dennoch schafften sie es recht zügig, die Entfernung zu den Unerforschten Landen zu überwinden. Schon nach wenigen Stunden erreichten sie das andere Ufer. Hier würde die Jagd weitergehen.

»Wir müssen landen«, rief Rekla.

Auch wenn der Drache gewiss dafür geeignet war, zwei Personen von oben auszumachen, mussten sie zunächst wieder nach Spuren zu suchen, um zu erkunden, welche Richtung die beiden eingeschlagen hatten, und das war nur am Boden möglich.

»Das wird schwierig«, grummelte der Gnom.

Er zog den Drachen noch einmal ein wenig hoch, um das Gelände zu überblicken, und was sie dort sahen, war alles andere als ermutigend. Zwar gab es auch hier, wie auf der Seite der Aufgetauchten Welt, ein Ufer aus Kies, Erde und Schlamm, doch es war nur ein schmaler Streifen, an den sich unmittelbar der Wald anschloss, ein Meer von Bäumen, die sich wie Soldaten nur wenige Schritte vom Fluss entfernt aneinanderreihten.

»Da ist kein Platz! Wie soll Vhyl denn dort landen?«, rief der Gnom.

»Dann flieg noch ein Stück«, befahl Rekla, doch von oben sahen sie sofort, dass sich nur dichte Wälder vor ihnen ausbreiteten.

»Das ist überall dasselbe.«

»Wir müssen hier aber runter, verdammt noch mal«, fluchte Rekla, »sieh zu, wie du das anstellst!«

»Unmöglich.«

Die Nähe dieses abstoßenden Gnomen, der Ton seiner Stimme, die vollkommene Gleichgültigkeit, mit der er auf alles, was sie ihm sagte, reagierte, ließen ihr das Blut zu Kopf steigen. Unwillkürlich zog sie den Dolch, und nur Filla, dem zweiten Begleiter, der ihre Hand festhielt, war es zu verdanken, dass die Klinge nicht ihr Ziel traf: die Kehle des Gnomen.

»Lass mich!«, schrie sie wutentbrannt.

»Nicht jetzt, und nicht auf diese Weise«, flüsterte ihr Filla ins Ohr. »Geduld, Herrin …«

Rekla entwand sich seinem Griff und steckte den Dolch zurück. »Ich befehle hier!«, zischte sie.

Es war ihr unangenehm, wenn ihr ein Körper zu nahe kam, und mehr noch hasste sie es, wenn es ein Untergebener war, der sie anzufassen wagte.

»Flieg am Ufer entlang, dann werden wir schon sehen, wie wir landen können«, befahl sie dem Gnomen.

»Aber der Drache ist erschöpft, er muss sich erholen.«

»Später. Los, tu, was ich dir sage!«, ließ Rekla sich nicht beirren.

Der Gnom schnaubte laut auf, fügte sich aber Reklas Willen. Die Drohung mit dem Dolch war nicht ohne Wirkung geblieben.

Die Flügel nur ein paar Zoll über dem Wasser ausgebreitet, hielt sich der Drache mühsam in der Luft. Doch plötzlich sackte er noch weiter ab und streifte die Wasseroberfläche. Sofort zog der Ritter die Zügel, und mit letzten Kräften schaffte es der Drache, wieder aufzusteigen. Doch nicht lange, schon tauchte eine Flügelspitze wieder ins Wasser ein.

Aber damit nicht genug. Gleichzeitig begann das Tier wie wahnsinnig zu brüllen, während sein Flügel immer tiefer in den Fluss gezogen wurde. Nur der Gnom, die Zügel fest in der Hand, konnte sich im Sattel halten. Rekla stürzte in den Fluss und sah um sich herum nur noch schäumendes Wasser sowie ein wenig entfernt etwas Grünes, das aufgeregt hin und her schwang. Dann wurde alles rot, und plötzlich hatte Rekla einen Geschmack im Mund, den sie nur allzu gut kannte und der ihre Eingeweide rumoren ließ. Blut.

Als sie es irgendwie schaffte, wieder aus dem blutroten Wasser aufzutauchen, erblickte sie zwischen enormen weißen Reißzähnen zwei schwarze Flügel, die wild um sich schlugen, sodass das Blut hoch aufspritzte. Daneben der

Gnom, der mit dem Schwert in den Händen immer und immer wieder aus dem Wasser auftauchte und Hieb auf Hieb verteilte in dem verzweifelten Versuch, sich und seinen Drachen zu retten.

»Lass ihn doch, du Idiot«, rief sie ihm zu, doch in diesem Moment schob sich ein riesengroßer Kopf aus dem Wasser, der halb von einem Pferd, halb von einer Schlange zu sein schien, und in seinem mit langen, scharfen Zähnen besetzten Maul zappelte der Drache. Einen kurzen Moment blieb Rekla vor Schreck das Herz stehen.

Dann schwamm sie los, mit letzten Kräften dem Ufer zu. *Nicht jetzt, nicht bevor ich Thenaars Gnade wiedererlangt habe, nicht bevor diese Dubhe wieder in meiner Gewalt ist!*

Immer müder zog sie die Arme durch das Wasser, während sie hinter sich das verzweifelte Schreien des Gnomen hörte. Endlich bekam sie eine freiliegende Wurzel zu fassen, zog sich an Land und war gerettet. Kurz nach ihr erreichten auch ihre Gefährten das sichere Ufer. Sie aber hatte nur Augen für das gigantische Seeungeheuer weiter draußen, dessen Kopf hin und her schaukelte, während es den Drachen verspeiste. Von dem Gnomen aber, dem stinkenden respektlosen Ritter, war nichts mehr zu sehen, und fast freute sich Rekla darüber. Doch als sie wieder zu dem Seeungeheuer blickte, sah sie in einer Augenhöhle etwas funkeln. Auf diese Entfernung waren die Umrisse eines so kleinen Gegenstands nicht leicht auszumachen, doch Rekla hatte keine Zweifel. Das konnte nur ein Dolch sein, ein Dolch, der im Auge des Tieres steckte. Und als sie jetzt noch genauer hinsah, erkannte sie auch zwei Pfeilenden, die aus dem Hals und der Stirn der Riesenbestie ragten. Nur ein Mensch konnte dies getan haben.

»Sie waren hier.«

Filla und Kerav drehten sich zu ihr um, noch laut keuchend von der Anstrengung des Schwimmens, ihre Gesichter schreckensbleich. Rekla hingegen hatte ihre Angst bereits vergessen. Der Hass gab ihr neue Kraft.

»Dubhe war hier.«

4

Unerforschte Lande

Eine ganze Weile noch blieben Dubhe und Lonerin am Ufer des Saars liegen und blickten fassungslos hinaus auf den Fluss, wo sich das Ungeheuer nach den schweren Verwundungen, die die Schattenkämpferin ihm beigebracht hatte, immer noch wild hin und her warf, während sein Blut mehr und mehr das Flusswasser färbte.

Beiden fehlten die Worte, um zu beschreiben, was sie angesichts dieses grauenhaften Spektakels empfanden. Mit knapper Not waren sie dem Tod entronnen.

»Wir sind gerettet«, keuchte Dubhe irgendwann.

»Tja, durch unsere gute Zusammenarbeit, findest du nicht?«

Als sich Dubhe zu ihm umdrehte und in sein lächelndes Gesicht blickte, überkam sie eine derartige Erleichterung, dass sie sein Lächeln, erschöpft, erwiderte. Dann richtete sie sich auf und vergrub die Hände im Sand des Flussufers. Sie hatten es geschafft, hatten wieder festen Boden unter den Füßen, hatten zumindest schon einmal die Unerforschten Lande erreicht.

Sie befanden sich auf einem schmalen Streifen Land, gerade mal so breit wie ein Mensch lang, zum Teil aus Schlamm, zum Teil mit Gras bewachsen. Dort aber, wo das eigentliche Ufer endete, begann unmittelbar ein Wald, der wie eine undurchdringliche Wand aus Bäumen mit verschlungenen Ästen und mächtigen Stämmen wirkte.

Die Farben waren kräftig: Volle Brauntöne vermengten sich mit dem leuchtenden Grün breiter, fleischiger Blätter. Zwischen den Ästen wanden sich lange, faserige Lianen um riesenhafte Farne und fremdartige Pflanzen. Kein einziger Baum war ihnen vertraut, keine einzige der unzähligen Pflanzenarten, aus denen dieser Wald bestand, schien in der Aufgetauchten Welt vorzukommen.

Ein paar Schritte gingen sie in den Wald hinein, doch die eigenartige Stille, die sie sofort umfing, ließ sie unsicher stehen bleiben. Kein Vogelgezwitscher war zu hören, kein Rascheln im Unterholz, noch nicht einmal ein Rauschen in den Baumwipfeln. Sie hatten den Eindruck, der ganze Wald sei wie ein wildes Tier, das auf der Lauer liege, um seine Beute im nächsten Moment anzuspringen.

Zudem konnten sie kaum die Hand vor Augen erkennen. Derart dicht waren die Baumkronen ineinander verwoben, dass sie nur wenige Sonnenstrahlen hindurchließen, die als vereinzelte Flecken auf dem Waldboden auftrafen. Nur wenige Ellen weit konnten sie sehen, dahinter schienen alle Bäume von der Finsternis verschluckt zu werden.

Es war genau dieses so völlig Fremde, Unbekannte, vor dem die Bewohner der Aufgetauchten Welt solche Furcht hatten, dass sie sich jahrhundertelang von dort fernhielten. Abgeschreckt von der Situation, beschlossen Dubhe und Lonerin, zunächst einmal zu rasten und erst am nächsten Tag loszuwandern. Außerdem hatte Lonerin für die Zauber alle Kräfte eingesetzt und war völlig erschöpft. Dubhe ging es ähnlich. So schien es ihnen ratsam, abzuwarten und sich über die Lage klar zu werden.

Die Beine übereinandergeschlagen, saß Lonerin am Flussufer und holte ihren letzten verbliebenen Proviant aus seiner Tasche hervor. Wie durch ein Wunder hatten sie, kurz nachdem sie gestrandet waren, die Tasche retten können, in der sich neben dem einen oder anderen Bündel mit Lebensmitteln auch einige Ampullen befanden. Sie hatte sich in den

Wurzeln verfangen, die sich vom Wald bis zum Ufer erstreckten, und trieb dort im seichten Wasser.

Außerdem hatte Dubhe, als das Boot kenterte, noch einige ihrer Waffen retten können: den Bogen, die Pfeile, ihren Dolch und die Wurfmesser.

Nun begann Lonerin, eine Art Inventar zu erstellen, und sie hörte bangen Herzens zu.

»Ungefähr ein Drittel der Nahrungsmittel, die uns Torio mitgegeben hat, haben wir im Fluss verloren«, erklärte er, »aber das wird wohl nicht so schlimm sein. Wir können jagen und Früchte sammeln …«

Er hob den Blick, um Bestätigung in Dubhes Miene zu finden, die aber eher besorgt wirkte. Sogleich erriet er ihre Gedanken.

»Keine Angst, auch der Trank wird reichen«, erklärte er.

Dubhes Miene hellte sich nicht auf. »Wieso? Wir haben höchstens die Hälfte retten können«, bemerkte sie kühl.

»Aber dort im Wald finde ich alles, was ich brauche, um mehr davon herzustellen.«

»Du kennst diesen Wald doch gar nicht. Woher willst du wissen, ob dort die benötigten Kräuter wachsen?«

»Nun, ich …«

Dubhe zeigte in den Wald.

»Hast du dort auch nur eine einzige uns bekannte Pflanze gesehen? Eine, die wir aus der Aufgetauchten Welt kennen?«

»Na wenn schon? Das ist doch nur der äußerste Rand. Wir müssen nur weiter ins Dickicht hinein. Diese Kräuter wachsen im Unterholz …«

Sie blickte ihn nur spöttisch an.

»Ja gut, vielleicht hast du recht«, gab Lonerin zu, »wir müssen das, was wir noch haben, zunächst gut einteilen. Aber ich habe dir ja schon erklärt, mein Trank ist anders als der von Rekla, von meinem brauchen wir weniger, um das Siegel unter Kontrolle zu halten. Ein Schluck alle drei, vier Tage, und du müsstest es schaffen. Auch wenn es hart wird.«

Dubhe ging nicht darauf ein, sondern machte sich daran,

einen Teil der auf dem Boden ausgebreiteten Nahrungsmittel in ihren Reisesack zu packen.

»Es wird schon gehen. Vertrau mir«, fuhr Lonerin eindringlich fort.

Vertrauen. Das fiel ihr nicht eben leicht, und zudem war sie sich gar nicht so sicher, ob sie wirklich vertrauen wollte. Der Letzte, dem sie vertraut hatte, war ihr Meister gewesen, und über diesen Verlust war sie nie wirklich hinweggekommen.

Auch jetzt noch, fast drei Jahre nach seinem Tod, schaffte sie es nicht, sich innerlich von ihm zu lösen. Doch wie so oft hatte sie auch jetzt keine andere Wahl.

»Es hat eigentlich gar nichts mit dir zu tun«, sagte sie, ohne ihn anzuschauen, »aber es fällt mir eben schwer, Vertrauen zu haben. Ich sehe wieder nur Hindernisse vor mir wie immer schon in meinem Leben.«

»Das verstehe ich ja.« Lonerins Stimme klang bekümmert. »Aber Hindernisse sind dazu da, um aus dem Weg geräumt zu werden. Und außerdem bist du ja nicht allein. Ich werde das Unmögliche möglich machen, um dir zu helfen. Auch aus diesem Grund sind wir ja hier.«

Dubhe lächelte vor sich hin.

Noch niemandem war es je gelungen, sie zu retten. Vielleicht gab es einfach keine Rettung für sie, auch wenn der Fluch überwunden wäre. Dennoch nickte sie, ihm zuliebe. Dabei bezweifelte sie eigentlich, dass er wirklich nachempfinden konnte, wie sie sich fühlte.

Langsam ging die Sonne hinter dem Fluss unter, und nachdem sie ein wenig gegessen hatten, beschloss Lonerin, sich noch einmal genauer anzuschauen, welchen Weg sie am nächsten Morgen einschlagen würden. Als er Anstalten machte, ein Lagerfeuer anzuzünden, hielt Dubhe ihn zurück.

»Tu es lieber nicht. Die Gilde ist uns sicher noch auf den Fersen.«

»Woher sollen die denn wissen, wo wir sind? Und auch

wenn sie es wüssten, glaube ich nicht, dass sie uns bis hierher folgen würden.«

»Oh doch! Rekla wird mir folgen. Die gibt nicht auf«, erklärte sie bestimmt, »die hasst mich viel zu sehr, um sich von irgendetwas aufhalten zu lassen.«

Lonerin stutzte ein wenig und holte dann die Pergamentseite hervor, die er in seinem Quersack mit sich trug. Sie war vollkommen trocken, denn er hatte sie mit einem Zauber geschützt, und zufrieden rollte er sie jetzt auf dem Boden aus.

Es handelte sich um eine Art Landkarte, die mit Rötelstift gezeichnet war, ganz offensichtlich nicht das Werk eines Kartografen, kaum mehr als eine Skizze. Die Berge waren als abgerundete Blöcke zu erkennen, die Flüsse als gerade, mehr oder weniger dicke Striche und darin verteilt verschiedene Beschriftungen.

»Mit dieser Karte hat sich Ido wirklich Mühe gegeben. Sie enthält alle Hinweise, die er Sennars Briefen entnommen hat«, erklärte Lonerin. »Soana hatte ihm beigebracht, wie man mithilfe der Magie Botschaften empfangen kann. Ein einfacher Zauber, nicht schwer zu erlernen. So lassen sich Worte zu Papier bringen, die ein anderer, irgendwo, egal wie weit entfernt, mit Zauberhand geschrieben hat. Auf diese Weise konnte Ido all die Jahre mit Sennar in Verbindung bleiben. Aber schau mal, es kommt noch besser. All diese Notizen hier hat er mir zusätzlich noch aufgeschrieben.«

Er drehte das Blatt um. Die ganze Rückseite war voller Bemerkungen, mit demselben Stift geschrieben, mit dem auch die Skizze angefertigt war. Die Buchstaben waren winzig, und das ganze Blatt sah recht unordentlich aus, da die Hinweise kreuz und quer ohne offensichtlichen Zusammenhang geschrieben waren.

Dubhe überkam ein seltsames Schwindelgefühl bei dem Gedanken, dass wirklich Ido diese Notizen verfasst hatte. Sie hatte den Gnomen während der Versammlung des *Rats der Wasser*, bei der über ihre Mission beraten wurde, gesehen und

Die Unerforschten Lande

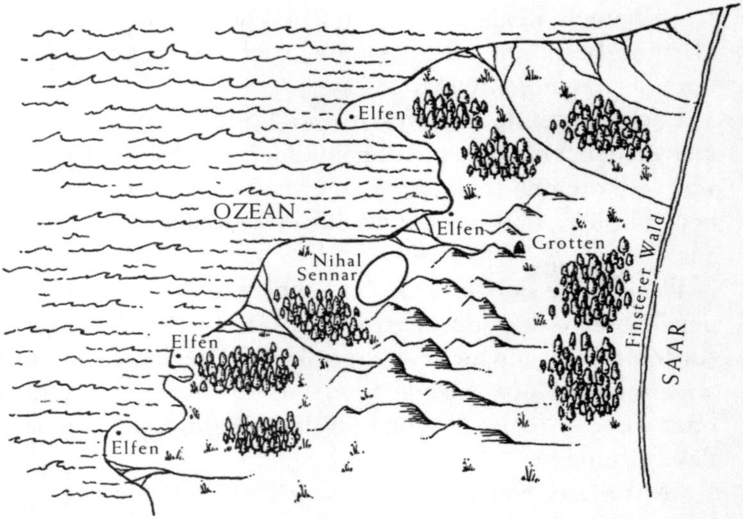

sich ein paar Minuten mit ihm unterhalten können hoch oben auf einem Balkon des königlichen Palastes in Laodamea. Dennoch blieb er für sie eine Art Sagengestalt, eine legendäre Persönlichkeit, jener Lehrer Nihals, der Heldin, die den Tyrannen besiegt hatte.

»In den ersten sechs Jahren haben Nihal und Sennar diesen Teil der Welt erkundet«, begann Lonerin jetzt zu erläutern, indem er die Anmerkungen las und immer wieder vorn auf die Karte schaute. »Sie sind viel umhergereist, wobei Sennars Angaben zu den Orten, die sie gesehen haben, nie sehr genau sind. Jedenfalls waren sie auch in diesem Wald dort vor uns. Sennar berichtet von seltsamen Tieren und von der Pflanzenwelt, aber auch das alles recht vage. So zogen die beiden immer weiter, ohne eine exakte Richtung beizubehalten, bis sie schließlich irgendwann zum Meer gelangten.« Lonerin zeigte auf die Küste. »Dort sollen Elfen leben.«

»Elfen?«, fragte Dubhe erstaunt.

Von diesem Volk hatte man in der Aufgetauchten Welt schon so ewig lange nichts mehr gehört, dass Dubhe diese Falbelwesen nur mit alten Märchen in Verbindung brachte, mit Sagen, die abends vor dem Kaminfeuer zum Besten gegeben wurden, mit Gutenachtgeschichten aus dem Mund ihres Vaters, die ihre kindliche Fantasie beschäftigt hatten.

Lonerin nickte. »Ja genau. Nihal und Sennar hielten sich wohl eine Weile dort auf. Aber dann muss es Streitigkeiten mit den Elfen gegeben haben. Genauer hat Sennar das wohl nicht erläutert. Zudem könnte auch der ein oder andere Brief verlorenen gegangen sein. Ido ist kein begnadeter Zauberer, wie er mir selbst gestanden hat.«

»Und wo sind die beiden dann geblieben?«

»Nun, sie waren wohl des Umherziehens müde und ließen sich am Rand des Elfengebietes nieder, hier ungefähr.«

Aufmerksam blickte Dubhe auf die Stelle, die Lonerin ihr auf der Karte zeigte: fast an der Küste, wie weit entfernt, war nicht zu sagen.

»Als Nihal dann starb, beschloss Sennar, alle Verbindungen zu den Elfen abzubrechen. In einem seiner letzten Briefe schreibt er von einem Ort in den Bergen.«

Er drehte die Seite um und begann zu lesen:

»*Am Fuß der Berge ließ ich mich nieder, der Ozean ist nicht weit, manchmal kann ich ihn sogar riechen so wie in meiner Heimat, dem Land des Meeres. Um mich herum nichts als Wälder. Ein Stück entfernt die Bucht, wo sich der Marhatmat, wie er bei den Elfen heißt, in den Ozean ergießt.*«

Beide schwiegen.

»Das ist alles«, sagte Lonerin nach einer Weile.

Auf der Karte fand Dubhe den erwähnten Fluss.

»Hier also.«

»Ja.«

»Das heißt, von unserem Standort aus in südwestliche Richtung. Und mit einem Gebirge dazwischen.«

Lonerin antwortete nicht, und Dubhe verzog das Gesicht. Das hieß, sie mussten sich fast blind ihren Weg suchen.

Dann blickte er sie an und sagte mit einem ironischen Lächeln. »Überschlag dich nur nicht vor Begeisterung.«

»Ach, ich will mich ja nicht beschweren, aber die Karte ist doch wirklich ziemlich ungenau.«

»Ich weiß. Aber etwas anderes haben wir nicht.«

Dubhe nickte. Plötzlich war es ihr unangenehm, mit welch geringem Vertrauen sie unterwegs war.

Lonerin rollte die Karte zusammen und steckte sie in seinen Quersack zurück.

»Die Sache ist kompliziert, das will ich ja gar nicht leugnen. Aber gerade deswegen müssen wir umso fester an einen Erfolg glauben. Und uns vor allem gegenseitig vertrauen. Auf dem Fluss sind wir nur mit heiler Haut davongekommen, weil wir zusammengehalten haben.«

In seinen Worten schwang etwas mit, das Dubhe fremd war. Sie selbst hatte anders gelebt, hatte gelernt, anders an die Dinge heranzugehen.

»Glaubst du daran, Dubhe? Glaubst du, dass wir es schaffen werden, Sennar zu finden? Glaubst du es so fest, wie ich es tue?«

Es war eigenartig, dass er ihr jetzt diese Fragen stellte, die ihr selbst vor dem Aufbruch schon durch den Kopf gegangen waren. »Ja«, nickte sie ein wenig halbherzig.

»Gut, dann sollten wir uns jetzt ausruhen und schlafen. Wer weiß, was uns morgen im Wald erwartet.«

Lonerin lächelte ihr noch einmal zu und legte sich dann am Ufer nieder. Dubhe tat es ihm nach und schloss die Augen.

Der Wald hinter ihnen schwieg beharrlich weiter.

Als sie am nächsten Morgen aufwachten, konnten sie sich im ersten Moment nicht entschließen, den schmalen, offenen Uferstreifen zu verlassen. Bedrohlich und finster lag der Wald vor ihnen, schien fast wie ein lebendes Wesen körperlich präsent zu sein.

Es war Lonerin, der sich endlich einen Ruck gab. Er warf sich den Quersack über und marschierte los. Die riesengroßen Blätter, die er, sich seinen Weg bahnend, auseinanderschob, schnellten hinter ihm zurück und entzogen ihn sofort Dubhes Blick. Unwillkürlich legte sie eine Hand an das Heft ihres Dolches und umklammerte ihn fest. Plötzlich war ihr klar, was es bedeuten würde, einander in diesem Dickicht zu verlieren, und Lonerins Worte vom Vorabend erhielten nun noch einmal ein anderes Gewicht. Noch ein tiefer Atemzug, dann folgte sie ihm. Der erste Schritt war getan.

Rasch gewöhnten sich die Augen an das karge Licht. In gewisser Hinsicht war es ähnlich, wie in die feuchten Katakomben der Gilde hinabzusteigen, in jenes Labyrinth aus Felsengängen, die nur schwach von den in regelmäßigen Abständen an den Wänden angebrachten Fackeln erhellt wurden. Dieser Wald hier war ebenso feucht, und die Wände ringsumher bestanden aus mächtigen Baumstämmen mit verschlungenem Astwerk, das kaum einen Durchgang gewährte. Auch dies hier war ein düsteres Labyrinth.

Hier und dort durchbrach die Farbenpracht von Blumen und Blüten, deren Kelche sich vor ihnen öffneten, das eintönige Grün und Braun von Stämmen und Blattwerk. Entfernt ähnelten sie den phosphoreszierenden Pflanzen im Land der Nacht, die sich, wie sich Dubhe gut erinnerte, auch die Fassade des Gildentempels hinaufrankten. Hatten jene jedoch nur ein blasses Licht abgegeben, so wirkten diese hier fast zu grell. Das tiefe Rot brannte in den Augen, und auch die Gelb- und Blautöne wirkten ungeheuer kräftig.

Lonerin griff in seine Hosetasche, holte etwas hervor und hielt es vor sich. Es war eine feine Nadel.

»So, jetzt schauen wir mal ...«, erklärte er mit einem bemühten Lächeln. Wie Dubhe fühlte er sich unsicher, versuchte aber, es nicht zu zeigen.

Halblaut sprach er einige Zauberformeln, die unheimlich aus dem Wald widerhallten, und öffnete dann die Hand.

Ein bläulich flackerndes Licht schoss hervor und bildete einen Pfeil, der exakt in eine Richtung zeigte. Als sie genauer hinschaute, erkannte Dubhe, dass die Nadel dieses Licht erzeugte.

»Dort ist Westen«, erklärte Lonerin lächelnd und fuhr dann fort, es handle sich um einen ähnlichen Zauber wie auf dem Fluss, nur auf engerem Raum, und sei daher geeignet, ihnen im dichten Wald den Weg zu weisen.

Dubhe empfand seine Worte als beruhigend. Dieses Licht, das ihnen die Richtung vorgab, hatte etwas Tröstliches, und einen Moment lang fühlten sich beide weniger verloren.

In den ersten Tagen ihrer Wanderung war das Sirren und Summen der Insekten ringsum das einzige Geräusch, das die unheimliche Stille durchbrach. Auch diese waren ungewöhnlich. Entfernt ähnelten sie denen in der Aufgetauchten Welt, hatten gleichzeitig aber auch etwas sehr Befremdliches. Einmal entdeckten sie morgens einen Käfer mit einem kunterbunten Panzer und unzähligen Füßen unter seinem rundlichen Leib, ein anderes Mal war es ein großer gelber Schmetterling mit sechs Flügeln, der sie mit seinem schwerelosen, harmonischen Flug verzauberte. Wieder ein anderes Mal schlängelte sich ein Wurm von der Länge einer Hand mit grotesken Bewegungen über ihren Weg, um sich irgendwann aufzurichten und sie aus acht schwarzen Augen anzustarren.

Darüber hinaus regte sich nichts im Wald, nicht der leiseste Windhauch.

Nur einmal hörten sie etwas Eigenartiges. Einen Schrei in der Ferne, fast ein Brüllen, und obwohl nicht laut, zuckten beide in der vollkommenen Stille zusammen. Lonerin blickte sich hektisch um, während Dubhe zum Bogen griff. So standen sie eine ganze Weile reglos da, doch der Wald schwieg wieder.

»Das war ein Drache«, flüsterte Lonerin und fragte sich, woher der Schrei gekommen sein mochte. Gab es hier überhaupt Drachen? Sennar hatte zumindest keine erwähnt …

Dubhe schüttelte sich. Etwas Bedrohliches hatte in dem Brüllen gelegen, und ohne besonderen Grund dachte sie an den Bau der Gilde und an Rekla.

Mehr und mehr fühlte Dubhe sich beobachtet. Seit sie der Fluch getroffen hatte, war sie nie wirklich allein, weil tief in ihrem Innern die Bestie schlummerte, jederzeit bereit hochzufahren und die kleinste Schwäche ihrerseits sofort auszunutzen. Doch nun war es nicht nur die Bestie, die auf der Lauer lag, sondern noch etwas anderes. Ein unterschwelliges Gefühl der Bedrohung, so als hätten sie alle Augen, die Stämme, Äste, Blätter und Blüten. Unzählige Blicke, alle nur auf sie gerichtet.

Hin und wieder holte Lonerin die Karte hervor und studierte sie eine Weile, bevor sie weitergingen. Eigentlich war es sinnlos, aber Dubhe verstand, dass es ihm Sicherheit gab. Er war zu bewundern. Wie er sich bemühte, einen kühlen Kopf zu bewahren und die Nerven unter Kontrolle zu halten, hatte etwas Heroisches. Denn sogar ihr, Dubhe, die doch zur Kaltblütigkeit erzogen war, fiel es in diesem Wald schwer, nicht nervös zu werden.

Und als wenn das alles noch nicht gereicht hätte, wurde es tagsüber auch noch unerträglich heiß. Lonerin legte sein Wams ab und kämpfte sich mit schweißbedecktem nacktem Oberkörper durch das Dickicht, während Dubhe nur ihr Oberteil anbehielt.

Fast immer vom Laubwerk verdeckt, zog die Sonne am Himmel ihre Bahn. Nur wenn sie zu einer Lichtung kamen, explodierte das Licht und blendete sie derart, dass sie einige bange Momente überstehen mussten, weil sie vollkommen die Orientierung verloren.

Es war, als bewegten sie sich in einer Sphäre ohne Zeit und Raum an einem immer gleichen Ort, der bedrohlich wirkte, ohne dass die Gefahr deutlich zu erkennen war. Eine Situation, die ihre Nerven extrem strapazierte.

Dubhe kam damit besser zurecht als Lonerin. Gewiss,

auch sie belastete es, jeden Augenblick auf der Hut sein zu müssen, auch sie hatte Angst, eine unterschwellige Angst vor etwas, das nicht zu benennen war, doch noch gelang es ihr, die Nerven zu behalten.

Lonerin hingegen wurde immer nervöser, holte dauernd die Karte hervor, kontrollierte zwanghaft die Nadel und blickte sich fortwährend hektischer um. Dubhe hätte ihn gern irgendwie beruhigt, doch auf diese Situation war sie ganz und gar nicht vorbereitet. Stets hatte sie nur auf sich selbst aufgepasst oder von ihrem Meister Schutz und Trost erfahren. Wie man einen anderen Menschen tröstete und beruhigte, wusste sie daher nicht. Wie machte man einem anderen Mut? Lonerin schien dazu in der Lage, sie selbst war dieser Kunst nicht mächtig.

An einem Nachmittag, fast eine Woche nach ihrer Ankunft in den Unerforschten Landen, vernahmen sie plötzlich verdächtige Geräusche. Dubhe als Erste. Die Bestie in ihr hatte ihre Sinne geschärft, der einzige Vorteil unter all den entsetzlichen Folgen, die der Fluch für sie mit sich gebracht hatte. Im ersten Moment glaubte sie noch, sie habe sich vielleicht getäuscht.

Doch Lonerin blieb plötzlich stehen, reckte lauschend den Kopf. Da war doch etwas ... Klänge, Murmeln, wenn auch undeutlich.

»Hörst du das?«

Dubhe nickte.

Kaum hatten ihre Stimmen die Stille durchbrochen, waren die Geräusche verschwunden.

Lonerin lauschte noch angestrengter. »Hast du eine Ahnung, was das sein könnte?«, fragte er, während er sich zu ihr umwandte.

Schweißperlen standen ihm auf der Stirn, und das nicht nur von der Hitze. Er war blass.

Dubhe schüttelte den Kopf. »Was soll's? Das ist schließlich ein Wald, und was wäre ein Wald ohne Geräusche? Nein, unheimlich ist eher, dass es hier so still ist.«

Einige Augenblicke schaute er sie noch schweigend an und ging dann weiter.

Plötzlich kam Wind auf, und die Baumwipfel begannen zu rauschen, ohrenbetäubend laut, wie Dubhe es empfand. Auch Lonerin verlangsamte den Schritt mit dem Gefühl, die Bäume wollten ihm etwas sagen.

Dann waren sie wieder da, diese Geräusche, die nun aber nicht plötzlich abbrachen, sondern deutlicher wurden. Gelächter. Vielleicht auch Gesänge. Doch noch aus der Ferne.

Dubhe wischte sich den Schweiß von der Stirn. Die Bestie in ihrem Innern rührte sich nicht, lag nur wie gewöhnlich auf der Lauer. Bei Gefahr hätte sie Dubhe angefallen, hätte wieder hervorzubrechen versucht.

»Da ist jemand ...«

»Lonerin, glaub mir, es ist alles in Ordnung. Ich würde es spüren.«

Doch ihr Gefährte war nicht überzeugt.

»Soll ich vorgehen?«, schlug Dubhe vor.

Lonerin schüttelte unwirsch den Kopf. »Ich habe doch die Karte und vor allem die Nadel, die uns die Richtung anzeigt.«

So setzten sie ihren Weg fort. Doch die Stimmen wollten nicht verstummen. Es war, als habe sich der Wald plötzlich bevölkert, so als wolle man sie foppen, als verberge sich jemand hinter jedem Busch und lache sie aus. Und doch war niemand zu sehen. Aufmerksam blickte sich Dubhe immer wieder um – nein, nichts –, während Lonerin vor ihr weiter seine Schritte beschleunigte.

»Gib mir den Dolch.«

»Damit kannst du doch gar nicht umgehen.«

»Man muss kein verdammter Krieger sein, um einen Dolch zu benutzen!«

»Lass doch, am Ende tust du dir noch selbst damit weh. Du führst, und ich beschütze uns. Ich dachte, diese Aufteilung sei klar.«

»Da ist aber doch was ...«

»Und wenn es so ist, werde ich mich darum kümmern.«

Da, wieder Gewisper. Auch Dubhe lief ein Schauer über den Rücken. Mittlerweile war es im Wald noch düsterer geworden, und die langen Schatten kündigten den Sonnenuntergang an.

»Vielleicht sollten wir haltmachen«, schlug Dubhe vor, doch Lonerin reagierte nicht, lief entschlossenen Schrittes weiter.

»Lonerin!«, rief sie noch einmal – ohne Wirkung.

Sie musste ihn am Handgelenk festhalten und spürte dabei, wie angespannt seine Sehnen waren und dass seine Muskeln leicht zitterten.

»Ja, schon gut«, antwortete er jetzt, wobei er verlegen die Augen niederschlug, »du hast ja recht.«

Auch während sie aßen, wollte das Gemurmel um sie herum nicht verstummen. Es war jetzt überall und näher als zuvor. Der Wind trug ihnen Wortfetzen zu, und die Sonne hatte sich hinter dem Horizont verborgen, um der Nacht das Feld zu überlassen.

»Komm, hier können wir nicht bleiben«, erklärte Lonerin am Ende ihres kargen Mahls, während er den restlichen Proviant hektisch im Beutel verstaute. Dubhe widersprach nicht, wusste jetzt, dass es ein Fehler gewesen war, sich niederzusetzen. Denn jetzt hatte auch sie Angst. Im Dunkeln hörten sich die seltsamen Stimmen noch schauerlicher an: Einige klangen wie ein klagender Singsang, andere lockend, verführerisch, unheimlich.

Zum ersten Mal wanderten sie jetzt auch bei Finsternis weiter, wobei Lonerin für Licht sorgte. Dazu streckte er eine Hand aus, und schon formte sich eine leuchtende Kugel, die dicht über seiner Handfläche schwebte und schaurige Schatten auf den Waldboden warf.

»Dort!« Dubhe zeigte in eine Richtung.

Lonerin fuhr herum und sah gerade noch, wie etwas hinter einem Baumstamm verschwand.

»Ein Tier«, keuchte Dubhe, »nur ein verdammtes Tier.«

Sie zog den Dolch, doch alles war still.

»Wir müssen so rasch wie möglich von hier fort«, zischte Lonerin, dessen Gesicht im Schein der Leuchtkugel noch blasser wirkte.

Dubhe nickte.

Noch schneller hasteten sie durch den Wald, der trockene Laubteppich am Boden raschelte laut, die Wand aus Farnen schnalzte bei jedem Schritt.

Und um sie herum Stimmen, Klagen, Gelächter, immer lauter, immer deutlicher.

Plötzlich sah Lonerin einen seltsamen Schatten, eine Art Rauchkringel, der zwischen zwei Baumstämmen aufstieg und verflog.

»Das war kein Tier«, raunte er mit erstickter Stimme.

Noch einmal beschleunigte er seine Schritte, und Dubhe folgte ihm geschwind, ohne Fragen zu stellen, während ihr Herz in der Brust hämmerte.

Plötzlich wieder solch ein seltsamer, undeutlicher Schatten und wieder einer und noch einer, bis beide mit einem Mal erkannte, worum es sich handelte: Gesichter von Frauen mit erstarrten Zügen, die wie Theatermasken wirkten. Aus Luft gemacht, schwebten sie ihnen entgegen, umschwirrten sie und starrten sie mit den gläsernen Blicken von Toten an.

Ein Gespenst kam ganz nahe an Dubhe heran, glitt durch sie hindurch, und ein Gefühl unbeschreiblicher Kälte überkam sie. Das Mädchen schrie auf und stach mit dem Dolch um sich, wobei sie Lonerin nur um Haaresbreite verfehlte, der jetzt ihr Handgelenk ergriff, um sie fortzuziehen. Keuchend rannten sie davon, immer nur dem kleinen Flecken Wald hinterher, den ihre Leuchtkugel erhellte.

Doch die Frauengesichter folgten ihnen, jagten sie, umwirbelten sie.

Da blieb Lonerin an einer Wurzel hängen, strauchelte, und beide stürzten zu Boden. Das Licht erlosch, und mit einem Mal war alles stockfinster ringsum.

Das Wispern verstärkte sich zu spitzen Schreien, das Klagen zu ohrenbetäubendem Kreischen. Auch die Bestie in

Dubhe hob ihr Haupt und begann zu brüllen, und plötzlich hatte sie das erste Gemetzel vor Augen, zu dem das Ungeheuer sie gezwungen hatte – die zerfleischten Körper auf der Lichtung –, und das Bild löste panischen Schrecken in ihr aus und gleichzeitig wilde Erregung. Ihr Geist verwirrte sich, ihr Körper verlangte nach Blut. Hier, an diesem Ort, in dieser Situation, roch es nach Tod, ein Geruch, der der Bestie wohlvertraut war.

Plötzlich rief Lonerin irgendetwas, während fast gleichzeitig ein grellrotes Licht aufflammte. Die Stimmen verstummten, die Schattengesichter lösten sich auf. Der Wald schwieg wieder.

Dubhe tastete nach der Hand ihres Gefährten und fand seine Schulter.

»Solche Geister habe ich in der Aufgetauchten Welt noch nie erlebt«, keuchte Lonerin, »aber meine Feuermagie hat geholfen. Ich weiß nur nicht, wie lange sie wirkt.«

Dubhe spürte, wie sich auch die Bestie in ihr beruhigte. Es war nur ein kurzer, aber entsetzlicher Tatzenschlag gewesen. »Was sollen wir jetzt tun?«

»Sie fürchten das Feuer. Am besten entfachen wir ein großes Leuchtfeuer.«

»Und was, wenn uns die Gilde auf den Fersen ist? Damit verraten wir uns«, wandte Dubhe ein.

Sie spürte Lonerins Atem in ihrem Gesicht.

»Das müssen wir einfach riskieren. Oder sollen wir etwa umkehren?«

Sie kamen überein, abwechselnd beim Feuer zu wachen. Zumindest in dieser Nacht. Dubhe bot sich an, die erste Wache zu übernehmen.

»Gut, aber ich leiste dir Gesellschaft«, erklärte Lonerin mit einem Lächeln, »wahrscheinlich könnte ich ohnehin nicht schlafen.«

So ließen sie sich, noch gezeichnet von der ausgestandenen Furcht, vor dem Feuer nieder.

»Immerhin haben wir was zu erzählen, wenn wir zurückkommen«, scherzte Lonerin, doch Dubhe fiel das Lächeln schwer. »Es wird schon alles gut gehen«, fügte er beruhigend hinzu.

Dubhe hob den Blick.

»Wie machst du das nur?«, fragte sie.

»Was denn?«

»Nun, so zuversichtlich zu bleiben. Wo nimmst du diese Sicherheit her? Wir sitzen hier in einer fremden Welt, umringt von irgendwelchen gruseligen Gespenstern, mutterseelenallein, und du ...«

»Ich vergesse eben nie, wozu ich hier bin ...«

Lonerins Stimme war fest, der Blick seiner grünen Augen klar. Dubhe war beeindruckt.

»Ich habe eine Mission zu erfüllen, von der das Leben sehr vieler Menschen abhängt. Dafür bin ich bereit, alles zu geben. Dass es schiefgehen, dass ich auch scheitern könnte, daran denke ich überhaupt nicht. Nicht zuletzt, weil das den Erfolg gefährdet.«

Dubhe schaute ihn einige Augenblicke schweigend an. Noch nie hatte sie jemanden kennengelernt, der so geradlinig ein Ziel verfolgte. In ihrer Welt hatte es bislang nur Menschen gegeben, die sich eher vom Schicksal hatten treiben lassen. So wie sie selbst auch.

»Und auch du solltest dir Gedanken darüber machen, was du mit deinem Leben anfangen willst – wenn wir bei Sennar waren und du frei bist, weil der Fluch gebannt ist. Denn das wird geschehen. Wenn du es willst, wird es wahr werden.«

Ach, wenn du wüsstest. Nichts von dem, was in meinem Leben geschehen ist, habe ich so gewollt! Gornar ist gestorben, meine Eltern haben mich verraten, und auch mein Meister hat mich verlassen!

Das hätte sie hinausschreien können. Aber sie unterließ es. Zumindest eine Weile konnte sie sich ja auch der Illusion hingeben, dass Lonerin recht hatte. Eine schöne Illusion, die sie so angenehm einlullte, dass sie sie nicht zerstören wollte.

Sie deutete ein Lächeln an, das Lonerin fast dankbar erwiderte. »Schlaf nur, ich bleibe wach«, sagte er.

»Kommt nicht infrage. Die erste Wache ist die schwerste. Und zudem bin ich daran gewöhnt, lange wach zu bleiben«, protestierte sie.

»Offen gesagt, bin ich noch so aufgewühlt, dass ich ohnehin kein Auge zumachen könnte. Und du siehst mitgenommen aus ... Wenn ich nur an dieses Gespenst denke, das durch dich hindurch geschlüpft ist ... Nein, schlaf nur, das wird dir guttun.«

Dubhe ließ sich überzeugen. Tatsächlich hatte das Brüllen der Bestie sie erschöpft, auch wenn sie keine Lust hatte, Lonerin davon zu erzählen. Denn dann wäre sein Blick wieder voller Mitleid gewesen, und es war viel angenehmer, ihn weiter diese Selbstsicherheit ausstrahlen zu sehen.

Sie zog den Dolch aus dem Gürtel und reichte ihm die Waffe.

»Den brauche ich nicht. Gegen die Geister reicht meine Magie.«

»Für alle Fälle ...«, lächelte sie.

Mit den Dolchen bahnten sie sich einen Weg durch das Dickicht. Hinter ihnen blieben abgeschlagene Zweige und zerbrochene Äste zurück. Eine Fackel, die Filla trug, leuchtete ihnen den Weg. Gleich hinter ihm kam Rekla, die beschlossen hatte, dass sie nur wenige Stunden schlafen und auch in der Dunkelheit weiterwandern würden. »Wir haben den Drachen verloren, und die beiden haben mindestens drei Tage Vorsprung. Den müssen wir aufholen«, hatte sie erklärt.

»In diesem Land wimmelt es von Gefahren. Ich bin sicher, die werden auch ohne unser Zutun nicht überleben«, hatte Kerav bemerkt.

»Nein!«, schrie Rekla aufgebracht. »Wir müssen sie töten! Das Blut dieser Hündin muss in Thenaars Becken fließen. Und das wird auch geschehen.«

Sie schien unermüdlich wie ein Wolf auf der Jagd nach seiner Beute.

Gegen Abend bestiegen sie eine kleine Anhöhe, um das Gelände überblicken zu können. Auf der Kuppe angelangt, stand ein strahlender Vollmond am Himmel. Es war das erste Mal seit Beginn ihrer Reise, dass sie ihn sahen, und fast ehrfurchtsvoll blickte Filla zu ihm hinauf.

»Steh doch nicht so rum. Hilf mir lieber«, forderte Rekla ihn mit schneidender Stimme auf.

Von einer Art Vorahnung erfasst, machte sie sich daran, auf einen Baum zu klettern. Als sie die obersten Äste erreicht hatte, stahl sich ein Lächeln in ihr Gesicht. Unwillkürlich dankte sie Thenaar.

»Mädchen, jetzt hast du einen Fehler gemacht«, murmelte sie ins Dunkel hinein, »und der wird dich teuer zu stehen kommen.«

In der Ferne am Horizont sah sie im Mondlicht eine dünne Rauchsäule aufsteigen.

5

Salazar

Für Ido war es ein seltsames Gefühl, wieder den Boden des Landes des Windes zu betreten. Früher hatte er sich dort nur aufgehalten, um Nihal und Sennar zu besuchen. Und als die beiden dann fortzogen, verschwand für ihn dieser Teil der Aufgetauchten Welt eine Zeit lang fast ganz von Landkarte, um dann aber unter dramatischen Umständen plötzlich wieder aufzutauchen, als der Gnom Gahar nämlich, der König des Landes der Felsen, Nihals Heimatland überfiel. Zu jener Zeit war Ido noch Oberster General und wurde ausgesandt, mit seinen Truppen den Eroberer zurückzuschlagen. Ein sinnloser Krieg: Nach fünfjährigem Gemetzel musste der Rat Gahar eine Art Schutzherrschaft über das Land des Windes zugestehen. Und das verwunderte eigentlich nicht, denn später stellte sich heraus, dass Gahar durch einen Geheimpakt mit Dohor verbündet war.

Zu jener Zeit hatte Ido die Lust am Kampf fast vollständig verloren. Der Tod seiner Männer kam ihm sinnlos vor, sein eigener Einsatz vergeblich, und ihm wurde immer klarer, dass die Aufgetauchte Welt, wie er sie kannte, ihrem Ende entgegenging.

Doch nicht nur Blut und Sterben bestimmten seine Erinnerung. Zuletzt war ihm dieses Land mit seinen Wäldern und endlos weiten Steppen richtig ans Herz gewachsen.

Die für das Land des Windes so typischen Turmstädte übten eine besondere Faszination auf ihn aus. Tatsächlich handelte es sich um mächtige Türme, die eine gesamte Stadt beherbergten, mit Wohnhäusern, Läden, Werkstätten, Tempeln und sogar einem weitläufigen Garten in der Mitte. Und er mochte es, abends vor seinem Zelt zu sitzen und den Blick über das vollkommen flache Land bis zum Horizont schweifen zu lassen, vor dem nur diese mächtigen Türme aufragten.

Auf dem Weg hierher hatte Ido nicht daran gezweifelt, alles noch genauso vorzufinden. Und die Steppe war ja auch unverändert. Allerdings gab es dort auch keine Bäume, die man abholzen, keine Berge, in die man Stollen hätte hineintreiben können, um schwarzes Kristall oder irgendwelche anderen Bodenschätze für das Schmieden von Lanzen und Schwertern abzubauen. Nur aus diesem Grund hatte Dohors Herrschaft hier noch nicht so viel Schaden anrichten können wie in anderen Ländern der Aufgetauchten Welt.

Kaum aber kam die Hauptstadt Salazar in Sicht, erkannte Ido, wie weit seine Erinnerungen und die Wirklichkeit auseinanderlagen.

Die obere Hälfte des Turms war verfallen, und ringsum hatten sich niedrige Häuser aus rotem Stein ausgebreitet. Die in sich abgeschlossene Turmstadt hatte offenbar ausgedient.

Keine Befestigungsmauer hinderte ihn, in die Stadt einzureiten. Er durchquerte die Außenbezirke, die sich in nichts von denen anderer Städte in der Aufgetauchten Welt unterschieden, und gelangte ins Zentrum und dem, was von der antiken Turmstadt übrig war. Wie er feststellte, gab es dort fast nur noch Läden und Werkstätten. Die Bewohner lebten in den Häuschen, die sich am Fuß der Stadt zusammendrängten mit Ausnahme einiger Unverbesserlicher sowie jenes alten Mannes, der über die Stadt herrschte. Perka hieß er und bewohnte einen Palast im oberen Teil des Turms. Dieser Alte war einmal ein einfacher Krieger gewesen – wie so viele andere Herrscher im Land des Windes auch, die die Turmstädte und umliegenden Ländereien mit Gewalt, kämpfend und tötend, an sich gerissen hatten. Aber nach dem, was man so hörte, war Perka immerhin nicht korrupt.

Der Turm bot ein gelinde gesagt trostloses Bild. Offensichtlich hatte es nach den Zerstörungen des Krieges niemand ernsthaft unternommen, ihn wieder aufzubauen. Die Dagebliebenen hatten sich in den Trümmern eingerichtet und die Häuser so weit instand gesetzt, dass sie irgendwie darin überleben konnten. An den Mauern klebten überall Plakate, die Kopfgelder auslobten. »VERRÄTER«, »GEFÄHRLICHER VERBRECHER« und Ähnliches war dort zu lesen. Ido erblickte auch eines mit seinem Konterfei, der Zusicherung einer enormen Belohnung und der Begründung: FEIND DES VATERLANDES. VERRÄTER DES KÖNIGS.

Ido hatte keine Ahnung, ob sich Tarik, verwirrt und auf der Suche nach seinen Wurzeln, tatsächlich hier niedergelassen hatte. Aber es kam ihm sehr plausibel vor. Sennars Briefen nach zu urteilen hegte Tarik eine große Bewunderung für seine Mutter, und so schien es naheliegend, dass er in jener Stadt leben wollte, in der sie ihre Kindheit und einen Teil ihrer Jugend verbracht hatte.

Ido quartierte sich in einem Gasthaus am Fuß des Turms ein, das ihm besonders ärmlich und verlassen vorkam. Große Aufmerksamkeit war das Letzte, was er gebrauchen konnte. Der Wirt war so diskret, wie er es sich gewünscht hatte, und deshalb sah Ido auch über die Bettdecken voller Wanzen und den Schimmelgeruch in dem großen Zimmer, in dem er untergebracht war, hinweg. Er hatte schon unter weit übleren Umständen genächtigt, und zudem würde er dort nicht viel Zeit verbringen. Kaum war die Sonne aufgegangen, machte er sich auf den Weg.

Er begann mit einer Runde durch die Schenken und über die Märkte, schaute sich um und stellte hier und dort recht vage Fragen. Die meiste Zeit war er in den ärmeren Vierteln unterwegs, wusste er doch aus Erfahrung, dass man dort am gesprächigsten war. Und außerdem fiel er dort am wenigsten auf.

An den ersten beiden Tagen brachten seine Nachforschungen kaum etwas ein, und niemand konnte ihm etwas mitteilen, das ihm wirklich weiterhalf. Salazar war immer schon eine Durchgangsstation für Reisende gewesen, heutzutage aber noch mehr als in früheren Zeiten. Die Leute kamen und gingen, wenige blieben, und wer sich hier niederließ, kümmerte sich um seine eigenen Angelegenheiten.

Am Abend des dritten Tages, als er bereits zu verzagen begann, entschied er sich für einen Abstecher in die ›Älteste Schenke Salazars‹, so jedenfalls stand es auf dem Schild über der Tür.

Eigentlich hatte er nur etwas trinken wollen, aber das Bier, das man dort ausschenkte, war dermaßen schlecht, dass er nach dem dritten Krug genug hatte und stattdessen beschloss, noch einen Versuch zu wagen. So sprach er eine der Mägde an, ein adrettes, gut gebautes Mädchen mit vollen Wangen und wachen Augen.

»Hast du hier vielleicht schon mal einen jüngeren Mann mit roten Haaren, violetten Augen und ein wenig seltsam geformten Ohren gesehen?«, fragte er mit einem freundlichen Lächeln.

Das Mädchen hob den Blick und dachte nach mit einer Miene, die es noch hübscher aussehen ließ.

Hätte ich mich nicht nur um Kriege, sondern auch um andere Dinge gekümmert, könnte ich solch eine Tochter haben, sagte sich Ido mit einem Seufzer.

»Nun, mir fällt da jemand ein … ich weiß aber nicht, ob er wirklich rothaarig ist … er ist noch nicht alt, aber seine Haare sind schon fast vollkommen grau. Auf alle Fälle hat er wunderschöne violette Augen.«

Ido horchte auf. Violette Augen hatten nur Halbelfen.

»Und wo finde ich den Mann?«

»Er wohnt im Turm … mit seiner Familie.«

»Er ist verheiratet?«

Das Mädchen nickte. »Und er hat einen Sohn.«

»Kannst du mir erklären, wie ich zu ihm finde?«

»Gewiss! Er wohnt im vierten Stock, gleich über dem alten Stadttor, der dritte Gang von der Treppe aus, das einzige Haus, das noch bewohnbar aussieht. Die anderen sind ja nur noch Ruinen. Also ich hätte ja Angst, dort zu wohnen, da gibt's bestimmt Gespenster ... Er zählt zu den wenigen, die überhaupt noch im alten Salazar leben, und als er hier bei uns auftauchte, wollte er unbedingt genau diese Wohnung haben, so hat es mir wenigstens mein Vater erzählt.«

Diese Mitteilung war es, die Ido die letzten Zweifel nahm.

›Wir, mein Vater und ich, haben gleich über dem Stadttor gewohnt. Deswegen haben uns die Fammin auch so schnell gefunden‹, hatte Nihal ihm einmal erzählt, als sie sich über die Eroberung Salazars durch den Tyrannen unterhielten.

Er schob den Bierkrug zur Seite und warf ein paar Münzen auf den Tisch. »Das Trinkgeld ist ganz für dich. Du kannst dir gar nicht vorstellen, wie sehr du mir geholfen hast.« Er lächelte ihr noch einmal zu und eilte davon.

Er war es. Das spürte Ido deutlich.

Er schaffte es nicht, seine Ungeduld zu zügeln und bis zum nächsten Tag zu warten. Und das wäre auch nicht klug gewesen. Schließlich war auch die Gilde auf der Suche nach Tarik, und da war es besser, vielleicht von einem Unbekannten beschimpft zu werden, den man mitten in der Nacht aus dem Schlaf gerissen hatte, als am anderen Morgen eine böse Überraschung zu erleben. Raschen Schritts, eine Hand auf dem Heft seines Schwertes unter dem Mantel, durchlief der Gnom die Gänge der Turmstadt.

Er hatte Tarik noch nie gesehen, ihn sich aber häufig vorgestellt. War der Mann, zu dem er jetzt unterwegs war, wirklich er?

Als er das Stockwerk mit den jetzt am späten Abend geschlossenen Läden hinter sich gelassen hatte, wurden die Gänge noch düsterer. Nur in größeren Abständen waren Fackeln angebracht, die die Backsteinwände in ein schummriges Licht tauchten. Ido musste aufmerksam hinschauen, um alles genau erkennen zu können.

Hier war er schon einmal gewesen. Obwohl es schon so lange her war, erinnerte er sich genau. Er hatte immer über ein ausgezeichnetes Gedächtnis verfügt, und sein hohes Alter hatte daran nichts ändern können, was allerdings für einen Gnomen gar nicht außergewöhnlich war, denn diese Rasse galt als besonders widerstandsfähig sowohl bei Verwundungen durch Feinde als auch gegen alle Zeichen des Alters.

Sich seinem Gedächtnis anvertrauend, durchlief er die düsteren Gänge.

Da, ein Geräusch.

Er blieb stehen, spitzte die Ohren.

Schreie, etwas weiter entfernt, das Schreien einer Frau.

Ido zog sein Schwert und stürmte los. Fast vollkommen dunkel war es nun, nur der Mond, dessen Licht durch die Fensteröffnungen am Ende des Ganges einfiel, erhellte ein wenig seinen Weg. Jedenfalls war es zu dunkel, besonders für ihn, der nur noch ein Auge besaß.

Und so kam es, dass er sie erst im letzten Moment erblickte, jene zwei Schatten, von denen einer etwas Buntes, Helleres unter dem Arm zu tragen schien.

»Stehen bleiben!«

Ohne auch nur einen Augenblick zu zögern, rannte die erste Gestalt an ihm vorbei. Die andere schien einen Moment verunsichert. Da blitzte etwas auf.

Ido riss das Schwert hoch und schaffte es mit knapper Not, den Stoß des Dolches abzulenken, der scheppernd auf das Pflaster fiel.

Aber er hatte diese Bewegung noch nicht zu Ende geführt, da durchfuhr ein heftiger Schmerz seine Schulter. Dessen ungeachtet stürzte er sich auf die finstere Gestalt, die flink auswich, jedoch nicht flink genug, um zu verhindern, dass Idos Schwerthieb ihre Hüfte streifte.

Der Kampf entbrannte. Mit gleitenden Bewegungen focht der Schatten, drehte sich um die eigenen Achse, gelangte hinter Idos Rücken, packte ihn mit einem Arm an der Gurgel und wollte ihm gerade mit dem anderen Arm die Klinge an die Kehle setzen, als sich Ido, seine geringe Körpergröße ausnutzend, plötzlich nach vorn beugte, seinen Gegner aushebelte und sich auf diese Weise freimachen konnte. Dann eine schnelle Drehung, wobei er mit dem Schwert ausholte, doch die schwarze Gestalt hatte sich schon weggeduckt. Plötzlich zischte es, und im allerletzten Moment konnte Ido dem Dolch, der durch Luft schwirrte, noch ausweichen. Als er wieder aufblickte, hatte die Finsternis den Unbekannten bereits verschluckt. Die Gestalt war verschwunden. Noch nicht einmal seine Schritte waren zu hören.

Nach Luft ringend, lehnte sich Ido gegen die Wand.

Verdammt, für solche Einlagen bin ich einfach zu alt.

Er berührte seine Schulter, und ein heftiger Schmerz nahm ihm den Atem. Ein kleines Wurfmesser. Es hatte die Schulter nur gestreift, stak aber dennoch im Fleisch und im Stoff seines Wamses. Er biss die Zähne zusammen und zog es heraus.

Assassinen! Verfluchte Assassinen der Gilde!

Kein Zweifel. Sie waren es.

Den Schmerz unterdrückend und immer noch keuchend, rannte er wieder los und versuchte dabei, sich im Dunkeln zu orientieren, sich in Erinnerung zu rufen, wie ihm das Mädchen in der Schenke den Weg beschrieben hatte.

Es war leichter, als er gedacht hatte. In einem der Gänge drang aus einem Haus gedämpftes warmes Licht – von einem Kaminfeuer oder von Kerzen –, in dessen Schein etwas auf dem Boden glitzerte.

Mit einem entsetzlichen Vorgefühl in der Magengegend wurde Ido langsamer, während ihm ein unverwechselbarer Geruch in die Nase stieg. Es war Blut. Eine Blutlache auf dem Boden.

Vorsichtig bewegte er sich auf den Lichtschein zu. Er kam aus einem Haus, dessen Tür offen stand, ein ärmliches Haus inmitten der Ruinen, und im Eingang lag ein Mann, der verzweifelt versuchte, auf die Beine zu kommen. Aus tiefvioletten Augen blickte er den Gnomen an.

»Hilfe«, stöhnte er mit schwacher Stimme, »Hilfe«, und brach dann wieder zusammen.

Ido war zu spät gekommen.

Der Gnom war losgestürmt, um Hilfe zu holen. Das war ein schwieriges Unterfangen mitten in der Nacht, und der Heilpriester, den er schließlich fand, war recht wacklig auf den Beinen.

Noch erschütterter war der Mann aber, als er das Haus betrat. Und Ido konnte es ihm nicht verdenken: Blut überall, das ärmliche Mobiliar zertrümmert, und zwei leblose Körper am Boden. Der von Tarik im Eingang, und ein weiterer, der einer Frau, in der Wohnstube. Dass für diese jede Hilfe zu spät kam, war sofort klar.

Für Tarik sah es ein wenig besser aus, doch die Miene des Heilpriesters blieb finster.

»Ihr müsst alles versuchen, das Unmögliche möglich machen«, beschwor Ido ihn.

Er assistierte dem Priester, so gut er konnte, doch als sie Tarik die blutgetränkten Kleider auszogen, erkannte auch der Gnom, dass hier nur noch ein Wunder helfen konnte. Und eine blinde unermessliche Wut überkam ihn.

Während sich der Heilpriester mit Kräutersalben und verschiedenen Zauberformeln um den Schwerletzten kümmerte, stand Ido dabei und drehte das Messer der Gilde in den Fingern hin und her. Die Mördersekte war ihm zuvorgekommen.

Nach einigen Stunden verzweifelten Bemühens erhob sich der Priester endlich. »Ich habe alles versucht, doch ich fürchte, dass er das Morgengrauen nicht mehr erleben wird.

Es ist schon ein Wunder, dass er überhaupt noch atmet. Es tut mir leid.«

Ido legte ihm eine Hand auf die Schulter. »Ich weiß, Ihr habt getan, was Ihr tun konntet.«

Der Mann verabschiedete sich mit dem Versprechen, am nächsten Morgen wiederzukommen, um Tarik weiter zu behandeln, wenn er noch leben sollte, oder andernfalls seinen Leichnam zu bestatten. Ido blieb in dem trostlos leeren Haus zurück.

An Tariks Lagers versuchte der Gnom, seine Gedanken zu ordnen. Wieso hatten die Assassinen Sennars Sohn töten wollen? Wollten sie ihn nicht entführen, um seinem Leib Asters Seele einzupflanzen? Vielleicht gab es noch andere, die die Pläne der Gilde zu vereiteln versuchten und die schließlich keinen anderen Weg gesehen hatten, als Tarik zu töten. Nein, die Gestalten, die er hatte aufhalten wollen, waren Assassinen der Sekte gewesen. Daran gab es nicht den leisesten Zweifel.

Tarik bewegte sich im Delirium und murmelte etwas. Ido beugte sich zu ihm hinab, konnte aber kein Wort verstehen. Da öffnete der Halbelf die Augen und blickte ihn aus verschleierten, in die Ferne schauenden Augen an. Sie waren violett, das gleiche Violett wie bei Nihal, und Ido hatte das Gefühl, er würde seine Schülerin wiedersehen.

»San …«, murmelte der Halbelf jetzt, an Ido gewandt. »Mein Sohn, San …« Er versuchte, noch etwas hinzuzufügen, doch die Anstrengung war zu groß, er senkte den Blick, und die Augen fielen ihm wieder zu.

Ido spürte, wie ihm ein Schauer über den Rücken lief. In der ganzen Aufregung hatte er einfach nicht daran gedacht, oder schlimmer noch, er hatte es schlicht vergessen!

Hektisch durchsuchte er sofort alle Räume des kleinen Hauses und wusste doch bereits, dass es nur eine Antwort auf seine Fragen gab. Denn jetzt fiel ihm auch dieses hellere Bündel wieder ein, das der eine Assassine unter dem Arm getragen hatte.

Die Magd in der Schenke hatte von einem Sohn gesprochen, und der Junge war nicht da. Das konnte nur heißen, dass die Gilde ihn entführt hatte. Sie hatten sich San geschnappt. Aus irgendeinem Grund war er ihnen wichtiger als der Vater.

Am liebsten hätte sich Ido unverzüglich an die Fersen der Entführer geheftet, doch er spürte, dass er Tarik nicht allein zurücklassen durfte. Der Leichnam seiner Frau ruhte in dem anderen Raum, und er selbst lag röchelnd auf seinem Bett. Nein, er konnte ihn unmöglich allein sterben lassen. Bis zum Morgengrauen würde er bleiben.

Er setzte sich neben das Bett und betrachtete Tarik in seinem Todeskampf. Den Tod junger Männer hatte er seit jeher als unerträglich empfunden. So viele hatte er schon sterben sehen, zuletzt im Land des Feuers, sich aber nie daran gewöhnt. Bei allen versuchte er sich zu sagen, dass sie nicht umsonst sterben würden, weil sie für eine gerechte Sache gekämpft hatten und ihre Kameraden den Kampf fortführten. Aber es nützte nichts, es wühlte ihn auf. Und doch konnte er nur machtlos ihrem aussichtslosen Ringen mit dem Tod beiwohnen, ihre Hand drücken und ihnen versichern, dass alles gut würde und sie nichts zu fürchten hätten.

Tarik war wie sie. Er atmete schwer und stöhnte im Fieber immer wieder nicht nur den Namen seines Sohnes, sondern auch den seiner Frau. Talya. Talya, San …

Er war Sennar wie aus dem Gesicht geschnitten, mehr als seiner Mutter. Sein Haar war grau, doch wie die Magd in der Schenke gesagt hatte, wirkte sein Gesicht noch jugendlich, seine Züge so willensstark wie die seines Vaters, während seine Ohren tatsächlich so aussahen, wie Nihal sie beschrieben hatten: ein Mittelding zwischen denen eines Menschen und denen eines Halbelfen.

Es drängte den Gnomen, mit Tarik zu sprechen: ihm zu berichten, dass sein Vater ihm verziehen hatte, wie er aus Sennars letztem, nun fast schon zwanzig Jahre alten Brief wusste. Ihm zu versprechen, dass er seinen Sohn San finden und in Sicherheit bringen würde, unter Einsatz seines Lebens, und das nicht nur, um die Aufgetauchte Welt zu retten.

Vielleicht hätte er ihm auch nur zu erzählen brauchen, wie viel Nihal ihm bedeutet hatte, seine beste Schülerin und eine echte Freundin, wie er sonst kaum eine im Leben gefunden hatte. Vor allen Dingen aber eine Tochter.

Er wollte gerade beginnen, als Tarik plötzlich die Augen aufschlug. Nihals Sohn schien etwas wacher als zuvor, aber gleichzeitig auch schon entfernter, als sei er nicht mehr ganz von dieser Welt, sondern eine Art Geist, der noch einmal wiederkehrt.

Ido ergriff seine Hand, und beugte sich zu ihm herab. »Wie fühlst du dich?«, flüsterte er.

Hätte er nicht schon viele Jahre zuvor alle Tränen geweint, wären seine Augen jetzt feucht geworden.

Langsam wandte ihm Tarik sein blasses Gesicht zu und sagte nur: »San?«

»Dem geht's gut. Die werden ihm kein Haar krümmen, da bin ich ganz sicher.«

»Ich möchte ihn sehen.« Tarik Stimme klang rau, fremd.

»Die haben ihn mitgenommen, aber ich verspreche dir, ich werde sie jagen und ihn dir heil zurückbringen.«

Tränen traten in Tariks Augen und liefen langsam die Wangen hinunter. »Ja, bring ihn mir zurück … ich flehe dich an … bring ihn zurück …«

»Ich schwöre es dir.«

Das Atmen fiel Tarik immer schwerer. »Und räche Talya. Übe Vergeltung … an meiner Stelle.«

Ido nickte, hielt weiter Tariks Hand. Dann wusste er also, was geschehen war. Er schien alles mit angesehen zu haben.

Sie schwiegen, und eine Weile hörte man in der Stille nur Tariks Röcheln.

»Tarik, ich bin Ido«, begann der Gnom.

Der Halbelf blickte ihn aus seinen violetten Augen staunend an. »Der Lehrer meiner Mutter …?«

»Eben der.«

So schwach er auch war, gelang Tarik doch ein Lächeln. »Ach, meine Mutter ... so wie sie wollte ich immer sein ...«, murmelte er, »... eine Zeit lang habe ich es versucht ...«

»Lass nur, sprich nicht, wenn es dich zu sehr anstrengt.«

Vielleicht hatte Tarik ihn gar nicht gehört, denn er fuhr fort. »Ich konnte es nicht mehr ertragen ... mein Vater, wie er sich vergrub ... sich nicht rührte ... in den Landen jenseits des Saars ... meine Mutter war doch für uns gestorben und hatte alles gegeben für die Aufgetauchte Welt.«

Er brach wieder ab, hustete heftig und versuchte dann, wieder zu Atem zu kommen.

»Aber hier war dann alles ganz anders, als sie mir erzählt hatte ... und ich ... ich bin überhaupt nicht wie sie.«

Er stockte wieder.

»Dann wollte ich zu dir stoßen ... an deiner Seite kämpfen.«

Ido lächelte bitter. »Du weißt ja, wie es uns ergangen ist. Wir haben es nicht geschafft, Dohor zu besiegen. Aber noch ist es nicht zu spät, verstehst du? Der Kampf ist noch nicht verloren.«

»Eine Zeit lang habe ich ... nach dir gesucht ... Aber dann lernte ich Talya kennen ...«

»Du hast es richtig gemacht«, unterbrach Ido ihn. »Jeder muss seinen eigenen Weg gehen. Und das war für dich der richtige.«

Tarik entgegnete nichts und schwieg einige Augenblicke. Dann fragte er: »Hat mein Vater dich geschickt?« Seine Stimme war mittlerweile nur noch ein mühsames Flüstern.

»Nein. Ich bin gekommen, um dich zu warnen und zu beschützen.«

Ido spürte eine enorme Wut in sich. Was war er nur für ein miserabler Beschützer!?

»Schade. Ich hätte ihn gern wiedergesehen.«

Ido fasste sich ein Herz. »Sennar hat mir häufiger geschrieben in all den Jahren. Erst als du fortgingst, brach die

Verbindung ab. In seinem letzten Brief bat er mich, nicht nach dir zu suchen, dir aber etwas auszurichten, falls ich dir einmal begegnen sollte. Ich soll dir sagen, dass er deinen Entschluss nun verstehen kann.«

Tarik schwieg. Und Ido beugte sich noch näher zu ihm hinab.

»Hörst du mich, Tarik? Dein Vater kann dich verstehen, so wie du ihn sicher auch verstehen kannst. Und er bittet dich, ihm zu verzeihen.«

Tarik lächelte und drückte nur fest Idos Hand. Bis zum Morgen sprach er kein Wort mehr. Sein Atem wurde immer schwächer, sein Gesicht bleicher, doch das Lächeln in seinem Gesicht blieb.

Als er starb, war die Sonne noch nicht aufgegangen.

Ein weiterer Abschied, ein weiterer Toter. Diesmal hatte Ido noch nicht einmal Gelegenheit gehabt, ihn besser kennenzulernen. Wie erschlagen fühlte er sich von der Last dieser Erfahrungen, die er in seinem Leben schon so oft gemacht hatte. Doch er musste handeln, hatte eine neue Herausforderung zu bestehen für sich selbst, für Tarik, für Nihal und all die anderen. Vor langer Zeit hatte er beschlossen, trotz aller Rückschläge den Kampf fortzusetzen, und jetzt durfte er erst recht nicht aufstecken, nachdem schon so viel Blut geflossen, so viel Leid entstanden war.

6

Regen

Nach der grauenhaften Begegnung mit den Geistern im Wald verlief die Reise nun ruhiger. Zwar tauchten auch nach Sonnenuntergang des nächsten Tages wieder seltsame Erscheinungen auf, sodass Lonerin und Dubhe sich erneut gezwungen sahen, Nachtwache zu halten. Mit dem folgenden Morgen aber waren die Geister ganz verschwunden. Dafür erwachten nun die Klänge und Geräusche des Waldes. Die Baumwipfel rauschten im Wind, die Farne raschelten, wenn irgendwelches Getier hindurchhuschte. Beständig wurde die Stille durchbrochen. Der Wald hielt nicht mehr länger den Atem an, war dadurch aber nicht weniger unheimlich geworden. Die Düsternis wollte nicht weichen, und weiterhin fühlten sich beide ständig beobachtet.

»Als wolle uns der Wald nicht aus den Augen lassen … Anfangs wies er uns zurück und hetzte dann seine Geister auf uns. Doch diese Prüfung haben wir bestanden. Nun jedoch studiert er uns, und im Unterholz wimmelt es von seinen Geschöpfen, die weitergeben, was sie gesehen haben.«

»Du bist ja richtig poetisch«, bemerkte Dubhe mit einem Lächeln.

Lonerin errötete. »Zauberei bedeutet, die Natur zu studieren mit all ihren Bewohnern und ihren Gesetzen. Vielleicht sehe ich sie deshalb so ›poetisch‹, wie du sagst.«

Dubhe dachte, dass sie diese Sichtweise gern geteilt hätte. Ihre eigene Welt war sehr viel nüchterner, es zählte nur das nackte Überleben, ein Leben, das nicht mehr war als Essen, Trinken und Atmen.

Lonerin aber zeigte ihr, dass es darüber hinaus noch etwas anderes gab, sehr vieles sogar, Dinge, von denen sie sich jedoch ausgeschlossen fühlte.

Einmal wachte Lonerin im Morgengrauen auf und stellte fest, dass Dubhe fort war. Er machte sich Sorgen. In ihrer Lage war es sehr unklug, auf eigene Faust loszuziehen, zumal sie an diesem Tag einen Schluck von dem Gegenmittel einzunehmen hatte.

Als er nach ihr rief, erhielt er keine Antwort, und so begann er, die Umgebung nach ihr abzusuchen.

Es dauerte eine Weile, bis er sie gefunden hatte. Tief im Wald, zwischen den Bäumen, erblickte er sie, ganz in sich versunken und schwarz gekleidet, genauso, wie er sie zum ersten Mal gesehen hatte, etwas Blitzendes in der Hand, das sie mit eleganten, raschen Bewegungen in weiten Bögen durch die klare Morgenluft schwang.

Lonerin hatte noch niemals einen Assassinen in Aktion erlebt. Zwar wusste er, dass Dubhe für die Gilde und auch schon zuvor getötet hatte, doch hier mit eigenen Augen zu beobachten, wie sehr sie ihre Ausbildung zur Meuchelmörderin verinnerlicht hatte, war eine ganz andere Sache.

Er war fasziniert von ihren katzenhaften Bewegungen, wie sie mit geschlossenen Augen den Dolch tanzen ließ. Es war, als werde ihm hier der Tod in einem ihm unbekannten Gewand vorgeführt. Hier fehlte das Grauen der halb verwesten Leichen, die er als Kind gesehen hatte, in jenem Massengrab, in das die Gilde auch seine Mutter geworfen hatte, nachdem sie Thenaar geopfert worden war. Hier hatte der Tod etwas Betörendes, Verführerisches.

Ohne sie anzusprechen, sah er ihr zu.

So bewegt sich also eine Siegreiche, musste er plötzlich denken. *So bewegte sich auch der Mörder, der meine Mutter auf dem Gewissen hat.*

Hass überkam ihn und brachte ihm die schmerzlichsten Geschehnisse seiner Vergangenheit in Erinnerung. Dieser Hass auf die Gilde, die ihm die Mutter genommen hatte, war ein unauslöschlicher Teil seines Lebens, eine Last, gegen die er sich immer wieder stemmen musste. Eben deswegen, um dieses zehrende Gefühl in etwas Positives zu verwandeln, hatte er sich in jungen Jahren der Magie zugewandt und jetzt diese Mission übernommen.

Selbst wenn Dubhe, überlegte er jetzt, in die Gilde gezwungen wurde, so gehörte sie ihr doch in gewissem Sinn tatsächlich an. Der Gedanke war ihm lästig. Plötzlich fühlte er sich verstört und verwirrt und beeilte sich, nach ihr zu rufen und so zu tun, als habe er sie gerade erst bemerkt.

»Ach hier steckst du also.«

Dubhe war überrascht. »Ja, hin und wieder muss ich meine Übungen machen, meinen Körper geschmeidig halten. Eine alte Gewohnheit von mir«, sagte sie, während sie plötzlich den Dolch losschleuderte in Richtung eines Baumes, nur ein paar Ellen von ihm entfernt. »Ich wusste gar nicht, dass du so ein Frühaufsteher bist.«

Sie trat auf ihn zu und zog den Dolch aus dem Stamm. Ihre Hand zitterte ein wenig.

Das kommt von dem Fluch, dachte Lonerin sofort.

»Aber das sind doch Übungen der Gilde für eine Auftragsmörderin. Wozu brauchst du das als Einbrecherin?«

Dubhe war verblüfft. »Nun, wie gesagt, ich kann mich dabei entspannen. Mein Meister hat mir das alles beigebracht.«

»Er gehörte ja auch einmal der Gilde an, nicht wahr?«

Dubhe nickte. Lonerin lag es auf der Zunge, noch etwas hinzuzufügen, unterließ es aber. Einen kurzen Moment blickten sie sich schweigend an.

Dann gingen sie gemeinsam zu der Stelle zurück, wo sie geschlafen hatten, um dort etwas zu essen und ihre Sachen zu packen.

»Du hasst zwar die Gilde, trainierst aber genauso wie die Assassinen …«

Sofort bereute Lonerin, was er gesagt hatte, doch er war gereizt, ohne dass er den Grund hätte nennen können.

Dubhe schluckte die Bemerkung und erwiderte nichts, setzte sich auf den Boden und nahm einem Schluck aus der Feldflasche. Dann hob sie den Blick. »Das sind eben die Übungen meines Meisters.«

»Eines *Siegreichen*.«

»Er hatte die Gilde verlassen.«

»Dennoch blieb er auch weiterhin ein Assassine. Ein wenig wie du auch.«

Dubhe reagierte nicht, griff nur zu einem Stück Brot von ihren Vorräten. Als Lonerin sah, dass ihre Hand leicht zitterte, freute er sich fast.

Ich habe sie verletzt, habe sie getroffen, endlich, dachte er, um gleich darauf vor sich selbst zu erschrecken.

»Verzeih«, murmelte er, »ich bin ... etwas durcheinander. Vielleicht habe ich mich geärgert beim Aufwachen, weil du fort warst, und außerdem ist alles so schauerlich hier ... Diese Gespenster gehen mir nicht aus dem Kopf.«

»Ich bin keine Assassinin.«

»Nein, natürlich nicht«, antwortete er, den Blick gesenkt.

Dubhe kam ganz nahe an ihn heran. »Ich war nie eine Assassinin und werde auch niemals eine sein. Verstanden? Als ich mit dir aus dem Bau der Gilde floh, habe ich das Tor hinter mir zugeschlagen, und das für immer.«

Sie blickte ihm so fest in die Augen, dass Lonerins Zorn vollends verrauchte.

Plötzlich wusste er gar nicht mehr, wie er mit ihr umgehen sollte. Bisher war alles so einfach gewesen: Sie waren Gefährten bei diesem Abenteuer, unterstützten einander, machten sich gegenseitig Mut ... Und plötzlich wurde ihm klar, dass ihn ihre »mörderische« Seite nicht wenig beunruhigte, weil sie damit Opfer und auch Peinigerin war, was ihn wiederum gleichzeitig abstieß und faszinierte.

»Verzeih mir, ich verstehe dich ja, aber plötzlich sah ich dich mit ganz anderen Augen, als ich beobachtete, wie du dort zwischen den Bäumen allein deine Übungen machtest«, gestand er. »Da hast du mich an etwas erinnert, was du ja gar nicht bist, an die Assassinen nämlich, mit denen ich in der Gilde zu tun hatte. Und ich hasse die Gilde mehr als sonst irgendwas. Wenn ich könnte, würde ich sie eigenhändig auf der Stelle vernichten.«

Dubhe senkte den Blick. »Vielleicht liegst du gar nicht so falsch. Letztendlich bin ich doch ein *Kind des Todes*.«

Es klang verbittert, und ihr kalter, verzweifelter Blick ging Lonerin durch Mark und Bein.

»Das ist doch ein dummer Aberglaube«, widersprach er heftig.

»Schon«, antwortete Dubhe mit einem gezwungenen Lächeln, »aber es stimmt auch, dass du vorhin eine Mörderin trainieren sahst.«

»Das ist doch unwichtig.«

»Für mich nicht«, erwiderte sie.

»Nein, nein, normale Leute, Leute wie du und ich, können gar keine Komplizen der Gilde sein, sondern sind immer Opfer. Das weiß ich genau«, fuhr Lonerin fort. Einen Moment lang schaute er ihr überzeugt in die Augen, wandte dann aber den Blick ab, bevor seine Augen ihr etwas von seiner tragischen Vergangenheit verrieten.

Es gab Dinge, Begebenheiten, die er ihr einfach nicht erzählen konnte.

Das Gespräch endete brüsk, und sie machten sich wieder auf den Weg. Das Unterholz knackte unter ihren Schritten, und immer noch schien der Wald sie nicht aus den Augen zu lassen.

Plötzlich schreckte ein nahes Rascheln sie auf. Sie verharrten, und Dubhe griff zum Bogen.

Dann wieder Stille, schwer und unheilschwanger. Die Sonnenstrahlen bildeten Lichtflecken auf dem Laub des Waldbodens.

Der Schrei eines Vogels über ihren Köpfen ließ sie zusammenzucken. Plötzlich ein Schatten, ein Hieb, rasch und zielgenau.

Ein Tier!

Dubhe wurde zu Boden gerissen, während ein heftiger Schmerz ihren Unterleib durchfuhr und ihr der Bogen aus der Hand flog.

Ein eigenartiges Krächzen, dem Wimmern eines Kindes nicht unähnlich, wurde übertönt von Lonerins panischen Schreien.

Rasch richtete sie sich auf und schloss die Hand fester um den Dolch. Diese Waffe nie zu verlieren, war das Erste, was ihr der Meister beigebracht hatte.

Ungeachtet des Schmerzes rollte sie herum und kam auf die Knie. Sie hatte die Situation richtig eingeschätzt, denn nun befand sie sich seitlich des Tieres. Einen Moment lang verharrte sie, unsicher, was zu tun sei, so fantastisch war das Geschöpf, dem sie sich nun gegenübersah. Der Leib ähnelte vage dem eines gigantischen Ziegenbockes, doch die Tatzen mit den langen, scharfen Krallen waren eindeutig die einer Raubkatze. Die Augen wiederum waren ziegenartig mit wässrigen waagerechten Pupillen, doch die mächtigen langen Reißzähne viel zu groß für sein so schmales Maul. Die langen, geschwungenen Hörner waren gesenkt und bedrohlich auf Lonerin gerichtet.

Eben diese Hörner waren es wohl, die Dubhe im Unterleib getroffen und zu Boden gestoßen hatten.

Noch bevor sie sich gefasst hatte, griff das Untier wieder an und ging auf Lonerin los, wobei es seine Hörner geschwind rotieren ließ. Es war ein unglaubliches Bild, zu aberwitzig, um wahr zu sein.

Lonerin schrie auf. Der Bock hatte ihn gerammt.

»Dubhe, verflucht, so tu doch was!«

Sie riss sich zusammen, nahm den Dolch noch fester in die Hand und stürzte los. Es fiel ihr leicht, jenen Teil ihrer selbst wachzurufen, der zur Mörderin gehörte, zur Jägerin. Die Bestie in ihr trieb sie an.

Zunächst versuchte sie, den Katzenbock von hinten zu überraschen, doch der fuhr so schnell herum, wie Dubhe es ihm nie zugetraut hätte. Im letzten Augenblick wich sie dem Gegenstoß aus, doch eins der Hörner streifte ihren Knöchel und schlitzte die Haut tief auf.

Auch mit dem nächsten Angriff hatte sie kein Glück. Das Untier bäumte sich auf, stellte sich auf die Hinterbeine und schlug mit den Vordertatzen, deren Krallen im Halbdunkel funkelten, nach Dubhe aus. Sie wusste nicht, wie sie sich wehren sollten. Wild schwangen Hörner und Tatzen durch die Luft. Das Untier war völlig unberechenbar.

Hin und her springend, konnte Dubhe immer wieder ausweichen, bis sie irgendwann über eine Wurzel stolperte. Sie fand sich am Boden wieder und sah das Fabelwesen mit weit ausgestreckten Krallen auf sich zurasen. Es war der absurde Gegensatz zwischen dem unschuldigen Ziegengesicht, in das sie nun starrte, und den todbringenden Krallen, der sie am meisten entsetzte. Unwillkürlich schloss sie die Augen.

Doch Lonerins Stimme, der nur ein einziges Wort rief, veranlasste sie dazu, sie wieder zu öffnen.

Das Tier war erstarrt, stand, die rechte Tatze erhoben, die Hörner gesenkt, reglos vor ihr. Nur einen kurzen Moment fragte sich Dubhe, was dieses Wunder bewirkt haben mochte, dann gewann ihr Instinkt die Oberhand, und ihr Körper handelte für sie. Tief bohrte sich die Klinge in die Brust des Tieres. Ohne einen Laut brach es tot zusammen.

Als sie sich umdrehte, sah sie Lonerin keuchend mit ausgestreckter Hand dastehen. »Nicht schlecht, oder? Ein Trick, den wir Magier schon ganz zu Anfang lernen. Lithos heißt er und lähmt den Feind.«

Schwer atmend rappelte Dubhe sich hoch. Auch diese Rettung hatte sie also Lonerin zu verdanken.

Sie hob ihren Bogen auf und betrachte das seltsame Wesen. Seine Augen waren geöffnet und starrten sie immer noch feindselig an.

»Wieso hat es uns bloß angegriffen?«, murmelte sie.

Lonerin zuckte mit den Achseln. »Ein weiterer Beweis, dass es in diesem Wald, in diesen Landen keine Logik gibt, keine Naturgesetze. Hör mal!«

Er hob einen Finger, und sie lauschten. Der Wald schwieg wieder.

»Glaub mir, es ist, wie ich dir gesagt habe. Wir werden die ganze Zeit beobachtet.« Er zeigte auf ihr Bein. »Ist es schlimm?«

Dubhe warf einen kurzen Blick auf ihren Knöchel. Es war nicht viel mehr als ein paar Kratzer, und auch der Stoß in den Unterleib hatte höchstens ein paar blaue Flecke hinterlassen. Sie schüttelte den Kopf und ergriff Lonerins Hand, um sich hochzuziehen. »Nein, es ist schon in Ordnung. Und bei dir?«

»Na ja, du bist ja dann doch noch wach geworden, und ich bin wohl mit dem Schrecken davongekommen.«

Er lächelte, und auch Dubhe rang sich ein Lächeln ab, um die Spannung zu lösen.

»Immerhin brauchen wir nicht zu hungern. Das Fleisch kommt uns doch gerade recht, um unsere Vorräte aufzufüllen, oder nicht?«, fügte er hinzu.

Beide machten sich daran, das Tier zu zerlegen. Irgendwann blickte Lonerin zu ihr auf und lächelte wieder. »Hörnerziege, wie findest du das?«

Dubhe blickte ihn fragend an. »Was?«

»Hörnerziege, als Name für diese neue Tierart.«

»Riesenziege vielleicht«, schlug sie zaghaft vor.

»Ja, aber die Hörner sind das Wichtigste. Und außerdem, was ist mit den Krallen?«

»Riesenkatzenhörnerziege.« Lonerin prustete los, doch Dubhe beschränkte sich wieder nur auf ein kurzes Lächeln und schien nicht wirklich Spaß an diesem Spiel zu haben. Sie schien eher ins Schlachten vertieft.

»Du kennst dich damit aus«, bemerkte Lonerin irgendwann.

Dubhe sah nicht von der Arbeit auf. »Das gehört auch zu den vielen Dingen, die mir mein Meister beigebracht hat.«

Lonerin schwieg eine Weile und fragte dann plötzlich: »Er war sehr wichtig für dich, nicht wahr?«

Dubhe versteifte sich ein wenig und antwortete dann: »Er hat mit damals das Leben gerettet, als ich nach dem Tod meines Spielkameraden und der Verbannung aus dem Dorf ziellos durch die Gegend streifte. Irgendwann gelangte ich in eine Ortschaft, die Soldaten überfallen hatten. Und einer von ihnen wollte mir was antun. Der Meister kam hinzu, tötete ihn und hat mich gerettet.«

Ihr Blick zeigte wieder die Schatten, die sich nur so selten lichteten.

Eines Tages schaffe ich es, diesen Schleier zu lüften, dachte Lonerin zu seiner eigenen Überraschung.

»Sieben Jahre lang habe ich mit ihm zusammengelebt. Er war alles für mich. Anfangs wollte er mich gar nicht bei sich haben, empfand mich nur als Last. Dann schlug ich ihm vor, mich als Schülerin aufzunehmen. Solange ich bei ihm lernte, so dachte ich, könne er mich nicht wegschicken. Zunächst begann er mit einem gewissen Widerwillen, mich auszubilden. Er lehrte mich aber nicht nur, wie man tötet, sondern auch, was Leben heißt. Ihm verdanke ich alles. Und er selbst war es dann, der mich eines Tages mahnte, das Gelernte nie in die Tat umsetzen und nicht zur Mörderin zu werden.«

Lonerin hörte interessiert zu, spürte gleichzeitig aber auch, dass Dubhe sich beim Erzählen um Distanz bemühte.

»Hast du mir nicht mal gesagt, dass du ihn getötet hast?«

Dubhe ging nicht darauf ein und fuhr fort. »Die Gilde ist mir seit Ewigkeiten schon auf den Fersen. Und vor zwei Jahren tötete mein Meister den Assassinen, der uns aufgespürt hatte. Er tat es für mich.« Sie schluckte und erzählte dann weiter. »Dabei wurde er verletzt, und wir mussten fliehen.«

Immer schwerer fiel es ihr, zu schildern, was damals geschehen war, doch gleichzeitig drängte es sie auch, sich zu öffnen.

»Ich habe ihn gepflegt. Mit Heilkräutern kenne ich mich ja aus. Und eines Tages mischte er dann ein hochgiftiges Kraut in meine Salbe.«

Lonerin überkam eine unermessliche Traurigkeit. »Dubhe, ich wollte nicht ...«

»Er hinterließ mir einen Abschiedsbrief. Darin schrieb er, dass er lebensmüde sei. Aber er müsse es auch tun, um mich zu retten«, erzählte sie weiter, ohne auf Lonerin einzugehen. »Er wollte mir das Grauen des Mordens ersparen und mich vor der Gilde schützen. So gesehen ist es meine Schuld, dass er gestorben ist. Außerdem habe ich ihm die tödliche Salbe auf die Wunde gestrichen. Ich war es, die ihn tötete.«

Ohne lange nachzudenken, nahm Lonerin sie in den Arm und barg ihr Gesicht an seiner Brust. Sie ließ es geschehen, ganz in Gedanken und ohne es recht zu merken.

»Es ist schon gut«, flüsterte er.

Er spürte, dass er sie verstehen konnte, fühlte sich mit ihr verbunden durch den gemeinsamen Hass auf die Gilde, durch das Mitleid, das er für sie schon seit der Flucht durch die Wüste empfand. Und er verlor sich ganz in diesem Augenblick plötzlicher Nähe.

Es war Dubhe, die sich als Erste aus der Umarmung löste.

Sie hielt den Blick gesenkt und machte sich wieder an die Arbeit.

Lonerin kam zu sich. »Verzeih mir ...«

Dubhe war wieder so distanziert wie sonst. Mit flinken Bewegungen zerschnitt und zerteilte sie das Fleisch. »So ist das Leben. So ist es eben, mein Leben.«

Ein Donnern riss sie aus ihren Gedanken. Sie blickten auf und bemerkten, dass das Licht rasch abnahm. Zwischen den Baumkronen sahen sie dunkle, regenschwere Wolken.

»Das Wetter schlägt um«, bemerkte Lonerin. »Wir sollten uns einen Unterschlupf suchen.«

Rasch packten sie alles zusammen, auch das Fleisch, und machten sich auf die Suche nach einer geschützten Stelle.

Zwei, drei weitere Donner, und schon prasselte der Regen hernieder. Sie nahmen die Beine in die Hand.

Schließlich fanden sie eine Art Grotte, vielleicht der Bau irgendeines anderen seltsamen Tieres. Bereits durchnässt von Kopf bis Fuß schlüpfte Lonerin als Erster hinein.

Das Flammenlicht, das er sogleich mithilfe eines Zaubers entzündete, erhellte Felswände, an denen mächtige Wurzeln herabhingen. Offenbar wuchs direkt über ihnen ein großer Baum.

»Komm«, rief er, und sie drangen tiefer ein.

Über einem weiteren magischen Feuer rösteten sie einige Stücke Fleisch und verzehrten sie. Es schmeckte gar nicht so schlecht, was aber auch dem Hunger der beiden geschuldet war.

Draußen schien die Dunkelheit hereingebrochen zu sein, und der heftige Regen bildete eine dampfende Wand, vor der nur die nächsten Pflanzen und Blätter erkennbar waren. Dahinter nichts als ein undurchdringliches Grau.

Dennoch fühlten sie sich wohl und aufgehoben. Vielleicht weil sie sich an diesem geschützten Ort ausruhen und stärken konnten oder auch weil der Wald mit all seinen beängstigenden Erscheinungen aus dieser Höhle verbannt schien. Jedenfalls spürte Dubhe, wie die Anspannung nachließ, und sie lachte sogar über Lonerins Darbietung, der mit vollem Mund sprach und dabei immer wieder Fleischstückchen ausspie, und vergaß allmählich jene warme Umarmung kurz zuvor, die sie so erschreckt und ihr gleichzeitig gutgetan hatte.

Den ganzen Nachmittag über wollte der Regen nicht aufhören. Dubhe und Lonerin saßen am Feuer und versuchten trocken zu werden. Der junge Magier nutzte die Gelegenheit, um sich wieder einmal mit Idos Karte zu beschäftigen. Seit mehr als zehn Tagen wanderten sie nun schon durch den Wald und kamen gut voran in jene Richtung, in der vermutlich Sennars Zuhause lag.

Dubhe sah ihm zu, wie er mit einem Stift Zeichen in die Karte eintrug und immer wieder die Bemerkungen des Gnomen auf der Rückseite überflog. Dabei erinnerte er sie an den Meister, an die Sorgfalt, mit der dieser sich um seine Waffen gekümmert hatte, die Konzentration, mit der er sich in seine Arbeit vertiefte. Dabei spürte sie den Brief unter ihrem Wams, direkt auf der Haut, wo sie ihn aufbewahrte, jenen Brief, den ihr der Meister vor seinem Tod geschrieben hatte. Und sie fragte sich, ob er nass geworden war, und war versucht, ihn hervorzuholen.

Doch sie unterließ es, weil sie sich vor Lonerin geschämt hätte: Wieder hätte sie ihm etwas erklären müssen, und sie hatte sich schon zu sehr geöffnet.

Schließlich brach die Nacht herein, und noch lauter prasselte der Regen hernieder.

»Auf alle Fälle müssen wir morgen wieder los«, bemerkte Dubhe, während sie in das Dunkel vor der Höhle hinausblickte.

»Wenn es so weiterregnet, wird das schwer werden.«

»Aber hier drinnen können wir auch nicht länger als unbedingt nötig bleiben. Ich bin sicher, die Assassinen sind uns längst auf den Fersen.«

»Hast du etwas bemerkt?«

Sie schüttelte den Kopf. »Nein, aber ich weiß es. Dazu brauche ich sie nicht zu hören oder zu sehen. Glaub mir, die sind hinter uns her.«

»Und wenn schon. Die werden mit denselben Hindernissen zu kämpfen haben wie wir. Mit ein bisschen Glück können wir den Vorsprung halten.«

Dubhe hätte seine zuversichtliche Einschätzung gern geteilt. Stattdessen blickte sie auf das leicht pulsierende Symbol auf ihrem Oberarm, das Zeichen ihrer Abhängigkeit von der Gilde, das Siegel.

»Wie fühlst du dich eigentlich? Gib zu, mein Trank ist besser als der von Rekla, oder nicht?«

Abrupt verdeckte sie das Symbol mit der Hand. Sie mochte

es nicht, wenn er dieses Thema anschnitt. »Ja, der ist ausgezeichnet«, antwortete sie knapp.

»Vielleicht sollte ich mal ein Auge darauf werfen.«

Lonerin machte schon Anstalten, sich zu erheben, doch Dubhe hielt ihn zurück. »Lass nur, mir geht's gut. Es war nur ein Reflex, dass ich draufgeschaut habe.«

»Lass mich das entscheiden.«

Kurz entschlossen entblößte er ihren Arm und betrachtete prüfend das Symbol. Dubhe mochte es überhaupt nicht, auf diese Weise untersucht zu werden. Seit die Bestie in ihr schlummerte, war es immer das gleiche Spiel: Ein Magier oder ein Heilpriester wollte sich die Sache anschauen, und plötzlich wurde ihr Körper etwas Fremdes, das nichts mehr mit ihr zu tun hatte, eine Art Buch, in dem jeder etwas anderes las.

»Er scheint zu wirken, aber vielleicht solltest du doch noch einen Schluck nehmen, wenn du dich nicht auf der Höhe fühlst.«

Dubhe zog den Arm zurück. »So viel haben wir auch nicht mehr von dem Mittel, und ich habe es dir ja schon gesagt: Mir geht's gut.«

»Ich versuche doch nur, dir zu helfen.«

Obwohl ganz offensichtlich ehrlich gemeint, konnte Dubhe sein Mitgefühl schlecht ertragen. »Hör mal, Lonerin, du hast mich gebeten, an das Gelingen unserer Mission zu glauben. Und das will ich auch. Aber jetzt will ich dich um etwas bitten: Wenn es geht, verkneif dir doch bitte diesen mitleidigen Blick, mit dem du mich immer anschaust, sobald die Sprache auf den Fluch kommt. Mir ist das unangenehm.«

Ihr Gesichtsausdruck wirkte hart, vielleicht zu hart.

»Was heißt ›Mitleid‹? Ich will dir helfen.«

»Dann tu das, und fertig«, erklärte sie kurz angebunden. Es war ihr unerträglich, immer wieder auf ihre Schwäche hingewiesen zu werden. Wozu hatte sie denn unter so großen Mühen gelernt, stark und unempfindlich zu sein?

»Es ist nichts Schlechtes daran, hin und wieder einmal

schwach zu sein, und noch weniger, sich anderen anzuvertrauen.«

Dubhe fühlte sich an einer wunden Stelle getroffen. War es das, was ihr eigentlich zu schaffen machte? Sich nach so langer Zeit noch einmal jemandem anzuvertrauen?

Ohne eine Antwort zu geben, legte sie ihr Gesicht auf die verschränkten Arme und starrte in das Feuer. Für sie war das Gespräch damit beendet.

»Dein Stolz wird mich nicht davon abhalten, für dich da zu sein«, bekräftigte Lonerin.

Ihr Heimatdorf Selva, ihre Mutter und ihr Vater, auch Mathon, der Junge, der ihr damals so gefallen hat. Sie sind weit weg, ihre Stimmen so fern, dass sie sie nicht hören kann. Auch Gornar, der Anführer ihrer Gruppe, ist dabei.

Dubhe beobachtet, wie diese Menschen ihr Leben ohne sie führen, so als sei sie niemals zur Welt gekommen. Auch der Meister ist bei ihnen und scheint sich in ihrem Kreis ganz wohlzufühlen. Eigentlich gehört er gar nicht dorthin. Er ist nie in Selva gewesen, war der Mittelpunkt eines anderen Lebens.

Er unterhält sich mit ihrer Mutter, lacht mit ihr.

Wie oft habe ich den Meister lachen sehen? Fast nie.

Und doch tut er es. Seine Miene wirkt glücklich. Er macht ihrer Mutter den Hof, das ist nicht zu übersehen. Dies zu beobachten, macht Dubhe wütend: Wie von Sinnen vor Eifersucht möchte sie dazwischengehen, sie auseinanderbringen. Aber sie kann nicht. Ihre Glieder sind so schwer wie Blei, und sosehr sie sich auch bemüht, gelingt es ihr nicht, auch nur einen Muskel zu bewegen. So bleibt ihr nichts anderes übrig, als machtlos der Szene beizuwohnen. Der Meister wiegt den Sohn ihrer Mutter auf dem Arm, den Jungen, den sie in Makrat zur Welt gebracht hat, in ihrem neuen Leben mit einem anderen Mann, nachdem Dubhe aus dem Dorf vertrieben und ihr Vater auf der Suche nach ihr verschollen und gestorben war. Der Meister gibt ihr einen Kuss auf Wange, lacht kokett, und Dubhe zerreißt es innerlich.

Sie versucht zu schreien, bringt aber keinen Ton heraus.

Lonerin tritt auf den Meister zu und spricht mit ihm. Seine Hände leuchten, so als zaubere er gerade.

Es ist alles falsch an dieser Szene, an diesem Stelldichein toter und lebender Menschen, die eigentlich nichts miteinander zu tun haben, und Dubhe drängt es, allein mit ihrer Anwesenheit alles Unwirkliche dieser Szene zu vertreiben.

Plötzlich zieht bedrohlich ein riesengroßer schwarzer Schatten heran. Es ist die Bestie. Dubhe weiß es, weiß, dass sie alle töten wird, verschlingen, auf ewig hineinziehen in die Finsternis. Nichts wird von ihnen übrig bleiben, noch nicht einmal die Erinnerung. Vor Furcht beginnt sie zu zittern. Niemand hat die Gefahr bemerkt, alles hängt jetzt von ihr ab. Nur sie allein kann diesen Albtraum beenden und sie vor dem Tod retten.

Sie versucht, die Beine zu bewegen, doch die sind angekettet, versucht zu schreien, doch ihre Kehle ist leer und stumm, spürt, wie ihre Augen feucht werden wollen, doch noch nicht einmal Tränen hat sie mehr.

Denn sie ist kein Körper mehr, nur noch Seele, unbestimmt und ungreifbar, die irgendwo umherirrt. Panik erfasst sie. Da, eine Stimme von weit her, die sie beim Namen ruft.

»Dubhe! Dubhe!«

Lonerin rüttelte sie heftig, versuchte, sie aufzuwecken, aber es wollte ihm nicht gelingen.

Es war alles so schnell gegangen.

Sie hatte sich zum Schlafen niedergelegt, während er noch wach bleiben wollte, um nachzudenken. Ihre Worte hatten ihn verletzt, ihm aber auch zu denken gegeben. War wirklich Mitleid das Gefühl, das er seit einigen Tagen schon in der Magengegend spürte? War es Mitleid, dieses brennende Verlangen, sie zu retten?

Während er in das Feuer blickte, spielte er mit dem samtenen Säckchen, das Theanas Haar enthielt. Sie hatten gemeinsam bei ihrem Lehrer, Rat Folwar, die magischen Künste studiert. Bevor er dann zu seiner Mission in das Herz der Gilde aufgebrochen war, hatte er sie geküsst und geglaubt, dass mehr als Freundschaft zwischen ihnen war. Damals hatte sie ihm auch dieses Haarbüschel mitgegeben.

Doch dann lernte er Dubhe kennen, und alles änderte sich. Nun war Theana nur noch eine ferne Erinnerung.

Während er so dasaß und sich erinnerte, hatte er immer wieder zu Dubhe hinübergeblickt und sie im Schlaf betrachtet. Dabei merkte er schnell, dass irgendetwas nicht stimmte. Dubhe atmete unregelmäßig, stockend.

Er sprang auf, um nach ihr zu sehen, und als er sich über sie beugte, stieg ihm plötzlich ein eigenartiger, berauschender Geruch in die Nase, der ihn sofort benebelte und seinen Blick verschleierte.

Er wich zurück, nahm eine Hand vor den Mund und bemerkte einen feinen violetten Rauch, der Dubhe umschwebte und von den Wurzeln aufzusteigen schien, auf denen sie lag.

Obwohl er kein Experte in Pflanzenkunde war, vermutete er sofort, dass die Wurzeln diesen eigenartigen Geruch verströmten.

So riss er sich einen Stück Stoff von seinem Wams ab und band es sich um den Mund, während er gleichzeitig schon spürte, wie seine Glieder immer gefühlloser wurden.

Mit Sicherheit gab der Baum irgendeine giftige Substanz ab, der Dubhe zum Opfer gefallen war.

Ohne die Wurzeln zu berühren, zog er sie an den Beinen ein Stück fort und sah, dass ihr Haar getränkt war mit einer seltsamen harzigen Flüssigkeit. Darauf bedacht, noch nicht einmal mit ihren Kleidern in Berührung zu kommen, zog er sie weiter hinaus ins Freie, in den immer noch heftig niedergehenden Regen, wo er nun auf jede erdenklich Weise versuchte, sie wach zu bekommen. »Dubhe! Dubhe!«

Immer noch erhielt er keine Antwort, und so versetzte er

ihr ein paar Ohrfeigen, doch ebenfalls ohne Erfolg. Das Herz schlug ihm bis zum Hals. Was nun?

Noch einmal schüttelte er sie verzweifelt und bemerkte dabei immerhin, dass ihr Atem jetzt regelmäßiger kam. Ihr Brustkorb hob und senkte sich zwar nur leicht, aber in einem bestimmten Rhythmus. Nur, sie war nicht bei Bewusstsein.

Fieberhaft überlegte er, welcher Zauber hier helfen könnte, doch mit Giftpflanzen kannte er sich zu wenig aus, und er verfluchte sich heftig, dass er sich kaum mit diesem Gebiet beschäftigt hatte.

Da hörte er plötzlich eine Stimme, fuhr herum und starrte in den dichten Wald.

Einige Augenblicke verharrte er reglos: Vielleicht hatte ihm nur die Angst einen Streich gespielt. Der gesamte Wald war wie eine Trommel, die vom Regen geschlagen wurde, und es war nicht leicht, einen bestimmten Klang herauszuhören. Doch dann war er sich sicher. Aus dem Wald drangen Schrittgeräusche zu ihm, das Rascheln von Blättern, die bewegt wurden.

Verdammt!

Er beugte sich herab, fasst Dubhe unter und lud sie sich mühsam auf die Schultern. Der Boden war aufgeweicht und glitschig, und der Regen nahm ihm die Sicht. Um ihn herum war Finsternis, nichts als Finsternis.

Er hielt auf das Dickicht zu, das er vor sich gerade noch erkennen konnte. Wenn er sich nicht täuschte, stand dort hohes Schilfgras. Er schlüpfte hinein und versteckte sich dort mit der bewusstlosen Dubhe.

So hockte er da mit pochendem Herzen, während ihn das Wasser bis auf die Knochen durchnässte, wartete und hoffte dabei inständig, dass er sich getäuscht, sich die Geräusche nur eingebildet hatte. Wahrscheinlich war überhaupt niemand da. Aber man konnte nie vorsichtig genug sein.

Lange Zeit hörte er nur das Prasseln des Regens und hin und wieder Donnergrollen in der Ferne. Dann kamen sie.

Durch das Schilfgras hindurch erblickte Lonerin drei Paar

schwarz glänzender Stiefel, die mit jedem Schritt tief in den Schlamm einsackten, sowie das Funkeln ihrer Dolche im Widerschein des schwachen Lichts, das durch die Bäume drang. Sie trugen lange, regendurchtränkte Umhänge, und er wusste sofort, wer sie waren.

Die Assassinen der Gilde, die sich selbst auch die *Siegreichen* nannten. Die Mördersekte hatte sie aufgespürt!

»Sie sind hier vorbeigekommen«, zischte Rekla.

Lonerin biss sich auf die Lippen.

»Und sind hier hinein ...«

Rekla bückte sich und kroch in die Höhle, und die beiden in ihrer Begleitung taten es ihr hintereinander schweigend nach.

Wie lange würden sie dort drinnen bleiben? Und was sollte er tun, wenn sie wieder herauskamen? Dubhe rührte sich nicht, und er allein war nicht der Lage, es mit ihnen aufzunehmen.

Er tat es, ohne lange nachzudenken, sprang auf, stürmte aus dem Schilf und rief den Zauberspruch. Schon im nächsten Augenblick schien alle Erde im Umkreis vom Höhleneingang angesaugt zu werden, und kurz darauf war die Öffnung schon fast ganz verschlossen. Lonerin sah gerade noch das entsetzte, wütende Gesicht von Rekla, die sich zu ihm umwandte und ihn hasserfüllt anstarrte. Dann gingen ihr Blick und ihr Fluchen in den Erdmassen unter.

Erneut hörte er nichts als das Prasseln des Regens. Keuchend stand Lonerin da. Mit Sicherheit war die Höhle noch voller giftiger Dämpfe, und wenn sie die Wurzeln berührten, würde noch mehr entweichen. Aber gleichzeitig wusste er auch, dass die Assassinen die Lage rasch erkennen und wahrscheinlich irgendeine Lösung finden würden.

Er drehte sich zu Dubhe um, die weiter leblos am Boden lag.

Sie mussten fliehen. Auf der Stelle.

7

Im Schatten silberner Blätter

Lonerin lud sich Dubhe auf die Schultern und begann zu laufen, so schnell es seine Beine erlaubten.

Es blieb keine Zeit, sich einen Plan auszudenken. Wichtig war im Augenblick nur, möglichst weit von der Höhle fortzukommen, denn die drei Assassinen würden sich mit Sicherheit bald befreit haben. Unaufhörlich prasselte der Regen nieder und bildete einen dampfenden Vorhang, der ihn vom Rest des Waldes trennte. Plötzlich blieb er an einer Wurzel hängen, stürzte zu Boden und rutschte ein paar Ellen weit durch den Schlamm, wobei er durch Dubhes Gewicht mit dem Gesicht tief im Dreck versank. Er richtete sich auf und hockte mit klappernden Zähnen da.

Es war zum Verzweifeln: Alles sah gleich aus, Blätter, Bäume und der unbarmherzige Himmel über ihm. In welche Richtung musste er eigentlich?

Ruhe bewahren, nur die Ruhe bewahren …

Mit der freien Hand holte er die Nadel hervor und sprach die Zauberformel. Das schwache bläuliche Licht deutete in eine Richtung hinter ihm. Er hatte die Orientierung verloren.

Verflixt!

Stöhnend lud er sich die immer noch ohnmächtige Dubhe auf und machte sich wieder auf den Weg.

»Dubhe! Dubhe, wach doch auf!«

Ein Donnern übertönte jeden anderen Laut.

»Keine Angst, ich bringe dich in Sicherheit. Sei unbesorgt«

Tatsächlich hatte er aber keine Ahnung, wohin sie unterwegs waren. Er folgte nur dem bläulichen Licht, das fleischige Blüten und riesengroße Blätter auf seinem Weg erhellte. Aufs Geratewohl kämpfte er sich vorwärts, er hatte keine andere Wahl.

Der Wald schien nun noch dichter zu werden, und Lonerin spürte, dass ihn die Beine nicht mehr lange tragen würden. Er schaffte es kaum noch, das Mädchen durch den Wald zu schleppen, und doch folgte er unverdrossen dem Licht, das beständig in eine Richtung zeigte: Er durfte nicht schlappmachen, er musste Dubhe in Sicherheit bringen.

Immer mehr Zweige schlugen ihm ins Gesicht, und er musste sich bücken, um weiterzukommen. Er war in eine Art finsteren, engen Tunnel aus Blättern und Zweigen eingedrungen. Einen Augenblick blieb er stehen. Jetzt wusste er gar nicht mehr, wo er sich befand, und fragte sich, wie er dort hineingelangt war. Aber plötzlich krümmte sich das blaue Flämmchen nach rechts. Das war noch nie vorgekommen, und wieder zögerte er.

Immerhin bot der Tunnel Schutz vor dem Regen, und ein eigenartiges Kribbeln in den Händen gab Lonerin das Gefühl, dass die Lichtsichel von einem Zauber angelockt wurde. Gleichzeitig spürte er, dass keine unmittelbare Gefahr drohte, und beschloss weiterzugehen. Zuvor aber ließ er Dubhe von seinen Schultern zu Boden gleiten, ergriff ihre Arme und schleifte sie vorsichtig hinter sich her.

Auf diese Weise kämpfte er sich auf allen vieren ein gutes Stück voran. Immer schmaler wurde der Tunnel, und bald war es kaum noch möglich, sich umzudrehen. Es gab nur noch eine Richtung: vorwärts. Je weiter er vordrang, desto mulmiger wurde ihm. Mehr und mehr fühlte er sich wie in einem Käfig, seine Hoffnungen schwanden, während der Regen immer ohrenbetäubender auf das Blätterdach trommelte.

In seiner Verzweiflung begann er zu schreien, so gellend laut, dass ihm bald die Kehle wehtat. Da erstrahlte plötzlich ein grelles Licht vom Ende des Tunnels her, und Lonerin schirmte die Augen mit einem Arm ab und bemühte sich, etwas zu erkennen. Als sich seine Augen an die Helligkeit gewöhnt hatten, erblickte er etwas Wunderschönes: Vor ihm breitete sich eine von Büschen und Bäumen umstandene Lichtung aus, in deren Mitte sich ein mächtiger Baum mit silbernen Blättern erhob, der ein starkes orangefarbenes Licht ausstrahlte. Einen solch immensen Baum hatte Lonerin noch nie gesehen. Von oben betrachtet musste er wie ein glitzernder silberner Fleck im grünen Meer der Bäume aussehen. Von dem hellen, von zahllosen Äderungen durchzogenen Stamm gingen im unteren Teil unzählige Verzweigungen ab, die in der schwarzen fetten Erde verwurzelt waren. Die schillernden Reflexe des Laubwerks erhellten alles ringsum in weitem Umkreis, wobei die Blätter leicht zitterten, obwohl keinerlei Windhauch zu spüren war. Es war, als lebte der Baum, als durchströme eine ununterbrochene Kraft sein Inneres bis tief in die Erde hinein.

Es war ein *Vater des Waldes*, wie es sie auch in der Aufgetauchten Welt gab, in jedem Wald einen. Dabei handelte es sich um ganz besondere Bäume, die von Urgeistern bewohnt wurden und den Wäldern, deren Wächter sie waren, Kraft und Lebenssaft schenkten.

Jetzt wurde Lonerin alles klar. Der Baum mit seiner Zauberkraft war es gewesen, der sein wegweisendes bläuliches Licht im Tunnel angezogen hatte. Mit einem bewundernden Lächeln betrachtete er den *Vater des Waldes*. Er wusste, hier würde sie niemand finden und es niemand wagen, ihnen etwas anzutun.

Plötzlich zuckte er zusammen: Etwas hatte sein Bein gestreift.

Da sah er Dubhe, die ihn mit verschleierten, aber offenen Augen und leidender Miene anblickte. Sie war zu ihm gekrochen.

»Wir haben es geschafft!«, rief er.

Dubhe konnte sich noch kaum bewegen, hatte aber ein Minimum an Geistesgegenwart wiedererlangt. Als ihr die Sinne geschwunden waren, hatte sie noch gemerkt, dass dies kein normaler Schlaf sein konnte, und sich gegen die Wirkung des Giftes gewehrt. Es war ihr gelungen, nicht in tiefster Bewusstlosigkeit zu versinken, aber dennoch hatte sie von ihrer Flucht nur schemenhaft etwas wahrgenommen und fühlte sich jetzt vollkommen verwirrt. Sie konnte sich nur noch erinnern, dass ihr Körper, von einer starken Übelkeit ergriffen, hin und her geschaukelt wurde, während sich ihr gleichzeitig eine harte Kante in den Unterleib presste. Aber wieso waren sie geflohen? Und wie waren sie hierher gekommen? Sie wusste es nicht.

Lonerin half ihr jetzt, sich mit dem Rücken an den Stamm eines immensen Baumes zu lehnen. Undeutlich erkannte Dubhe, dass sie sich auf einer Lichtung befanden mit einem ganz eigenartigen Licht, an das sich ihre Augen noch nicht gewöhnt hatten. Ihr Gefährte kam ihr sehr erschöpft vor, sein Gesicht sah mitgenommen aus, und seine Hände zitterten. Aber sie verstand nicht, was los war. Offenbar zirkulierte das Gift immer noch durch ihren Körper und verhinderte jeden klaren Gedankenfluss. Daher schloss sie die Augen und versuchte, konzentriert in ihren Körper hineinzuhorchen, um sich ein passendes Gegengift einfallen zu lassen.

Lähmungserscheinungen beim Sprechen und beim Bewegen der Gliedmaßen. Verschleierter Blick. Verwirrung.

Die Symptome waren klar, hatten jedoch nichts Außergewöhnliches und wurden von vielen Giften in der Aufgetauchten Welt hervorgerufen. Das machte die Sache nicht einfacher.

»Keine Sorge, ich weiß, was du brauchst.«

Sie öffnete die Augen und sah mit verschwommenem Blick, wie Lonerin seinen Dolch zog und in das Holz hinter ihr stach.

Sie spürte, wie der Baum leicht erschauderte, fast so, als empfinde er einen Schmerz, und kurz darauf schon beugte sich Lonerin mit zum Kelch zusammengelegten Händen zu ihr herab.

»Trink.«

Sie fragte nicht lange nach und trank gierig aus seinen Händen diese milchige Flüssigkeit. Kühl und wohltuend lief sie ihr die Kehle hinunter. Das Allheilmittel gegen jede Krankheit. Sie hatte noch nie davon gekostet, denn es war äußerst schwer zu finden. Die *Väter des Waldes* waren heilig, durften nur in den dringendsten Notfällen gestört werden, und zudem war die Verfügung über ihr Ambrosia ein Vorrecht der Kobolde, die allein entschieden, an wen es gereicht werden durfte. So war es in der Aufgetauchten Welt. Hier verhielt es sich offenbar anders.

Sie lehnte den Kopf zurück gegen den Baumstamm und fühlte sich schon ein wenig besser. Lonerin legte ihr den nicht durchnässten Teil seines Mantels über und setzte sich neben sie. Es war das Letzte, was Dubhe sah, dann versank sie in tiefen Schlaf.

Sie wusste nicht, wie lange sie geschlafen hatte, doch als sie aufwachte, schmerzten ihre Glieder, und ihr Mund war ausgetrocknet.

Lonerin lächelte sie an. »Gut geschlafen?«, fragte er und nieste gleich darauf.

»Hast du dich erkältet?« Dubhes Stimme klang rau und fremd, als sei sie nicht die ihre.

Er schüttelte den Kopf, zog jedoch die Nase hoch. Wortlos bot er ihr einen weiteren Kelch Ambrosia an.

Dubhe blickte ihn an. Zwar ging es ihr immer noch nicht gut, die Übelkeit setzte ihrem Magen zu, und das Schwindelgefühl wollte nicht weichen, aber so umsorgt zu werden, war sie einfach nicht gewöhnt, kannte es nicht mehr, dass jemand ihr Wohlergehen über die eigene Gesundheit stellte. Wie lange war das her? Ihre Mutter fiel ihr ein, die ihr, wenn sie krank war, eine heiße Brühe ans Bett gebracht und ihre Stirn befühlt hatte; und auch ihr Meister, der damals ihre

Wunde mit einer Salbe gehandelt hatte, einer ähnlichen Salbe wie jener, die ihn Jahre später töten sollte. Und sie dachte an Jenna, den treuen Freund in Makrat, an seine sauberen Leintücher und seine behutsamen Hände, wenn er ihre Wunden am Rücken versorgt hatte.

»Hier, nimm doch deinen Mantel, ich sehe ja, dass du dich erkältet hast«, forderte sie ihn auf.

Lonerin machte eine gleichgültige Kopfbewegung und blickte sie dann mit ernster Miene an. »Wenn du nicht endlich trinkst, verschütte ich alles.«

Dubhe zierte sich noch einen Moment, gab dann nach und nahm einen Schluck. »Jetzt bist du aber an der Reihe, und danach erzählst du mir alles.«

Lonerin gehorchte, nahm von der Ambrosia und berichtete ihr dann, was geschehen war, von Rekla, dem Gift, der Höhle und ihrer Flucht bis zu dieser Lichtung.

Aufmerksam hörte Dubhe zu, ließ sich kein Wort entgehen.

»Rekla und ihre Begleiter werden wieder auftauchen«, bemerkte sie zum Schluss.

»Ich bin mir da nicht so sicher«, erwiderte Lonerin, »schau doch, wie das Gift dir zugesetzt hat.«

»Aber Rekla ist in der Gilde immerhin die *Wächterin der Gifte*. Die kennt mit Sicherheit jede Pflanze.«

»Aber das ist kein Baum der Aufgetauchten Welt.«

Dubhe erlaubte sich ein spöttisches Lächeln. »Schon, aber sein Gift führt zu Wahnvorstellungen und Störungen des Nervensystems, manchmal sogar zu Atemlähmungen. Das ist keine besondere Eigenart dieses Baumes oder seiner Wurzeln, sondern einer bekannten Gruppe von Substanzen, die diese Symptome hervorrufen. Und ich kann dir sogar sagen, dass die Beschwerden mit einem Blaublattaufguss und Kerbelumschlägen behandelt werden müssen.«

Lonerin staunte nicht schlecht. »Du kennst dich ja wirklich aus!«

Sie errötete. »Ja, schon. Wenn ich meinem Meister geholfen hatte, gab der mir manchmal etwas Geld, mit dem ich mir, wenn ich nichts anderes brauchte, Bücher über Kräuterkunde kaufte.«

Auf der Stelle bereute sie dieses Geständnis, denn sie konnte sich vorstellen, wie schwer es Lonerin fallen musste, mit ihrer Rolle als Komplizin eines Meuchelmörders umzugehen. Es war ihr ja selbst nie gelungen in all den Jahren.

»Du eignest dich weder zur Einbrecherin noch zur Mörderin. Das ist mein Ernst.«

Lonerins Blick wirkte derart überzeugt, dass sie sich abwandte. Genau das Gleiche hatte der Meister vor langer Zeit zu ihr gesagt, und das traf sie. Als sie etwas erwidern wollte und sich dazu umdrehte, war Lonerin nicht mehr da.

Nicht weit entfernt bewegten sich die Farne: Offenbar war er losgezogen, um die Kräuter für das Gegengift zu suchen.

Gern wäre sie ihm gefolgt, doch sie war noch zu schwach, um auch nur aufzustehen, und so blieb sie einfach unter dem Baum sitzen.

Kurz darauf war er wieder da. Er hatte Kerbel gefunden und bereitete ihr damit nun einen Umschlag zu.

»Das war doch nicht nötig.«

»Wenn ich mich nicht um dich kümmere, wirst du nicht gesund, und wenn du nicht gesund wirst, kommt meine Mission ins Stocken. Wie du siehst, mache ich das im Grund nur für mich, so wie du es von dir selbst auch immer behauptest.«

»Du könntest mich doch einfach hier zurücklassen.«

»Würdest du das vielleicht tun?«

Dubhe antwortete nicht. Es war wirklich eigenartig für sie, in dieser Weise auf jemanden angewiesen zu sein. Aber was war eigentlich schlimm daran, mal eine Weile so zu tun, als sei sie nicht allein? Die Bestie, die Gilde, Rekla, all das waren Sorgen, die sie gern hier auf der Lichtung weit von sich geschoben hätte, zumindest für eine Weile.

Tja, Rekla … Lonerin hatte sie zunächst einmal außer Gefecht gesetzt, doch umso mehr würde sie auf Vergeltung brennen. Würde sie, Dubhe, in der Lage sein, sich gegen sie zu behaupten? Die Assassinen waren zu dritt, hatte Lonerin gesagt. Mit den beiden anderen konnte sie es vielleicht aufnehmen, doch mit Rekla? Nein, mit ihr nicht, ihr war sie mit Sicherheit nicht gewachsen.

Sie umklammerte das Heft ihres Dolches, während ihr Herz heftig in der Brust pochte.

So schnell wie möglich musste sie auf die Beine kommen, sogar auf dieser friedlichen Lichtung waren sie in Gefahr.

Mit dem Begräbnis hielten sie sich nicht lange auf. Rekla und Filla hoben eine flache Grube aus und warfen den leblosen Körper ihres Komplizen Kerav hinein.

Es war ihnen schlecht ergangen dort in der Höhle, alle drei wären beinahe erstickt. Dieser verdammte Magier hatte schnell und klug gehandelt. In der Höhle stauten sich die giftigen Dämpfe, und dieser Idiot von Kerav hatte gehustet und gehustet und dabei weiter auf den Wurzeln gelegen.

Rekla hatte sofort begriffen, was da im Gang war, doch auch ihr selbst war schwindlig geworden, und die giftigen Dämpfe hatten ihr Gehirn benebelt. Nur der Mut der Verzweiflung und das Wissen um die Bedeutung ihrer Mission hatten es ihr ermöglicht, sich mit bloßen Händen durch die Erde zu wühlen und hinauszugelangen. Während ihr Leib von Krämpfen und Zuckungen geschüttelt wurde, hatte sie im Regen die Zutaten für das Gegengift zusammengesucht und mit jenen gemischt, die sie in ihrem Reisesack mitführte. Schließlich waren ihre Anstrengungen belohnt worden. Ihren Diener Filla und sich selbst hatte sie retten können. Für Kerav jedoch kam jede Hilfe zu spät.

Immerhin fand er ein rasches, schmerzloses Ende. Sie persönlich sorgte dafür. Schließlich wusste sie genau, wie man tötete, ohne das Opfer leiden zu lassen. Sogar ein wenig von seinem Blut hatte sie in dem Fläschchen mit der grünen Flüssigkeit aufgefangen, um es im Bau der Gilde Thenaar zu opfern.

Dabei bedeutete ihr dieser Mensch überhaupt nichts. Wie sie selbst war er ein Assassine gewesen, und nur als Kamerad erwies sie ihm die letzte Ehre, trauerte nur um den Verlust eines *Siegreichen*. So hatte man es sie gelehrt: Waffenbrüder wurden geachtet, doch nur Thenaar geliebt. Darüber hinaus gab es so etwas wie Liebe überhaupt nicht, und der Geschlechtsakt diente allein dazu, neue *Siegreiche* hervorzubringen. Auch Freundschaft war eine Illusion und Kameradschaft der einzige Wert.

Was für ein Mensch war Kerav gewesen? Gab es irgendjemanden in der Gilde, der auf ihn wartete? Das war ohne Bedeutung. Nur um eins beneidete Rekla ihn. Dort unter der Erde liegend war er bereits in Thenaars blutiges Reich heimgegangen und konnte dort seinem Gott nahe sein.

Oh Herr, sprich zu mir ...

Wieder antwortete ihr bloß das Echo ihrer eigenen Gedanken.

Wenn sie an diesen Magier dachte, der sich in ihr Haus eingeschlichen hatte, zitterte sie vor Zorn. Dubhe würde sie in aller Ruhe töten, daheim im Bau der Gilde, würde ihr Blut langsam in das große Becken laufen lassen. Doch diesem dreisten Bürschlein würde sie mit Vergnügen an Ort und Stelle den Garaus machen. Sie ballte die Fäuste so fest, dass ihr die Fingernägel in das Fleisch schnitten.

Lonerin und Dubhe übernachteten an einem schönen Teich mit kristallklarem Wasser, der von einem kleinen Wasserfall gespeist wurde. Seit Tagen wanderten sie nun schon, fast ohne zu rasten, um die Assassinen so weit wie möglich hinter sich zu lassen. Doch an diesem Abend hatten sie beschlossen, ein Lager aufzuschlagen, um sich zu stärken und auszuruhen.

Lonerin sprang als Erster in das Wasser, und zu seiner Überraschung tat es ihm Dubhe sogleich nach.

Nach all dem, was sie erlebt hatten, war es ein unerwartetes, aber auch natürliches Vergnügen, frei im Wasser herumzutollen, und auch die Freude, die sie ausstrahlte, war durchaus echt.

Lonerin sah ihr zu, wie sie tief in den See eintauchte und dann wieder ein paar kräftige Züge schwamm. Wie gern hätte er sie häufiger so gesehen mit diesem fröhlichen Gesicht, und stärker als je zuvor spürte er das Verlangen, ihr zu helfen und sie zu retten – koste es, was es wolle.

Wieder am Ufer, legte sich Dubhe sogleich nieder und schlief bald darauf ein. Vielleicht lag es an dem Bad, vielleicht auch an der Erschöpfung, aber ausnahmsweise einmal hatte Lonerin den Eindruck, dass ihr Schlaf friedlich war.

Er hingegen wachte am Feuer, die entfaltete Karte zu seinen Füßen. Neben Idos Notizen in dessen kleiner Handschrift standen nun die Bemerkungen, die er selbst mit größeren Schwüngen hinzugefügt hatte. Es machte ihm Spaß, sich als Entdecker zu fühlen, und er träumte davon, als solcher nach Hause zurückzukehren und den Kartografen daheim den Entwurf einer ganz neuen Landkarte übergeben zu können.

Erst als er sich wirklich erschöpft fühlte, legte er sich ebenfalls nieder. Er streckte sich und blickte dabei über den hübschen Teich. Es war ein bezaubernder Ort. Die perfekt runde Scheibe des Mondes spiegelte sich auf dem ruhigen Wasser. Lonerin hatte Durst und stand auf, um noch etwas zu trinken. Ihre Flaschen waren gut gefüllt, aber wann hatte er sich das letzte Mal zum Trinken über einen Bach oder etwas Ähnliches gebeugt?

Er blickte wieder über die glatte Wasserfläche, und fast kam es ihm wie ein Sakrileg vor, die Hände einzutauchen und sie dadurch zu zerstören.

So hockte er seltsam unentschlossen da, als er plötzlich etwas aus dem Wasser auftauchen sah.

Vielleicht schlafe ich auch schon, und das ist alles nur ein Traum, dachte er noch. Und in der Tat kam ihm die Situation ganz unwirklich vor. Aber er schlief nicht, das wusste er.

Mehr und mehr schob sich ein eigenartiges Wesen aus

dem Wasser, dessen dunkler Körper von einem schmalen leuchtenden Rand umgeben war. Der Kopf war flach, der Hals dünn, und auch die Schultern wirkten schmächtig wie von einem Knaben.

Es war vollkommen still, sogar der Wasserfall schwieg.

Lonerin war wie in Trance. Er hörte nur den Atem dieses geheimnisvollen Wesens, das ihn von der Mitte des Teiches aus ansah. Es drängte ihn, es zu berühren, sich ihm zu nähern. *Er wusste*, dass er es tun musste.

So stand er auf und bewegte sich mit vorsichtigen Schritten durch das Gras zum Wasser hin, während dieses seltsame Geschöpf, ohne auch nur die kleinste Welle zu verursachen, immer näher kam. Unverändert lag das Wasser reglos da, sodass auch die runde Mondscheibe auf dem Wasserspiegel vollkommen intakt blieb.

Je näher es kam, desto deutlicher konnte Lonerin weitere Einzelheiten dieses Wesens erkennen. Es hatte einen gebogenen Schnabel und Schlangenaugen. Recht harmlos wirkte es aber durch seinen sonderbar flachen Kopf, der an den Seiten mit borstigen Haarkränzen besetzt war.

Jetzt war es so nahe, dass Lonerin es hätte berühren können. Aber er tat es nicht, stand nur weiter reglos da und starrte ihm in die Augen. Dann war plötzlich alles verschwunden: die Nacht, der Wald, der See. Nur noch das Nichts war geblieben, Lonerin selbst und diese eigenartige Kreatur.

Es geschah so schnell, dass Lonerin gar nichts mitbekam. Als ihn eine beißende Kälte und das Gefühl, von vier Gliedmaßen umklammert zu werden, wieder in die Wirklichkeit zurückbrachte, war es bereits zu spät. Er versuchte zu schreien, doch sofort füllte sich sein Mund mit Wasser. Direkt vor sich, nur eine Handbreit entfernt, hatte er das grinsende Gesicht eines Wesens, das mit seinen stechenden Augen und den langen, scharfen Zähnen nunmehr alles andere als harmlos aussah.

Wie ein Trottel hatte er sich hereinlegen lassen, dachte er noch, während er schon auf den Grund des Teiches hinabgezogen wurde. Und dabei hatte er doch eine ganze Reihe von Abhandlungen gelesen, die vor solchen Seeungeheuern warnten.

Das Gefühl, gleich ersticken zu müssen, und die Erkenntnis, dass er verloren war, versetzten ihn in Panik. Verzweifelt schlug er um sich, doch es war sinnlos. Er konnte nur noch entsetzt beobachten, wie die Bestie den Kopf vorreckte, um im nächsten Augenblick zuzubeißen, da hörte er plötzlich ein seltsames Gurgeln und eine Art Schrei und spürte gleichzeitig eine Hand, die ihn aus dem Wasser zog.

Kurz darauf lag er bäuchlings am Ufer, hustete, spie Wasser aus und schnappte nach Luft.

»Geht's?«

Dubhes Stimme klang besorgt, und Lonerin hatte das Gefühl, noch nie etwas Schöneres gehört zu haben.

Immer noch keuchend drehte er sich um und nickte Dubhe zu, die mit dem Bogen in der Hand neben ihm stand. Wie hatte er sich bloß so übertölpeln lassen können? Lonerin war es dermaßen peinlich, dass er sie kaum ansehen konnte.

»Ich weiß nicht, was das für ein Untier war, aber mit Pfeil und Bogen macht dir wirklich keiner was vor. Ein toller Schuss«, sagte er.

»So retten wir uns eben ständig gegenseitig das Leben«, antwortete sie mit einem erleichterten Lächeln.

Sie reichte ihm die Hand und half ihm auf.

Lonerin blickte ihr in die Augen und spürte, wie es ihm das Herz wärmte.

8

Kampf im Mondschein

Es war bereits Abend, als Sherva zu rasten beschloss. Er stieg vom Pferd und atmete tief die kühle Luft ein, die einer mondlosen Nacht vorausging. In seinen Adern floss Nymphenblut, und die Neigung, sich in der freien Natur aufzuhalten, war eine Seite seines Charakters, die er im Bau der Gilde ständig unterdrücken musste.

Lange betrachtete er die karge, trostlose Landschaft. Zerstörte Bäume, vom Feuer geschwärzte Hügel, abgestorbene Pflanzen. Das war alles, was vom dem einst prächtigsten Wald im Land des Windes nach dem Großen Krieg und Dohors gewaltsamen Eingriffen übrig war. Eine in Jahrtausenden gewachsene Natur war in kürzester Zeit ausgelöscht worden …

Sherva wandte sich seinem Waffenkameraden Leuca zu, der noch mit dem geknebelten Knaben im Sattel saß. Er bedeutete ihm abzusteigen, doch der zögerte: »Hier haben wir doch keine Deckung und sind zu leicht auszumachen …«

»Das geht schon! Steig ab, ich befehle es dir …«

Das ließ sich der andere nicht zweimal sagen, schwang sich vom Pferd und hob auch den Jungen herunter. Schließlich war Sherva ein *Wächter* und gehörte damit zu den höheren Rängen der Gilde, er selbst hingegen nur ein einfacher Assassine, der ihm Gehorsam schuldete.

Sherva drehte sich wieder zu dem schwarzen mächtigen Baumstamm neben ihm um. Die Rinde war von Rissen durchzogen, und die abgestorbenen gewundenen Äste reckten sich ins Leere. Ein Teppich aus verfaultem, stinkendem Laub raschelte unter seinen Füßen. Das war er also, Nihals *Vater des Waldes*, jener mächtige Baum, der in der *Geschichte der Drachenkämpferin* besungen wurde. In der Mitte des Stammes sah er die Vertiefung, in die Nihal hineingegriffen hatte, um das *Herz* dieses Heiligtums an sich zu nehmen, mit dessen Hilfe sie die Welt vom Tyrannen befreien konnte.

Sherva berührte ihn und kniete nieder. *Schütze mich auf meinem Weg, wache über meinen Schlaf, hülle mein Lager in Finsternis.*

Seine Mutter hatte ihn mit der Kultur der Nymphen bekannt gemacht und ihn gelehrt, die mächtigen Naturgeister zu ehren. Deshalb hatte er dieses Gebet gesprochen. In seinem der Kunst des Mordens geweihten Leben war im Grund kein Platz für Thenaar oder andere törichte Gottheiten. Für ihn gab es nur die reinen Geister der Natur, die sein Volk anbetete.

Sherva beobachtete, wie Leuca nun ihren Gefangenen an einen anderen Baum fesselte. Der Junge war geknebelt, seine Augen waren gerötet und geschwollen, seine Wangen feucht von Schweiß und Tränen. Nun starrte der Kleine ihn an, und in diesem Blick erkannte Sherva einen Hass, der ihm nicht missfiel. Es war nicht zu übersehen, wie viel Elfenblut in den Adern des Jungen floss. Sein Haar schimmerte schwarzblau, während seine Ohren oben seltsam spitz zuliefen. Er war von ganz anderem Schlag als sein Vater, dieser Schwächling ohne Saft und Kraft, den er mit eigenen Händen umgebracht hatte. Vielleicht war der Junge tatsächlich geeignet für Yeshols Pläne, aber ihm selbst war das gleich, es interessierte ihn einfach nicht.

»Nimm ihm den Knebel aus dem Mund«, befahl er seinem Begleiter.

Leuca blickte Sherva zweifelnd an. Wenn mit diesem Jungen etwas schiefging, würde es sie teuer zu stehen kommen. Deshalb wäre er gern vorsichtiger gewesen. Und außerdem war er selbst ein Assassine, dem viel daran lag, diese Mission erfolgreich abzuschließen. Es war bereits ein Wagnis, auf dieser Lichtung zu rasten, aber nun diesem Bengel auch noch den Knebel aus dem Mund zu nehmen …

»Aber, Herr …«

»Was willst du? Wir brauchen ihn doch lebend. Und um zu leben, muss er essen und trinken. Nimm ihm den Knebel ab, habe ich gesagt.«

Leuca wusste, er durfte nicht zu weit gehen.

Er nahm den Knebel aus dem Mund des Jungen, und der dankte es ihm, indem er ihm augenblicklich mit aller Gewalt in die Hand biss.

Leuca schrie auf, während sich ein Lächeln in Shervas Gesicht stahl.

»Verfluchter Bastard!«, schrie Leuca und verpasste dem Jungen mit der flachen Hand einen brutalen Schlag ins Gesicht, der ihm die Lippe aufriss.

Sherva sprang auf und packte Leucas Hand, bevor der noch einmal zuschlagen konnte. »Yeshol will ihn heil, verstanden?«, knurrte er und verdrehte Leucas Handgelenk.

Leuca nickte, während ihm der kalte Schweiß ausbrach.

Tja, bei Schwächeren wie Leuca kannst du dich leicht durchsetzen, aber bei Yeshol?

Sherva überlegte einen Moment, ließ dann mit entnervter Miene seinen Kumpan los und wandte sich dem Jungen zu. Dem lief das Blut aus dem Mund, und er zog die Nase hoch. Aber er weinte oder jammerte nicht. Er starrte Sherva nur wütend an, und der Wächter lächelte spöttisch zurück. »Mit Blicken kannst du mich nicht töten.«

Er holte ein Stück Käse hervor und drückte es dem Jungen in die Hand.

»Das ist für heute. Wenn du brav bist, erhältst du morgen die doppelte Ration.«

»Von dir nehme ich gar nichts an, du Mörder!«, brüllte der Junge, warf den Käse fort und spuckte in Shervas Richtung.

Der Assassine kam mit dem Gesicht ganz nahe an den Jungen heran und zischte mit wutverzerrter Miene: »Pass nur auf! Ich kann dir jederzeit den Hals umdrehen so wie deinen Eltern, ohne dass du mich irgendwie daran hindern könntest!«

Der Junge biss sich auf die Lippen, bis sie weiß wurden.

Da packte ihn Sherva an den Haaren und sagte, jede Silbe betonend: »Deine Verachtung trifft mich nicht, und deine Worte ebenso wenig.« Und nach einer Pause fügte er hinzu. »Und jetzt wird gegessen.«

Er hob den Käse vom Boden auf, brach ein Stück ab, stopfte es dem Jungen in den Mund und legte dann die Hand darauf, bis der den Bissen geschluckt hatte. Schließlich blickte er ihn voller Genugtuung an und reichte dann Leuca den Käse, damit der ihn weiterfütterte.

Eine Zeit lang beobachtete Sherva die beiden. Es bereitete ihm ein unterschwelliges Vergnügen, mit anzusehen, wie der Widerstand des Jungen so gewaltsam gebrochen wurde. Dabei war er sich bewusst, dass dieses Vergnügen etwas Feiges hatte. Aber seit Dubhes Flucht war alles anders, schien sein ganzes Leben in Schäbigkeit zu versinken. Aber warum nutzte er diesen Bruch nicht, um Yeshol umzubringen?

Oder denkst du vielleicht, du wirst niemals so stark sein, um es mit Yeshol aufnehmen zu können?

Diese Worte verfolgten ihn, konfrontierten ihn mit der Wahrheit eines Lebens, in dem er so viel gemordet hatte, ohne dadurch auf den Gipfel zu gelangen. Tatsächlich fühlte er sich nicht stark genug, weshalb er sich auch freiwillig für diesen Auftrag gemeldet hatte. Und den Jungen zu demütigen, war schließlich auch ein Weg, seine eigene Schwäche zu verdrängen.

»Das reicht, kneble ihn wieder!«, befahl er Leuca.

Der andere gehorchte beflissen.

Während des Essens, das er mit seinem Kumpan einnahm, hörte Sherva den Jungen die ganze Zeit vor sich hin grummeln. Zwischen den beiden Assassinen jedoch herrschte ein beredtes Schweigen.

»Und was ist mit dem Gnomen?«, fragte Leuca, als sie fertiggegessen hatten.

Blitzartig fiel Sherva die Situation wieder ein. Er hatte keine Ahnung, wer dieser Gnom gewesen war, aber wie er gekämpft und sich mit Leichtigkeit seinem Griff entwunden hatte, war schon außergewöhnlich. Leider war es in dem Gang zu dunkel gewesen, um ihn genauer zu erkennen. »Vielleicht war das nur irgendein Einwohner von Salazar, der zufällig vorbeikam.«

»Aber er hat uns gesehen.«

»Und wenn schon. Ich konnte ja auch nicht viel von ihm erkennen.«

»Aber, Herr, warum sollte er sich dort zufällig herumgetrieben haben? Jener Teil der Turmstadt war verfallen und so gut wie unbewohnt, und deshalb fürchte ich ...«

Der Wächter hob die Hand. »Um den kümmern wir uns zu gegebener Zeit. Falls er uns doch noch mal in die Quere kommen sollte.«

Leuca schwieg, doch Sherva wusste, was dem Kumpan durch den Kopf ging: Der gleiche Gedanke war auch ihm selbst schon gekommen. Ein Gnom, der sich so vortrefflich auf die Kunst des Nahkampfs verstand. Da gab es nur einen, auf den das zutraf: Ido.

Aber er wollte sich keine weiteren Gedanken darüber machen. Ihm ging es nur darum, ihren Auftrag rasch zu erledigen und den Jungen in den Bau der Gilde zu bringen, wo er dann selbst weiterhin das Haupt beugen würde bis zu dem Tag, da Yeshols Blut floss durch seinen, Shervas Dolch.

Doch dieser Gedanke, der ihn in den langen Nächten unter der Erde so viele Male schon in Hochstimmung versetzt hatte, brachte ihm jetzt nicht die gewohnte Erleichterung, ließ ihn nicht, wie sonst, friedlich einschlafen. Stattdessen dachte er, dort unter dem *Vater des Waldes* liegend, an die Welt der Nymphen, die er immer nur von außen betrachtet hatte und von der er immer ausgeschlossen gewesen war. Er war ein Halbblut, die Frucht einer unreinen, verbotenen Liebe.

So wie dieser Junge, der dort drüben an den Baum gebunden war. Sherva hörte, wie er die Tränen und Schluchzer unterdrückte. Der Junge konnte nicht schlafen, genauso wenig wie er selbst.

Ido wartete, bis der Priester kam, um an Tariks Totenbett zu wachen, und machte sich dann auf den Weg. Er durfte nicht länger verweilen, musste den Mördern folgen, solange ihre Spuren noch frisch waren. Aber er hatte einen großen Vorteil: Er wusste, dass sie in das Land der Nacht wollten, und das auf schnellstem Weg.

So bestieg er sein Pferd und ritt erneut in die Steppe hinein.

In ihm kochte eine blinde Wut. Dreißig Jahre Kampf hatte er durchgestanden, dreißig Jahre Krieg, in denen er das Blut seiner engsten Freunde und besten Kameraden hatte fließen sehen, und nun drohte dies alles, falls er scheiterte, umsonst gewesen zu sein. Er fletschte die Zähne: Nein, er würde nicht scheitern, er würde den Jungen befreien, um jeden Preis. Dabei war ihm bewusst, dass seine Feinde gewandt und listig waren – die Gilde verstand es, ihre Assassinen auszubilden – und dass es nicht einfach sein würde, sie zu finden. Umso aufmerksamer ließ er nun den Blick umherschweifen: Die Jahre im Untergrund im Land des Feuers hatten sein Jagdgespür verfeinert.

Schließlich stieß er auf die Hufspuren von zwei Pferden, die Richtung Bannwald getrabt waren. Das mussten sie sein. Aber offenbar rechneten sie nicht damit, verfolgt zu werden. Ido lächelte grimmig.

So wenig trauen sie mir also zu.

Vielleicht hatten sie ihn auch einfach nicht erkannt. Auf alle Fälle unterschätzten sie ihn.

In früheren Zeiten war immer er selbst der Gejagte gewesen. Über viele Jahre hatte er sich im unterirdischen Kanalsystem des Landes des Feuers verborgen gehalten und sich nur für bestimmte Widerstandsaktionen ans Tageslicht geschlichen. Nun plötzlich aber waren die Rollen vertauscht und er zum Jäger geworden. Ein ungewohnte Situation, die ihn in Anspannung versetzte.

Als abends an einem kristallklaren Himmel die Sonne unterging und damit einer der ersten herrlichen Sommertage endete, erreichte er den Bannwald. Am Waldrand, dort wo die Steppe, in der auch er einmal vor langer, langer Zeit gekämpft hatte, in die ersten Baumreihen überging, stieg er vom Pferd und lief zu Fuß weiter. Nun wurde seine Aufgabe noch schwieriger, galt es doch, bei den unzähligen Spuren, die auch hier wie in jedem Wald zu sehen waren, stets den richtigen zu folgen. Und das war sogar für Ido kein Kinderspiel. Er musste konzentriert bleiben, durfte die Gedanken nicht abschweifen lassen, etwa zu Tarik oder dessen tot im eigenen Blut liegender Frau. Nichts durfte ihn ablenken, auch nicht die Kriegserinnerungen, die er mit diesem Wald verband.

Es war bereits stockdunkel, als er auf einer Lichtung die Spuren eines Lagers entdeckte, niedergedrücktes Gras und die unter Erde verborgene Asche eines Lagerfeuers, während an einem nahen Baum ein Stückchen Seil hängen geblieben war. Mit Sicherheit hatten die Assassinen hier gelagert und danach zwar die Spuren beseitigt, jedoch nicht eben sorgfältig, ein Zeichen, dass sie sich noch nicht verfolgt fühlten.

Er richtete sich auf und blickte sich weiter um. Jetzt erkannte er die Lichtung wieder, denn Sennar hatte sie in seinem Buch über die Abenteuer an Nihals Seite beschrieben. Er fand den *Vater des Waldes*, fuhr sanft über dessen dunkle rissige Rinde. Dabei war er eigentlich nie ein großer Naturliebhaber gewesen. Für ihn waren Wälder Geheimnisse, die er nicht zu ergründen vermochte. Gewiss liebte er bestimmte Landschaften, doch die Natur selbst schien eine Sprache zu sprechen, die er nicht verstand. Nun aber spürte er die Urkraft des *Vaters des Waldes* und stellte sich vor, wie Nihal den achten Elfenstein aus der Vertiefung in seinem Stamm hervorgeholt hatte, jenen letzten Stein also, der die Kräfte des

Talismans freisetzen und die Niederlage des Tyrannen besiegeln sollte. Ob sie sich damals ebenso so verloren vorgekommen war wie er jetzt in diesem Moment? Eine tragische Ironie steckte in dem ganzen Geschehen. Es war eben jener Baum, vor dem Nihal vierzig Jahre zuvor den entscheidenden Ritus zur Rettung der Aufgetauchten Welt vollzogen hatte, an den man ihren Enkelsohn San jetzt gefesselt hatte. Ido löste seine Hände von dem Stamm und machte sich wieder auf den Weg.

Hier im Wald kam er längst nicht mehr so rasch vorwärts, wie er es sich gewünscht hätte. Sein Pferd kämpfte sich über Stock und Stein, die Spuren waren kaum noch zu erkennen, und auch er selbst begann die Erschöpfung zu spüren. Schließlich war er nicht mehr der Jüngste, sein Körper verlangte nach Erholung, und einen Augenblick lang dachte er daran, wie schön es wäre, die Zeit zurückdrehen und in den Adern noch einmal den frischen Lebenssaft der Jugend spüren zu können. Seine Laune verschlechterte sich noch weiter, denn er hasste es, wenn er wehmütig wurde, und all die Erinnerungen, die mit diesem Wald verbunden waren, trugen noch das ihre dazu bei.

Am zweiten Tag bewegte er sich entlang der Grenze zu seiner Heimat, dem Land der Felsen. Lebhafte Erinnerungen an seine Kindheit wurden wach, und einen Moment lang war er versucht, einen kurzen Abstecher dorthin zu machen. Doch als er an San dachte, ließ ihn die aufkommende Wut rasch wieder zur Vernunft kommen. Die Assassinen hatten fast einen Tag Vorsprung, das notwendige Verweilen an Tariks Sterbelager hatte Zeit gekostet, die nicht aufzuholen schien. Aber er durfte nicht aufgeben. Später einmal würde sich vielleicht die Gelegenheit ergeben, seine alte Heimat zu besuchen und in Erinnerungen zu schwelgen. Ein andermal, *jetzt* nicht.

Schließlich wurde seine Ausdauer belohnt. In der Wüste an der Grenze zum Großen Land fand er frische Spuren. Der Abstand hatte sich verringert. Ido spürte, wie die Freude darüber seine Glieder verjüngte, und ohne auch nur einen Augenblick zu zaudern, setzte er ihnen ins Große Land hinein nach. Sie konnten nicht mehr weit sein.

Sherva war unruhig. Er mochte es nicht, sich im Großen Land aufzuhalten, das Nymphenblut in seinen Adern ließ ihn den Klagegesang der toten Bäume wahrnehmen. Zudem waren sie hier ganz ohne Deckung. Einen anderen Weg gab es jedoch nicht, und es war auch nichts Spezielles, das er fürchtete. Er spürte es nur: Es war ihnen jemand auf den Fersen. Sie wurden verfolgt. Wahrscheinlich von dem Gnomen.

»Wer tritt ihm entgegen, wenn er auftaucht?«, fragt ihn Leuca ganz unvermittelt an diesem Abend.

Aus Vorsicht hatten sie kein Feuer gemacht. Zudem stand der Mond hoch am Himmel und zeichnete klare Schatten auf die festgestampfte Erde. Der Junge war erschöpft. Sie hatte ihm wieder den Mund verbunden, und er hatte geheult, hatte sich gewehrt – und schließlich nachgeben müssen. Nun schlief er, während Leuca ein Ende des Seils in den Händen hielt, mit dem er gefesselt war.

»Du«, antwortete jetzt Sherva, der auf Anhieb verstanden hatte, wen sein Kumpan meinte. »Ich passe auf den Jungen auf.«

Leuca zuckte leicht zusammen, und Sherva konnte es ihm nicht verdenken. Nach dem Kampf in Salazar war auch ihm klar, dass es sich um einen außergewöhnlich erfahrenen Krieger handeln musste. Vielleicht wäre es angebrachter gewesen, selbst dem Gnomen entgegenzutreten, denn schließlich war er ein Wächter der Gilde und hätte einmal mehr seine besonderen Talente unter Beweis stellen können. Aber er entschied sich dagegen. Auch wenn es sich bei dem Verfolger tatsächlich um Ido handeln sollte, reizte es ihn nicht, sich mit diesem Mann zu messen, der gewiss einmal ein außerordentlicher Krieger gewesen war, nun aber mehr ein Greis, der in eine andere Zeit gehörte. Nein, ihm oblag es, auf den Jungen aufzupassen, und das würde er auch tun, koste es, was es wolle.

Die Nacht hatte sich über das Große Land gelegt. An den Spuren erkannte Ido, dass er den beiden Assassinen nun wirklich schon ganz nahe war. Er stieg vom Pferd. Gern hätte er es angebunden, doch in der Wüste war das kaum möglich.

»Wärest du wie mein Vesa, könnte ich dir jetzt auftragen, hier auf mich zu warten«, sprach er, während er dem Tier fest in die Augen schaute. »Leider bist du kein Drache. Aber ich schwöre dir, solltest du nicht mehr hier sein, wenn ich zurückkomme, werde ich dich suchen und Würstchen aus dir machen. Verstanden?«

Das Pferd blickte ihn gleichgültig an, und Ido dachte daran zurück, wie er zum letzten Mal in die gelben tiefgründigen Augen seines Vesa geblickt hatte. Er ließ die Zügel los und legte eine Hand an das Schwert.

Es dauerte nicht lange, bis er sie erblickte. Zwei Pferde, drei am Boden hockende Gestalten. Idos Herz begann schneller zu schlagen. Nach einer langen Verfolgungsjagd hatte er es endlich geschafft. Einer von den dreien war San, das Erbe Nihals in der Aufgetauchten Welt.

Unter einem niedrig am Himmel stehenden Mond – es war also weit nach Mitternacht – schlich sich Ido näher. Die drei schliefen tief und fest, so hoffte er zumindest.

Nur noch wenige Schritte von ihnen entfernt, erkannte er die Umrisse jenes Mannes, gegen den er gekämpft hatte. Ja, das war er. Ein schlanker, sehniger Körper und lange, dünne Arme.

Da er ihm den Rücken zuwandte, konnte Ido sein Gesicht nicht sehen. Der Mann, der neben ihm schlief, musste der zweite Meuchelmörder sein, aber für Ido hatte er absolut nichts Besonderes. Keine speziellen Eigenschaften, gar nichts. In der Hand hielt er das Seil, mit dem der Junge gefesselt war.

Ido überlegte, dass er jetzt gut einen Dolch gebrauchen könnte, denn sie waren zu zweit, und seine einzige Waffe war das Schwert. Dennoch legte er die Hand auf das Heft und kroch leise auf San zu. Sein Herz pochte heftig in der Brust, doch sein Geist war ruhig und klar, seine Hände zitterten nicht.

Gerade als er das Seil ergreifen wollte, wurde er plötzlich von hinten gepackt und hochgehoben. Alles ging rasend schnell. Während ihn der eine Assassine festhielt, sprang der andere auf, schnappte sich den Jungen und verschwand in der Dunkelheit. Ido vernahm das Wiehern eines Pferdes und gleich darauf Hufgetrappel, das sich rasch entfernte.

Verflucht!

Zum Nachdenken war keine Zeit. Im letzten Moment sah Ido eine Klinge aufblitzen und auf sein Gesicht zukommen. Doch mit dem Ellbogen stieß er den Assassinen zurück, bekam wieder festen Boden unter den Füßen, packte ihn, warf ihn nieder und wollte sich gleich noch einmal auf ihn stürzen. Da war der Mann schon aufgesprungen und trat ihm mit dem Dolch in der Hand entgegen.

Ido fletschte die Zähne, zückte sein Schwert und knurrte: »Verschwinde, wenn dir dein Leben lieb ist. Ich will nur den Jungen.«

Der andere deutete ein Lächeln an und schnellte los. Ido wich seitlich aus und schlug sofort zu. Doch der andere war flink, duckte sich und tauchte plötzlich hinter Idos Rücken auf.

Herumfahrend schlug der Gnom noch einmal zu, doch diesmal sprang der Assassine hoch und konnte erneut ausweichen. Schon blitzte etwas in der Finsternis auf. Ido nahm den Kopf herunter, und die Klinge sauste wieder nur um Haaresbreite entfernt an seinem Gesicht vorbei.

Der Mann war gut. Vor allen Dingen gewandt. Ido war es gewöhnt, aus dem Handgelenk heraus zu fechten und sich dabei nicht mehr als nötig zu bewegen. Die fließenden, unvorhersehbaren Bewegungen des Gildemörders machten ihm daher zu schaffen.

Noch hatte keiner der beiden einen Vorteil erringen können. Sich belauernd standen sie einander gegenüber, der

Fremde tief gebückt mit dem Dolch in der Hand, der Gnom mit seinem Schwert. Da fiel Idos Blick auf den Gürtel mit den Wurfmessern, den der Assassine quer über der Brust trug. Vier Stück waren es, und er musste unbedingt verhindern, dass er sie benutzen konnte. Wieder griff er an, indem er einen Hieb von oben niederfahren ließ. Der Assassine wich seitlich aus und griff gleichzeitig an seine Brust, doch Ido führte den Hieb weiter, ein Schnitt, und der Gürtel mit den Wurfmessern fiel zu Boden, während der Assassine laut fluchte.

Doch schon im nächsten Moment zog er mit der freien Hand einen zweiten Dolch, stürzte sich auf Ido und versuchte, mit beiden Klingen auf ihn einzustechen. Ohne Erfolg, der Gnom ließ sich nicht überraschen. Mittlerweile hatte er Gefallen gefunden an dem Kampf, und die Erregung erfasste jede Faser seines Körpers.

Seine Sinne wurden noch wacher, seine Kräfte erlahmten nicht, und egal was er tat, er spürte, dass er seinen Gegner im Griff hatte.

Schließlich versuchte es der Assassine mit der nächstliegenden Taktik, mit Hieben und Stichen stets von der Seite, wo Ido das eine Auge fehlte. Wieder und wieder parierte der Gnom, senkte dann plötzlich das Schwert und erwischte die Hand des Mörders.

Der schrie auf vor Schmerz, und der Gnom nutzte die Gelegenheit, stieß ihn zu Boden und setzte ihm die Klinge an die Gurgel. Erst jetzt fiel ihm auf, wie jung der Mann war, sicher jünger als Tarik. Vielleicht hatte er Nihals Sohn umgebracht … Ido spürte einen unbändigen Hass.

Halt dich zurück, du alter Narr, befahl er sich selbst.

»Welchen Weg wolltet ihr nehmen!?«, schrie er.

Der Assassine schwieg.

Aber das war wohl auch nicht anders zu erwarten. Hier hatte er es mit einem Fanatiker zu tun, und Ido wusste, dass Glaube selbst den erbärmlichsten Feigling zum Helden machen konnte.

»Das Schweigen bringt dir nichts. Deine Gilde wird für alles büßen ...«, versuchte er es noch einmal.

»Ido ...«, murmelte der andere mit einem Lächeln, das im fahlen Licht des absteigenden Mondes nur wie ein Grinsen aussah.

»Ganz richtig.«

»Der andere ist viel besser als ich«, stöhnte der Assassine, »auch wenn du ihn einholst, du wirst ihn niemals bezwingen.«

»Das werden wir noch sehen.«

Und mit aller Kraft versenkte der Gnom das Schwert in der Brust des Mannes.

In diesem Moment wäre er niemandem gnädig gewesen.

Zweiter Teil

3. Dezember
Ich habe das Mädchen gefunden, hinter dem ich her war. Sie war allein im Wald, mit ihren Kräften am Ende. Recht grazil und anmutig sieht sie aus, beweist aber schon ein außergewöhnliches Talent für die Jagd. Vor allem aber nimmt sie jedes meiner Worte gierig auf. Als ich ihr von Thenaar und ihrem Schicksal erzählte, strahlten ihre Augen. Ich spüre etwas in ihr, eine Kraft, eine außerordentliche Entschlossenheit. Ich bin sicher, sie wird einmal eine glühende Anhängerin unseres Gottes werden. Ihr Name ist Rekla.

Aus dem Tagebuch
des siegreichen Miro

9

Das Ende der Mission

Traue niemals dem ersten Eindruck. Lass nie die Deckung sinken. Dennoch wird auch für dich der Tag kommen, an dem du einen dummen Fehler machst. Das ist unvermeidlich.«

Zum Trost erzählte Dubhe ihrem Gefährten von den Dingen, die ihr der Meister beigebracht hatte, doch Lonerin ärgerte sich weiter maßlos darüber, dass er sich wie ein Anfänger hatte übertölpeln lassen.

Mit vor Scham geröteten Wangen saß er am Seeufer und stierte vor sich hin.

Dubhe hingegen war besorgt. Die Luft ringsum vibrierte seltsam, und sie spürte, wie sich die Bestie in ihrem Innern regte. Ein schlechtes Vorzeichen.

Hier konnten sie nicht länger bleiben. Sie mussten sich aufraffen und endlich weiterziehen.

Immer steiniger wurde das Gelände. Sie näherten sich also den Bergen. Offenbar stimmte die Richtung, und Dubhe spürte eine vage Erregung aufkommen. Sie konnte es nicht leugnen: Plötzlich regte sich ein Gefühl, das sie schon so lange aufgegeben hatte, dass sie es kaum noch kannte: Hoffnung.

Lonerin blieb stehen und holte einmal mehr die Karte hervor. Sie hockte sich neben ihn und blickte in sein Gesicht mit den neugierigen, entschlossenen Zügen, die dort nie weichen wollten, der Gesichtsausdruck eines Menschen, der ein klares Ziel verfolgte. Mit einem Stift fuhr er jetzt die gesamte Strecke nach, die sie bis zu diesem Zeitpunkt zurückgelegt hatten.

Stolz betrachtete er den feinen Strich, den er gezeichnet hatte. »Ein ganz ordentliches Stück, findest du nicht?«

Dubhe nickte. Es stimmte, und doch hatte sie das Gefühl, nicht so recht von der Stelle zu kommen, so als liege das längste Stück noch vor ihnen. Nun galt es, den Einstieg in die Schluchten zu finden, und sie hatte nicht die geringste Lust, wieder in die Tiefen der Erde hinabzusteigen. Die Katakomben der Gilde hatten ihr gereicht. Und so schwand die Zufriedenheit, die sie gerade noch gespürt hatte, langsam wieder dahin, und ihre Miene wurde ernst.

Unter einer stechenden Sonne wanderten sie weiter, bis sie gegen Mittag in offenes Gelände kamen. Kein Baum war mehr zu sehen, und eine leichte Brise wehte. Seit dem Beginn ihrer Wanderung war dies nun das erste Mal, dass ihr Blick weiter als nur ein paar Ellen schweifen konnte. Sie standen auf einer Wiese mit sattgrünem Gras und herrlich bunten Blumen.

Verzaubert von dieser Schönheit, lief Dubhe einige zaghafte Schritte über die Wiese und ließ sich dann im Gras nieder, während Lonerin sich forschend umblickte.

»Dort drüben kommen wir wohl nicht weiter«, erklärte er, indem er vage nach rechts deutete, »da müsste ein steiler Abbruch sein, ich denke, wir werden uns einen anderen Weg suchen müssen ...«

Doch Dubhe hörte ihm gar nicht zu. Der Duft der Blumen ließ sie an Selva denken, das Dorf, in dem sie ihre Kindheit verbracht hatte, und diese Erinnerung öffnete das Tor zu weiteren Gedanken. Es hätte auch alles anders kommen, ihr Leben anders verlaufen können. Und zum ersten Mal stellte sie nun infrage, dass sie ihren Lebensweg einem grausamen, unausweichlichen Schicksal verdankte. Vielleicht war es Lonerins Einfluss, der ihre Anschauungen ins Wanken brachte, sein Elan, sein wacher, lebendiger Geist.

Abgelenkt durch diese Überlegungen, war sie einen Moment lang nicht auf der Hut. Und als sie den eisernen Griff einer Hand auf ihrem Mund spürte, war es bereits zu spät. Sie versuchte zu schreien, doch durch die Finger, die ihr Gesicht umschlossen, drang nur ein erstickter Laut, der zu schwach war, um Lonerin zu erreichen.

Da verdrehte sie, so wie Sherva es ihr beigebracht hatte, mit aller Kraft ihren Hals, bis es nicht mehr ging, und schaffte es auf diese Weise, den Mund einen Augenblick lang freizubekommen.

»Lonerin!«

Sie sah, wie er herumfuhr, dann das Aufblitzen eines Wurfmessers unter der heißen Sonne, und er sackte zusammen.

»Nein!«

Die Bestie in ihrem Innern begann zu brüllen, und als sie die Situation nun voll erfasste, gefror ihr das Blut in den Adern: Die Assassinen der Gilde hatten sie aufgespürt, und Rekla führte sie an. Wenn sie die *Wächterin der Gifte* nicht besiegte, war alles verloren. Irgendwie gelang es ihr, sich dem Griff zu entwinden, doch als sie gerade zu Lonerin laufen wollte, traf sie ein Tritt mitten im Gesicht. Wie betäubt vom Schmerz, stürzte sie zu Boden, und einige Augenblicke war um sie herum alles schwarz.

Als sie endlich aufblicken konnte, thronte Rekla über ihr. Es war alles genauso wie damals in der Gilde, wenn sie sich zur Wehr gesetzt hatte und ihr die *Wächterin der Gifte* das Gegenmittel verweigerte, sodass sie sich, von den Zuckungen der Bestie geschüttelt, vor Rekla am Boden wand. Sie hasste diese Frau jetzt noch mehr als jemals zuvor. Ihre Locken, die blassen Sommersprossen, das mädchenhafte Lächeln – alles an ihr war einfach unerträglich. Sie versuchte, an ihren Dolch zu kommen, doch Rekla presste ihr den Stiefel auf die Brust und nahm ihr den Atem.

»Schön brav bleiben!«

Dubhe unterdrückte einen Schmerzensschrei. Sie wollte nicht in Panik geraten, Rekla diesen Triumph nicht gönnen.

Verzweifelt bäumte sie sich auf, versuchte, Reklas Bein zu packen, doch die *Wächterin der Gifte* beugte sich herab und stach Dubhe kurzerhand den Dolch in die Schulter. Ein entsetzlicher Schmerz durchfuhr sie.

»Du willst dich also vergnügen, Dubhe. Dann pass mal auf. Ich werde dir ein Schauspiel bieten.«

Im Nu hatte sie Dubhe am Oberteil gepackt, zog sie hoch und band ihr mit raschen, fließenden Bewegungen Handgelenke und Knöchel mit einem Seil zusammen.

»Und jetzt schau genau hin. Dich brauchen wir lebendig, ihn nicht.«

Dubhe erbebte. Wie sie selbst kniete Lonerin am Boden, er hatte eine Wunde an der rechten Hüfte davongetragen, und Reklas Kumpan thronte über ihm und verwehrte ihm jede Möglichkeit zur Flucht. Ihr Gefährte schien nicht zu leiden, und doch erkannte sie ihn kaum wieder. Wie verwandelt war er, in seinen Augen funkelte ein Hass, wie sie ihn noch nie bei ihm gesehen hatte.

Sie versuchte, auf die Beine zu kommen, um ihm zu Hilfe zu eilen, aber es war unmöglich.

Rekla war zu jeder Grausamkeit fähig, und ergötzte sich mit Vorliebe am Leid anderer. Das hatte Dubhe am eigenen Leib erlebt, und für Lonerin würde es das Ende bedeuten. Rekla hatte keinen Grund, ihn zu schonen. Nein, das durfte nicht sein, das durfte nicht geschehen, nicht mit ihm, ihrem Gefährten, dem einzigen Menschen, der sie bis zu diesem Zeitpunkt beschützt und umsorgt, ja sogar mehrmals sein Leben für sie aufs Spiel gesetzt hatte.

Trotz der Fesseln schaffte sie es irgendwie, ein Stück in Lonerins Richtung zu robben. Sie musste zu ihm, musste irgendetwas tun. Rekla stand nur einen Schritt von ihm entfernt, und obwohl sie ihr den Rücken zugewandt hatte, konnte Dubhe sich das gemeine Grinsen im Gesicht der *Wächterin* vorstellen. Sie wusste, wie sehr Rekla diesen Augenblick genoss und dass sie vor keiner Grausamkeit zurückschrecken würde.

Plötzlich zerriss ein gellender Schrei die Stille auf der Lichtung. Lithos. Sofort begriff Dubhe, dass Lonerin gehandelt hatte und diesen Zauber angewendet hatte, denn der Assassine neben ihm war zu Stein erstarrt. Der Magier nutzte die Gelegenheit und sprang auf. Vielleicht gab es ja doch noch Hoffnung: Er war unbewaffnet, konnte es aber dennoch schaffen. Doch bevor er dazu kam, den zweiten Zauberspruch zu rufen, stürzte sich Rekla auf ihn und versetzte ihm einen Faustschlag gegen das Kinn. Mit einem schwachen Stöhnen sank Lonerin zu Boden. Dubhe zuckte zusammen.

»Du Narr. Glaubst du wirklich, deine kleinen Zaubertricks könnten mir etwas anhaben?«, höhnte Rekla vergnügt auf ihn hinab. »Ich kannte den großen Aster, und Yeshol war mein Lehrmeister. Du bist ein Nichts gegen sie.«

Da fuhr Lonerin ruckartig herum und warf die Frau mit einer Beinsichel zu Boden. Dann sprang er auf und bewegte sich, so schnell er konnte, auf das Dickicht links der Steilwand zu. Doch er humpelte bei jedem Schritt. Und schon zischte eine Klinge durch die Luft, und er stürzte wieder zu Boden, nur wenige Handbreit von dem Abgrund entfernt.

In aller Ruhe drehte sich Rekla zu Dubhe um und lachte ihr höhnisch ins Gesicht. Das Mädchen wand sich, doch mit jeder Bewegung zogen sich die Fesseln fester zusammen und schnitten ihr schmerzhaft ins Fleisch. Jetzt konnte nur noch die Bestie helfen. Sie brauchte deren Zerstörungswut, deren Gier nach Blut, doch der Trank hielt sie zurück. Es war alles vergebens, auch dieses Mal hatte sie versagt.

»Der Weg zum Grab ist nicht weit für jemanden, der versucht hat, mich umzubringen«, rief Rekla an Lonerin gewandt.

Der lag keuchend da, gezeichnet von seinen Verletzungen, doch sein Blick war noch nicht erloschen. »Mich bekommst du nicht!«, zischte er voller Wut.

Damit packte er Reklas Knöchel, wirbelte herum und ließ sich, an sie geklammert, ins Leere fallen.

»Neeeiiin!«, schrie Dubhe mit allem, was ihre Lungen noch hergaben.

Sie konnte nicht fassen, was sie gesehen hatte, dass es so zu Ende gehen sollte … Lonerin, der Abgrund …

Einen Monat waren sie nun schon zusammen unterwegs. Einen Monat, in dem sie das Brot geteilt und Seite an Seite geschlafen hatten, einen Monat, in dem sie allen möglichen Gefahren getrotzt und sich in einer fremden Welt durchgekämpft hatten. Doch wie oft hatte sie es in dieser Zeit bedauert, nicht mehr für sich sein zu können? Bei diesem Gedanken wurde sie wütend auf sich selbst, und als sie eine Hand erblickte, die sich an den Rand des Abhangs klammerte, machte sich Hoffnung in ihrem Herzen breit.

Oh Lonerin …

Dann sah sie einen blonden Haarschopf hinter der Felskante auftauchen, und alle Hoffnung war dahin. Sofort eilte Filla Rekla zu Hilfe – der Zauber war unterdessen gebrochen –, ergriff ihren Arm und zog sie hoch. Von Lonerin keine Spur.

Allein.

Dubhe war wieder allein. Ein bodenloser Abgrund riss vor ihr auf. Sie schloss die Augen.

Faustschläge, Tritte, Hiebe.

Wieder und wieder und wieder.

Dieses Mädchen treffen, vernichten, die eigene Demütigung ungeschehen machen.

»Lasst! Es reicht!«

Es war mehr Fillas Stimme als seine Hand auf ihrer Schulter, die sie einhalten ließ. Noch nie hatte es jemand außer Yeshol gewagt, so laut die Stimme gegen sie zu erheben, am allerwenigsten Filla, ein einfacher Untergebener. Voller Zorn fuhr Rekla herum.

»Seine Exzellenz befahl, sie lebend zurückzubringen«, sagte er und senkte plötzlich den Blick.

Das Gesicht geschwollen und aufgerissen, sich mit den

Händen den Unterleib haltend, lag Dubhe wehrlos, gekrümmt am Boden. Das Verlangen nach Blut und Rache hatte Rekla dazu getrieben, gegen Yeshols Befehle und – schlimmer noch – gegen die Gebote ihres Gottes zu verstoßen. Sie fiel auf die Knie.

Vergib mir, oh Herr, vergib mir!

Aber auch dieses Mal überkam sie nicht dieses Wohlgefühl, das die Gebete ihr früher verschafft hatten, vernahm sie nicht die Stimme ihres Gottes, der gütig und tröstend zu ihr sprach.

»Kein Sorge, ich bin sicher, Thenaar wird Euch verstehen.«

Filla hatte sich zu ihr herabgebeugt und blickte sie wohlwollend, fast mitfühlend an. Und bei diesem Blick spürte sie Abscheu vor sich selbst.

Rekla sprang auf und stieß ihn fort. »Es steht dir nicht zu, darüber zu urteilen.«

Mühsam rang sie um Fassung. Sie musste einen kühlen Kopf bewahren. Nie, wirklich nie durfte man einem Untergebenen eine Schwachstelle zeigen.

»Wir müssen uns so schnell wie möglich wieder auf den Weg machen.«

»Zunächst sollten wir uns noch um die Wunden des Mädchens kümmern. Sonst schafft sie es vielleicht nicht lebend bis nach Hause«, gab Filla zu bedenken.

»Ach was, das machen wir heute Abend!«, gab Rekla herrisch zurück. »Jetzt müssen wir uns beeilen, einmal ist sie uns bereits entwischt, wir müssen verhindern, dass das wieder geschieht.«

Unverzüglich setzten sie sich wieder in Marsch, wanderten ohne Pause, bis die Sonne unterging.

»Nun sollten wir uns aber um sie kümmern«, versuchte es Filla noch einmal. »Ihre Wunden könnten sich entzünden, und das würde uns großen Ärger bescheren.«

Widerwillig stimmte Rekla ihm zu, denn im Grund ihres Herzens wünschte sie sich den baldigen Tod dieses Mädchens, ein Wunsch, der sie mit Scham erfüllte. Thenaar verlangte von ihr einen Beweis ihrer Treue und ihres Glaubens, um ihre Sünden vergeben zu können, und es fiel ihr furchtbar schwer, diese Prüfung zu bestehen.

Im blassen Licht des Mondes setzten sie sich nieder. Der Wald schwieg.

Als Rekla den Proviant hervorholte, blickte Filla sie skeptisch an.

»Zuerst wir, dann sie. Oder hast du vergessen, was sie uns angetan hat? Durch ihre Schuld ist Kerav gestorben, und sie ist aus unserer Gemeinschaft geflohen, um unseren Untergang vorzubereiten. Da ist es nur richtig, dass sie noch ein wenig leidet.«

Erst als beide fertiggegessen hatten, wandte sich Rekla der Gefangenen zu, um ihre Wunden zu versorgen.

Dazu holte sie alles Nötige aus ihren Taschen hervor, keine fertige Medizin, sondern nur Fläschchen mit den wichtigsten Grundsubstanzen, die sie für ihre Tränke brauchte.

Wenige Handgriffe genügten ihr. Es geschah zum ersten Mal, dass sie für einen Feind eine Medizin zubereitete, und es war ein seltsames Gefühl für sie. Ein Tröpfchen mehr von dem Alraunenextrakt, und Dubhe würde unter schlimmsten Qualen sterben. Reklas Hand zitterte, während sie die Substanzen dosierte, aber sie vertat sich nicht.

Mit besorgter Miene sah Filla ihr zu. Vielleicht hatte er Angst vor ihr oder er konnte sie ganz einfach nicht verstehen. Aber wer verstand sie schon bis auf Yeshol und Thenaar? Sie war etwas Besonderes, und diese Auszeichnung verurteilte sie zur Einsamkeit.

Unwirsch reichte sie Filla den fertigen Trank. »Mach du weiter.«

Zögernd nahm der Assassine ihn entgegen.

Rekla blieb nicht, um ihm zuzuschauen, sondern verschwand im Dickicht des Waldes, suchte sich einen abgeschiedenen Ort, wo kein Geräusch sie erreichte, und kniete nieder.

»Oh Herr, ich weiß, dass ich gefehlt habe. Doch viele Jahre folge ich nun schon deinem Weg und war dir immer treu ergeben. Schweige nun nicht länger. Deine Kälte bringt mich um. Ich will büßen für meine Verfehlungen und tue es bereits. Aber du, sprich zu mir, vertreib die Schatten, die mich ersticken.«

Sie schwieg, die Augen geschlossen, die Fäuste vor der Brust zusammengelegt. Doch der Wald blieb still. Vielleicht war alles aus. Vielleicht war ihre Sünde unverzeihlich.

Rasch!

Es war nicht mehr als ein schwaches Gefühl, eine vage Ahnung. Ein Flüstern.

Rekla öffnete die Augen, blickte in das Dunkel des Waldes und wartete.

»Noch einmal, ich bitte dich! Sprich weiter!« Doch niemand antwortete.

Es war nur ein kurzer Augenblick gewesen, doch der reichte ihr schon. Der Faden war wieder geknüpft, alles würde so wie früher werden. Wenn Dubhes Blut erst in das Becken zu seinen Füßen rann, würde er sie auch wieder tröstend in seine Arme nehmen.

Rekla lachte, während ihr gleichzeitig die Tränen über das Gesicht liefen.

Lange Zeit waren da nur Dunkelheit und Schmerz. Und Verwirrung.

Hastige Hände an ihrem Körper, zwei Stimmen, die Worte sprachen, die sie nicht verstand, die Kühle einer Salbe auf ihrem Rücken, Übelkeit.

Und Träume. Der Meister, der zu ihr sprach.

›Lass nie die Deckung sinken, sei wachsam, immer auf der Hut.‹

Derselbe Satz, immer wieder, wiederholt bis in alle Ewigkeit.

›Ja, Meister.‹

›Und warum hast du dich dann ablenken lassen?‹

Und dann Blumen, Tausende von Blumen, so weit das Auge reichte, und Lonerin, der darüber hinwegflog mit einem merkwürdigen Lächeln und hasserfülltem Blick.

Als sie aufwachte, graute gerade der Morgen.

»Wie fühlst du dich?«

Lonerins Stimme! Was war geschehen? Wie hatte er es geschafft, sie wieder einmal zu retten? Sie lächelte, doch als sie sich zu ihm umwandte, schaute sie in ein fremdes Gesicht.

Sein Alter war schwer einzuschätzen, doch war er ganz in Schwarz gekleidet, und sein Körper wirkte jung und athletisch.

»Wer bist du?«

Ihre Stimme war rau, ihre Kehle schmerzte entsetzlich.

»Dein Retter«, antwortete eine Frauenstimme. Dubhe erkannte sie auf Anhieb, und die Wirklichkeit, die Erinnerung an das, was geschehen war, traf sie mit der Wucht eines Faustschlags. Lonerin … Lonerin war tot.

Die Übelkeit wurde unerträglich, und sie erbrach die letzten Reste, die sie im Magen hatte. Ihre Arme und Beine waren gefesselt, sie konnte nicht aufstehen, und so war es dieser Assassine, der ihr aufhalf, um zu verhindern, dass sie erstickte.

Jetzt trat Rekla in ihr Blickfeld. »Ich habe dich doch hoffentlich nicht zu hart angefasst, oder?«, fragte sie mit einem scheinheiligen Lächeln.

Sie hielt ihr eine kleine Schale mit einer Flüssigkeit unter die Nase, die nach Gewürznelken roch. Dubhe biss sich auf die Lippen.

»Trink, oder ich flöße es dir mit Gewalt ein!«

Dubhe war sich bewusst, dass sie mit ihren tränenverhangenen Augen wohl alles andere als bedrohlich aussah, doch hielt sie Reklas Blick stand. Sie wollte ihr in die Augen sehen, dieser Frau, die Lonerin umgebracht hatte.

»Wie du willst …«

Der Mann trat hinter sie, richtete sie auf, und Rekla öffnete ihr den Mund und kippte den Trank, den sie zubereitet hatte, hinein.

Dubhe fehlte die Kraft, um sich zu widersetzen. Ihr Körper gehorchte ihr nicht mehr.

Ein Teil der Flüssigkeit lief daneben, aber der Großteil rann ihr brennend die Kehle hinunter.

Der Mann ließ sie einfach los, und auch Rekla ließ von ihr ab, sodass sich Dubhe auf dem Boden liegend wiederfand, mit einem herrlich rosafarbenen Himmel über sich. Ein einzigartiges Schauspiel. Wäre Lonerin noch da gewesen, hätte er jetzt neben ihr gelegen und mit Sicherheit irgendetwas Scherzhaftes gesagt. Sie schloss die Augen, und zwei dicke Tränen liefen ihr über die Wangen.

»Du weinst doch wohl nicht um deinen Freund?«

Dubhe schlug die Augen auf und blickte Rekla hasserfüllt an. »Wag es nicht, ihn auch nur zu erwähnen ...«, murmelte sie mit rauer Stimme.

Da hob Rekla eine Hand, wie um sie zu ohrfeigen, schlug aber nicht zu, lächelte nur höhnisch.

»Richtig, du warst ja nie eine von uns, sonst hättest du begriffen, dass so ein *Verlorener* nicht mehr wert ist als ein Klumpen Fleisch. Das Einzige, was wirklich zählt, ist Thenaar.«

Immerhin ließen die beiden sie den Rest des Tages über in Ruhe. Der Trank, den sie ihr eingeflößt hatten, vernebelte ihr Hirn und versetzt sie in einen eigenartigen Zustand der Betäubung. Sie hatten ihr eine Droge verabreicht, weil sie wussten, dass sie sich nirgendwohin hätte bringen lassen, ohne sich zu wehren.

Die Bestie in ihrem Innern war stumm: Offenbar hatte Rekla dem Trank auch ein paar Tropfen des Gegengifts beigemischt, um sie einzuschläfern. Wenn sie sich regte, das wusste Rekla, würden sie Probleme bekommen. Sie hatte an alles gedacht. Dubhe saß in der Falle.

Seltsam, dass Lonerins Gegenwart sie unterwegs derart belastet hatte, dass sie morgens die Einsamkeit gesucht hatte und sich abends nicht hatte daran gewöhnen können, neben ihm zu liegen. Und nun fehlte er ihr so entsetzlich. Er war fort, und ohne ihn war auch ihre Mission gescheitert. Nur ihm hatte sie es zu verdanken, dass sie einer Rettung näher gekommen war. So sah es aus. Aber weil sie sich nach dem Tod ihres Meisters geschworen hatte, sich niemandem mehr zu öffnen, war es ihm jetzt so wie Jenna ergangen. Auch er hatte ihr beigestanden, hatte sie beschützt, sich um sie gekümmert, und sie hatte ihn fortschicken müssen, um sein Leben zu retten, als die Gilde seinen Kopf verlangte. Jenna war dadurch vielleicht zu retten gewesen, Lonerin aber nicht.

Das Einzige, was ihr jetzt noch zu tun übrig blieb, war Rekla zu töten und dann irgendwo im dichten Wald ihr Leben zu beschließen, darauf zu warten, dass die Bestie sie zerfleischte. Dann würde ihr Dasein, das so sinnlos war und so viel Leid über sie selbst und andere gebracht hatte, endlich beendet sein.

Sie selbst hatte nie wirklich eine Rettung angestrebt. Lonerin hatte es gewollt, für sie beide, und dieser Wille war nun mit ihm erloschen.

Dubhe verbarg ihr Gesicht vor den Blicken der beiden Assassinen. Und ohne dass sie es merkten, weinte sie leise.

10

Reklas Gabe

Rekla lag im Finsteren und ließ die Gedanken schweifen. Sie dachte zurück, wie sie einige Stunden zuvor den Kopf verloren und Dubhe mit Fußtritten traktiert hatte. Obwohl sie dadurch ihre ganze Mission aufs Spiel gesetzt hatte, vermittelte ihr die Erinnerung daran auch ein wohlig süßes Gefühl, ein Gefühl, das sie jetzt auch wach hielt. Sie lauschte auf das Atmen des Mädchens, bemerkte, dass es ihr schwerfiel. Dubhe litt, daran gab es keinen Zweifel, und Rekla freute sich über jedes Stöhnen.

Sie wusste gar nicht mehr, wann sie sich zum ersten Mal am Leid anderer gelabt hatte. Es war so tief in ihrem Wesen verwurzelt, dass sie fast vergessen hatte, wie es einst begonnen hatte. Vielleicht im Spiel. In dem Dorf im Land des Meeres, dem sie entstammte, kam es vor, dass sie den älteren Jungen folgte. Da sie nicht sehr beliebt war, konnte sie ihnen nur aus der Ferne zusehen und sich der Gruppe nie anschließen. Und so beobachtete sie manchmal, dass die Jungen, offenbar aus Langeweile, Tiere quälten. Etwa Grillen die Beine abschnitten oder Schmetterlingen die Flügel ausrissen, und dabei noch grölten und lachten.

Diese Szenen hatten etwas Faszinierendes für sie. Die verzweifelten Fluchtversuche der Opfer, ihre Hilflosigkeit, wie sie ums Überleben kämpfen, sich dumpf weigerten, die ihnen zugedachte Folter zu ertragen, und sich so krampfhaft an ihr Leben klammerten.

Und so kam es, dass sie irgendwann selbst damit begann, Tiere zu quälen, für sich allein, und dabei begriff, dass die Dinge für sie anders lagen: Buly, Granda und deren Freunde vergnügten sich mit diesem Spiel nur, wenn sie zusammen waren. Es war ein Gruppenritual. Sie lachten zusammen, fühlten sich gemeinsam stark. Sie selbst konnte da nicht mittun. Es gelang ihr nicht, Kontakt zu finden, denn sie war zu schüchtern, um einen von ihnen anzusprechen, und das Gefühl, den anderen unterlegen zu sein, die Angst, etwas Falsches zu tun oder zu sagen, lähmte sie geradezu. Aber vor allem waren es die anderen, die sie ablehnten. Weil sie so schweigsam war und weil alle wussten, was bei ihr zu Hause vor sich ging. Ihre Familie stand in einem denkbar schlechten Ruf, und alle kannten ihre Geschichte. Nur sie, Rekla, weigerte sich noch, der Wahrheit ins Gesicht zu schauen.

Das einsame Vergnügen, die Tierchen in ihrem Todeskampf zu beobachten, wurde mehr und mehr zu ihrem liebsten Zeitvertreib. Ihrer Mutter erzählte sie, sie gehe mit Freunden spielen. Aber Freunde hatte sie keine. Zur gleichen Zeit wie die anderen Kinder verließ sie das Haus, war aber nicht mit ihnen zusammen. Irgendwo hinter einer verfallenen Mauer oder an einem abgeschiedenen Fleck ließ sie sich nieder und begann ihr Lieblingsspiel.

»Ich habe gehört, du bist gar nicht mit den anderen zusammen«, sagte die Mutter eines Tages zu ihr.

Rekla errötete.

»Bulys Mutter hat es mir gesagt. Wenn dein Vater hört, dass du Lügen erzählst, bekomme ich es ab. Dann wird er wütend und schlägt mich. Verstehst du? Benimm dich doch wie die anderen Kinder in deinem Alter. Und belüg mich nie mehr. Hörst du?«

Rekla antwortete nicht. Sie redete ohnehin wenig mit ihrer Mutter, hätte auch nicht gewusst, was sie sagen sollte. Für sie war die Mutter so weit fort wie eine Fremde. Soweit sie sich erinnerte, war sie von ihr nie im Arm gehalten worden, und auch wie sie sich um die Tochter kümmerte, war kalt und distanziert. Es war eine Pflicht, die sie widerwillig erfüllte, und wenn sie mit ihr sprach, dann meistens, um sie zu ermahnen, ihren Vater nicht in Rage zu bringen. Die Beziehung zu ihm war allerdings noch schlechter. Er war sehr viel älter als ihre Mutter und stank immer nach Bier. Wenn sie etwas angestellt hatte, setzte es Schläge, und wenn seine Tochter genug eingesteckt hatte, ging er üblicherweise auf seine Frau los.

Dann schloss sich Rekla in ihrem Zimmer ein und hielt sich die Ohren zu, um das Geschrei von jenseits der Wand nicht hören zu müssen. Irgendwann wurde es dann still. Ihre Mutter kauerte in einer Ecke des Raums, während der Vater das Haus verließ, um sich volllaufen zu lassen.

Lange Zeit war Rekla das Verhalten ihrer Eltern vollkommen rätselhaft. Dann irgendwann wurde sie zufällig Zeuge, wie ein Junge einem anderen von ihr erzählte.

»Das weiß doch jeder, dass ihre Eltern sie gar nicht haben wollten. Eines Abends vor vielen Jahren muss Reklas Vater ihre Mutter mit Gewalt genommen haben. Eigentlich verabscheute sie ihn, weil er ein alter brutaler Säufer war, aber nun wurde sie schwanger, und ihre Eltern zwangen sie, den Alten zu heiraten, um einen Skandal zu vermeiden.«

Als sie die beiden dann auch noch lachen hörte, hielt es sie nicht mehr länger in ihrem Versteck. Mit geballten Fäusten und vor Zorn zitternder Brust stürmte sie heraus. »Das ist nicht wahr!«, schrie sie.

»Und warum behandeln sie dich dann so schlecht?«, antwortete der Junge, der die Geschichte erzählt hatte. »Du bist mit Gewalt gezeugt worden, deine Eltern wollten kein Kind, und sie wollen dich auch jetzt nicht haben. Das weiß das ganze Dorf.«

Das war zu viel. Sie ging auf die beiden los, und es kam zu einer Prügelei, bei der Rekla furchtbar zusammengeschlagen wurde. Und danach setzte der Vater zu Hause die Bestrafung noch schmerzhaft fort. Aber trotz ihrer tränenverhangenen Augen entging ihr nicht, dass ihre Mutter, in einer Ecke des

Raums stehend, der Szene ohne einen Funken Mitleid beiwohnte.

Dennoch wollte sie es immer noch nicht glauben. Für sie waren das alles reine Lügen.

Es dauerte nicht lange, bis ihr die Insekten nicht mehr genügten. Oft genug hatte sie ihrem Todeskampf zugesehen und kannte ihn mittlerweile in- und auswendig. Nun verlangte sie nach mehr.

So lernte sie, allein auf die Jagd zu gehen. Jäger gab es nur wenige in ihrem Dorf, denn die Bewohner waren in der Mehrzahl Bauern oder Fischer, doch an Festtagen kam es durchaus vor, dass jemand in der Nähe des Dorfes durch die Hecken streifte und Vögel und anderes Getier erlegte.

Rekla sah den Jägern aus der Ferne zu. Näher zu kommen, getraute sie sich nicht und wollte sie auch gar nicht. An Menschen konnte sie nichts Interessantes finden, und es war ihr lieber, die Dinge allein durch Beobachten zu lernen und dabei keinen neugierigen Blicken ausgesetzt zu sein.

Sie stellte fest, dass ihr das Jagen im Blut lag. Es fiel ihr leicht, sich lautlos anzuschleichen, und sie war geschickt im Anfertigen von Waffen und Fallen. Anfangs begnügte sie sich noch mit dem Spaß an der Jagd selbst. Im Jagdfieber stellte sie den Tieren nach, verlor jedoch, sobald sie tot waren, augenblicklich das Interesse an ihnen. Darüber hinaus konnte sie ihre Beute ja auch nicht zum Essen mit nach Hause nehmen: Mit Sicherheit hätte es ihr Vater missbilligt, dass sie sich die Zeit mit so wenig mädchenhaften Dingen vertrieb.

Mehr und mehr jagte sie nun mit Fallen. Lebend fing sie die Tiere, und manchmal sah sie ihnen zu, wenn sie aus ihren klug konstruierten Fallen zu entkommen versuchten, spielte mit ihnen.

Es war ein aufregendes und gleichzeitig fürchterliches Vergnügen. Einerseits spürte sie, dass es schlecht war, was sie da tat, und erschauderte gar vor sich selbst. Der Anblick des Blutes ekelte sie, und das ganze Leiden, das sie da vor sich sah, ließ sie nicht kalt. Aber das war eben auch das Erregende: der Schmerz, den sie im Bauch spürte, der Abscheu vor sich selbst, wenn sie sich mit ihrem Opfer amüsierte. Sie fühlte sich stark und gleichzeitig schäbig. Und das war es, was ihr am Winseln der Tiere so gefiel. Dass sie hier bestätigt fand, was die Leute hinter vorgehaltener Hand über sie murmelten: Sie war ein böser Mensch. Sie war verflucht.

Als sie erwischt wurde, war ihr dieses Spiel längst schon zur Gewohnheit geworden. Dabei hatte sie immer sorgfältig darauf geachtet, die Sache geheim zu halten. Wenn sie sich die besudelten Hände im Bach abwusch, konnte sie erleichtert lächeln. Das Blut trieb mit der Strömung davon, und sie war wieder rein.

Ich werde es nicht mehr tun, das ist das letzte Mal, nahm sie sich immer wieder vor.

Doch dann nach ein paar Tagen war es mit dem Vorsatz vorbei. Wieder tat sie so, als gehe sie mit den anderen spielen, schlich sich dann aber in den dichten Wald hinein. Mittlerweile bewegte sie sich so lautlos, dass die anderen bereits begannen, sie zu fürchten.

Ihre Mutter allerdings nicht, die ihr einmal nachschlich, um herauszufinden, wie sich ihre Tochter die Zeit vertrieb. Als sie, hinter einem Busch verborgen, beobachtete, was Rekla tat, trat sie mit entsetzter Miene hervor.

»Was zur Hölle treibst du denn da!?«

Zum ersten Mal in Reklas Leben war es nun die Mutter, die sie verprügelte. Und während sie zuschlug, schrie sie immer wieder, sie sei ein Ungeheuer, und was sie da treibe, sei eines Menschen nicht würdig.

Dennoch verriet sie nichts ihrem Ehemann, aber nur um sich selbst Ärger zu ersparen. Sie schloss Rekla in einen Raum ein und gab ihr ein paar Tage lang nichts zu essen.

Rekla spürte, dass sie es verdient hatte. Ihre Mutter hatte recht. Aber es war zu spät. Was als harmloses Spielchen gelangweilter Jungen begonnen hatte, war für sie zu einem

Zwang geworden. Oder kam sie vielleicht doch noch dagegen an? Im Dunkeln ausgestreckt auf ihrem Bett liegend, schwor sie sich noch einmal, dass sie sich ändern würde. Wie, wusste sie zwar nicht, aber sie würde es tun.

Und so bemühte sie sich, ein ganz normales Mädchen zu werden, sich so wie all die anderen zu verhalten, mit ihren lächerlichen Problemen, ihrem grundlosen Gekicher. Aber es klappte nicht. Sie war böse, hatte abstoßende Dinge getan – wie ihre Mutter ja auch gesagt hatte – und gehörte deshalb auch nicht dazu, zu den Gleichaltrigen, zur Dorfgemeinschaft. Und wenn es tatsächlich so war, warum nicht damit weitermachen? Warum nicht wieder mit diesem Spiel beginnen, das zudem ja das Einzige war, woran sie Freude hatte.

Und so wurde sie wieder schwach. Und wieder ertappt. Erneut von ihrer Mutter, die vielleicht sogar froh war, endlich einen handfesten Grund zu haben, ihre Tochter zu schlagen und so zu behandeln, wie sie es verdient hatte.

In dieser Zeit begann Rekla nun, sich auch selbst zu bestrafen. Dazu tauchte sie ihre Hände in eiskaltes Wasser, bis sie ganz gefühllos und rot wurden. Oder sie zwang sich, im dunklen Zimmer so lange auf dem harten Boden zu knien, bis sie vor Schmerz zu weinen begann. Und dabei schwor sie sich immer wieder: *Ich werde es nie mehr tun. Nie mehr.*

Es ging nicht. Und je länger sie mit ansah, wie sich ihre Eltern gegenseitig und auch sie, ihre Tochter, immer tiefer hassten, desto weniger gelang es ihr, aus diesem Teufelskreis auszubrechen, in den sie verstrickt war.

Eines Abends ging sie in die Stube hinunter, gleich nachdem ihre Eltern wieder einmal gestritten hatten. Das hatte sie noch nie zuvor getan. Sonst hörte sie nur, wie ihre Mutter schluchzend die Scherben und Trümmer vom Boden auflas und beseitigte, und wartete, dass wieder alles normal würde und alle Spuren der Auseinandersetzung getilgt waren. Und sie träumte davon, dasselbe mit ihren schmerzlichen Erinnerungen tun zu können: sie alle auflesen und für immer beseitigen, sie auslöschen, als wenn es sie nie gegeben hätte. An jenem Abend aber war sie nicht müde gewesen und hatte ihr Zimmer verlassen, getrieben von irgendetwas, das sie nicht hätte benennen können.

In der Stube herrschte ein unbeschreibliches Durcheinander. Umgekippte Stühle, ein zerbeulter, offenbar mit Wucht auf den Boden geknallter Topf, Blutstropfen und Glasscherben einer zu Bruch gegangenen Flasche. Rekla kniete nieder und nahm eine Scherbe zur Hand. Der Mond, der in das Zimmer schien, ließ sie in unzähligen bläulichen Reflexen erstrahlen. Wie schön, dachte sie.

Sie drehte das Glas in den Händen hin und her und spürte einen heftigen Schmerz, beobachtete fasziniert, wie sich ihre Handflächen grellrot färbten. Noch fester drückte sie zu und ließ das warme Blut über den Handballen und den Arm hinunterrinnen. Sie hatte ihn verdient, diesen Schmerz, und sie genoss ihn.

Gut möglich, dass sie sich absichtlich von ihrem Vater erwischen ließ, weil sie dieses Laster beenden und endlich zur Ruhe kommen wollte. Jedenfalls war sie eines Tages so unvorsichtig, ihrer Leidenschaft in der Nähe des Hauses nachzugehen, und als ihr Vater sie fand, hatte sie noch die Hände voller Blut.

Vor Zorn bebend und wieder mal betrunken, schleifte er sie an den Haaren ins Haus zu ihrer Mutter. »Weißt du, was deine Tochter anstellt, dieses Ungeheuer, das du unbedingt aufziehen musstest?! Sie schlachtet Kaninchen im Wald und hat noch ihre Freude daran! Aber was war von so einer nichtsnutzigen Frau wie dir schon anderes zu erwarten als so eine Tochter?«

Vielleicht war es gar nicht schlimmer als die anderen Male. Ihre Mutter, die schreiend davonlief, der Vater, der sie durch das Zimmer jagte, Stühle, die am Boden zersplitterten.

Und sie, Rekla, in einer Ecke des Raums, presste die Hände auf die Ohren. Und doch hörte sie jedes Wort, jedes einzelne durchdrang ihre Handflächen und setzte sich in ihrem Kopf fest.

»Ich habe dich vor der Schande bewahrt, als ich dich geheiratet habe. Kein anderer Mann hätte dich noch genommen, aber ich habe es getan, obwohl du mir völlig gleich bist genauso wie deine beschränkte Tochter da!«

Das stimmt nicht, das stimmt nicht!

Noch fester presste Rekla die Hände auf die Ohren, doch die Worte ihrer Eltern vermengten sich nun mit jenen, die sie damals im Gespräch der beiden Jungen aufgeschnappt hatte.

»Ich hab das Kind niemals gewollt!«, schrie ihre Mutter. »Und dich auch nicht! Du hast dich mir an den Hals geworfen!« Sie schluchzte, doch was sie sagte, war kalt und erbarmungslos. »Was glaubst du denn? Natürlich habe ich versucht, das Kind rechtzeitig wegmachen zu lassen. Ich wollte mir das alles ersparen, aber es ist mir nicht gelungen. Verflucht sei der Tag, als ich dich traf. Verflucht seiest du, verflucht sollt ihr sein, ihr alle beide!«

Das stimmt nicht, das stimmt nicht!!

Rekla öffnete die tränenverschleierten Augen, und das Einzige, was sie wahrnahm, war das Funkeln eines Gegenstandes auf dem Tisch. Verzaubert betrachtete sie es, wie damals das Glitzern der Glasscherbe. Es war das Messer, mit dem ihre Mutter das Gemüse schnitt.

Ohne dass ihre Eltern es merkten, stand sie auf und griff zu dem Messer. Plötzlich wusste sie, dass sie es tun musste, weil damit alles verschwinden würde, was diesen Albtraum ausmachte: ihr Vater, ihre Mutter, ja die ganze Wahrheit dieser absurden, tragischen Geschichte.

Und so stach sie zu. Zweimal, und ihr Vater sackte zu Boden. Mit einem derart tiefen Hass in den Augen beobachtete ihre Mutter die Szene, dass Rekla diesen Blick nie mehr vergessen würde. Bei ihr reichte ein einziger Stoß, bald verstummten die Schreie, und im Haus wurde es still. Diese eigentümliche Ruhe hatte etwas Friedliches, und Rekla begann zu weinen, völlig lautlos.

Sie floh. Was sie getan hatte, ging über jede Vorstellung hinaus. Eine Rückkehr war unmöglich. Sich ihre Jagderfahrung zunutze machend, streifte sie ziellos durch die Wälder, während auf immer mehr Häuserwänden ihr Bild auftauchte, als Zeichnung auf Plakaten, die auch eine Belohnung für die Ergreifung der Verbrecherin versprachen. Die Leute betrachteten ihr Bild und schüttelten den Kopf. Jetzt wussten alle, wozu sie fähig war.

Ich bin böse.

Wäre der Mann nur einen Tag später in ihr Leben getreten, hätte sie nicht überlebt. Mit ihren Kräften am Ende, hätte sie es aufgegeben, zu kämpfen, zu jagen, hätte nur noch auf den Tod gewartet. Sie war zwölf, und aller Lebensmut erschöpft. Die Ungeheuerlichkeit ihrer Tat zermürbte, erdrückte sie.

Lautlos war der Mann hinter sie getreten, und als Rekla entsetzt herumfuhr, hatte er sie nur angelächelt. »Ruhig, ich will dich nicht verraten.«

Es war selten vorgekommen in ihrem Leben, dass ihr jemand nichts Böses wollte. Die Gefühle überwältigten sie, und der ganze Schmerz, der sich in den zurückliegenden Jahren angestaut hatte, brach hervor in einem verzweifelten Weinen, während der Mann sie an sich drückte.

Er war ganz in Schwarz gekleidet, und seine Bewegungen waren flink und elegant. Er sei ein *Siegreicher*, erklärte er, und trage immer einen schwarzen Dolch bei sich, mit Heft und Glocke in Form einer Schlange, und besitze noch unzählige weitere Waffen.

»Ich kenne dich, Rekla, und weiß alles über dich. Ich weiß, dass du deine Eltern umgebracht hast, und ich weiß, dass du den Geruch von Blut magst.«

Sie errötete und schlug schuldbewusst die Augen nieder.

Der Mann griff unter ihr Kinn und hob sanft ihren Kopf an. »Du hast keinen Grund, dich zu schämen. Schau mich an.«

Zögernd kam sie der Aufforderung nach.

»Diese Eigenschaften sind eine Gabe, Rekla, und was du getan hast, ist ganz außerordentlich.«

Sie schluckte. »Aber ich bin doch böse … Das ganze Dorf weiß es.«

Der Mann schüttelte heftig den Kopf. »Nein, du bist etwas Besonderes. Nur Einfältige nennen dies Bösartigkeit, Weise jedoch Gerechtigkeit. Ohne dass du es wusstet, hat mein Gott, Thenaar, durch dich gehandelt und seine Herrlichkeit gezeigt.«

Diese Worte reichten aus. Ein Gott, der ihr Tun lenkte. Ihr Fluch eine Gabe. Ihre Augen strahlten.

So lernte sie Thenaar kennen und erfuhr, dass sie ein *Kind des Todes* war. Und ihr wurde klar, wie falsch es war, jahrelang zu glauben, dass sie verflucht sei. Welch entsetzliches Missverständnis, wie viel unnötiges Leid! Nein, sie war gar auserwählt, von Thenaar, der die *Siegreichen* geschaffen hatte, und Aufgabe dieser *Siegreichen* war es, alle zu töten, die nicht an Thenaar glaubten und nicht von ihm auserwählt waren. Deren Blut musste fließen und Thenaar geopfert werden bis zu dem Tag seiner Wiederkehr.

Und Rekla war tatsächlich etwas Besonderes. Denn auch unter den *Siegreichen*, den Assassinen, kam es nur selten vor, dass jemandem das Töten derartige Freude bereitete. So entdeckte sie nun eine neue Welt. Sie musste sich nicht mehr schuldig fühlen, sich nicht mehr selbst bestrafen, durfte stattdessen jubeln und sich freuen, weil sie auserwählt worden war. All die Angst der zurückliegenden Jahre löste sich plötzlich auf, und Rekla war erfüllt von einer Heiterkeit, die sie bis dahin nicht gekannt hatte. Nun sah sie ihre Eltern als das, was sie wirklich gewesen waren: minderwertige, nutzlose Kreaturen, die den Tod verdient hatten.

Thenaar wurde ihr ganzer Lebensinhalt. Dieser Gott hatte sie erwählt, und sie beschloss, sich ihm ganz hinzugeben. Ihm zu dienen, sollte ihr einziger Lebenszweck, jeder Atemzug ihm geweiht sein. Und sie würde nicht eher ruhen, bis sich sein Ruhm über die gesamte Aufgetauchte Welt verbreitet hatte.

Bald schon sah sie sich durch Thenaar belohnt. Als sie einmal vor seiner Statue kniete und zu ihm betete, vernahm sie plötzlich ein Flüstern, ganz leise nur, doch in dem Frieden, der sie überkommen hatte, konnte sie einige Worte verstehen. Ja, der Gott sprach zu ihr. Sie war so bewegt, dass ihr die Tränen kamen. Mit einem Mal verstand sie die ganze Größe ihrer Aufgabe, und sie bat ihn, sie niemals zu verlassen. Dann wolle sie ganz allein ihm gehören.

So vergingen die Jahre, und Rekla nahm immer bedeutendere Stellungen in der Gilde ein, bis sie schließlich zu den ältesten und ranghöchsten *Siegreichen* zählte.

Sie wurde zur Expertin in der Welt der Gifte, studierte Kräuter- und Pflanzenkunde, und das zum Teil mit Büchern, die Aster selbst verfasst hatte. Ihre Meisterleistung war der Trank, der ihr die ewige Jugend schenkte. Sie hatte ihn selbst entwickelt und war besonders stolz darauf. Ein Trank, der nur sehr schwer herzustellen war, den sie sich selbst vorbehielt und eifersüchtig hütete. So war denn ihr nicht alternder Körper wie eine Maschine, ein Dolch in Thenaars Händen. Alles tat sie nur für ihren Gott. Bis zu ihrem letzten Atemzug wollte sie ihm im Vollbesitz ihrer Kräfte dienen. Auch wenn der Tod sie dennoch irgendwann ereilen würde, so aber in der Blüte ihrer Jugend, so flink und stark wie allezeit, als unfehlbare tödliche Waffe.

Ja, es war ein glückliches Leben. Weil ihr Leben ein Ziel hatte. Das hatte gefehlt in ihrer Kindheit, die wie ein Umhertaumeln in der Finsternis gewesen war, auf der vergeblichen Suche nach einem Halt, nach Freude. Erst der Glaube an Thenaar hatte ihr Dasein erstrahlen lassen, und ihr Weg war geradlinig und sicher geworden. Egal was geschah, immer wusste sie, dass er, ihr Gott, ihr beistand und immer beistehen würde.

Dann war Dubhe aufgetaucht, und alles hatte sich verändert. Solange das Mädchen in der Gilde weilte, war Reklas

Welt noch in Ordnung. Ja, sie hatte es sogar gern übernommen, für die Neue verantwortlich zu sein. Sie empfand es als erregend, über einen Menschen, eine Untergebene, vollkommen bestimmen zu können. Aber dann, mit Dubhes Flucht, war schlagartig alles zusammengebrochen.

Rekla betrachtete den Vorfall als ihr persönliches Versagen. Schließlich war sie für Dubhe verantwortlich gewesen und hatte sich von ihr an der Nase herumführen lassen. Wären es nur Schuldgefühle gewesen, hätte sie schon damit umgehen können. Aber etwas anderes stand im Vordergrund.

Als man Dubhes Flucht entdeckte, war Rekla in ihrer Verzweiflung unverzüglich in den Tempel geeilt. Vor der Statue ihres Gottes warf sie sich zu Boden nieder, hob die Hände zum Himmel und flehte: »Vergib mir, oh Thenaar, ich bitte dich, vergib deiner unwürdigen Dienerin! Sprich zur mir, zeige mir, was ich tun soll. Ich will deine rechte Hand sein.«

Doch kein Wort, kein Trost erreichte sie von oben. Alles schwieg.

Viele Stunden brachte sie büßend und betend vor der Statue zu, doch vergeblich. Thenaar schwieg gekränkt, und Rekla war derart erschüttert, dass sie sich persönlich erbot, Dubhe zu suchen und zurückzubringen, sah sie darin doch die einzige Möglichkeit, den Zorn ihres Gottes zu besänftigen. Wenn das Blut dieser Verräterin in das Becken in der großen Halle floss, würde Thenaar endlich wieder das Wort an sie richten. Rekla konnte es nicht erwarten, so übermächtig war das Verlangen, seine Stimme wiederzuhören. Eigentlich hatte sie, in Erwartung von Dubhes Opferung in der Gilde, schon mal den jungen Magier, mit dem das Mädchen unterwegs war, töten und sein Blut Thenaar darbringen wollen. Aber auch er war ihr entwischt, auch er hatte ihre Pläne durchkreuzt.

Ihren unermesslichen Zorn darüber hatte Rekla nur teilweise an Dubhe auslassen können, indem sie sie mit Schlägen und Tritten traktierte. Aber das reichte ihr nicht.

An diesem Abend hatte sie zwei Tropfen mehr in ihren

Trank gegeben und wartete jetzt auf ihr Stöhnen, auf die Wirkung des Giftes. Dubhe würde nicht daran sterben, aber leiden würde sie, sehr sogar.

Als das erste Wimmern an ihr Ohr drang, verzog sich Reklas Miene zu einem zufriedenen Lächeln.

11

Gefangenschaft

Mitten in der Nacht spürte Dubhe sie plötzlich neben sich. Mühsam drehte sie sich um und sah in ein funkelndes Augenpaar. Sie dachte zurück an die vielen Male, da sie auf der Wanderung mit Lonerin solch funkelnde Augen im Dickicht des Waldes bemerkt hatte. Diese hier waren ganz ähnlich. Reklas Augen waren die eines wilden Tieres.

»Ich hab dich stöhnen hören«, sagte sie.

Ihre Stimme klang beängstigend ruhig.

Sofort überkam Dubhe ein heftiger Abscheu vor dieser Frau, zumal sie jetzt spürte, wie aus der Tiefe ihres Leibes ein Verlangen aufstieg. Sie biss die Zähne zusammen, damit ihr die Worte nicht über die Lippen kamen, doch Rekla ahnte, was in ihr vorging.

»Ich weiß, was du brauchst.«

Sie lächelte. Genauso wie damals, als Dubhe sie zum ersten Mal gesehen hatte.

Aus einer Tasche holte Rekla ein Fläschchen hervor und schwenkte es vor Dubhes Augen hin und her. Das Mädchen wusste, was darin war, und spürte, wie sich die Bestie knurrend regte.

»Das willst du. Nicht wahr?«, fuhr Rekla mit süßlicher Stimme fort, »nur leider hat eine Verräterin wie du keine Belohnung verdient. Du verdienst nur Leid und Schmerz.« Und sie umschloss das Fläschchen in ihrer Faust.

Sie freute sich, die Mischung wirkte.

»Vielleicht wundert es dich, dass es dir so schlecht geht. Aber in dem Trank, den du bekommen hast, war etwas drin, was nicht hineingehörte. Auch wenn ich dich lebendig zum Tempel bringen muss, niemand hat mir befohlen, dich zu schonen.«

Dubhe fletschte die Zähne. Daher also diese seltsame, schmerzhafte Benommenheit. »Ich will gar nichts davon«, log sie mit zitternder Stimme.

»Ach nein? Könntest du dich rühren, würdest du mir die Ampulle aus den Händen reißen.«

Dubhe stöhnte. Es war nicht zu ertragen, sich wieder so erniedrigen zu müssen für das nackte Überleben. Nicht, nachdem sie nun gesehen hatte, dass es auch eine andere Welt gab außerhalb der Mauern ihres Gefängnisses, und daran änderte auch nichts, dass ihr diese Welt verschlossen war. Es gab sie, nur das zählte.

»Aber ich lass dich lieber noch ein wenig schmoren«, fuhr Rekla fort. »Bis morgen früh, vielleicht auch noch etwas länger.«

»Wenn es mir zu schlecht geht, halte ich euch auf.«

Rekla zuckte gleichgültig mit den Achseln. »Mein Gott verlangt von mir, dich nicht auf der Stelle zu töten. Und ich werde ihm gehorchen. Aber ich glaube nicht, dass er mir zürnt, wenn ich mir diese kleine Genugtuung gönne. Du weißt, dass es mir Vergnügen bereit, dich leiden zu sehen.«

Dubhe bewegte die hinter dem Rücken zusammengebundenen Hände in dem Verlangen, sich zu befreien. Natürlich vergeblich. »Warum tust du mir das an?«, stöhnte sie.

Rekla schien von der Frage überrascht. »Weil mein Gott es so will!«

»Mit deinem Gott habe ich nichts zu tun. Ich habe ihm nichts getan!«, schrie Dubhe. »Ich versuche nur, mein Leben zu retten.«

»Oh doch! Du hast es gewagt, Thenaar zu hintergehen. Und diese Sünde ist unverzeihlich.«

Rekla kam ganz nahe an Dubhe heran, strich über die

Wunde an ihrer Schulter, und das Mädchen schrie auf. Die Frau legt ihr eine Hand auf den Mund. »Schsch, nicht so laut, sonst weckst du noch Filla, und dieser Augenblick soll doch nur uns beiden allein gehören.«

Dubhe schloss die Augen, wollte ihr die Genugtuung dieser Gemeinsamkeit nicht gönnen.

»Für dich gibt es keine Rettung, Dubhe. Hat es nie gegeben. Yeshol erkannte das *Kind des Todes* in dir, und das warst du auch, obwohl du eine Zeit lang deiner Natur zuwider handeltest. Doch Thenaar entkommt niemand, er hat dich zu einer tödlichen Waffe geformt, zu einer Maschine des Todes für unsere Sache.«

Dubhe schüttelte heftig den Kopf. »Ich habe niemals zu euch gehört, und das bleibt auch so!«

»Aber die Bestie in dir gehört zu uns. Denn die Bestie ist Thenaar! Ich war es, Dubhe, die die Nadel präparierte, die den Fluch über dich brachte. Ich hatte sie in Händen und gab sie dem jungen Assassinen, der sie dir ins Fleisch jagte. Dieser *Siegreiche* wusste, dass er sterben würde, doch er ging frohen Herzens. Denn dies war sein Schicksal.«

Dubhe bedachte sie mit einem wütenden Blick.

»Und dein Schicksal ist es, zum Opferlamm zu werden. Eine Zeit lang hat Thenaar dich benutzt, und du hast viel Blut für ihn vergossen, sehr viel Blut.«

Die Wahrheit dieser Worte traf Dubhe wie ein Faustschlag ins Gesicht. Rekla kam noch näher an sie heran, und angewidert spürte Dubhe ihren Atem an ihrem Hals. »Mit meinen eigenen Händen werde ich dich töten, und während sich das Becken mit deinem Blut füllt, wird dich die Bestie innerlich zerfleischen. Dann wird es keinen Trank mehr geben, der dir helfen könnte, Dubhe. Dann nicht mehr.« Und mit einem boshaften Lächeln fuhr sie fort: »Thenaar ist dein Schicksal, Dubhe. Und du wirst ihm bis zu deinem Ende dienen, ob du willst oder nicht.«

Das Grauen dieser Prophezeiung übertraf alle anderen Schmerzen. Dubhe spürte, wie eine panische Furcht ihre

Schläfen zusammengepresste. »Nein!«, schrie sie noch einmal. »Ich gehöre nicht Thenaar! Und ich werde nicht in diesem verdammten Becken von deiner Hand sterben! Ich gehöre euch nicht!«

Ihre Halsschlagader pulsierte, ihre raue, leiderfüllte Stimme zerriss die nächtliche Stille. Ein Vogel flog auf.

Offenbar von dem Schreien geweckt, stand plötzlich Filla mit dem Dolch in der Hand neben ihnen.

»Sie schreit im Fieberwahn«, beruhigte Rekla ihn.

»So?«

»Es kommt von den Wunden. Morgen geben wir ihr ein wenig von dem Trank, dann ist das Problem gelöst. Und jetzt leg dich wieder hin.«

Er blickte sie zweifelnd an.

»Ich hab gesagt, du sollst dich wieder hinlegen«, zischte Rekla noch einmal.

Filla entfernte sich langsam, während sich Rekla wieder Dubhe zuwandte. Sie starrte ihr ins Gesicht. »Das werden wir schon noch sehen, ob du Thenaar gehörst oder nicht«, stieß sie, die Fäuste ballend, hervor und ging dann zu ihrem Lager.

Dubhe fand keinen Schlaf. Alles tat ihr weh, doch war ihr, als sei ihr ein klein wenig von der Last auf ihrem Herzen abgenommen worden. Endlich hatte sie eine Entscheidung getroffen. Die Erkenntnis war ganz plötzlich gekommen, geboren aus Verzweiflung und Schmerz.

Fast zehn Jahre lang hatte sie sich treiben lassen, ohne irgendetwas für sich zu erwarten, ohne auch nur zu versuchen, den scheinbar unaufhaltsamen Fluss der Ereignisse zu stoppen. Aber wie hätte sie sich auch wehren sollen? Es wäre aussichtslos gewesen, und so hatte wohl alles seine Richtigkeit gehabt.

Aber war es auch richtig, sich jetzt von der Bestie verschlingen zu lassen? War es richtig, dass ihr Leben mit diesem wahnsinnigen Opferritual für Thenaar zu Ende ging? Und was war mit der Aufgetauchten Welt? Was war mit den Hoffnungen ihrer vielen Tausend Bewohner?

Nein! Sie hatte die Gilde für immer verlassen und würde nie mehr dorthin zurückkehren.

Sie würde fliehen, ganz egal wie schwierig das würde, und die für die Aufgetauchte Welt so entscheidende Mission allein fortführen. Warum sich damit abfinden, dass alles aus war? Nur weil die Chancen so schlecht standen?

In dem Augenblick, als sie Lonerin zum letzten Mal sah, hatte er ihr nicht nur seinen Hass hinterlassen. Nein, er hatte sogar gelächelt. In der Gewissheit, dass sie nicht aufgeben, sondern auch für ihn weiterkämpfen würde. Und das würde sie tun. Sie musste es tun! Endlich hatte sie ein echtes Ziel.

Ein sich rosa färbender Himmel kündigte den neuen Tag an, und ein Tritt rief Dubhe in die Gegenwart zurück. Rekla thronte über ihr und starrte sie wütend an. Grob wechselte sie ihr den Verband mit der klaren Absicht, ihr wehzutun, rührte dann einige Zutaten in dem Schüsselchen zusammen und gab ihr das Gebräu zu trinken. Es schmeckte anders als am Vorabend, vielleicht ein Zeichen, dass sie ihr diesmal keinen üblen Streich spielte. Dann zog sie noch einmal die Stricke an Dubhes Knöcheln und Handgelenken fester an und lud sie Filla auf die Schultern.

»Mach mir nur keinen Unsinn!«, zischte sie, während sie Dubhes Haar packte und ihren Kopf hochzog. »Oder du weißt, was dir blüht.«

Für einen Fluchtversuch fühlte sich Dubhe noch viel zu schwach. Das musste sie wohl einige Tage aufschieben. In dem Trank, den Rekla angerührt hatte, war mit Sicherheit ein Beruhigungsmittel, das die *Wächterin* einsetzte, um ihre Gefangene im Zaum zu halten. Dubhe überlegte, dass sie es, wenn sie fliehen wollte, unbedingt schaffen musste, einen klaren Kopf zu behalten. Außerdem durfte sie nicht vergessen, auch einige Ampullen Gegengift für die Bestie mitgehen zu lassen. Rekla hatte Lonerins Quersack ausgeleert und einige Dinge in der eigenen Wandertasche verstaut. Die trug sie immer um den Hals und hielt sie im Schlaf fest umklammert.

Den ganzen Tag waren sie unterwegs, und dabei gab sich Dubhe benommener, als sie es tatsächlich war. Sie wollte das Verhalten ihrer Peiniger genau studieren, ihre Schwachpunkte aufdecken. Als sie eine Pause machten, um sie zu versorgen, bemerkte sie, dass Filla sie nicht unfreundlich behandelte. Er war anders als Rekla, wechselte ihren Verband mit behutsamen Händen. Vielleicht war ihm Mitleid kein fremdes Gefühl. Die beiden waren schon ein sehr ungleiches Paar, merkwürdig, dass Yeshol sie zusammen ausgeschickt hatte. Vielleicht musste sie versuchen, diese Unterschiedlichkeit bei der Flucht für sich ausnutzen.

Wieder verbrachte sie eine schlaflose Nacht. Sie fühlte sich erschöpft, aber es war notwendig, sich ein genaues Bild der Situation zu machen. Immer wenn der Schlaf sie überkommen wollte, drehte sie sich ein wenig auf die verwundete Seite. Kein gutes Heilmittel, doch der Schmerz verhinderte, dass sie einschlief.

Den Schlaf ihrer beiden Feinde beobachtend, fiel ihr auf, dass Fillas Atem nach ein paar Stunden tiefer wurde, während Rekla in regelmäßigen Abständen aufwachte und sich prüfend umschaute. Dabei schien sie nicht vollkommen wach zu sein, worauf Dubhe allerdings nicht hätte schwören wollen. Doch nicht das leiseste Geräusch entging ihr, und klang ein Rauschen nur ein wenig anders als zuvor, fuhr ihre Hand unverzüglich zum Dolch, und ihre Augen weiteten sich.

Von ihrer Tasche trennte sie sich nie, hielt sie immer am Körper, den Riemen fest in einer Hand.

Irgendwann sah Dubhe, dass Rekla wach wurde und aufstand. Sie zuckte zusammen und schloss rasch die Augen, um nicht entdeckt zu werden. Die Schultern von Zuckungen befallen, kramte Rekla hektisch in ihrer Wandertasche. Plötzlich wirkte sie eingefallen und gealtert. Auch ihr Gesicht sah anders aus. Im Mondlicht erkannte Dubhe, dass ihre Haut runzelig war, von Falten durchzogen. Da fiel ihr ein, wie Toph, der Assassine, den ihr Yeshol bei ihrem ersten Auftrag für die Gilde als Bewacher mitgegeben hatte, damals gesagt hatte: ›Ich habe sie ja nur von Weitem gesehen … aber sie ging gebeugt, und ihr Haut wirkte um viele Jahre gealtert … so als sei sie plötzlich so alt geworden, wie sie tatsächlich ist …‹

Rekla benutzte einen speziellen Trank, der sie jung hielt. Nahm sie den nicht regelmäßig ein, alterte sie sofort. Und dies war nun wohl geschehen.

Dubhe öffnete die Augen und sah genauer hin. Dabei fürchtete sie nicht, entdeckt zu werden, denn Rekla wirkte zu beschäftigt, um auf ihre Gefangene zu achten. Schon holte sie ein Fläschchen aus der Wandertasche hervor.

Dubhe versuchte, sich die Form dieses Fläschchens genau einzuprägen, denn die Farbe war undefinierbar. Rekla führte die Ampulle an die Lippen und trank, indem sie den Kopf zurücknahm. Noch einmal durchlief eine Zuckung ihren Körper, dann richtete ihr Rücken sich auf, ihre Stirn glättete sich. In aller Ruhe legte sie sich wieder nieder und schloss die Augen.

Ein Lächeln huschte über Dubhes Gesicht. Diese Nacht hatte sie weitergebracht.

Im Morgengrauen versetzte ihr Rekla den üblichen Tritt. Dubhe tat so, als wache sie davon auf, und blickte der Frau ruhig, ohne aufzustöhnen, ins Gesicht. Dieser Blick wirkte offenbar so herausfordernd, dass Rekla zur Strafe gleich noch einmal zutrat.

»Lasst nur, ich kümmere mich um sie«, hielt Filla sie zurück, indem er eine Hand auf ihre Schulter legte.

Unwirsch schüttelte sie die Hand ab. »Fass mich nicht an.«

»Verzeiht, verzeiht mir, doch Ihr müsst Euch beruhigen …«

Es lag etwas Fürsorgliches in Fillas Bemühungen, während Rekla zwar gereizt, aber auch wie auf etwas Altvertrautes reagierte. Es wirkte eingespielt, so als hätten sie schon häufig zusammengearbeitet.

»Sie will mich provozieren«, schnaubte Rekla, »doch wenn ich ihr erst meinen Dolch ins Herz stoße, wird sie mich anders anschauen!« Sie spuckte aus und entfernte sich.

Filla wartete einige Augenblicke und half Dubhe dann, sich aufzusetzen. »Warum legst du es auch darauf an, ihren Zorn zu entfachen?«, flüsterte er.

Dubhe wusste nicht, was sie antworten sollte. Es war seltsam, wie dieser Mann sich verhielt, so überbesorgt um das Wohl seiner Herrin.

Er blickte Dubhe an, zögerte einen Moment und fragte dann: »Vielleicht willst du dich waschen? Hier in der Nähe ist ein Bach.«

Dubhe war verblüfft, während Rekla, die mitgehört hatte, sogleich lospolterte: »Bist du wahnsinnig geworden?«

»Man sollte ihre Wunde auswaschen, sonst entzündet sie sich vielleicht.« Fillas Stimme zitterte. Er schien Angst zu haben.

»Du lässt dich von dem Mädchen einwickeln«, zischte Rekla, »sie muss noch atmen, wenn wir nach Hause kommen, mehr aber auch nicht.«

»Aber so schafft sie vielleicht auch dies nicht.«

Erregt wie ein Tier im Käfig, begann Rekla, auf und ab zu wandern. Filla hatte ja recht, aber andererseits widerstrebte es ihr, Dubhes Qualen auch nur ein wenig zu lindern. Doch sie hatte wohl keine andere Wahl, und so nickte sie schließlich.

Filla half Dubhe aufzustehen und fasste sie dabei ziemlich unsanft an, wie um zu zeigen, dass ihn kein Mitleid bewegte. Dubhe war klar, dass Rekla nach einem Weg suchen würde, um sich zu rächen. Es wäre wohl ratsam, so überlegte sie, den Trank am Abend zu verweigern.

Als sie endlich stand, wurde sie sofort von einem heftigen Schwindel erfasst. »Stütz dich auf mich«, fordert Filla sie auf.

Es war schon eigenartig, einen solch aufmerksamen Assassinen zu erleben. In der Gilde interessierte man sich üblicherweise nicht für den anderen.

»Meine Herrin ist bloß nervös«, flüsterte er Dubhe jetzt mit seltsam besorgt klingender Stimme ins Ohr. »Du solltest alles unterlassen, was sie verärgern könnte. Das ist besser für dich.«

Nach wenigen Schritten erblickte Dubhe bereits nicht weit entfernt einen Bach mit klarem Wasser. »Los, beeil dich«, sagte Filla, »ich habe dich nur hierher geführt, damit sie sich beruhigen kann. Sollte sie dir etwas antun, bevor wir unseren Tempel erreichen, würde sie es später bitter bereuen.«

Nun war alles klar, dachte Dubhe. Lange Zeit hatte sie sich gefragt, wieso Yeshol dieses Paar zusammengestellt hatte, das zunächst so unharmonisch wirkte. Jetzt wusste sie es. Filla verehrte Rekla und wachte gewissermaßen über sie, indem er, wenn nötig, deren Eifer und Grausamkeit zügelte.

Als Dubhe sich zum Wasser niederbeugte, wäre sie fast nach vorn gefallen. Immer noch fühlte sie sich furchtbar schwach, was eine Flucht sicher nicht einfacher machte.

Als sie den Kopf hob und ihr Spiegelbild auf der Wasseroberfläche sah, erkannte sie sich kaum wieder. Ihr Gesicht war übersät mit Blutergüssen und die rechte Seite geschwollen.

Sie tauchte den Kopf ganz unter und genoss das Gefühl, wie ihre Haut unter dem kalten Wasser prickelte. Am liebsten wäre sie ganz eingetaucht, spürte ein starkes Bedürfnis danach, aber es ging nicht, weil sie jetzt von hinten an den Haaren gepackt und hochgezogen wurde.

»Bist du verrückt geworden? Willst du dich umbringen?«

Dubhe wandte den Blick ab.

Filla half ihr, die Wunde auszuwaschen, wechselte dann ihren Verband und strich die Salbe darauf, die Rekla hergestellt hatte.

»Mach dir keine falschen Hoffnungen«, sagte er und schaute sie ernst an. »Ich sorge nur dafür, dass meine Herrin ihre Rache im Kreis unserer Glaubensbrüder genießen kann. Deshalb brauche ich dich lebend.«

Dubhe fiel auf, dass die Schale mit der Salbe darin aus Glas war. Eine Gelegenheit, die sie sich nicht entgehen lassen durfte. Als Filla mit der Behandlung fertig war, stieß sie mit einer kaum wahrnehmbaren Bewegung gegen die Schale, die dem Mann aus den Händen glitt und am Boden zerbarst. Rasch legte sie die Hand darauf. Man hörte ein Knacken, aber sie ließ sich nichts anmerken.

Filla seufzte. »Halb so wild, ich war ja schon fertig.«

Er half ihr auf, und Dubhe führte eine Hand zur Tasche – mit einer Glasscherbe darin.

Wieder bei Rekla, kam Dubhe nicht umhin, den Trank einzunehmen. Anders als erhofft, gelang es ihr nicht, sich dagegen zu wehren. Bald machte sich ein bitterer Geschmack in ihrem Mund breit, ein Zeichen, dass Rekla etwas Neues hinzugetan hatte. Obwohl Dubhe beim Trinken ein wenig verschütten konnte, reichte die Menge, die ihr die Kehle hinunterrann, dennoch aus, um sie wieder den ganzen Tag zu benebeln und ihr dann auch noch eine höllische Nacht zu bescheren. Bevor Rekla sich selbst niederlegte, saß sie noch eine Weile neben ihrer Gefangenen und weidete sich daran, wie sie vor Schmerzen stöhnte. Dubhe beschloss, sich noch einen Tag Zeit zu geben. Aber länger würde sie es sicher nicht mehr aushalten.

Am nächsten Morgen verabreichte ihr Filla wieder etwas von dem Trank. Seine Hand war weit weniger fest als die von Rekla und seine Lust, sie leiden zu lassen, sehr viel geringer. Erneut gab sich Dubhe schwächer und benommener, als sie es eigentlich war. Beim Trinken verschüttete sie wieder einen Teil der Flüssigkeit, und den Rest konnte sie ausspucken, als Filla sich von ihr entfernte, um Rekla das Fläschchen zurückzugeben. Nun hatte sie wirklich nur wenig von dem Mittel im Leib, die passende Gelegenheit, um einen Fluchtversuch zu wagen. Sie beschloss, es noch am selben Abend zu wagen, sobald es dunkel würde.

Nur noch ein Tag, sagte sie sich. *Nur noch einer.*

Nachdem sie wieder den ganzen Tag marschiert waren,

schlugen sie etwas später als gewohnt ihr Lager auf. Hin und wieder verschwand der Mond hinter den Wolken. Als Dubhe hörte, dass Rekla und Filla fest schliefen, holte sie die Glasscherbe hervor und begann, an den Stricken an Knöcheln und Handgelenken zu sägen. Auch hierin war Sherva ihr ein hervorragender Lehrer gewesen: Es dauerte eine Weile, doch schließlich gelang es ihr, sich zu befreien. So leise wie möglich stand sie auf.

Sofort wurde ihr schwindlig, und sie musste sich an einem Baum abstützten. Nur mühsam konnte sie sich auf den Beinen halten, aber sie gewöhnte sich daran. Und obwohl sie sich bei Weitem noch nicht auf der Höhe fühlte, hatte sie das Gefühl, es schaffen zu können.

Rasch hob sie ein paar Steine auf und schlich sich dann an Rekla und Filla heran.

Schon beim ersten Schritt regte sich die Frau, und Dubhe verharrte auf der Stelle. Für Rekla war der Schlaf wie ein feiner Schleier, und ein Hauch reichte, um ihn zu stören. Dubhe musste noch lautloser vorgehen. Jetzt kam es darauf an. Sie musste so gut sein wie nie zuvor, besser als bei all ihren Einbrüchen, wenn sie Schlafenden mit Edelsteinen gefüllte Säckchen aus den Händen entwunden hatte, besser als bei ihren Übungsstunden mit Sherva, musste sich so geräuschlos bewegen wie eine Schattenkämpferin.

Langsam, ganz langsam.

Es dauerte seine Zeit, doch irgendwann blickte sie Rekla direkt in das schlafende Gesicht mit dem halb geöffneten Mund und den mädchenhaft geröteten Wangen. So nahe war sie ihr, dass sie alle Sommersprossen hätte zählen können. Ein Abscheu, das Verlangen, sie zu töten, überkam sie so heftig wie noch nie zuvor. Ihr jetzt den Dolch ins Herz stoßen, ihrem Leben ein Ende machen … Aber es war unmöglich. Einen der beiden Assassinen hätte sie töten können, beide nicht. Und in ihrer augenblicklichen Verfassung hätte sie auch gegen Filla den Kürzeren gezogen. Nein, ihr blieb nur die Flucht.

Als sie sich niederbeugte, säuselte das Gras unter ihren Knien, und Rekla blinzelte leicht.

Ihre Tasche lag, an den Körper gepresst, zwischen ihren Armen, sodass Dubhe sie ihr unmöglich hätte entwinden können. Aber hineingreifen – das ging. Ein Fläschchen nach dem anderen holte sie hervor und ersetzte jedes durch einen Stein.

Es dauerte eine Ewigkeit, und längst stand Dubhe der Schweiß auf der Stirn. Ihre Bewegungen mussten fließend sein, präzise, sanft. Doch ihre Hände zitterten. Rekla war unruhig geworden, und es war offensichtlich, dass sie jeden Moment aufwachen konnte. Es wäre das Ende gewesen, aber es durfte einfach nicht geschehen. Mit mittlerweile schmerzenden Armen fuhr Dubhe unverdrossen fort, bis sie der Tasche alles entnommen hatte, was sie benötigte. Dann schlich sie davon.

Als sie sich ein Stück entfernt hatte, stieß sie einen Seufzer der Erleichterung aus und warf dann noch einmal einen Blick auf alles, was sie erbeutet hatte: zwei Fläschchen mit dem Gegengift gegen den Fluch – nicht gerade viel – sowie drei Ampullen, die wie jene aussahen, aus der Rekla in der einen Nacht getrunken hatte. Um diese kümmerte sie sich als Erstes, entkorkte sie und goss den Inhalt ins Gras.

Auch wenn sie Rekla nicht töten konnte, so konnte sie sie doch in den Tod treiben, indem sie ihr die Last ihres wahren Alters aufbürdete.

Dann war da noch der Dolch, ihr eigener, den ihr der Meister hinterlassen hatte. Den hatte sie sich zurückgeholt, steckte ihn jetzt in den Gürtel, und als sie spürte, wie sich das Leder spannte, gab ihr das neue Kraft.

Schließlich wandte sie sich den erbeuteten Kräutern zu. Sie kannte sie alle, und eines davon war jetzt wie für sie gemacht. Schade, dass keine Gifte darunter waren, offenbar hatte Rekla geglaubt, sie nicht zu benötigen.

Dubhe brauchte nicht lange, um alles zuzubereiten, wobei sie eine der entleerten Ampullen verwendete. Als sie hörte, wie sich Rekla mit einem Seufzer auf die andere Seite drehte, beeilte sie sich, darum bemüht, keinen Laut zu machen. Bevor sie die letzte Zutat hineingab, nahm sie eine Hand vor das Gesicht.

Der wenige Dampf, der aus der Ampulle quoll, reichte schon, dass sie einen leichten Schwindel verspürte.

Behutsam goss sie ein wenig von dem Gebräu ins Gras direkt vor Fillas Mund und Nase und stellte dann die halb volle Flasche geöffnet direkt vor Reklas Gesicht. Ganz langsam stand sie auf. Es würde eine Weile dauern, bis die Mixtur wirkte, dann aber die beiden lange genug betäuben, dass sie einen Vorsprung von einigen Meilen gewinnen konnte.

Rückwärts gehend schlich sie davon. Dann, als Rekla und Filla kaum noch zu sehen waren, drehte sie sich um und rannte los.

Sie war frei.

12

Der Gnom und der Knabe

Ido verlor keine Zeit. Noch außer Atem schwang er sich auf das von der Rast ausgeruhte Pferd des Assassinen, den er getötet hatte, und machte sich auf die Verfolgung. Er dankte dem Himmel, dass er sich in der Wüstenlandschaft des Großen Landes befand, denn hier waren die Hufspuren des anderen Pferdes klar zu erkennen. Der Abstand war gering, und da er allein leichter als der Entführer mit seinem Opfer war, würde er sie wohl bald eingeholt haben. Der Assassine schien auf die Ruinen der alten Tyrannenfeste zuzuhalten, wo einst Aster residiert hatte, jene Festung mit dem himmelhohen Turm ganz aus schwarzem Kristall, der von mindestens einer Stelle aller acht Länder der Aufgetauchten Welt zu sehen gewesen war, auf die sich die Flügel des Bauwerks scheinbar wie glitschige Fangarme ausgestreckt hatten. Nach ihrer Zerstörung in der Großen Winterschlacht war lange Zeit nur eine trostlose Ebene zurückgeblieben, die von Trümmern und Bruchstücken aus Schwarzem Kristall übersät war.

Als Dohor mächtig genug war, beschloss er, das Terrain wieder nutzbar zu machen. Offensichtlich plante er, sich einen neuen gigantischen Palast zu errichten, um dort einmal als Alleinherrscher der Aufgetauchten Welt zu residieren. Mittlerweile waren die Arbeiten schon in vollem Gang: Sklaven, Fammin, Gnomen und Menschen waren damit beschäftigt, die Trümmer der Tyrannenfeste fortzuräumen. War der Assassine tatsächlich dorthin unterwegs, konnte das bedeuten, dass er den Knaben nicht zur Gilde, sondern in Dohors Machtbereich bringen wollte. Eine interessante Variante. Noch heftiger gab Ido seinem Pferd die Sporen, doch so geschwind er auch ritt, es wollte ihm nicht gelingen, den Assassinen und sein Opfer einzuholen. Er hatte sich ausgerechnet, dass er sie bei dem gegebenen Vorsprung und in Anbetracht des Gewichtsvorteils noch vor dem Morgengrauen erreichen würde. Aber so war es nicht. Nur die Hufspuren zogen sich unverändert in gerader Linie zum Horizont hin.

Irgendwann erblickte er in der Ferne einen dunklen Punkt. Müde und erschöpft rieb er sich sein verbliebenes Auge. Viele Nächte hatte er schon nicht mehr geschlafen, und das bekam er nun zu spüren. Zunächst dachte er, es handle sich vielleicht um eine Halluzination. Aber nein, der dunkle Punkt lag immer noch vor ihm.

»Los, mein Guter, gib noch mal alles«, trieb er den Hengst an, und der beschleunigte.

Je näher er kam, desto deutlicher nahm der dunkle Punkt die Umrisse eines Pferdes an. Idos Herz schlug schneller. Ja, das waren sie. In einer Nacht hartnäckiger Verfolgung hatte er sie eingeholt. Darauf brennend, die Scharte auszuwetzen, legte er die Hand ans Schwert.

Dann jedoch bemerkte er, dass sich das Pferd seltsam bewegte. Es trabte nicht, sondern ging nur mit gesenktem Kopf.

Kein Wunder, mit zwei Personen auf dem Rücken die ganze Nacht laufen, ohne zu rasten, es kann nicht mehr schneller.

Doch als sich der Abstand noch weiter verringert hatte, wusste Ido plötzlich, was los war.

»Verfluchter Hund!«, zischte er.

Er hielt an und schrie seine Wut zum Himmel hinauf.

Sie waren ihm entwischt. Wie ein dummer Junge hatte er sich an der Nase herumführen lassen. Ein Pferd ohne Reiter. Die ganze Nacht hatte er nichts anderes getan, als ein Pferd zu verfolgen, das einsam und allein durch die Wüste streifte.

Noch einmal brüllte er so laut vor Zorn, dass sich sein Hengst erschrocken aufbäumte. Er nahm die Zügel fester in die Hand. Es hatte keinen Sinn herumzutoben. Er musste sich beruhigen. Früher hatte er immer geglaubt, das Alter würde ihn weiser machen, dabei war er doch nur aufbrausender und reizbarer geworden. Immer schwerer fiel es ihm in manchen Situationen, einen kühlen Kopf zu bewahren, obwohl er wusste, dass es das einzig Richtige war. Er zwang sich, langsam und tief durchzuatmen, und wartete, dass sich sein Puls beruhigte und seine Muskeln sich entspannten.

Denk nach … Sie sind jetzt ohne Pferd unterwegs. Und du weißt, wohin sie wollen. Sie sind zu zweit, wandern zu Fuß durch die Wüste … sie können sich noch nicht weit entfernt haben von der Stelle, wo ich sie gestern fand.

Er wendete und galoppierte wieder los.

Erst als die Sonne aufging, erlaubte es sich Sherva, hinter sich zu blicken. Er war sich nicht sicher, ob sein kleiner Trick funktioniert hatte. Gewiss, ohne die Dunkelheit und die Hitzköpfigkeit des Gnomen wäre es unmöglich gewesen. Doch es schien tatsächlich geklappt zu haben.

Den wehrlosen Jungen hatte er sich quer über die Schultern gelegt. Er war das Hauptproblem gewesen. Was hatte er gezappelt und um sich geschlagen, um freizukommen. Daher war Sherva zu unsanfteren Methoden gezwungen gewesen und hatte ihn mit der Faust bewusstlos geschlagen. Aber der Assassine wusste auch, dass dieser Zustand nicht lange anhalten würde. Wollte er ihn zu Yeshol bringen und damit seine Mission erfüllen, durfte der Junge keinen Widerstand mehr leisten. Und musste doch lebend ankommen. Einen Moment lang dachte Sherva daran, ihn einfach in der Wüste zurückzulassen. Im Grund machte er ihm ja nur Scherereien. Und er selbst wäre frei gewesen. Keine Gilde, keine Gefangenschaft mehr. Oder er hätte vor Yeshol treten und ihm den Kopf des Jungen zeigen können. Dann wäre endlich Schluss damit gewesen, sich vor einem

Gott niederzuwerfen, den er im Grund verabscheute. Aber auch das war nur eine trügerische Vorstellung. Er hatte es schon immer verstanden, die Umstände einer Situation sowie die eigenen Kräfte realistisch einzuschätzen und auf den passenden Moment zu warten. Und dieser Moment war noch nicht gekommen.

Daher hatte er das Fläschchen, das Rekla ihm vor dem Aufbruch gegeben hatte, aus der Tasche genommen.

›Wir wissen ja alle, was diese Nihal für ein Dämon war‹, hatte sie zum ihm gesagt. ›Hat ihr Enkel nur eine Spur ihres Temperaments im Blut, wird es schwer für dich, ihn hierher zu schaffen. Deshalb habe ich einen Trank zubereitet, den du im Notfall einsetzen kannst. Der hält ihn einen ganzen Tag lang in einer Art Halbschlaf.‹ Damals hatte Sherva den Kopf geschüttelt. Doch nun blieb ihm nichts anderes übrig. Er hatte den Jungen auf den Rücken gelegt und ihm den Mund aufgezogen, der voller Blut war. Wahrscheinlich hatte er ihm einen Zahn ausgeschlagen, aber das interessierte Sherva nicht. Hauptsache, der Trank rann ihm die Kehle hinunter.

Nun jedoch war er erschöpft, er brauchte eine Rast, um neue Kräfte zu sammeln. Er legte den Knaben auf den Boden nieder und griff zur Feldflasche, um zu trinken. San beobachtete ihn aus halb geschlossenen Augen, und obwohl er so benommen war, war dieser Blick voller Hass.

»Dein vermeintlicher Retter ist längst tot. Es bringt dir nichts, mich so anzustarren«, sagte Sherva auf ihn herabblickend.

Der Junge antwortete nicht, versuchte nur, gegen die Wirkung des Trankes anzukämpfen und nicht völlig das Bewusstsein zu verlieren.

Sherva wandte den Blick ab, goss sich ein wenig Wasser über den Kopf und wartete noch einen Moment, bevor er sich den Jungen wieder auf die Schultern lud. Es nützte nichts, er musste weiter, vielleicht war ihm der Gnom doch auf den Fersen.

Erst im Morgengrauen des folgenden Tages fand Ido die Stelle, wo der Assassine sein Pferd hatte ziehen lassen. Dabei schien der Mann sehr geschickt vorgegangen zu sein. Praktisch war er wohl vom laufenden Pferd abgesprungen, sodass den Hufspuren nichts anzusehen war. Wie Ido schon vermutet hatte, musste der Mann sehr flink, ein echter Akrobat sein: Mit einem weiten Satz war er, den Jungen auf den Schultern, vom Pferd gesprungen und dennoch auf den Füßen gelandet, denn von tiefen Abdrücken zweier Körper war nichts zu sehen. Eine ganze Weile stand Ido an der Stelle und studierte die Spuren vom Rücken seines Pferdes aus. Es war ein einfacher, aber wirkungsvoller Trick, bei dem der Assassine noch die kleinsten Details bedacht hatte, so auch die Zeit, die er, Ido, brauchen würde, um ihm auf die Schliche zu kommen, oder die Tatsache, dass der Wind dann schon die Spuren teilweise verweht haben würde.

So geht also ein Siegreicher *vor*, dachte Ido.

Mit einem Mal verspürte er so etwas wie Bewunderung für diesen Assassinen. Er war ein echter Gegner, ein ihm ebenbürtiger Krieger.

Du hast gelernt, keine Spuren zu hinterlassen, ich hingegen, auch noch die unauffälligsten zu finden. Und dabei ließ er noch einmal den Blick über den Erdboden schweifen.

Ohne Zweifel war sein Feind nun im Vorteil, doch auch er selbst hatte noch einen Trumpf im Ärmel: Er wusste genau, wohin der andere unterwegs war.

Zu schlafen wurde zu einem immer drängenderen Bedürfnis, und auch sein Pferd war erschöpft. Eine weitere Nacht war Ido durchgeritten, ohne sich im Mindesten zu schonen, und nun verließen ihn die Kräfte.

Doch die Spuren waren jetzt frisch, und Ido war in der Lage zu erkennen, wenn Schritte schleppend und kurz waren. Auch der Assassine war erschöpft. Er trug immer noch den Jungen auf den Schultern, eine Last, die ihm die Kräfte raubte.

Wie viel wiegt ein zwölfjähriger Junge?

Er hatte keine Ahnung. Kinder waren ihm nie geboren worden, und hin und wieder litt er darunter. Irgendwann hatte mal jemand zu ihm gesagt, ohne eigene Kinder habe das Leben keinen Sinn, und nur die Götter wussten, wie sehr er sich einen Sohn oder eine Tochter von Soana gewünscht hätte. Doch das Schicksal wollte es, dass sie schon zu alt dazu waren, als sie einander fanden.

›Hättest du dich mal mehr um mich gekümmert, anstatt immer nur an deine Kriege zu denken …‹ Mit dem schmollenden Gesicht, das er so an ihr mochte, lag Soana neben ihm. Sie war nicht zornig, tat nur so. Es war ein Spiel, das sie häufig spielten.

›Vielleicht hast du recht‹, grummelte er.

Sie lächelte ihn sanft an. ›Ach was, ich war ja auch schon zu alt.‹

›Dann hätte ich dich früher lieben müssen. Obwohl ich dich ja schon lange geliebt habe, bevor du mich haben wolltest.‹

›Ich weiß.‹

Ido streckte die Hand aus, um ihre Wange zu streicheln, kippte nach vorn und sah plötzlich den Erdboden näher kommen. Im letzten Moment schaffte er es, sich an den Zügeln festzuhalten.

Er hatte geträumt. Ohne es zu merken, war er eingeschlafen.

Du alter Trottel, schimpfte er und verpasste sich selbst eine Ohrfeige.

So erschöpft und müde, wie er war, konnte er unmöglich kämpfen. Deshalb gab er seinem Pferd noch mal die Sporen, um dadurch wacher zu werden. Er galoppierte noch nicht lange, da erkannte er plötzlich sehr frische Spuren, ein Zeichen, dass die beiden ganz in der Nähe waren.

Als er vom Pferd stieg, überkam ihn das starke Gefühl, als wiederhole sich eine bekannte Geschichte. Es war alles so wie am Abend zuvor, nur dass er jetzt sehr viel schwächer war.

Er ließ das Pferd stehen und schlich sich näher heran, bis er sie im Dunkel der Nacht deutlich vor sich sah. Der Mann war wach, hatte ihm den Rücken zugewandt, und sein kahler Schädel glänzte ein wenig im matten nächtlichen Licht.

Ido blickte kurz auf. Es war eine herrlich klare Nacht mit einem Meer funkelnder Sterne am Himmel.

Der Junge lag am Boden, dicht bei dem Assassinen. Er schien sehr mitgenommen, doch seine Augen waren geöffnet und auf Ido gerichtet. Der legte einen Finger auf den Mund. San durfte sich nicht rühren, er selbst würde alles allein erledigen. Auf allen vieren schlich er sich noch näher heran, während ihn der Junge aus großen Augen beobachtete.

Nun war er nur noch einen Schritt entfernt und konnte den Assassinen bereits riechen: Er schien ganz ahnungslos zu sein. Doch gerade als Ido die Hand auf das Heft seines Schwertes legte, fuhr der Mann herum, den Dolch bereits in der Hand, um ihn im nächsten Augenblick in der Kehle des Angreifers zu versenken. Ido schaffte es gerade noch, aufzuspringen und das Schwert zu ziehen.

Eine Weile standen sie sich so gegenüber, mit den Waffen in Händen, und studierten sich.

»Du bist schnell«, bemerkte der Assassine.

Wie eine Schlange sieht er aus, dachte Ido, *mit dieser platten Nase und dem schmalen Mund.* »Du auch.«

Da geschah es. Der Mann schnellte vor, den Dolch auf den Oberkörper von Ido gerichtet, der sein Schwert ein wenig heruntergenommen hatte. Und während er noch zur Seite sprang, spürte er schon, wie ihm die Klinge in die Hüfte fuhr. Der Schmerz war so heftig, dass sich alle Muskeln verkrampften.

Verdammt, halt durch, Alter!

Ido reagierte, ließ sein Schwert niederfahren, doch der Assassine sprang zur Seite, gelangte dadurch neben den Gnomen und packte ihn am Hals.

Ido war überfordert. Er hatte eine tiefe Wunde davongetragen, seine Hände kribbelten, und er konnte kaum noch das Schwert halten.

Warum ist er nicht so erschöpft wie ich?

Mit der freien Hand legte ihm der Assassine eine Schlinge um den Hals und begann zuzuziehen. Ido stemmte sich dagegen, rang nach Luft und schaffte es schließlich mit letzten Kräften, den Assassinen mit dem Heft seines Schwertes zu traktieren. Der musste seine Beute loslassen. Ido nutzte die Gelegenheit, um noch einmal zuzuschlagen, streifte ihn aber nur, und schon hatte der andere wieder den Dolch auf ihn gerichtet.

Obwohl seine Reflexe fast eingeschlafen waren, gelang es Ido immer wieder, zu parieren, wurde jedoch schwächer und schwächer dabei. Schließlich versuchte er nur noch, dem Funkeln der Dolchklinge zu folgen, so als gebe es nichts anderes mehr um ihn herum.

Dann nahm er das Schwert noch einmal in beide Hände und schaffte es mit enormer Anstrengung, den Schmerz zu verdrängen, um mit aller Gewalt zuzuschlagen. Diesmal traf er und spürte, wie die Klinge in das Fleisch seines Widersachers eindrang. Der Assassine stöhnte kurz auf, krümmte sich, und der Dolch fiel ihm aus der Hand.

Vielleicht schaffe ich es doch, dachte Ido.

Plötzlich merkte er aber, dass der andere ihn angrinste. Dann eine blitzschnelle Drehung, und schon war er wieder neben Ido, stieß ihn zu Boden und sprang ihm mit dem Knie voran ins Kreuz. Ein entsetzlicher Schmerz durchfuhr die Brust des Gnomen.

Wehrlos lag Ido da.

Der Erschöpfung und dem Alter erlegen, welch idiotischer Tod, dachte er.

Schon legten sich die Hände des Assassinen um Idos Hals und drückten zu. Seine Arme zitterten leicht, ein Zeichen, dass der Gnom ihn doch schwerer verwundet hatte. Doch was nützte es? Ido konnte sich nicht mehr wehren, sich nicht einmal mehr winden, um irgendwie freizukommen.

Da merkte er plötzlich, dass sich der tödliche Griff lockerte, und gleich darauf hörte er einen dumpfen Schlag. Das war doch nicht möglich! Sein Hals war frei, und keuchend versuchte er, zu Atem zu kommen.

»Geht's?«

Eine Jungenstimme. Ein verschmutztes Gesicht mit glänzenden Augen trat in sein Blickfeld. San. San hatte den Assassinen niedergeschlagen. Jetzt stand er über ihn gebeugt da, zitterte, und sein Gesicht war blass, seine Miene erschüttert.

»Ruhig, ruhig«, murmelte Ido, vielleicht vor allem zu sich selbst.

»Ich hab ihn erwischt, aber ich weiß nicht, ob er tot ist ...«

Ido konnte sich nicht vergewissern, nahm aber an, dass der Mann nur bewusstlos war. Sie mussten sich also beeilen, weil der Assassine wohl bald wieder zu sich kommen würde.

»Hilf mir!« Und der Junge ergriff Idos Arme und half ihm auf. Dabei spürte der Gnom, wie sich seine Wunde dehnte, doch noch schlimmer waren die Schmerzen im Brustkorb. Vielleicht hatte ihm der Assassine eine Rippe gebrochen.

»Zieh dein Wams aus und reiß einen langen Stoffstreifen ab. Du musst mich verbinden, um die Blutung zu stoppen.«

San schluchzte, schien kurz davor, in Panik zu geraten. Dennoch führte er genau aus, was Ido von ihm wollte, und dem Gnomen fiel auf, dass er keinen Schmerz verspürte, als der Junge seine Wunde versorgte. Im Gegenteil.

Er hielt sich nicht damit auf, nach dem Grund zu fragen, und auch nicht, wie San sich von seinen Fesseln befreien konnte. Sie mussten auf das Pferd, die Zeit drängte.

San hatte seine Sache gut gemacht, der Verband war fest, doch das Aufsteigen war dennoch entsetzlich. Immer wieder schwanden Ido die Sinne. Schließlich schaffte er es, aber er würde wohl nicht mehr lange bei Bewusstsein bleiben.

»Setz dich hinter mich, und nimm die Zügel in die Hand.«

Der Junge verstand nicht, stieg aber auf.

»Folge dem roten Stern dort am Horizont, dort ist Westen, dort liegt das Land des Feuers. Wenn es hell wird, wirst du den Thal, einen großen Vulkan, erblicken ... Reite immer weiter auf ihn zu und lass dich nicht davon abbringen.«

San brach in Tränen aus und schluchzte: »Ich kann das nicht allein ...«

»Du musst, San, es geht nicht anders. Reite los«, forderte Ido ihn mit schwacher Stimme auf.

Das Pferd rührte sich nicht. San war wie gelähmt.

»Du schaffst das! Was soll so schwer daran sein, einem roten Stern zu folgen? Morgen weckst du mich auf, und dann nehme ich die Zügel in die Hand. Aber jetzt muss ich schlafen, San, wieder zu Kräften kommen, sonst schaffen wir es nicht.«

Der Junge blickte ihn einen Moment schweigend an und nickte dann. Ein Tritt mit dem Fuß in die Seite des Pferdes, und sie setzten sich endlich in Bewegung.

San weinte immer noch, hielt sich aber gut. Er war wirklich ein tapferer Junge, und bevor er das Bewusstsein verlor, lächelte Ido.

Die Sonne brannte ihm ins Gesicht und riss ihn aus dem Schlaf. Um ihn herum war nur Licht, grell, unerträglich ...

Vielleicht ist dies das Jenseits, von dem die Priester erzählen, und gleich kommt Soana mich abholen ...

Ein heftiger Schmerz in der Brust machte ihm klar, dass er doch nicht tot war, während sein Blick langsam schärfer wurde.

Mit zum Schlitz verengten Auge erkannte er eine Landschaft, die ihm wohlvertraut war: der rauchende Thal geradeaus vor ihm, und ringsumher die Feuerwüste seiner Heimat. Er blickte sich um. San lag vornüber gesunken mit dem Kopf auf Idos Rücken, sein Wams verdreckt und aufgerissen, eine Wange blau geschwollen. An der Hüfte spürte Ido eine seltsame Wärme. Eine Hand des Jungen lag auf seiner Wunde, und ihm war, als sei sie von einem vagen Lichtschein umgeben.

»Guten Morgen ...«, murmelte er.
Wie von der Tarantel gestochen, fuhr San hoch.
»Ich hab nichts Böses getan, ich schwöre es!«
Ido verstand nicht. »Ist doch alles in Ordnung, ich habe nur Guten Morgen gesagt.«
San schaute ihn verwirrt an.
»Eigentlich ist es guter Brauch, den Gruß zu erwidern.«
»Guten ... guten Morgen«, stammelte San verunsichert.
Ido war immer noch zu benommen, und sich Gedanken zu machen über die Geheimnisse, die den Jungen zu umgeben schienen. »Glückwunsch«, sagte er nur, »du hast es geschafft.«
San errötete leicht.
Der Gnom betastete seinen Verband. Er war trocken, das Blut war gestillt, nur ein erneuter Stich im Brustkorb erinnerte ihn an die wahrscheinlich gebrochene Rippe. Doch er musste sich zusammenreißen und jetzt selbst die Zügel in die Hand nehmen.
San stieg ab und setzte sich vor ihn.
Er war recht groß für sein Alter, und sein Haar wies nur einen leichten bläulichen Schimmer auf. Seine Augen jedoch, obwohl von Müdigkeit und Tränen geschwollen, waren genau die seines Vaters. Auch wie die von Nihal. Mit Bestürzung wurde Ido klar, dass San dies gar nicht wissen konnte. Seine Großmutter hatte er nie kennengelernt.
Eine Weile ritten sie schweigend unter der stechenden Sonne des Landes des Feuers dahin. Die drei Jahre, die er nicht mehr hier gewesen war, kamen Ido nun wie Jahrhunderte vor. Obwohl er nur eine kurze Zeitspanne seines Lebens im Land des Feuers verbracht hatte, war dies sein eigentliches Vaterland, das gelobte Land, für das er geblutet hatte und das er doch nicht hatte schützen können. Es barg so viele schmerzliche Erinnerungen für ihn, dass er San dankbar war, als dieser jetzt mit einer Frage das lange Schweigen durchbrach.
»Wohin reiten wir eigentlich?«
»Kennst du die Gegend?«

Der Junge schüttelte den Kopf. »Nein, ich bin nie aus dem Land des Windes hinausgekommen. Mein Vater will ...« Erschrocken schwieg er einen Moment und verbesserte sich dann. »Mein Vater wollte immer zu Hause bleiben.«

»Wir sind im Land des Feuers.«

Ob er überrascht war? Ido wusste es nicht, denn er konnte sein Gesicht nicht sehen.

»Wir reiten zu einem Versteck, wo uns keiner findet. Dort versuche ich wieder zu Kräften zu kommen, und auch du musst dich erholen. Wenn man dich so ansieht ...« Er zögerte einen Moment. »War das ein Faustschlag?«

»Ja. Als ich mit diesem Mann allein war, habe ich alles versucht, um mich zu befreien. Aber er hat mich bewusstlos geschlagen, und einen Zahn habe ich auch verloren.«

Ido wusste nicht, was er sagen sollte. Wie oft schon war er in Situationen gewesen, jemanden trösten zu müssen: junge Ehefrauen, Mütter, Söhne, Freunde, Waffenkameraden. Aber er war nie gut darin gewesen. Angesichts großen Schmerzes fühlte er sich einfach unfähig. »Das bekommen wir schon wieder hin.«

Etwas Banaleres hätte er nicht sagen können. Aber er war eben müde und hatte starke Schmerzen.

»Jedenfalls reiten wir zu den unterirdischen Kanälen.«

»Zu den Kanälen? Wo Nihal damals auch war?« San schien plötzlich neugierig geworden.

Auch aus seinem Mund klang dieser Name, Nihal, genauso, wie wenn andere ihn aussprachen: Es war der Name einer Heldin, einer Legende, nichts anderes.

»Ja, genau die.« San lehnte den Kopf zurück gegen Idos Schulter. Seine Wangen waren jetzt feucht.

»Dass ich mal dorthin kommen würde, hätte ich nie geglaubt. Papa hat mir oft davon erzählt ...«

Erneut schwieg er, und Ido merkte, wie ihm die Worte über die Lippen kamen, ohne dass er es eigentlich wollte. »Glaub mir, San, ich habe alles versucht, um ihn zu retten. Aber es war nichts mehr zu machen. Ich kam zu spät.«

Der Junge richtete sich auf. »Aber du hast ihn noch gesehen?«

»Ja, ich war bei ihm, bis er starb.«

»Und Mama?«

»Deine Mutter war schon tot, als ich kam.«

San legte wieder den Kopf auf Idos Schulter, vergrub das Gesicht im Stoff seines Wamses und begann, heftig zu schluchzen. Ido hätte ihn gern getröstet, ihn umarmt, ihm versichert, wie gut er seinen Schmerz verstehen konnte. Aber es ging nicht, nicht jetzt, dort draußen waren sie noch zu ungeschützt, zunächst musste er sie in Sicherheit bringen.

So legte er ihm nur eine Hand auf die Schulter und drückte sie fest. Auch ihm selbst war zum Heulen zumute.

13

Eine einsame Wanderung

So schnell sie konnte, rannte Dubhe in den dichten Wald hinein. Die Wirkung des Schlafmittels, das sie zubereitet hatte, würde bis zum Morgengrauen anhalten, und in dieser Zeit musste sie versuchen, einen möglichst großen Vorsprung gegenüber ihren Verfolgern herauszuholen.

Immer noch fühlte sie sich nicht ganz bei Kräften, ihre Beine waren noch schwach, ihr Atem kurz. Und doch jubelte sie innerlich. Seit Ewigkeiten hatte sie sich schon nicht mehr so erleichtert gefühlt. Ihr Entschluss, aus Wut und Verzweiflung geboren, schien nun plötzlich alles verändert zu haben. Sie fühlte sich so frei wie vielleicht noch nie in ihrem Leben. Die Bestie, ihr drohendes Schicksal, auch der Tod, waren jetzt weit entfernt. Bevor vielleicht alles aus war, wollte sie versuchen, noch etwas Großes zu vollbringen, das ihrem Leben und ihrer Flucht einen Sinn geben konnte.

Erst als der Morgen schon fast vorüber war, machte sie halt, um ihren Durst zu stillen. Gierig trank sie aus der Feldflasche und stand dann, nach vorn gebeugt, die Hände auf die Knie gestützt, da und versuchte, zu Atem zu kommen. Dabei fiel ihr auf, dass der Wald ringsum nicht mehr feindselig schwieg: Vielleicht würden die Geister ihr nun helfen, den richtigen Weg zu finden.

Plötzlich spürte sie, wie sich ihr Bauch zusammenkrampfte. Die Bestie meldete sich und verlangte nach ihrem Mittel, nicht verwunderlich, denn lange schon hatte Dubhe keinen

Schluck mehr genommen. Sie griff zu dem Fläschchen, das Lonerin ihr gegeben hatte. Ein bedrückendes Gefühl, dieses Fläschchen war das Letzte, was ihr von dem Freund geblieben war. Eine Hinterlassenschaft, kostbar und traurig zugleich.

Obwohl er ihr so entsetzlich fehlte, erinnerte sie sich seltsamerweise, wenn sie an ihn dachte, immer nur an diesen letzten Moment, als er den Steilhang hinunterstürzte, so als habe dieses Bild alles andere ausgelöscht. Der Hass, den sie da in seinen Augen gesehen hatte, war tief und unversöhnlich, und obwohl sie über einen Monat mit ihm unterwegs gewesen war, merkte Dubhe, dass sie ihn nicht richtig kannte. Im Grund war er ein Geheimnis für sie geblieben. Gern hätte sie ihn besser verstanden und ihm auch mehr von sich selbst erzählt, doch zu früh hatte der Tod sie getrennt. Für immer.

Wie bei meinem Meister, dachte sie zu ihrer eigenen Überraschung.

Sie riss sich aus ihren Gedanken. Es war zweifelhaft, ob ihr diese geringe Menge des Mittels reichen würde, bis sie vielleicht zu Sennar gelangte, doch sie musste es schaffen, egal wie.

Lonerins Worte kamen ihr in den Sinn, die er zu Beginn der Reise zu ihr gesagt hatte, und plötzlich klangen sie so streng wie ein Befehl.

›Ich habe eine Mission zu erfüllen, von der das Leben sehr vieler Menschen abhängt. Dafür bin ich bereit, alles zu geben. Dass es schiefgehen, dass ich auch scheitern könnte, daran denke ich überhaupt nicht. Nicht zuletzt, weil das den Erfolg gefährdet.‹

Als sie wieder zu der Stelle kam, wo Lonerin abgestürzt war, krampfte sich ihr Herz in der Brust zusammen. Sofort machte sie sich fieberhaft daran, nach Spuren von ihm zu suchen: einem Fetzen seiner Kleidung vielleicht, einem Zeichen, irgendetwas, das ihre Hoffnung wieder neu entfachen könnte. Doch sie fand nichts, so als habe die Erde ihn vergessen.

Als sie sich zögernd vorbeugte und die Steilwand hinunterlugte, hatte sie wieder Lonerins selbstsicheres Lächeln vor Augen. Es war geradezu heroisch, wie er in den Tod gegangen war.

Unter ihr toste das Wasser, doch von ihrem Gefährten auch hier keine Spur. Plötzlich fühlte sie sich sehr allein und wusste auch nicht, wohin sie sich wenden sollte, denn ihr fehlte jetzt die von Ido gezeichnete Karte. Die hatte Lonerin bei sich getragen, in seinem Wams, hatte sie mit in den Tod genommen. Ganz grob konnte sich Dubhe zwar an die Zeichnung erinnern, an Einzelheiten jedoch nicht. In welche Richtung ging es nun weiter? Immer noch schwer atmend blickte sie sich um. Bei dem Gedanken, dass Rekla ihr schon auf den Fersen war, kam sie sich wie in einer Falle vor. Diese Frau würde alles daran setzen, sie wieder in die Finger zu bekommen und ihr die Schmach heimzuzahlen.

Immer mutloser wurde sie. Zu früh hatte sie sich von der Begeisterung packen lassen und wusste jetzt schon nicht mehr weiter. Reglos saß sie am Rand des Abgrunds, unfähig aufzustehen, und fühlte sich genauso wie damals, als ihr Meister gestorben war. Ganz allein konnte sie es nicht schaffen. Ganz allein konnte sie wieder nur kriechend und vegetierend dem traurigen Weg folgen, den ihr das Schicksal vorgab.

Sie dachte zurück an die letzten gemeinsamen Momente mit Lonerin, wie er über die Karte gebeugt dagesessen hatte, dann das Geräusch seiner Schritte im Gras, als er sich ein wenig entfernt hatte, um sich die Steilwand anzusehen, die er dann hinunterstürzen sollte.

›Dort drüben kommen wir wohl nicht weiter. Da müsste ein steiler Abbruch sein, ich denke, wir werden uns einen anderen Weg suchen müssen …‹

Diese Worte hörte sie so deutlich, als stehe Lonerin gleich hinter ihr und wiederhole sie noch einmal.

Einen anderen Weg? Aber welchen bloß? Und wohin?

In die Berge. In diese Richtung hatten sie sich bewegt. Das

Gelände war steiniger, hügeliger geworden. Und dann der Abgrund.

Deutlich erinnerte sie sich nun wieder, dass Lonerin eine Weile zuvor von unterirdischen Wegen gesprochen hatte, von tief eingeschnittenen Schluchten durch das Gebirge, die ihnen Umwege oder Klettereien ersparen würden. Fand sie diese Abkürzungen, umso besser, andernfalls würde sie eben klettern müssen. Aber aufhalten lassen durfte sie sich nicht. Das ging nicht.

Zornig wischte sie sich die Tränen aus den Augen und stand auf. Vor ihr lag ein Weg, der keine Hoffnung machte, aber manchmal musste man sogar darauf verzichten.

Als Rekla die Steine in ihrer Tasche fand, war ihr immer noch ein wenig schwindlig. Ein Stück weiter sah sie die zerschnittenen Fesseln und daneben eine Glasscherbe, die im Gras glitzerte. Es war nicht zu fassen. Wieder war ihr das Mädchen entwischt, und Thenaar würde nie mehr das Wort an sie richten. Sie würde allein sein, ohne Beistand, so wie damals, als sie noch ein kleines Mädchen war.

Mit einem Tritt stieß sie die Flasche mit dem Schlafmittel um, die Dubhe ihr vor die Nase gestellt hatte, und stand auf. Sie kannte es gut, dieses Gebräu, selbst der unerfahrenste Assassine wusste es herzustellen. Die Flüssigkeit ergoss sich über den Boden, und Dämpfe stiegen auf.

Filla lehnte an einem Baumstamm und atmete schwer. Obwohl weiter entfernt von der Flasche, hatte das Schlafmittel bei ihm intensiver gewirkt, und er hatte Mühe, vollkommen zu sich zu kommen. Als er jedoch zu Rekla aufsah, erkannte sie in seinen Augen Schuldgefühle, die ihre Wut noch steigerten.

»Das haben wir alles nur dir zu verdanken«, zischte sie.

Ohne etwas zu erwidern, schaute er weiter zu ihr auf mit dem Blick eines Menschen, der eine Strafe erwartet und sich auch nichts anderes wünscht, als bestraft zu werden.

»Erstens hast du die Glasscherbe übersehen, und zweitens

hast du nicht darauf geachtet, ob sie auch wirklich trinkt, als du ihr den Trank gabst.«

»Ja«, antwortete Filla nur, fast erleichtert.

Da stürzte sich Rekla auf ihn und begann, wie wild auf ihn einzuschlagen. Das brauchte sie jetzt, den berauschenden Geruch von Blut in der Nase.

Widerstandslos steckte Filla alle Faustschläge und Tritte ein. Rekla hatte recht, es war seine Schuld und die Strafe verdient. Aber es war nicht nur das Verlangen zu büßen, das ihn bewegte. Nein, Rekla brauchte jetzt einfach jemanden, an dem sie ihren Zorn und ihr Enttäuschung auslassen konnte, und Filla freute sich, als das Werkzeug dienen zu dürfen, durch das seine Herrin ihren Frieden wiederfinden würde.

Endlich ließ Rekla von ihm ab und setzte sich zu Boden. Als sie in sein geschwollenes Gesicht blickte, überkam sie große Genugtuung. »Steh auf!«, befahl sie ihm.

Er gehorchte, erhob sich wankend und schaffte es, auf den Beinen zu bleiben. Voller Zuneigung und Mitgefühl sah er sie an.

»Jetzt setzen wir ihr nach und rasten nicht eher, bis wir sie gefunden haben. Es wird nichts gegessen, nichts getrunken, nur gelaufen«, erklärte Rekla.

Filla nickte.

»Und wenn du mir zur Last wirst, lasse ich dich zurück.«

»Das versteht sich, die Aufgabe ist wichtiger als meine Person«, antwortete er mit zitternder Stimme. Er wusste, dass Rekla es ernst meinte, und fürchtete sich davor.

Noch einen Augenblick sah sie ihn an und kümmerte sich dann noch einmal um ihre Tasche.

Der Trank für die ewige Jugend war verloren. Nur wenige Tage würde es dauern, bis Falten ihr Gesicht verunstalten und die Haut um ihre Knochen runzelig würde. Sie ballte die Fäuste vor Wut über diesen weiteren Affront des Mädchens. Doch letztlich kam es darauf jetzt nicht mehr an: Ihr Glaube würde sie stützen und ihr Halt geben, bis dieses Mädchen endgültig vor ihr im Staub lag.

Drei Tag lang zog Dubhe weiter, ohne genau zu wissen, ob die Richtung stimmte. Sie rastete kaum, bis auf wenige Stunden in der Nacht, in denen sie aber auch wachsam blieb und die Hand nicht vom Dolch nahm.

Dabei versuchte sie, dem Lauf der Sonne hoch über ihr zu folgen, sah vor sich aber nur die Lichtinseln, die ihre Strahlen durch das dichte Blattwerk der Baumkronen hindurch auf den Waldboden warfen.

Sie musste sich in westlicher Richtung halten, im Westen lagen die Berge, und sie verließ den Flusslauf, als sie zum ersten Mal deren Umrisse am Horizont vor sich erkannte.

Mit jedem Tag jedoch schwanden ihre Hoffnungen, wusste sie doch immer weniger, wo sie sich überhaupt befand. War es Schicksal, dass ihre Pläne nie aufgingen, ihre Wünsche sich nie erfüllten?

Der Wald hinter ihr schwieg wieder, so als mache er sich nichts aus ihrem Leid und warte geduldig, dass ihre Reise endete. An fleischfressenden Pflanzen, weinenden Masken ähnlich, streifte sie entlang, verschlungenes Astwerk versperrte ihr den Weg, doch Dubhe spürte keine Gefahr. Und sie, die eigentlich an keinen Gott und kein Jenseits glaubte, fragte sich, ob diese Pflanzen vielleicht die Seelen Verstorbener waren. Für Dubhe trug die Religion nur das heimtückische Antlitz Thenaars, und diesem blutrünstigen Gott mochte sie sich nicht beugen. Sie dachte an Lonerin, und wie schön es wäre, wenn sich seine Seele in den Dunst verwandelt hätte, der sie umgab, sodass er, und sei es auch nur für einen Augenblick, hätte bei ihr sein können. Und wieder traten ihr Tränen in die Augen.

Warum verlassen mich die Menschen, die ich liebe? Wo ist der Meister, wo ist Lonerin?

Zwei weitere nicht enden wollende Tage lang suchte sie den Eingang zu den Schluchten. Kreuz und quer wanderte sie, untersuchte jeden Einschnitt, jede Höhle. Sie war verzweifelt. Zum ersten Mal in ihrem Leben versuchte sie, etwas wirklich Wichtiges, Großes zustande zu bringen, doch je mehr Zeit verging, desto klarer wurde ihr, dass sie der Aufgabe wohl nicht gewachsen war.

Umso mehr jubelte sie, als sie schließlich doch zu einer hohen Felswand gelangte, die senkrecht von einem breiten Spalt durchzogen war. Und das, obwohl sie nicht wusste, ob dies nun wirklich der Eingang oder nur eine Sackgasse war. Aber sie brauchte es einfach, daran zu glauben. Ohne lange zu überlegen und mit einem unpassenden Lächeln auf den Lippen, zwängte sie sich hinein.

Es war eine Schlucht, aber so gewaltig, wie Dubhe auch im Land der Felsen noch keine gesehen hatte. Die Wände zu beiden Seiten waren mindestens hundert Ellen hoch und ragten so dicht beieinander auf, dass zwei Personen nicht nebeneinander hindurchgepasst hätten. Manchmal musste sich Dubhe seitlich hindurchschieben, andere Male in düstere Gänge zwängen, ohne zu wissen, ob sie jemals wieder das Tageslicht sehen würde. Nur an den breitesten Stellen – und bloß zur Mittagszeit – konnte sie kurz die Sonne sehen. Den Rest des Tages über lag die Klamm in einem unwirklichen Dämmerlicht, in dem Dubhe kaum wusste, wohin sie die Füße setzen sollte.

Es dauerte keine zwei Tage, bis sie vollkommen die Orientierung verloren hatte. Der Weg durch die Schlucht verzweigte sich immer wieder, und die Höhlen, die sie durchquerte, verliefen niemals gerade, sondern waren voller Einschnitte und Biegungen. An den ersten Verzweigungen hatte sie noch verweilt, um sich zu orientieren und einzuprägen, wie es dort aussah. Aber das war schwierig. Am Boden nur glitschige Steine und ringsum Fels. Und Stille.

Dennoch drang sie weiter vor, verdrängte die Erschöpfung, vor allem der Beine, die sie bald nicht mehr tragen wollten. Wo sie jetzt auf eine Verzweigung stieß, entschied sie sich zufällig, instinktiv für eine Richtung, denn an etwaige Hinweise auf Idos Karte erinnerte sie sich nun überhaupt nicht mehr.

Irgendwann wurde der Fels, an dem sie entlangstreifte,

immer kälter und dunkler. Vielfach war er mit Moos bewachsen, ein Zeichen, dass im Winter wohl ein Wasserlauf durch die Schlucht schoss. Zudem war es unnatürlich still, und der einzige Laut neben ihrem schweren Atem entstand durch die Steine, die immer wieder aus der Wand brachen und in die Senke hinunterpolterten.

Dann kam sie auf die Idee, sich mit bestimmten Kräutern, die sie Rekla abgenommen hatte, sowie einem Feuereisen ganz einfache Fackeln zu basteln, um sich in den Höhlenabschnitten besser orientieren zu können. Dazu riss sie sich einen Stoffstreifen von ihrem Umhang ab, rollte ihn um einen ihrer Pfeile und zündete das Ganze an. Dabei überkam sie jedes Mal, wenn sie sich wieder in eine Höhle zwängte, das Gefühl, in den Bau der Gilde hinabzusteigen. Dann rührte sich die Bestie in ihrem Innern, und fast war ihr, als könne sie Thenaars Hand in ihrem Nacken spüren.

An einem Tag geschah es, dass die Höhle, die sie gerade durchquerte, viel länger war, als sie erwartet hatte, sodass sie einen vollen Tag unterirdisch weiterziehen musste. An einer Verzweigung entschied sie sich für einen Gang, der sich dann als Sackgasse entpuppte. Und während sie zurückhastete, fürchtete sie schon, den Hauptdurchgang nicht mehr zu finden, von dem sie abgebogen war. In diesem Loch sah aber auch alles so verdammt gleich aus … Die Haupthalle der Höhle aber war voller prächtiger Kalkgebilde. Unzählige Stalaktiten hingen von der Decke, manche so breit wie Säulen, andere wie ein Pfeil so schmal. Einige berührten auch die Stalagmiten, die vom Boden aufragten, und diese ganze Wunderwelt glitzerte im Schein von Dubhes Fackel. Es war ein magischer Ort, der Klang des Wassers, das diese Gebilde formte, war klar und rein.

Zunächst verzaubert, dann immer ratloser, schaute Dubhe sich um. Es war kein Ausgang zu sehen. Vielleicht saß sie fest an diesem Ort ohne Tageslicht, ohne Pflanzen oder Tiere, von denen sie sich hätte ernähren können. Vielleicht musste sie dort bis in alle Ewigkeit umherstreifen, ohne einen Ausgang zu finden.

Das ist die Geschichte meines Lebens, die erfolglose Suche nach einem Ausweg, sagte sie sich, und aus irgendeinem Grund musste sie lachen, ein nervöses, verzweifeltes Lachen, das von einer Wand zur anderen hallte und vom Echo in ein Weinen verwandelt wurde.

Lonerin, wo bist du …?

Da riss ein dumpfes Beben sie aus diesen Gedanken. Sie lauschte. Was konnte das sein? Es hörte sich an wie ein düsteres, unterirdisches Brummen. Sie schaute hin und her und versuchte, etwas in der Finsternis außerhalb des Lichtkegels ihrer behelfsmäßigen Fackel zu erkennen. Nichts. Konnte es sein, dass Rekla sie bereits eingeholt hatte? Obwohl es sich nicht nach Schritten anhörte, geriet Dubhe in Panik und bewegte sich immer hektischer und tastete sich umständlich vorwärts ins Dunkel der Höhle hinein. Nicht lange, und sie bemerkte ein mattes Licht in der Ferne.

Der Ausgang!

Sie begann zu laufen und spürte dabei, wie der Boden unter ihren Füßen vibrierte. Gelang es ihr, aus der Schlucht hinauszufinden, gab es doch noch Hoffnung, zu Sennar zu gelangen. Das Licht vor ihr wurde immer stärker und war nun schon so hell, dass Dubhe die Augen schloss in der Erwartung, bald schon das wärmende Gefühl der Sonne auf ihrer Haut zu spüren. Doch stattdessen erschauderte sie.

Sie öffnete die Augen, und was sie nun sah, ließ sie staunend verharren. Ein Wasserfall, dessen klares Wasser die Felswand hinabstürzte und sich in einen kleinen See auf dem Grund der Höhle ergoss. Überall waren gigantische Kristalle, die durchscheinend, gelb oder blau das Fackellicht reflektierten und wie mit unzähligen großen und kleinen Spiegeln den immensen Raum erhellten. Das Ganze war von einer beeindruckenden Schönheit, schien aber auch wieder eine Sackgasse zu sein. Sie suchte und suchte, doch nirgendwo konnte sie einen Ausgang erkennen.

Dies war nun wirklich das Ende, der letzte Akt ihres Abenteuers. Hier an diesem Ort von atemberaubender Schönheit würde sie sterben, einsam und vergessen. Sie ließ die Fackeln zu Boden fallen, ballte die Fäuste und brach in haltloses Weinen aus.

»Und dennoch werde ich niemals dir gehören, verstanden?!«, schrie sie zum Höhlengewölbe hinauf, und das laute Echo verstärkte ihre Stimme. »Niemals, Thenaar, werde ich dir gehören und auch nach dem Tod nicht in dein verfluchtes Reich hinabsteigen!«

Während sie so in einer Ecke der Grotte saß und nicht mehr wusste, was sie tun sollte, überkam sie plötzlich das Verlangen, ein Bad zu nehmen. Hin und wieder war das dumpfe Geräusch wiedergekehrt, und jedes Mal dachte Dubhe wieder, dass es vielleicht Rekla sei. Dann hätte sie der Bestie in ihr freien Lauf gelassen und wäre ihr entgegengetreten. Jetzt aber hatte sie nur den Wunsch, sich zu reinigen, ins Wasser einzutauchen, so wie früher im Land der Sonne bei ihrer Dunklen Quelle. War sie damals von einem Einbruch zurückkehrte, hatte sie sich von dem eiskalten Wasser erfrischen und reinigen lassen, sodass sie sich danach wie neugeboren fühlte. Und da nun nichts weiter mehr als der Tod vor ihr lag, war sie erfüllt von dem Verlangen, dies ein letztes Mal zu tun.

Langsam stand sie auf und bewegte sich mit leichten Schritten zum Wasser hin, wobei sie das Gefühl hatte, der Wasserfall rufe nach ihr.

Am Rand des Teiches blieb sie stehen und betrachtete das Wasser, das so dunkel wirkte wie an ihrer Quelle. Ein paar Ellen weit sah sie, wie klar es war, dahinter aber verlor es sich in der Finsternis, einer Finsternis, deren Undurchdringlichkeit Dubhe jetzt faszinierte.

Gerade so wie einige Tage zuvor an dem Bach, zu dem Filla sie geführt hatte, um ihre Wunden zu säubern, kniete sie nieder und tauchte den Kopf unter. Als sie die Augen wieder öffnete, sah sie nur ihre immer noch kurzen Haare, die sich vor ihrer Stirn hin und her wiegten. Die Finsternis unter ihr rief sie.

Und so ließ sie sich einfach fallen. Sanft glitt ihr Körper ins Wasser, löste nur ein paar kleine Wellen aus und sank immer tiefer der Finsternis entgegen. Sie ruderte mit den Beinen, um noch tiefer zu gelangen, und hielt dann inne. Das Wasser war so entsetzlich kalt, dass ihr Körper erstarrte. Dubhe störte es nicht, sie fühlte sich im Einklang mit sich selbst, und immer einladender kam ihr die Dunkelheit vor: Gleichzeitig wusste sie, dass dieser Gedanke ausreichte, um die Bestie zu wecken. Fast unbezähmbar war der Drang, Arme und Beine zu bewegen, um nicht unterzugehen, das Aufbäumen der Bestie, die verhindern wollte, dass ihr Körper langsam dem Tod entgegensank. Mit letzter Willensanstrengung stemmte sie sich dagegen. Immer tiefer sank sie, das Gewicht der Waffen, die sie mit sich führte, und ihrer Kleider zog sie hinab. Da spürte sie eine Umarmung, warm und sicher, und hatte nicht den Mut, sich zu sträuben und sich ihr zu entziehen. Stattdessen gab sie sich dieser Umarmung hin, die ihr einige Augenblicke lang unglaublich vertraut vorkam.

Es ist der Meister, der mich empfängt, dachte sie.

Doch nun sank sie nicht mehr, sondern stieg langsam wieder auf, spürte, dass der Druck auf den Ohren abnahm und das Wasser wieder wärmer wurde. Immer höher gelangte sie, und dann war sie draußen. Ein tiefer Atemzug, und sogleich füllte die Luft ihre Lungen. Es schmerzte, war aber auch ein schönes Gefühl. Dann merkte sie, dass sie ans Ufer gezogen wurde, und hörte gleichzeitig eine Stimme, die sie ganz unerwartet ansprach.

»Alles in Ordnung?«

Es war ein vertrauter Klang, eine besorgte Stimme, die sie kannte, und sie zu hören, ließ ihr Herz aussetzen. Als sie die Augen öffnete, sah sie, dass sie sich nicht getäuscht hatte.

14

Begegnungen

So bleibt doch stehen, Herrin!«

Rekla achtete nicht auf Fillas Rufen und lief weiter ungerührt mit gebeugtem Rücken, manchmal unsicherem Schritt, vor ihm her durch die Schlucht. Zweimal war sie bereits gestürzt, seit sie zwischen den hohen Felswänden unterwegs waren, und beim zweiten Mal hatte sie sich die Unterlippe aufgerissen.

»Herrin!«

Filla ergriff ihr Handgelenk und hielt sie fest. Dabei spürte er ihre zerbrechlichen Knochen, ihre runzelige Haut, und eine unendliche Traurigkeit überkam ihn.

»Fass mich nicht an!«, keifte sie und versuchte, sich loszumachen.

Reklas Aussehen entsprach nun dem einer über siebzigjährigen Frau, ihrem wahren Lebensalter. Von unten herauf schien das Alter sie zu überfallen zu haben, und es hatte etwas Groteskes und gleichzeitig Tragisches, wie ihr Kopf auf diesem zerfallenden Leib saß. Dabei war ihr Gesicht jetzt nur noch unmerklich jünger, die Falten kletterten bereits den Hals hinauf und ließen ihn runzelig wie einen verschrumpelten Apfel ausschauen, während ihre Haut jeglichen Glanz verloren hatte. Ihre Wangen waren eingefallen, ihr Blick trüb, und ihre Haare waren bloß zur Kopfhaut hin noch blond, an den Spitzen aber schon weiß.

Mit Gewalt hielt Filla sie nun fest, indem er mit beiden

Händen ihre Hüften umfasste. »Ihr müsst Euch ausruhen, Herrin, oder Ihr werdet keine Kraft mehr haben, wenn es zum Kampf kommt.«

Obwohl das Alter Rekla so umbarmherzig überfallen hatte, fand Filla sie immer noch faszinierend, und ihr Leid machte sie nur noch begehrenswerter für ihn. Er war ihr Schüler gewesen, war an ihrer Seite groß geworden, ohne sie im Geringsten altern zu sehen, und aus der Bewunderung, die er als Knabe für sie hegte, war mit der Zeit Verehrung geworden. Mehr noch für sie als für Thenaar war er bereit, sein Leben hinzugeben.

»Niemals wird mir die Kraft fehlen, meinem Gott zu dienen«, erwiderte Rekla zornig.

Sie versuchte, sich freizumachen, doch Filla ließ es nicht zu. Dabei war sie für ihr Alter immer noch unerwartet stark, wahrscheinlich dank der täglichen Übungen, die sie nie versäumt hatte.

»Wenn Ihr Euch weiter so verausgabt, bringt Ihr Euch selbst um, noch bevor wir sie gefunden haben. Und wem wäre damit gedient?«

»Du kannst das nicht verstehen, niemand kann das verstehen«, zischte Rekla mit fiebrigen Augen. »Ich bin anders als alle anderen. Nur Thenaar kennt mich. Für ihn muss ich weiter, für ihn darf ich nicht rasten, und wenn ich sterbe bei dem Bemühen, ihm treu zu dienen, wird das ein guter Tod sein.«

»Ich verstehe Euer Verlangen und weiß, dass Thenaars Schweigen Euch zu schaffen macht«, sagte Filla, während er ihr in die Augen sah.

Einen Moment war Rekla sprachlos. Das war noch niemals vorgekommen, dass jemand den wahren Grund ihres Schmerzes erkannte. »Wag es nicht, dich auf meine Stufe zu stellen! Niemals!«, rief sie dann aber empört und versetzte ihm eine Ohrfeige.

Ohne auch nur einen Schritt zurückzuweichen, blickte er sie weiter an. »Thenaar will Euren Dienst, nicht Euren Tod. Und sein Wohlwollen werdet Ihr nicht zurückerobern, indem Ihr bei der Verfolgung dieses Mädchens ums Leben kommt. Ihr müsst leben, um ihm dienen zu können.«

Rekla ballte die Fäuste und senkte den Blick. Schwer atmend stand sie da, und Filla merkte, dass sie am lieben losgeheult hätte, sich vor ihm aber nicht gehen lassen konnte.

»Lasst mich die Führung übernehmen«, sagte er da, mit unerwartetem Schwung in der Stimme.

Sie blickte in verwundert an.

»Ich werde an Eurer Stelle führen, meine Beine werden Eure Beine sein, und ich werde schnell sein, schneller als Ihr es bisher sein konntet. Doch nun rastet, ich flehe Euch an.«

Für einen Moment leuchtete so etwas wie Dankbarkeit in Reklas blauen Augen auf. Doch gleich darauf verhärteten sich wieder ihre Züge. »Für so schwach hältst du mich also? Für eine müde Greisin, eine Larve, die zu nichts mehr taugt?« In ihrer Verzweiflung hatte Rekla die Worte geschrien, die nun von den steilen Wänden der Schlucht widerhallten. Ein Stein löste sich oben am Kamm, stürzte herab und rollte bis zu ihren Füßen. Keiner der beiden rührte sich.

»Ich möchte Euch doch nur helfen. Durch hinterlistigen Betrug seid ihr in diesen Zustand geraten. Mit meinem Körper kann ich es Euch ermöglichen, Euch das zurückzuholen, was Euch genommen wurde.«

Filla spürte, dass sein Herz raste. Eine Weile, die ihm endlos lange vorkam, stand Rekla schweigend vor ihm, so als hätten seine Worte sie nicht im Mindesten berührt. Doch schließlich deutete sie ein Lächeln an, kurz, aber fast verständnisvoll.

»Meinetwegen. Aber bitte mich nicht, zurückzubleiben und auf dich zu warten. Das könnte ich nicht.«

Filla verzichtete darauf, seiner Freude Ausdruck zu geben, verneigte sich nur tief und antwortete: »Ich weiß, Herrin, ich weiß.«

Ein paarmal kniff Dubhe die Augen zusammen, um sich aus der Dunkelheit zu lösen. Sie war zutiefst verwirrt.

»Kannst du mir mal sagen, was du da vorhattest?«

Sie schrak auf. Ja, diese Stimme hätte sie unter Tausenden wiedererkannt. Er war es. Das Wams zerrissen, wo Reklas Dolch ihn verletzt hatte, das Gesicht vielleicht noch dünner und blasser, die grünen Augen wach und voller Leben.

»Bist du in Ordnung?« Lonerin kam näher an sie heran, um sie genauer zu betrachten, und erst jetzt warf sich ihm Dubhe an den Hals, vergaß ihre von der Eiseskälte klammen Knochen und die Angst, die sie eben noch dazu getrieben hatte, ins Wasser zu gehen. Sie konnte es nicht fassen. Lonerin lebte, war hier, bei ihr, und mit einem Mal war das Gefühl der Einsamkeit, das sie all die letzten Tage gequält hatte, völlig verschwunden. Noch nie im Leben war sie so glücklich gewesen.

»Langsam«, murmelte er, aber sie hörte ihn gar nicht, drückte ihn nur noch fester an sich. Seine Haut roch so vertraut, und erst in diesem Moment, in dem sie noch einmal mit Genuss tief einatmete, wurde Dubhe bewusst, wie sehr sie diesen Geruch vermisst hatte.

Auch Lonerin drückte sie jetzt ganz fest, fast verzweifelt an sich. Wie sehr hatte er auf diesen Moment gehofft. Wie sehr hatte sie ihm gefehlt. Jetzt erst passte wieder alles zusammen.

So sanken sie beide, überwältigt von der Erleichterung und der Freude, sich wiederzuhaben, umschlungen am felsigen Teichufer nieder.

Dubhe hob den Kopf und betrachtete mit glänzenden Augen das Gesicht des Freundes. Immer noch konnte sie dieses Geschenk nicht fassen. Es war ein Wunder, ein fantastisches Wunder: Lonerin lebte und lag jetzt in ihren Armen, so als wenn ihm gar nichts zugestoßen wäre. Jetzt blickte er ihr einen Moment tief in die Augen, kam dann ganz nahe an sie heran und küsste sie voller Hingabe.

Dubhe stockte der Atem und sie erstarrte.

Und sofort fühlte sie sich mitgerissen von einem Taumel der Gefühle. Ganz lebhaft stand ihr plötzlich das Bild ihres

Meisters vor Augen, so als wenn noch nicht einmal ein Tag seit jener einen Nacht vor fast fünf Jahren vergangen wäre. Sie war vollkommen verwirrt, wusste nicht mehr, wo sie war und wessen Hände das waren, die so sanft ihr Gesicht streichelten. Und doch gab sie sich dieser Zärtlichkeit hin: Es war richtig so, das wusste sie, im Grund wünschte sie sich nichts anderes. Sie erwiderte den unerwarteten Kuss und war selbst überrascht, dass sie dazu in der Lage war und mit welcher Sicherheit sie das tat. Traurig und glücklich zugleich fühlte sie sich, schwankend zwischen Vergangenheit und Gegenwart wie nie zuvor. Lonerin raunte ihr Worte ins Ohr, die sie nicht verstand und sie doch sanft berührten. Jeden Widerstand aufgebend, ließ sich von seiner Leidenschaft mitreißen. Es war so, wie sie es sich immer erträumt hatte, als ihr Meister noch lebte, und wie sie es sich auch später nach seinem Tod noch erhofft hatte, wenn sie die Sehnsucht nach Zärtlichkeit überkam, das Verlangen eines erblühten Mädchens, das nie hatte Kind sein dürfen.

»Ich liebe dich«, flüsterte er.

Dubhe öffnete die Augen, unsicher, ob sie diese Worte richtig verstanden hatte. Im Halbdunkel der Höhle sah Lonerins Gesicht jetzt tatsächlich so wie das ihres Meisters aus. Sein Atem roch nach Meer, und Dubhe fiel das Häuschen am Ozean wieder ein, wenn die Dachbalken im Sturm geächzt hatten. Lonerins Stimme war wie die Brandung, und immer mehr Erinnerungen überkamen sie.

Meister …

Erst in diesem Augenblick fragte sie sich, ob es nicht doch falsch war, worauf sie sich einließ. Aber nun gab es kein Zurück mehr, die Verwandlung war vollzogen und alles so, wie es hätte sein sollen.

Als ihr eine Träne über die Wange lief, trocknete Lonerin sie sanft mit dem Handrücken.

»Nicht weinen …«

Sie schüttelte den Kopf, das Meeresrauschen in den Ohren und das Bild des Meisters vor Augen.

Als es geschehen war, kam ihr die Welt still und gedämpft vor. War dies nun die Liebe, die sie nie kennengelernt hatte? War es das, was geschah, wenn Mann und Frau einander so tief begegneten? Wie ein Traum kam ihr das alles vor, ein Traum, aus dem sie nie wieder erwachen wollte. Denn sie wusste, dass die Rückkehr in die Wirklichkeit hart werden und sie beim Aufwachen Dinge erkennen würde, die ihr nicht gefallen konnten. Aber sie war jetzt nicht mehr allein, nun gehörte sie zu jemandem, und Lonerins so süße, tröstende Küsse waren der beste Beweis dafür. War es nicht genau das, was sie sich nach dem Tod ihres Meisters immer gewünscht hatte?

Dubhe setzte sich auf und strich sanft über die Verbände, die sich Lonerin selbst angelegt hatten. Einen an der Schulter, mit einigen Blutflecken, den anderen um den Unterleib herum.

»Die Wunden sind sicher noch nicht verheilt, vielleicht muss man sie nähen …«, murmelte sie.

Sie drehte sich um und blickte in eine so gelöste, heitere Miene, wie sie sie noch nie bei ihm gesehen hatte.

»Halb so wild. Die Wunden sind nicht so tief, wie man meinen könnte«, erklärte Lonerin.

Sie gab nichts darauf, stand auf und nahm, was sie brauchte, von den Utensilien, die sie Rekla entwendet hatte, und kehrte zu ihm zurück. Er lächelte sie an.

»Was ist denn?«, fragte Dubhe verwirrt.

»Du bist so … wunderschön.«

Dubhe errötete. Es war ihr unangenehm und peinlich, als läge etwas entsetzlich Falsches in dieser Situation, und so wandte sie sich rasch den Dingen zu, die sie zu tun hatte.

Sie stellte eine Reihe kleiner Gefäße mit Kräutern vor Lonerin hin und nahm Nadel und Faden zur Hand.

»Du willst mich doch wohl nicht nähen«, rief Lonerin und die Augenbrauen hoch.

»Doch. Wenn es sein muss.«

»Muss es aber nicht«, erwiderte Lonerin, während er ein

Fläschchen aus einer Hosentasche hervorholte und es ihr vor die Nase hielt. »Erkennst du das?«, fragte er lächelnd.

»Ambrosia …«

»Genau. Damit habe ich mich kuriert. Ohne dieses Wundermittel wäre ich längst tot.«

Dubhe ließ sich nicht überzeugen, hörte nicht auf seine Einwände und löste behutsam die Verbände, bis die beiden Wunden freilagen. Sie waren tatsächlich schon gut verheilt in Anbetracht dessen, wie sie ausgesehen haben mussten. Dennoch erkannte man noch die ein oder andere offene Stelle, die im Halbdunkel der Höhle glitzerte.

»Was meinst du? Habe ich meine Sache als Heilpriester nicht gut gemacht?«

»Hier aber nicht«, erwiderte sie und tippte neben eine Stelle, die noch nicht verheilt war. Sofort zuckte er zusammen.

»Was für ein Glück, dass unter mir der Fluss war. Glaub mir, als Rekla auf mich zukam, geriet ich wirklich in Panik, weil ich glaubte, dass es um mich geschehen sei.«

Lonerin suchte ihren Blick, doch Dubhe nähte ruhig weiter und hörte gedankenverloren zu.

»Ich weiß nicht, wie Rekla es geschafft hat, sich aus meinem Griff zu befreien«, erzählte er weiter, »ich erinnere mich nur noch, dass sie sich an den Rand der Steilwand klammerte und ich mich an ihrem Knöchel festhielt. Dann entglitt er mir, und ich bin abgestürzt. Es dauerte eine Ewigkeit, bis ich auf der Wasseroberfläche aufschlug, und du kannst dir nicht vorstellen, wie schmerzhaft dieser Aufprall war. Einige Augenblicke war ich wohl bewusstlos, und als ich dann wieder zu mir kam, verstand ich gar nichts mehr, sah nur das Blau des Wassers, das mich vollkommen einschloss. Vor allem wusste ich nicht mehr, wo oben und unten war, aber irgendwie bin ich dann doch wieder aufgetaucht. Ich hatte furchtbare Schmerzen. Mit letzten Kräften habe ich mich an einen Fels geklammert, der aus dem Wasser ragte, und ließ mich dann nach einer Weile ans Ufer treiben. Ich kletterte hinaus und lag nur noch erschöpft auf den Steinen, bis ich irgendwann wieder das Bewusstsein verlor. Glaub mir, ich war mit meinen Kräften völlig am Ende.«

Dubhe biss den Faden durch und legte dann einen Finger auf die letzte Naht, die nur aus ein paar Stichen bestand.

»Bilde dir nicht zu viel auf deine Arbeit ein, das meiste hatte ich schon erledigt.«

Dubhe lächelte schüchtern. Ihr Haar war weit genug nachgewachsen, dass es ihr in kleinen Locken in die Stirn fallen konnte, und fast verbarg sie sich dahinter, während sie nun mit den Kräutern herumhantierte. Lonerin betrachtete ihr blasses konzentriertes Gesicht, das noch die Spuren der Misshandlungen aus ihrer Gefangenschaft trug: verschiedene Blutergüsse und die rote Linie einer Schnittwunde. Voller Wut dachte er daran, was Rekla ihr angetan haben musste, wie sie Dubhes schönes Gesicht traktiert hatte. Aber auch so zugerichtet empfand er sie immer noch als wunderschön.

»Erzähl weiter«, forderte sie ihn, den Kopf hebend, auf.

»Nun, ich glaube, aus irgendeinem Grund hatten die Götter beschlossen, mich am Leben zu lassen. Einen ganzen Tag und eine Nacht lag ich dort draußen in der Kälte im Freien. Auf meine Zauberkräfte konnte ich nicht mehr zurückgreifen, weil ich viel zu schwach war. Da war die Ambrosia meine letzte Rettung. Ich gab sie auf die Wunden und versuchte, mich ein paar Tage nur zu erholen. Dabei dachte ich die ganze Zeit über an dich, und was Rekla dir antun würde, falls du überhaupt noch lebtest … Es war entsetzlich.«

Dubhe schaute ihm so fest in die Augen, dass er den Blick senken musste. Dann begann sie, die Kräutermischung, die sie zubereitet hatte, auf den Wunden zu verteilen. Die Salbe war kühl, ihre Berührungen waren sanft, liebevoll. Lonerin labte sich an diesem Gefühl und dachte bei sich: Das ist doch fast zu schön, um wahr zu sein.

»Dann habe ich mich auf den Weg gemacht, um dich zu suchen.«

»Woher wusste du eigentlich, wo ich war und dass ich überhaupt noch lebte?«

Lonerin blickte unwillkürlich auf ihren Oberarm, auf die Stelle, die von den hellen Farben des heimtückischen Symbols verunstaltet wurde. Dabei verspürte er einen Stich in der Brust und das unbändige Bedürfnis, sie an sich zu drücken.

»Durch das Siegel.«

Dubhe betrachtete es mit fragender Miene.

»Wie alle Magier bin ich in der Lage, dessen Kräfte wahrzunehmen. Solche Siegel sind ja sehr viel mächtiger als irgendwelche anderen Zauber. Und es gibt Formeln, die eigens dazu entwickelt wurden, um die magische Spuren, die sie hinterlassen, aufzuspüren. Solch eine Formel habe ich benutzt, um dich zu finden.«

Dubhe löste ihre Hände von den Wunden und ging sie in der nahen Quelle waschen.

»Was hattest du eigentlich vor, als ich dich fand?«, fragte Lonerin plötzlich.

Sie verharrte in der Bewegung, antwortete aber nicht.

»Du bist immer tiefer gesunken, und es sah so aus, als wolltest du gar nicht mehr hochkommen.«

Sie erhob sich und kam zu ihm zurück. »Und was war das für ein Hass in deinen Augen, als uns Rekla und Filla überfallen haben?«

Lonerin war verblüfft. »Das ist doch jetzt egal.«

»Nein, das ist es nicht.«

»Du willst mir bloß ausweichen.«

»Du mir auch.«

Lonerin blickte sie einige Augenblicke lang an und seufzte dann. »Was ist eigentlich geschehen nach meinem Sturz in die Tiefe?«, fragte er.

Dubhe setzte sich neben ihn, schlug die Beine übereinander und begann zu erzählen, knapp und bündig, wie es ihre Art war, und doch hörte Lonerin heraus, wie sehr sie gelitten haben musste. Durch Reklas Misshandlungen, die Gefangenschaft, und dann auf ihrer einsamen Wanderung ohne Hoffnung, ohne klares Ziel.

»Du warst fantastisch«, bemerkte Lonerin, als sie zu Ende erzählt hatte. »Ich wusste doch, dass du nicht aufgeben würdest.«

Sie lächelte ihn zurückhaltend an. »Ach, ich bin doch nur so umhergeirrt, und du hast ja selbst gesehen, dass ich bereits aufgeben wollte.«

Lonerin schüttelte den Kopf. »Die Richtung stimmt schon. Ich habe es mir noch mal auf der Karte angesehen. Ja, ich spüre es, es ist gar nicht mehr so weit.«

Sie lächelte wieder, wenig überzeugt, und er nahm sie in den Arm und küsste sie. Sie widersetzte sich nicht, erwiderte den Kuss, doch Lonerin schmeckte darin immer noch etwas von Kälte und Schmerz.

Bald werde ich sie all dem Leid entreißen, werde sie von der Bestie befreien und sie dem Zugriff der Gilde entziehen. Ich werde sie retten, und dann wird sie nur noch mir gehören.

15

Unter dem Land des Feuers

Ido brachte das Pferd zum Stehen, und San erwachte aus dem leichten Schlaf, in den er gesunken war. Seit der Gnom wieder Herr der Lage war, waren sie ohne Unterlass geritten, und nun waren sie beide vollkommen erschöpft.

Sich die Augen reibend, sah sich der Junge mit erstaunter Miene um: Aus der Wüste mit einigen verdorrten Sträuchern hier und dort ragte mächtig, alles beherrschend der Vulkan Thal auf.

»Steig ab«, forderte Ido ihn auf. »Ohne deine Hilfe komme ich von diesem Gaul nicht runter.«

San gehorchte, ohne lange Fragen zu stellen. Er schien dem Gnomen blind zu vertrauen.

Diverse Flüche murmelnd, landete Ido auf dem Boden, stand dann einige Augenblicke gebückt da und versuchte, zu Atem zu kommen. Als er sich besser fühlte, begann er, sich prüfend umzuschauen.

»Was suchst du denn?«, fragte San.

»Ein Zeichen. Vor drei Jahren habe ich es hier hinterlassen, und es müsste eigentlich noch da sein.«

Jetzt fuhr Ido mit den Händen über den Erdboden, bis er endlich gefunden hatte, was er suchte. Er lächelte.

»Hilf mir mal.«

Er deutete auf den Zipfel einer Plane, die in all dem Sand kaum zu sehen war. Die hatte er damals in der Zeit ihres Widerstands schon benutzt, denn sie war ideal, um die geheimen Zugängen zum unterirdischen Kanalsystem des Landes des Feuers zu tarnen. Sie bestand aus einem speziellen Gewebe, das Soana zudem mit einem Zauber belegt hatte, der es fast ganz unsichtbar machte.

»Nimm das andere Ende, und bei drei ziehen wir«, wies Ido den Jungen an.

Ohne Schwierigkeiten ließ sich die Plane lösen, und trotz des Staubs meinte Ido sogar, Soanas Geruch wiederzuerkennen. Einen Moment lang schweiften seine Gedanken ab in jenes Reich, wo die Erinnerungen zur Realität wurden.

»Was ist los?«

Ido riss sich aus seinen Gedanken. Unter der Plane war eine Leiter zum Vorschein gekommen, die ins Erdinnere führte. Der Junge betrachtete sie mit offenem Mund, und der Gnom musste unwillkürlich lächeln. Alle hatten sie damals dieses Gesicht gemacht, alle, die er damals zu Zeiten des Krieges gegen Dohor zum ersten Mal dort hinuntergeführt hatte. Der erste Kontakt mit dem Alltag des Widerstands machte immer sprachlos.

»Du wirst noch mehr staunen. Komm!«, sagte er, während er als Erster hinabstieg.

Das Wasser floss in einem Kanal, der einige Ellen breit und fast ebenso tief war, während die Wände, die das Tonnengewölbe des Gangs stützten, von schmalen Laufstegen gesäumt waren, auf denen man kaum nebeneinandergehen konnte. Geschwinden Schritts liefen Ido und San auf einem solchen Steg am Wasser entlang, auf das das schwache Licht ihrer Fackel fiel. Hin und wieder gelangten sie zu Verzweigungen, von wo aus Kanäle in andere Richtungen führten, tief hinein ins Berginnere, hin zu irgendeiner großen Stadt oder zum Fluss Passel im Land der Felsen, der auch das Land des Feuers mit Wasser speiste. Die stickige, feuchte Wärme war kaum auszuhalten. Und doch fühlte Ido sich hier wie zu Hause.

Er kannte sich noch bestens aus. Jeder Gang kam ihm wie

ein alter Freund vor, und entschlossen bog er, die Wände mit den Fingerspitzen abtastend, hierhin und dorthin ab. Es war noch alles so wie drei Jahre zuvor, als die Widerstandsbewegung endgültig aufgerieben war und sie das Kanalsystem im Land des Feuers, von dem aus sie operiert hatte, räumen musste. Schließlich hatte Dohor gegen Ende des Krieges einige Gänge fluten lassen, doch das Kanalnetz war zu weitläufig, um vollkommen zerstört zu werden. Und in der Tat hätte niemand genau sagen können, wie weit sich dieses Labyrinth unter der Erde erstreckte. Nur Ido, denn dies war eine Art Heimat für ihn, und er wusste ganz genau, welche Gänge und Kanäle noch zugänglich und sicher waren.

Sie waren noch nicht lange in den Kanälen unterwegs, als er plötzlich stehen blieb. Vor ihnen öffnete sich eine riesengroße Halle, die teilweise von dem Licht erhellt wurde, das durch eine breite offene Raute in der Gewölbedecke einfiel. Davon gab es eine ganze Reihe dort unten, die von außen alle durch Steinhaufen oder Büsche getarnt waren. Es handelte sich um eine alte Zisterne, in der zahlreiche Kanäle zusammenflossen. Und entlang der Wände waren kleine Höhlen und Nischen zu erkennen, in denen die Widerstandskämpfer gewohnt hatten.

Nun, da dies alles verlassen war, kam Ido dieser Schauplatz historischer Schlachten fast wie eine Krypta vor, die der Gnom jedoch rasch mit den Erinnerungen an die alten Freunde und Kameraden sowie deren Frauen und Kinder, die dort gewohnt hatten, bevölkerte. Für ihn erhellten sich die kleinen Nischen und riefen ihm all das ins Gedächtnis zurück, was einst diese kleine, lebendige, ja zuweilen chaotische Gemeinschaft ausgemacht hatte. Auch Soana hatte dort gelebt. Jetzt hatte er wieder ihr Bild vor Augen, ihr Gesicht mit den Schweißperlen auf der Stirn und dem stets sanften Lächeln, während sie die Kinder der Rebellen zum Unterricht brachte oder die Waffen der Krieger mit einem Zauber ausrüstete. Seit ihrem Tod hatte er auf der Welt nichts mehr gefunden, was an ihre Schönheit herangereicht hätte.

»Das ist ja fantastisch …«

Ido fuhr herum. Sich um die eigene Achse drehend, bestaunte San mit offenem Mund die Halle.

»Das sind doch die berühmten Kanäle, oder?«

Ido nickte.

»Ich habe viel darüber gelesen. Meine Großmutter war hier, als sie den siebten Stein des Talismans suchte. Das ist ein historischer Ort. Mein Vater hat auch oft davon erzählt. Er hätte sie sich selbst gern einmal angesehen … Unglaublich, was für ein seltsames Gefühl, hier unten zu stehen.«

Ido lächelte traurig. »Du musst wissen, dass hier bis vor drei Jahren noch viele Menschen, Nymphen und Gnomen lebten. Sie hatten sich zusammengetan, um gegen Dohor zu kämpfen. Doch der Kampf ging verloren, und von der ganzen Bewegung ist nur noch das übrig, was du hier siehst.«

Er seufzte.

»Komm«, sagte er dann und führte San zu den Unterkünften.

Sie waren recht karg eingerichtet, mit sehr wenigen Möbeln, keinerlei Öffnungen nach draußen, sondern nur Vertiefungen für die Fackeln in den Wänden sowie niedrigen Decken, sodass ein normal großer Mensch gerade aufrecht darin stehen konnte. Die Schlafstätten waren aus dem Fels geschlagen und mit Strohmatratzen ausgestattet. Für die persönliche Habe standen einige wenige Truhen zu Verfügung.

Alles war noch so, wie es die Bewohner zurückgelassen hatten, wie an jenem Abend also, als die Niederlage der Rebellen besiegelt wurde. Ein Stuhl lag noch umgekippt auf dem Boden in einer Ecke, während sich auf einem Tischchen daneben aufgeschlagene Bücher stapelten. Ein Regal war voller verfaulter Lebensmittel, nur das Trockenobst und das Dörrfleisch hatten sich gehalten.

Ido lächelte. Dort unten waren sie in Sicherheit. »So, jetzt brauche ich mal deine Hilfe.«

San blickte ihn fragend an.

Der Gnom führte ihn in den Raum, der noch am besten

instand war, und legte sich auf das Bett. Ein himmlisches Gefühl. Die ganze Zeit während der Verfolgung und der Flucht war er keinen Moment zu Atem gekommen. Mit einem wohligen Brummen streckte er seine müden Glieder aus.

»Du musst meinen Verband wechseln. In der Truhe dort drüben müsstest du alles finden, was du brauchst. Hier wohnte nämlich der Heilpriester unserer Gruppe.«

Als San den Deckel anhob, stieg eine Staubwolke auf und verteilte sich im Raum. Er hustete und steckte den Kopf in die Truhe, um bald darauf mit zufriedener Miene wieder daraus aufzutauchen.

»Schau mal! Jetzt brauchen wir nur noch Wasser, oder?«

Erfreut, helfen zu können, rannte er zu dem großen Becken, um den Eimer zu füllen, den er gefunden hatte.

Beim Verbandswechsel stellte er sich erstaunlich geschickt an. Zwar merkte Ido, dass der Junge mit solchen Dingen noch niemals zu tun hatte, aber San erledigte sorgfältig alles, was er ihm auftrug.

Als die Wunde offen lag, betrachtete der Gnom sie mit prüfendem Blick. Es war ein recht tiefer Schnitt, und er stieß einen Fluch aus.

»Ich fürchte, jetzt wirst du mich auch noch nähen müssen, vorausgesetzt, wir finden Nadel und Faden ...«

San wurde blass, senkte den Kopf und blickte Ido aus den Augenwinkeln an. »Ist das wirklich nötig?«

»Ja, San. Wie soll man sonst eine offene Wunde schließen? Aber es ist ohnehin nicht so fürchterlich, wie du glaubst. Ich bin sicher, das schaffst du leicht ...«

»Vielleicht gibt es doch noch einen anderen Weg ...«

»Und der wäre?«, fragte der Gnom überrascht.

San schwieg, die Wangen gerötet, den Blick nach unten gesenkt. »Meinem Vater wäre es nicht recht«, murmelte er dann.

»Jetzt verstehe ich überhaupt nichts mehr«, schnaubte Ido und kratzte sich am Kopf. »Drück dich deutlicher aus. Ist dir was eingefallen?«

San nickte, doch dieser Geste folgte keinerlei Erklärung.

»Dann tu eben, was du für richtig hältst!«

Der Junge atmete einmal tief durch, wusch sich die Hände im Wasser und legte sie dann sanft auf die Wunde des Gnomen. Unwillkürlich zog Ido die Hüfte zurück, doch kurz darauf schon überkam ihn ein unerwartetes Wohlgefühl. Er war sprachlos. San hatte die Augen geschlossen, und seine Hand strahlte leicht.

»Du bist ein Magier ...«

Bei diesen Worten riss San die Augen auf und löste sich von ihm.

»Was ist? Habe ich was Falsches gesagt?«

»Ich bin kein Magier!« Der Junge wirkte erschrocken.

»Aber San, du besitzt die Fähigkeit, mit den Händen zu heilen. Wer kann so etwas schon außer Magiern?«

»Eben deswegen war mein Vater dagegen. Die Leute würden dann reden, meinte er.«

Ido versuchte, sich einen Reim darauf zu machen. Tarik hatte sich mit Sennar, dem Magier, zerstritten, vielleicht rührte daher seine ablehnende Haltung den Fähigkeiten seines Sohnes gegenüber. »Schon gut, wie du willst. Aber jetzt brauche ich die Behandlung, ich bitte dich, San ...«

Er lächelte ihn an. Es dauerte etwas, bis der Junge reagierte, aber dann machte er sich wieder ans Werk.

Ido war häufig von Magiern behandelt worden und hatte gelernt, deren Kräfte anhand des Heilungsverlaufs seiner Wunden zu beurteilen. Ein vielleicht etwas grobes Verfahren, aber für ihn war es brauchbar gewesen. Jedenfalls war San danach ein recht mächtiger Zauberer. Da er wahrscheinlich keinerlei Ausbildung genossen hatte, musste er eine Art Naturtalent sein. Ido beobachtete ihn bei der Arbeit, sein konzentriertes Gesicht, in dem sich durch die Anspannung bereits die erwachsenen Züge abzeichneten, die es einmal annehmen sollte. Ein Bild, das den Gnomen rührte.

»Du bist Ido, nicht wahr?«, murmelte San ganz unvermittelt.

Überrascht von der Frage, brauchte Ido einem Moment, bevor er nickte.

Die Augen des Jungen strahlten. »Ich hab's doch gewusst.«

»Und woran hast du das erkannt?«

»An allem. Wie du gekämpft hast gegen diesen schwarzen Mann ... weil du mich hierhergebracht hast ...« San hielt einen Moment inne, bevor er fortfuhr. »Ich bin Nihals Enkel«, erklärte er dann mit stolzgeschwellter Brust.

»Ich weiß. Woher sollte ich sonst deinen Namen kennen?«

San sank ein wenig in sich zusammen. »Stimmt, daran habe ich gar nicht gedacht ...«, antwortete er, während er sich wieder über die Wunde beugte.

Auf seiner Stirn standen Schweißperlen, anscheinend strengte ihn die Behandlung an, aber er machte unverdrossen weiter.

Es entstand ein kurzes Schweigen, und Ido fiel auf, dass sich Sans Miene verfinstert hatte.

»Mein Vater«, fuhr der Junge nun mit leicht zitternder Stimme fort, »wollte auf keinen Fall, dass ich diese besonderen Kräfte nutze.« Sans Schultern waren eingesunken, sein Blick wirkte leer.

Ido spürte, wie schwer es ihm fiel, jetzt über diese Dinge zu reden, nachdem er seinen Vater verloren hatte.

»Ich glaube, es reicht«, sagte er, »steh nur auf, du wirst erschöpft sein.«

San gehorchte, löste sich von dem Gnomen und blickte mit tränenverschleierten Augen auf seine Hände. Es war offensichtlich, dass er sich schuldig fühlte an dem, was geschehen war. Ido dachte nicht lange nach und drückte ihn an sich. Dabei störte er sich nicht daran, dass die Wunde pochte und die gebrochene Rippe schmerzte. Dieser Junge musste seine Gefühle herauslassen, er konnte unmöglich alles mit sich selbst ausmachen.

Einen Moment zögerte San, dann aber gab er sich der

Umarmung hin und legte seinen Kopf auf Idos Schulter. Der Gnom spürte, wie dem Jungen die Tränen zu laufen begannen, bis er bald schon haltlos weinte. Wortlos streichelte er San über das bläuliche Haar, teilte dessen Schmerz, ließ ihn weinen an seiner Brust, die sich ruhig hob und senkte.

»Papa hat mir viel von meiner Großmutter Nihal erzählt. Er kannte alle ihre Abenteuer, und nicht nur die, von denen in den Büchern erzählt wird. Von ihm weiß ich alles über ihre Reisen durch die Lande jenseits des Saars und auch über ihre Kindheit in Salazar. Diese Geschichten erzählte er mir abends im Winter vor dem Kamin oder im Sommer draußen unter den Sternen. Ich habe das sehr gemocht.« San saß jetzt mit übereinandergeschlagenen Beinen da und schaukelte mit dem Oberkörper leicht hin und her, noch ein wenig erregt von dem Gefühlsausbruch, der ihn zuvor überkommen hatte. Den Blick zu Boden gerichtet, schniefte er immer mal wieder. Das lange heftige Weinen schien ihm gutgetan zu haben, und nun war ihm nach Reden zumute.

Ido hörte ihm aufmerksam zu, saß auf dem Bett mit dem frischen Verband, der ihm ein außerordentliches Wohlgefühl bescherte, obwohl ihm nach den Anstrengungen der letzten Tage alle Gelenke wehtaten.

»Ich glaube, ich weiß, wieso mein Vater nicht wollte, dass ich mit meiner Großmutter prahle oder von meinen strahlenden Händen erzähle«, fuhr San fort. »Er wollte einfach keinen Ärger, verstehst du? In Salazar hat er sich nur um seine eigenen Sachen gekümmert, hat zurückgezogen gelebt mit meiner Mama und mir. Wir waren ganz normale Leute. Ich selbst habe manchmal an meine Großmutter gedacht, an all das, was sie vollbracht hat, und habe mir überlegt, wenn die Leute wüssten, wer ich bin, könnte ich vielleicht sofort in die Akademie aufgenommen oder sonst irgendwie geehrt werden.«

»Und hat er dir auch von deinem Großvater erzählt?«

San schüttelte den Kopf. »Nie. Von ihm weiß ich nur, was

über ihn geschrieben wurde. Aber ich habe mich immer für Sennar interessiert. Er hat ja selbst viele Bücher geschrieben, und die habe ich alle verschlungen. Aus ihnen habe ich auch ein paar meiner Zaubertricks.«

Ido spitzte die Ohren. »Zum Beispiel?«

»Zum Beispiel Tiere zu beherrschen. Zwei Worte, und sie rühren sich nicht mehr und schauen einen nur noch blöde an. Lustig, nicht wahr? Nur leider hat mich mein Papa einmal dabei erwischt, wie ich das ein paar Freunden mit einer Henne vorgeführt habe. Eigentlich hat er mich nie geschlagen, aber als er das sah, wurde er wirklich ganz furchtbar zornig. Er hat mich so verprügelt, dass meine Mama ganz böse auf ihn wurde. Aber das war noch nicht das Schlimmste: Außerdem hat er mir auch noch verboten, weiter zu zaubern, die Magie sei eine gefährliche Sache, sagte er, und lauter solche Sachen.«

Hasstest du deinen Vater so sehr, Tarik, dass du ihn aus deinem Leben löschen musstest und aus dem deines Sohnes?

Ido erschauderte.

»Einverstanden aber war er, wenn ich gefochten habe, mit dem Schwert. Das hat ihm gefallen. Ich sollte irgendwann einmal auf die Akademie gehen, stell dir mal vor. Ich wollte das auch, und eine Weile hat er schon nach jemandem gesucht, der mir helfen könnte, dort aufgenommen zu werden. Nur Mama sah das nicht gern.«

Du hast deinen Sohn nach deinen Wünschen geformt, den Spaß an der Magie in ihm erstickt und die Liebe zum Kampf gefördert. Nihal war immer in deinem Herzen, nicht wahr, Tarik?

»Aber du hast meine Großmutter ja gut gekannt. Was könntest du mir wohl für Geschichten erzählen …«

Ido fragte sich, wie viele Leute noch auf der Welt waren, die Nihal persönlich kennengelernt hatten. Und mit Sicherheit kannte niemand sie so gut wie er.

»Wie war sie denn? Solange ich denken kann, versuche ich schon, mir ein Bild von ihr zu machen. Sah sie so aus wie die Statuen, die überall aufgestellt sind?«

»Sie war zierlicher, und ganz gewiss hatte sie nicht so ein grimmiges Gesicht, wie es ihr immer gemeißelt wird.«

»Das habe ich mir schon gedacht«, antwortete San kichernd. »Sie sieht da so blutrünstig aus … Ich habe die *Geschichte der Drachenkämpferin* gelesen und kenne das Buch fast auswendig. Danach habe ich sie mir auch anders vorgestellt. Das Sympathische ist ja, dass sie manchmal genauso Angst hatte wie wir auch, oder nicht?«

»Doch, das stimmt. Das habe ich ihr, glaube ich, beigebracht, dass Angst sogar eine sehr wichtige Sache sein kann.«

San sah ihn fragend an, und Ido bemerkte, wie sehr er seiner Großmutter glich. Es war, als sitze sie ihm jetzt auf diesem Lager gegenüber. In San war die gleiche Unruhe spürbar, die gleiche Skepsis, die gleiche Lebenskraft.

»Sie war wie eine Tochter für mich«, sagte er schließlich. »Ich habe ihr alles beigebracht, auch, mit welcher Einstellung man in den Kampf zieht und dass man zu der Furcht stehen muss, die einen in der Schlacht überkommen kann.«

San hing buchstäblich an seinen Lippen, und Ido überkamen die Erinnerungen.

»Erzähl mir doch mal was aus deinem Leben. Du bist so eine Legende! Auch über dich habe ich ganz viel gelesen. Papa hat ja nie geglaubt, dass du tatsächlich den Rat der Könige hintergehen wolltest, das sagte er mir einmal, als wir unter uns waren, und ich habe es natürlich auch nicht geglaubt. Aber das habe ich für mich behalten. Bei uns stehen ja alle auf Dohors Seite, und ich wollte keinen Ärger.«

Obwohl er müde war und sein Magen knurrte, hatte Ido Lust, von der Vergangenheit zu erzählen. Im Grund war dies ja alles, was ihm geblieben war.

»Hol mal ein Stück Käse und ein paar Äpfel aus meiner Tasche. Während wir essen, erzähle ich dir ein wenig von früher.«

San lächelte und sprang auf.

Bis in den Abend erzählte er dem Jungen eine Geschichte nach der anderen. Sein Repertoire war nahezu unerschöpflich. Geschichten aus dem Krieg, von Angst, Liebe … Ja, sein Leben war wirklich reich an Anekdoten, und immer weiter noch füllte es sich mit Geschehnissen und Erinnerungen, während sein Körper wie Papier für jedes Abenteuer eine neue Narbe festhielt. San lauschte gebannt und vergaß darüber sogar zu essen, lachte, wenn es etwas zu lachen gab, weinte, wenn es traurig wurde. Erst als es schon reichlich spät war, begann er gegen die ersten Anzeichen von Müdigkeit anzukämpfen. Seine Lider wurden schwer, und Ido redete immer leiser und sanfter, damit er einschlafen konnte, und blieb dann später noch so lange an seinem Lager sitzen, bis er tatsächlich richtig schlief. Vom Weinen waren seine Augen immer noch ein wenig geschwollen, doch seine Miene wirkte jetzt endlich gelöst und heiter.

Ido betrachtete ihn und schwor, dass er sich den Jungen, da er ihn nun endlich gefunden hatte, nicht mehr entreißen lassen würde. Niemand würde ihm ein Haar krümmen, zumindest nicht, solange er selbst noch lebte.

In den folgenden Tagen erwies sich San als fürsorglicher Krankenpfleger. Zweimal am Tag wechselte er den Verband, bereitete die Mahlzeiten zu und behandelte Ido pausenlos mit seinen Zauberkräften, wobei er offensichtlich dieses Können mit einem gewissen Unbehagen anwandte. Für Ido war es, als tauche er noch einmal in die Vergangenheit ein. Mit San kehrte er zurück in die Zeiten, als er in der Akademie die angehenden Drachenritter ausbildete und Nihal bereits unterwegs auf ihrer Mission war.

Eines Abends gab San sein Bestes, um aus einigen Wurzeln, die er in Idos Tasche gefunden hatte, eine Suppe zu kochen. Eine gute Stunde brachte er gebückt an der Feuerstelle zu, das Wams schweißnass durch die Wärme der Flammen, aber durch die Luft dort unten bei den Kanälen, die so nahe bei dem großen Vulkan lagen. Als er endlich fertig war, brachte er Ido die Suppe ans Bett und wartete, dass er als Erster davon kostet.

Der Gnom führte den Löffel zum Mund und erlaubte es sich, die Situation ein wenig theatralisch auszugestalten. Er schnupperte lange und blies mit skeptischer Miene den Dampf fort. Derweilen wartete San gespannt auf sein Urteil. Ido hätte ihn noch länger auf die Folter spannen können, denn es machte ihm Spaß, nahm aber dann doch den ersten Löffel. Gar nicht so schlecht. Vielleicht ein wenig zu flüssig, aber doch schmackhaft. San hatte gut gekocht.

»Hervorragend«, lobte er ihn.

Der Junge stieß einen langen Seufzer der Erleichterung aus und begann dann selbst zu essen. Während sie die Suppe schlürften, schaute Ido den Jungen immer wieder schweigend aus den Augenwinkeln an, doch erst als er fertig war, beschloss er, dass nun der Moment gekommen sei, San über den Ernst der Lage aufzuklären.

»Hast du dich mal gefragt, wer die Männer gewesen sein könnten, die euch überfallen und dich entführt haben?«, fragte er in das Schweigen hinein.

San zuckte leicht zusammen. Er saß am Fußende des Bettes, mit dem Rücken gegen die Wand gelehnt, und wartete wahrscheinlich darauf, noch weitere Abenteuergeschichten erzählt zu bekommen. Diese Frage hatte er offensichtlich nicht erwartet. Er schüttelte nur den Kopf.

»Die gehörten zur Gilde der Assassinen. Du weißt doch, was das für Leute sind, oder?«

Ido las es in seinem Blick, noch bevor der Junge etwas antwortete, diese Angst, die jeden überfiel, der diesen Namen nur hörte.

»Was wollen die denn von mir?«, fragte San erschrocken.

»Sie wollen deinen Körper.«

San blickte Ido aus weit aufgerissenen Augen verständnislos an.

»Nun, in der Gilde glaubt man, der Tyrann sei eine Art Prophet, der das Ende der Welt einleitet. Und damit sie ihn wiederauferstehen lassen können, brauchen sie einen Körper. Denn seine Seele wurde bereits wiedererweckt, jetzt fehlt ihnen nur noch ein Auserwählter, den sie opfern können.«

San schwieg noch eine Weile und fragte dann, recht gefasst. »Aber warum ich?«

»Weil du ein Halbelf bist«, antwortete Ido knapp.

Unwillkürlich griff sich San an seine spitzen Ohren unter dem Haar.

»Eigentlich bist du kein richtiger Halbelf, weniger noch als dein Vater, aber der Gilde genügt das. Und zudem bist du genau zwölf ...«

»... so alt wie der Tyrann, als er starb«, beendete San den Satz. Er war wirklich ein aufgeweckter Junge.

Ido nickte. »Ich wurde eigens ausgesandt, um dich zu suchen, oder genauer, um deinen Vater zu suchen, denn von deiner Existenz wusste ich überhaupt nichts. Ich wusste nur von Tarik, denn von diesem hatte mir dein Großvater Sennar geschrieben, und ich war überzeugt, die Gilde habe es auf ihn abgesehen.«

»Und woher wusstest du überhaupt von der ganzen Geschichte?«

»Nun, der *Rat der Wasser* hatte einen Magier in die Gilde eingeschleust. Der lernte dort eine junge Frau kennen, die dann zusammen mit ihm fliehen konnte und uns alles verriet, was ihr über diese Vorgänge in der Sekte bekannt war.«

San wirkte mitgenommen und verwirrt. Kein Wunder, dachte Ido. Nur eine Woche zuvor lebte der Junge noch sein normales, vielleicht angenehm eintöniges Leben in der Turmstadt Salazar, und nun hatte er nicht nur seine Eltern verloren, sondern erfuhr auch noch, dass er das Opfer von Machenschaften werden sollte, die zum Untergang der gesamten Aufgetauchten Welt führen könnten.

»Kennst du den *Rat der Wasser*?«

San schüttelte den Kopf.

»In diesem Rat sitzen die Magier, Generäle und Herrscher der Mark der Sümpfe, der Mark des Waldes sowie des Landes des Meeres, die sich zu einem Bund zusammengeschlossen haben, um Dohors Vormarsch aufzuhalten.«

Ganz offensichtlich bemühte sich San, dem Gnomen bei seinen Ausführungen zu folgen, doch es fiel ihm sehr schwer.

»Dieser Rat ist ganz ähnlich wie der frühere Rat der Magier, dem dein Großvater angehörte«, fuhr Ido in betont ruhigem Tonfall fort. »Nur dass hier nicht nur Magier vertreten sind. Ich zum Beispiel gehöre auch dazu.«

San nickte. Die *Geschichte der Drachenkämpferin* kannte er ja sehr gut.

»Dieser Magier, von dem ich sprach, Lonerin heißt er, wurde vom *Rat der Wasser* selbst zur Gilde der Assassinen ausgeschickt. Wir wollten nämlich mehr über deren Pläne erfahren angesichts unseres Verdachts, dass die Sekte und Dohor gemeinsame Sache machen.«

San schien empört.

»Ja, schwer zu glauben, zumindest für jemanden, der Dohor nicht so gut kennt wie ich. Aber es ist die Wahrheit.«

Ido holte Luft.

»Du wirst wohl die Geschichte der Halbelfen kennen, oder nicht?«

»Mein Vater hat mir davon erzählt. Von den Verfolgungen durch den Tyrannen, und dass meine Großmutter die einzige Überlebende war … Das meinst du doch, oder?«

Ido nickte. »Es gab da eine Prophezeiung, dass der Tyrann durch die Hand eines Halbelfen gestürzt würde. Deswegen hat er das ganze Volk ausgerottet. Nihal und Aster waren nun die einzigen Halbelfen auf der Welt, und dein Vater und du, ihr wart die Letzten mit Halbelfenblut in den Adern. Dieser Plan der Gilde hört sich sehr kompliziert an, aber es ist wohl so, dass eine Seele nur erfolgreich in einen Körper verpflanzt werden kann, der dem, den die Seele einst im Leben besaß, möglichst ähnlich ist. So haben es mir wenigstens die Magier erklärt.«

San nickte ernst.

»Und da du nun Halbelfenblut besitzt und auch noch im

gleichen Alter bist wie der Körper des Tyrannen bei dessen Tod, bist du geradezu perfekt geeignet für dieses teuflische Vorhaben der Gilde.«

Ido dachte an die besonderen Zauberkräfte, über die San verfügte, und fragte sich, ob Yeshol auch davon wusste oder ob es sich um einen besorgniserregenden Zufall handelte.

Der Junge schien eine Weile zu brauchen, um diese Erklärung in ihrer ganzen Tragweite zu begreifen. Er war blass geworden. »Das heißt, sie werden mich nicht in Frieden lassen und weiter nach mir suchen«, sagte er schließlich.

Ido nickte. »Aber mach dir keine Sorgen. Eben deswegen bin ich ja hier, um dich zu beschützen. Und auch wenn ich dir vielleicht zu alt und abgekämpft vorkomme, kann ich dir versichern, dass ich mich, sobald ich mich ein wenig erholt habe, wie ein Löwe für dich schlagen werde.«

Er versuchte zu lächeln, aber San ging nicht darauf ein.

»Außerdem verfolgen wir noch weitere Pläne. Der Magier und dieses Mädchen aus der Sekte sind auf dem Weg zu deinem Großvater.«

San riss die Augen weit auf. »Aber mein Großvater ist doch tot!«, rief er.

Ido erstarrte. Damit hatte er nicht gerechnet.

Der Junge erkannte Idos verwirrten Blick und beeilte sich zu erklären: »Von Papa weiß ich, dass meine Großmutter früh gestorben ist und bald darauf auch mein Großvater. Wie, hat er mir nie gesagt, vielleicht in einem Kampf, vielleicht auch, weil er so traurig war … ich weiß es nicht … Aber auf alle Fälle hat mein Großvater schon nicht mehr gelebt, als mein Vater von zu Hause fortzog. Wenn diese beiden, von denen du sprachst, also tatsächlich zu ihm aufgebrochen sind, werden sie niemanden mehr finden.«

Ido überlegt kurz, was er tun sollte, aber er hatte keine andere Wahl. Er konnte ihm nur die Wahrheit erzählen. »Noch einige Monate, nachdem dein Vater von zu Hause fortgegangen war, habe ich von deinem Großvater einen Brief erhalten. Und später noch einige weitere«, murmelte er.

Aus Sans Gesicht war die Blässe verschwunden.

»Ja, er lebt, San, oder zumindest lebte er vor ein paar Jahren noch. Dein Vater ist aus eigenem Entschluss in die Aufgetauchte Welt aufgebrochen.«

»Unmöglich. Da muss dir ein anderer geschrieben haben, vielleicht sogar mein Vater selbst, um dir den Schmerz zu ersparen.«

»Er hat mir aber über Dinge geschrieben, die nur Sennar allein wissen konnte.«

Ido sah, dass der Junge die Fäuste so fest zusammenballte, dass die Fingerknöchel weiß wurden.

»Glaub mir, das ist unmöglich. Mein Vater hat mir die Wahrheit erzählt. Er hatte doch keinen Grund, mich zu belügen.«

Ido seufzte. »San ... dein Vater und dein Großvater ... nun ... die kamen nicht gut miteinander aus. Vielleicht hat Tarik deshalb ...«

San sprang auf, das Gesicht rot vor Zorn und Schmerz. »Mein Vater hätte mich niemals angelogen!«

»Er hatte sicher gute Gründe dafür«, erwiderte Ido, immer noch gelassen. Nun, da der Junge sich Luft machte, musste er ihn ernster nehmen, als wenn er weiter mit diesem verlorenen Blick auf dem Bett gesessen hätte.

»Behandle mich nicht wie ein kleines Kind!«

»Dann benimm dich auch nicht so.«

San biss sich auf die Lippen. Ido hatte ihn in seinem Stolz verletzt. Er bedachte den Gnomen mit einem verächtlichen Blick. »Ach, was weißt du schon von meinem Vater und von meiner Mutter? Du hast es ja noch nicht einmal geschafft, rechtzeitig zu kommen, um sie zu retten. Und ich bin entführt worden, während du nur zugeschaut hast. Und ohne mich hätte dich dieser andere Mann auch getötet!«

Es war boshaft, wie er das sagte, mit der deutlichen Absicht, Ido zu verletzen, und auch wenn er seine Worte vielleicht schon bereute, fügte er nichts hinzu, saß reglos da, den Unterkiefer angespannt, der Blick entschlossen.

Der Gnom zeigte keine Schwäche, schlug nicht die Augen nieder. Diese Einschätzung war ihm nicht neu, er selbst hatte nach diesem verhängnisvollen Abend in Salazar schon Tausende Male darüber nachgedacht. Aus Sans Mund klang dieses Urteil nun noch härter, aber Ido durfte sich davon nicht entmutigen lassen.

»Ich bin ein verfluchter Alter, und möglicherweise hast du sogar recht«, erwiderte er nach einigen Augenblicken in ruhigem Ton. »Ich habe einen Fehler gemacht, und zwei Menschen sind gestorben. Du kannst dir gar nicht vorstellen, wie leid mir das tut. Aber was soll ich machen? Alles aufgeben? Nein, ich muss weitermachen und weiter meine Pflicht tun, die darin besteht, dich zu beschützen. Und ich schwöre dir, noch einmal werde ich nicht versagen. Es stimmt, ich bin alt, aber ich kenne den Krieg.«

San hatte zu schluchzen begonnen, die Wangen gerötet, die Fäuste geballt. Den Kopf hielt er gesenkt, damit sich ihre Blicke nicht kreuzten, während er etwas murmelte, was der Gnom nicht verstehen konnte. Wie sehr hatte es Ido doch satt, immer wieder dieses Leid miterleben zu müssen.

Er lehnte sich zurück und überließ sich der Erinnerung an damals, als er seinen Bruder Dola auf dem Thron ihres Vaters hatte sitzen sehen, an den schneidenden Ton, in dem er ihm verkündete, dass der Vater tot und er sein Mörder sei. Er dachte an die Hinrichtung seines Bruders lange danach, dann an Soanas Tod und an Vesa, der ebenfalls gestorben war.

»Ich werde die Gilde eigenhändig vernichten, und dann wird alles wieder so wie früher sein!«, machte sich San mit kehliger Stimme Luft.

»Ja, und dann stehst du allein in einem Berg von Trümmern und fragst dich, was das gebracht hat.«

»Aber ich muss doch etwas tun!«, erwiderte der Junge und unterdrückte schluchzend die Wut.

Es war unglaublich, wie sich alles wiederholte, wie sehr sein Schmerz und seine Reaktion darauf an seine Großmutter Nihal erinnerte. Es war fast beängstigend.

Er umfasste die Schultern des Jungen und zog ihn hoch. »Glaub mir, San, das ist nicht der richtige Weg. Du musst mir vertrauen!«

San drehte den Kopf zur Seite, zeigte, dass er noch nicht gewillt war, zur Vernunft zu kommen.

»Ich hab sie alle sterben sehen«, fuhr Ido fort. »Freunde, Feinde, Verbündete, die Frau, die ich liebte, meine gesamte Familie, sogar meinen Drachen. Ich bin allein, San, habe niemanden mehr, mit dem ich mich gemeinsam erinnern kann, etwa an das Fest damals, als deine Großmutter Nihal Drachenritterin wurde und sich fürchterlich betrunken hat, und der mit mir zusammen darüber lachen würde. Niemanden mehr, in dessen Adern mein Blut fließt, niemanden, der meine Kriegserlebnisse teilt. So sind wir nun allein, ich und meine Vergangenheit. Verstehst du, was ich damit sagen will? Und doch bin ich noch hier, San, weil letztendlich die Zeit Wunden heilen kann. Du bist noch jung und wirst lernen, das zu erkennen, was sich deine Eltern für deine Zukunft ausgemalt haben. Und das war gewiss nicht, von einer wahnsinnigen Sekte als Auserwählter geopfert zu werden, aber auch nicht, diese Sekte eigenhändig zu vernichten. Wenn du es zulässt, wird sich dein Blick auf die Dinge mit der Zeit verändern, und du lernst, an ihnen zu wachsen und damit den Schmerz zu überwinden. Und erst dann, wenn dir alles viel klarer ist, wirst du dich für einen Weg entscheiden. Aber wenn du jetzt deinem Hass nachgibst, verbaust du dir diese Möglichkeit.«

San blickte ihn aus tränenverhangenen Augen an, ein Blick, der noch voll jener naiven Lebendigkeit war, wie sie sich nur Jungen seines Alters bewahrt haben. Er erwiderte nichts, sank nur in Idos Arme und beruhigte sich. »Ich wollte diese gemeinen Sachen gar nicht sagen …«

»Ich weiß«, lächelte Ido. Es war ein unbeschreibliches Gefühl, die Zukunft zu umarmen, den Jungen, in dem Nihal weiterlebte.

»Aber ich fühle mich die ganze Zeit, als würde ich von

irgendetwas zermalmt, einen furchtbaren Druck, auch in meinem Bauch. Es ist nicht auszuhalten, manchmal denke ich, ich kann das gar nicht schaffen.«

»Das Gefühl kenne ich. Aber glaub mir, das hältst du aus.«

Der Junge nickte an seiner Schulter, und Ido drückte ihn noch fester an sich.

Irgendwann schlief San ein, und Ido ließ ihn mit in seinem Bett schlafen.

16

Die Herren der Unerforschten Lande

Im Kerzenlicht betrachtete Dubhe das Fläschchen. Gleich neben ihr schlief Lonerin tief und fest und schien nichts bemerkt zu haben. Genauso wie am Tag zuvor war sie wieder sehr früh aufgewacht.

Seit einigen Tagen schon ließ ihr die Bestie keine Ruhe, doch an diesem Morgen war das tiefe Brüllen, das ihren ganzen Körper erbeben ließ, noch mächtiger gewesen. Sie brauchte ihr Mittel, und das sofort.

Seufzend betrachtete sie die wenige milchige Flüssigkeit, die noch übrig war. Für die ganze Reise würde sie mit Sicherheit nicht reichen. Und das andere Fläschchen, das sie Rekla stibitzt hatte, war beim Tauchen in dem Teich verloren gegangen.

Festgestellt hatte sie das, kurz nachdem sie Lonerin wiedergetroffen hatte. Sie hatte es ihm noch nicht gesagt aus Furcht, er sorge sich dann wieder zu sehr um sie, was ihr immer noch unbehaglich war. Sie wollte nicht getröstet werden, wollte diese Wut auf sich selbst zulassen, weil sie durch ihre eigene Schuld diese kostbare Substanz verloren hatte. Wie dumm von ihr, ihrem Leben ein Ende machen zu wollen. Darüber hinaus war sie sich über ihre Gefühle zu Lonerin nicht im Klaren. Sie fühlte sich eigenartig, einfach *anders*.

Es schien alles so absurd. Als sie ihn wiedergetroffen hatte, schwebte sie im siebten Himmel, und Lonerin war ihr nicht nur Freund, sondern bald auch Geliebter geworden. Doch nun fühlte sie sich erneut schwach und allein. Nichts von der Kraft, die sie bei ihrem Wiedersehen verspürt hatte, war geblieben.

Sie entkorkte das Fläschchen und nahm einen Schluck. Es war angenehm, wie die Flüssigkeit die Kehle hinunterlief, und sogleich meldete sich der Wunsch, noch mehr zu trinken. Vielleicht würde sie sich nach einem weiteren Schluck besser fühlen. Mit Sicherheit aber würde sich die Bestie noch tiefer in ihre Höhle zurückziehen und sie selbst die Welt in ihrer ganzen Fülle wahrnehmen können und damit auch Lonerin. Schade, dass sie es sich nicht erlauben konnte. Dubhe kniff die Lippen zusammen und stellte das Fläschchen weg. Es war nur noch gut zur Hälfte gefüllt. Zwei, drei Wochen höchstens würde das reichen, dann hatte sie nichts mehr, was der Bestie Einhalt gebot.

Sie spürte, wie die Angst davor wuchs. Was würde sie tun, wenn es so weit war? Sie schloss die Augen, so als ließe sich das Problem dadurch vergessen, und wandte sich dann Lonerin zu, um durch seinen Anblick etwas Trost zu finden. Sein Profil war im schummrigen Licht der Höhle kaum zu erkennen, aber es reichte, um sie an Mathon zu erinnern. Als kleines Mädchen war sie in ihn verliebt gewesen und brauchte ihn nur anzuschauen, um ein seltsames Kribbeln im Bauch zu spüren. Dubhe ließ den Blick auf Lonerins Händen ruhen. Nichts. Sie fühlte absolut nichts. Dann beobachtete sie, wie sich sein Brustkorb hob und senkte, aber es war, als sei er überhaupt nicht da. Das Gefühl, wieder so weit von ihm entfernt zu sein, erfüllte sie mit Schmerz.

»Wäre es nicht wieder an der Zeit, von dem Gegengift zu nehmen?«

Lonerin war stehen geblieben und hatte sich zu ihr umgedreht, sein Gesicht teilweise erhellt durch die Lichtkugel, die von seiner Handfläche ausging. Sie krochen gerade durch einen niedrigen engen Gang, er voran, sie hinter ihm.

Dubhe wich seinem Blick aus. »Habe ich schon.«

Er schien überrascht. »Das habe ich gar nicht gemerkt.«

»Doch, gestern Morgen, als du noch schliefst.«

»Und wie viel hast du noch übrig?«

Es war genau die Frage, die Dubhe befürchtet hatte. »Es ist genug.«

»Das ist keine Antwort«, erwiderte er ein wenig streng. »Und das andere Fläschchen?«

Es war unglaublich, wie er auf Anhieb alles mitbekam, was ihren Fluch betraf. Er merkte, wenn sie log. Wusste immer, wie es ihr ging, wie stark sie die Bestie spürte und wann sie das Mittel nehmen musste. Nur das schien ihm wichtig zu sein.

»Ich hab doch gesagt, dass es reicht.«

Lonerin blickte ihr fest in die Augen. »Entschuldige bitte, aber das entscheide wohl besser ich. Schließlich bin ich der Magier.«

Dubhe wusste nicht, was sie erwidern sollte. Sie wünschte sich ja sehnlich, dass alles gut würde, sie brauchte Lonerins Hilfe, sein Verständnis. Und doch schien es ihr unmöglich, sie auch anzunehmen.

»Ich glaube, ich habe ein Fläschchen im Teich verloren«, gestand sie schließlich mit schuldbewusster Miene ein. »Gestern Morgen habe ich einen Schluck genommen, und der Rest dürfte noch zwei, drei Wochen reichen.«

Lonerins Miene wurde sanfter. Einen Augenblick schwiegen beide. Dubhe hielt den Blick gesenkt, um ihm nicht in die Augen zu schauen, doch er nahm sie in den Arm. »Wir finden schon eine Lösung. Keine Sorge. Ich hab's dir ja versprochen ...«

Dubhe spürte seinen warmen Atem im Nacken, spürte, dass die Kraft und der Schwung seiner Umarmung von Herzen kamen, doch sie reagierte kalt und träge und verachtete sich selbst dafür. Sie fand nicht mehr zu den Gefühlen, die sie in der Nacht, als sie sich liebten, erfüllt hatten. »Ja«, murmelte sie nur, während sie ihr Gesicht in der Vertiefung seiner Schulter ruhen ließ.

»Wir werden das alles überstehen und dann gemeinsam das Leben führen, das wir uns verdient haben, nicht wahr?«

Lonerin blickte sie zärtlich an und küsste sie dann auf den Mund.

Dubhe ließ es geschehen, obwohl dieser Kuss sie kalt ließ. Als sie sich von ihm löste, ergriff sie seine Hände, fast wie eine verzweifelte Bitte, ihr zu helfen. Lonerin lächelte sie nur an. Dann drehte er sich um, ließ wieder die magische Nadel, die nach Westen wies, zwischen den Fingern entstehen und marschierte weiter.

Schon eine ganze Weile waren sie in diesen Gängen unterwegs, als plötzlich ein Beben die Erde erschütterte mit einem tiefen, dumpfen Ton, der aus den tiefsten Tiefen aufzusteigen schien.

Beide verharrten schweigend, unsicher, was da geschehen war. Einige Zeit verstrich, die Dubhe unendlich lang vorkam. Währenddessen wurde es ringsum immer finsterer, und das schwache Licht ihrer Zauberfackel schien immer weniger dagegen anzukommen. Kein Zweifel: Die Bestie lag auf der Lauer, Dubhe spürte es an ihren geschärften Sinnen, der Anspannung in ihren Muskeln. Sie war bereit loszuschnellen, doch etwas sagte ihr, dass der richtige Augenblick noch nicht gekommen war. Ja, kein Zweifel, da war etwas, doch ihr Raubtierinstinkt ließ sie noch innehalten. In diesem Augenblick bebte die Erde erneut, und diesmal schien das Dröhnen von genau über ihnen zu kommen.

»Hoffentlich ist das nicht der nächste Streich dieser verfluchten Lande hier«, seufzte Lonerin.

»Kann ich mir nicht vorstellen. Ich spüre keine direkte Bedrohung«, antwortete Dubhe mit einem Achselzucken.

»Entschuldige, aber du hast auch nichts gespürt, bevor uns diese Geister überfielen.« Er bedachte sie mit einem schelmischen Lächeln, das sie erröten ließ.

»Dann aber umso mehr«, gab sie mit einem gespielten Schmollen zurück.

»Das muss ich dir zugestehen«, pflichtete Lonerin ihr mit der Miene eines alten Weisen bei.

Es war seltsam, so mit ihm zu frotzeln, diese neue Nähe zu erproben. Etwas Künstliches war daran, das Dubhe in Verlegenheit brachte.

Ich muss aufhören, alles so kritisch zu sehen, das mit Leben erfüllen, was das Schicksal mir gegeben hat. Es ist doch gleich, dass ich diese Distanz spüre. Lonerin ist alles, was ich habe.

Abends schliefen sie Arm in Arm ein, und auch Dubhe wurde ruhiger, wenn sie sein tiefes Atmen spürte. Mit einem Kuss auf die Lippen wünschte er ihr Guten Morgen, und sie ließ es geschehen. Sie musste nur Geduld haben, und alles würde wieder so wie beim ersten Mal sein und Lonerin das für sie werden, was der Meister ihr einst war: ein Führer, ein Gefährte, der ihr zeigte, welchen Weg sie gehen musste.

Immer noch ließen die Erschütterungen die Felswände beben, aber sie wurden jetzt schwächer, so als entferne sich das, was sie hervorgerufen hatte. So beschlossen sie, vorsichtig weiterzugehen. Der Gang war noch lang, und sie mussten irgendwie hindurch.

Nach vier Tagen erkannten sie einen hellen Punkt am Ende des Tunnels. Sie hatten es geschafft, dies musste der Ausgang sein. Dubhes Herz machte einen Sprung.

Diese Finsternis ringsum war nicht mehr zu ertragen, sie sehnte sich nach Licht, fürchtete es aber auch gleichzeitig. Die Erschütterungen waren stärker geworden und immer häufiger aufgetreten. Dubhe machte sich Sorgen, denn die Bestie in ihr war wieder unruhig geworden, hatte ihre Krallen gezeigt. Wenn dieses Licht tatsächlich von außen kam, würden sie bald die Ursache dieser eigenartigen Erschütterungen herausfinden. Es konnte gefährlich werden, das wusste sie.

Lonerin holte die zerknitterte und vom Wasser halb ausgewaschene Karte hervor und versuchte sich zu orientieren.

Es schien alles zu stimmen, sie mussten sich bereits jenseits des Gebirgskamms befinden.

»Weißt du, was das bedeutet?«

Dubhe antwortete nicht, sondern wartete, dass er es ihr sagte.

»Das bedeutet, dass wir vielleicht gar nicht mehr so weit von Sennars Haus entfernt sind.«

Von dieser Hoffnung erfüllt, machten sie sich der bedrohlichen Geräusche zum Trotz wieder auf den Weg. Je näher sie dem Ausgang kamen, desto frischer wurde die Luft, und ihre Schritte wurden schneller. Sie rannten fast schon auf das Licht zu, als Dubhe plötzlich stehen blieb.

»Was ist los?«

»Das ist irgendwas.«

Sie spürte es unter ihren Füßen, in der Luft um sie herum. »Hör mal!«, sagte sie und hob den Zeigefinger.

Lonerin neigte ein wenig den Kopf, lauschte angestrengt, aber ohne Erfolg.

Dubhe schloss die Augen. »Es ist noch fern, wie ein dumpfes Grollen ... nein, ein Brüllen. Eins, zwei, viele ... Da draußen ist etwas, Lonerin«, erklärte sie, während sie die Augen wieder öffnete.

»Schon möglich, aber das ändert nichts daran, dass wir dort hinaus müssen.«

»Ich sage ja nicht, dass wir hierbleiben sollen. Wir sollten nur auf der Hut sein.«

»In Ordnung«, pflichtete er ihr bei und wandte sich dann ab, um weiterzugehen.

Dubhe hielt ihn am Arm fest. »Lass mich vorgehen.«

Er blickte sie erstaunt an. »Kommt nicht infrage, ich führe uns.«

»Deine Zaubernadel brauchen wir doch jetzt nicht mehr, um den Weg zu finden.«

»Schon, aber ...«

»Das ändert ja nichts an unserer Abmachung. Du führst, ich kämpfe ...«

Lonerin verzog ein wenig das Gesicht, gab dann aber mit einer Handbewegung nach.

Sie nahm den Bogen von der Schulter, griff zu einem Pfeil und überholte ihn.

»Dann decke ich dir eben den Rücken«, flüsterte er ihr ins Ohr, während sie sich an ihm vorbeischob.

Dubhe lächelte, nahm den Bogen fester in die Hand und marschierte los.

Je näher sie dem Ausgang kamen, desto dichter waren die Felswände mit Moos überzogen, zunächst noch hell und kränklich, dann sattgrün und üppig. Mehr und mehr glitzerte der Fels im Tageslicht, und das Licht draußen begann sie zu blenden. Nicht verwunderlich. Länger als eine Woche hatten sie sich unter der Erde aufgehalten.

Obwohl ihre Augen geblendet waren, wurde Dubhes Vorstellung von der Umgebung draußen immer klarer. Das Gefühl, dass sie dort irgendetwas erwartete, war stärker geworden, die rhythmischen Erschütterungen unter ihren Füßen noch deutlicher. Ja, es waren Schritte. Schritte von gigantischen Tieren. Sie legte den Pfeil an.

Mittlerweile waren sie dem Ausgang so nahe, dass Lonerin die Leuchtkugel in seiner Hand gelöscht hatte. Dubhe blickte auf die undefinierbare Farbe ihres Wamses im blassen Licht, das von draußen einsickerte, und wunderte sich, dass es so schmutzig war. Am Rand ihres Blickfeldes sah sie Lonerins Gesicht, das leichenblass und erschöpft wirkte. Alles, was sie in den letzten Wochen mitgemacht hatten, hatte körperliche Spuren hinterlassen.

Da zerriss plötzlich ein entsetzliches Brüllen die Stille. Dubhe und Lonerin erstarrten. Unwillkürlich hatte sie schon den Bogen angehoben und hielt ihn nun ausgestreckt vor sich. »Nimm meinen Dolch, dann fühle ich mich sicherer«, forderte sie Lonerin auf, und der ließ es sich nicht zweimal sagen.

Das scharfe Geräusch beim Ziehen der Klinge durchbrach die vollkommene Stille, die dem ohrenbetäubenden Brüllen gefolgt war.

Vorsichtig ging Dubhe voran. Am Tunnelende blieb sie stehen und presste sich mit dem Rücken gegen den kalten Fels, der plötzlich erneut von stampfenden Schritten erbebte.

Sie holte tief Luft und sprang vor.

Wärme und grelles Sonnenlicht umfingen sie, betäubten sie fast, während ihr eine Myriade berauschender Düfte in die Nase stieg. Mit noch halb geschlossenen Augen, die sich kaum an das Sonnenlicht gewöhnen mochten, warf sie sich auf den Boden.

Nichts.

Sie hatte den Bogen vorgereckt, die Muskeln angespannt: Es war wie früher, wenn sie mit ihrem Meister auf die Jagd ging oder ihn bei der Erledigung seiner Aufträge begleitete. Die plötzliche Erinnerung an ihn war noch schmerzhafter als sonst und nahm ihr geradezu den Atem. Da spürte sie, wie sich eine Hand auf ihren Arm legte, und erschauderte: Einen Augenblick war sie sicher, dass er es sei.

Als sie sich umblickte, sah sie die tröstliche Gestalt von Lonerin, der mit dem Dolch in der Hand ebenfalls am Boden lag. Seine ruhige Miene hätte ihr eigentlich Mut machen müssen, doch alles, was sie empfand, war eine seltsame Enttäuschung. Daher konzentrierte sie sich auf das, was um sie herum war, wobei es eine Weile dauerte, bis sie klar erkannte, wo sie gelandet waren.

Sie befanden sich über einer steilen Felswand, die weiter unten in ein tiefes Tal auslief, das, so weit das Auge reichte, mit Bäumen bestanden war. Es waren wohl jene Bäume, die sie bereits von den hiesigen Wäldern kannten, auch wenn sie sie jetzt zum ersten Mal von oben sahen. Das Ganze wirkte wie ein langer Spalt, der bis zum Horizont mit grünem Samt gefüllt war. Der Höhlenausgang ging in einen Pfad über, der zu regelmäßig durch den Fels führte, um nicht angelegt worden zu sein, und das gesamte Tal säumte. An einigen Stellen war er von Gesteinsmassen verschüttet, schien aber doch durchweg begehbar zu sein.

Dubhe kroch nun zum Rand des Abhangs, um das Tal besser überblicken zu können. Vorsichtig bewegte sie die Ellbogen, den Bogen immer noch in der Hand und mit Lonerin an ihrer Seite.

Unter sich sah sie nichts als Grün, verflochtene Baumkronen und Äste mit breiten, fleischigen Blättern. Dann ging alles ganz schnell. Wie von einem starken Erdbeben erschüttert, schwankte plötzlich der Boden unter ihr, während ihr ein warmer Atem ins Gesicht strömte.

Es stand unmittelbar vor ihrer Nase, riesengroß, schnaubend. Ihr blieb das Herz stehen.

Lonerin war neben ihr, während sich das Tier jetzt umwandte.

Es hatte einen riesigen Drachenkopf mit einem hohen knöchernen Kamm und einem länglichen Maul. Die glänzenden Schuppen waren von einem dunklen Braun, das zur Wurzel hin in ein tiefes Schwarz überging. Der Kamm hingegen war weiß mit rötlichen Äderungen. Mit einem ohrenbetäubenden Schnauben, als würde ein enormer Blasebalg zusammengepresst, reckte es den Kopf zu Lonerin vor. Seltsamerweise war es weniger die Angst, die Dubhe lähmte, als vielmehr der Blick des Drachen, seine feuerroten, lodernden Augen. Sie wirkten wie ein tiefer Schlund, in dem man sich leicht verlieren konnte, ein Abgrund der Jahrtausende, aus dem heraus das Tier die Welt mit extremer Distanz betrachtete.

Auch der Drache schien erschrocken, war verstummt. Doch Dubhe wusste sehr genau, dass die wenigen Zoll, die sie von dem Tier trennten, den Abstand zwischen Leben und Tod darstellen konnten. Die mächtigen Reißzähne in diesem Maul vor ihr waren imstande, alles zu zerfleischen, was sich ihnen in den Weg stellte. Einen Augenblick lang dachte sie an die fantastischen Tiere, die ihnen auf ihrem Weg hierher begegnet waren, und fragte sich, ob der Wald diesmal Vergeltung üben und sie töten werde.

Während sie die wunderschönen Augen des Drachen mit

den leuchtenden, goldgelben Flecken in der Iris betrachtete, ging ihr durch den Sinn, dass es auf der ganzen Welt nichts Vergleichbares geben konnte, nichts, was so urtümlich und fantastisch war. Auch wenn der Drache eine tödliche Gefahr darstellte, war Dubhe hingerissen von ihm.

Fast neugierig starrte das Tier sie jetzt an. Sein Atem war kaum wahrnehmbar, die Luft bewegte sich nicht.

Als Lonerin Dubhe antippte, fuhr sie herum und sah, dass er sich auf Knien auf den Drachen zubewegte. In seinen Gesichtszügen lag jene unerschütterliche Entschlossenheit, die sie so sehr an ihm bewunderte. Und in diesem Moment wurde ihr klar, dass sie sich ihm dieses Gesichtsausdrucks wegen in der Höhle hingegeben hatte. Weil er ein Mann war, der keine Angst hatte, Entscheidungen zu treffen.

Als sei es ein Traum, sah sie zu, wie er jetzt eine Hand nach dem Drachen ausstreckte und dieser ein wenig das Maul zurückzog.

Die Hand weiter vorgestreckt, hielt Lonerin in der Bewegung inne. Seine Miene wirkte gelassen, offenbar hatte er keine Angst, und so gab er sich auch. Der Drache schien fast belustigt, und in seinem Blick flackerte so etwas wie Verständnis auf. Er schob die Hand des Magiers mit dem Maul zur Seite, aber die Geste wirkte nicht feindselig, sondern fast gespielt entrüstet. Da zog Lonerin die Hand zurück und verneigte sich so tief, dass sein Kopf fast den Fels berührte.

Dubhe spürte, dass sie es ihm nachtun musste. Auch wenn sie die Geste nicht genau verstand, war ihr bewusst, dass dies jetzt einfach verlangt war, auch ohne eine logische Erklärung.

Sie tat es, fühlte sich verwundbar, schutzlos dabei. Hätte der Drache jetzt angegriffen, hätte sie es noch nicht einmal gesehen.

Sie spürte seinen Atem und sah aus den Augenwinkeln, wie er sich gemächlich Lonerin näherte, dann dessen Kopf mit dem Maul berührte. Das Gleiche tat er dann bei ihr, mit derselben Ruhe und ebenso behutsam. Dubhe war bewegt.

Sie hob den Kopf und sah für einen kurzen Moment noch das riesengroße Maul und diese roten Augen, die sie ernst anblickten.

Dann war der Drache verschwunden.

Lonerin neben ihr stieß einen Seufzer der Erleichterung aus.

Dubhe betrachtete ihn neugierig, aber so, wie sie auch einen Fremden hätte ansehen können. Seine Kaltblütigkeit hatte sie verblüfft.

»Warum starrst du mich so an? Es ist ja noch mal gut gegangen. Weißt du, ich glaube, die Unerforschten Lande haben endlich beschlossen, uns in Frieden zu lassen.«

»Deswegen diese Unterwerfungsgeste? Damit wir hier akzeptiert werden?«, fragte Dubhe mit leiser Stimme.

Lonerin nickte. »Ja, die Drachen sind die ältesten Tiere der Aufgetauchten Welt und sicher auch die Herren dieser Welt. Dieses Land hier gehört dem Drachen, es steht ihm rechtmäßig zu, und wir haben dieses Recht verletzt. Sagen wir so: Indem wir uns vor ihm niederwarfen, haben wir uns den Aufenthalt hier verdient.«

Nach dieser Begegnung setzten sie ihren Weg auf dem schmalen Pfad am Fels entlang fort. Unbeschreiblich war die Schönheit dieses Tals, ein Paradies, wild und fremdartig, mit den mächtigen Drachen, die überall umherstreiften. In kürzester Zeit hatten sie bereits fünf gezählt. Sie waren kleiner als die der Aufgetauchten Welt und erinnerten damit ein wenig an die blauen Drachen aus dem Land des Meeres. Sie unterschieden sich allerdings in der Farbe und vor allem in der Art der Flügel. Denn diese Drachen hier besaßen nur winzige Flügel, die wie Stummel an den Schulterblättern ansetzten. Mit Sicherheit konnten sie damit ihre mächtigen Leiber nicht in die Lüfte heben. Dafür waren sie jedoch von einer besonderen Anmut: Rot und weiß geädert, durchscheinend, fast durchsichtig vermittelten sie den Eindruck von etwas ungeheuer Zerbrechlichem.

Das Faszinierendste war jedoch, dass sich diese Drachen flink wie Eidechsen in den Felswänden bewegten. Dubhe und Lonerin beobachteten, wie sie die Abhänge hinauf- und hinunterkletterten, verschwanden und wieder auftauchten aus dem Wald, der das Tal überzog. Leicht fanden sie Halt in den Wänden dank der mächtigen Krallen, mit denen die drei Zehen einer jeden Tatze ausgestattet waren. Sie waren so lang wie eine Hand breit, scharf und robust, drangen in den Fels ein und verhakten sich in ihm. Und jedes Mal, wenn dies geschah, bebte der ganze Berg. Dies waren die mysteriösen Schritte, die sie auf dem letzten Stück ihres unterirdischen Weges gehört hatten.

Dubhe fiel auf, dass die Wand seitlich von ihnen mit tiefen Löchern durchsetzt war, den Spuren, die die Drachenkrallen hinterlassen hatten.

Die beiden mussten sich zunächst daran gewöhnen, sich in Blickweite dieser Tiere zu bewegen. Die Erschütterungen, die diese auslösten, machten es schwierig, das Gleichgewicht zu halten und auf dem schmalen Pfad nicht abzustürzen. Immerhin zeigten die Tiere nach der erste Kontaktaufnahme keinerlei Interesse mehr an den fremden Menschlein, die ihr Territorium durchquerten, wobei sich Dubhe dennoch die ganze Zeit über wie ein misstrauisch beäugter Eindringling vorkam.

Wie sie feststellten, verliefen nun oberhalb und unterhalb ihres Weges zwei weitere Pfade. Sie erschienen und verschwanden immer wieder, indem sie sich mal mit ihrem Weg verbanden, andere Male zur Felskante hinaufführten oder ins Grün des Waldes unter ihnen eintauchten.

»Die hat bestimmt jemand angelegt«, bemerkte Dubhe und wies mit einer Kopfbewegung auf die Pfade.

»Sieht ganz so aus«, stimmte Lonerin ihr mit einem Nicken zu.

»Hat Sennar etwas darüber geschrieben?«

»Offen gesagt, hat er noch nicht einmal diese Senke erwähnt. Von hier an sind die Hinweise noch unklarer. Aber egal, ich bin mir immer noch sicher, dass die Richtung stimmt.«

Auch Dubhe zweifelte nicht daran. Seit sie gesehen hatte, wie er den Drachen besänftigt hatte, vertraute sie Lonerin noch mehr.

Da ertönte plötzlich ein lautes Brüllen. Der Boden unter ihnen bebte, und Lonerin musste sich an der Felswand festhalten. Dann lehnte er sich vor, um zu sehen, was unter ihnen los war.

Bald brüllte es von allen Seiten, die Drachen waren erregt, und dann löste einer von ihnen, der noch größer und mächtiger als die anderen war, ein wahres Erdbeben aus. Dubhe hörte seine Schritte in nächster Nähe, schnelle, schwere Schritte, die den Fels dermaßen heftig erschütterten, dass eine ganze Flanke dicht bei ihnen wegbrach und zu Tal stürzte.

Wie in einem Albtraum musste Dubhe mit ansehen, wie ihr Gefährte hinter einem Steinhagel verschwand. »Lonerin!«, schrie sie aus Leibeskräften.

Sie sah noch, wie er sich umdrehte, die Hand zu ihr ausstreckte und den Mund weit aufriss, um ihren Namen zu rufen. Dann nichts mehr. Ein Berg aus Geröll und Staub hatte sie getrennt.

Gerade als sie hinzueilen wollte, ließ eine Stimme sie erstarren.

»Ich würde mich nicht um ihn kümmern.«

Diese Stimme kannte sie.

Verflucht.

Ihre Hand fuhr zum Dolch, da fiel ihr ein, dass sie ihn am Höhleneingang Lonerin gegeben hatte.

Ich habe meinen Dolch nicht!

17

Der Dämon Hass

»*Da sind sie ja!*« Rekla gab Filla ein Zeichen, und der blieb stehen und ließ sie behutsam hinunter. Mittlerweile war sie nur noch ein Schatten ihrer selbst, doch immer noch weigerte sich ihr Körper, der Last der Jahre völlig nachzugeben. Sie standen am Abhang, schauten hinunter und sahen Dubhe und Lonerin nicht weit unter ihnen einen schmalen Pfad am Fels entlangwandern.

Dass sie die beiden jetzt im Blick hatten, war ein großer Vorteil für sie.

»Diesmal hast du deine Sache gut gemacht«, sagte Rekla, während sie sich zu ihrem Gefährten umdrehte.

Es war eine gute Idee gewesen, sich von ihm auf den Schultern tragen zu lassen. Filla hatte alles aus sich herausgeholt und war wirklich schnell vorangekommen. Jetzt war er vollkommen erschöpft, aber der Vorsprung der beiden Verräter war merklich zusammengeschmolzen.

Rekla hatte sich bald mit der Situation abgefunden und sich bereitwillig helfen lassen, hatte es eingesehen, dass sie tatsächlich zu schwach geworden war, um es allein schaffen zu können.

»Sie sind zu zweit, dieser Magier ist wieder bei dem Mädchen. Das ist doch unmöglich …«

Rekla hatte es sofort geahnt, als sie ihre Spuren untersuchte, aber dies nun mit eigenen Augen zu sehen, war noch einmal etwas ganz anderes.

»Ja, es ist eben immer besser, eine Leiche zu haben«, murmelte sie.

Filla seufzte. Er war erschöpft, und seine Herrin hatte ohne ihr Mittel die Kraft der Jugend verloren. Gewiss, sie war immer noch kampferprobter als irgendeine alte Frau, und dennoch würde es unter diesen Umständen gegen zwei Feinde nicht leicht für sie werden.

»Ich kümmere mich um den Magier, und Ihr übernehmt Dubhe.«

»Schaffst du das denn? Du scheinst mir entkräftet nach dem langen Weg.«

»Aber er ist doch nur ein Magier, kein ausgebildeter Krieger. Was soll er gegen mich ausrichten? Und Dubhe gehört Euch. Sie ist der Lohn, den Ihr Euch verdient habt nach dem, was Ihr durch sie erleiden musstet. Damit Ihr die Rache wirklich genießen könnt, solltet Ihr dem Mädchen allein entgegentreten.«

Bei diesen Worten begannen Reklas Augen zu strahlen. Lange blickte sie ihn an, und Filla hatte alle Zeit der Welt, ihr vom Alter zerstörtes Gesicht zu betrachten, die Runzeln und Falten, ihre trüben, verschleierten Augen. Und dennoch liebte er sie, mehr noch als zuvor.

»Danke«, sagte Rekla, während sie fast schüchtern den Blick abwandte, und ihm ging das Herz auf. »Noch kein anderer Schüler hat mir mit dieser Hingabe gedient«, fügte sie hinzu.

Filla senkte den Kopf und spürte, wie ihn eine unermessliche Freude und ein unbändiges Verlangen überkamen. Ohne lange zu überlegen, ohne sich darüber klar zu werden, was er da tat, umfasste er ihre Schultern, und bevor sie noch etwas sagen, bevor sie sich wehren konnte, presste er seinen Mund auf ihre blutleeren Lippen. Es war nur ein Moment, dann nahm er den Kopf wieder zurück und sah ihren fassungslosen Blick. Noch bevor darin Zorn aufflammen konnte über das, was er gewagt hatte, erklärte er rasch: »Du wirst sie besiegen. Auch für mich.« Und damit ließ er sie allein.

Als die Felswand herniederkrachte, hörte Lonerin noch, wie Dubhe verzweifelt nach ihm rief. Einige Augenblicke war er umhüllt von der dichten Staubwolke, und um nicht abzustürzen, klammerte er sich an der Wand hinter ihm fest. Als das Tosen verebbte und sogar die Drachen verstummten, machte sich eine beängstigende Stille breit.

»Dubhe!«, hustete er noch halb taub vom Donnern des Erdrutsches.

Kaum hatte er den Namen gerufen, spürte er plötzlich einen eisernen Griff um den Hals und sah noch, dass etwas Funkelndes auf ihn zukam. Der reine Instinkt rettete ihn.

Röchelnd, fast erstickt, kam ihm das Zauberwort über die Lippen, aber es wirkte. Die Klinge prallte ab an der silbernen Kugel, die sich um seinen Körper gebildet hatte. Lonerin sah die ausgestreckte Hand, die das Heft hielt, und erkannte ganz deutlich die unverwechselbaren Umrisse der schwarzen Klinge sowie der einer Schlange nachgebildeten Glocke.

Der Griff um seinen Hals lockerte sich einen Moment, und diese Gelegenheit ließ sich Lonerin nicht entgehen. Er entwand sich und drehte sich zu dem Angreifer um. Dabei wusste er schon, was er sehen würde: das unverwechselbare Gesicht eines Assassinen. Seit seinem Aufenthalt im Bau der Gilde hatte sich sein Hass auf diese Sekte ins Unermessliche gesteigert, und nach seinem Kampf gegen Rekla war er bereit, dieses Gefühl wirklich zuzulassen.

Er hatte keine Angst, kein schlechtes Gewissen. Er dachte an Dubhe jenseits der Geröllmassen, die auf seine Hilfe wartete. Und er dachte an die Nacht, die sie zusammen verbracht hatten, und daran, wie Rekla und ihr Kumpan sie zuvor misshandelt hatten. Sogar die Erinnerung an seine Mutter war wieder da, ihre Leiche unter all den anderen halb verwesten Körpern in dem Massengrab. Und er wusste, dass er sich jetzt nichts sehnlicher wünschte, als gegen die Gilde zu kämpfen. Auf der Stelle.

Endlich wird abgerechnet. Damit werde ich frei sein, und Dubhe mit mir.

Er zog den Dolch, den Dubhe ihm kurz zuvor gegeben hatte, und nahm Kampfstellung ein. Früher hatte er sich einige Male im Schwertkampf geübt, aber dabei nur einige Grundlagen gelernt. Darüber hinaus hatte er jetzt kein Schwert in der Hand, sondern einen Dolch. Kein großer Unterschied, sagte er sich, worauf es ankam, war ja nur, den Kampfinstinkten freien Lauf zu lassen.

Abgelenkt von diesen Gedanken, verspürte er plötzlich einen entsetzlichen, brennenden Schmerz am linken Ohr. Der Assassine hatte ihn schon erwischt. Instinktiv nahm er den Dolch fester in die Hand und richtete ihn auf seinen Gegner. Jetzt war er zum Kampf bereit und würde nicht mehr zurückweichen.

Doch der andere lachte ihn aus. »Was soll das? Wirf den Dolch lieber weg, damit kannst du doch nicht umgehen!«

Er hob seine bewaffnete Hand, so als wolle er zustechen, doch es war eine Täuschung. Denn schon flog ein Messer auf Lonerins Kehle zu. Der Magier hielt eine Hand schützend vor sich, rief nur ein einziges Wort, und schon bildete sich einen Moment lang wieder der silberne Schild vor seinem Körper. Das Wurfmesser prallte ab, und das so heftig, dass nun der Assassine der Klinge ausweichen musste. Aber es gelang ihm ohne Schwierigkeiten. Flink und geschmeidig wie eine Katze bewegte er sich so wie Dubhe, so wie alle Assassinen.

Da holte Lonerin aus und stürzte sich mit einem markerschütternden Schrei auf den Feind, jedoch zu ungelenk, um sein Ziel zu treffen.

Mit einem Sprung wich der Assassine aus. Ein anderes Messer. Ein erneuter Wurf. Mit einer raschen Bewegung zur Seite konnte auch Lonerin ausweichen.

»Aha, gar nicht so lahm auf den Beinen …«, höhnte Filla.

Einige Augenblicke standen sie sich reglos gegenüber und studierten sich. Lonerin keuchte bereits und hielt den Dolch krampfhaft in der Hand. Aber auch seinem Gegner schien es nicht viel besser zu gehen. Er atmete schwer, und Schweißperlen standen auf seiner Stirn.

Er ist auch erschöpft. Ich kann es schaffen, machte sich Lonerin Mut.

Sein Blick schien diese Entschlossenheit zu spiegeln, denn der andere höhnte wieder mit einem gemeinen Grinsen.

»Du willst mich doch wohl nicht umbringen?!«

Lonerin schwieg, doch in ihm antwortete etwas: *Doch, das werde ich.*

»Versuch es erst gar nicht. Ich werde es nicht zulassen, dass du auf die andere Seite gelangst!«, rief Filla. »Meine Herrin will nicht gestört werden. Sie hat eine Verabredung mit deiner Freundin.«

Ein plötzlicher Schwindel erfasste Lonerin. Wieso hatte er sich das nicht klargemacht? Wenn dieser Assassine hier allein bei ihm war, so war mit Sicherheit jenseits der Geröllmassen Rekla allein mit Dubhe. Sie war in Gefahr … Er musste sich sputen. In diesem Moment warf sich der Assassine wieder auf ihn und versuchte auf ihn einzustechen. Lonerin konnte die Angriffe parieren, wich aber mit jeder Bewegung einen Schritt zurück.

Wieder ein Stoß. Lonerin konnte den Dolch gerade noch aus den Augenwinkeln erkennen: ein schwarzer Blitz, der auf seinen Unterleib zuschoss. Fast im selben Moment kam ihm das Wort über die Lippen, und Filla schrie auf vor Schmerz, während Lonerin zurücksprang und auf sicheren Abstand ging.

Er hatte es getan, konnte es selbst kaum glauben. Ohne lange zu überlegen, so als sei dies das Selbstverständlichste auf der Welt.

Ich habe eine verbotene Formel benutzt.

Fassungslos blickte er auf den Mann, der vor ihm kniete, die Augen weit aufgerissen, das Gesicht zu einer Maske des Leidens verzerrt. Er hielt sich die rechte Hand, mit der er gerade noch den Dolch geführt hatte. Sie war verkohlt.

Lonerin war weniger entsetzt über sich selbst als vielmehr verblüfft, mit welcher Leichtigkeit er dem wichtigsten Gebot seines Lehrmeisters Folwar zuwidergehandelt hatte.

›Du magst glauben, dass verbotene Zauber eine gute Abkürzung sein können, manchmal sogar der einzige Ausweg, aber das ist immer eine Täuschung. Die schwarze Magie verlangt als Pfand stets einen Teil deiner Seele.‹

Lonerin aber empfand Genugtuung. Endlich einmal hatte er einen Assassinen verletzt, hatte gezeigt, dass er genauso stark wie die *Siegreichen* sein konnte. Es war, als hätten ihn all die Jahre des Studiums und des Bemühens, ein besserer Mensch zu werden und sich nicht vom Hass auffressen zu lassen, zu diesem Punkt hier führen müssen, zu diesem Augenblick größter Befreiung.

Der Assassine lächelte brutal, mit schmerzverzerrter Miene.

Und wieder reagierte Lonerin instinktiv, stieß einen Schrei aus und warf sich erneut auf ihn. Aber auch verletzt war sein Feind noch höllisch flink und trieb Lonerin mit ein paar raschen Dolchstößen in eine Ecke. Da sprach der Magier die Worte zum zweiten Mal. Und schon wälzte sich Filla am Boden, rollte fast bis zum Rand des Abgrunds und kam erst im letzten Moment zum Stillstand, bevor das Schlimmste geschah. Mühsam rappelte er sich hoch, und Lonerin nutzte die Gelegenheit für einen weiteren Zauberspruch. Im Nu wurde der Arm des Assassinen steif und blau, und es dauerte nicht lange, da war er bis zum Ellbogen zu Stein erstarrt. Nur kurz verzog sich Lonerins Miene zu einem triumphierenden Lächeln, denn schon wurde ihm klar, dass er einen Fehler gemacht hatte. Gewiss, der verletzte Arm war nicht mehr zu gebrauchen, aber so steinern war er nun auch unempfindlich gegen Schmerz.

Der Assassine lachte roh. »Danke für das Geschenk!«

Mit ungeahnter Kraft sprang er vor, und Lonerin geriet ins Straucheln, stürzte und schlug mit dem Rücken auf dem steinigen Boden auf.

Schon holte der Angreifer aus, um sofort zuzustechen, doch der Magier schaffte es noch, den Kopf zur Seite zu wenden, sodass die Klingenspitze nur seine Schulter streifte und am Fels abprallte. Ein fernes Brüllen durchlief das Tal.

Der Mann packte Lonerin am Hals, zog ihn ein Stück hoch und drückte ihm die Gurgel zu.

»So, jetzt ist es um dich geschehen«, zischte er ihm aus nächster Nähe ins Gesicht.

Lonerin wurde schwarz vor Augen. Nicht ans Kämpfen gewöhnt und nach den beiden verbotenen Zaubern war er nun mit seinen Kräften am Ende. Aber er durfte nicht aufgeben. Er hatte sein Ziel noch nicht erreicht. Das konnte nicht das Ende sein.

Langsam führte er eine Hand zu der verwundeten Schulter. Es war nicht viel mehr als eine Schnittwunde, aber sie blutete doch so stark, dass seine Finger voller Blut waren, Blut, das er nun mit einer raschen Bewegung, und dabei leise eine Formel sprechend, dem Assassinen ins Gesicht spritzte. Auf der Stelle verwandelten sich die Tropfen in lange Fäden, stark wie Seile, die sich so fest um den Assassinen wickelten, dass der sein Opfer loslassen musste. Lonerin glitt, sich den Rücken am Fels aufschürfend, unter ihm hindurch und war frei. Beinahe wäre er erwürgt worden, und um Luft ringend, hustete er sich jetzt die Lunge aus dem Leib. Es dauerte eine Weile, bis er sich erholt hatte, dann sprang er auf, erfüllt von einem unbändigen Zorn.

Die Arme gefesselt, lag der Assassine am Boden, wand sich und schrie: »Elender Hund!«

Was für ein Bild!, dachte Lonerin. Er hatte einen Assassinen, einen der Mörder seiner Mutter, bezwungen, und der zappelte nun wie eine Fliege im Spinnennetz.

Der gehört mir, ich kann mit ihm machen, was ich will. Er wollte mich umbringen, aber ich habe ihn besiegt. Jetzt kann ich ihn töten. Und dazu habe ich allen Grund der Welt. Niemand kann mich dafür verurteilen.

Mit vor Erregung zitternder Hand hob er den Dolch. Vom Blut war seine Handfläche glitschig, aber das war jetzt ohne Bedeutung. Der Assassine spuckte und versuchte, etwas zu sagen, doch Lonerin stellte ihm einen Fuß auf die Brust.

»Halt's Maul!«

Er hatte noch nie jemanden getötet, doch in diesem Moment, drängte es ihn, es zu tun, jetzt sofort, an Ort und Stelle, ohne lange zu fackeln. Sein ganzes Leben hatte er damit zugebracht, seinen Hass auf die Gilde zu unterdrücken. Um sie zu besiegen, hatte er nicht zu Waffen greifen, sondern sich auf die Magie stützen wollen und war Folwars Lehren gefolgt, die es ihm erlaubten, den Hass unter Kontrolle zu halten. Doch nun schienen all die Jahre, in denen er sich bemüht hatte, den Wunsch nach Rache loszuwerden, vergebens gewesen zu sein. Im Grund war nicht ein einziger Tag vergangen, an dem er nicht daran gedacht hätte, die ganze Sekte, die seine Mutter umgebracht hatte, auszulöschen.

Mir steht es zu, zu richten. Mir steht es zu, Vergeltung zu üben für all das Leid, das uns angetan wurde. Es ist mir nicht gelungen, meine Mutter zu retten. Aber Dubhe zu retten, ist mir noch möglich. Ich muss es tun!

Als er den Dolch hob, zeigte der Mann zu seinen Füßen keinerlei Angst, sondern eher den Blick eines Menschen, der erleichtert darauf wartete, nun bald frei zu sein. Lonerin zögerte jedoch. Irgendetwas hinderte ihn, diesen Schritt zu tun.

»Was ist? Schaffst du's nicht?«, lächelte Filla.

Tu es! Jetzt, sofort!

Die erhobene Klinge funkelte, sein Körper bebte.

Tu es!

Er schrie auf und stach die Klinge in den Boden, nur einen Hauch vom Kopf des Mannes entfernt.

»Nein, das schaffst du nicht! Das schaffst du nicht, mich zum Mörder zu machen, zu etwas, wogegen ich mein ganzes Leben lang bekämpft habe!«

So laut hatte er gebrüllt, dass ihm die Kehle schmerzte. Er fiel zu Boden und nahm das Gesicht in die Hände. Wie groß die Verzweiflung auch sein mochte und wie unbändig das Verlangen, er würde es nicht tun. Er würde nicht töten. Hätte er es getan, wäre sein ganzes Leben seit dem Tod seiner Mutter vergebens gewesen.

Er hörte, wie der Mann neben ihm lachte. Ein bitteres, verzweifeltes Lachen. »Feigling«, murmelte er.

»Das kannst du nicht verstehen«, knurrte Lonerin, den Blick starr zu Boden gerichtet, »das ist die tiefe Kluft zwischen dir und mir. Du verstehst es nicht und wirst es nie verstehen.«

»Ich glaube, du bist es, der hier nicht versteht«, erwiderte der andere und blickte zum Himmel auf.

Lonerin hob den Kopf und sah ihn fragend an. Dann ein unmenschlicher Schrei, der beide erbeben ließ.

18

Verschüttete Erinnerungen

Früh am Morgen wachte Ido auf. San lag im Bett neben ihm und schlief ruhig und friedlich.

Der Gnom fühlte sich recht gut bei Kräften. Die Behandlung durch den Jungen hatte wahre Wunder gewirkt, und die Unverwüstlichkeit seiner Rasse hatte ein Übriges getan. Noch ein paar Tage, und sie würden sich wieder auf den Weg machen können. Nun jedoch hatte er erst einmal Lust, einen Spaziergang zu machen im einstigen Hort des Widerstands – allein.

Dieses Bedürfnis verspürte er schon, seit sie hier unten bei den Kanälen waren. Die Erinnerungen ließen ihn nicht los, und so hielt er es für eine gute Idee, sich noch einmal die Orte anzuschauen, wo so viel geschehen war, wo er gekämpft und gelitten, getrauert und gejubelt hatte. Er zählte hundert Jahre und empfand es als schwere Last, übrig geblieben zu sein und alles und alle überlebt zu haben. Er war müde – diese Last drückte ihn nieder. Mittlerweile empfand er den Tod nicht mehr als Feind, sondern mehr als guten Freund. Und doch gab es noch viel zu tun, und er hatte nicht die Absicht, sich einfach davonzumachen und irgendetwas unerledigt zurückzulassen.

Zunächst gelangte er zu ihrem damaligen Zuhause, einer aus dem Fels herausgeschlagenen Nische. An einer Seite stand das Bett, das er viele Jahre mit Soana geteilt hatte. Etwas weiter nur lag die Halle, in der er seine Leute versammelt, ihnen Befehle erteilt und gemeinsam mit ihnen die nächsten Aktionen aus dem Untergrund entwickelt hatte. Dann die Waffenkammer mit den bereits halb verrosteten Schwertern, den Piken, den verstreut herumliegenden Rüstungen.

Alles war still und verlassen. Dennoch erinnerte sich Ido gut an die Gesichter seiner Kameraden und auch, wie sie gestorben waren. Wie viele Bestattungen hatte er erlebt, wie vielen Sterbenden im Todeskampf beigestanden, wie viele von Schwertern verstümmelte Leichen gesehen.

Seine Schritte führten ihn in die große Arena. Es handelte sich um eine Halle mit einem leeren Sammelbecken, die sie so eingerichtet hatten, dass sich das Dach mittels einer Vorrichtung öffnen ließ, die von drei Leuten bedient werden musste. Draußen waren nur Berge, eine abgelegene Stelle also, sodass niemand auf die Öffnung aufmerksam wurde.

Er trat ein und tat ein paar tiefe Atemzüge. Wieder hatte er den Geruch in der Nase, den Vesas immenser Leib verströmt hatte, den er dort unten in den langen Feuerpausen zwischen den Einsätzen gehalten hatte. Und er erinnerte sich noch, wie das Tier vor Aufregung bebte, wenn er dann aufsaß und ihm ins Ohr flüsterte, dass es nun in den Kampf ging. Und von dort war Vesa auch zum letzten Mal überhaupt aufgeflogen an jenem Tag, als die Widerstandsbewegung aus den Kanälen vertrieben wurde.

Das Geräusch seiner eigenen Schritte hallt ihm in den Ohren. Ido hat allen befohlen, die Flucht zu ergreifen, doch Dohors Soldaten sind ihnen immer noch auf den Fersen, durchsuchen alle Kanäle. Er gelangt zur Arena, abgehetzt, erschöpft, die Wunde am Arm pocht mächtig. Er bleibt stehen. Vor sich sieht er einen Haufen verbrannter Männer übereinanderliegen und zwischen ihnen Vesa, seinen Drachen, der mit stolzer Miene auf ihn wartet.

Kaum hat Vesa ihn erblickt, stößt der Drache ein lautes Brüllen aus, und Ido lächelt ihn erleichtert an. Sein Schlachtross hat es geschafft, wieder werden sie gemeinsam in den Kampf ziehen.

Ido rennt ihm entgegen, sie müssen eilig fliehen, es bleibt keine Zeit. Als er bei ihm ist, sieht er, dass sein Drache verwundet ist. Einige Lanzenspitzen haben sich in seinen geschuppten Leib und den rechten Flügel gebohrt, doch es ist eine tiefe Wunde an einer Tatze, die ihm die meisten Sorgen bereitet.

»Ach Vesa, was habe sie dir angetan …?«

Der Drache senkt sein Maul bis zu ihm herab, schnaubt leise.

Ido streichelt ihn sanft. »Du wirst sehen, ich werde dich vom besten Magier der Welt behandeln lassen. Aber jetzt müssen wir erst mal hier fort. Wir fliehen in die Mark der Wälder, und später werden wir es diesen Hunden heimzahlen.«

Er eilt zu der Stelle, wo sich die Schubvorrichtungen befinden, drei Nischen unter der verschiebbaren Felswand. Eigentlich werden drei Männer gebraucht, um den Mechanismus in Gang zu setzen, aber vielleicht reichen seine Kräfte ja, um das Dach halb zu öffnen. Den Rest wird Vesas mächtiger Leib besorgen.

Etwas mühsam klettert Ido hinauf, sein Blick beginnt sich zu verschleiern, er hat viel Blut verloren, doch er erreicht die Nischen. In der mittleren befindet sich der lange hölzerne Hebel, der mit einem großen Zahnrad verbunden ist. Der Gnom, der die Anlage bewachte, liegt tot, von einer Lanze durchbohrt am Boden, und Ido zieht ihn kurzerhand zur Seite. Für barmherzige Gesten ist jetzt keine Zeit.

Mit beiden Händen packt er den Hebel und zieht mit aller Kraft. Ein fürchterlicher Schmerz durchfährt seinen Arm, doch der Hebel bewegt sich, und mit einem Höllenlärm verschiebt sich der Fels.

Anstatt zu springen, lässt sich Ido einfach hinunterfallen und landet etwas ungelenk auf Vesas Rücken. Der Drache hat schon damit begonnen, sich gegen den Fels zu stemmen. Seine enormen Muskeln sind angespannt, die Tatzen gekrümmt, während sich seine Krallen im Fels festklammern. Aus der Wunde am Flügel strömt das Blut, und der Blutgeruch erfüllt den Raum.

»Noch einmal mit aller Kraft, dann haben wir's. Los, Vesa, nicht aufgeben!«

Unter lautem Krachen schiebt sich die Felswand noch ein paar Handbreit zur Seite. Dann sinkt der Drache, mit den Kräften am Ende, auf seine Vordertatzen.

Unterdessen werden Kampfgeschrei und Schwerterklirren immer lauter.

»Wir haben es, los, es ist geschafft!«

Ido merkt, dass seinen Drachen alle Kräfte verlassen haben. Und genauso fühlt er sich selbst. Sie können nicht mehr, sie sind am Ende.

»Komm!«, treibt er ihn dennoch an. Und der Drache spreizt die Flügel und hebt mühsam ab.

Das Tageslicht blendet sie fast, der Vulkan Thal vor ihnen spuckt Feuer und Asche. Doch am Himmel sind keine Feinde zu sehen.

Mächtig schlägt Vesa mit den Flügeln, und im Nu steigen sie auf in der nach Schwefel stinkenden Luft und der Hitze des Vulkans, die ihnen in die Lungen dringt.

Zum ersten Mal in seinem Leben spürt Ido, dass dies seine Heimat ist. Für dieses Land hat er gekämpft, sich in dessen Bauch verkrochen, mit seinen Bewohnern gelebt, und so ist dieses Reich der Feuer und Felsen tatsächlich zu seinem Zuhause geworden.

Ich werde es dir wieder entreißen, Dohor, ich werde dir dieses Land entreißen, damit es wieder in seinem alten Glanz erstrahlen kann, *schwört er sich.*

Den Blick fest auf ihr Ziel in der Ferne gerichtet, fliegen sie dahin, und die Anspannung beginnt schon von ihm abzufallen, als er plötzlich spürt, wie sich die Muskeln seines Drachen unter seinen Schenkeln verhärten, während Vesa gleichzeitig vor Schmerz laut aufbrüllt.

Sie fallen, ein Flügel des Drachen hängt lahm herab.

Ido klammert sich an Vesas Kamm fest, und ein Blick reicht ihm, um die Lage zu überblicken.

Es war ein Biss. Ein Biss in Vesas bereits verwundetem Flügel.

Ido bebt vor Zorn.

Am Rand seines Blickfelds sieht er einen verdammt quirligen kleinen Drachen, und auf seinem Rücken einen Ritter, nicht viel älter als ein Knabe.

»Reiß dich zusammen! Komm!«, treibt er Vesa an, doch es ist zwecklos.

Der Drache ist am Ende, versucht dennoch, mit dem heilen Flügel die Luftströme auszunutzen, ohne Erfolg. Er kann nur noch den verwundeten Flügel ein wenig ausbreiten, um den Fall zu verlangsamen. Vesas Brüllen ist in ein Wimmern übergegangen, und Ido selbst fühlt seinen Schmerz, dass es ihm die Eingeweide umdreht und sich sein Blick verschleiert.

Er dreht sich um und sieht, dass der Ritter auf ihn zurast. Sein Drache ist jung und so unerfahren wie er selbst. Der Jüngling hält seine Lanze vorgereckt, und Ido ahnt genau, was er vorhat. In seinem Gesicht steht bereits das Lächeln des Siegers, und gewiss träumt er schon davon, mit seinem Kopf, dem Kopf des gefürchteten Ido, in sein Lager zurückzukehren.

Mit einem Ruck stellt sich der Gnom im Sattel auf, hält die Balance auf Vesas Rücken, während der junge Ritter jetzt, genau wie vorhergesehen, den Arm zurückzieht, um gleich darauf zuzustechen.

Ido braucht sich nur zu ducken, um der Lanze auszuweichen, bekommt dann, als der Drache vorbeifliegt, mit der heilen Hand dessen Zaumzeug zu fassen und hält sich daran fest. Entgeistert beobachtet der Jüngling, wie sich der Gnom flink wie ein Frettchen in den Sattel hinter ihn schwingt.

»Nein!«, kann er nur noch stöhnen.

Da fährt ihm Ido mit der Klinge über die Gurgel, spürt, wie er noch zuckt im Todeskampf und dann tot in seine Arme sinkt. Mit einem Tritt befördert er den Ritter hinunter und ist jetzt allein mit dem fremden Drachen, der sich bereits in Vesas Schwanz verbissen hat und ihn heftig attackiert. Seine ganze Wut hinausschreiend, versenkt Ido mit aller Kraft das Schwert bis zum Heft in der Flanke des Tiers, das aufbrüllt und seine Beute loslässt, jedoch noch Gelegenheit findet, eine mächtige Flamme auszustoßen, die Vesa einhüllt.

»Verdammtes Biest!«

Idos Zorn kennt keine Grenzen mehr. Er umklammert den Hals des Tiers, kämpft gegen die Übelkeit, die ihn überkommen hat, weil sich der Drache vor Schmerz windet und auf und nieder bäumt. Ido gleitet ein Stück an ihm hinunter, dorthin, wo sein Schwert leichter eindringen kann. Ein erneuter Schrei, und wieder stößt er zu, einmal, zweimal, noch einmal und noch einmal. Nur noch mit dem verwundeten Arm kann er sich jetzt festhalten, und die Wunde schmerzt höllisch, aber das ist jetzt gleich. Dieses Biest hat seinen Vesa schwer verletzt. Dafür muss es büßen.

Selbst halb bewusstlos, spürt Ido, dass sie abstürzen. Der Drache scheint tot zu sein. Der Gnom lässt es geschehen. Was bleibt ihm anderes übrig? Vielleicht wird auch er den Tod finden. Doch dann wird er im Kampf gestorben sein, und das genügt ihm, noch dazu im Begriff, seinen Vesa zu rächen. Jetzt lächelt er, während er ins Leere fällt.

Plötzlich ein Ruck, und er verharrt in der Luft. Das Wams schließt sich eng um seinen Hals, würgt ihn, um ihn herum warme Atemluft. Und sofort weiß Ido, was los ist.

»Vesa ...«, murmelt er.

Der Drache hat ihn im Fallen mit den Zähnen gepackt und den Aufprall verhindert.

Sanft setzt er seinen Herrn am Boden ab, und im nächsten Moment hört Ido einen Schlag, dreht sich um und sieht seinen Drachen mit dem Kopf auf dem felsigen Boden liegen. Nur noch mühsam atmet er, während sich sein Unterleib unregelmäßig hebt und senkt, und sich die Farbe des Bluts mit dem Rot seiner schuppigen Haut vermengt.

Ido kann es nicht glauben, weigert sich, es zu glauben. Ungeachtet aller Schmerzen springt er auf, eilt zu seinem Drachen, untersucht ihn.

Vesas rechter Flügel ist verstümmelt, die Membran zwischen den Knochen vollkommen zerrissen, sein Schwanz zerfleischt von Drachenbissen, und der Unterleib stinkt nach verbranntem Fleisch.

Ido weiß, was los ist. Er weiß es, kann es aber nicht hinnehmen. Er kniet vor Vesa nieder, streichelt ihm den Kopf.

»Es wird alles gut, Vesa, es wird alles gut. Klar, das kleine Biest hat dich übel zugerichtet, aber das überstehen wir schon, so wie immer. Hast du gesehen, wie ich es ihm heimgezahlt habe?«

Wieder und wieder streichelt er über Vesas Maul, während seine Hände immer blutiger werden.

»Es wird alles gut. Wir ruhen uns ein wenig aus. Und dann ziehen wir weiter, einverstanden?«

Ido spürt, wie ihm die Tränen in die Augen treten.

Mit erloschenem Blick, schaut Vesa ihn an. Und zum ersten Mal erkennt Ido in diesen Augen etwas, was nach Angst oder Resignation aussieht. Vesa ist im Begriff, sich aufzugeben.

»Nein, Vesa, verflucht noch mal, nein! Ich brauche dich doch. Kämpfe! Du musst durchhalten!«

Doch Vesas Augen zucken nicht mehr so wie sonst, wenn er seinen Drachen beim Namen nennt. Auch andere Male war er schon verwundet, aber jedes Mal, jedes verfluchte Mal, wenn er ihm sagte, dass alles gut würde, schien Vesas Blick ihm zu antworten, wie um ihn zu trösten. Ja, auch dieses Mal würden sie schließlich wieder davonkommen, weil sie seit

Ewigkeiten zusammengehörten, weil sie so viel miteinander durchgemacht hatten, weil es nicht anders sein konnte.

Mit rasendem Herzen und gegen das Schwindelgefühl ankämpfend, beugt sich Ido zu Vesas Kopf hinunter, ist seinen gelben, grün umrandeten Drachenaugen jetzt sehr nahe.

»Vesa, ich flehe dich an, halte durch … Ich habe auch nicht aufgegeben, auch ich habe viel eingesteckt heute Nacht und alles gegeben im Kampf so wie du. Aber du darfst mich jetzt nicht verlassen, du bist doch alles, was mir geblieben ist …«

Der Drache blickt ihm fest in die Augen. Und Ido hat das Gefühl, kein Tier vor sich zu haben, sondern einen Menschen, der zu ihm spricht.

›Ich muss gehen.‹

»Nein, du kannst mich nicht verlassen!« Ido schreit jetzt so laut, dass ihm die Kehle schmerzt. »Tu mir das nicht an!«

›Für jeden kommt einmal die Zeit. Und meine ist jetzt um.‹

»Das ist nicht wahr! Das erlaube ich nicht! Weißt du noch, wie ich nach jeder neuen Schlacht zu dir kam und versprach, das Schwert endgültig in die Scheide zu stecken, erinnerst du dich? Warum habe ich es bloß nicht getan? Nein, du kannst mich nicht auch noch verlassen. Das darfst du nicht!«

Vesas Blick wird ganz ruhig, sein früher so kraftvoller Atem flach und sanft wie der eines Jungtieres. Sein Brustkorb hebt sich kaum merklich und nur stoßweise.

›Lass mich gehen.‹

Ido heult jetzt wie ein kleiner Junge.

Vesas majestätischer Atem hat jeder Schlacht den Rhythmus vorgegeben. Auf diese ruhigen Atemzüge lauschte Ido, um vor dem Kampf selbst zur Ruhe zu kommen, und Vesas schweres Keuchen danach war fast immer die Siegeshymne. Wenn sie von Feldlager zu Feldlager unterwegs waren, schlief Ido mit diesen langen gleichmäßigen Atemzügen ein. Und nun ist es nur noch ein Raunen, das bald erlöschen wird.

Das ist mehr, als er ertragen kann. Ein Ritter ohne seinen Drachen ist nichts mehr, ein Ritter, dessen Drache stirbt, sollte die Größe besitzen, mit ihm diese Welt zu verlassen.

Er hebt den Kopf und blickt Vesa in die Augen, sieht zu, wie sie langsam erlöschen, und wendet den Blick nicht ab, bis der Vorhang seiner

Lider ganz gefallen ist und sein Atem stillsteht. Er ruft seinen Namen, schüttelt ihn, schlägt ihn mit der flachen Hand und weiß doch genau, dass es vorbei ist, für immer. Die Fäuste krampfhaft geballt, bricht er in haltloses Weinen aus, weint die letzten Tränen, die dem Krieger Ido geblieben sind.

Ido seufzte. Erinnerungen. Erinnerungen, die sich seinem Gedächtnis eingebrannt hatten. Lange Zeit hatte er das Bild des sterbend am Boden liegenden Vesa ständig vor Augen gehabt, war immer wieder davon gequält worden, wenn er nur einen Drachen gesehen hatte. Der Drachenritter, der er bis dahin gewesen war, war mit Vesa gestorben.

Er drehte sich um, nun war er bereit. Nun galt es, noch einen letzten Besuch zu machen, um eine ruhmreiche und tragische Vergangenheit abzuschließen. Und dieser Besuch war der wichtigste.

Sicheren Schritts bewegte er sich durch das Labyrinth der Kanäle. Drei Jahre waren seit damals vergangen, doch kannte er immer noch jeden einzelnen Stein auf diesem Weg. Unzählige Male war er ihn gegangen, und der Schmerz hatte ihn seinem Gedächtnis eingebrannt.

Dieser Teil des Kanalsystems war bei der Einnahme des Widerstandsnests geflutet worden, und bald schon stand Ido fast bis zur Hüfte im Wasser. Von einem Verlangen getrieben, das nicht zu unterdrücken war, ging er weiter.

Schließlich sah er ihn. Der untere Teil stand im Wasser, aber die Blumen darüber, die er beim letzten Mal angebracht hatte, waren noch da. Vertrocknet, aber nicht nass. Der runde Stein von einer Elle Durchmesser lehnte an der Felswand, eingraviert ein Muster aus Blumen und Blättern, typische Ornamente in der Bestattungskultur seiner Ahnen, die man dort unten bei den Kanälen häufiger sah.

Langsam, wie in Trance näherte Ido sich der Stelle. Wann hatte er zum letzten Mal geweint? Wann hatte er sich zum letzten Mal diese Schwäche, diesen so süßen Luxus erlaubt?

Er legte eine Hand auf Soanas Grabstein, fuhr die Verzierungen nach bis unter das Wasser, streichelte ihn und spürte dabei, wie ihn der Schmerz mit voller Wucht überkam. Er überließ sich ihm wie einem alten Freund, dem er schon lange nicht mehr die Tür geöffnet hatte, und begrüßte fast freudig diese Tränen.

Schweigend steigt Ido zu ihrer Kammer hinunter. Er weiß, dass nun der letzte Akt gekommen ist.

Vor dem Eingang stößt er auf Khal, den Heilpriester, der Soana während der letzten Monate ihrer Krankheit begleitet hat. Sein Gesicht spricht Bände.

Die Hände an den Seiten, steht Ido wie erstarrt da und weiß, dass er nicht darauf vorbereitet ist, lauscht zerstreut den Worten des Heilpriesters, so als erreichten sie ihn aus unermesslicher Ferne.

»Ich fürchte, ich kann nichts mehr für sie tun, Ido. Es tut mir leid. Die Krankheit hat die ganze Lunge befallen, und in diesem Stadium ist alle Heilkunst machtlos.«

»Wie lange hat sie noch?«, fragt Ido kaum vernehmbar.

Khal senkt den Blick.

»Sag schon!«, faucht Ido ihn an.

»Vielleicht bis morgen früh, länger nicht.«

Es ist aus. Kein Raum mehr für trügerische Hoffnungen, für haltlose Träume. Spätestens morgen würde die gemeinsame Zeit enden, die ihnen das Schicksal zugestanden hatte.

Die Augen niedergeschlagen, betritt Ido auf Zehenspitzen den Raum.

»Du musst nicht leise sein. Ich schlafe ja nicht.«

Soanas Stimme klingt schwach und erschöpft. Ido findet den Mut, den Blick zu heben und sie anzuschauen. Selbst ihren von der Krankheit gezeichneten Anblick liebt er noch, ihre Totenblässe, ihre vom Fieber nun fast durchscheinende Haut, die schmalen, aufgesprungenen Lippen.

»Komm zu mir. Es ist so weit.«

Sie wirkt gelassen, ruhig, als gelte es nur, sich wie so oft in ihrem Leben auf eine große Reise zu machen, eine Reise allerdings, bei der er allein zurückbleibt, unfähig, irgendwie damit zurechtzukommen.

Jetzt tritt er auf sie zu, setzt sich neben sie und findet die Kraft, sie anzuschauen. Sein Blick verweilt bei jeder Einzelheit ihres Gesichtes, den tief liegenden, blau umränderten Augen, der runzeligen Haut, dem so schmal gewordenen Halsansatz.

Werde ich sie so für den Rest meines Lebens in Erinnerung behalten? Ein kranker, ans Bett gefesselter Leib?, *fragt er sich.*

Er kann die Tränen nicht zurückhalten.

Soana schließt die Augen, atmet mühsam. »Bitte, tu das nicht.«

»Was bleibt mir denn sonst übrig?«

Sie schweigt.

Ido ergreift ihre Hand, drückt sie. Unzählige Male hat er ähnliche Situationen schon erlebt. Bis zum Überdruss. Aber nie in all den Kriegsjahren hatte er daran gedacht, dies einmal mit Soana durchmachen zu müssen. Er hatte geglaubt, ein Pfeil oder ein Dolch, Schwert oder Gift würden dem zuvorkommen, und Soana würde es sein, die an seinem Sterbelager wachte. Doch so gnädig will das Schicksal nicht mit ihm sein.

»Sei nicht so traurig«, hebt Soana, mühsam sprechend, wieder an. »Wir hatten doch unsere gemeinsamen Jahre. Für mich sind sie ein kostbares Geschenk. Und ich habe alles erlebt, was das Leben bietet, und alles getan, was ich zu tun hatte. Ich habe nichts versäumt.«

»Aber hätte ich dich doch bloß nicht gezwungen, hier unter der Erde zu leben, in diesen verdammten Kanälen, wäre ich nicht so sturköpfig gewesen, immer weiter den Kampf zu suchen, die Kriege ...«

Sie macht eine wegwerfende Handbewegung. »Nein, Ido, es war meine freie Entscheidung, dich zu begleiten.«

Er schüttelt den Kopf. Will sich nicht abfinden. »Hätte ich dir früher gesagt, dass ich dich liebe, wären uns noch viel mehr Jahre geblieben.«

Soana lächelt. »Doch die Jahre, die wir hatten, kann uns keiner mehr nehmen. Und es war keine kurze Zeit.«

Für ihn ist sie wie im Flug vergangen. Er küsst ihre Hand, drückt sie, weint.

»Ido ...« Soana weiß nicht mehr, wie sie ihn trösten soll.

Und Ido denkt, dass der Tod eines geliebten Menschen nie natürlich sein kann, dass es immer so etwas wie Mord ist, eine brutale Beraubung. Wie der Verlust eines Armes: Er wird einem immer fehlen, und man kann sich nicht damit abfinden. Vielleicht ist das Leben einfach so, aber wenn es so ist, dann ist es ungerecht, und es wäre vielleicht besser, es gar nicht zu leben.

»Lass mich nicht auf diese Weise gehen, Ido, mit dem Schmerz, dich so verzweifelt zu sehen.«

Ido spürt, dass ihm die Worte fehlen.

»Glaub mir, auch darüber wirst du hinwegkommen. Du musst es nur wirklich wollen.«

Leise laufen Ido weiter die Tränen über die Wangen und benetzen Soanas Hand. In diesem tiefen Schacht, in den er sich gestürzt fühlt, kann er sich unmöglich vorstellen, eines Tages noch einmal die Sonne zu sehen. Und er will es auch gar nicht. Wenn Soana stirbt, ist es nicht mehr als richtig, selbst nur noch in Finsternis weiterzuleben für die restliche Zeit, die ihm noch bleibt.

»Bitte, lass uns von etwas anderem reden.«

Soana zwingt sich zu einem Lächeln und versucht, ihre Stimme so normal wie möglich klingen zu lassen, doch sie bekommt kaum noch Luft. »Erinnerst du dich noch an den Abend, als ich dich bat, bei dir bleiben zu dürfen?«

Ido schließt die Augen. Und sieht sie nun wieder so, wie sie damals war, hat genau dieses Bild vor Augen, als seien seit damals nicht so viele Jahre vergangen. Jetzt hat er keinen Zweifel mehr, jetzt weiß er, dass er sie so und nicht anders in Erinnerung behalten wird.

»Wie könnte ich das vergessen?«

»Oder Dohors Hochzeit mit Sulana, als wir zusammen vor dem Brautpaar standen. Wie hast du dich geschämt!«

»Ich hab mich doch nicht geschämt!«, braust Ido auf.

»Und ob. Aber nicht für mich. Sondern für dich selbst, weil du das Knie beugen musstest.«

Ido lächelt errötend.

So unterhalten sie sich weiter, denken zurück an das, was sie zusammen erlebt haben, an die unzähligen gemeinsamen Momente, die die vergangenen zwanzig Jahre ihnen geschenkt haben. Und als sie zu erschöpft ist, um weiterzusprechen, und ihr Atmen in ein schwaches Röcheln übergeht, redet er für sie beide. Und irgendwann ist es so weit, die Kerze erlischt, und undurchdringliche Stille und Finsternis machen sich breit.

»Soana …«, murmelte Ido im Halbdunkel, und er sah sie vor sich, strahlend, lächelnd, ein Bild betörender Schönheit.

›Du bist zurückgekehrt …‹

›Ich kann aber nicht bleiben.‹

›Ich weiß.‹

›Aber ich konnte nicht aufbrechen, ohne dir noch Lebwohl zu sagen.‹

Sie lächelte: ›Ich bin stolz auf dich, Ido.‹

Langsam rannen die Tränen über die Wangen seines alten bärtigen Gesichts.

›Beschütze ihn und rette ihn, wenn er in Gefahr ist.‹

Ido öffnete die Augen. Vor ihm war nur der kalte Stein. Und doch war Soana da, das spürte er, war bei ihm für immer.

19

Die Bestie

Einen Augenblick lang verharrte die Schattenkämpferin, während ihr der kalte Schweiß den Rücken hinunterlief. Dann holte sie Luft und fuhr herum, die Hände mit den Messern darin wurfbereit vor der Brust.

Dubhe schleuderte das erste und sofort auch das zweite, doch vergeblich. Wie schon befürchtet, sprang Rekla zur Seite und wich beiden aus. So stand sie da, mit dem Dolch in der Hand und einem triumphierenden Grinsen im Gesicht.

Das Mädchen erkannte sie kaum wieder. Sie war es und gleichzeitig auch wieder nicht. Über zehn Tage hatte Rekla ihren Trank nun nicht mehr eingenommen, und das jäh hereingebrochene Alter zeigte verheerende Wirkungen. Ihre Gesichtshaut war runzelig und hing schlaff wie ein nasser Lappen an ihrem knöchernen Schädel herunter. Von ihren glänzenden Locken war nichts mehr übrig geblieben, und ihr strähniges Haar stand buschig wie trockenes Stroh an den Seiten ab. Ihre Augen hingegen, obwohl verschleiert durch die Jahre, blitzten vor Hass und Rachsucht. Aber während sich ihre Knochen überall durch die dünne, fast durchscheinende Haut drückten, reagierten ihre Muskeln immer noch so flink wie gewohnt. Es war das Vertrauen in ihren Gott, das ihr die Kraft schenkte, nicht aufzugeben.

»Erschrick nur nicht vor meinem Aussehen!«, rief Rekla höhnisch.

Sie kam ein paar Schritte näher, während Dubhe instinktiv zurückwich. Aber es gab keinen Ausweg. Hinter ihr waren nur die gerade herabgestürzten Gesteinsmassen und zur Linken ein Abgrund, aus dem es keine Rettung geben würde. Selbst den Bogen einzusetzen war unmöglich, weil kein Platz dafür war. Sie zählte drei verbliebene Wurfmesser: Die würden nicht reichen.

»Schau in dieses Gesicht, schau es dir genau an«, zischte Rekla und rückte weiter vor.

Dubhe stand mit dem Rücken zur Wand. *Was soll ich tun? Was soll ich bloß tun?*

»Ja, das ist mein wahres Aussehen. Ohne meinen Trank, meinen kostbaren Zaubertrank, den du verschüttet hast, sähe ich immer so aus. Aber was wolltest du damit erreichen? Glaubtest du wirklich, mich nun besiegen zu können. Glaubtest du wirklich, ich würde deswegen aufgeben? Nein, mein Wille ist fester und stärker noch als je zuvor, denn mein Gott hat mich nicht verlassen.«

Plötzlich hörte Dubhe einen Schrei von jenseits der Geröllmassen. Lonerin war in Gefahr, und sie konnte ihm nicht helfen. Panischer Schrecken erfasste sie, und diese kurze Ablenkung kam sie teuer zu stehen. Denn schon stürzte Rekla sich auf sie und packte sie mit eisernem Griff beider Hände an der Gurgel. Dubhe rang nach Luft, während ihre Feindin immer fester zudrückte.

»Deinen Freund kannst du vergessen. Filla wird keine Gnade kennen mit ihm.«

Verzweifelt rang Dubhe nach Luft und tastete zuckend und zappelnd nach den Messern, doch Rekla schaffte es, mit einem Arm ihre Hand einzuklemmen.

»Schön brav sein«, zischte sie ihr ins Ohr. Und Dubhe spürte erneut ihren unerträglichen warmen Atem im Gesicht, während tief aus ihrem Innern der Hass aufstieg. Etwas in ihr begann sich zu bewegen.

Mit einem Mal ließ Rekla sie los, und sofort gaben Dubhes Beine nach. Während sie auf die Knie sank, holte die andere aus und stach zu. Sofort drang Blut aus dem Schnitt in Dubhes Oberteil, während sich der Gürtel mit den Wurfmessern darin löste und die Klingen scheppernd aus den Futteralen auf den Boden fielen.

Den Schmerz unterdrückend, bückte sich Dubhe, um zumindest eins der Messer an sich zu raffen. Und so sah sie erst im letzten Augenblick die Klinge aufblitzen, während sie fast gleichzeitig ein entsetzlicher Schmerz durchfuhr. Ihr Aufschrei vermischte sich mit dem eines Mannes jenseits der Geröllmassen.

Lonerin ...

Als sie die Augen öffnete, sah sie Reklas Dolch in ihrem Handrücken stecken. Er hatte die Hand vollständig durchbohrt und stak mit der Spitze im Boden. Sie konnte sich nicht mehr rühren: Mit jeder Bewegung vergrößerte sich die Blutlache, in der ihre Hand lag. Rekla ging vor ihr in die Knie und betrachtete mit jubelnder Miene ihr Opfer, das vor Schmerz und Angst zitterte.

Ich bin verloren. Auch als alte Frau ist sie noch stärker als ich. Es ist aus.

Jetzt tauchte Rekla ihre Fingerspitzen in das Blut am Boden und betrachtete es dann mit pathetischer Geste im Sonnenlicht. »Ich bin sicher, Thenaar wird meine Gabe mit Freuden annehmen«, erklärte sie lächelnd.

Mit einem Ruck zog sie den Dolch aus Dubhes Hand. Einen kurzen Moment lang wurde dem Mädchen schwarz vor Augen, doch dann reagierte es. Mit der heilen Hand griff es zu einem der Wurfmesser am Boden, warf es mit aller Kraft, die es noch im Leib hatte, und schaffte es trotz seines verschleierten Blicks, Rekla zu treffen. Es war so blitzschnell gegangen, dass ihre Peinigerin keine Zeit mehr hatte, ihr zuvorzukommen. Als Dubhe den Kopf hob, sah sie, dass sie sich die Brust hielt und dunkles, glitschiges Blut ihr Oberteil tränkte.

»Wie konntest du es nur wagen ...?«, schnaubte die *Wächterin*, stürzte sich auf Dubhe, warf sie zu Boden, war über ihr und stach ihr sofort den Dolch in die Schulter. Dubhe schrie auf. Doch es war nicht nur ihre eigene Stimme, noch etwas anderes mischte sich darein, ein entsetzliches Knurren, das Dubhe nur zu gut kannte.

Rekla lag nun auf ihr, mit dem ganzen Gewicht ihres verfallenden Körpers, der Dubhes Unterleib zusammenpresste.

»Dich schleife ich zu Thenaars Blutbecken, und wenn es das Letzte ist, was ich in meinem Leben tue. Aber dieses Mal sorge ich dafür, dass du mir unterwegs keine Scherereien machst. Es ist mir egal, in welchem Zustand ich dich zu ihm bringe. Bislang war ich noch viel zu sanft mit dir, und ich habe nicht die Absicht, den gleichen Fehler noch einmal zu machen.«

Verzerrt und wie aus weiter Ferne drang Reklas Stimme an Dubhes Ohr, denn das andere Geräusch wurde lauter und lauter. Wie gut sie es kannte, dieses Brüllen, das aus ihren Eingeweiden aufstieg, hatte es immer gefürchtet, doch nun war es ihre letzte Hoffnung.

Rekla nahm den Oberkörper zurück und versetzte Dubhe einen mächtigen Faustschlag in den Unterleib. Sie zuckte zusammen, spannte vor Schmerz die Muskeln an, aber dann spürte sie nichts mehr. Es war, als würde ihr Körper langsam schmerzunempfindlich, ihre Hände begannen zu kribbeln, und dieses taube Gefühl verbreitete sich über die Arme bis in den Oberkörper. Die Bestie war erwacht, zitterte erregt und suchte nach einer Möglichkeit hervorzubrechen.

»Deinetwegen hat Thenaar nicht mehr zu mir gesprochen! Er hat sich von mir abgewandt, weil ich bei dir versagt habe, weil ich dich nicht von Anfang an wie ein Tier an der Kette gehalten habe! Wie dumm von mir, dir die Freiheit zu lassen, in den persönlichen Dingen Seiner Exzellenz Yeshol herumzustöbern. Und zudem hätte ich dir sogleich nachsetzen müssen, als du mit diesem Postulanten geflohen bist! Aber nun wirst du für all das büßen, was du getan hast!«

Sie schrie ihre Wut zum Himmel hinauf, und ihr Schrei mischte sich mit dem Brüllen eines Drachen. Die Tiere ringsum waren erregt. Und die Bestie in Dubhes Brust auch. Das

Mädchen spürte, wie sie in ihr pochte, wie es sie drängte, hervorzubrechen, doch Lonerins Zaubertrank verhinderte es noch. Sie musste auf der Stelle eine Lösung finden, sie musste diesen Käfig aufbrechen, sonst war es um sie geschehen.

Rekla versetzte ihr einen Tritt und schlang dann wieder die Hände um ihren Hals. Sie hatte wohl nicht vor, Dubhe umzubringen, wollte sie nur quälen, dieses Vergnügen aber bis ins Letzte auskosten.

»Jetzt siehst du, was einer Verräterin wie dir blüht!«, rief sie in Hochstimmung. »Du sitzt in der Falle, ohne Hoffnung, und die Schmerzen werden dich bis zum Ende deiner Tage nicht mehr verlassen!«

Dubhe versuchte, einen klaren Gedanken zu fassen, dachte zurück an ihr erstes Blutbad im Wald, an die schreckgeweiteten Augen ihrer Opfer, an das Geräusch, wie die Klinge das Fleisch dieser Männer zerfetzte. Ein Teil ihrer selbst fühlte sich zutiefst schuldig wegen dieser Taten und blickte erschrocken in den Abgrund, in den sie erneut stürzen würde, wenn die Bestie hervorbrach und ihren Körper in Besitz nahm. Der andere Teil aber jubelte und genoss den Geruch des eigenen Blutes, brannte darauf, die Feindin zu zerfleischen, die es gewagt hatte, sie herauszufordern.

Wieder griff Rekla zum Dolch und brachte ihr eine weitere Wunde in der Brust bei. Dubhe spürte es kaum, ihre Hände zuckten krampfhaft, und ihr Geist begann bereits, den Kontakt zur Wirklichkeit zu verlieren.

»Habe ich dein Leben erst einmal Thenaar geopfert, wird wieder alles so wie früher sein. Meine Jugend, meine Schönheit sind ein Preis, den ich dafür gern zu zahlen bereit bin!«

Dubhe fühlte ganz deutlich, dass sie willens war, diese letzte Barriere zu durchbrechen. Bereitwillig zog ihr Verstand sich zurück, um den Trieben das Feld zu überlassen, mit derselben Verzweiflung wie ein Selbstmörder jene letzte Tat ausführt, von der es kein Zurück mehr gibt.

Die Geräusche ringsum verstummten, und Stille umfing sie. Sie fiel bereits in den Abgrund, in das schwarze Loch, das sich in ihr selbst auftat. Unten auf dem Grund loderten zwei Augen und erhellten diesen trostlosen Raum. Noch war es möglich, wieder hinaufzugelangen, noch hätte Lonerins Mittel es zugelassen. Doch sie hatte sich bereits entschieden. Tief atmete sie den säuerlichen Geruch von Reklas Körper ein, eine ungeheuerliche Hitze überkam sie, und während die glühenden Augen die Finsternis ihrer Verzweiflung verdrängten, spürte sie noch, dass die Bestie ihren Platz einnahm.

Plötzlich war ihr, als bewege sich Rekla langsamer, wie unter Wasser. Jetzt stand ihr nur noch die traurige Gestalt einer fanatischen, vom Hass zerfressenen alten Frau gegenüber. Dubhe sprang vor, und die Bestie brüllte.

Sie beobachtete sich selbst, wie sie sich mit übermenschlicher Geschwindigkeit bewegte. Vergessen war alle Erschöpfung und dass sie eben noch verloren am Boden gelegen hatte. Rekla kam aus dem Gleichgewicht und stürzte.

»Auch die Bestie kann mich nicht töten, du Närrin«, zischte sie mit einem selbstsicheren Grinsen.

Dubhe griff an, blitzschnell, mit Händen, die ihr wie Klauen vorkamen, und auch ihre Stimme war nicht wiederzuerkennen, rau und unmenschlich. Als sie ihren Arm sah, erschauderte sie: Es war nicht mehr der ihre. Der Fluch hatte sie in eine todbringende Maschine verwandelt. Ihre Muskeln zuckten wie wahnsinnig, ihr Blutdurst war ernorm, nichts würde ihn stillen können. Ihr Bewusstsein war ausgelöscht, und an seine Stelle waren die Instinkte eines Raubtiers getreten. Würde sie jemals wieder sie selbst werden können?

Sie schlug ein paarmal auf Rekla ein, packte sie dann am Hals und schmetterte sie gegen die Felswand. Das Geräusch ihrer berstenden Knochen erfüllte sie mit Genugtuung.

Auch wenn sie jetzt hätte aufhören wollen, es war zu spät.

Doch trotz allem reagierte ihre Feindin noch. Den Dolch in einer Hand haltend, griff sie mit der anderen zu einem Wurfmesser.

»Mein Glaube ist stärker als dein Fluch. Thenaar wird mir Kraft geben!«

Blindlings stach Rekla um sich, bewegte die Hände mit rasender Geschwindigkeit. Mehrere Male streifte die Klinge Dubhes Haut und zeichnete dünne rote Bögen in die Luft. Es roch nach Schlacht, und die Drachen begannen wieder wie wahnsinnig zu brüllen: Alles war so irreal, schien so weit von der Wirklichkeit entfernt, dass sich Dubhe wie im Traum vorkam.

Sie fühlte nichts außer einer enormen Erregung.

Wieder packte sie Rekla, hob sie so mühelos hoch, als wäre sie nur ein dünner Zweig, und schlug mit der anderen Hand zu. Ihre Fäuste waren scharf wie Klingen.

Und doch erschauderte sie vor sich selbst, fühlte sich gespalten, als wolle ein Teil ihrer selbst dieses Gemetzel in Wahrheit gar nicht. Ganz deutlich war ihr, dass es kein Zurück mehr geben würde, dass sie diesen Punkt überschritten hatte und sie die Bestie nie mehr würde bändigen können. Sie versuchte zu schreien, aber es ging nicht. Auch ihre Kehle gehorchte ihr nicht mehr.

Sie hatte keine andere Wahl, als Reklas verzweifelte Schreie zu hören, während deren Körper immer entsetzlicher zugerichtet wurde.

Dubhe merkte, dass sie den Verstand verlor, dass sie die Situation nicht mehr lange ertragen würde, dass es zu viel war. Denn da ihr Körper ihr nicht mehr gehorchte, konnte sie noch nicht einmal ihre Augen schließen, war gezwungen mit anzusehen, wie sie wütete, konnte sich nicht bremsen oder zumindest aufhören, sich an dem Wehgeschrei ihres Opfers zu weiden.

Schließlich packte sie Rekla noch einmal mit beiden Händen und schleuderte sie zu Boden. Die Frau war mittlerweile schon mehr tot als lebendig, doch die Bestie hatte noch nicht genug. Dubhe legte Rekla die Hände um den Hals und presste sie immer fester zusammen, während die Füße ihres Opfers zuckten und zappelten.

Genug!

Die Halswirbel brachen in Dubhes eisernem Griff, und sie

hoffte, sterben zu können, sich aufzulösen, um nicht länger diesem Grauen zuschauen zu müssen.

Schließlich ließ sie los. Da vernahm sie einen Schrei, fuhr herum und sah, dass sich einige Steine aus dem Geröllhaufen gelöst hatten und eine Lücke entstanden war, durch die sie Lonerin erkennen konnte sowie Filla, der vor Schmerz brüllte.

Die Bestie knurrte böse.

Lonerin begann, mit bloßen Händen Steine aus dem Geröllhaufen abzutragen. Er war erschöpft, hatte aber Dubhe mehrmals schreien hören.

»Du wirst niemals rechtzeitig kommen. Meine Herrin ist unbezwingbar, wenn sie die Hand unseres Gottes über sich spürt«, rief Filla.

»Sei still!«

Mit den Händen war es aussichtslos, und so beschloss Lonerin, es mit einem Zauber zu versuchen. Vielleicht reichten seine Kräfte dazu noch. Eile war geboten, mit Sicherheit brauchte Dubhe ihn. Er faltete die Hände und rief den Zauberspruch, und schon begannen sich die ersten Felsbrocken von dem Haufen, der den Weg versperrte, in die Lüfte zu erheben. Sie flogen auf und rollten, begleitet vom Brüllen der Drachen, den Abhang hinunter.

Da plötzlich ein markerschütternder Schrei. Er klang unmenschlich, rau, wild, und Lonerin hielt auf der Stelle inne. Zu gut erinnerte er sich, wessen Schrei das war.

Nein, Dubhe, nein!

Rasch konzentrierte er sich wieder, um alles zu geben, und noch geschwinder hoben sich die Steine und rollten hinab, während die Energien wie ein reißender Bach aus seinen Händen strömten. Kaum hatte sich die erste Lücke aufgetan, wusste er Bescheid. Jenseits des Erdrutsches sah er zwei Personen: Dubhe und eine schwarz gekleidete Gestalt, unverwechselbar ein Mitglied der Gilde. Doch Dubhe war nicht bei sich, ihre Züge waren verzerrt, die Muskeln unter der

Haut zuckten bei ihren raubtierhaften, rhythmischen Bewegungen.

Bis dahin hatte Dubhe immer ihr Aussehen bewahren können, wenn die Bestie in ihr hervorgebrochen war. Nur ihr Gesicht war zu einer brutalen Maske verzerrt gewesen. Nun jedoch waren Muskeln und Glieder angeschwollen, erfüllt von jener geheimen Kraft, die nur der Fluch ihr verleihen konnte. Wie ein wildes Tier sah sie aus, so machtvoll wie nie zuvor hatte sich die Bestie trotz des Tranks durchgesetzt.

Wie beim ersten Mal, als er die Bestie hatte wüten sehen, war Lonerin wieder wie versteinert. Sogar unfähig, weiter die Steine fliegen zu lassen, stand er nur wie angewurzelt da und sah ihr fassungslos mit offenem Mund zu.

Das Gesicht zu einer hässlichen Grimasse verzerrt, beugte sich Dubhe tief über Rekla, hatte die Hände um den Hals der Frau gelegt und drückte krampfhaft mit aller Gewalt zu. Lonerin konnte die Füße der Frau erkennen, die wild hin und her zappelten, doch mit jedem Augenblick wurden die Bewegungen schwächer und langsamer. Den Mund weit aufgerissen, rang sie nach Luft, um Worte zur formen, die niemand mehr hören würde.

»Lass sie!«

Der Schrei hinter ihm ließ Lonerin zusammenzucken. Verzweifelt bemühte sich Filla, sich von dem Zauber, der ihn gefesselt hatte, zu befreien, konnte aber nur mit irrem, panischem Blick machtlos dem Geschehen beiwohnen.

Reklas Füße erstarrten, und das fürchterliche Geräusch berstender Knochen zerriss die unnatürliche Stille, die Fillas Aufschrei gefolgt war. Doch immer noch ließ Dubhe ihr Opfer nicht los, wandte ihnen nur den Blick zu. Lonerin lief es kalt den Rücken hinunter. Das war sie nicht. Das war nicht Dubhe, dieses Wesen mit dem triumphierend strahlenden Blick, dem irren Grinsen, dem blutbesudelten Gesicht.

»Oh Herrin!«, schrie Filla, vollkommen außer sich. Mit letzten Kräften hatte er einen Arm freibekommen und schleppte sich nun auf den Geröllhaufen zu.

»Haltet aus, Herrin, haltet aus!«

Der Fluch hat sie zerstört, dachte Lonerin mit wachsendem Grauen.

Er hatte den Gedanken noch nicht zu Ende gedacht, als Dubhe mit einem unglaublichen Satz durch die Bresche sprang, die er selbst geöffnet hatte, und sich wie von Sinnen auf Filla stürzte.

Lonerin sah zu, wie sie ihn mit bloßen Händen zerfleischte, Händen, die ihn nicht lange zuvor noch gestreichelt hatten und nun echte Waffen waren. Noch nie im Leben hatte ihn das Grauen so gelähmt. Er konnte nichts anderes tun, als dazustehen und zuzuschauen. Für einen Moment traf sich sein Blick mit dem von Filla. Der Mann war weder in Panik noch von Schmerzen überwältigt. Er lag nur da und blickte mit einer Miene, die von unermesslicher Traurigkeit sprach, auf das schwarze leblose Bündel am Boden jenseits der Geröllmassen.

»Lass ihn!« Spontan waren Lonerin diese Worte über die Lippen gekommen, wobei er schon wusste, wie vergeblich sie waren.

Ich muss sie davon befreien! Ich muss!

Er warf sich auf Dubhe und packte ihre plötzlich so muskulösen Schultern. Ihre Kräfte waren tatsächlich beeindruckend, denn mit einem Stoß schüttelte sie ihn ab und schleuderte ihn gegen die Felswand. Lonerin schrie vor Schmerz, und ihm wurde schwarz vor Augen. Als er den Blick wieder hob, stand Dubhe mit blutrünstiger Miene vor ihm.

»Komm zu dir! Ich flehe dich an!«

Dubhe rührte sich nicht, starrte ihn nur an mit ihrem irren Blick, ging aber nicht auf ihn los. Sie schien verwirrt.

Das war der Moment. »Lithos!«, schrie Lonerin aus Leibeskräften, und sofort erstarrte sie. Er atmete kurz durch, eilte dann zu der Tasche, die während des Kampfes in eine Ecke geflogen war, und durchwühlte sie. Als seine Fingerspitzen das kühle Glas berührten, spürte er, dass nun doch nicht alles verloren war, dass es noch Rettung für sie gab.

Sie ist ja noch da, direkt bei mir, ein Schluck von dem Trank, und alles wird wieder so wie vorher sein. Es war ein tragisches Unglück, mehr nicht. Dubhe ist nicht verloren, ich kann sie retten!

Er eilte zu ihr. Filla lag am Boden und weinte leise.

»Oh Herrin … oh Herrin … Rekla …«, raunte er, den Blick immer noch auf den leblosen Körper jenseits der Geröllmassen gerichtet. Dann verstummte er.

Mit Gewalt öffnete Lonerin Dubhes Lippen und ließ ihr den gesamten Inhalt des Fläschchens die Kehle hinunterlaufen. Schon sah er, wie sich ihre Glieder langsam von dem Zauber lösten, wie sie matt und erschöpft in seinen Armen zusammensank. Gespannt beobachtete er ihre Gesichtszüge, doch die ihm vertraute Dubhe wollte nicht Gestalt annehmen. Ihre Augen waren immer noch blutunterlaufen, ihre Miene war grimmig verzerrt.

Sie wird wieder zu sich kommen. Der Fluch kann sie nicht verschlungen haben!, machte sich Lonerin weiter Mut, glaubte aber selbst immer weniger daran. Der Schmerz traf ihn mit der Gewalt eines Faustschlags.

»Dubhe … Dubhe …«

Sanft legte er sie zu Boden, stützte ihren Kopf. Sie hatte die Augen geschlossen, und ihr Gesicht war leichenblass. Einige Augenblicke vergingen, dann bewegte sich etwas unter ihren Lidern. Als sie wieder zu sich kam, waren ihre Pupillen wieder die dunklen Seen, in denen er sich verlieren konnte und die er so liebte. Nur noch von Schmerzen war ihre Miene verzerrt. Die Bestie war gebändigt.

»Danke, danke …«, murmelte Lonerin, der dieses Geschenk gar nicht fassen konnte. Fest drückte er sie an sich, wiegte sie in seinen Armen.

»Es wird alles gut, Dubhe, es wird alles gut. Ich habe dir das Mittel gegeben, jetzt musst du dich nur noch erholen.«

Sie blickte ihn an und murmelte seinen Namen. Dann schwanden ihr wieder die Sinne.

Dritter Teil

Ich beobachtete, wie die beiden den Drachen bestiegen, zunächst Nihal, dann Sennar. Wie sie es gewünscht hatten, waren nur Soana und ich anwesend. Ein Wunsch, den ich verstehen kann und den wohl jedermann respektieren muss. Der Abschied war kurz, Umarmungen, einige wenige Worte. Alles, was zu sagen war, hatten wir uns am Vorabend schon gesagt. Dann breitete Oarf seine mächtigen Flügel aus, bewegte sie ein paarmal in der frischen Morgenluft auf und nieder und hob schließlich mit Leichtigkeit ab. Soana und ich sahen ihnen nach, wie sie am Himmel immer kleiner wurden, wie sie von uns fortflogen, dem Saar entgegen.

Sie sind fort. Das ist eine Tatsache. Und sie werden nicht mehr zurückkehren. Sie sind fortgezogen in die Unerforschten Lande.

Aus Idos Aussage
vor der Vollversammlung des Rats
anlässlich des Verschwindens
der Drachenritterin Nihal
und des Magiers Sennar

20

Die Rettung

Die leere Ampulle in einer Hand, mit der anderen Dubhes Kopf stützend, saß Lonerin da. Nach all dem Kampfeslärm schien die Stille zu dröhnen.

Entgeistert blickte er sich um. Jenseits des Geröllhaufens lag Reklas Leiche, kaum mehr als ein schwarzes Bündel in einer Blutlache. Diesseits die von Filla, ebenfalls verrenkt und zerfetzt, fast spiegelbildlich zur Position seiner Herrin, der *Wächterin der Gifte*.

Einen Augenblick verweilte Lonerin bei diesem Gesicht, den weit aufgerissenen Augen, die voller Trauer auf die Frau gerichtet waren, die er geliebt hatte. Das Letzte, was er im Leben sah, sein letzter Gedanke. Der Hass auf diesen Mann, den Lonerin verspürt hatte, verrauchte vollends, löste sich in Mitgefühl auf. Wozu all dieses Leid? Für wen? Für Thenaar?

Er senkte den Blick und betrachtete Dubhe, die in seinen Armen lag. Sie war totenblass. Wie sollte er ihr bloß helfen? Trotz seiner Liebe und Hingabe war die Bestie im Begriff, sie für immer zu verschlingen. Lonerin war müde, hatte keine Kraft mehr weiterzumachen. Es war alles zu viel. Er drückte Dubhe an sich und spürte die schwachen Schläge ihres Herzens. Ihm war nach Weinen zumute.

Sie braucht deine Hilfe, Dummkopf, mach schon!

Er riss sich zusammen, versuchte klar zu denken, ihre Situation und Dubhes körperliche Verfassung nüchtern einzuschätzen. Aber es fiel ihm schwer: Angst und Sorge setzten ihm zu, und nur mit größter Anstrengung gelang es ihm, die Gedanken zu ordnen.

Dubhe hatte eine lange Fleischwunde in der Brust, und eine Klinge hatte ihre Hand durchbohrt. Praktisch überall hatte sie Kratzer und Blutergüsse, ihr Atem war schwach, ihre Blässe entmutigend. Wenn ihm nicht bald etwas einfiel, lief er Gefahr, sie diesmal für immer zu verlieren.

Kühlen Kopf, Lonerin, du musst jetzt kühlen Kopf bewahren!

Übelkeit. Er spürte einen Brechreiz in der Kehle, zusammen mit dem salzigen Geschmack von Tränen. Am liebsten hätte er laut geschrien und gar nicht mehr aufgehört, den Himmel um Hilfe anzuflehen. Doch er war allein, entsetzlich allein.

Mit zitternder Hand fuhr er über Dubhes Wunden: Wahrscheinlich waren sie an sich nicht lebensgefährlich, aber sie hatte schon so viel Blut verloren. Er hätte den Blutfluss stoppen müssen, aber noch nie hatte er jemanden gesehen, der so übel zugerichtet war, und stand jetzt der Situation hilflos gegenüber.

Er spürte sein Herz heftig hämmern, und es dröhnte in den Ohren. Eine Stimme in seinem Innern schrie in einem fort.

Behutsam bettete er Dubhes Kopf auf dem Boden, schlug die Hände vors Gesicht und begann am ganzen Körper zu zittern. Wirre Gedanken rasten ihm durch den Kopf, Bilder von Tod und Verderben, und darunter eines besonders: ein Leichnam in einem langen weißen Gewand mit einem großen Blutfleck auf der Höhe der Brust und schwarzem Haar, das zerzaust in die Stirn und auf die Schultern fiel. Seine Mutter in dem Massengrab.

Dubhe und seine Mutter. Bei der einen war er noch zu klein, um sie zu beschützen, die andere hatte er unbedingt retten wollen und war daran gescheitert. Es war, als teilten sie beide dasselbe Schicksal, denselben Platz in seinem Herzen. Er schrie seine Verzweiflung hinaus.

Ruhig, nur ruhig!, ermahnte er sich und versuchte einen klaren Gedanken zu fassen.

Er riss sich einen Fetzen von seinem Gewand ab, tränkte ihn mit Wasser aus seiner Feldflasche und begann Dubhes Wunden zu säubern. Unzählige waren es, und unter all dem Blut waren sie zudem schlecht zu erkennen. Das Wasser war aufgebraucht, noch bevor er alle gewaschen hatte.

Wir sind verloren ... Das können wir nicht schaffen.

Er versuchte, diese Gedanken so weit wie möglich von sich fortzuschieben, doch es gelang ihm nicht.

Er nahm den restlichen Stoff, der von dem Gewand übrig war, und riss ihn in Streifen. Es waren nicht genug, und außerdem waren sie zu kurz. Daher ergriff er den Umhang und zerriss auch den, ein schwieriges Unterfangen in seinem Zustand. Wut und Anstrengung ließen ihn aufschreien.

Die kleineren Wunden ließ er jetzt außer Acht und kümmerte sich nur noch um die tieferen, wobei er mit der verletzten Hand begann. Er verband sie so fest wie möglich, während das Blut seine Finger besudelte. Wieder würgte es ihn, aber er stemmte sich dagegen. Dann rief er die Formel für den Heilzauber, merkte aber bald, dass er nicht helfen würde. Stockend und schwach floss die Energie aus seinen Händen. Das reichte nicht.

Das hast du schon einmal durchgestanden. Es ist die gleiche Situation wie damals in der Wüste. Los, konzentrier dich!

Doch es war anders als damals. Jetzt waren seine Kräfte völlig erschöpft, und Dubhe ging es noch schlechter. Außerdem würde ihnen hier niemand zu Hilfe eilen. Sie waren allein und verlassen in einer völlig fremden Welt.

Als er mit der Hand fertig war, verband er, so gut es ging, die anderen Wunden. Bei jeder einzelnen versuchte er es mit einem Heilzauber, war aber zu erschöpft, um große Wirkung zu erzielen. Sein Blick trübte sich immer mehr, seine Hände zitterten. Und im Geist immer noch das unauslöschliche Bild des Massengrabs, das ihn quälte.

Diesmal wird es anders sein. Die Gilde wird Dubhe nicht bekommen!

Egal wie kraftlos er war, musste er nun, da alle Wunden versorgt waren, Dubhe auf die Schulter nehmen, um irgendwo Hilfe zu suchen. Beim ersten Versuch gaben seine Beine unter dem Gewicht nach. Erst beim dritten Mal gelang es ihm, sie zu schultern, wobei er weiter wacklig auf den Beinen stand.

Er hatte keine Ahnung, wohin, doch am naheliegendsten war es, den Weg fortzusetzen. Kurz dachte er an Sennar und daran, dass er vielleicht ganz in der Nähe wohnte, doch im nächsten Moment kam ihm das alles furchtbar absurd und aussichtslos vor. Im Grund wusste er nicht mehr weiter.

Er war besiegt worden. Die Gilde hatte ihn bezwungen. Und es hatte nichts genutzt, den Hass zu unterdrücken, um stärker zu werden, sich dem Widerstand anzuschließen und den Kampf gegen sie aufzunehmen. Der Schwarze Gott war mächtiger und nahm ihm alle, die ihm lieb waren.

Wieder gaben die Knie nach, und am liebsten hätte er sich einfach fallen lassen. Tränen verklebten seinen Mund, verschleierten seinen Blick, und alles ringsum war wirr und verschwommen.

Doch genau in diesem Moment hatte er das Gefühl, nicht allein zu sein. Er riss die Augen auf: Runde Gestalten beiderseits des Pfades waren hinter den Felsen hervorgetreten und bewegten sich auf ihn zu. Alarmiert durch das Drachengebrüll, hatten sie dem Kampf beigewohnt, es aber nicht gewagt, sich einzumischen. Doch angesichts des weinenden Mannes hatten sie nun keine Angst mehr und verließen ihre Deckung.

Lonerin hatte erst wenige Schritte zurückgelegt, war aber schon zu erschöpft, um sich noch einmal aufzurichten. Er fiel zur Seite, und Dubhe rutschte ihm mit einem dumpfen Schlag von der Schulter. Als er aufblickte, um einen Fluch zum Himmel hinaufzuschreien, stand eines dieser Geschöpfe direkt vor ihm. Es war das bizarrste Wesen, das ihm je begegnet war, doch in diesem Augenblick fragte er sich nicht, wer es sein mochte oder was es von ihm wollte. Er war nur froh, nicht mehr allein zu sein und dass man ihm vielleicht helfen würde.

Das Wesen war einem Gnom ähnlich, nur etwas schlanker, und sein Bart und seine dunklen, schwarzblauen Haare waren lang und geschmückt, aber mit Tand, wie Lonerin ihn in der Aufgetauchten Welt noch nie gesehen hatte. Zudem waren die Ohren, die unter diesem dichten strubbeligen Haarschopf hervorschauten, spitz.

»Es geht ihr sehr schlecht!«, rief Lonerin. »Helft uns!«

Der Gnom hielt eine Lanze in der Hand, und am Gürtel steckte ein langes Schwert. Ein Wams trug er nicht, nur lederne Beinkleider. Reglos stand er da und betrachtete Lonerin.

Der deutete auf Dubhe. »Schlecht! Hilfe!«

Weitere Gnomen, vier oder fünf, traten nun hervor, gekleidet wie der andere, jedoch die Lanzen gesenkt und auf ihn gerichtet. Ihre Mienen allerdings wirkten nicht feindselig.

Lonerin versuchte aufzustehen, knickte aber sofort wieder ein.

»Ich flehe euch an, helft uns!«, rief er, und die Geschöpfe wichen ein wenig zurück.

Miteinander tuschelnd, schauten sie sich an und zeigten dabei immer wieder auf ihn sowie auf Dubhe in seinen Armen.

Einer von ihnen trat an ihn heran. »Araktar mel shirova?«

Lonerin blickte ihn verwirrt an. Diese eigenartigen Laute erinnerten ihn an irgendetwas, aber er konnte sie nicht genauer einordnen. Zum Nachdenken war er schon viel zu schwach. Seine Stimme war nur noch ein mattes Raunen: »Hilfe …«

Der Gnom blickte ihn mit mitleidiger Miene an und gab dann seinen Leuten ein Zeichen, woraufhin zwei der Wesen davonliefen, während ihm die anderen halfen, Dubhe sanft auf den Boden zu betten. Lonerin war verwirrt.

»Hilfe«, murmelte der Gnom, der ihm am nächsten stand.

Lonerin atmete erleichtert auf. »Ja, ja, Hilfe, Hilfe …«, rief er und lachte hysterisch. Sie waren gerettet.

Er warf sich neben Dubhe zu Boden und streichelte ihr Haar.

»Wir sind gerettet … Du wirst wieder gesund … Sie werden … dich pflegen, ich bin ganz sicher … Wir sind gerettet.«

Er konnte den Blick nicht von ihr abwenden, hielt ihre Hand und fühlte sich dabei derart erleichtert, so verdammt glücklich und … einer Ohnmacht nahe. Alle Kräfte waren dahin, und seine Augen schlossen sich.

Mit undurchdringlicher Miene beobachtete ihn der Gnom. Als er sah, dass Lonerin sich ein wenig erholt hatte, fragte er: »Dort?«, und zeigte dabei zum Horizont in Richtung der Schlucht, durch die sie gekommen waren.

»Ich verstehe nicht …«, antwortete Lonerin, und so war es.

Der andere schien eine ganze Weile nachzudenken, so als wolle er sich etwas Wichtiges in Erinnerung rufen. »Erakhtar Yuro … Länder … jenseits … Fluss …«

Lonerin brauchte einen Moment, aber dann verstand er und nickte heftig. »Ja, aus der Aufgetauchten Welt, wir beide, das Mädchen und ich!«

Der Gnom lächelte, ebenfalls nickend. »Ghar, ghar … Aufgetauchte Welt … Erakhtar Yuro.«

Jetzt fiel Lonerin ein, dass er diese Sprache tatsächlich einmal gelernt hatte. Wie hatte er das vergessen können? Es war Elfisch oder eine verwandte Sprache.

Das seltsame Wesen blickte ihn lächelnd an. »Ein wenig spreche Barbarisch, ein wenig.«

Lonerin hielt sich nicht mit der Frage auf, wie dieses Wunder möglich war. Es war jetzt gleich, wer diese Wesen waren und woher sie kamen. Sie waren ihre Retter, das genügte.

In diesem Moment kamen die beiden Ausgeschickten zurück und brachten eine ganze Schar von Gefährten mit, die alle mehr oder weniger ähnlich gekleidet waren und an einer Kette ein Tier mit sich führten. Von der Größe her schien es ein Drachenjunges zu sein, hatte aber keine Flügel. Das Zaumzeug lief vom Maul über den Rücken und war mit einer Trage verbunden. Als sie Dubhe darauflegten, schauten ihre Beine ein gutes Stück hervor. Offenbar war dieses Transportmittel für Gnomengröße ausgelegt und für Menschen ein wenig kurz.

Der Gnom, mit dem Lonerin gesprochen hatte, bedeutete ihm aufzustehen. Sich mühsam auf den Beinen haltend, ergriff er Dubhes Hand auf der Trage. Er wollte sie nicht allein lassen. Und so schleppte er sich neben ihr und hinter ihren Rettern her.

Der Meister war da, bei ihr. Hielt ihre Hand, fuhr ihr sanft über die Stirn. Murmelte tröstende Worte.

›Ich bin so froh, dass du zurückgekehrt bist‹, raunte sie, ihn anblickend.

Jetzt, da sie sein Gesicht wieder vor sich sah, wurde ihr erst bewusst, wie verzweifelt sie sich nach ihm gesehnt hatte.

›Ich kann nicht bei dir bleiben, das weißt du.‹

›Dann komme ich mit dir.‹

Der Meister seufzte, blickte sie liebevoll an. ›Glaubst du nicht auch, es ist an der Zeit, alles zu vergessen und ganz neu zu beginnen?‹

Noch fester drückte sie seine Hand. ›Ich will nur dich.‹

›Aber ich bin von dir gegangen, und es hat keinen Sinn, dass du weiter nach mir suchst.‹ Er blickte ihr tief in die Augen, so wie sie es liebte, und fügte hinzu. ›Er ist nicht ich.‹

Dubhe war den Tränen nahe. ›Ich weiß‹, raunte sie.

Dann löste sich die Finsternis, in der sie gefangen waren, in einer gleißenden Lichtwolke auf und trug den Meister davon.

›Verlass mich nicht!‹, wollte Dubhe rufen, doch ihre Kehle schmerzte zu sehr, und sie bekam keinen Ton heraus.

Da schlug sie die Augen auf, und grelles Licht blendete

sie. Sie spürte, dass sie in einem weichen Bett lag, und fühlte einen dumpfen Schmerz im ganzen Leib, der sich an den verschiedensten Stellen zu heftigen Stichen steigerte. Ihre Beine ragten ein gutes Stück über die Matratze aus trockenem Laub hinaus.

Als sie mit den Lidern blinzelte, begann das grelle Licht zu weichen und deutlicheren Umrissen Platz zu machen. Ein Fenster, eine grünliche Decke, eine Truhe. Schließlich ein vertrautes Gesicht.

»Wie fühlst du dich?«, fragte Lonerin und lehnte sich weit zu ihr vor.

Einige Augenblicke sah Dubhe ihn wortlos an. Ausgezehrt, blass, müde sah er aus. Sie empfand eine große Zuneigung für dieses Gesicht, aber nichts darüber hinaus. Das tat weh, und sie schloss die Augen.

»Du bist schwer verletzt worden. Nicht verwunderlich, wenn du dich schlecht fühlst.«

Dubhe schaute ihn an und bemühte sich zu lächeln. Doch langsam nahmen jetzt die Erinnerungen Gestalt an, grauenhafte, unerträgliche Bilder, die nicht zu vertreiben waren, weil sie sich unauslöschlich in ihr Hirn eingebrannt hatten. Zuletzt Filla, der sich verzweifelt in ihrem Griff wand, während er unablässig voller Liebe diesen einen Namen rief: Rekla.

»Es ist ein Wunder, aber wir sind in Sicherheit«, unterbrach Lonerin den Fluss ihrer Gedanken.

Dubhe riss sich los, blickte ihn an. Hinter ihm sah sie einen Ausschnitt des Raums, in dem sie sich befanden. Es handelte sich um eine Holzhütte mit einem Dach aus getrocknetem Blattwerk. Die Decke war seltsam niedrig, und zu einer Seite öffnete sich ein großes Fenster, das den Blick freigab auf ein Gewirr von Bäumen im rötlichen Licht einer Sonne, die an einem wolkenlosen Himmel unterging. Neben dem Bett standen ein Stuhl sowie eine Truhe mit kunstvoll geschnitzten Ornamenten, die Dubhe an irgendetwas erinnerten.

»Du fragst dich sicher, wo wir hier gelandet sind«, sagte Lonerin lächelnd.

Dubhe nicke.

»Unsere Retter sind Gnomen. Ganz außergewöhnliche Gnomen mit spitzen Ohren und dunkelblauen Haaren.«

Lonerins Gesicht strahlte vor Freude und neuem Mut.

Er hatte allen Grund dazu. Im Gegensatz zu ihr. Er war wirklich gerettet, sie nicht, steckte immer noch mittendrin in ihrem Albtraum, war gefangen in den Klauen der Bestie. Ein weiterer großer Unterschied zwischen ihnen beiden, einer von vielen.

»Sie sind eine Kreuzung zwischen Gnomen und Elfen, die offenbar hier ganz in der Nähe an der Küste siedeln.«

Diesmal blieb Dubhes Herz kühl bei der Erwähnung der Elfen, jenes sagenhaften Volkes, das früher einmal Teil ihrer kindlichen Fantasiewelt war.

»Sie sprechen Elfisch und heißen Huyé, ein abwertender Name, den ihnen die Elfen gegeben haben. Er bedeutet wohl so viel wie ›Winzlinge‹.«

»Und die haben uns gerettet?«, fragte Dubhe mit müder Stimme.

Sie war gar nicht so sehr daran interessiert, die Geschichte ihrer Rettung zu erfahren, doch das Geplauder lenkte sie immerhin von den Gräuelbildern ab, von denen ihr Kopf voll war.

»Sie sind gerade noch rechtzeitig aufgetaucht, als ich uns schon fast aufgegeben hatte. Du warst so voller Blut, und ich am Ende meiner Kräfte durch den Kampf und die Zauber ... Ich dachte, wir wären verloren, wir würden sterben, *du* würdest sterben, und das war das Allerschlimmste.«

Auch diese Art Liebeserklärung konnte Dubhe nicht das Herz wärmen. Mittlerweile glaubte sie nicht mehr an eine gemeinsame Zukunft mit Lonerin. Der Traum, mit dem sie aufgewacht war und in dem der Meister mit ihr gesprochen hatte, kam ihr wieder in den Sinn. Es stimmte. Lonerin war nicht Sarnek und würde es auch niemals für sie sein. Sie hatte nichts anderes in ihm gesucht als ihn, ihren früheren Meister.

Ausgiebig erzählte Lonerin nun von seiner ersten kurzen Unterhaltung auf Elfisch, dann von ihrem Eintreffen im Dorf und wie sich die Huyé um sie gekümmert hatten. Er freute sich, war begeistert, auf ein unbekanntes Volk gestoßen zu sein, seine Forscherseele war wieder erwacht. Dubhe hingegen fühlte sich weit entfernt von all dem, so als gehöre es zu einer anderen Welt, die ihr verschlossen war. Langsam begann ihr Geist abzuschweifen, immer undeutlicher drang Lonerins Stimme an ihr Ohr, und sie war im Begriff, wieder in ihre ganz eigene Hölle abzustürzen.

»Hörst du mir überhaupt noch zu?«

Dubhe sah zu ihm auf. »Ja ...«

»Also deine Verletzungen ... Keine Wunde ist wirklich lebensgefährlich, und dieses Volk ist sehr bewandert in der Kunst der Heilbehandlung. Du wirst dich sicher bald erholt haben.«

Dubhe deutete ein Lächeln an.

Lonerin ließ den Blick auf ihr ruhen.

»Du darfst dich nicht quälen. Das warst ja nicht du«, erklärte er ganz unvermittelt.

Das sagt sich so leicht, dachte Dubhe. Wie sollte sie ihm erklären, dass dies wenig zählte. Dass mit jedem Mal, da die Bestie ihre Klauen zeigte, etwas in ihr zerbrach? Dass dieser Fluch tatsächlich ein Teil ihrer selbst war?

»Ich selbst habe sie freigelassen«, murmelte sie, während sie den Blick abwandte.

»Das war ja auch der einzige Ausweg«, erwiderte Lonerin überzeugt.

»Aber ich habe schon wieder einmal ein Massaker angerichtet.«

Dubhe blickte Lonerin fest in die Augen und sah darin, dass er sie nicht verstand. Wer nie getötet hatte, konnte das nicht verstehen. Ein Schleier trennte sie von der Welt der Normalen, die nie das Blut anderer gekostet hatten.

Lonerin seufzte. »Du bist nicht die Einzige, die entsetzliche Dinge getan hat.«

Dubhe blickte ihn fragend an. Sie erinnerte sich doch ganz genau, dass sie es war, die Filla mit eigenen Händen umgebracht hatte.

»Ich war drauf und dran, diesen zweiten Assassinen zu töten«, sagte er.

Sie sah ihn weiter erstaunt an. »Er hatte dich doch angegriffen, und du musstest dich verteidigen ... Was soll Schlimmes daran sein?«

»Dass ich mich dazu eines verbotenen Zaubers bedient habe.« Fast beschämt brach Lonerin ab. Doch als er sah, dass Dubhe immer noch nicht verstand, fuhr er fort. »Die Magie basiert auf dem Gleichgewicht der natürlichen Kräfte. Ein guter Magier handelt nie gegen die Natur, sondern macht sich die Naturgesetze zunutze, ohne diesen zuwiderzuhandeln. Daraus folgt, dass ein Magier bestimmte Dinge niemals tun darf. Andere mit seinen Zaubern zu verletzen zum Beispiel oder gar zu töten. Das ist wider die Natur, deren Wesen der Erhalt des Lebens ist. Schwarze Magie ist das, jene Magie, die der Tyrann so meisterhaft beherrschte. Wer solche Magie einsetzt, verliert seine Seele, vermacht sie dem Bösen, um daraus die Kraft für seinen Zauber zu gewinnen. Niemand kann sich dieser Art Magie ungestraft bedienen, denn sie zersetzt einen von innen heraus, treibt einen in die Ruchlosigkeit, zerstört einen.«

Sofort erkannte Dubhe die Grundzüge ihres Fluches wieder. Mit Sicherheit war das Siegel ein Werk der schwarzen Magie.

»Und einen solchen verbotenen Zauber habe ich bei Reklas Begleiter eingesetzt. Aber nicht weil er mich angegriffen hätte oder töten wollte. Ich weiß ja, wie ich einen Feind unschädlich machen kann, ohne ihn gleich umzubringen.« Er schluckte. »Ich tat es, weil er zur Gilde gehörte, weil er ein Assassine war. Aus keinem anderen Grund.«

Dubhe musste daran denken, wie Lonerin damals bei ihrem

ersten Kampf gegen Rekla in den Abgrund gestürzt war, an den Hass, den sie in seinen Augen erkannt hatte, ein Hass, der nicht zu ihm passen wollte und doch in ihm loderte.

»Warum hasst du die Gilde so sehr?«

»Als ich acht Jahre alt war, bekam ich das Rote Fieber.«

Dubhe hatte von dieser Krankheit gehört, seit Jahrhunderten eine Geißel der Aufgetauchten Welt. Sie befiel vor allem Kinder und führte zu hohem Fieber und unstillbaren Blutungen. Die meisten Erkrankten starben daran, verbluteten regelrecht. Jedermann in der Aufgetauchten Welt fürchtete sie.

»Meine Mutter war allein, mein Vater hatte sie vor meiner Geburt sitzen lassen, und sie hatte nur mich. Und so begab sie sich zum Schwarzen Gott, zu Thenaar, und bot sich als Postulantin an.«

Lonerin strich sich mit der flachen Hand über das Gesicht.

Dann fuhr er fort: »Ich wurde wieder gesund, aber meine Mutter kehrte nicht mehr zurück. Wir haben nach ihr gesucht, haben uns selbst zum Tempel aufgemacht, ich und die Nachbarin, bei der sie mich gelassen hatte, aber von meiner Mutter keine Spur. Erst einige Monate später erfuhr ich, was geschehen war. Es gab da so einen Acker, nicht weit von den Orten, an denen ich mit meinen Freunden spielte, und dieser Acker … war voller Knochen … und einmal haben wir uns dorthin gewagt … meine Kameraden und ich … und da fand ich sie … sie lag in einer Grube …«

Dubhe konnte sich das Grauen lebhaft vorstellen. Sie schwieg. Was hätte sie auch sagen sollen? Es gab keinen Trost. Das wusste sie.

»Wir bargen ihre Leiche und beerdigten sie. Und ich kam zu einem Onkel. Einige Jahre lang überlegte ich nur, wie ich Rache nehmen könnte. Ich würde die Gilde vernichten, diese Schweine alle umbringen, auch wenn es mich selbst das Leben kostete, so dachte ich. Dann jedoch lernte ich Meister Folwar kennen, der mich lehrte, dass es auch einen anderen

Weg gibt. Mein Groll würde mich nur in die Irre leiten. Ich musste ihn verwandeln und neue Kraft daraus schöpfen. Deshalb wandte ich mich der Magie zu, um meinem Schmerz und meinem Hass einen Sinn zu geben. Und deshalb ließ ich mich auch in den Bau der Gilde schicken und meldete mich dann freiwillig für die nächste Mission.«

Dubhe senkte den Blick. Das hatte sie nicht gewusst, sah ihn nun in einem neuen Licht.

»Ich habe seine Hand verglühen lassen und dabei gejubelt. Und obwohl mir klar geworden war, dass er nur deshalb so verbissen kämpfte, weil er Rekla liebte, wollte ich ihn töten. Ich konnte mich dann aber beherrschen. Doch wer weiß.«

Eben. Das war der große Unterschied zwischen ihnen beiden. Er hatte noch eine Wahl, konnte haltmachen vor dem Abgrund. Sie nicht. Sie selbst wurde immer wieder erbarmungslos hinabgezogen.

»Ich habe auch falsch gehandelt, habe meinen Trieben nachgegeben. Deshalb musst du dich nicht schuldig fühlen.«

Dubhe lächelte bitter. »Willst du im Ernst deinen kurzen Moment der Schwäche mit dem Gemetzel vergleichen, das ich angerichtet habe?«

»Aber du warst doch nicht bei dir. Du konntest einfach nicht anders. Es wäre doch wohl nicht besser gewesen, wenn du zugelassen hättest, dass Rekla dich umbringt. Wem wäre damit gedient gewesen?«

Dubhe senkte den Blick. Sie wusste es auch nicht, aber alles wäre besser gewesen als die Schuldgefühle, die sie jetzt plagten, als der Abscheu vor sich selbst.

»Schuld ist doch nur der Fluch, dieses verdammte Siegel. Das macht dich kaputt, sorgt dafür, dass dieses ganze Unheil geschieht. Aber das bist nicht du. Das muss dir doch auch klar sein!« Lonerin ergriff ihre Hand, drückte sie und sah ihr dabei lange in die Augen.

»Du hast noch nie jemanden getötet, deshalb kannst du das nicht verstehen. Auf die Gründe kommt es nicht an. Es zählt nicht, ob du ein Recht hattest, jemandem das Leben zu nehmen, und es ist auch gleich, ob es ein tragischer Unfall oder sonst irgendetwas war. Nur die Tat zählt. Danach ist dann nichts mehr wie zuvor. Der Tod wird Teil deiner selbst, mischt sich in dein Blut, durchfließt deinen Körper, vergiftet dich. Deswegen ... ist mein Meister gestorben ... Und die Bestie ist nicht außerhalb von mir, sondern lauert in mir.«

Lonerin schüttelte heftig den Kopf. »Nein, da irrst du dich aber gewaltig. Du bist keine Mörderin und bist es auch nie gewesen. Früher waren es die tragischen Umstände, heute ist es der Fluch, die dir das alles aufzwingen. Aber nicht du selbst, du suchst das Leben, nicht den Tod.«

Seine Miene war ernst, aufrichtig. Er selbst glaubte, was er da sagte oder zumindest wollte er es. Dubhe versetzte es einen Stich.

Würde er mich wirklich lieben, verstände er mich besser. Würde ich ihn lieben, genügte mir dieser Blick.

Aber so war es nicht. Sie war allein. Allein mit ihrem Grauen. Und obwohl er es mit eigenen Augen gesehen hatte, verstand er es nicht. Er liebte nicht alles an ihr, liebte nicht ihre blutbesudelten Hände. Was er liebte, war ihr Bild, ihre Zerbrechlichkeit und ihre Schwäche. Und sie? Sie liebte die Dinge an ihm, die sie an ihren Meister erinnerten, liebte seine Welt, in der es möglich war, freie Entscheidungen zu treffen, seine Sicherheit.

»Ich habe dir geschworen, dass ich dich retten würde, und das werde ich auch tun. Ich werde dich von diesem Fluch befreien und mich dabei von nichts aufhalten lassen, damit du nie wieder diese schrecklichen Dinge tun musst. Meiner Mutter konnte ich nicht helfen, aber bei dir wird das anders sein. Du wirst sehen, ist dieser Fluch erst einmal beseitigt, wirst du endlich frei sein.«

Wie falsch das klang! Auch wenn es ihm gelänge, sie von dem Fluch zu befreien, retten konnte er sie nicht. Denn ihr Kerker war nicht das Siegel allein. Ihr Gefängnis war größer, und er hatte es noch gar nicht gesehen.

Dennoch lächelte Dubhe ihn an, drückte seine Hand. Trotz allem rührte sie dieser Versuch, sie zu lieben. »Danke«, murmelte sie mit einer Stimme, die einem Weinen nahekam.

Er suchte ihre Lippen, gab ihr einen langen Kuss, und sie wusste, dass es der letzte sein würde.

21

Eine alte Schuld

Mit großen Schritten betrat Dohor den Tempel. In der Bank vor der Thenaar-Statue kniete Yeshol und wartete bereits auf ihn. Er betete, und schon an der Tür hörte Dohor seine leiernde Stimme. Er verzog das Gesicht. Frömmigkeit war nie seine Sache gewesen. Seine Frau hatte sich häufig an den Glauben geklammert, besonders vor ihrem Tod, als die Krankheit sie schon zerfressen hatte. Bei ihm war das anders. In der Religion sah er ein reines Machtinstrument und bemitleidete deswegen jene, die wirklich glaubten.

›Die Götter sind keine Erfindung, Dohor, es gibt sie, und eines Tages wirst du vor ihnen Rechenschaft ablegen müssen‹, hatte ihm seine Gemahlin einmal offen ins Gesicht gesagt, doch für ihn war das nichts als törichter Aberglaube.

»Nun?«, fragte er mit tönender Stimme, als er hinter Yeshol stand.

Er sah, dass sich die Schultern des Alten kurz aufrichteten, dann hatte er wieder das leiernde Gebet in den Ohren. Es war immer wieder erstaunlich, was sich dieser Mann ihm gegenüber herausnahm. Andererseits war es aber auch gerade dessen Unabhängigkeit, die er so schätzte.

Als er sein Gebet endlich beendet hatte, erhob sich Yeshol und verbeugte sich vor dem König. »Ich war im Gebet.«

Eine so schlichte wie dreiste Rechtfertigung, die Dohor ärgerte, doch hielt er es für unklug, jetzt seine Autorität geltend zu machen. »Ich weiß schon, du gehorchst einem

Herrn, der über mir steht, nicht wahr?«, erwiderte er nur in spöttischem Ton.

Yeshol lächelte geheimnisvoll, wurde schnell wieder ernst und sagte: »Ich habe Euch zu kommen gebeten, weil ich Euch eine Mitteilung von größter Bedeutung zu machen habe.«

Dohor ließ sich nicht beeindrucken. Bei Yeshol waren alle Neuigkeiten von größter Bedeutung. »Und die wäre?«, fragte er daher nur.

»Ein Feind hat einem meiner besten Assassinen den Jungen abgejagt, den ich unbedingt brauche.«

Wie vermutet, eine unbedeutende Neuigkeit, dachte der König.

»Das ist dein Problem«, sagte er, »solche Dinge musst du schon selbst erledigen. Du weißt, ich habe dir schon mehr als genug geholfen, und vergiss nicht, durch deine Schuld habe ich gerade einen Ritter und einen Drachen verloren.«

»Der Feind, von dem ich sprach, ist Ido.«

Schlagartig wurde es still im Tempel. Dohor spürte, wie sein Herz einen Schlag aussetzte. Über drei Jahre lang hatte er diesen Namen nicht mehr gehört und inständig gehofft, ihn nie mehr hören zu müssen.

»Unmöglich«, antwortete er, um einen gleichgültigen Tonfall bemüht. »Vor drei Jahren fand man im Land des Feuers die verbrannten Reste seines Drachen. Ido muss tot sein.«

»Ein Gnom mit nur einem Auge und einer langen weißen Narbe, die seine ganze linke Gesichtshälfte durchzieht, hat einen meiner *Siegreichen* getötet und einen anderen bewusstlos an der Grenze zum Land des Feuers zurückgelassen. So hat dieser ihn mir später beschrieben und zudem erwähnt, es handle sich um einen alten, aber sehr kampferprobten Mann.«

Dohors Hände befiel ein Zittern, das er nicht verbergen konnte. »Wo ist er?« Seine Stimme bebte vor mühsam unterdrücktem Zorn.

Yeshol schüttelte den Kopf. »Das wissen wir nicht genau.

Wahrscheinlich hält er sich noch im Land des Feuers auf und leckt sich dort irgendwo die Wunden. Er war auch nicht mehr gut beieinander, hörte ich.«

Die Erwähnung Idos weckte bei Dohor alte unschöne Erinnerungen. An die Widerstandsbewegung im Kanalsystem im Land des Feuers, die ständigen Attacken von Idos Leuten gegen seine Soldaten, den langen Krieg und die letzte Schlacht, die eben dort in den Kanälen geschlagen wurde. Gut tausend Mann hatte er dort unten verloren und all das, um einer Handvoll Rebellen habhaft zu werden.

»Die Kanäle«, murmelte er.

»Das denken wir auch. Sie scheinen doch nicht ganz geflutet zu sein.«

Das wusste Dohor nicht. Als er befahl, die Schleusen zu öffnen, hatte er sich ganz einfach auf die Gewalt des Wassers verlassen. Aber die hatte wohl nicht ausgereicht.

»Ich werde mich um die Angelegenheit kümmern«, erklärte er in eiligem Ton.

»Daran hatte ich keinen Zweifel«, lächelte Yeshol. »Als Sherva mir berichtete, mit wem er es zu tun hatte, wusste ich sofort, dass Ihr das Problem mit Euren Männern lösen würdet.«

Dohor nickte. »Der ist schon so gut wie tot. In Kürze werdet ihr den Jungen wiederhaben.«

Yeshol verbeugte sich. »Ich verlasse mich auf Euch. Mein Schicksal liegt in Eurer Hand.«

Als Learco den Saal betrat, fand er seinen Vater Dohor schon wartend auf seinem Thorn vor. Kaum zurückgekehrt, hatte dieser ihn rufen lassen. Learco wusste nicht, was vorlag, aber mit Sicherheit handelte es sich um eine ernste Angelegenheit, denn er hatte seinen Vater in dem schwarzen Umhang heimkehren sehen, den er nur bei bedeutenden Anlässen trug. Als er dann hörte, dass der König ihn zu sich bestellt hatte, verweilte er noch einen Moment in seiner Kammer und betrachtete sein Bild in dem großen Wandspiegel.

Ja, ob er wollte oder nicht, er ähnelte seinem Vater auf beeindruckende Weise. Das gleiche hellblonde, fast weiß wirkende Haar, der gleiche Blick. Nur die grüne Farbe seiner Augen hatte ihm seine Mutter Sulana vermacht. Zu wenig, um die Ähnlichkeit mit dem Vater zu mindern. In einigen Jahren würde er dessen Reich erben und weiter für Ziele kämpfen müssen, die nicht die seinen war. Wäre es nach ihm gegangen, hätte er diese elenden Gemetzel schon längst beendet, aber er konnte nicht, dies war sein unausweichliches Schicksal.

Mit soldatischem Schritt näherte er sich dem Thron. Als er vor dem König stand, beugte er das Knie. So war es immer gewesen zwischen Vater und Sohn, ihr Verhältnis war kühl und förmlich. Nie ein liebes Wort, nie eine Umarmung. Als er jetzt daran dachte, fiel ihm ein, dass er noch ein Kind gewesen war, als sie sich zum letzten Mal berührt hatten, damals in Makrat vor einer feiernden Menge, als der König ihn hochgehoben und dem jubelnden Volk gezeigt hatte. Danach nie mehr. Im Grund war er nur ein Untertan, ein Kurier des Todes in Diensten seines Vaters.

»Erhebe dich!«

Learco gehorchte, hielt aber den Blick gesenkt.

»Ich habe einen Auftrag für dich. Und schau mich an, wenn ich mit dir spreche, du bist der Thronerbe, nicht irgendein Bauer.«

Widerwillig kam Learco der Aufforderung nach. Seit Langem schon war ihm der Anblick des Vaters unerträglich. Es war, als betrachte er sein eigenes Spiegelbild, und es missfiel ihm zutiefst, ihm so ähnlich zu sein. Zudem störte ihn diese Maske des Eroberers, hinter der sich der Urheber so vieler schmutziger Kriege verbarg.

Der König musterte ihn kühl. »Du schaust wieder drein wie ein geprügelter Hund. Das ist deinem Rang nicht angemessen.«

»Ich bin nur müde, Vater, das ist alles«, log der Junge.

Dohor schien es ihm nicht abzunehmen, aber das war

Learco egal. Nichts von dem, was er tat, fand jemals die Zustimmung seines Vaters. Er konnte dessen Erwartungen einfach nicht gerecht werden und enttäuschte ihn in einem fort.

»Ido ist nicht tot. Er hat damals überlebt und ist schon wieder dabei, unsere Pläne zu stören.«

Learco erstarrte.

»Er hat einen Jungen bei sich, der so viel Gold wert ist, wie er wiegt. Den will er wohl ins Land des Wassers bringen und von dort aus irgendwie verschwinden lassen. Mein Auftrag für dich ist ganz einfach: Spür ihn auf und töte diesen verfluchten Gnomen, schnapp dir den Jungen und bring ihn zu mir.«

Learco ballte die Fäuste. Auch diese Mission behagte ihm keineswegs, genauso wie auch all die anderen, die ihm sein Vater schon übertragen hatte. Einige Jahre lang hatte er sich gefreut, ihm dienen zu können, und darauf gehofft, ihn irgendwann mit seinen Taten und Fähigkeiten zu beeindrucken. Dann aber hatte er erkannt, worauf sich die Macht des Königs gründete, und gleichzeitig gemerkt, dass es ihm niemals gelingen würde, dessen Anforderungen gerecht zu werden. Von diesem Zeitpunkt an hatte er jeden neuen Auftrag als eine weitere schmerzhafte Demütigung erlebt. Doch diese Mission hatte noch einen anderen Hintergrund. Dohor wusste es.

»Hast du mir noch etwas zu sagen, mein Sohn?«

»Nein, gar nicht. Wie immer freue ich mich, Vater, Euren Befehlen Folge leisten zu dürfen.«

Er senkte wieder den Blick.

»Dir ist doch klar, warum ich gerade dich damit beauftrage?«

Langsam sah der junge Königssohn auf. Dohors Gestalt auf dem Thron schien übermächtig.

»Ich glaube ja.«

»Es war würdelos, dass du Ido damals im Land des Feuers hast entkommen lassen, ein Schandfleck, den ein künftiger König unbedingt tilgen muss. Deshalb erwarte ich von dir, dass du meinem ärgsten Feind nun die Behandlung angedeihen lässt, die er verdient hat. Ich verlange, dass du mir sein Haupt auf einem Silberteller servierst. Nichts weniger als das. Hast du verstanden?«

Learco verneigte sich zustimmend. Die Befehle seines Vaters galten unwidersprochen, auch wenn er in den meisten Fällen dessen Ansicht nicht teilte.

»Weiß man, wo er sich aufhält?«, fragte er.

»Es hat einen Kampf gegeben im Großen Land an der Grenze zum Land des Feuers. Dort hat er einen Assassinen außer Gefecht gesetzt und ihm den Jungen entreißen können. Aber auch er selbst scheint verletzt zu sein. Wahrscheinlich versucht er nun, auf kürzestem Weg ins Land des Wassers zu gelangen. Am besten stellst du ihn irgendwo in der Wüste. Dort findet er keine Deckung und kann sich nirgendwo verkriechen.«

»Wie Ihr wünscht«, antwortete Learco in sachlichem Ton.

»Du nimmst Xaron.«

Learco nickte. Wenigstens durfte er fliegen. »Wenn das alles ist ...«

»Enttäusche mich nicht wieder!« Der Blick des Königs war nun durchdringend und streng. »Unzählige Anlässe hast du mir bereits gegeben, in dir nicht meinen Sohn zu erkennen. Aber leider bist du mein einziger Erbe. Zwinge mich nicht zu Maßnahmen, die mir selbst missfallen würden.«

Learco verneigte sich fast bis zum Boden, während ihm das Herz in der Brust hämmerte. Dann richtete er sich auf und ging hinaus.

Er war verwirrt, die Worte des Vaters waren eine Warnung, und als er den Saal verlassen hatte, schlug er nicht den Weg zu den Drachenstallungen ein, sondern lenkte seine Schritte immer schneller zu dem langen Balkon des Palastes. Von hier hatte er einen weiten Blick über das Gassengewirr von Makrat. Die Sonne ging gerade unter, und Learco atmete die jetzt kühler werdende Luft in vollen Zügen ein. Das tat ihm gut. Der herbe Schwefelgeruch und die giftigen

Dämpfe des Thals kamen ihm in den Sinn. Denn dort im Land des Feuers hatte er Ido zum ersten Mal getroffen.

Im Sattel seines Drachen überfliegt Learco das Schlachtfeld auf der Suche nach Überlebenden. Er weiß genau, dass er damit dem Befehl seines Onkels Forra zuwiderhandelt. Er ist erschöpft, aber die Erregung des Kampfes durchströmt immer noch seine Adern. Wie befohlen, hat er Feinde eingeäschert mit seinem Drachen, Rebellen mit seiner Lanze durchbohrt, ganz allein, beachtlich für einen vierzehnjährigen Knaben, auch wenn er schon Drachenritter ist.

Ein wenig hat er sich wie Nihal gefühlt, wie ein großer Krieger, ein todbringender Soldat, auf den sein Vater stolz sein kann. Kein Gnom, kein Erwachsener oder Kind, die ihm entgegentraten, hat Gnade gefunden.

Im Grund seines Herzens weiß Learco jedoch, dass dieser Überfall nichts mit Tapferkeit und einer offenen Schlacht zu tun hat. Und da nun weder sein Onkel oder sonst irgendwer an seiner Seite ist, der ihn zurechtweisen könnte, kann er endlich seinem Mitgefühl freien Lauf lassen. Niemand würde ihn auslachen. Niemand würde mitbekommen, wie skeptisch er dem Krieg und seinem Vater gegenübersteht. Learco fühlt sich wie ein Gefangener und hat doch keine andere Wahl. Der König hat ihn ins Feuer geworfen, damit sich sein Sohn zu einem tapferen Krieger und würdigen Thronfolger entwickelt. Welches Schlachtfeld hätte für eine solche Prüfung auch geeigneter sein können als das Land des Feuers, wo sich immer noch so verbissen der Widerstand regte? Learco wäre am liebsten geflohen, doch es ging nicht. Ein Teil seiner selbst nötigte ihn zu bleiben und dennoch würde ihn nichts von seinen Überzeugungen abbringen können.

Lautlos schwingen die Flügel seines Drachen durch die Luft. Unter ihm nichts als Trümmer und Leichen. Er schaut genauer hin, und nur durch einen Zufall erkennt er aus den Augenwinkeln, dass hinter ihm etwas aufblitzt. Mit knapper Not schafft er es, sein Schwert zu ziehen, herumzufahren und den Schlag zu parieren. Ein Gnom ohne Rüstung auf dem Rücken eines riesengroßen roten Drachen schwingt eine Waffe mit einer runden hölzernen Glocke und einer gebogenen Klinge, die genau auf ihn gerichtet ist. Sein Gesicht ist durchzogen von einer langen weißen Narbe. Learco mustert ihn einen Moment und beginnt plötzlich zu zittern.

Ido.

»Sieh mal einer an, wen haben wir denn da ...?«, murmelt der Gnom mit einem gemeinen Grinsen.

Instinktiv sucht Learco das Weite. Was bleibt ihm auch sonst übrig? Ido ist eine Legende, ein unbesiegbarer Krieger.

Doch vergebens. Im Nu ist der Gnom bei ihm, während sein Drache gleichzeitig den Schwanz von Learcos Reittier packt. Das Tier brüllt vor Schmerz, bäumt sich auf, und nur mit Mühe gelingt es Learco, sich im Sattel zu halten.

Ich werde sterben, *denkt er.* Ich werde sterben!

Jetzt spannt der rote Drache alle Muskeln an und schleudert seine Beute in hohem Bogen fort.

Learco verliert die Orientierung, wirbelt herum und kracht mit seinem Drachen zu Boden. Doch Ido attackiert nicht, beobachtet ihn nur mit höhnischem Blick, während Learco mühsam wieder auf die Beine kommt.

Der Junge stellt sich zum Kampf auf, will sich verteidigen und weiß doch schon, dass sein Schicksal besiegelt ist. Mit beiden Händen umfasst er sein Schwert und streckt es vor seinem Körper aus.

Ido deutet auf die Waffe. »Trägst du immer die alten Sachen deines Vaters?«, fragt er in spöttischem Ton.

Learco versteht. Es ist das Schwert seines Vaters.

»Weißt du, wer ich bin?«

»Ido.«

Der Gnom lächelt. »Dein Vater war ungefähr in deinem Alter, als ich ihn in der Akademie vor allen demütigte, und führte dasselbe Schwert wie du jetzt. Hat er dir davon erzählt?«

Nein, das hat Dohor nie getan. Trotzdem kennt Learco die Geschichte. Denn in den Fluren des Palastes wurde immer wieder hinter vorgehaltener Hand davon erzählt, wie Ido den König einmal als jungen Burschen, als dieser in der Akademie den Prahlhans spielte, vor aller Augen in die Schranken verwiesen und schwer gedemütigt hatte, indem er ihn in einem Zweikampf in drei von drei Angriffen spielerisch leicht entwaffnete.

Noch fester nimmt Learco das Schwert in die Hand. Er weiß sehr genau, was geschehen wird. Ido ist der ärgste Feind seines Vaters, diese Gelegenheit, sich über den Prinzen an Dohor zu rächen, wird er sich nicht entgehen lassen. Töten wird er den einzigen Thronerben des Königs, ihn zuvor aber noch quälen und erniedrigen. Es ist aus mit ihm.

Learco spürt, dass seine Hände glitschig sind vom Schweiß, auch seine Stirn ist feucht. Er fröstelt.

Ich werde kämpfen, *denkt er,* ich werde das anwenden, was mir beigebracht wurde, werde mich so schlagen, wie mein Vater es von mir erwartet, und ehrenvoll untergehen.

Ido startet einen Überraschungsangriff, und Learco kann nur mit knapper Not parieren. Sogleich ist er im Hintertreffen, die Angriffe seines Gegners kommen mit ungewöhnlicher Kraft. Ido fühlt sich überlegen, Learco liest es in seinen Augen, und er hat recht damit. Der Gnom attackiert ohne Gnade, spielt, vergnügt sich mit ihm, und er selbst ist ihm vollkommen ausgeliefert.

Noch schneller saust Idos Schwert hin und her, und plötzlich spürt Learco ein starkes Brennen in der Schulter. Getroffen. Die Klingenspitze seines Gegners ist rot. Es ist sein Blut. Zum ersten Mal in seinem Leben wird er von einem Schwert verletzt. Zuvor ist es nur Forras Peitsche gewesen.

Ein kurzes Stöhnen entfährt ihm, er senkt den Kopf, erholt sich aber sogleich wieder. Er muss seinem Namen Ehre machen. Vielleicht wird er sterben, aber sein Vater wird stolz auf ihn sein. Das war er bisher nie, Learco weiß das. Daher ist es jetzt umso wichtiger, tapfer zu kämpfen, es ist seine letzte Gelegenheit dazu. Er beschließt, das Schwert nur noch mit einer Hand zu umfassen.

Ido erhöht wieder den Druck, und seine Hiebe finden immer häufiger ihr Ziel. Stiche, Schnittwunden, und mit jedem Mal kommen Learco kurze Wehlaute über die Lippen. Er versucht sie zu unterdrücken, aber es gelingt ihm nicht. Schwach und unfähig fühlt er sich, und mehr und mehr ist ihm zum Weinen zumute.

Meinem Vater wird man berichten, ich sei ein Feigling gewesen.

»Du kämpfst nicht schlecht«, ruft Ido da und setzt höhnisch hinzu, »aber wie ein Grünschnabel.«

Er trifft Learcos Klinge und drückt mit solcher Kraft dagegen, dass sich dessen Handgelenk verdreht und seine Waffe schließlich weit davonfliegt. Er sieht ihr noch nach, wie sie einen funkelnden Bogen in der Luft beschreibt, da verpasst Ido ihm schon einen mächtigen Tritt gegen die Brust.

Learco bleibt die Luft weg und er stürzt zu Boden.

Plötzlich ist alles still. Der Prinz hört nur noch seinen eigenen keu-

chenden Atem. Idos Klinge ist nur noch einen Hauch von seiner Kehle entfernt. Auch der Gnom atmet schwer, und seine Klingenspitze zittert. Der Junge spürt schon, dass sie ihm die Kehle ritzt an der Stelle, wo sein Adamsapfel hervorragt. Er schluckt, schließt die Augen.

Er weiß, dass der Moment gekommen ist, und doch hat er nicht solche Angst, wie er geglaubt hätte. Mit einem Mal verlangsamt sich sein Herzschlag. Er hebt den Kopf und reckt die Kehle vor.

»Wenn du schon zustechen musst, so tue es endlich.«

Ein Satz wie von den hirnlosen Helden, denkt er, von denen die Geschichten handeln, die sein Vater ihn zu lesen zwingt. Und doch spürt er, dass er jetzt passt, dass er das ausdrückt, was er sich im Grund wünscht.

Ido blickt ihn ernst an, ohne das Schwert von Learcos Kehle zu nehmen. »Warum bist du allein? Wo sind die anderen?«

Eine Frage, auf die Learco nicht gefasst ist, sodass er einen Augenblick nachdenken muss, bevor er antwortet. »Die haben sich schon mit den Gefangenen auf den Weg gemacht. Was sie zerstören wollten, haben sie zerstört und geraubt, was sie haben wollten.«

»Wen meinst du mit ›sie‹? Warst du etwa nicht dabei, als uns diese Mörder überfielen?«, fragt der Gnom mit harter Miene.

Diese Worte treffen Learco mit der Gewalt eines Schwertstreichs. Verlegen wendet er den Blick ab, richtet ihn auf die vom Wind und vom Vulkanrauch abgeschliffene Felswand seitlich hinter Ido.

»Doch, ich war dabei«, sagt er leise.

Ein Geständnis, das ihn heftiger schmerzt als die große Scham, die ihn jedes Mal überkam, wenn er einem Massaker seines Vaters beiwohnen musste.

»Und warum hat man dich hier zurückgelassen. Solltest du auf uns warten? Was wolltest du noch hier?«

»Nichts.«

Ido beugt sich über ihn, lässt aber das Schwert an seiner Gurgel ruhen. Learco spürt seinen warmen Atem am Hals. »Versuch nicht, mich hinters Licht zu führen. Ich werde dich nicht eher töten, bis ich von dir erfahren habe, was ich wissen will, und du kannst mir glauben, ich habe so meine speziellen Methoden, um dich zum Sprechen zu bringen. Also sperr dich nicht, sonst nehme ich dich mit, und du wirst es bereuen, diesen Augenblick der Milde meinerseits nicht ausgenutzt zu haben, verstanden?«

Learco lässt sich nicht einschüchtern. Er hat die Angst schon hinter sich gelassen. Was er gerade eingestanden hat, ist schlimmer als jede Furcht.

»Ich habe mir nur angesehen, was ich getan habe, und nach Überlebenden Ausschau gehalten.«

»Willst du mich auf den Arm nehmen?«, fährt Ido ihn an.

»Ich verstehe schon, dass du mir nicht glauben kannst, aber das ist mir auch egal. Es ist die Wahrheit.«

Learco spürt, dass ihn diese Selbstsicherheit nicht mehr lange tragen wird, und wünscht sich nur, dass es bald vorbei ist.

»Stich zu«, sagt er mit fester Stimme.

Er wünscht es sich tatsächlich, sehnt den alles beendenden Schwertstoß herbei.

Ido verharrt reglos vor ihm, er ist verblüfft, lässt aber das Schwert nicht sinken. Langsam jedoch verändert sich sein Blick. Es fällt ihm schwer, in diesem Jungen noch einen Feind zu sehen. Schließlich seufzt er und zieht das Schwert zurück.

»Hau ab!«, fordert er ihn in herrischem Ton auf.

Learco blickt ihn nur verwundert an.

»Los, nimm die Beine in die Hand, bevor ich's mir noch anders überlege.«

Der junge Prinz rührt sich nicht, kniet mit den Händen am Boden. Er will nicht fort, will nicht geschont werden. Er hat es nicht verdient. So senkt der den Kopf und beginnt zu weinen. Bis zu diesem Moment ist er stark gewesen, doch nun kann er nicht mehr. Er kommt sich dumm vor und verloren.

Ido steht da und weiß nicht, was er tun soll. »Ich hab doch gesagt, du bist frei, jetzt geh schon.«

Learco erhebt sich, trocknet sich die Tränen. Ein enormer Druck schnürt seine Brust zusammen. »Es tut mir leid. Für alles«, kann er nur sagen.

Dann rennt er davon, vorbei an seinem getöteten Drachen, der noch unter den Klauen des anderen Tieres liegt, läuft und läuft und würde sich am liebsten in Luft auflösen. Er denkt nur an das auf seine Gurgel gerichtete Schwert und an diese Worte, die all dem Schmerz das Tor geöffnet haben.

›Ich war dabei.‹

Learco seufzte. Das waren unangenehme Erinnerungen. Noch häufig hatte er daran zurückgedacht, aber nie geglaubt, Ido noch einmal wiederzusehen. Als er aber erfuhr, dass der Gnom wahrscheinlich tot sei, hatte es ihm aus irgendeinem Grund leidgetan.

Nun begab er sich zu den Stallungen und fragte sich dabei, was sein Vater wohl mit diesem Knaben vorhatte, welche gemeinen Pläne sich hinter diesem Auftrag verbargen, doch er wusste auch, dass diese Fragen zu nichts führten, dass sie nur seine Seele belasteten. Letztendlich war er, trotz allem, was er über Dohor wusste, doch nur ein dummer Junge, der seinem Vater gefallen wollte.

Er dachte an Ido, an die Schuld, in der er ihm gegenüber stand. Wahrscheinlich wäre es besser gewesen, wenn ihn der Gnom an jenem Tag getötet hätte, dort am Fuß des Thals, aber stattdessen verdankte er ihm sein Leben. Und nun hatte er den Befehl, ihn umzubringen.

Den Blick gesenkt, betrat er den Stall, schloss einen Moment die Augen und konzentrierte sich auf das, was ihn jetzt erwartete.

»Mach Xaron fertig, ich habe eine Mission zu erfüllen«, wies er den Stallknecht an.

22

Das Dorf

Wie im Traum verlief der Aufenthalt bei den Huyé. Niedergeworfen von einer unsagbaren Erschöpfung, verbrachte Dubhe die meiste Zeit im Bett. Sie war zu schwach, um aufzustehen, und die Wunden schmerzten wie wahnsinnig, doch vor allem war es die geistige Erschöpfung, die sie davon abhielt, irgendetwas zu unternehmen.

Sie hatte den Eindruck, dass außerhalb dieses Dorfes jenseits des Waldes, auf den ihr Blick durch das Fenster fiel, die Probleme, die sie hierhergeführt hatten, nur darauf warteten, dass sie sich erholte, um wieder über sie herzufallen. Verließ sie erst einmal diesen geschützten Raum, würde nichts besser als vorher sein.

Vor allem bedrängte sie die Ungewissheit hinsichtlich des Gegengiftes: Um sie dem Tod zu entreißen, hatte Lonerin ihr den gesamten Inhalt der Ampulle verabreicht. Kein Tröpfchen war mehr übrig. Dubhe spürte, dass die Bestie nur ein wenig döste. Sie freizulassen, war ein kühnes Unterfangen gewesen, das sie früher oder später noch teuer zu stehen kommen würde. Nun hatte sie nur noch eine einzige schwache Hoffnung: zu Sennar zu gelangen, bevor sie der Bestie machtlos ausgeliefert war. Ach Sennar … Wer sagte ihnen eigentlich, dass er überhaupt noch lebte und dass es ihnen gelingen würde, ihn zu finden? Und in diesem Meer von Schwierigkeiten blieb noch die Frage, wie sie sich jetzt Lonerin gegenüber verhalten sollte. Bei all diesen Sorgen, die

Dubhe bedrängten, war es ein Glück, dass er in diesen Tagen so beschäftigt war.

»Ich muss mich mit den Heilkünsten dieses Volkes befassen, vielleicht finde ich unter den Kräutern, die hier verwendet werden, irgendeines, das etwas gegen den Fluch ausrichten kann«, hatte er zu ihr gesagt.

Seitdem war er fast ständig irgendwo unterwegs und kehrte erst abends zu ihr zurück, mit Rändern unter den Augen und häufig verkratzten Händen. Ein kurzer Kuss auf die Wange, dann erkundigte er sich nach ihrer Verfassung, untersuchte sorgfältig all ihre Wunden.

Ihre Beziehung schien sich mittlerweile nur noch um die Gesundheit zu drehen. Lonerin war wie besessen davon, und Dubhe hatte noch nicht den Mut gefunden, einige Dinge klarzustellen. Aber sie wusste, dass sie diesem Gespräch nicht aus dem Weg gehen konnte. Nur fühlte sie sich im Moment noch nicht dazu bereit.

So verbrachte sie die Tage, indem sie aus dem Fenster zum Himmel hinausblickte, der stündlich in andere Farben getaucht war, und auf die Geräusche des Waldes lauschte. Vielleicht würde sie sterben, vielleicht würde die Bestie wiederkehren. Aber von diesem Bett aus schien ihr das alles weit entfernt und verschwommen zu sein.

Tagelang hatte sie nur über den Heilpriester Kontakt zum Volk der Huyé, der sie behandelte, ein junger Mann, in dessen Äußerem sich die Merkmale der Elfen und die der Gnomen auf groteske Weise vermengten: Seine spitzen Ohren standen von einem geschorenen Schädel ab, während der lange dunkelblaue Bart seine Haarfarbe erahnen ließ. Mit nacktem Oberkörper lief er umher und trug auf der Brust eine rote Tätowierung, die sich krass von seiner blassen Haut abhob. Sie zeigte einen mächtigen Baum, einen *Vater des Waldes*, der mit großer Liebe zum Detail gestochen war. Seine Beinkleider darunter waren eigenartig geschnitten und offenbar aus Wildleder gefertigt. Stets grußlos betrat er ihr Zimmer und richtete auch nie das Wort an sie. Noch nicht einmal in die Augen schaute er ihr, kümmerte sich nur um die Wunden, streng darauf bedacht, den Blick nicht abschweifen zu lassen.

Dubhe fühlte sich in seiner Gegenwart stets ein wenig unbehaglich. Einerseits weil sie sich wie ein bloßer Gegenstand vorkam, der zu untersuchen und an dem herumzuhantieren war, ein Eindruck, den sie immer schon hatte, wenn ein Priester oder Magier sie behandelte oder sich das verfluchte Siegel ansah. Andererseits weil sie nicht mit ihm sprechen und sich nicht bei ihm bedanken konnte. Denn seine Behandlung war tatsächlich fantastisch. Berührte er ihre Wunden, sprach er dabei seltsame Formeln, eine Art Litanei in einer fremden Sprache, die augenblicklich den Schmerz linderten. Seine Hände verströmten eine heilende Wärme, und in der Tat machte ihre Genesung riesige Fortschritte. Die Wunden schlossen sich, wo die Haut fehlte oder zerfetzt war, wuchs sie auf der Stelle nach. Es war ein Wunder. Von Tag zu Tag fühlte sich Dubhe besser, und sogar ihre Hand, die sie in der ersten Zeit wegen der Schmerzen gar nicht bewegen konnte, nahm nun mehr und mehr wieder ihr normales Aussehen an.

Schließlich waren die Wunden fast alle verheilt. Und so beschloss Dubhe, sich im Dorf umzusehen. Nach der langen Zeit in dem geschlossenen Raum sehnte sie sich nach frischer Luft, um einen klareren Kopf zu bekommen.

Man trieb eine Krücke für sie auf, die zwar für ihre Größe entschieden zu kurz war, aber dennoch ausreichte, damit sie sich frei, ohne jemanden um Hilfe bitten zu müssen, bewegen konnte. Sie hatte ein paar Brocken Elfisch gelernt und es damit geschafft, einem der Huyé zu erklären, was sie brauchte.

»Schaffst du das denn allein?«, fragte dieser nun, als er Dubhe die Krücke reichte.

Sie lächelte. »Nach der langen Zeit auf dem Krankenlager wird mir die Bewegung mit Sicherheit guttun.«

Ihre Arme ergreifend, half Lonerin ihr auf, und sobald er sicher war, dass sie sich allein auf den Beinen halten konnte, gab er ihr ganz unvermittelt einen Kuss auf den Mund.

»Pass gut auf dich auf«, flüsterte er ihr dann ins Ohr.

Sie lächelte verlegen.

Mit zitternden Beinen verließ sie den Raum. Trotz der erzwungenen Erholungspause war sie immer noch sehr schwach.

Das Tageslicht blendete sie, und sie schauderte ein wenig in der frischen Morgenluft. Als sie die Augen wieder öffnen konnte, staunte sie nicht schlecht. Vor ihr wand sich eine schmale Hängebrücke aus Brettern und Seilen zu einigen Hütten, die dicht gedrängt an einem Felshang klebten. Wie Schwalbennester sahen sie aus, waren aber von unterschiedlicher Größe und durch weitere, ganz ähnlich konstruierte Hängebrücken miteinander verbunden, während kleine, frei hängende Leitern die verschiedenen Ebenen des Dorfes verbanden. Und sogar an jene Dorfbewohner, die wie sie selbst nicht gut auf den Beinen waren, hatten die erfindungsreichen Huyé gedacht: Kleine Kabinen schwebten zwischen den Ebenen hin und her, die von emsigen Helfern je nach Bedarf hinauf- oder hinuntergezogen wurden.

»Und viel Spaß beim Spaziergang«, fügte Lonerin noch mit einem Lächeln hinzu, während er an ihr vorbeiging und über die Brücke entschwand.

In aller Ruhe durchstreifte Dubhe das gesamte Dorf und stellte dabei fest, wie klein es eigentlich war. Nicht mehr als vielleicht zwanzig Hütten aus dunklem Holz, das sich lebhaft von der hellen Felswand dahinter abhob, mit Dächern aus breiten, miteinander verflochtenen Blättern.

Der Fleiß dieses Völkchens war beeindruckend. Alles war genau bedacht und berechnet. Es gab Kanäle, durch die Wasser in eine große Zisterne geleitet wurde, und ein System von Zugbrücken, die es im Fall eines Angriffs ermöglichten, die einzelnen Hütten voneinander zu trennen. Alles war mit einfachem Material aus dem nahen Wald gefertigt worden, aber der Erfindungsreichtum und die Sorgfalt, die in jedem einzelnen Werk steckten, waren so groß, dass man einfach davon begeistert sein musste. Nicht zuletzt weil diese bestechende Funktionalität auch mit einer ganz eigenen Ästhetik einherging: Überall sah Dubhe Schnitzereien, Ornamente und Verzierungen, die die große Meisterschaft dieser Künstler bezeugten. Vielfach handelte es sich um Darstellungen der Drachen dieses Landes, die wahrscheinlich wie Götter verehrt wurden. Dem Mädchen fiel auf, dass die Huyé als Reittiere eine besonders kleine und zahme Drachenrasse einsetzten. Einmal beobachtete sie, wie ein Grüppchen von Jägern auf den Rücken solcher Drachen ins Tal hinunterritt.

Anfangs dachte sie noch, dieses Volk müsse vor allem von der Jagd leben, stellte dann aber fest, dass auch Landwirtschaft betrieben wurde. Am Ausgang der Schlucht gab es einen großen eingezäunten, von einem Netz von Kanälen bewässerten Acker, auf dem die Frauen verschiedenste Gemüsesorten anbauten. Nur wenige davon kamen Dubhe bekannt vor.

Noch ein Stück weiter entfernt bemerkte sie wieder diese majestätischen Drachen, die sie damals beim Höhlenausgang zum ersten Mal gesehen hatten. Offenbar hatten die Huyé ihr Dorf in der Nähe eines Drachennestes errichtet, und Dubhe überlegte, dass dies wohl kein Zufall war. Sie fand die Bestätigung am oberen Teil der Felswand, an der das Dorf klebte: Eine Art hölzernes Totem stellte äußerst wirklichkeitsgetreu solch einen mächtigen Drachen dar. Der riesengroße Baum daneben war jenem *Vater des Waldes* ähnlich, unter dem sie einmal auf ihrer Reise gerastet hatten. Um den gesamten Stamm war eine große Hütte gebaut, die ein Holzdach aufwies und noch sorgfältiger gearbeitet erschien als die anderen. Kam ein Huyé dort vorbei, legte er sofort eine Hand aufs Herz. Offenbar handelte es sich hierbei um einen heiligen, möglicherweise auch für das Dorf strategisch wichtigen Ort.

Die Bewohner, denen Dubhe begegnete, schienen ebenso verlegen wie sie selbst und blickten sie mit einer Mischung aus Sympathie und Neugier an. Die Kinder versteckten sich hinter den Häuserecken und folgten ihr dann in einiger Entfernung, die Erwachsenen beobachteten sie aus den Augenwinkeln, zeigten verstohlen mit den Fingern auf sie und tuschelten, wenn sie vorüberkam. Dubhe fühlte sich nicht ganz wohl in ihrer Haut. Sie war es gewohnt, sich unauffällig zu verhalten, fast unsichtbar zu sein, und stand hier plötzlich im Mittelpunkt des Interesses. Dennoch hatte diese scheue Neugier der Leute auch etwas Rührendes. Ihr einfaches, arbeitsames Leben, ihr würdevolles, stilles Auftreten, selbst ihre ein wenig komischen Körper erinnerten sie daran, wie ihr eigenes Leben in Selva hätte aussehen können, wenn ihr nicht dieses ganze Unglück zugestoßen wäre. Allem Anschein nach führte das Volk der Huyé ein friedliches Dasein, wie sie es all die Jahre über nur von fern und voller Neid hatte betrachten können.

Am Nachmittag kehrte sie rechtzeitig für ihre Behandlungen in ihre Hütte zurück. Als der Heilpriester gerade eine Kräutersalbe auf eine Wunde auftrug, trat Lonerin ein.

Sein Gesicht wirkte erschöpft und mitgenommen, doch seine Augen strahlten.

»Hier!«, rief er triumphierend und hielt eine Feldflasche hoch.

Dubhe spürte, wie ihr Herz schneller schlug. Sie wagte es kaum zu glauben.

»Es war gar nicht so schwierig, ich musste nur Ambrosia hinzufügen. Was ja eigentlich nahelag. Du hast doch sicher den *Vater des Waldes* oben über dem Dorf gesehen. Nun, und dann noch einige weitere sehr interessante Kräuter, die hier wachsen ...«

Lonerin redete so schnell, dass Dubhe kaum folgen konnte.

»Und das wirkt als Gegengift?«, fragte sie fast schüchtern.

»Natürlich tut es das! Es ist nur eine neue Zusammenstellung. Und da ich jetzt die Pflanzen kenne, aus denen es gemacht wird, kann ich so viel davon herstellen, wie ich will, jederzeit.«

Sein Gesicht strahlte, als er ihr die Flasche reichte, dabei den jungen Priester ein wenig zur Seite schob und sie, ohne ihm Beachtung zu schenken, in den Arm nahm. Dubhe wich ein wenig zurück, und einen Augenblick schaute Lonerin sie verwirrt an.

»Für heute Abend hat uns das Dorfoberhaupt zum Essen eingeladen«, fuhr er dann fort. »In der langen Hütte oben beim *Vater des Waldes*. Es gibt auch noch gute Neuigkeiten«, fügte er geheimnisvoll lächelnd hinzu. »Ich komme dich dann rechtzeitig abholen.«

Als Dubhe aus einem langen erfrischenden Nachmittagsschlaf erwachte, bemerkte sie sogleich, dass etwas auf ihrer Truhe lag. Neugierig stand sie auf und sah, dass es sich um Kleider handelte. Ihre eigenen Kleider waren ziemlich mitgenommen. Zwar hatte sie jemand gewaschen, aber bei den vielen Rissen und Schnitten war wenig zu retten gewesen.

Sie setzte sich auf den Rand des Bettes und sah sich die neuen Kleider genauer an. Sie waren aus Leder, genauer jenem Wildleder, das hier zur üblichen Tracht zu gehören schien. Die Hose war vielleicht ein wenig kurz, aber wenn sie die Hosenbeine in die Stiefel steckte, würde das wohl niemandem auffallen. Das Wams hingegen schien die richtige Größe zu haben: Es war ärmellos, und auf die Brust war einer jener herrlichen Drachen dieses Landes aufgestickt.

Dubhe zog die Sachen über und fühlte sich sogleich wohl darin. Keine Assassinenuniform und auch keine Einbrecherkluft mehr, das war etwas Neues, Hoffnungsvolles.

Ihr Blick fiel auf die Kleider, die sie gerade abgelegt hatte. Neben dem Schwarz des Leders stach etwas Weißes hervor, und ihr Herz machte einen Sprung. Der Brief ihres Meisters.

Sie nahm ihn in die Hand. Er war verblichen und zerknittert von den unzähligen Malen, da sie ihn gestreichelt und gelesen hatte.

Wieder einmal öffnete sie ihn längs der tiefen Falten, die sich gebildet hatten, fuhr mit den Fingerspitzen über die Tinte, über die Risse im Papier. Wie viele Tränen hatte sie in all den Jahren schon darüber vergossen?

Ich glaube, ich liebe dich. Ich liebe sie in dir.

Worte, die seinerzeit ihr Herz entflammt hatten vor Liebe und Schmerz. Jetzt erst verstand sie dieses Bekenntnis in seiner vollen Bedeutung, plötzlich war ihr alles klar. Sie faltete den Brief wieder zusammen und steckte ihn zurück zu ihren alten Kleidern.

»Bist du fertig?«

Dubhe fuhr herum. In der Tür stand Lonerin, auch er nach Huyé-Sitte gekleidet. Nur sein Wams war auf der Brust nicht mit einem Drachen, sondern mit einem mächtigen Baum mit verschlungenen Ästen und großen Blättern bestickt.

»Ja«, nickte sie, während sie zu ihrer Krücke griff.

Auf dem Weg erzählte ihr Lonerin, was sie für die Abendgesellschaft noch wissen sollte, erklärte ihr, dass das Dorfoberhaupt von den Bewohnern gewählt wurde, um die Geschicke der kleinen Gemeinschaft zu lenken, und dass die Hütte, zu der sie unterwegs waren, um den großen *Vater des Waldes* herum errichtet worden war.

»Die Huyé verehren zwei Götter: einen für den Wald, den *Vater des Waldes*, und einen für die Tiere, den Makhtahar oder Erddrachen. Und dieses Dorf hier ist besonders begünstigt, weil es hier ein Drachennest gibt.«

»Und warum diese Einladung?«

»Das Dorfoberhaupt möchte mit uns reden. Er heißt Ghuar. Ich habe mich schon mit ihm unterhalten und ihm unsere Geschichte erzählt, aber natürlich möchte er auch dich gern kennenlernen. Deswegen sind wir eingeladen worden zu dem heutigen Fest, das alle achtundzwanzig Tage bei Vollmond zu Ehren des *Vaters des Waldes* gefeiert wird.«

Dubhes Miene verdüsterte sich ein wenig. »Hast du ihm von mir erzählt?«

»Du meinst, ob er von dem Fluch weiß? Ja.«

»Und von meiner Lehrzeit und meinem Broterwerb?«

Lonerin schwieg einige Augenblicke.

»Er weiß, dass die Gilde hinter uns her ist, aber nicht, dass du eine Diebin bist.«

Dubhe stöhnte. Das missfiel ihr, der Abend schien unter keinem guten Zeichen zu stehen.

Als sie jedoch den großen Saal betraten, lockerte sich sogleich ihre Anspannung. Eine große Tafel war um den mächtigen Stamm herum errichtet worden. Dieser *Vater des Waldes* hier war zwar merklich kleiner als jener, auf den sie auf ihrer Wanderung gestoßen waren, doch gehörte er zur selben Familie, und die gleiche geheimnisvoll mystische Faszination ging von ihm aus. Es war, als strahle er das Licht aus, das den Raum erhellte.

An der Tafel saß praktisch die ganze Dorfgemeinschaft in Festtagstracht. Die Frauen trugen farbenfrohe, fantasievoll gemusterte Kleider, während die Männer über ihre gewöhnlich nackten Oberkörper Wamse gezogen hatten, die mit den unterschiedlichsten roten Figuren bestickt waren. Auffallend prachtvoll waren besonders die Frisuren der Frauen. Einige hatten sich bunte Bänder ins Haar geflochten, andere trugen Turbane aus langen, bunt dekorierten Stoffstreifen, wieder andere präsentierten sich mit kunstvollen Haartrachten, die mit allerlei Schmuck wie Drachenzähnen oder Vogelfedern, verziert waren. Lebhaftes Stimmengewirr erfüllte den festlich geschmückten und mit Fackeln stimmungsvoll erhellten Saal.

Für Dubhe und Lonerin waren Plätze neben dem Dorfoberhaupt reserviert.

Der Mann war gar nicht so alt, wie sie ihn sich vorgestellt hatte. Sein dichter Bart war zu dünnen Zöpfen geflochten, und sein langes Haar glänzte in einem Blau, so dunkel wie die Nacht. Die Beine übereinandergeschlagen, saß er wie alle anderen an der Tafel auch auf einem Kissen und lächelte freundlich seinen Gästen zu.

Lonerin begrüßte ihn in der Sprache dieses Dorfes, während Dubhe den Gnomen nur verlegen anlächeln konnte.

Ghuar musterte sie mit wohlwollender Miene. »Keine Sorge, wir können uns auch in einer Sprache unterhalten, die du verstehst«, sagte er, ebenfalls lächelnd. Er sprach fehlerlos, nur mit einem leicht fremden Akzent, der seinen Worten etwas sehr Elegantes gab.

»Wir sind euch zu unendlichem Dank verpflichtet für die Hilfe, die ihr uns gewährt habt«, erklärte Dubhe erleichtert.

»Ja, Makhtahars Brüllen hat uns zu euch geführt. Ein Feind von ihm hat euch angegriffen, wie hätten wir euch da unsere Hilfe versagen können?«

Offenbar bezog sich der Gnom auf Rekla.

Und das Festmahl begann. Zunächst wurde ein Dankesgebet gesprochen, das Lonerin Dubhe in groben Zügen zu übersetzen versuchte, dann begann man, das Essen aufzutragen. Es schien sich wirklich um einen besonders feierlichen Anlass zu handeln, denn Gang auf Gang der köstlichsten Speisen wurde gereicht, wobei ein Teller jeder neuen Speise dem *Vater des Waldes* als Opfergabe dargebracht wurde.

Das Dorfoberhaupt war sehr diskret, stellte ihnen keine Fragen, sondern erzählte nur in ruhigem Ton von den Riten seines Volkes, von seinem Dorf und ihren Gewohnheiten, sodass Dubhe sich langsam in eine Atmosphäre hineingezogen sah, in der sie sich fast heimisch fühlte. Ghuar war liebenswürdig, die Gesten, mit denen die Huyé ihre Opfergaben darbrachten, wirkten harmonisch und antik, ihre Gesichter lächelnd und freundlich.

Es war schon lange dunkel, als das Fest mit einem rituellen Tanz unter dem Vollmondhimmel zu Ende ging. Aus der Ferne klang das Brüllen der Drachen durch die Nacht.

»Hört ihr? Makhtahar antwortet uns, stimmt ein in unsere Gesänge. Er war es, der uns diesen wunderschönen Ort, an dem wir leben, schenkte. Er sorgt dafür, dass der Wald uns ernährt und uns Schutz bietet vor den Elfen.«

Dubhe fand es eigenartig, dass jemand in dieser Weise über die Elfen sprach. Sie selbst hatte von den Elfen ein friedliches Bild und konnte sich nicht vorstellen, dass sie in irgendeiner Weise eine Bedrohung für dieses gutmütige, großzügige Volk der Huyé darstellten. Doch enthielt sie sich jeder Bemerkung und folgte nur schweigend der Zeremonie.

Erst als das Fest schon beendet war, lenkte Ghuar ihr Gespräch auf konkretere Dinge. Dazu führte er sie in einen abgetrennten Raum der Gemeinschaftshütte, setzte sich nieder und bat auch die beiden, Platz zu nehmen.

»Ich hielt es für angebracht, zu warten, bis es dir besser geht, um mit euch beiden zu reden«, erklärte er an Dubhe gewandt. »Ihr seid Reisegefährten, hat mir Lonerin gesagt, und teilt das gleiche Schicksal. Daher weiß ich, was euch hergeführt hat und wie ich euch helfen kann.«

Dubhes Herz begann etwas schneller zu schlagen, doch ihr fiel auf, dass Lonerin nicht überrascht war. Offenbar wusste er schon etwas.

»Es war Sennar, der Euch unsere Sprache lehrte, nicht wahr?«, sagte er.

Ghuar lächelte wohlwollend. »Zwar stammen wir aus der Aufgetauchten Welt, aus der wir vor Jahrhunderten fortzogen, als die Elfen die Küste noch nicht besiedelt hatten. Doch von eurer Sprache hatte sich kaum etwas erhalten. Dann aber, vor fast vierzig Jahren, gelangte der Mann hierher, den ihr sucht.«

Sowohl Lonerin als auch Dubhe lauschten noch aufmerksamer.

»Lange Zeit waren wir gut befreundet und haben uns häufig besucht. Von ihm lernte ich auch eure Sprache. Doch seit einigen Jahren suche ich ihn nicht mehr auf.«

Die beiden jungen Zuhörer erstarrten.

»Ich habe begriffen, dass ihm meine Gesellschaft nichts

mehr bedeutet, dass er sich nur noch danach sehnt, allein zu sein. Seitdem stehen wir nur noch brieflich in Kontakt.«

»Dann lebt er also noch?«, warf Lonerin mit einem Seufzer der Erleichterung ein.

Das Dorfoberhaupt nickte.

»Wie ich Euch bereits erklärte, ist unsere Mission von fundamentaler Bedeutung. Wir müssen Sennar unbedingt finden. Die Existenz der Aufgetauchten Welt hängt davon ab sowie auch das Überleben meiner Gefährtin.«

Ghuar lächelte. »Ich versuche ja gar nicht, euch davon abzubringen. Bedenkt jedoch, dass Sennar euch vielleicht gar nicht empfangen will.«

Das war im Moment nebensächlich.

»Wie können wir ihn finden?«, fragte Dubhe.

»Wenn ihr möchtet, werden wir euch zu ihm führen. Er lebt sechs Tagesreisen von hier entfernt.«

Dubhe war verwirrt. Sechs Tage, dann würde sie die Wahrheit erfahren. Es kam ihr ganz unwirklich vor. Die Errettung von dem Fluch war immer so fern gewesen, verschwommen wie ein Traum. Nun jedoch erschien sie so nahe wie noch nie.

Das weitere Gespräch zerrann für Dubhe zu einem undeutlichen Geplauder. Lonerin und Ghuar besprachen noch einige Dinge, legten ihren Abreisetag fest, während ihr Geist hingegen ganz beherrscht war von dem Gedanken, dass Sennar lebte, und das ganz in der Nähe.

Dann sah sie, wie sich Lonerin erhob und höflich von dem Gnomen verabschiedete.

Sie tat es ihm nach und murmelte, während sie sich verneigte: »Ich danke Euch nochmals für Eure Hilfe.«

»Hab Vertrauen, Dubhe. Ich weiß, wie schwer es ist. Selbst Makhtahar hatte einen Moment lang Angst vor dir. Meine Krieger haben es beobachtet.«

Dubhe erschrak.

»Doch Makhtahars Brüllen war letztendlich ein Schmerzensschrei. Verstehst du, was ich damit sagen will? In dir steckt viel mehr als der Abgrund, in dem das Ungeheuer haust.«

Sie fand nicht den Mut, etwas hinzuzufügen. Noch einmal verneigte sie sich und verließ an Lonerins Arm ganz benommen die Hütte.

Sie traten hinaus in die Frische der Nacht, die nach Gras und Tau duftete.

»Ich bringe dich auf dein Zimmer«, sagte Lonerin.

Dubhe ließ sich führen von seinem sanften Griff, während ihr die Gedanken durch den Kopf rasten: an den Fluch, das Gegenmittel, an den Überfall am Steilhang und das, was dort geschehen war. Nun würde alles ans Licht kommen. Ob Sennar wirklich in der Lage war, sie zu erlösen?

Vor ihrem Zimmer angekommen, blieb Lonerin noch bei ihr stehen. Sie sah, wie er sich nervös die Hände rieb, auf denen die Kratzspuren im Mondlicht noch deutlicher zu erkennen waren.

»In drei Tagen brechen wir auf. Bis dahin musst du dich noch gut erholen.«

Dubhe nickte.

»Dann gute Nacht«, wünschte sie ihm knapp.

Doch während sie sich umdrehte, ergriff er ihren Arm. »Ich möchte heute Nacht bei dir sein.«

Einen Moment lang setzte Dubhes Herz aus. »Das geht nicht.«

Sie versuchte, abweisend dreinzuschauen, doch es gelang ihr nicht. Immerhin war Lonerin ihr Reisegefährte, der Mensch, der sie nun schon unzählige Male gerettet hatte, zuletzt, indem er, um den Preis schlafloser Nächte und zerkratzter Hände, die Kräuter für einen neuen Trank zusammengesucht hatte.

Verblüfft schwieg er einen Moment und sagte dann: »Ich möchte doch nur in deiner Nähe sein, mehr nicht …«

»Darum geht es gar nicht.« Ihre Stimme zitterte. Sie zog ihn hinein, schloss die Tür hinter sich und lehnte sich mit dem Rücken dagegen.

»Ist irgendetwas passiert?«, fragte Lonerin besorgt.

Er schien ganz ahnungslos.

Dubhe hob den Blick und schaute ihm fest in die Augen. »Wir haben einen Fehler gemacht.«

Er schien nicht zu verstehen. »Ich …«

»Wir können nicht zusammen sein.«

Mit unsagbarer Mühe brachte sie diese Worte über die Lippen. Schwer wie Felsblöcke waren sie.

Einen kurzen Augenblick erstarrte Lonerin, lächelte sie dann aber wohlwollend an. »Was machst du dir denn jetzt wieder für Gedanken? Du kannst doch glücklich sein. Hast du nicht gehört? Es ist nicht mehr weit zu Sennar. Er wird dich von dem Fluch erlösen, und unsere Mission bringen wir auch zu einem glücklichen Ende. Besser könnte es doch gar nicht laufen, endlich wirst du frei sein …«

Den Blick zu Boden gerichtet, schüttelte sie den Kopf. »Daran liegt es nicht. Es ist nur so … nun, ich glaube nicht, dass ich dich liebe.«

Er starrte sie an. Fassungslos.

»Und ich bin sicher, würdest du dich genau prüfen und auf den Grund deines Herzens blicken, merktest du, dass du mich auch nicht liebst«, fuhr sie fort.

»Da irrst du dich aber gewaltig. Du suchst nach einem Vorwand, um mich auf Abstand zu halten. Weil du Angst hast. Du bist so sehr daran gewöhnt, ohne Hoffnung zu sein, dass du deinen Kummer lieb gewonnen hast und dich nicht davon trennen willst. Aber auch das wirst du überwinden.«

Er trat auf sie zu, um sie zu umarmen, doch sie presste sich gegen die Tür und entzog sich ihm.

»Es war schön mit dir, das will ich gar nicht leugnen. Und ich habe auch versucht loszulassen, mir keine Gedanken zu machen und mit dem zufrieden zu sein, was du mir geben kannst. Aber es gelingt mir nicht. Ich kann mich deinen Umarmungen nicht hingeben, kann mich nicht erwärmen an der Glut deiner Küsse. Und wie gern würde ich das, wirklich, glaub mir … Für mich kannst du nur ein Freund sein, der beste, wahrscheinlich der einzige. Aber mehr nicht.«

Im Mondlicht, das ins Zimmer einfiel, sah Lonerins Gesicht noch blasser aus. Ihr die Hände entgegenstreckend, stand er wie versteinert da. »Aber was war denn in der Grotte? Da hast du meine Berührungen erwidert, sehntest dich danach, genauso sehr wie ich.«

Dubhe lehnte den Kopf gegen die Tür zurück und schloss die Augen. Sie dachte an den Brief zwischen ihren Kleidern und an den Traum, den sie vor ihrem ersten Erwachen in diesem Raum geträumt hatte.

»Ich habe nur einzigen Mann geliebt, und das war mein Meister. Er allein gab meinem Leben einen Sinn, gab mir Kraft, rettete mich, brachte mir alles bei, was ich weiß. Und als er dann starb, entstand eine Leere in mir, die ich in all den Jahren nie mehr füllen konnte. Egal wo ich war, suchte ich nach ihm, egal was ich tat, es geschah für ihn, im Gedenken an ihn. Und auch in dir, Lonerin, habe ich wieder nur sein Bild gesucht.«

Lonerin stand nur da, ließ die Schultern hängen und starrte sie entgeistert an. »Das kann nicht dein Ernst sein …«

»Doch. Obwohl ich für kurze Zeit glaubte, du könntest der Mensch sein, nach dem ich mich sehnte. Ich glaubte, ich könnte mich an dich klammern und auf diese Weise dem Unheil entkommen. Aber es geht nicht. Auch wenn wir uns in der Grotte so nahe waren, fühle ich mich immer noch allein. Du denkst, um mich zu retten, reiche es aus, den Fluch zu besiegen. Nur darum drehen sich all deine Bemühungen. Die Liebe, die du für mich zu empfinden glaubst, ist nichts als Mitleid. Immer wieder sehe ich das in deinem Blick, wenn du mich anschaust. Für dich bin ich nichts weiter als ein Opfer der Gilde, ein Mensch, den du deinen Todfeinden entreißen möchtest …«

»Hör endlich auf!«

Dubhe schrak zusammen. Ganz plötzlich brach sich Lonerins Zorn Bahn.

»Hör doch endlich auf, mir weismachen zu wollen, dass es für uns beide besser sei!«, schrie er. »Nur du allein willst es so, du weist mich zurück, du willst nicht verstehen, dass ich dich wirklich retten kann, allein dadurch, dass ich dich liebe.«

Langsam glitt Dubhe an der Tür hinunter, an der sie lehnte, und fand sich am Boden sitzend wieder. Sie wollte nicht mehr, wollte ihm nicht weiter wehtun. Wie ein Dolchstoß ins Herz mussten Lonerin ihre Worte treffen. Aber es gab keinen anderen Weg. Jenna fiel ihr ein, das Leid, das sie auch ihm zugefügt hatte. Offenbar war auch das Schicksal, dass sie immer wieder andere verletzte, obwohl das gar nicht ihre Absicht war.

Lonerin kniete vor ihr nieder und ergriff ihre Hände. »Sag mir, dass du dich nur im Augenblick so fühlst. Ich flehe dich an. Sicher musst du nur mal darüber schlafen, morgen früh sieht das alles schon wieder anders aus.«

Dubhe schüttelte den Kopf. Dennoch näherte er sich ihr und schürzte die Lippen. Sie wich zurück.

»Ich will nicht ...«

Sie drehte den Kopf weg, doch Lonerin nahm ihr Gesicht in die Hände und küsste sie mit Gewalt. Erst als er sie schluchzen hörte, löste er sich von ihr. Sein Blick wirkte erschrocken.

Da nahm Dubhe die Hände vor die Augen und begann rückhaltlos zu weinen. Sie hörte, wie die Bodenbretter knirschten, als er sich vor sie setzte.

»Es tut mir so leid ...«, murmelte er, »ich weiß nicht ... oder eigentlich weiß ich ... ich weiß, dass ich nicht ohne dich sein kann.«

Dubhe nahm die Hände vom Gesicht und blickte ihn an. »Ich würde dich so gern lieben, Lonerin, wirklich. Meinst du denn, mir gefällt diese Einsamkeit, diese Trostlosigkeit? Meinst du, mir gefällt mein Leben? Aber ich kann es trotzdem nicht. Es geht nicht!«

Die Tränen erstickten ihre Stimme. Er versuchte ihre Hand zu ergreifen, aber sie zog sie zurück.

»Du machst einen Fehler, und nicht nur mir tust du weh,

sondern vor allem auch dir selbst«, sagte Lonerin mit einer Stimme, die ganz fremd klang.

Dann stand er auf, und sie rückte gerade so weit zur Seite, dass er die Tür öffnen und das Zimmer verlassen konnte. Als sie hörte, wie sich die Tür wieder schloss, blieb sie sitzen und ließ den Tränen freien Lauf, gab sich ihm hin, all dem Schmerz, den sie in sich fühlte.

23

Die letzte Etappe

Vor Zorn bebend und mit dem Gefühl, ersticken zu müssen, überquerte Lonerin die Brücke, durchlief das Dorf immer schnelleren Schritts, bis er schließlich rannte. Die kühle nächtliche Luft schnitt ihm ins glühende Gesicht.

Er erreichte seine Unterkunft, riss die Tür auf und schlug sie hinter sich zu. Erst jetzt hielt er inne. Nur sein angespanntes Keuchen durchbrach die Stille. So stand er da und betrachtete die alltäglichen Dinge in seiner Kammer. Sein abgetragenes Gewand in einer Ecke, von dem er die Stoffstreifen abgerissen hatte, um Dubhes Wunden zu säubern. Die Kräuter und Fläschchen, die er gebraucht hatte, um den Trank für sie herzustellen, säuberlich aufgereiht auf dem Tischchen unter dem Fenster. Sein Bett mit den exakt gefalteten Decken. Plötzlich kam ihm das alles unerträglich vor. Warum waren die Dinge so normal, warum wiesen sie keine Spuren auf von dem, was gerade geschehen war?

Blinde Wut überkam ihn, und er machte einen Satz zu dem Tischchen und warf es um. Die Flakons knallten zu Boden und zerbarsten, und die Kräuter verteilten sich zu seinen Füßen auf dem Holz. Er beachtete es gar nicht, packte die Decken auf dem Bett und schleuderte sie fort, warf auch noch die Reste seines alten Wamses gegen die Wand. Und dabei schrie und tobte er. Was die Gnomen von ihm dachten …? Mit Sicherheit würden sie aufwachen, aber auch das interessierte ihn jetzt nicht.

Vor der Truhe ging er auf die Knie und trommelte mit den Fäusten auf sie ein, ohne Unterlass, bis er sich die Hände verstauchte. Erst dann hielt er inne. Wie Gift pulsierte die Wut in seinen Adern, und doch wusste er schon, dass er sich, auch wenn er das ganze Zimmer zerlegte, nicht besser fühlen würde. Dubhe verschmähte seine Liebe, das war eine so schreckliche, unveränderliche Tatsache, dass nichts auf der Welt dagegen ankam.

Stumm ließ er die Tränen laufen. Wie lange hatte er das schon nicht mehr zugelassen?

Ein tapferer Junge weint doch nicht. Los, trockne dir die Tränen, Lonerin.

Das hatte seine Mutter in seiner Kindheit häufig zu ihm gesagt. Da der Vater die Familie im Stich gelassen hatte, hatte er früh schon die Rolle des Mannes im Haus übernehmen müssen.

Seltsam, dass er gerade jetzt daran denken musste.

Er nahm die Hände vors Gesicht und begann zu schluchzen so wie Dubhe kurz zuvor. Einen Moment lang sah er sie wieder vor sich, wie sie auf dem Boden an der Tür hockte, nachdem er sie gezwungen hatte, ihn zu küssen. Dabei fühlte er sich deswegen nicht schuldig, es gelang ihm nicht, ihre Zurückweisung fegte jede Spur von Mitgefühl bei ihm fort. Dennoch ging es ihm schlecht, die Tränen liefen ihm durch die geschlossenen Finger, während seine Augen vom Weinen schon brannten.

Es stimmte nicht, was sie sagte. Es war einfach nicht wahr. Schluss, aus! Mit der Gilde hatte das gar nichts zu tun. Er liebte Dubhe. Er würde sie retten. Als er ein kleiner Junge war, hatte ihm der Schwarze Gott das Leben geschenkt und dafür das seiner Mutter genommen. Diesmal würde es anders kommen. Und doch wies Dubhe, all seinen Bemühungen und seiner Hingabe zum Trotz, seine Liebe zurück und igelte sich weiter hartnäckig in diese Trauer aus der Vergangenheit ein.

Lonerin war am Boden zerstört. Er wünschte sich, Dubhe wäre jetzt bei ihm, sehnte sich nach ihren Berührungen, ja, das vor allem, mehr als alles andere. Sehnte sich nach dem Gefühl, das ihm früher die Hand seiner Mutter vermittelt hatte, wenn sie seine Stirn gefühlt hatte, ob er Fieber habe, oder wenn er mit ihr über den Markt gebummelt war und sich im bunten Treiben dort verloren hatte. Es war genau das Gleiche. Das gleiche Gefühl von Wohlergehen und Glücklichsein.

Diese Erinnerungssplitter kostete er bis ins Letzte aus, ließ sich fallen in eine Wehmut, ein Gefühl der Einsamkeit, aus dem schwer wieder herauszufinden war.

Immer noch hoffte er, Dubhe würde kommen. Er sah sie vor sich, wie sie die Tür öffnete und mit Tränen in den Augen zu ihm gelaufen kam. Sie habe sich geirrt, würde sie ihm sagen, und dass nun alles wieder so wie vorher sei.

Die ganze Nacht über hockte er so wartend da, aber niemand kam.

Erst der Gnom, der ihm morgens das Frühstück brachte, riss ihn aus dieser Erstarrung. Lonerin hörte ihn anklopfen. Er hatte noch nicht einmal gemerkt, dass es Tag geworden war. Die Nacht war wie ein konturloses Magma gewesen, in dem es keine Stunden mehr gab und die Zeit zu einer zähflüssigen ewigen Gegenwart geronnen war.

»Herein.«

Zögernd trat der Gnom ein. Lonerin hörte seine vorsichtigen Schritte zwischen den Glasscherben am Boden. Er hob den Kopf und sah ihn mit dem Tablett in Händen reglos in der Mitte des Raums stehen, so als sei er bei irgendetwas in flagranti ertappt worden. Seine Miene wirkte verlegen, offenbar weil er selbst, Lonerin, einen entsetzlichen Anblick bot. Einen Augenblick lang herrschte Schweigen, dann fragte der Gnom höflich nach, ob alles in Ordnung sei.

»Sa makhtar aní«, antwortete Lonerin mit einem kaum wahrnehmbaren Lächeln. Ja, alles in Ordnung, obwohl beide wussten, wie wenig das stimmte. »Nar kathar«, fügte er noch hinzu. Er wolle nichts essen.

Dennoch stellte der Gnom das Tablett auf dem Boden ab und war im Nu wieder verschwunden. Lonerin hätte ihn gern noch gefragt, wo Dubhe sei, doch dazu war er nicht mehr gekommen. Aber wichtig war ja eigentlich nur, dass sie sich nicht hatte blicken lassen. Vielleicht hatte sie ihn sogar toben hören, sich aber ganz bewusst von ihm abgewendet. Ein doppelter Verrat.

Als sein Blick auf die dampfenden Schüsseln fiel, verkrampfte sich sofort sein Magen. Dann sah er sich um, betrachtet das Chaos, das er angerichtet hatte, den umgeworfenen Tisch mit dem zerbrochenen Tischbein am Boden, und er schämte sich für sich selbst. Der Anblick war ihm so unangenehm, dass es ihn plötzlich hinausdrängte.

Draußen war es ungewöhnlich düster. Der Himmel war wolkenverhangen, und die Drachen am Fuß des Steilhangs schwiegen in ihren Schlupflöchern. Hier und da erhellten schon Blitze das Tal, und plötzlich prasselte ein heftiger, reinigender Regen hernieder. Es war ganz ähnlich wie damals im Wald zu Beginn ihrer Reise. Lonerin konnte nicht widerstehen und blickte zu Dubhes Hütte hinüber, die im Regen kaum noch auszumachen war.

Ich muss nach ihr sehen, mich um ihre Wunden kümmern, überprüfen, ob sie das Gegenmittel eingenommen hat.

Er schloss die Augen, und seine Füße bewegten sich von allein.

Das Dorf wirkte verlassen. Die Holzbrücken, die er überquerte, waren glitschig geworden, er nahm ein paar Stufen, hinauf und hinunter, und während er sich Dubhes Hütte näherte, schlug sein Herz immer schneller. Er stellte sich vor, wie sie immer noch mit dem Rücken gegen die Tür gelehnt auf dem Fußboden saß.

Er blieb stehen. Durch die Nässe war das dunkle Holz der Hütte fast schwarz geworden. Er starrte auf die Tür, die Fenster. Alles verrammelt. So stand er da, mit triefenden Haaren, und wusste nicht weiter.

In diesem Augenblick begriff er, dass sie die Wahrheit gesagt hatte. Sie liebte ihn nicht. Und sie würde ihn nie lieben. Nur wenige Stunden waren vergangen, und nun wurden alle Illusionen mit dem Regen hinweggeschwemmt. Er setzte sich unter ein Vordach, hatte weder die Kraft, zu ihr zu gehen, noch, in seine Unterkunft zurückzukehren. So saß er nur da in seinen durchnässten Kleidern und schaute dem Regen zu.

Drei Tage lang bewegte sich Dubhe nicht aus ihrer Hütte. Sie war nicht nur erschöpft, sondern hatte auch keine Lust, sich draußen zu zeigen. Draußen war Lonerin, und sie wusste, dass sie seinen Blick nicht ertragen würde.

Sie hätte nie geglaubt, dass es so wehtun würde, ihn zurückzuweisen, wegzuschicken. Was sie so zerriss, war die gnadenlose, schmerzliche Erkenntnis, einen Menschen verletzt zu haben, der ihr selbst das Leben gerettet hatte. Sie fühlte sich wieder genauso wie zu Beginn ihrer Reise, als sei sie in die Vergangenheit zurückgekehrt. Erneut hatte es sich gezeigt: Sie konnte ihrem Schicksal nicht entkommen, es verfolgte sie, zwang sie, anderen Leid zuzufügen, obwohl sie es gar nicht wollte, so als seien Tod und Schmerz der einzige Weg für sie.

Daher hatte sie die Tür verriegelt und die Läden geschlossen. Sie wollte kein Tageslicht. Die Finsternis passte besser zu ihrer Verfassung so wie damals, als sie sich als kleines Mädchen, nach Gornars Tod, in ihrem Zimmer auf dem Dachboden verkrochen hatte.

Die gelegentlichen Besuche des Heilpriesters waren die einzige Abwechslung. Er zeigte sich unglaublich diskret, fragte nicht, warum sie sich einschließe, und versuchte auch nicht, die Fenster zu öffnen. Ihr Schweigen respektierend, blickte er ihr nicht in die Augen, sondern kümmerte sich nur um seine Aufgabe, sah nach ihren Wunden und brachte ihr zweimal am Tag zu essen. In gewisser Hinsicht war seine stille Anwesenheit ein Trost für sie.

Während ihr Körper heilte und ihre Kräfte zurückkehrten, schwankte sie im Geist immer wieder hin und her. Ein Teil ihrer selbst fragte sich, ob sie nicht etwas falsch gemacht, einen entsetzlichen Fehler begangen hatte. In gewisser Weise fehlte ihr Lonerin. Doch eine Antwort fand sie nicht. Und so fragte sie sich weiter, warum es nur so schwierig war, sich zu entscheiden, warum jede Entscheidung wie ein Sprung ins Unbekannte war.

Am Morgen des dritten Tages endete ihr selbst gewählter Rückzug. Im hellen Viereck der Tür erschienen nicht wie sonst die Umrisse des jungen Heilpriesters, sondern die eines anderen, größeren und älteren Gnomen.

»Heute ist der Tag eures Aufbruchs«, sagte er mit einem Lächeln. Er sprach mit starkem, aber keineswegs unangenehmem Akzent.

Dann legte er eine Hand auf die Brust und erklärte: »Ich bin Yljo, euer Führer. Mach dich fertig, ich warte draußen.«

So leise, wie er gekommen war, ging er wieder hinaus und schloss die Tür hinter sich.

Dubhe blieb einige Augenblicke auf der Bettkante im Halbdunkel des Raums sitzen.

Es ist so weit, dachte sie. Rasch zog sie sich an und nahm zum ersten Mal, seit sie ins Dorf gekommen waren, ihre Waffen an sich. Sie steckte die Wurfmesser an ihren Platz, den Dolch ins Futteral, hängte sich den Bogen über die Schulter. Langsam wurde sie wieder zur Kriegerin und spürte, dass ihr das Gewicht der Waffen in gewisser Weise gefehlt hatte.

Da fiel ihr Blick auf den Brief, der auf der Truhe zwischen den alten Kleidern lag, die niemand weggeräumt hatte. Sie spürte einen Kloß ihm Hals. Jahrelang war er ihr Leben gewesen. Ein großes Verlangen, ihn erneut einzustecken, an der Brust zu tragen, überkam sie. Aber damit war es nun zu Ende, das wusste sie. Als sie Lonerin abwies, hatte sie sich im Grund auch von ihrem Meister verabschiedet, hatte ihn ins Schattenreich zurückkehren lassen, für immer auf ihn verzichtet. Daher riss sie jetzt die Fenster auf und atmete tief die frische Luft aus dem nahen Wald ein. Ein Windstoß wehte den Brief zu Boden. Sie hob ihn nicht auf. Wandte sich stattdessen zur Tür und ging hinaus.

Schon von Weitem sah sie Lonerin, der sich bemühte, einen jener kleinen Drachen zu besteigen, die sie auf ihrem gemeinsamen Spaziergang durch das Dorf gesehen hatte. Drei Tiere standen beisammen. Offensichtlich sollten sie auf deren Rücken reisen.

Einen Moment lang war Dubhe versucht, sich die Kapuze überzuziehen, ließ es aber bleiben. Was hätte es auch genutzt? An ihrer Beklemmung und den Schuldgefühlen hätte sich nichts geändert. Sie waren unvermeidbar, und zudem hatte sie sie auch verdient.

Lonerin sah sie nicht sogleich, und so konnte sie, wie sie es mochte, ihn noch einige Augenblicke beobachten, ohne bemerkt zu werden. Er wirkte ein wenig unbeholfen, eingeschüchtert von den Tieren und zudem erschöpft, wie sie an seinem Gesicht erkannte. Sie errötete, senkte den Blick und trat näher.

Die Gnomen drehten sich zu ihr um, und Yljo lächelte ihr aufmunternd zu.

Mit einer Kopfbewegung begrüßte Dubhe die versammelten Gnomen – neben Yljo noch die Drachenwächter und Ghuar, das Dorfoberhaupt, vor dem sich Dubhe tief verneigte. Dabei wandte sie die Augen nicht ab, um Lonerins Blick zu entgehen. So stand sie dann auf die Krücke gestützt, die sie noch zum Gehen benutzte, und bemühte sich, gleichmütig zu erscheinen.

Yljo half ihr aus der Verlegenheit, indem er auf einen der kleinen Drachen deutete. »Wir nehmen die Kagua, der direkte Weg führt über unwegsame Pfade, und für solch ein Gelände sind diese Drachen besonders geeignet.«

Zum ersten Mal sah sie jetzt solch einen Drachen. Sie waren den Erddrachen sehr ähnlich: die gleichen Schuppen, wenn auch kleiner und weniger lederartig, die gleichen Farben. Die Mäuler waren etwas runder, und der Kamm am

Hinterkopf niedriger. Vor allem aber hatten sie überhaupt keine Flügel und trugen sogar ähnliches Zaumzeug wie Reitpferde.

»Vor dem Aufbruch noch ein Gebet zu unserem Gott«, erklärte das Dorfoberhaupt.

Seitlich des kleinen Platzes, auf dem sie sich befanden, stand eine hölzerne Statue, die einen großen Erddrachen darstellte. Die Huyé knieten vor ihr nieder und verneigten sich so tief, dass ihre Stirn den Boden berührte. Dubhe tat es ihnen nach und beobachtete aus den Augenwinkeln, dass auch Lonerin niedergekniet war. Ghuar sprach einige Worte, die sie nicht verstand.

»Antwortet: Hawas.«

Dubhe und Lonerin gehorchten.

Dann wandte sich das Dorfoberhaupt Dubhe zu. »Ich habe zu Makhtahar, dem Drachengott, gebetet, er möge euch auf eurem Weg beschützen und wohlbehalten euer Ziel erreichen lassen. ›Wir bitten dich‹, habt ihr hinzugefügt.«

Er lächelte, und Dubhe nickte.

Die drei Reisenden erhoben sich und bestiegen die Kagua.

»Diese Drachen sind Makhtahars Kinder, eine Kreuzung zwischen unserem Gott und den mächtigen Flussreptilien. Sehr bequem für lange Reisen.«

In der Tat schienen sie, was die Bequemlichkeit betraf, nicht schlechter als Reitpferde zu sein, und Dubhe hatte keine Probleme, aufrecht im Sattel zu sitzen. Zwar schmerzten die Muskeln noch ein wenig, aber es war trotzdem gut zu ertragen.

»Möge eure Reise sicher und angenehm verlaufen, und möget ihr alles finden, was ihr euch erhofft«, sagte Ghuar zum Abschied.

»Nochmals danke für eure unschätzbare Hilfe«, antwortete Lonerin.

Seine Stimme klang rau und tief, und Dubhe fragte sich, ob er viel geweint hatte.

Dann zogen sie los.

Rasch verschwand das Dorf hinter ihnen, wurde verschluckt von einer der ersten Kehren, die sie passierten. Vor ihnen lagen viele neue Hoffnungen, und ebenso viele Abgründe taten sich auf.

Der Gang der Kagua war recht seltsam, praktisch wankten sie bei jedem Schritt hin und her, was es nicht leicht machte, auf ihrem Rücken das Gleichgewicht zu halten. Dubhe hatte Reiten gelernt und fand, die Zügel fest in der Hand, schnell einen Rhythmus. Anders sah das bei Lonerin aus, der bleich wie ein Leintuch vornüber gebeugt auf seinem Kagua hing.

Yljo lachte: »Keine Sorge, du wirst dich schon daran gewöhnen. Warte nur ein paar Stunden, dann hast du es raus.«

Lonerin versuchte ein Lächeln, doch es war ihm anzusehen, dass er litt. Zum ersten Mal trafen sich nun ihre Blicke, und Dubhe fühlte sich wie durchbohrt davon. Ihr fiel auf, dass seine Augen geschwollen waren. Offenbar hatte er viel geweint und wenig geschlafen, und dies zu sehen, tat Dubhe weh. Sie fühlte sich schuldig, ein Gefühl, das sie nur zu gut kannte. Lange blickte er sie an, stellte es fast zur Schau, sein gezeichnetes, leidendes Gesicht, bevor er seine Aufmerksamkeit wieder etwas anderem zuwandte.

Den ganzen Tag über ritten sie, ohne ein Wort miteinander zu wechseln. Nur Yljo sorgte dafür, dass es nicht zu still wurde. Allem Anschein nach waren die Huyé ein munteres, leutseliges Völkchen, das vor allem auch das Plaudern liebte. Yljo erklärte ihnen alles über die Eigenschaften und Verhaltensweisen der Kagua, berichtete von den Sagen, die sich um ihre Domestizierung rankten. Eher lustlos hörte Dubhe zu, war nur froh darüber, dass dieses Geplauder das Schweigen zwischen ihr und Lonerin füllte.

Zu Mittag hielten sie nicht an, sondern aßen etwas auf den Rücken ihrer Reitdrachen. Die Kagua liefen unermüdlich, und Yljo betonte immer wieder, wie zäh sie seien und wie viele Meilen sie, ohne müde zu werden, zurücklegen konnten.

Erst abends, als es dunkel wurde, rasteten sie. Den Proviant teilten sie gut ein und nahmen nur ein karges Mahl zu sich. Gleich darauf fiel Yljo in einen tiefen Schlaf. So blieben die beiden allein vor dem Feuer sitzen, starrten schweigend in die Flammen, und Dubhe überlegte, ob sie der peinlichen Situation ein Ende machen sollte, indem sie erklärte, dass es schon spät und Zeit zum Schlafen sei.

»Hier, nimm.«

Als sie spürte, wie Lonerins Hand ihren Arm streifte, zuckte sie zusammen. Sie schaute auf und sah, dass er ihr eine Feldflasche hinhielt. Sofort wusste sie, was drin war, und es versetzte ihr einen Stich.

»Hier, dein Mittel, das darfst du nicht vergessen. Du willst doch leben, oder …?«

Sie starrte ihn blöd an. »Lonerin, ich …«

»Nimm einfach die Flasche und trink, sonst fühlst du dich morgen schon schlecht …«

Dubhe nahm sie entgegen. Sie war warm von Lonerins Körper.

»Es tut mir leid, dass ich dir so wehgetan habe, wirklich, ich kann dir gar nicht sagen, wie sehr.«

»Ich bin noch nicht so weit, dass ich darüber reden könnte. Wir haben ein gemeinsames Ziel: zu Sennar zu gelangen. Versuchen wir einfach, das zu erreichen, jeder für sich.«

Dubhe schluckte die Tränen hinunter und zog die Nase hoch. »Wie du willst.«

»Das ist es doch, was du wolltest. Versuch jetzt nicht, mich dafür verantwortlich zu machen.«

»Du hast recht.«

»Es ist spät, ich lege mich schlafen, und das solltest du auch tun.«

Dubhe nickte nur. Sie löschte das Feuer mit etwas Wasser, und Finsternis legte sich über den Wald, in dem nur noch der pfeifende Atem der Kagua zu hören war. Lonerin hatte ihr demonstrativ den Rücken zugekehrt. Es war wirklich aus. Ein Ende, das sie gesucht und herbeigeführt hatte.

Sie hüllte sich in ihrem Umhang ein und legte sich auf dem Teppich aus Moos und trockenem Laub nieder. Ob sie sich von allem anderen auch so leicht würde befreien können wie von Lonerins Liebe? Vielleicht hatte er ja recht, und hinter ihrem Verhalten stand nur Selbstmitleid, der Wunsch, sich im eigenen Schmerz zu suhlen, um dadurch besser mit den gar zu vielen Verlusten, mit all den Toten in ihrem Leben zurechtzukommen. Würde es ihr wohl gelingen, sich eines Tages, auch unter Schmerzen, wie eine Schlange zu häuten und wiedergeboren zu werden? Ein Ziel, das ihr jetzt undeutlich, ja unerreichbar vorkam.

Sie schloss die Augen und ließ sich in den Schlaf wiegen vom Atem der Nacht.

24

Der Prinz, der niemals König sein wird

Ido beschloss, in der Dunkelheit aufzubrechen. Der schnellste Weg nach Laodamea führte durch das Große Land, war aber auch gefährlich, weil sie dort die meiste Zeit ohne Deckung sein würden. Deshalb schien es ratsam, nur nachts mit dem Jungen weiterzuziehen und tagsüber zu schlafen.

Vorsichtshalber suchte er aber vor dem Aufbruch mit San noch das alte Waffenlager auf.

Der große ovale Raum war mit Staub und Schimmel überzogen. Überall Spinnweben in den Ecken und verrostete Waffen an den Wänden. Doch in den Truhen fanden sich noch Klingen, die durchaus brauchbar waren. Das Waffenlager war in einem trockeneren Teil des Kanalsystems untergebracht worden, am Ende eines Ganges, den Idos Leute zur Zeit des Widerstands selbst in den Fels geschlagen hatten und der relativ weit entfernt von allen Kanälen verlief.

Ido griff sich ein Schwert aus dem Haufen, das ihm noch ganz gut erhalten erschien, und wandte sich damit zu dem Schleifstein, um es zu schärfen.

»Wozu dieses Schwert? Du hast doch schon eines?«, fragte San mit hoher Stimme.

»Das ist für dich.«

Der Junge erblasste.

»Kein Sorge, es ist nur für den Notfall.«

San antwortete nicht.

»Hast du so was schon mal in der Hand gehabt?«

San nickte mit unsicherer Miene. »Mein Vater hat oft mit mir geübt, seit ich ein kleiner Junge war. Aber ich hatte nie Gelegenheit, richtig zu kämpfen.«

»Wollen wir mal hoffen, dass es auch diesmal nicht dazu kommen wird. Aber mach dir klar, dass du jederzeit zu allem bereit sein musst.«

Er reichte ihm die Waffe zusammen mit einer ziemlich zerschlissenen ledernen Scheide. Dann fochten sie ein wenig, gerade lange genug, um Sans Grundkenntnisse aufzufrischen, und Ido merkte, dass der Junge gut war, vielleicht ein wenig zu steif, aber begabt. Und man hatte ihm die richtigen Dinge beigebracht.

Allerdings war nicht zu übersehen, dass San widerwillig und unkonzentriert kämpfte. »Hast du nicht gesagt, dir macht das Fechten Spaß?«

»Ja, schon.« Der Junge senkte den Blick. »Aber ich verstehe das nicht. Du hast doch gesagt, du würdest mich beschützen, und nun gibst du mir eine Waffe, und ich …«

»San, ich bin doch verwundet und ich fühle mich einfach sicherer, wenn auch du bewaffnet bist. Aber du wirst das Schwert nicht gebrauchen müssen, keine Bange.«

Ido sah, dass Sans Augen feucht wurden. Mit Macht brach das Kind in ihm hervor.

»Glaub mir, ich werde schon verhindern, dass dir etwas zustößt«, fügte der Gnom in entschlossenem Ton hinzu. »Aber du musst auch verstehen, dass wir auf alles vorbereitet sein müssen. Das gehört auch zu einem guten, erfahrenen Krieger, alle Möglichkeiten in Betracht zu ziehen, und ein sehr erfahrener Krieger bin ich auf alle Fälle noch. Glaub mir.«

Mit dem Wamsärmel wischte sich San die Tränen von den Wangen und nickte dann.

»Ausgezeichnet. Jetzt leg dich schlafen. Wenn es dunkel ist, machen wir uns auf den Weg.«

Das Pferd war in guter Verfassung. Sie hatten es im Stall ruhen lassen und mit allem versorgt, was sie in den Vorratskammern noch hatten finden können.

Das war immerhin eine gute Ausgangsposition, denn sie würden ohne Pause reiten und jeden Augenblick, den ihnen die Dunkelheit gewährte, ausnutzen. Sicher würde es auch nicht leicht werden, tagsüber in der weiten Ebene einen Platz zum Schlafen zu finden, aber einige wenige Stunden mussten drin sein.

Als sie sich auf den Weg machten, stand noch kein Mond am Himmel, und kaum waren sie durch den Ausgang geschlüpft, presste sich San sofort ängstlich an den Gnomen.

»Aber man sieht ja gar nichts.«

»Das kommt dir nur so vor ...«

Er selbst hatte schon Tausende von Nachtwanderungen hinter sich gebracht, kannte alle Tücken der Dunkelheit und wusste, wie er sich zu verhalten hatte. Auch sein verbliebenes Auge hatte er lange darauf trainiert, und als sein Körper irgendwann begann, seinem hohen Alter Tribut zu zollen, hatte er sich mehr und mehr auf seine Sinnesorgane verlassen.

Die ganze Nacht waren sie unterwegs, aßen nur kurz etwas, nachdem sie schon ein weites Stück zurückgelegt hatten, und stiegen erst gegen Morgen vom Pferd, um sich auszuruhen.

Ido packte eine Plane aus, die er aus dem Waffenlager mitgenommen hatte. Sie bestand aus dem gleichen Material wie jene, mit der auch der Einstieg zu den Kanälen getarnt wurde, und war ideal, um ein einfaches Zelt zu errichten. So hatten sie größere Aussichten, unbemerkt zu bleiben, und Ido sorgte dafür, dass sie beide ganz darunterschlüpfen konnten.

»Wir schlafen abwechselnd«, erklärte er. »Jeder zwei Stunden. Wenn du während deiner Wache müde wirst, weckst du mich rechzeitig, klar?«

San nickte gähnend.

»Zuvor aber musst du mir noch einen Gefallen tun: Kümmere dich noch mal um meine Wunden. Das brauche ich, damit ich bald wieder ganz auf dem Damm bin.«

Nicht gerade begeistert legte San seine Hände auf die Wunden. Er war sichtlich müde, abgesehen davon, dass er seine magischen Fähigkeiten weiterhin mit einer gewissen Scheu anwandte.

So lag Ido da und schaute bewundernd auf das Licht, das jetzt wieder aus Sans Fingern strömte.

»Wenn wir das alles heil überstanden haben, lasse ich dich von einem Magier ausbilden«, sagte er irgendwann.

Der Junge schaute erschrocken auf. »Nein, lieber nicht.«

»Ist es wegen deines Vaters?«

Mit einem Mal wurden Sans Hände kalt. Wie immer reagierte er verstört, wenn die Rede auf Tarik kam.

Ido suchte nach den passenden Worten. »Nur weil dein Vater nicht viel von der Magie hielt, muss sie ja nichts Schlechtes sein. Er war eben dieser Ansicht, mehr nicht, verstehst du?«

San war nicht überzeugt. »Aber der Tyrann war ja auch ein Magier … Das hat mein Vater immer gesagt. Für ihn war das der beste Beweis, dass seine Einstellung richtig ist.«

Ido wurde nervös. Dieser Gedanke war ihm nicht fremd. Wie man erzählte, war der Tyrann auch so eine Art Wunderkind gewesen, geradeso wie San. Und er fragte sich wieder, ob dies vielleicht mit Yeshols Plänen in Zusammenhang stand.

»Das ist ein extremer Fall. Aber nimm dagegen doch nur mal deinen Großvater. Der hat mit der Magie große Dinge vollbracht, nicht wahr?«, sagte er, um dem Gespräch eine andere Wendung zu geben.

San wusste nicht, was er antworten sollte.

»Es ist immer eine Frage, wozu man seine Talente einsetzt«, fuhr Ido dort. »Dass du mich jetzt behandelst, ist doch eine gute Sache, oder? Und als wir mit diesem Assassinen im Großen Land zu tun hatten, hast du ja auch nicht lange darüber nachgedacht, ob es richtig ist, wie du dich befreist.«

San errötete. »Ja, ich wollte es gar nicht, ich habe fast gar nicht gemerkt, was ich tat ... Wie von allein trat aus meinen Händen das Feuer, und als ich an mir herunterschaute, waren die Seile schon fast durchgebrannt.«

Im Stillen lobte Ido sich selbst: Dann hatte er die Sache also richtig eingeschätzt. »Es ist Magie, San, sie hat es dir ermöglicht, dich zu befreien. Und auch mich hat sie gerettet.«

Ohne auf seine Äußerung einzugehen, behandelte der Junge ihn weiter.

Ido war sich nicht sicher, ob er überzeugend genug gewesen war, und fuhr fort. »Du verfügst über eine besondere Gabe, San. Auch dein Großvater hat einmal so angefangen. Wusstest du, dass er mit Drachen sprechen konnte?«

San horchte auf. »Im Ernst?«

Ido nickte. »Du kannst auch mit Tieren sprechen, San. Das ist ein Talent, dass nicht brachliegen darf. Deswegen denke ich auch, du solltest dich richtig ausbilden lassen.«

Obwohl er so auf ihn einredete, verstand Ido auch die Hemmungen des Jungen. Sein Vater Tarik war vor Kurzem erst gestorben, und mit Sicherheit hatte er Angst, dessen Andenken zu verraten, indem er etwas tat, was dieser verboten hatte.

»Versteh mich nicht falsch, du bist nicht dazu verpflichtet, ein Zauberer zu werden«, setzte Ido hinzu. »Du musst es schon selbst wollen. Wenn du etwas anderes lernen willst, hat keiner was dagegen. Vielleicht auf der Akademie ...«

Er lächelte den Jungen an, und Sans Miene zeigte Erleichterung, aber nur kurz.

»Auch wenn wir es schaffen ... ich weiß ja gar nicht wohin. Ich hab kein Zuhause mehr, keine Verwandten ...«

Der Gnom verstand sehr gut, was in dem Jungen vorging, wie verlassen er sich fühlen musste. »Du bist noch so jung, und alle Türen stehen dir offen. Sei unbesorgt, du bist nicht allein, und später wirst du selbst erkennen, welchen Weg du gehen willst.«

San senkte den Blick. »Manchmal nachts denke ich darüber nach. Dann wache ich auf, und mir geht durch den Kopf, dass ich vielleicht nicht mehr viel Zeit habe. Jeder Tag ist ein Tag weniger, und ich habe Angst ...«, er schluckte, »... Angst, dass ich sterben muss, dass die Gilde mich findet, dass der Tyrann wiederkehrt ...«

»Darüber musst du dir keine Gedanken machen. Schau einfach nach vorn. Der Tyrann wurde ja besiegt, und was uns jetzt zu bedrohen scheint, ist nur ein blasser Schatten von ihm. Und das wird er auch bleiben, nur ein Schatten.«

San nickte. Offensichtlich hatte er großes Vertrauen zu Ido, brauchte nur dessen Trost, um den Weg fortzusetzen.

»Glaub mir. Es wird alles gut werden. Ich bin bei dir, San, und werde dich beschützen mit meinem Leben. Verstehst du?«

Der Junge nickte entschlossen. »Ich verlasse mich ganz auf dich.«

Ido lächelte, und der Junge warf sich ihm an den Hals. Ein heftiger Schmerz durchfuhr Idos Rippe.

»Nicht so stürmisch ...«, flüsterte er, freute sich jedoch über diese Umarmung und drückte San fest an sich.

Mit einem seltsamen Gefühl wachte Ido auf. Acht Tage waren sie nun schon unterwegs, und bisher war alles gut gegangen. Nachts zogen sie weiter, und gegen Morgen machten sie halt und legten sich zur Ruhe. Auch wenn sie dabei abwechselnd Wache hielten, erlaubte sich der Gnom nie einen allzu tiefen Schlaf. Schließlich war man hinter ihnen her.

Im Dunkeln lauschte er auf seinen Körper. Er hätte nicht genau sagen können, was er in den Gliedern spürte, doch er hatte so ein ungutes Gefühl. Es schien noch nicht lange dunkel zu sein, dem schmalen blauen Streifen am Himmel nach zu urteilen, der noch im Westen zu erkennen war. Die Nacht war nicht anders als die vorherigen, nur heller, mit einem geradezu strahlenden Halbmond. Und doch stimmte da irgendetwas nicht.

Er weckte San, ohne ihm seine Befürchtungen mitzuteilen. Wozu ihn unnötig erschrecken, er war ja ohnehin schon verunsichert genug.

»Wir brechen sofort auf.«

Der Junge rieb sich die Augen. »Wollen wir denn nichts essen?«

»Iss du etwas, während wir reiten.«

Sie stiegen auf und galoppierten sofort los.

»Stimmt irgendetwas nicht?«, fragte San argwöhnisch.

Ido zuckte mit den Achseln. »Nein, wieso?«

»So schnell sind wir noch nie geritten.«

»Je eher wir da sind, desto besser für uns.«

In der Luft lag ein seltsam dumpfer vibrierender Ton. Vielleicht täuschte er sich auch, vielleicht narrte ihn die anhaltende Schwüle, die ihnen immer noch zusetzte, obwohl sie sich vom Land des Feuers entfernten. Doch Ido nahm es deutlich wahr, und zudem hörte er immer wieder etwas Vertrautes aus diesem Ton heraus, das er aber nicht richtig einordnen konnte.

Dann plötzlich begriff er. Bald würde dieser Ton ganz nahe bei ihnen sein. Der Gnom trieb das Pferd noch einmal an und legte die Hand aufs Heft seines Schwertes.

Unwillkürlich dachte er an Vesa, welch große Hilfe er ihm jetzt gewesen wäre, wie seine Flanken bei diesem Laut unter seinen Schenkeln gebebt hätten. Ja, denn was Ido schon von Weitem wahrgenommen hatte, war das Brüllen eines Drachen, ein Brüllen, das früher lange Zeit beides, Freund oder Feind, bedeuten konnte, seit Dohors Machtergreifung aber nur noch von Tod und Verderben kündete.

Mit einem Drachen konnte es ein Pferd niemals aufnehmen, und dennoch spornte er es weiter an, trieb es an seine Grenzen und zog sein Schwert.

»Egal was passiert, du fliehst, so schnell du kannst, verstanden?«

»Lass mich nicht allein!«, rief San aufgeschreckt.

»Dein Überleben ist wichtiger als alles andere. Tu also, was ich dir sage!«

Die Luft bebte, und eine Windbö erfasste sie von hinten.

Sie sahen, wie etwas über sie hinwegflog, einen Moment lang, den Mond verdeckend, in der Luft verharrte, dann wendete und direkt auf sie zukam. Bald schon verbarg eine immense düstere, an den Umrissen ein wenig erhellte Masse den Horizont. Die Flügel waren durchscheinend, das Maul ein Glutofen. Jetzt riss sie ihren Schlund weit auf, und ein Feuerball verbrannte den Weg, der vor ihnen lag.

Die Flammen erhellten einen mächtigen Drachenleib mit grün schimmernder Haut und roten Schuppen auf Kamm und Rücken. Darauf saß ein Drachenritter, der finster und bedrohlich dreinschaute.

Jäh wendete Ido das Pferd, galoppierte, einen Fluchtweg suchend, an dem Flammenmeer entlang und machte sich unterdessen zum Kampf bereit.

Mit dem silberfarbenen Ritter, der auf seinem Rücken klein wie ein Spielzeugsoldat wirkte, tauchte der Drache aus den Flammen auf. Im nächsten Augenblick traf seine Tatze ihr Ross im Lauf, und Ido stürzte auf den mit schwarzen Splittern übersäten Wüstenboden, während Sans Schreie wie von fern an sein Ohr drangen. War er weggelaufen? Oder hatte der Drache ihn schon erwischt?

Als der Gnom wieder auf die Beine kam, sah er gerade noch eine kleinere Gestalt, die sich unter der enormen Tatze des Tieres wand. Kein Zweifel, ihr Pferd, und San saß noch im Sattel. Ido spürte, wie ihm das Blut in den Adern gefror. Gleich darauf ein weiterer Schrei sowie ein greller Blitz, der ihn blendete.

Als er das Auge wieder öffnen konnte, sah er nicht weit entfernt eine gigantische Gestalt am Boden, und daneben zwei nicht klar zu erkennende Bündel. Der Drache, das Pferd und der Junge.

»San«, schrie Ido und wollte loseilen, doch er kam nicht

dazu, weil eine Klinge plötzlich haarscharf an seinen Kopf vorbeischoss. Im letzten Moment wich er aus, fuhr herum und erkannte ihn auf Anhieb.

Fünf Jahre waren seit damals vergangen, und in dieser Zeit war ein richtiger Mann aus ihm geworden. Sein dürrer, ausgezehrter Knabenkörper hatte sich zum athletischen, muskulösen Leib eines jungen Mannes entwickelt, doch seine Augen und sein Gesicht strahlten immer noch etwas aus, das Ido an den Jüngling erinnerte, dem er seinerzeit am Fuß des Thals das Leben geschenkt hatte. Ein Jüngling, der damals getötet werden wollte und über das Schlachtfeld geflogen war, um nach Überlebenden Ausschau zu halten.

Seine Augen waren tiefgrün, sein Blick undurchdringlich und kalt, während sein kurzes, zerzaustes Haar so blond war, dass man es jetzt im blassen Licht des Mondes leicht für weiß halten konnte.

»Learco!«, rief Ido aus.

Der junge Ritter verzog keine Miene, hielt sein Schwert fest in der Hand auf Ido gerichtet. Seine Rüstung war mit Erde verdreckt. Wahrscheinlich war er vom Drachen gestürzt, als der Blitz auch sein Tier geblendet hatte.

»Mein Vater will den Jungen haben. Überlass ihn mir, dann wird alles gut.«

Seine Stimme klang kalt und monoton.

Ido lächelte höhnisch. »Wenn ich mich recht erinnere, warst du vor fünf Jahren nicht mehr in der Lage, Forderungen zu stellen. Ganz im Gegenteil, wenn mich mein Gedächtnis nicht trügt, habe ich dein Leben geschont ...«

»Ich will nur den Jungen, Ido.«

Dann hatte er ihn also noch nicht in seiner Gewalt. Aber was war das eigentlich für ein Lichtstrahl gewesen, der alle geblendet hatte? Der Gnom konnte es sich nicht erklären und hatte auch keine Zeit, länger darüber nachzudenken. Jetzt ging es in den Kampf.

Mit einem Satz stürzte er sich auf den jungen Ritter, doch sofort meldete sich seine Rippe, und ein heftiger Schmerz nahm ihm den Atem. Learco parierte ohne Mühe. Ja, er war wirklich nicht mehr das Bürschchen, das er fünf Jahre zuvor noch gewesen war.

Ido hatte nie darüber nachgedacht, was wohl aus ihm geworden sein könnte. Er hätte erwartet, dass er das Kämpfen bald drangegeben hätte, von seinem Vater verstoßen oder auch an irgendeiner schlimmen Krankheit gestorben wäre. Dies war ja häufig das Schicksal junger Männer, die zu früh die Schrecken des Krieges kennenlernten und eine zu große Verantwortung trugen, ohne dafür bereit zu sein. Das Leben zerstörte sie, und sie starben in jungen Jahren. Nie hätte er geglaubt, Learco noch einmal wiederzusehen.

Nun ließ er sich nicht aus dem Konzept bringen durch Learcos geschickte Parade. Ungeachtet der Schmerzen, drehte er die Klinge, löste sie von der seines Gegners und griff wieder an. Nur aus dem Handgelenk heraus ließ er die Waffe tanzen, ein Stil, der unerfahrene Gegner verwirrte, die bald nicht mehr diesem flinken Spiel folgen konnten.

Aber jetzt hatte er kein Glück damit. Learco schien kampferprobt zu sein, denn er tat es dem Gnomen gleich und beantwortete Hieb auf Hieb. Kein Tempowechsel brachte ihn aus der Fassung, in keinem Augenblick verlor er die Übersicht, er focht schnell, behände. Ein letzter Stoß, dann ging Ido wieder auf einen sicheren Abstand zurück.

»Du hast Fortschritte gemacht.«

Learco antwortete nicht.

»Weißt du, warum dein Vater hinter dem Jungen her ist?«

Learco schien verblüfft. »Das interessiert mich nicht. Er hat mir einen Befehl erteilt, und ich als sein Untergebener führe ihn aus.«

Ohne Vorwarnung griff der Königssohn an, mit einem ungewöhnlichen Stoß von unten, und Ido musste auf eine Weise parieren, die ihm wenig vertraut war. Dadurch geriet er ins Hintertreffen, und Learco begann, ihm zuzusetzen, drängte ihn immer mehr zurück. Das war Ido schon lange nicht mehr passiert. Viele Jahre lang hatte ihn im Zweikampf niemand mehr ernsthaft in Schwierigkeiten gebracht. Dieses finstere, von Machenschaften und Intrigen geprägte Zeitalter hatte keine Krieger mehr hervorgebracht, die es nur annähernd mit Männern vom Schlag eines Deinoforo hätten aufnehmen können, jenem Ritter der Schwarzen Drachen, der ihm eine Auge entrissen hatte und den er selbst in der Großen Winterschlacht besiegt und getötet hatte. Dieser Deinoforo war sein gefürchtetster Gegner gewesen.

Während er nun immer weiter zurückwich, stieß sein Fuß gegen eine Unebenheit am Boden, er strauchelte und fiel nach hinten. Im Nu war Learco bei ihm, im Begriff, ihm das Schwert an die Kehle zu setzen, doch der Gnom rollte sich zu Seite, fast auf dieses Hindernis, über das er gestolpert war. Es war von einer seltsam weichen Konsistenz.

Das Schwert des Prinzen verharrte ein Stück vom Boden entfernt, und das reichte Ido, um es mit einem mächtigen Schlag zu treffen und dann erneut in eine günstigere Ausgangsposition zu springen.

Er warf einen kurzen Blick auf dieses seltsame Hindernis. Es war ein Flügel des Drachen, den irgendetwas vom Himmel geholt hatte. Vielleicht dieser Blitz. Ob San dahinter steckte?

»Offenbar hast du einen Helfer verloren«, rief Ido an den Feind gewandt und deutete mit einer Kopfbewegung auf den Drachen.

»Das schaffe ich auch ohne ihn«, erwiderte Learco nur.

Ido schüttelte den Kopf. »Man sieht, dein Vater hat meine Lektionen nicht richtig gelernt. Er hat dir wohl nicht beigebracht, dass ein Drachenritter nie ohne seinen Drachen kämpft, auch nicht am Boden. Du hättest nicht zulassen dürfen, dass ihm etwas zustößt. Aber das zeigt nur, wie weit du noch davon entfernt bist, ein echter Drachenritter zu sein.«

Learco schlug zu, doch der Hieb fiel schwach und ungenau aus. Ido nutzte die Gelegenheit, um mit einem Ausfallschritt selbst anzugreifen. Mit knapper Not schaffte es der junge Prinz, zur Seite zu springen und einen tödlichen Stoß zu vermeiden. Die Klinge aber streifte ihn.

Diesmal war er es, der auf sicheren Abstand zurückwich. Er krümmte sich ein wenig und hielt sich die verwundete Seite. Einen Augenblick lang war sein Gesicht schmerzverzerrt.

»Weißt du nun, warum dein Vater hinter dem Jungen her ist, oder nicht?«

»Das ist mir egal.«

Learco begann, nervös zu werden. Er nahm das Schwert in die andere Hand und attackierte jetzt mit der Linken, wobei kein großer Unterschied in der Handhabung der Waffe zu bemerken war. Ido tat es im nach und nahm sein Schwert ebenfalls in die Linke.

So ließen sie wieder die Klingen sprechen, und auch jetzt gab sich der Prinz keine Blöße. Dennoch spürte Ido, dass Learcos Kampf etwas Halbherziges hatte. Im Grund wollte er nicht um jeden Preis gewinnen, es war kein Hass zu spüren, der ihn angetrieben hätte, und erst recht keine Leidenschaft für seinen Auftrag. Vielleicht war es Pflichtbewusstsein, aber als reiner Selbstzweck.

Er selbst hingegen war zu allem bereit, um San zu retten. Er hörte ihn leise stöhnen, und das gab ihm die Kraft für einen neuen Vorstoß.

Learco wurde zurückgedrängt.

»Wer siegen will, muss den Sieg wirklich wollen!«, rief Ido, während er wieder einen Hieb niederfahren ließ. Heute würde er keine Gnade kennen, anders als fünf Jahre zuvor, als er das Leben des Prinzen geschont und ihm damit erlaubt hatte, das zu werden, was er heute war.

Learco schien mehr und mehr die Deckung sinken zu lassen und ließ sich immer weiter zurückdrängen, so als begänne er bereits, sich mit der Niederlage, dem Tod abzufinden. Sein Blick war vollkommen leer. Nur einen Moment war Ido verwirrt, zögerte. Da riss der Prinz sein Schwert hoch und zwang Ido, den Arm weit zurückzuziehen. Der Schmerz, der dem Gnomen dabei in die Rippe fuhr, war so stark, dass er aufschrie. Er kam aus dem Tritt und strauchelte ein wenig nach vorn. Da stand Learcos Bein.

Das Auge ungläubig aufgerissen, fiel Ido der Länge nach hin. Seit undenklichen Zeiten war er im Kampf nicht mehr zu Boden gegangen. Noch dazu gefällt durch solch ein grünen Jungen.

Auf allen vieren hockend, spürte er das Schwert des Prinzen seitlich an seinem Kopf. Er blickte auf, um ihn anzusehen.

Learcos Miene war gleichmütig, weder Freude über den Sieg, noch Blutdurst waren darin zu erkennen. Nichts trübte die vollkommene Ruhe seiner Züge. Er keuchte leicht. »Manchmal reicht es, ein wenig hinterhältig zu sein, um zu siegen.«

Ido lächelte. Sein Schwert hielt er noch in der Hand. Auch wenn die Aussichten gering waren, er musste es versuchen. Vielleicht hatte er ja Glück. Er durfte jetzt nicht aufgeben. »Das war gerissen, nicht hinterhältig.«

»Du irrst, das war hinterhältig. Nach unserer ersten Begegnung habe ich so zu kämpfen gelernt.«

Die Kälte in Learcos Stimme deutete auf unerforschliche Abgründe hin. Wer war dieser Jüngling wirklich? Was wollte er? Was trieb ihn an?

»Stimmte das, was du damals gesagt hast? Dass du zurückgekehrt warst, um nach Überlebenden zu suchen?«

Learcos Blick war plötzlich voller Trauer. Ido nahm sein Schwert noch fester in die Hand.

»Ja, das war die Wahrheit.«

»Dein Vater ist hinter dem Jungen her, um ihn umbringen zu lassen. Er hat einen Pakt mit der Gilde geschlossen, hat um der Macht willen seine Seele verkauft. Willst du ihn dabei wirklich unterstützen?«

Learco schlug die Augen nieder. Ein leichtes Zittern erfasste sein Schwert.

Da sprang Ido vor und ließ sich auch nicht aufhalten, als

die Klinge des Gegners seine Schulter streifte. Seine Waffe beschrieb einen weiten Bogen, und schon zeichnete sich auf Learcos Brust eine lange rote Schnittwunde ab. Der Prinz taumelte zurück, konnte sich aber fangen, bevor er zu Boden stürzte.

Er hätte es verhindern können, das war Ido klar. Sein Trick war nicht gerade genial gewesen, ein wenig von jener Reaktionsschnelligkeit, die der Prinz zuvor gezeigt hatte, hätte ausgereicht, um seinem Angriff auszuweichen. Aber er hatte es nicht getan.

Learco führte eine Hand zur Brust. Es war nur eine Fleischwunde, aber sie schien wehzutun. »Nimm ihn mit.«

Ido blickte ihn aus großen Augen an.

»Du hast mir einmal das Leben geschenkt, jetzt nimm dir den Jungen und geh«, sagte er und warf sein Schwert zu Boden.

Ido konnte es kaum glauben, ließ es sich aber nicht zweimal sagen.

San saß nicht weit von dem Drachen auf der Erde. Mit einer Hand hielt er sich den Knöchel und schien nicht aufstehen zu können. Das Pferd lag leblos mit aufgerissenem Unterleib einige Ellen von ihm entfernt.

»Geht's?«, fragte der Gnom leise.

San nickte schwach. »Ich weiß auch nicht, wie das passiert ist ... das grelle Licht ... ich hatte solche Angst ...«

»Es wird schon wieder ...«

Ido hob ihn hoch. Das Pferd hatten sie verloren. Nun mussten sie zu Fuß weiter.

Learco stand reglos da und beobachtete sie.

Ido drehte sich noch einmal zu ihm um. »Du bist nicht verpflichtet, deinem Vater zu folgen. Schon damals warst du es nicht und heute noch viel weniger.«

»Aber ich bin doch sein Sohn«, antworte Learco mit einem traurigen Lächeln.

Diese Worte trafen Ido. Plötzlich erinnerte er sich an seine eigene Kindheit, als Sohn eines gestürzten Königs, der mit Hass und Rachegelüsten aufwuchs. Auch er selbst war damals in ein unentwirrbares Netz aus Pflicht und Zuneigung verstrickt.

Ohne noch etwas hinzuzufügen, verschwand er langsam mit San auf dem Arm in die Nacht. Diesmal spürte er, dass er Learco noch einmal wiedersehen würde, dass ihre Geschichte noch lange nicht beendet war.

25

Das Ende aller Illusionen

Ruhig verlief die weitere Reise zu Sennars Haus. Langen Tagesritten auf den Rücken der Kaguas folgten stille Nächte unter dem Sternenzelt. Abends war es kühl, und sie mussten dicht bei den Tieren schlafen, um sich zu wärmen. Nur einmal regnete es, und da stellten sie sich in einer großen Höhle unter.

Mehr und mehr tauchten die Berge wieder in die Wälder ein, und irgendwann sah die Landschaft wieder genauso wie jenseits des Gebirges aus: ein dichter Dschungel aus gigantischen Bäumen mit riesigem Blattwerk.

»Wie lange lebt Sennar schon so isoliert?«, fragte Lonerin einmal ihren Führer.

»Seit mindestens drei Jahren«, antwortete Yljo.

»Und wie kam es dazu? Ich meine, hat er alle Besucher verjagt, mit eurem Dorfoberhaupt Streit angefangen ...?«

»Nichts von alldem. Ghuar hat von sich aus verstanden, dass der Magier die Einsamkeit sucht. Und so ist er einfach nicht mehr zu ihm gereist, und auch wir anderen haben auf jeden Kontakt verzichtet. Nur hin und wieder legen wir ihm das eine oder andere in einen ausgehöhlten Baumstamm nicht weit von seinem Haus. Und spätestens am Tag darauf finden wir die Vertiefung leer vor. Dort, zu dieser Stelle, werde ich euch auch bringen.«

»Und wie weit ist es dann noch bis zu seinem Haus?«, mischte sich Dubhe ein.

»Nicht mehr weit. Keine Sorge, ihr werdet ihn dort schon finden.«

»Die Frage ist nur, was uns dort erwartet …«, murmelte Lonerin mehr zu sich selbst.

Yljo lächelte. »Der Magier ist in euren Ländern doch ein großer Held. Er wird euch schon empfangen.«

»Kennst du ihn persönlich? Hast du mal mit ihm gesprochen?«

Yljo nickte. »Ja, einmal, vor Jahren in unserem Dorf. Er scheint wirklich ein einsamer Mensch zu sein und wirkt sehr traurig.«

Das konnte sich Dubhe gut vorstellen. In allen Büchern wurden Sennar und Nihal als unzertrennliche Einheit beschrieben. Ihr Tod musste eine unheilbare Wunde für ihn bedeuten, ganz zu schweigen von dem Streit mit seinem Sohn Tarik und dessen Weggang zurück in die Aufgetauchte Welt.

An einem Nachmittag erreichten sie die besagte Stelle. »So, da wären wir. Dies ist der Baumstamm, von dem ich euch erzählt habe«, erklärte Yljo und zeigte darauf. »Von jetzt an müsst ihr allein weitersehen.«

Dubhe schaute sich um. An dem Wald war nichts Außergewöhnliches bis auf einen schmalen Pfad, der ins Dickicht hineinführte.

Als sie sah, dass Lonerin von seinem Drachen stieg, tat sie es ihm nach.

»Herzlichen Dank für deine Begleitung. Ich hoffe, wir sehen uns mal wieder«, sagte der junge Magier.

Yljo lächelte wie so häufig und machte sich dann rasch auf den Heimweg.

Dubhe und Lonerin blieben allein zurück. Ohne ein weiteres Wort setzte sich Lonerin wieder in Bewegung, auf dem Pfad ins Dickicht, und Dubhe blieb nichts anderes übrig, als ihm zu folgen. Sie fühlte sich unwohl. Nach dem kurzen Wortwechsel zu Beginn der Etappe hatten sie nicht mehr miteinander gesprochen. Sie schaffte es noch nicht einmal, ihn anzuschauen, ohne sich schlecht dabei zu fühlen.

»Glaubst du, es ist noch weit?«, fragte sie irgendwann mit unsicherer Stimme.

»Nein, Yljo hat doch gesagt, es ist ganz nahe.«

Eine gute halbe Stunde liefen sie, ohne irgendetwas Auffallendes zu erblicken. Irgendwann aber spürte Dubhe ein seltsames Geräusch in den Ohren, einen lang gezogenen, lästigen Ton. Die Luft vibrierte, und Lonerin blieb stehen und blickte sich fragend um.

Plötzlich erscholl ein ohrenbetäubendes Brüllen, das die Bäume erschütterte, und das seltsame Geräusch wurde überdeutlich: Es war das Schlagen von Flügeln.

Schon warf eine mächtige Bö sie zu Boden, und als Dubhe den Blick hob, sah sie über ihren Köpfen ein gigantisches, grün schillerndes Geschöpf.

»Ein Drache!«, rief Lonerin.

Sobald das Tier über sie hinweggeschossen war, sprangen sie auf und sahen, dass es zwischen den Bäumen wendete und wieder brüllend auf sie zuflog. Direkt über ihnen verharrte es in der Luft, schwebte mit ausgebreiteten Schwingen über ihren Köpfen. Dann ließ der Drache ein weiteres Brüllen durch das Blattwerk fegen und fuhr die Krallen aus.

In panischer Furcht ergriffen sie die Flucht, doch ein Feuerstoß erfasste sie, Dubhe schrie auf, während Lonerin rasch ein magisches Schild heraufbeschwor. Nun erreichte die Flamme sie nicht mehr, wohl aber die Hitze, und sie warfen sich zu Boden hinter einen umgestürzten Baum.

»Das ist aber keiner von diesen Erddrachen«, sagte Dubhe keuchend, »der hier kann fliegen, das ist ein richtiger Drache wie aus der Aufgetauchten Welt.« Aber solch ein mächtiges Tier hatte sie noch nie gesehen. Es war beängstigend.

»Ja klar«, erwiderte Lonerin fast ruhig, obwohl auch er noch außer Atem war. »Ich glaube, ich weiß sogar, wer das ist.«

Dubhe blickte ihn fragend an.

»Das kann nur Oarf sein.«

Vor Staunen riss Dubhe den Mund auf. Wie viel hatte sie schon über diesen Drachen gelesen! Sie hatte nicht genug bekommen können von den Geschichten, die von Oarf erzählten, dem berühmtesten aller Drachen, auf dessen Rücken Nihal so viele ihrer Abenteuer erlebt hatte. Es war ein unbeschreibliches Gefühl, furchtbar und erhebend zugleich, ihn nun vor sich zu haben, und noch dazu im Vollbesitz seiner sagenhaften Kräfte.

Jetzt flog er auf sie zu und ließ dabei sein ohrenbetäubendes Brüllen erschallen.

»Los, weg!«, rief Dubhe, und sie sprangen hinter dem Baumstamm hervor, stürmten davon und hörten gleichzeitig, dass Oarfs Brüllen und Flügelschlagen ihnen folgte.

Ohne es recht zu merken, gelangten sie zu einer weiten Lichtung: kein Baum, nur Wiese, fast bis zum Horizont. Schon war der Drache bei ihnen, starrte sie aus seinen feuerroten Augen an. Er war wirklich riesengroß – und wunderschön mit seinen ausgebreiteten Flügeln. Doch Dubhe hatte keine Zeit, darüber nachzudenken. Denn nun wurde ihr klar, dass Oarf sie absichtlich auf die Lichtung getrieben hatte. Hier hatten sie keine Deckung, nichts, was ihnen hätte Schutz bieten können.

Schon riss der Drache seinen Rachen auf und spie Feuer. Rasch zauberte Lonerin wieder den Schutzschild herbei, doch die Gewalt der Flammen zwang ihn auf die Knie. Auch Dubhe warf sich flach auf den Boden, schloss die Augen und fragte sich, ob sie wirklich auf diese Weise sterben sollte, verbrannt vom Atem eines sagenhaften Drachen. Und sie dachte, dass das Leben manchmal wirklich seltsame Wege ging.

Als sie den Mut fand, die Augen wieder zu öffnen, war ein Feuerkreis entstanden um den Schild herum, den Lonerin, in Schweiß gebadet, aufrechterhielt.

Sie versuchte, ihn zu stützen. »Geht's noch?«

»Kaum ... der Schild raubt mir alle Kräfte ...«, keuchte er.

Sie beobachteten, wie Oarf noch einmal einen weiten Bogen flog, und warteten jetzt fast auf ihr Ende. Doch blitzartig verschwanden die Flammen, und der Drache schwebte über sie hinweg, ohne zu brüllen oder ihnen zu nahe zu kommen.

Durch den Rauch, den sein Feueratem hinterlassen hatte, sahen sie, wie er sich nur wenig von ihnen entfernt bei einer nicht klar zu erkennenden Gestalt niederließ.

»Wer seid ihr, und was wollt ihr?«

Dubhes Herz machte einen Sprung. Das konnte nur er sein, nur er allein.

Der Rauch lichtete sich, und vor ihnen erschien ein alter Mann mit langen weißen Haaren und einem ebenso weißen Bart. Er trug ein zerschlissenes schwarzes Gewand, das mit roten Ornamenten verziert war, und stützte sich auf einen langen, grob geschnitzten Holzstock. Doch was unverwechselbar schien, waren die Augen, Augen, über die Dubhe und Lonerin in vielen Büchern gelesen hatten. Sehr hell, klar und durchdringend.

»Ich bin Lonerin, und das ist Dubhe. Wir kommen im Auftrag des *Rats der Wasser*«, antwortete Lonerin.

Der Alte verharrte an seinem Platz, mit einer Hand auf dem gesenkten Maul des Drachen, der sie weiter hasserfüllt anstarrte.

»Aus der Aufgetauchten Welt?«

»Ja! Seid Ihr Sennar?«, fragte Dubhe und sprang auf.

Der Alte kniff die Augen zusammen. »Ich hab euch nichts zu sagen. Diesmal habe ich euch noch das Leben gerettet, aber lasst euch kein zweites Mal hier blicken.«

Er wandte sich ab, und Oarf senkte einen Flügel, um ihm das Aufsteigen zu erleichtern. Die Bewegungen des Alten waren schwerfällig, obwohl sein Körper noch recht rüstig wirkte.

»Es dreht sich um eine wichtige Sache, die mit Eurem Sohn zu tun hat!«, rief Lonerin.

Sennar erstarrte, so als hätte eine unsichtbare Hand ihn

gepackt. Seine Schultern zitterten leicht. »Was weißt du von meinem Sohn?«

»Er ist in Gefahr. Die gesamte Aufgetauchte Welt ist in Gefahr. Ich bin ein Magier, wir haben diesen langen Weg auf uns genommen, um Euch um Rat und Hilfe zu bitten.«

Sennar wandte ihnen weiter den Rücken zu und antwortete nicht, eine Hand immer noch auf Oarfs Flügel gelegt. Schließlich stieg er auf und rief ihnen zu: »Das Haus liegt dort drüben, folgt dem Pfad Richtung Nordwesten. Ich erwarte euch.«

Er erhob sich in die Lüfte und ließ sie wieder allein.

Sennars Zuhause war ein bescheidenes Häuschen von der Art, wie man sie auch in der Aufgetauchten Welt sah, und einen Augenblick hatten Dubhe und Lonerin das Gefühl, wieder in der Heimat zu sein. Etwas so Vertrautes hatten sie in den vergangenen beiden Monaten nicht gesehen.

Es war ein kleines Steinhaus mit nur einem Stockwerk und einem hübschen tief heruntergezogenen Dach. Umgeben war es von einem Gemüsegarten, der trotz ein wenig Unkraut hier und dort insgesamt gut gepflegt war. Oarf lag zusammengerollt neben dem Häuschen und ließ einen Flügel auf dem Dach ruhen. Immer noch feindselig blickte er sie an, während aus seinen Nüstern dünne Rauchkringel aufstiegen.

Das Haus war in keinem guten Zustand. Die Fensterläden waren teilweise zersplittert und die Außenwände von Rissen durchzogen. Man hätte es für unbewohnt halten können.

Vor der Tür wartete niemand auf sie. Das alles wirkte nicht gerade einladend, und Dubhe blieb einen Moment zweifelnd stehen.

»Was ist?«, fragte Lonerin ein wenig gereizt.

Sie schüttelte den Kopf und ging weiter, während Oarf sie mit finsterer Miene beobachtete.

Die Tür war nur angelehnt.

»Dürfen wir eintreten?«

Als Antwort vernahmen sie nur humpelnde Schritte.

Lonerin trat ein, und Dubhe folgte ihm.

Im Innern war das Häuschen genauso heruntergekommen wie außen. Die Einrichtung war karg, mit ein paar Stühlen, einer steinernen Feuerstelle, einer Anrichte und einem Tisch. Auf dem Boden lagen Bücher und einzelne Blätter herum, teilweise mit merkwürdigen Zeichen darauf, die Lonerin gebannt anstarrte. Alles war verstaubt, und der Schimmelgeruch kratzte in der Kehle.

Sennar stand am Tisch und versuchte ein wenig Platz zu schaffen, indem er einige der Bücher zur Seite schob, die die Platte vollkommen bedeckten. Wieder waren seine Bewegungen auffallend schwerfällig, und er zog ein Bein nach, das steif zu sein schien.

Endlich hatte er eine Seite des Tisches freigeräumt und nahm wortlos Platz.

Der Magier sah so ganz anders aus, als Dubhe ihn sich vorgestellt hatte. Sein Gesicht, zu einem guten Teil durch sein langes Haar und den Bart verdeckt, war ein einziges Gewusel von Falten, aus dem zwei lebhafte hellblaue Augen hervorschauten. Seine Hände sahen schlimm aus, knöchern und eingeschwärzt von irgendwelchen Substanzen, und zitterten stark. Kein Zweifel, Sennar war ein Greis, gab ein Bild ab, das meilenweit von dem jungen Helden entfernt war, der Dubhe in ihrer Kindheit begeistert hatte.

»Nun?«

Lonerin riss sich aus seinen Gedanken. Auch er schien irgendwie betroffen, hielt den Blick gesenkt, auf die Papiere am Boden gerichtet.

Sennar folgte seinem Blick. »Bist du ein Ratsmitglied?«

Er schüttelte den Kopf. »Nur ein Schüler des Rats, der das Land des Meeres vertritt.«

»Und wieso schockieren dich meine Bücher zur schwarzen Magie?«

Lonerin errötete heftig.

»Ich bin sicher, auch du hast dich schon mal mit verbotenen Zaubern beschäftigt, vielleicht auch schon welche angewandt.«

Lonerin zuckte zusammen, und Sennar reagierte mit einem gemeinen Lächeln.

»Aha! Und ob du es getan hast ...«

Einen Moment musterte er die beiden mit einer alles anderen als freundlichen Miene.

»Machen wir's kurz. Je eher ihr wieder verschwindet, desto besser für uns alle. Also, was wollt ihr von mir?«

Lonerin versuchte, seine Gedanken zu sammeln, nahm sich einen Stuhl und setzte sich zu Sennar an den Tisch. Dubhe tat es ihm nach.

Er räusperte sich noch einmal und begann dann zu erzählen. Offenbar hatte er lange darüber nachgedacht, was und wie er es sagen sollte, denn es hörte sich an, als lese er einen Text vor. Dabei war sein Gesicht rot wie eine Tomate, und die große Sicherheit, die er üblicherweise zeigte, wenn er etwas in der Öffentlichkeit vortrug, schien ihn gänzlich verlassen zu haben. Er verschluckte ganze Wörter, verhaspelte sich, verlor den Faden.

Eine Hand an die Wange gelegt, saß Sennar da und hörte zu. Dabei musterte er Lonerin mit überheblicher Miene, ließ seinen kalten Blick über jeden Zoll des Jungen wandern. Fast schien er sich zu amüsieren über Lonerins Verlegenheit, tat nichts, um ihn ein wenig aufzubauen. Dubhe hingegen betrachtete er nur hin und wieder mit einem flüchtigen Blick. Das Wams, das die Huyé ihr gegeben hatten, ließ das Symbol auf ihrem Oberarm gut erkennen.

»Kommt ihr aus Ghuars Dorf?«, fragte er plötzlich an Dubhe gewandt.

Lonerin war noch mitten in seinem Vortrag, berichtete gerade Näheres über Dohor und wie dieser an die Macht gelangt war. »Ja, wir waren bei den Huyé. Sie haben uns den Weg zu Eurem Haus gezeigt«, antwortete er rasch.

Sennar kniff wieder die Augen zusammen, wodurch die helle Narbe auf einer Wange deutlicher zu sehen war, und sagte, während er weiter Dubhe anblickte: »Ghuar hat offenbar beschlossen, unsere stillschweigende Übereinkunft zu brechen.«

»Nein, wir waren es, die ihn eindringlich darum baten, uns zu helfen. Offenbar ließ er sich von unseren guten Gründen überzeugen«, erklärte Lonerin wieder.

Erst jetzt wandte Sennar dem jungen Magier das Gesicht zu. »Es ist völlig überflüssig, dass du hier die ganze Geschichte der Aufgetauchten Welt seit meinem Weggang vor mir ausbreitest. Ido hat mir im Lauf der Jahre häufiger geschrieben, und auch wenn er das nicht getan hätte, wüsste ich doch schon alles, was geschehen ist. Sie ist so banal, diese Aufgetauchte Welt, so langweilig. Alles schon mal da gewesen. Ob er nun Dohor heißt oder Aster, ob er aus dem Land der Nacht kommt oder aus dem des Feuers, das ist doch gleich. Irgendjemand reißt die Macht an sich, und der Frieden ist dahin. Die Aufgetauchte Welt lebte schon immer am Rand des Krieges, wird zerstört und entsteht neu aus der Asche, nur um der nächsten Katastrophe entgegenzugehen. Und eines Tages dann wird sie ganz untergehen, wird im Blut ertrinken, denn das ist es, was sie immer schon anstrebte, von Anbeginn an.«

Ein Schweigen entstand, und Dubhe ließ den Blick zwischen den beiden Magiern hin und her wandern.

»Ja, das ist dieser Kreislauf, nicht wahr«, sagte Lonerin dann, »den Ihr selbst in der *Geschichte der Drachenkämpferin* beschrieben habt. Ein immerwährender Kreislauf, der dazu führt, dass ...«

Bevor er seinen Gedanken zu Ende bringen konnte, brach Sennar in Gelächter aus. Es klang unversöhnlich, verbittert und verzweifelt und schallte durch das ganze Haus. »Wie ich sehe, hast du mein Buch aufmerksam gelesen ... Ist es also immer noch in Umlauf? Ich dachte, es sei längst verbrannt oder zumindest in Vergessenheit geraten.«

Mit vor Verblüffung offenem Mund saß Lonerin da und wusste nicht, was er entgegnen sollte.

»Blödsinn. Schwachsinn. Fantastereien des unreifen glücklichen Jünglings, der ich damals war. Wenn man glücklich ist, fällt einem alles Mögliche ein, glaubt man alles, womit man sich vormachen kann, dass dieser Zustand ewig sei. Aber das ist er niemals.«

Er lehnte sich zurück und legte den Kopf in den Nacken. Er schien müde.

»Soll ich dir mal sagen, wie es tatsächlich läuft?«, fuhr er dann fort. »Es gibt immer ein paar Jahre Vorbereitungszeit. Die Leute sind erst mal kriegsmüde, die alten Feinde sind besiegt, und es dauert, bis man sich neue gemacht hat. Doch diese wenigen kurzen Jahre dienen einzig und allein dazu, ein neues Blutbad vorzubereiten. Wie viele Jahre des Friedens hat die Aufgetauchte Welt erlebt? Fünf. Fünf Jahre nach einem Krieg von vierzig Jahren.«

Lonerin schüttelte den Kopf. »Schon, aber das ist nicht der Punkt. Ja, sicher, es stimmt, es ist wieder eine neue Bedrohung für die Aufgetauchte Welt entstanden. Aber die Gründe dafür sind jetzt nicht so wichtig. Worauf es ankommt, sind die Fakten: Wir haben es mit einer Sekte zu tun, die einen Gott anbetet, der nach Blut dürstet und den Tod liebt. Thenaar heißt er. Und diese mörderische Sekte bemüht sich nun, Aster wieder zum Leben zu erwecken.«

Sennar machte eine wegwerfende Handbewegung. »Und nur um mir diese langweilige Mitteilung zu machen, legst du diesen weiten Weg zurück? Du hast mir wohl nicht zugehört. Wenn du meine verfluchten Bücher gelesen hast, müsstest du wissen, wie viel ich der Aufgetauchten Welt von mir selbst gegeben habe. Als Erstes schon mal ein Bein, und dann alle meine Hoffnungen, alles, woran ich geglaubt habe. Im Krieg gegen den Tyrannen habe ich meine Überzeugungen verloren, habe getötet, um ihn zu bekämpfen. Und nicht zuletzt habe ich der Aufgetauchten Welt auch noch fünf kostbare Jahre meines gemeinsamen Lebens mit Nihal geschenkt, als ich mich aufrieb in dem Versuch, eine friedliche Ordnung zu schaffen.«

Seine Stimme klang jetzt dröhnend, zornig.

»Ich habe alles gegeben. Und in diesen verfluchten Landen hier wurden mir die letzten Kräfte entrissen, jeder Wille gebrochen. Jetzt habe ich nichts mehr, was ich geben könnte. Nichts ist mir geblieben, sogar mein Sohn wurde mir genommen. Nur noch meine Einsamkeit besitze ich, und diese werde ich ganz sicher nicht auch noch der Aufgetauchten Welt opfern. Diese Welt ist verloren, durchtränkt von unversöhnlichem Hass, und nichts, aber auch gar nichts kann ihr Ende verhindern. Selbst wenn es dir gelingen sollte, diese Welt noch einmal zu retten, indem du ihr alles gibst, was du bist und was du auf dem Weg hierher zu mir nicht verloren hast, taucht bald schon eine neue tödliche Bedrohung auf und wieder eine und noch eine. Nein, der Sturz der Aufgetauchten Welt ist unaufhaltsam, und mit jedem Mal versinkt sie ein Stück weiter, und das Ende ist unausweichlich.«

Lonerin war fassungslos. »Und was schlagt Ihr also vor? Wollt Ihr sie ihrem Schicksal überlassen?«

»Wie gesagt, ihr Sturz ist nicht aufzuhalten.«

»Aber Ihr habt doch auch gekämpft für diese Welt. Ihr habt es ja selbst gerade gesagt!«

»Ja, aber wozu war es gut? Nicht lange, und dieser Dohor trat auf den Plan, und damit ging alles wieder von vorn los, nicht wahr?«

»Schon, aber ...«

»Sogar Aster soll nun auf die Erde zurückkehren, so als hätte es mich nie gegeben, als hätte Nihal nie gelebt, als wäre der Große Krieg niemals geführt worden.«

Lonerin schüttelte heftig den Kopf. »So ist es keineswegs. Wir haben andere Mittel, und ich ...«

»Und wer führt den Kampf jetzt, kannst du mir das sagen? Vor vierzig Jahren gab es Nihal und mich, Ido und die gesamte Akademie, ganz zu schweigen von den Freien Ländern, aus denen Heerscharen junger Leute kamen, die bereit waren, sich für unsere Sache aufzuopfern. Aber nun?«

»Da ist der *Rat der Wasser*, da bin ich, da ist sie.« Lonerin deutete auf Dubhe.

Sennar lächelte höhnisch. »Deine Freundin ist sehr schweigsam. Ich denke, sie hat andere Probleme. Und sie ist nicht etwa der Aufgetauchten Welt wegen hier, sondern um ihre eigenen Dinge zu regeln. Du aber lässt dich gern von ihr unterstützen, weil du dir in der Rolle des Helden so gut gefällst.«

Dubhe fühlte sich gedemütigt und gleichzeitig durchschaut von diesen Worten und ebenso Lonerin, der nun entrüstet entgegnete: »Das kann nicht Euer Ernst sein …«

Sennar lächelte verbittert. »Ich bin sechzig Jahre alt, ein alter, verlorener Mann. Aber du bist es, der die Dinge nicht richtig einzuschätzen weiß, weil du im Grund noch ein kleiner Junge bist. In deinem Alter habe ich selbst auch noch so gedacht, und schau mich jetzt an. Früher oder später verrauchen alle Illusionen.«

Lonerin senkte den Blick. Noch ein paar Tage zuvor hätte er jetzt Dubhe angeschaut, hätte bei ihr Kraft und Argumente gesucht.

Und vielleicht hätte Dubhe ihm geholfen. Jetzt war es nicht so. Sie wusste selbst nicht, was sie entgegnen sollte. »Wir verlangen ja nicht viel von Euch«, zwang sie sich jetzt zu sagen.

Sennar durchbohrte sie mit seinem Blick.

»Wir haben diesen langen Weg auf uns genommen, um Euch zu bitten, uns mit einem einfachen Ratschlag zu helfen. Wir müssen wissen, durch welche Magie die Gilde Aster wiedererwecken will und was wir ihr entgegensetzen können.«

»Was bist du eigentlich? Er ist ein Magier, aber du?«

Dubhe schlug die Augen nieder. »Ich bin eine Diebin. Die Gilde der Assassinen hat mich in ihre Reihen gezwungen, damit ich für sie Verbrechen verübe.«

»Aber mitgekommen bist du deswegen, nicht wahr?«, antwortete Sennar, während er auf das Symbol auf ihrem Arm deutete.

Dubhe nickte.

»Dann kümmere dich um deine eigenen Interessen und gibt keine anderen vor, nur um deinem Freund zu gefallen.«

»Ich will ihm gar nicht gefallen.«

»Ach nein?«

»Als ich ihm folgte, erklärte ich mich bereit, ihn bei seiner Mission zu unterstützen und seine Ziele zu teilen.« Sie spürte, dass Lonerin sie verstohlen anblickte. »Außerdem hasse ich die Gilde. Sie war es, die mich mit dem Fluch dieses Siegels strafte.«

Sennar betrachtete sie lange, und ebenso lange ließ er den Blick auf dem Zeichen ruhen. »Weiß du eigentlich, wer Thenaar ist?«

Verwirrt schüttelte Dubhe den Kopf.

»Thenaar ist ein anderer Name für Shevrar.«

Sie schaute ihn entgeistert an. Von dieser Gottheit hatte sie gehört, hatte in den Nihal-Balladen über sie gelesen. Shevrar war der elfische Gott, dem die Halbelfe als Säugling geweiht worden war. Zu jener Zeit wurden die Halbelfen bereits von Aster verfolgt. Als das Dorf, in dem Nihals Eltern lebten, von Fammin angegriffen wurde, legte die Mutter ein Gelübde ab: Sollten sie mit dem Leben davonkommen, würde sie die Tochter Shevrar, dem Gott des Krieges und des Feuers, weihen, jenem Gott, der gleichzeitig Schöpfer war und Zerstörer.

»Bevor ich in diese Welt aufbrach«, fuhr Sennar fort, »hatte ich Gelegenheit, eine Reihe von Schriften von Asters Hand durchzusehen. Aus ihnen geht hervor, dass zu seinen engsten Mitstreitern die fanatischen Anhänger eines Elfengottes zählten, eine Sekte, die gleich nach dem Verschwinden der Elfen unter den Menschen entstanden war. Diese nahmen an Shevrar nur die zerstörerische Seite wahr. Im Lauf der Zeit wandelte sich dann der Name des Gottes zu Thenaar, doch die Gottheit ist immer noch dieselbe.«

Von diesen Worten fühlte sich Dubhe seltsam berührt. Ihr war, als seien Vergangenheit und Gegenwart durch einen einzigen Faden verbunden, und sie und Nihal teilten etwas, das sehr, sehr tief reichte.

»Das ist das Wesen der Aufgetauchten Welt: Man nimmt sich etwas an sich Gutes und Schönes und verdirbt es bis ins Mark, verformt es und verändert es so lange, bis etwas Bösartiges daraus geworden ist«, erklärte Sennar seufzend.

Dann wandte er sich wieder Lonerin zu. »Es tut mir leid, dass mein Urteil so hart ausfällt, es tut mir leid um deine Träume, und glaube mir, ich empfinde Respekt vor den Dingen, an die du noch glaubst. Doch die Zeit macht einem vieles klar, und leider wirst du diese Erfahrung noch machen müssen. Vor vielen, vielen Jahren sagte mir Graf Varen aus Zalenia, der Untergetauchten Welt, in die ich gezogen war, um Hilfe und Beistand im Kampf gegen den Tyrannen zu bitten: ›Die Zeit beugt die Menschen.‹«

»Ich weiß«, sagte Lonerin, »ich habe davon gelesen …«

»Damals dachte ich, der Graf sei zu pessimistisch. Aber er hatte recht. Und der Grund ist weniger, dass das Alter einen schwächt, sondern dass man mit den Jahren das wahre Wesen der Welt erkennt und an dieser Erkenntnis langsam zerbricht. Ich habe es durchgemacht, und wenn man es erlebt, kommt man nicht mehr auf die Beine. Ich bin am Ende, ich bin nicht mehr der Mann, der die *Geschichte der Drachenkämpferin* geschrieben hat, bin nicht mehr der Mensch, dem Argumente zur Verfügung stehen, die Aster widerlegen können. Spräche ich heute noch einmal mit ihm, würde ich ihm vielleicht recht geben.«

»Nein, Ihr seid bloß erschöpft. Der Verlust von Nihal, die Flucht Eures Sohnes … Ich kann mir vorstellen, wie dies einem Menschen zusetzt«, entgegnete Lonerin.

Allein schon die Erwähnung dieser beiden Ereignisse schien Sennar tödlich zu treffen. Er krümmte sich wie unter Schmerzen und schüttelte dann den Kopf. »Es tut mir leid, ich kann nichts für euch tun. Noch einmal den Kampf aufnehmen, schaffe ich nicht, dazu fehlt mir die Überzeugung.«

Lonerin nahm den Kopf zwischen die Hände, und Dubhe

hatte das Gefühl, ihm beispringen zu müssen. Sie konnte nicht leugnen, dass sie sich die Ziele seiner Mission längst zu eigen gemacht hatte, so als habe er sie ihr in irgendeiner Weise auf ihrem gemeinsamen Weg zu Sennar übertragen.

»Dann helft uns doch Eurem Sohn zuliebe.«

Sennar richtete sich auf und schaute sie durchdringend an. »Wisst ihr, wo er lebt? Habt ihr ihn gesprochen?«

Dubhe schüttelte den Kopf. »Aber wir wissen, dass er in Gefahr ist.«

Sennars Augen blitzten vor Anspannung und Sorge.

Von Dubhes Beistand ermuntert, ergriff nun Lonerin wieder das Wort, sah er doch plötzlich eine Möglichkeit, die Verzweiflung des greisen Magiers aufzubrechen. »Der Anführer der Gilde heißt Yeshol.«

Sennar nickte. »Ja, den Namen habe ich in den erwähnten Schriften gefunden, ein von einer grenzenlosen Verehrung für seinen Herrn erfüllter Mann.«

Dubhe erkannte in dieser Beschreibung exakt den Schurken wieder, der ihr die Ketten der Gilde angelegt hatte.

»Und diesem Yeshol ist es gelungen, Asters Geist aus dem Reich der Toten wiederkehren zu lassen?«

»Ja, ich habe ihn gesehen«, mischte sich Dubhe sogleich wieder ein, »ich sah das undeutliche Gesicht eines Knaben, das in einer erleuchteten Kugel umherschwamm, in einem geheimen Raum im unterirdischen Bau der Gilde.«

»Und woher weißt du, dass es Aster war?« Sennars Interesse schien geweckt.

»Es ähnelte stark den Darstellungen Asters, die man überall im Sitz der Gilde sieht. Denn diese Sekte verehrt ihn wie einen Messias.«

Wieder verzog sich Sennars Miene zu einem bitteren Lächeln.

»Und nun suchen sie einen Körper. Den Körper eines Halbelfen«, erzählte Lonerin weiter.

Kaum merklich richtete sich der alte Magier auf, und seine Augen blitzten. Jetzt war ihm alles klar. »Tarik ...«

»Euer Sohn …«

»Oder seine möglichen Kinder …«, fuhr Sennar fort, so als überlege er bei sich. Seine Stimme zitterte.

»Und eben deswegen sind wir zu Euch gekommen, um Euch um Hilfe zu bitten, auch Eurem Sohn zuliebe.«

Doch Sennar war mittlerweile in seinen Erinnerungen versunken. »Immer noch neues Leid bringt mir das Leben. Es reicht ihm noch nicht, was es mir bisher zugefügt hat …«

Plötzlich schien der Magier noch stärker gealtert, erzählte mit monotoner, schmerzerfüllter Stimme, und Dubhe überkam ein Mitgefühl, das sie förmlich zerriss.

»Tarik war fünfzehn, als er von mir fortging und voller Zorn die Tür hinter sich zuschlug. Für ihn gab es nur seine Mutter, und er konnte es mir nie verzeihen, dass es mir nicht gelungen war, ihren Tod zu verhindern.«

Er schloss die Augen, so als hänge er längst vergangenen Bildern nach.

»Ich wollte ihn wiederfinden, ihn wiedersehen, um noch einmal neu zu beginnen und ungeschehen zu machen, was vorgefallen war.«

Eine einzelne Träne lief ihm über die eingefallene Wange. Er öffnete die Augen, versuchte, wieder in die Gegenwart zu finden.

»Wenn ihr möchtet, könnt ihr bleiben und im Heuschober schlafen. Oarf wird euch in Ruhe lassen. Es ist schon spät, und ich bin müde, zu müde, um jetzt irgendeine Entscheidung zu fällen. Wir unterhalten uns morgen weiter, ich brauche meinen Schlaf …«

Dubhe und Lonerin nickten und standen auf.

Sennar brachte sie zum Heuschober und machte ihnen umständlich zwei Lager zurecht. Anschließend verschwand er eine Weile und kehrte mit zwei Schüsseln Suppe zurück, die er wortlos, in ein beharrliches Schweigen gehüllt, auf dem Boden neben ihnen abstellte.

Dann ließ er sie allein.

Schweigend schlürften Dubhe und Lonerin ihre Suppe, obwohl sich die lähmende Befangenheit zwischen ihnen mittlerweile verflüchtigt hatte. Die Ereignisse des Tages und das lange Gespräch mit Sennar schienen ihre persönlichen Angelegenheiten in den Hintergrund gedrängt zu haben. Was war denn auch ihr Streit gemessen an dem, was der greise Held ihnen erzählt hatte? Nichts, bedeutungslos. Und so dachten beide nur an Sennar und daran, wie ihn die Zeit verändert hatte, wie enttäuscht und verzweifelt er war.

Lonerin fragte sich, ob er auch einmal so enden würde, besiegt und gebrochen, ob es wirklich zu nichts führte, immer wieder gegen den Hass zu kämpfen, ein Kampf, den Sennar als sinnlos bezeichnet hatte. Wie so häufig gab es darauf keine eindeutige Antwort. Es blieb nur, sich mühsam jeden Tag neu mit dem Hass, auch dem eigenen, auseinanderzusetzen.

Dubhe hingegen dachte darüber nach, wie weit doch ihr eigenes Leben von diesen großen, noblen Problemen entfernt war. Sennars Geschichte machte ihr einmal mehr erbarmungslos klar, wie banal, erbärmlich und leer es war, dieses Leben, in dem alle Werte fehlten.

Fast gleichzeitig stellten sie die leeren Schalen zu Boden und streckten sich dann auf ihren Strohlagern aus.

Dubhe hatte sich bereits zu einer Seite gedreht, als Lonerin sie plötzlich antippte. Sie zuckte zusammen und fuhr herum. Der junge Zauberer lächelte sie an, und es war, als öffne sich eine Blüte in der Wüste.

»Danke für deinen Beistand«, sagte er. Dubhe war gerührt.

Es war nur ein Moment, dann drehte sich Lonerin wieder um, und einige Augenblicke lag starrte Dubhe auf seinen Rücken.

»Danke«, murmelte auch sie.

26

Das Grab im Wald

In aller Frühe wachte Lonerin auf, als das erste Morgenlicht zwischen den schiefen Brettern des Heuschobers einsickerte.

Zum ersten Mal seit Beginn ihrer Reise fühlte er sich heute beim Aufwachen fast im Frieden mit sich selbst, wie jemand, der endlich eine lange vor sich her geschobene Pflicht erledigt hat. Nun lag alles in Sennars Hand. Er selbst konnte sich einen Tag Ruhe und Entspannung gönnen.

Er drehte sich um und sah Dubhe, auf der Seite schlafend, neben sich liegen, eine Hand wie immer am Heft ihres Dolches. Die Wunde, die sie ihm beigebracht hatte, war nur noch wie ein dumpfer, melancholischer Schmerz auf dem Grund seines Herzens. Vielleicht hatte sie ja recht, vielleicht war die Liebe, die er für sie zu empfinden glaubte, tatsächlich nichts weiter als Mitleid. Auch er hatte in ihr etwas gesucht, was sie gar nicht war, und sich deshalb bemüht, sie zu lieben und zu beschützen.

Bei diesen Gedanken wanderte seine Hand unwillkürlich zu seiner Brust, und fast war er überrascht, unter seinen Fingern ein Säckchen zu spüren. So als habe er es nicht die ganze Zeit bei sich getragen. Natürlich wusste er, was es war. Es enthielt die Haare, die sich Theana vor seinem Aufbruch abgeschnitten hatte, und er erinnerte sich, wie schön und freundlich sie doch war, und dieser Gedanke wärmte ihm das Herz. Dann blickte er auf Dubhe hernieder, und Theanas verschwommenes Bild löste sich auf. Vielleicht war Dubhe nicht die Frau seines Lebens, doch sie so schutzlos und hilfsbedürftig zu sehen, machte sie unwiderstehlich für ihn.

Er sprang auf, raffte seine Sachen zusammen, ging hinaus und zog die Tür des Schobers leise hinter sich zu. Dubhe so nahe zu sein und sie gleichzeitig so entfernt zu wissen, war mehr, als er ertragen konnte.

Die Morgenluft war kühl, und Lonerin blinzelte im hellen Tageslicht. Als sich seine Augen daran gewöhnt hatten, begann er sich umzuschauen und ein wenig herumzuspazieren, wobei er sich freute, nun endlich angekommen zu sein, das Ziel ihrer Reise erreicht zu haben und keine große Sorgen zu spüren bis auf diese unterschwellige Traurigkeit, die sogar etwas Süßes hatte.

Sein Herz machte einen Sprung, als er plötzlich Sennar erblickte, der in einiger Entfernung durch das Dickicht humpelte. Es fiel ihm schwer, sich klarzumachen, einen der größten Magier aller Zeiten vor sich zu haben, einen Helden und Verfasser einiger seiner Lieblingsbücher.

Ohne genau zu wissen wieso, folgte Lonerin ihm, was seinem Gastgeber gegenüber sicher nicht höflich war. Aber er war eben neugierig. Schließlich hatte Sennar auf vielfältige Weise sein Leben geprägt. Im Geist von Sennars Mythos hatte Meister Folwar ihn die Magie gelehrt, hatte ihm den Helden immer als Vorbild dargestellt. Auch er war ohne Vater aufgewachsen, auch er war immer wieder in Versuchung gewesen, dem Hass zu erliegen ... Dies alles bewunderte Lonerin an ihm, und er fragte sich, ob er es schaffen könnte, eines Tages auch so ein großer Magier wie Sennar zu werden.

Sich ein Stück hinter ihm haltend, beobachtete er den wankenden, schleppenden Gang des alten Zauberers, der ein Bein nachzog und sich auf einen Stock stützte. Es war eigenartig, ihn so entkräftet und niedergeschlagen zu sehen. Seine knöchernen Schultern bohrten sich durch den Stoff seines Gewandes, und voller Schmerz spürte Lonerin, dass es den Mann, der Sennar einmal gewesen war, vielleicht tatsächlich nicht mehr gab, dass er dem erbarmungslosen Lauf der Zeit zum Opfer gefallen war.

Der Spaziergang dauerte nicht lange. Auf einer winzigen Lichtung zwischen den Bäumen blieb Sennar vor einem weißen, efeubewachsenen Grabstein stehen. Mühsam kniete er nieder und setzte sich mit übereinandergeschlagenen Beinen davor. Dann legte er eine Hand auf den Stein, schloss die Augen und senkte das Haupt.

Mit einem Mal kam sich Lonerin entsetzlich überflüssig vor und wandte eilig den Blick ab. Er hätte Sennar nicht folgen dürfen, aber noch ungehöriger war es, diesen Mann, den er immer so bewundert hatte, in einem so traurigen, intimen Moment zu beobachten. Er schloss die Augen und sah plötzlich den Grabstein seiner Mutter im Land der Nacht vor sich. Als Knabe hatte er einmal einen ganzen Tag davor verbracht. Das war, kurz bevor er mit seinem Onkel aus seiner alten Heimat fortzog. Er hatte nicht weggehen können, nicht den Blick abwenden können von jenem Stück Holz, auf dem nur ihr Name und ein Datum eingeritzt waren.

Von den Erinnerungen überwältigt, lehnte er sich gegen einen Baumstamm.

Als er den Blick wieder hob, sah er Sennar nur einen Schritt von ihm entfernt, der ihn, mit einer Hand krampfhaft den Stock umklammernd, aus gläsernen Augen anstarrte.

»Es tut mit leid …«, konnte Lonerin nur murmeln, denn eine Entschuldigung gab es nicht.

»Warst du neugierig? Wolltest du wissen, ob hier ein Mausoleum steht, eine Statue oder etwas in der Art?«

»Nein … ich … eigentlich weiß ich gar nicht … Es war kein bestimmter Grund …«

Angesichts Lonerins Verlegenheit schien sich Sennar zu entspannen. »Das ist ein sehr persönlicher Ort, verstehst du? Das ist kein Denkmal, das jedermann zugänglich wäre, dieses Grabmal ist nur für mich. Es gehört nicht dir oder der Aufgetauchten Welt, nur mir, Nihal und Tarik, falls er noch einmal hierher zurückkehren sollte.«

Lonerin senkte den Blick. »Das verstehe ich, und es tut mir auch unendlich leid … Aber ich wusste ja nicht, dass Ihr es besuchen würdet, ich war nur aufgewacht und hatte Lust, mir die Beine zu vertreten.«

Sennar lächelte kurz und winkte dann ab. »Schon gut, manchmal bin ich vielleicht auch zu streng.«

Er setzte sich wieder hin, gleich neben den Grabstein, und blickte vor sich.

»Ich komme jeden Morgen her, es ist eine Art Ritual, vielleicht albern, aber ich brauche das.«

Lonerin setzte sich neben ihn. »Das ist nicht albern, ich verstehe das sehr gut.«

Sennar wandte ihm das Gesicht zu und schaute ihn an. »Hast du auch jemanden verloren, der dir nahestand?«

Lonerin nickte. »Ihr Grab liegt weit entfernt, ich habe es nie mehr geschafft, dorthin zurückzukehren. Als Junge habe ich stundenlang dort gesessen, immer in der Hoffnung, dass irgendetwas geschehen würde … Ich will erst wieder dorthin zurückkehren, wenn die Gilde vernichtet ist.«

Sennar schwieg, und Lonerin tat es ihm nach, schaute nur auf den Grabstein, der ganz schlicht war wie der seiner Mutter, nur eben aus Stein. Wenn auch vom Efeu überwuchert, waren der Name und das Datum deutlich zu lesen. Nihal war vor fast dreißig Jahren gestorben.

»Wie ist das passiert?«, fragte er unwillkürlich.

Sennar schien zu erstarren, und Lonerin bereute sogleich, diese Frage gestellt zu haben.

Doch der alte Magier antwortete: »Ach, es war Schuld der Elfen, die an der Küste leben. Als wir hier in diese Gegend kamen, hatten wir zuvor lange diese uns unbekannte Welt erforscht und begaben uns dann sogleich zu ihnen. Denn Nihal brannte darauf, auch dieses Volk ihrer Ahnen näher kennenzulernen.« Er seufzte. »Häufig haben wir eine gewisse Vorstellung von den Dingen, doch die Realität sieht dann ganz anders aus. Die Elfen sind ein abweisendes, feindselig eingestelltes Volk und verabscheuen alle Rassen der Aufgetauchten Welt, weil sie vor langer, langer Zeit von dort vertrieben wurden. Bei unserem ersten Besuch wurden wir sogleich gefangen genommen und eingesperrt. Wir benötigten all unser Verhandlungsgeschick, um unsere Freilassung zu erreichen, doch sie ließen uns nur gehen mit der Auflage, ihnen nie mehr zu nahezukommen. Und wir hielten uns daran. Darüber hinaus wurde unser Kontakt zu den Huyé auch immer enger, und so hatten wird bald keinerlei Verlangen mehr, zur Küste hinunterzuziehen.«

Sennar brach ab und starrte auf die Erde.

»Eines Tages jedoch kam es zu einem tragischen Zwischenfall. Ich weiß nicht mehr genau, wie, meine Erinnerungen daran sind eher verschwommen. Jedenfalls führte ich, seit ich mich in den Unerforschten Landen aufhielt, immer wieder Experimente zu den magischen Kräften dieser Welt durch. Du wirst selbst festgestellt haben, dass sie sich völlig anders verhalten als in der Aufgetauchten Welt.«

Lonerin nickte. Alles, was Dubhe und er auf ihrer Reise erlebt hatten, war seltsam, eigentümlich, und selbst die Kräfte, die dem *Vater des Waldes* innewohnten, schienen anders zu sein als alles, was er in der Aufgetauchten Welt kennengelernt hatte.

»Hier sind die Geister den Lebenden noch näher. Bei manchen handelt es sich um die Seelen Verstorbener, die die Erde noch nicht verlassen haben. Nachts hört man sie schreien und sieht sie Bäume umschweben auf der Suche nach irgendetwas. Andere sind Wesen, die ich bis heute noch nicht richtig einordnen kann. Jedenfalls existieren in dieser Welt seltsame Kräfte, die man zu magischen Zwecken nutzen könnte, und seit ich hier bin, versuche ich herauszufinden, welcher Natur diese Kräfte sind und welcher Gebrauch von ihnen zu machen wäre. Und während eines solchen Experiments mit einigen Säften, die ich aus bestimmten Pflanzen gewonnen hatte, geschah es. Vielleicht war irgendein rätselhaftes Wesen mit seinem Geist in mich gefahren, aber daran dachte ich damals noch nicht. Auf alle

Fälle begann ich, mich schlecht zu fühlen. Tag für Tag verfiel ich mehr. Ich hatte das Gefühl, als spalte sich mein Geist in zwei Hälften, als versuche etwas, in mein Bewusstsein einzudringen, etwas, das von Rache, Zorn und irgendeinem früheren Mord zu mir sprach. Irgendwann war ich auch körperlich dermaßen am Ende, dass wir nicht mehr an meine Selbstheilungskräfte glaubten. Zunächst hatte es Nihal noch mit ihren beschränkten magischen Kenntnissen versucht, aber als all das nichts nutzte, wandte sie sich an die Huyé. Diese jedoch sind vor allem Heilpriester, fantastische Heilpriester würde ich sogar sagen, sind aber mit der wahren Kunst der Magie nur wenig vertraut. Und so beschloss Nihal dann, weil ich dem Geist, von dem ich besessen war, immer ähnlicher wurde, sich zu den Elfen aufzumachen.«

Eine erneute Pause. Lonerin war völlig gebannt von Sennars Bericht, konnte sich aber vorstellen, wie schmerzlich diese Erzählung für den alten Magier sein musste.

»Zunächst versuchte sie es im Guten, doch die Elfen ließen nicht mit sich reden und verweigerten jede Hilfe. Nihal gab jedoch nicht auf, sondern entführte einen der elfischen Magier und schleppte ihn mit Gewalt zu uns nach Hause.«

Noch mehr in sich zusammengesunken, fuhr sich Sennar mit den Händen über das Gesicht.

»Sie zwang ihn, mich zu heilen. Und der Magier war dazu in der Lage, denn die Elfen leben in einer Symbiose mit der Natur, die sie umgibt, so wie schon in früheren Zeiten in der Aufgetauchten Welt. Er befreite mich also von dem Geist, der mich befallen hatte – und stürzte mich damit gleichzeitig in diese Hölle, aus der ich bis heute noch nicht herausgefunden habe.«

Seine Stimme klang gebrochen, und wieder stockte er ergriffen.

»Für die Elfen war das, was wir getan hatten, ein Verbrechen, ein schweres Sakrileg«, erzählte er dann weiter. »Sie überfielen uns, befreiten ihren Magier und verschleppten uns in ihre Hauptstadt, um uns den Prozess zu machen. Gnade kannten sie nicht, noch nicht einmal mit Tarik, der damals noch ein Kind war und den sie ebenfalls mitgenommen hatten. Und ich war machtlos, konnte nichts dagegen tun, konnte meine Familie nicht beschützen. Zu geschwächt war ich, konnte mich kaum auf den Beinen halten, und von meinen magischen Kräften war rein gar nichts mehr vorhanden. Und dann verlangten die Elfen mein Leben, um unsere Schuld zu sühnen.«

Stille legte sich über die kleine Lichtung, nur das fremdartige Gezwitscher von ein paar Vögeln war zu hören, sonst nichts.

»Um mich vor dem Tod zu retten, erklärte Nihal dem Gericht, das alles sei nur ihre Schuld, sie habe die Tat begangen und nicht ich müsse dafür büßen, sondern nur sie allein. Hätte ich doch nur über meine magischen Kräfte verfügt, wäre es mir doch nur etwas besser gegangen ... Niemals hätte ich es ihr erlaubt, niemals! Ich wäre gestorben, und all das Unglück wäre nicht geschehen.«

In Sennars Augen loderte ein Zorn, der Lonerin fast Angst machte, Zorn auf sich selbst, Schuldgefühle, die die langen schrecklichen Jahre der Einsamkeit dort eingebrannt hatten.

»Es ging alles viel zu schnell. Nihal brauchte ja nur den mittleren Stein des Medaillons, des Talismans der Macht, zu zerstören, an dem ihr Leben hing. Ein kurzer Hieb mit dem Schwert, bevor noch jemand eingreifen konnte. Tarik und ich beobachteten entsetzt, wie sie zu Boden sank, ohne einen Laut von sich zu geben, vielleicht sogar ohne zu leiden. Wir sahen es mit Grausen und konnten nichts dagegen tun, während die Elfen die Szene gleichgültig verfolgten und, als es vorbei war, nur zu uns sagten, damit sei die Missetat gesühnt und wir seien frei.«

Vor Wut ballte Sennar die Fäuste, die Verachtung, die er für sich selbst empfand, war grenzenlos.

»Anfangs wollte ich mich vollkommen aufgeben, der

Schmerz war einfach zu stark. Doch da war ja noch Tarik. Wie hätte ich ihn allein lassen können? So wurde er mein ganzer Lebensinhalt, er gab mir die Kraft, überhaupt weiterzumachen. Ich wollte ihn so glücklich machen, wie er es verdient hatte. Was er da hatte erleben müssen, war so ungerecht für ihn.«

Sennar seufzte.

»Ich brauche wohl nicht zu erwähnen, dass ich auch dabei vollkommen versagt habe. Diesen verhängnisvollen Tag hat Tarik nie vergessen können, und er wusste genau, dass mich die Schuld daran traf. Das war ihm ständig bewusst, und auch ich selbst habe es nie geleugnet. So wuchs er heran, und gleichzeitig wuchs auch sein Hass auf mich. Zudem fehlte mir die Kraft, ihn wirklich zu erziehen, ihm Vorbild und ein echter Vater zu sein. Als er fünfzehn war, wollte er nichts mehr mit mir zu tun haben und zog fort. Seit damals habe ich ihn nicht mehr wiedergesehen.«

Hier brach Sennar ab, und Lonerin wusste nicht, was er hätte sagen können. Ihm fehlten die Worte, um ihn zu trösten, um seinen Schmerz zu lindern. So blieb er nur stumm neben ihm sitzen, vor dem Grabstein in der Stille der kleinen Lichtung.

»Was ist mit Ido?«, fragte Sennar nach einer Weile.

Er blickte Lonerin aus feuchten Augen an und bemühte sich dabei, etwas gefasster zu erscheinen, fast so, als wolle er dieses Geständnis zurücknehmen, das er vielleicht jetzt schon bereute. »Längere Zeit habe ich ihm immer wieder geschrieben, doch als Tarik fort war, habe ich irgendwie das Interesse an allen Kontakten verloren.«

»Es geht ihm gut«, antwortete Lonerin mit einem Lächeln, »er gibt nicht auf, zieht immer noch in den Kampf. Nachdem Dohor ihn als Verräter gebrandmarkt hatte, leistete er viele Jahre Widerstand, führte eine Gruppe von Rebellen im Land des Feuers, solange es eben möglich war. Seitdem arbeitet er für den *Rat der Wasser*, in dem die Länder, die sich Dohors Einfluss noch erfolgreich entziehen konnten, zusammengeschlossen sind, also die Mark der Wälder, die Mark der Sümpfe sowie das Land des Meeres.«

Sennar schien etwas verwirrt. »Es hat sich doch vieles verändert, seit ich die Aufgetauchte Welt verlassen habe …«

»Das schon … Jedenfalls hat Ido sich jetzt aufgemacht, Euren Sohn zu suchen. Wir hatten keinen Hinweis, wo er leben könnte, aber ich weiß, dass Ido ihn vor der Gefahr warnen und ihn gegebenenfalls beschützen wird.«

Sennar nickte. »Das wäre eigentlich meine Aufgabe …«

»Wie hättet Ihr davon erfahren sollen, so weit entfernt?«

»Schon, aber vielleicht hätte ich längst in die Aufgetauchte Welt zurückkehren sollen. Jedenfalls war es ein Fehler, von dort wegzuziehen, ein Fehler, den ich teuer bezahlen musste. Doch als Tarik mich verließ, fühlte ich mich dermaßen überflüssig, erledigt, und mir war klar, dass ich ihm nicht folgen durfte. Ganz bewusst hatte er sich ja meiner Kontrolle entzogen, war zum Mann geworden, und so war es richtig, dass ich ihm nicht mehr länger meine Trauer und meine Einsamkeit aufzwang.«

Eine Weile schwiegen sie wieder, bis Sennar plötzlich in ein bitteres Lachen ausbrach. »Seit Ewigkeiten habe ich nicht mehr über diese Dinge gesprochen, und nun tue ich es plötzlich einem völlig Fremden gegenüber.«

Er blickte Lonerin freundlich an, und dem jungen Magier wärmte es das Herz.

»Deine Freundin wird jetzt auch wach sein, wir können frühstücken … Ach, hilf mir doch mal auf, mit diesem verfluchten Bein ist das immer eine größere Sache.«

Lonerin tat es, und dabei kam es ihm ganz seltsam vor, dass ein so großer Geist in einem mittlerweile so hinfälligen Körper steckte. Sennars knöcherner Arm fühlte sich höchst zerbrechlich an im festen Griff seiner Hand.

Ohne ein Wort zu wechseln, spazierten sie zurück, doch es war ein Schweigen, in dem nichts Feindseliges mehr steckte, eher etwas Vertrautes, das sie verband.

Noch im Wald, aber nicht weit vom Haus, erblickten sie

Dubhe, die sich, mit ihren Messern in den Händen, gewandt wie eine Katze zwischen den Bäumen bewegte.

Die Schattenkämpferin trainierte. Lonerin erinnerte sich noch, wie er ihr zum ersten Mal zugesehen hatte, an die abwehrenden Gefühle, die ihn dabei überkamen, weil sie sehr viel von der Gilde übernommen hatte. Heute jedoch war es anders.

Als er nun ihre präzisen, anmutigen Bewegungen sah, schien sie ihm plötzlich unerträglich schön, perfekt, unerreichbar. Wie eine verbotene Frucht, so fern, außer Reichweite für ihn und immer noch von einem Geheimnis umgeben trotz der Nächte, die sie zusammen verbracht, trotz all der Abenteuer, die sie gemeinsam überstanden hatten. Und die Wunde tief in seinem Herzen brannte wieder.

Sennar stand neben ihm und sah Dubhe mit einer Mischung aus Bewunderung und Wehmut zu. Welche Erinnerungen, süße oder bittere, mochte dieser Anblick bei ihm wachrufen?

»Das Frühstück ist gleich fertig«, rief er, und Dubhe fuhr herum.

Mit Sicherheit hatte sie die beiden gehört, hatte sie kommen sehen, sich dann aber doch wieder ganz auf ihre Übungen konzentriert. Nun hielt sie in ihren Bewegungen inne und blickte den alten Magier an, der aber, ohne noch einmal aufzusehen, seine Schritte in Richtung des Hauses lenkte und die beiden jungen Leute allein ließ.

Kaum kreuzten sich ihre Blicke, wurden Dubhes Gesichtszüge sofort sanfter, was Lonerin als unangenehm empfand. Seit jenem schrecklichen Abend behandelte sie ihn mit besonderer Rücksicht, so als sei er aus Glas. Und plötzlich verstand er, warum sie ihn immer wieder gebeten hatte, sie nicht so mitleidig anzuschauen.

»Wo wart ihr denn?«

»An Nihals Grab«, antwortete er trocken.

Dubhes Augen leuchten auf. »Da wäre ich auch gern mitgekommen ...«

»Vielleicht war es besser so. Immerhin bist du von einer weiteren traurigen Geschichte verschont geblieben«, antwortete er nur.

Er ging auf das Haus zu und hörte, wie Dubhe ihm kurz darauf folgte.

27

Verrat

»*So rechtfertigst du also* mein Vertrauen? Ist das der Respekt, der Gehorsam, den du deinem Vater schuldest?«

Das Wams blutgetränkt, kniete Learco vor dem König. Er hätte höllische Schmerzen. Den ganzen Rückweg hatte er verwundet zurückgelegt mit einem Drachen, der noch übler zugerichtet war als er selbst, und kaum im Palast eingetroffen, musste er seinen Vater aufsuchen, um ihm Bericht zu erstatten.

»Majestät, er ist verwundet …«, mischte sich nun Volco ein. Learco hörte, wie sein Adjutant zaghaft auf ihn zutrat, wahrscheinlich, um ihm zu helfen.

»Bleib stehen, wo du bist!« Die Stimme seines Vater bebte vor unbändigem Zorn. »Du musstest ihn töten. Feiglinge kann ich an meinem Hof nicht gebrauchen.«

Learco spürte, wie sein Blick verschwamm. Die Wunde war an sich nicht lebensgefährlich, doch hatte er viel Blut verloren, und eine beängstigende Kraftlosigkeit befiel nun mehr und mehr seine Glieder und breitete sich, von der Wunde ausgehend, im ganzen Körper aus.

Nun begann sein Vater, mit großen Schritten nervös vor ihm auf und ab zu marschieren. Es war offensichtlich, er wollte ihn nicht gehen lassen, wollte das Leiden seines Sohnes verlängern.

»Hast du ihn wenigstens verwundet?«, fragte er schließlich.

Learco hob mühsam den Blick. »Ja, mein Herr, an der Schulter.«

Es war nur ein Kratzer, mehr nicht. Dies eine Wunde zu nennen, war schon übertrieben. Aber wie hätte er seinem Vater gestehen können, dass er den entscheidenden Stoß versäumt hatte? Schon jetzt konnte er ihn nicht ertragen, diesen verächtlichen Blick, mit dem der Vater ihn betrachtete. Im Grund wünschte er sich doch nur dessen Anerkennung.

Da stahl sich unerwartet ein triumphierendes Lächeln in Dohors Gesicht. »Dann ist er dennoch erledigt.«

Learco schaute ihn nur verdutzt an.

»Allzu gut kenne ich dein sanftes Herz«, fuhr sein Vater nun fort, wobei er jedes Wort verächtlich betonte. »Deshalb habe ich Vorsorge getroffen, um mich abzusichern, und dein Schwert mit Gift behandeln lassen.«

Learco wurde schwindlig, und er fühlte sich einer Ohnmacht nahe – und das nicht des Blutverlustes wegen.

Dohor schien seinen fassungslosen, verlorenen Blick zu bemerken.

»Was schaust du denn so? Ich habe dir einen Sieg geschenkt und deine Rache ermöglicht, habe sie dir auf dem Silberteller serviert.«

Lange musterte Learco seinen Vater mit einem Ausdruck unterdrückten Grolls. Die ritterliche Tat, mit der er seine Schuld gegenüber dem Gnomen beglichen hatte, war vergeblich gewesen. Unbeabsichtigt hatte er ihn nun doch getötet, hatte ihn getäuscht, so wie sein Vater ihn selbst.

»Das hättest du mir sagen müssen!«

Dohors Augen erglühten in einem tiefen, leidenschaftlichen Zorn. So weit war sein Sohn noch nie gegangen.

Jäh und wuchtig landete seine flache Hand in Learcos Gesicht und rötete dessen Wange. Der junge Prinz taumelte, doch gelang es ihm, nicht zu Boden zu sinken. Nach einem Moment blickte er wieder zu seinem Vater auf.

»Einmal mehr hast du mir gezeigt, dass du kein Krieger

bist, sondern ein Versager. Wage es nie mehr, mein Tun zu hinterfragen.«

Learco nickte und spürte dabei, wie ihm die Tränen in die Augen stiegen, konnte sie aber zurückhalten. Was hätten sie auch für einen Sinn gehabt?

»Du bleibst jetzt hier, auf Knien, vor meinem Thron, ohne dich vom Fleck zu rühren. Und das mindestens eine Stunde lang. Vorher will ich dich bei keinem Heilpriester sehen.«

»Die Wunde könnte sich aber entzünden, Sire, sie sollte auf der Stelle versorgt werden!«, protestierte Volco heftig.

Mit einem Blick ließ der König ihn erstarren. Einwände duldete er nicht. Dann verließ er mit schweren Schritten den Saal und verschwand hinter den Säulen.

Learco verharrte reglos an seinem Platz, schwer atmend und mit den Kräften am Ende. Und doch würde er gehorchen. So wie immer.

»Es tut mir leid, junger Herr, es tut mir leid …« Volcos Stimme war gramerfüllt, aber dennoch freute sich Learco, sie zu hören. An diesem abweisenden Hof war er der Einzige, der ihm näherstand.

»Ich weiß, Euer Vater geht sehr hart mit Euch um, aber glaubt mir, er tut es nur zu Eurem Besten, auch wenn es Euch erbarmungslos und ungerecht erscheinen mag … Er liebt Euch, da bin ich mir gewiss.«

Learco senkte langsam den Kopf, und mehr und mehr begannen Tränen auf den Marmorfußboden zu tropfen.

»Ich weiß nicht genau, wie das passiert ist.«

San fiel das Laufen schwer. Er hatte eine lange Wunde am Knöchel davongetragen. Sie war nicht tief, schien aber sehr schmerzhaft zu sein, denn er humpelte, und Ido sah ihm an, dass es ihm nur schwer gelang, den Schmerz auszuhalten.

»Als uns der Drache plötzlich angriff«, fügte er hinzu, während er die Nase hochzog, »habe ich ganz fest etwas gedacht, dann kam dieser Blitz, und kurz darauf fand ich mich am Boden wieder neben diesem riesengroßen Tier.«

Ido hörte ihm gebannt zu. Zweifellos verfügte dieser Junge über beachtliche Zauberkräfte. Er hatte es tatsächlich geschafft, einen Drachen außer Gefecht zu setzen, und das war nicht mit einem kleinen Zaubertrick möglich. Vielleicht verständlich, dass sein Vater Tarik ihm das Zaubern verboten hatte.

»Mach dir keine Gedanken«, tröstete er ihn, »jetzt sind wir ja in Sicherheit.«

Doch dies war nicht die ganze Wahrheit. Ido fühlte sich völlig entkräftet und hatte Mühe, seinen Atem zu beruhigen. Es mochte von der Anstrengung kommen oder von seinem verfluchten Alter, das er einfach nicht hinnehmen wollte, doch sein Aussehen schien Bände zu sprechen, denn irgendwann blickte ihn San erschrocken an.

»Ido, du bist so blass ...«

»Das kommt von der Müdigkeit, nur von der Müdigkeit.«

Die ganze Nacht marschierten sie, ohne dass der Gnom seinen Rhythmus fand. Seine Beine wurden immer schwerer, und Blutgeschmack erfüllte seinen Mund. Er beschloss, dass es das Beste sei, zu lagern, noch bevor der Morgen graute.

Unter großen Schwierigkeiten gelang es ihm, die Plane auszubreiten. Seine Hände schienen ihm nicht mehr gehorchen zu wollen. Bevor sie sich niederlegten, untersuchte Ido noch die Wunde am Knöchel des Jungen, griff zu einer Feldflasche und goss Wasser darüber. San musste die Zähne zusammenbeißen.

»Beim Fallen hast du dir die Haut aufgeschürft.«

Der Junge nickte. »Es tut weh.«

»Das glaube ich dir«, antwortete Ido mit leiser Stimme. Er wusch sich die Hände und holte ein paar der Binden hervor, die sie aus dem Versteck bei den Kanälen mitgenommen hatten. Er hatte Mühe, den Verband anzulegen. Seine Hände zitterten merklich, und Schweißperlen traten ihm auf die Stirn, obwohl es keineswegs warm war.

»Geht's dir gut?«

Ido sah auf und bemerkte Sans besorgten Blick.

»Ja«, antwortete er zögernd.

»Deine Hände zittern.«

Ein letzter Knoten, dann machte sich Ido daran, seinen eigenen Körper zu untersuchen. An der Schulter verspürte er ein leichtes Brennen und erinnerte sich an die Wunde, die er im Kampf davongetragen hatte. Learcos Schwert hatte ihn nur gestreift, und doch war die Wunde, wie er tastend feststellte, geschwollen und schmerzte.

»Offenbar brauche ich noch mal deine Hilfe«, sagte er mit einem bemühten Lächeln.

San schaute ihn erschrocken an.

»Bleib ganz ruhig. Sieh dir einfach mal die Stelle an meiner Schulter an, wo er mich getroffen hat.«

Der Junge schien jetzt ein wenig gefasster, denn er tat genau, worum der Gnom ihn gebeten hatte.

»Und? Was siehst du?«

Ido spürte Sans Hände auf seiner Haut. Unglaublich kühl kamen sie ihm vor.

»Du glühst.«

Eben. Ein schlechtes Zeichen.

»Die Stelle ist gerötet, ein Kratzer … oder mehr ein Schnitt. Darum herum ist alles geschwollen, und die Ränder sehen ein wenig violett aus.«

Ido kannte sich mit Giften nicht besonders gut aus. Gift war eine Waffe, die er nicht mochte. Er war ein Krieger, kein verdammter Meuchelmörder, und wenn er töten musste, dann nur durch die Wucht des Schwertstreichs und nicht mit hinterhältigen Tricks. Aber wieso hatte Learco das getan? Betrug schien nicht zu ihm zu passen, und auch als er zum ersten Mal auf ihn getroffen war, hatte er in seinen Augen etwas von Ehrlichkeit wahrgenommen. Ob Dohor dahintersteckte?

»Was ist das, Ido?«

Der Gnom riss sich aus seinen Gedanken, drehte sich zu

San um und bemerkte, dass dieser Mühe hatte, nicht in Panik geraten.

Ruhe, wir müssen ruhig Blut bewahren.

Er nahm einen tiefen Atemzug, wobei er zu verbergen versuchte, wie sehr ihn das anstrengte.

»Wir brauchen Hilfe. Allein kommen wir nicht weiter.«

»Fühlst du dich denn schlecht?«

Ido überhörte die Frage.

Er hatte keine Ahnung, wie schlimm es um ihn stand. Die Wunde war nicht tief, aber bei zahlreichen Giften reichte das schon. Jedenfalls war schon viel Zeit vergangen, seit das Schwert ihn getroffen hatte, und noch schienen die Anzeichen vergleichsweise schwach. Vielleicht war noch nicht alles verloren.

Er begann in seinen Taschen zu kramen, wobei die Hände ihm kaum gehorchten und sich die Finger schon ein wenig taub anfühlten. Daher dauerte es seine Zeit, bis er gefunden hatte, was er suchte. Endlich legte er einige Steine mit eigenartigen Symbolen darauf sowie ein Stück Papier auf den Boden.

»Du musst etwas für uns zaubern.«

»Aber, Ido, sag mir doch wenigstens …«

San schien wirklich kurz vor einem Zusammenbruch zu stehen. Daher packte der Gnom ihn an den Schultern, das aber weniger fest, als er gewollt hätte, blickte ihm in die Augen und versuchte, seine Stimme möglichst sicher klingen zu lassen.

»Wir müssen uns abholen lassen. Weiterlaufen kann ich nicht mehr. Da wir nicht mehr weit vom Land des Wassers entfernt sind, könnte uns jemand auf einem Drachen zu Hilfe kommen. Dann schaffen wir es. Aber zunächst müssen wir melden, dass wir in Not sind. Verstanden?«

San nickte, sein Gesicht blass wie ein Leintuch.

»Ich selbst beherrsche bloß zwei Zauber: Flammen entzünden und Botschaften senden. Aber im Moment bin ich zu schwach dazu. Das heißt, du musst das erledigen. Was wahrscheinlich sogar besser ist, weil ich immer schon ein mieser Zauberer war.«

Er schüttelte den Kopf, um die Erinnerungen zu vertreiben. Er hatte an seine Einführung in die Kunst der Magie zurückdenken müssen und eine Reihe anderer Dinge, die ihn jetzt nur ablenkten.

»Tu es für mich.«

San nickte, aber immer noch zaudernd.

»Nimm die Steine.«

Der Junge gehorchte, und Ido erklärte ihm Schritt für Schritt, was zu tun war. Er ließ ihn die Steine zu einem Kreis auslegen, reichte ihm dann eine Feder und ein Tintenfässchen, die er immer in seinem Reisesack mit sich führte, und diktierte ihm die Botschaft.

»*Wir befinden uns im Großen Land, vielleicht zwei Meilen vor der Grenze zum Land des Wassers. Wir können nicht weiter. Ich wurde vergiftet ...*«

Sans Hand begann zu zittern, und in seinem Blick stand panischer Schrecken.

»Nur leicht, wirklich nur leicht, sonst wäre ich ja schon tot«, versuchte Ido zu beruhigen. »Also schreib weiter. *Ich wurde vergiftet, mein Gefährte verletzt. Schickt uns einen Drachen und einen Magier. Ido.*«

San schrieb zu Ende und blickte dann mit weit aufgerissenen Augen zu Ido auf.

»Und jetzt brauchen wir ein Feuer.« Der Gnom reichte ihm zwei kleine Feuersteine. »Weißt du, wie das geht?«

San nickte schwach.

Es dauerte ziemlich lange. Der Junge war aufgeregt und quetschte sich in einem fort die Finger. Doch Ido drängte ihn nicht, denn er wusste, dass er damit nur alles noch schwieriger machen würde, und zudem konnte er die Angst des Jungen auch verstehen.

Schließlich stoben ein paar Funken auf und sprangen auf das Papier über.

»So, jetzt konzentrier dich!«

San wusste nicht genau, was er zu tun hatte, war zu verwirrt.

»Komm, schließ die Augen und halte die Hand über das Papier«, forderte Ido ihn auf.

San gehorchte, doch seine Hand zitterte.

»Denk an den Namen, den ich dir jetzt sage: Folwar. Denk ganz intensiv nur diesen Namen, verstanden? Denk an nichts anderes!«

Zum Glück war der Zauber nicht sehr kompliziert. Für etwas Schwierigeres wäre San zu aufgewühlt gewesen.

Langsam verbrannte die Flamme das Papier, bläulicher Rauch stieg auf und zog davon.

»Nun kannst du die Augen öffnen.«

San tat es, und Ido zeigte ihm den Rauch. »Siehst du? Das zeigt, dass es geklappt hat. Gut gemacht!« Er bemühte sich, ihn anzulächeln, während bereits heftige Schauer seinen Körper durchliefen.

Mit offenem Mund sah San den bläulichen Kringeln nach und schien einen Moment lang ihre prekäre Lage vergessen zu können.

Auch Ido blickte zum Himmel auf, an dem es jetzt langsam hell wurde. »Nun können wir nur noch warten.«

Aufgeregt eilte Theana zu Meister Folwar. Es kam selten vor, dass er sie zu sich bestellte. In den langen Jahren ihrer Lehrzeit war immer Lonerin sein Lieblingsschüler gewesen, obwohl er später zu ihnen gestoßen war.

»Der Meister will dich dringend sprechen«, war ihr ausgerichtet worden, woraufhin sie sofort das Schlimmste befürchtet hatte.

Nun riss sie die Tür auf und stürmte in den Raum.

Aber sofort beruhigte sich ihr Herzschlag ein wenig, als sie das Lächeln sah, mit dem Folwar sie aus seinem Rollstuhl heraus anblickte. Sie verlangsamte ihre Schritte, ergriff aber doch unwillkürlich Folwars Hand, nahm sie zwischen die ihren und kniete vor ihm nieder.

»Ich war so in Sorge, Meister! Warum habt Ihr mich so eilig rufen lassen?«

Der alte Magier lächelte sanft. Theana liebte dieses Lächeln, schon von früh auf hatte es ihr Trost gespendet, und sie konnte sich nicht vorstellen, ohne es zu leben.

»Tut mir leid, dass ich dich mit meiner Eile geängstigt habe. Aber die Lage ist tatsächlich dramatisch.«

Seine Miene wurde ernster, und Theana erhob sich. Offensichtlich wollte ihr Folwar etwas Wichtiges mitteilen.

»Gerade habe ich eine magische Botschaft von Ido erhalten. Er wurde vergiftet und sitzt im Großen Land fest, in der Nähe der Grenze zum Land des Wassers. Und der Junge, den er bei sich hat, ist verwundet. Das heißt, wir brauchen jemanden, der sich in der Magie, aber auch in den Heilkünsten auskennt.«

Theana schaute ihn entgeistert an. »Und Ihr meint, dass ich das übernehmen soll?«

Eine Zeit lang hatte sie sich in Laodamea um die Schwerstverwundeten aus dem Krieg gekümmert. Aber es war eine vergleichsweise ruhige Arbeit in einem vertrauten Umfeld gewesen. Dies jedoch wäre etwas ganz anderes.

Folwar nickte.

Und Theana beschränkte sich darauf, den Kopf zu senken. Sie würde nicht kneifen, nicht bei der wichtigsten Aufgabe, die ihr der Meister je übertragen hatte, auch wenn sie befürchtete, dass ihre Fähigkeiten vielleicht nicht ausreichen würden.

»Wie Ihr wünscht.«

»Du wirst dich mit Bjol und seinem Drachen auf den Weg machen.«

Theana schrak auf. Sie war noch nie geflogen und hatte panische Angst vor Drachen. Ein leichtes Zittern befiel ihre Hände.

»Ihr müsst unverzüglich aufbrechen.«

Das Mädchen senkte wieder den Kopf. »Ich werde mein Bestes geben … Und danke für Euer Vertrauen.«

Folwar lächelte wohlwollend. »Und nun geh. Ich bin sicher, dass du uns nicht enttäuschen wirst.«

Den ganzen Flug über klammerte sich Theana an Bjol fest. Schon bevor sie sich in die Lüfte erhoben, hatte sie die Arme um seine Hüften gelegt und sie seitdem nicht mehr von dort weggenommen. Einen Tag würden sie unterwegs sein, hatte man ihnen gesagt. Im Grund hatte Theana weniger Angst vor dem Drachen als vor der Leere unter ihr. Sobald sie sich an einer erhöhten Stelle befand, musste sie sich an irgendetwas festhalten. Immer hatte sie das Gefühl, gleich abzustürzen. Und so ging es ihr nun erst recht auf dem Rücken dieses Drachen.

»Nicht so ängstlich!«, rief Bjol vergnügt aus.

»Tut mir leid, aber das ist mein erster Flug«, antwortete sie mit kaum vernehmbarer Stimme.

Sie kam sich so dumm vor. Aber sie war ja wirklich kein abenteuerlustiger Mensch. Ihre Kindheit hatte sie in einem abgelegenen kleinen Dorf verbracht, fast immer im Haus, und ihr fehlte gänzlich die Neigung, etwas zu unternehmen. Dies hier war das erste Mal, dass ihr solch eine heikle Aufgabe übertragen wurde.

Ihre Gedanken wanderten zu Lonerin, der keinem Risiko aus dem Weg ging und der als Held von einer Reise in Länder, die nur ganz wenige besucht hatten, zurückkehren würde. Ein wenig lockerte sie den Griff, als sie die Erinnerung an den Kuss überkam, den sie beide sich gegeben hatten. Sie schmerzte. Seit Lonerin fort war, dachte sie unablässig mit Sorge daran, dass er vielleicht nicht zurückkehren könnte. Auch ihr kühler Abschied ging ihr nicht aus dem Kopf. Lonerin war mit Dubhe zusammen aufgebrochen, nachdem er sein Leben aufs Spiel gesetzt hatte, um das ihre zu retten: eine Tatsache, die ihr zeigte, wie viel ihm an diesem zwielichtigen Mädchen lag. Auf Anhieb war ihr klar gewesen, dass für sie selbst nun kein Platz mehr in seinem Leben war. Aber sie kam eben nicht damit zurecht. Ihre Gespräche, ihr

Lächeln und dann dieser Kuss, dieser flüchtige, unbedeutende Kuss, der für sie jedoch die ganze Welt bedeutete, nein, all das konnte sie nicht vergessen.

Es waren diese Gedanken, die sie doch ein wenig ablenkten, sodass sich nach und nach die schlimmste Furcht legen konnte. Bjol seinerseits redete die ganze Zeit und versuchte, sie mit belanglosem heiterem Geplauder zu beruhigen. Theana antwortete fast immer recht einsilbig, hin und her gerissen zwischen Scham für ihre Angst und Verlegenheit aufgrund der Situation. Immerhin hatte sie die ganze Zeit einen fremden Mann im Arm.

Gegen Abend erreichten sie die Gegend, die Ido angegeben hatte, und begannen das Terrain zu erkunden, indem sie tiefer flogen. Unseligerweise bat Bjol Theana, ebenfalls die Augen offen zu halten.

»Vier Augen sehen mehr als zwei«, erklärte er, »es sei denn, es wäre unerträglich für Euch, hinunterzuschauen.«

Sie schüttelte den Kopf und ließ den Blick umherwandern, während ihr im Magen immer flauer wurde. Doch sie biss die Zähne zusammen. Es musste sein. Sie konnte doch nicht jetzt, da ausnahmsweise einmal etwas Mut von ihr verlangt wurde, plötzlich schlappmachen.

Sie fanden die beiden dank des magischen Feuers, das Ido und San entzündet hatten. Für Theana war es vollkommen unverwechselbar. »Dort sind sie!«, rief sie aufgeregt und deutete in die Richtung.

Bjol reckte sich vor. »Ich sehe nichts.«

»Aber ich spüre sie«, erwiderte Theana lächelnd. Sie reagierte äußerst empfindlich auf alle magischen Ströme, und so war das Flämmchen für sie wie eine Fackel, die ihr den Weg wies.

Es war inzwischen dunkel geworden, und als sie landeten, sahen sie als Erstes den Jungen, der aufgeregt winkte.

»Hier, hier, sind wir!«

Behände sprang Theana aus dem Sattel und lief, ein wenig

stolpernd wegen der schweren Tasche über der Schulter, auf den Jungen zu.

»Wo ist Ido?«, rief sie und versuchte sogleich, die Sache in die Hand zu nehmen.

Der Junge sah blass und mitgenommen aus. Sein zerzaustes Haar fiel ihm in die Stirn, und sein Schritt wirkte noch unsicherer, weil er zu laufen versuchte. Auf Theana machte er einen eigentümlichen Eindruck. Er hatte etwas von einem Mann, aber auch noch von einem kleinen Jungen, und eine besondere Aura umgab ihn, die sie nicht näher hätte beschreiben können.

Sanft umfasste sie seine Schultern und blickte ihn an, verlor sich einen Moment in diesen faszinierend violetten Augen. »Ganz ruhig, ich bin ja da.« In ihren Handflächen, die seine schmächtigen Schultern berührten, spürte sie eine besondere Energie strömen.

»Sag mir nur, wo Ido ist.«

San hob die Hand und deutete in eine Richtung.

Theana versuchte, etwas zu erkennen, doch nur dank ihrer magischen Kräfte nahm sie schließlich die ausgebreitete Tarnplane wahr. Sie wandte sich an Bjol. »Bleibt Ihr bei dem Jungen?«

Der Ritter nickte. Und schon lief sie zu dem Gnomen. Das Herz hämmerte ihr in der Brust, und sie spürte Angst aufkommen.

Behutsam hob sie die Plane an, und die Gestalt, die sie so häufig in Ratsversammlungen bewundert hatte, kam ihr jetzt ungemein zerbrechlich vor. Ido schien sehr gealtert, und doch umgab ihn immer noch etwas Respekteinflößendes. So nahe war Theana ihm noch nie gewesen.

»Ihr habt euch ja schön Zeit gelassen«, grummelte Ido.

Theana erschrak, aber schon lächelte er sie an.

»Schon gut … besser spät als gar nicht …«

Atemnot, Blässe, Schweiß. Theana legte ihm eine Hand auf die Stirn. Eiskalt. Plötzlich war die Magierin Herrin der Lage.

Sie hob ihre freie Hand und ließ eine kleine Flamme auflodern, um Ido in deren Lichtschein genauer zu untersuchen. Unwillkürlich schloss er das Auge. Empfindlichkeit gegen Licht, eine weiteres Symptom, das zu bedenken war.

»Könnt Ihr Euer Auge bitte einen Moment lang offen halten?«, bat Theana.

»Zu Befehl«, antwortete Ido, doch seine Stimme klang immer gebrochener, und sein Blick wurde gläsern. Das Gift war in seinen Blutkreislauf eingedrungen.

Theana zog die Plane ganz zur Seite und kniete neben ihm nieder, um ihn noch genauer zu untersuchen.

»Sag mir, dass es nicht so schlimm ist, bitte!« San war herbeigelaufen. Seine Stimme klang gramerfüllt.

»Ruhe. Ich brauche jetzt wirklich nur Ruhe«, antwortete Theana nur. Wie sie feststellte, hatte sich Idos Wunde an der Schulter, von der aus das Gift in die Blutbahn eingeströmt war, stark entzündet. Aber zum Glück handelte es sich nur um einen Kratzer, sodass sein Körper bis jetzt noch dagegen angekommen war. Bei einer tieferen Wunde wäre er jetzt schon tot gewesen.

Theana drehte sich zu Bjol um, der ebenfalls herbeigeeilt war: »Ich muss ihn hier an Ort und Stelle behandeln, bevor wir ihn transportieren können, sonst stirbt er uns unterwegs.«

Der Junge stöhnte auf, doch der Drachenritter blieb ruhig.

»Ihr werdet schon das Richtige tun.«

Theana spürte die enorme Verantwortung, die auf ihr lastete, und ihre Hand zitterte, als sie jetzt aus ihrer Tasche alles hervorholte, was sie brauchte.

Es war nicht daran zu denken, jetzt ein Gegengift herzustellen. Zwar hatte sie erkannt, um was für ein Gift es sich handelte, doch hier fehlten ihr alle Zutaten. Im Augenblick konnte sie nur verhindern, dass noch mehr Gift in die Blutbahn geriet. Sie knöpfte Idos Wams auf und zog es ihm aus, sodass er nun mit nacktem Oberkörper vor ihr lag.

Bevor sie sich ans Werk machte, dankte sie im Geist

ihrem Vater. Das tat sie häufig, und doch ging ihr der Gedanke immer wieder nahe. Durch ihn hatte alles angefangen, und er fehlte ihr immer noch wie damals. Jetzt musste sie sich beeilen, und ihr Vater würde sie beschützen und anleiten. Die Worte der Litanei, die sie nun anstimmte, stammten aus einer Sprache, die in der Aufgetauchten Welt praktisch vergessen war. Theanas Körper bewegte sich im Rhythmus des Gesangs, während sie die Zutaten in ein Schüsselchen gab und darin verrührte. Sie spürte Bjols staunenden Blick in ihrem Rücken, versuchte aber, ihn nicht zu beachten. Sie durfte sich nicht ablenken lassen. Weiter singend, tauchte sie einen Weidenzweig in das Gemisch, während ihre Hände langsam zu leuchten begannen und das Gebet lauter wurde. Da schloss sie die Lider, ließ sich ganz von der Melodie ihrer Stimme leiten, und nach und nach zeichneten sich vor ihrem geistigen Auge leuchtende Linien ab, die sich immer wirrer verflochten. Die Welt verschwand am Horizont, und bald gab es nur noch diesen fremdartigen Gesang und die Energie, die immer stärker Theanas Körper durchströmte. Als ihre Hand heiß genug war, begann sie.

Dem Labyrinth der unsichtbaren Lichtlinien vor ihrem geistigen Auge folgend, zeichnete sie mit dem getränkten Weidenzweig bizarre Muster auf Idos Haut. War ein Muster fertiggestellt, sprach sie ein bestimmtes Wort und verstummte dann einen Moment, um anschließend, den harmonischen Gesang wiederaufnehmend, neue Symbole nachzuzeichnen.

Währenddessen wurde Idos Atem immer ruhiger, sein Gesicht nahm wieder Farbe an, und seine Glieder erwärmten sich. Schließlich war das gesamte Bild fertig und erstrahlte in seiner vollen Pracht. Nun berührte die Zauberin die Wunde und stieß einen lauten Ton aus, hielt ihn an und zeichnete dabei einen Kreis um die Wunde herum, hielt ihn weiter an, bis sie schließlich keine Luft mehr hatte, brach dann abrupt ab und schlug die Augen auf. Im nächsten Moment waren die Linien auf Idos Körper verschwunden, so als hätte es sie niemals gegeben.

Erschöpft stützte sich Theana auf ihre Handflächen. Es war noch schwieriger gewesen, als sie erwartet hätte. Viel Zeit war doch vergangen, seit Ido die Wunde davongetragen hatte, und das Gift hatte sich schon weit ausgebreitet.

»Was hast du mit ihm gemacht?«, fragte der Junge am ganzen Leib zitternd.

Mit einem Lächeln drehte sich Theana zu ihm um. »Das war ein ganz antiker Zauber. Jetzt geht es ihm besser. Wenn wir in Laodamea sind, bereite ich ihm das Gegengift zu, und dann wird er bald wieder gesund sein.«

Sans Miene hellte sich auf. »Danke, vielen, vielen Dank!«, rief er, warf sich ihr an den Hals und brach in Tränen aus.

Theana lächelte. Es geschah nicht oft, dass sie sich so nützlich vorkam.

Sie bemerkte, dass Bjol sie immer noch staunend anschaute. »So einen Zauber habe ich noch nie gesehen«, sagte er. »Was war das?«

»Magie und archaische Heilpraktiken. Mein Vater hat sie mich gelehrt.«

Sie scheute sich, mehr darüber zu sagen. Zu lange hatte sie ihre Fähigkeiten verbergen, hatte sich ihrer schämen müssen, als dass sie es jetzt gewagt hätte, den Namen des Gottes zu nennen, in dessen Namen sie ihrer Kunst ausübte. Ein misshandelter, verratener, verfälschter Gott. Der Gott ihres Vaters und zuvor noch der Elfen: Thenaar.

28

Nihal

Nach dem Frühstück, das sie gemeinsam einnahmen, widmete sich Sennar seinen täglichen Verrichtungen, ohne sich noch weiter um seine beiden Gäste zu kümmern.

Als er irgendwann damit fertig war, gesellte er sich wieder zu ihnen. »Mit wem soll ich anfangen?«

»Mit ihr«, antwortete Lonerin sofort.

Dubhe legte ihre Hand auf seinen Arm. »Nein, mein Problem kann ruhig noch warten. Der eigentliche Grund für unseren Besuch ist doch Asters Wiederauferstehung. Beginnen wir lieber damit.«

Sie war schön mit diesen vor Entschlossenheit glänzenden Augen, und Lonerin verspürte ein schmerzliches Verlangen nach ihr. Schnell wandte er sich Sennar zu und versuchte sich ganz auf die Sache zu konzentrieren.

Der alte Zauberer lehnte sich einen Moment lang auf seinem Stuhl zurück und stand dann auf, um einige Bücher zu holen. Es waren dicke, schwarz eingebundene Werke – zweifellos mit verbotenen Zauberformeln – und so schwer, dass er sie kaum tragen konnte. Dubhe sprang auf, um ihm zu helfen.

»So alt und schwach, wie du glaubst, bin ich nun auch noch nicht«, wehrte er ab, doch sie ließ sich nicht beirren. Sie nahm ihm einen schweren Band ab, legte ihn auf den Tisch und setzte sich dann wieder.

Sennar nahm ebenfalls Platz. Er schien ein wenig verlegen. Offenbar bereute er es nun, wie feindselig er die beiden empfangen hatte.

»Nun, Dubhe, dann erzähl mal von dem Gesicht, das du in der Gilde gesehen hast. Beschreib es mir in allen Einzelheiten. Auch Kleinigkeiten, die dir unbedeutend erscheinen mögen, können von großer Wichtigkeit sein. Lass also nichts aus.«

Sie gehorchte und erzählte, wie sie es auch vor der Ratsversammlung getan hatte, berichtete von den albtraumhaften Szenen, die sie tief im Herzen der Gilde erlebt hatte.

Konzentriert und aufmerksam hörte Sennar zu, doch zitterten seine Hände dabei leicht, wie Lonerin bemerkte. Er stellte Dubhe einige Fragen zur Anordnung und zum Aussehen einiger Symbole in dem Raum, zur Farbe der Kugel, deren Ausdehnung und einiges mehr. Sie schien sich an alles sehr genau zu erinnern.

Schließlich lehnte sich der Magier, offenbar erschöpft, auf seinem Stuhl zurück.

»Dieser Zauber, dessen sich Yeshol zur Wiedererweckung bedient, ist elfischen Ursprungs. Aster kannte ihn. In einem seiner Werke hat er ihn beschrieben. Es heißt, der sogenannte *Feind der Großen Wüste*, gegen den die Elfen kämpften, sei durch solch einen misslungenen Auferstehungszauber in die Aufgetauchte Welt gelangt.«

»Hat das eigentlich mit der Magie zu tun, durch die damals die gefallenen Soldaten aus dem Jenseits zurückgeholt wurden?«, fragte Lonerin.

Sennar schüttelte den Kopf. »Nein, jener Zauber beschwört nur das Abbild Verstorbener, nicht ihre Seele. Deswegen haben wir damals, als Aster sie in die Schlacht warf, auch wirklich nur gegen seelen- und willenlose Gespenster gekämpft. Hier haben wir es mit etwas anderem zu tun. Yeshols Zauber ermöglicht es, Geist und Seele eines Verstorbenen ins Leben zurückzuholen, sein Wesen. Denn das hat Dubhe in der Kugel gesehen: den Geist Asters. Um den Zauber zu vollenden, braucht Yeshol tatsächlich nur noch ein

Gefäß. Dies könnte der Körper des Verstorbenen selbst sein, wenn der Tod vor nicht allzu langer Zeit eingetreten wäre, oder aber ein fremder Körper, der eines Versuchstieres sozusagen. In unserem Fall ... der meines Sohnes.«

Sennar hielt einen Moment inne und fuhr dann fort. Er schien nun, da er über Magie sprach, neue Kraft gefunden zu haben, wirkte dabei aber doch ein wenig furchtsam, verlegen, und seine Stimme zitterte unmerklich.

»Solange kein passender Körper gefunden wurde, kann der Geist nicht wirklich auf die Erde zurückkehren. Er schwebt umher, nur halb in unserer, halb in einer anderen Welt, bis er schließlich vielleicht von jemandem befreit wird.»

Lonerin nickte. »Was sollen wir also tun?«

»Es gilt, das eigene Leben aufs Spiel zu setzen. Wir brauchen einen Katalysator, der ungeheuer stark sein muss. In diesen Katalysator gibt der Magier seinen Geist ein und kann so die Seele des Halbtoten anlocken und darin einsperren. Durch den eigentlichen Zauber holt der Magier dann dessen Seele wieder hervor und übersendet sie dem Reich der Toten, um danach seinen eigenen Geist in seinen Körper zurückzuholen.«

Lonerin lief ein kalter Schauer über den Rücken. Was für ein schwieriger Ritus! Viel komplizierter als alles, was er selbst kannte und gelernt hatte.

»Ich will nicht leugnen, dass dieser Vorgang sehr riskant und der Erfolg fraglich ist. Unzählige Dinge können schiefgehen, und zudem verlangt er ein enormes Maß an Energien. Schon wenn er die Seele des Toten befreit hat, wird der Magier mit seinen Kräften am Ende sein. Und damit ist erst die Hälfte der Arbeit getan, denn er muss ja noch seinen eigenen Geist zurückholen. Teilt sich der Magier seine Energien nicht sehr sorgfältig ein, ist er zu erschöpft, um selbst wieder in die Welt der Lebenden zurückkehren zu können.«

Wirklich eine ungeheure Aufgabe, dachte Lonerin. »Und dieser Katalysator? Welcher Art könnte der sein?«, fragte er.

»Da gibt es nur einen, der solch einer maßlosen Energie standhalten könnte: der Talisman der Macht.«

Von dem hatte Dubhe schon viel gehört. Mit diesem Talisman elfischen Ursprungs hatte Nihal den Tyrannen besiegen können: Aus acht Elfensteinen bestehend, die in acht Heiligtümern aufbewahrt wurden, war er in der Lage, jedwede magische Kraft der Aufgetauchten Welt in sich aufzunehmen.

»Aber ... wurde der nicht durch Nihals Tod zerstört?«

Dubhe blickte ihn mit fragender Miene an, doch Sennar bedeutete ihr, ihm jetzt keine Fragen zu stellen. »Nihal zerstörte nur einen Stein. Das reichte, um sich zu töten, nicht aber, um den Talisman seiner Kräfte zu berauben. Zudem müssen die beiden Geister ja auch nur kurze Zeit gemeinsam in diesem Katalysator verbleiben. Ein zerstörter Stein macht es für den Magier sogar leichter, wieder zu sich selbst zurückzukehren.«

Lonerin nickte. Er wollte es sich nicht eingestehen, aber dieser Ritus war ihm unheimlich.

»Das Problem liegt aber woanders. Als Tarik von mir fortzog, hat er den Talisman mitgenommen. Er müsste noch in seinem Besitz sein. »

Lonerin zuckte mit den Schultern. »Wahrscheinlich hat Ido ihn längst gewarnt, und der Talisman ist in Sicherheit.«

»Hoffentlich.« Sennar lehnte sich zu dem jungen Magier vor und blickte ihn mit ernster Miene an. »Du wirst den Ritus vollziehen müssen. Ist dir das klar?«

»Ich weiß, ich weiß es, seit ich diese Reise in Angriff genommen habe.«

»Meine Kräfte reichen dazu nicht mehr aus. Aber ich werde dir assistieren.«

»Wollt Ihr damit sagen, dass Ihr mit uns kommen wollt?«

Sennar nickte müde. »Wenn Tarik in Gefahr ist, kann ich doch nicht ruhig hier sitzen bleiben und die Dinge geschehen lassen.«

Lonerin lächelte und Dubhe ebenfalls, wie er mit einem Blick zu ihr feststellte.

Sennar jedoch erwiderte das Lächeln nicht. »Wie gesagt, ich werde dir keine große Hilfe sein können. Ich kann dir allenfalls sagen, was du zu tun hast, doch den mächtigen Magier Sennar, von dem die Sagen berichten, gibt es nicht mehr. Vergiss das nicht!«

Lonerin nickte. Er war verwirrt. Gewiss, die körperliche Verfassung hatte Einfluss auf die Kräfte eines Magiers, doch nicht nur, und Sennar war einer der stärksten Magier überhaupt gewesen. Wieso sollte er seine Fähigkeiten verloren haben?

»Wodurch habt Ihr Eure Kräfte eigentlich verloren?«

Sennars Blick wurde hart, seine Miene bekümmert. »Darüber möchte ich jetzt nicht sprechen.«

»Tut mir leid«, beeilte sich Lonerin zu versichern, »ich wollte Euch nicht zu nahetreten.«

Sennar machte eine begütigende Handbewegung. »Nicht schlimm, mach dir keine Gedanken.« Dann blickte er Dubhe an. »Und nun zu dir.«

Die Untersuchung, der Sennar sie jetzt unterzog, war nicht anders als jene, die sie bereits erlebt hatte. Wieder kam sie sich wie ein Insekt unter einem Vergrößerungsglas vor und musste die bekannte Reihe von Untersuchungsmethoden – glühende Holzscheite, merkwürdige Pflanzen, Rauch und anderes – über sich ergehen lassen. Auch wenn es ein eigenartiges Gefühl was, dass nun solch ein großer Magier die Untersuchung durchführte, war ihr nichts fremd.

»Wie hältst du den Fluch unter Kontrolle?«, fragte er sie.

»Solange sie in der Gilde war«, begann Lonerin für sie zu erklären, »mit einem Grünkrautaufguss und Drachentrank, und danach habe ich selbst einen Trank entwickelt, der weniger abhängig machte und dem ich ein wenig Mondstein beigab. Als auch dieses Mittel aufgebraucht war, rieten mir die Huyé, es mit Ambrosia zu versuchen.«

Dubhe hatte keine Ahnung gehabt, aus welch sonderbaren Substanzen sich ihre Mittel zusammensetzten.

Sennar nickte ernst und betrachtete dann das Symbol noch einmal genauer. »Ich kann mir vorstellen, was du durchmachen musst ...«

Es geschah zum ersten Mal, dass ein Magier, der sie untersuchte, ihre Qualen erwähnt und sie damit direkt als Mensch ansprach. Sie war gerührt. Sennar schien über den Fluch, über die Bestie und sogar sein eigenes Tun hinausblicken zu können.

»Ja, es ist schlimm«, murmelte sie.

»Kein Wunder ... Das geht jetzt schon fast ein Jahr so, nicht wahr?«

Dubhe nickte.

Im Blick des alten Magiers erkannte sie Sympathie, ein wenig Trauer, aber vor allem Anteilnahme. Er lächelte. »Weißt du, als ich dich heute Morgen bei deinen Übungen sah, hast du mich stark an Nihal erinnert. In einem gewissen Sinn litt sie ebenfalls unter einem Fluch.«

Sein trauriger Blick traf Dubhe bis ins Mark. Sie selbst wie Nihal ...?

Sennar ließ ihren Arm los. »Das ist wohl ein übertragenes Siegel«, erklärte er.

Dubhe blickte ihn mit fragender Miene an. Übertragen? Das war neu. Diesen Begriff hatte im Zusammenhang mit dem Siegel noch niemand erwähnt.

»Erzähl mir mal genau, wie das alles gekommen ist. Und denk auch mal nach: Sind dir vielleicht schon seltsame Dinge aufgefallen, bevor du die ersten Anzeichen feststelltest?«

Mit unsicherer Stimme berichtete Dubhe ihm in knappen Worten alles, was geschehen war: vom Einstich der Nadel über den Besuch in der Villa, wo sie ihren ersten Zusammenbruch erlebte, bis zu dem Blutbad im Wald.

»Dann ist alles klar«, bemerkte Sennar mit ernster Miene. »Es stimmt, die Gilde hat dich mit dem Fluch belegt, aber ich glaube, es geschah im Auftrag eines Dritten.«

Dubhe war sprachlos.

»Der Fluch, der auf dir lastet, war auf jemand anderen gerichtet und wurde erst später auf dich übertragen. Ich erkläre dir, wie das funktioniert: Es gibt einen verbotenen Zauber, mit dem sich Objekte schützen lassen. Weiß jemand, dass ein anderer ihm etwas sehr Wertvolles oder sehr Wichtiges entwenden will, kann er diesen Gegenstand mit einem Fluch belegen, wodurch den Dieb, egal wer es sein mag, seinerseits der Fluch trifft. Dies ist die einfachste Form. Wenn diese Person jedoch weiß, wer ein Interesse an diesem Gegenstand haben könnte, kann sie dafür sorgen, dass jedweder Dieb als Überträger des Fluches auf denjenigen fungiert, der den Diebstahl wahrscheinlich in Auftrag geben wird. Kannst du mir folgen?«

Dubhe nickte schwach. Das hörte sich ganz schön kompliziert an.

»Nehmen wir ein Beispiel. Ein bestimmter Magier besitzt ein mächtiges magisches Artefakt und erhält Kenntnis, dass ein anderer Magier danach verlangt, weil er weiß, was er damit anfangen kann. In anderen Händen wäre dieser Gegenstand wertlos. Also verflucht er diesen Gegenstand auf solche Weise, dass sich dieser Fluch auf alle Fälle auf diesen bestimmten Magier überträgt, egal wer nun das Objekt des Begehrens stehlen sollte. Ein sehr subtiles Verfahren, wenn man es sich genauer überlegt. Denn sobald das Siegel geschaffen ist, kann der erste Magier den zweiten darüber unterrichten, sodass sich jener nicht nur von dem betreffenden Gegenstand fernhalten, sondern auch daran interessiert sein muss, dass er nie gestohlen wird. Verstanden?«

Dubhe nickte.

»Die Dokumente, die du gestohlen hast, waren durch solch ein Siegel geschützt. Der Fluch war nicht gegen dich gerichtet, sondern gegen den, der den Diebstahl in Auftrag gab. Nur hat die betreffende Person eine Möglichkeit gefunden, dem aus dem Weg zu gehen, und zwar durch eine Magie, die nur jemand kennen kann, der mit Aster zu tun hatte. Denn der Tyrann hat sie entwickelt. Man nimmt etwas Blut von der Person, die verflucht werden soll, belegt es mit einem bestimmten Zauber und impft es dann der Person ein, die als Sündenbock herhalten soll. Dir nämlich.«

Es war, als ordneten sich plötzlich alle Bruchstücke zu einem stimmigen Gesamtbild. Dohor. Dohor wollte diese Dokumente haben, in denen irgendetwas stand bezüglich des Blutpakts, den er mit Yeshol geschlossen hatte. Der Fluch, der auf diesen Dokumenten lastete, hätte Dohor treffen sollen. Und um sich davon zu befreien, bat er den Höchsten Wächter der Gilde um Hilfe, der so zwei Fliegen mit einer Klappe schlagen konnte. Der Fluch ging auf Dubhe über, und als Belohnung erhielt Yeshol die Möglichkeit, jenes Mädchen an sich zu fesseln, das er als verirrtes Lamm der Gilde ansah.

Dubhe starrte Sennar aus großen Augen an. »Dohor ...«

Ein rasender Zorn überkam sie. So war sie doppelt missbraucht worden, war der Herrschsucht ihres eigenen Königs geopfert und für einen anderen aus rein politischen Gründen zu einem entsetzlichen Tod und einem ebenso grauenhaften Leben verurteilt worden. Nicht mehr nur die Gilde stand gegen sie, ihr Feind hatte ein Gesicht und einen Namen, es war der Feind der gesamten Aufgetauchten Welt. Dohor.

Ihre Hände umklammerten die Tischkante so fest, dass die Fingerknöchel weiß wurden und ihre Arme vor Anstrengung zitterten.

»Verräter, verdammter Lügner!«, schrie sie, sprang auf und warf dabei den Stuhl um.

»Beruhig dich!« Sie spürte Lonerins Hand auf der Schulter, schob sie aber unwirsch zur Seite.

»Verdammt!«

»Die Möbel können nichts dafür«, sagte Sennar gleichmütig.

Dubhe starrte ihn zornig an. Im Moment hätte sie sich mit jedem anlegen können, doch erkannte sie in seinen Augen nicht nur eine eiserne Entschlossenheit, sondern auch eine Anteilnahme, wie sie sie niemals vermutet hätte. Sie ballte die Fäuste, schloss die Augen und bemühte sich, ihr hämmerndes Herz und ihre Lungen, die krampfhaft nach Luft schnappten, zu beruhigen.

Mit finsterem Blick nahm sie wieder Platz. »Verratet mir, wie es sich brechen lässt.«

Sennar lächelte kurz. »Wenn wirklich Dohor dahintersteckt, hat er mit Sicherheit zumindest noch Teile dieser Dokumente, von denen du sprachst, in seinem Besitz. Er muss. Sie sind die Verbindung zwischen ihm und dir: Würde er sie vollständig vernichten, übertrüge sich der Fluch erneut auf ihn selbst. Dies ist das Wesen des Zaubers, mit dem der Fluch auf dich abgelenkt wurde. Der erste Schritt besteht nun darin, diese Dokumente zu finden und mit einem bestimmten magischen Ritus zu vernichten. Und anschließend musst du jenen töten, auf den der Fluch gerichtet war.«

Dubhe verzog keine Miene, entrüstete sich nicht, spürte keinerlei Erschütterung so wie sonst, wenn ein Mord geplant wurde. Diesmal ging es um Blut, das sie gern vergießen, einen Mord, den sie gern verüben wollte. Diesen Mann hätte sie wohl auf alle Fälle töten können, egal ob damit der Akt zur Befreiung von der Bestie verbunden war oder nicht.

»Ich bin eine Diebin und Mörderin, das erledige ich schon.«

Sennar antwortete nicht, schaute sie nur an. »Ich habe dir lediglich gesagt, was zu tun wäre. Es liegt an dir, ob und wie du es tust.«

Dubhe nickte.

Er schloss die Augen. »Ich bin müde. An solch lange Unterredungen bin nicht mehr gewöhnt.« Er wandte sich an Lonerin. »Was hältst du davon, wenn du uns etwas zum Mittagessen zubereitest. Danach können wir uns dann alle von dieser anstrengenden Unterhaltung ausruhen. Die Speisekammer ist hinter dieser Tür dort.«

Dubhe bemerkte, dass Lonerin ihr einen flüchtigen Blick zuwarf, doch sie sah ihn nicht an, antwortete nicht. Sie konnte sich denken, was er jetzt dachte, doch ihr Vorsatz, nicht mehr zu töten, zählte nun nicht mehr. Was zählte, war allein das Verlangen, Rache zu nehmen, ein Gefühl, das mehr und mehr Besitz von ihr ergriff.

So blieb sie Sennar gegenüber sitzen, die Hände auf dem Tisch gefaltet, den Blick gesenkt.

»Du solltest deiner Rachsucht nicht so schnell nachgeben.«

Ruckartig hob Dubhe den Kopf und blickte den alten Magier an. »Auch Ihr selbst würdet Euch rächen wollen.«

»Mehr noch. Wenn du mich so gut kennst wie dein Freund, weißt du, dass ich mindestens einmal im Leben tatsächlich Rache genommen habe.«

Dubhe wandte den Blick ab. »Und außerdem, was tut es zur Sache? Töten muss ich ihn ja ohnehin, und wenn ich es mit Freuden tue, umso besser, nicht wahr?«

»Nicht unbedingt. Du sagst, du seiest eine Mörderin, doch weder dein Aussehen noch dein Blick sprechen dafür. Willst du denn wirklich jetzt dazu werden? War es nicht vielleicht genau das, was Yeshol plante, als er dich zwang, für die Gilde zu arbeiten?«

Dubhe wusste nicht, was sie antworten sollte. Auf diesen Gedanken war sie noch gar nicht gekommen.

»Genau das ist der Punkt: Das brennende Verlangen, Rache zu nehmen, macht dich abhängig und blind. Glaub mir, ich weiß, wovon ich spreche. Ganz zu schweigen davon, dass der Rachedurst durch die Tat gar nicht wirklich gestillt und sich nie ein Gefühl der Befriedigung einstellen wird.«

Dubhe spürte, dass sich ihr Zorn ein wenig legte. Und sie fragte sich, ob diese erneute Prüfung, die ihr jetzt wohl abverlangt wurde, nicht auch Teil ihres Schicksals war. Egal was sie tat, stets wurde sie wieder in die Arme des Mordens zurückgetrieben – ihre ewige Verdammnis.

Nach dem Mittagessen tat jeder, wonach ihm gerade war. Lonerin ging in den Heuschober hinüber, um zu ruhen, auch Sennar zog sich auf sein Zimmer zurück, und nur Dubhe hatte Lust, ein wenig umherzustreifen.

Für den alten Magier war es ganz ungewohnt, nicht allein im Haus zu sein. Seit zwanzig Jahren kannte er das nicht mehr, aber auch damals war Tarik schon eine Art Gespenst gewesen, war nur schweigsam und voller Groll durch das Haus geschlichen. Und jetzt hatten die Gespräche und die dadurch wachgerufenen Gefühle Sennar aufgewühlt.

Aber das war es nicht allein, was ihn an diesem Nachmittag nicht zur Ruhe kommen ließ. Es war auch dieses Bild, wie Dubhe im Wald ihre Übungen verrichtete, ein Bild, das unwillkürlich die Erinnerung an Nihal in ihm wachrief.

Auf seinem Bett ausgestreckt, dachte Sennar an den Zauber, der Lonerin oblag. Zum Glück hatte der junge Magier nicht weiter nachgefragt, wodurch er, Sennar, denn seine Zauberkräfte verloren habe, doch der Gedanke an jenes Erlebnis vor vielen Jahren überfiel ihn jetzt schmerzhafter denn je, und die Erinnerung war so lebendig, als wäre seit damals kaum ein Tag vergangen.

Es ist alles bereit. Die Fläschchen stehen aufgereiht auf dem Tisch, die Kräuter in den Kohlebecken verströmen rauchend ihren Duft, das Buch, jenes verbotene Buch, ist auf der richtigen Seite aufgeschlagen. Sennar sitzt am Tisch und ringt die Hände. Soll er oder soll er nicht? Den Mut dazu hätte er und auch die Kraft. Es sind eher die Zweifel, ob es wirklich richtig ist. Doch er ist verzweifelt. Tarik ist fortgegangen, das Haus ist leer und verlassen, die Einsamkeit nicht auszuhalten, und das kleine Grab reicht ihm nicht mehr. Alle Tränen, die er hatte, hat er auf dem Grabstein vergossen, und mittlerweile gelingt es ihm nicht mehr, mit ihr zu sprechen. Das Grab ist stumm, doch er verlangt nach Antworten.

Er springt auf. Es ist alles egal. Er muss es tun, und fertig.

Mit leiser, bebender Stimme beginnt er die Zauberformel zu sprechen, der durchdringende Geruch der Kräuter benebelt seine Sinne, die Buchstaben auf der Seite tanzen und verschmelzen vor seinen Augen.

Nur wenig Licht fällt durch das Fenster ein, aber einige wenige Worte in der Sprache der Elfen genügen, um auch diesen zarten Lichtschein vollends zu vertreiben und den Raum in tiefe Finsternis zu tauchen.

Er spricht weiter, seine Stimme klingt jetzt fester, und aus seinen Hän-

den strömt in mächtigem Schwall die Energie, so wie damals auf dem Segler mit Aires, so wie all die Male, wenn er einen Beweis seiner außergewöhnlichen Fähigkeiten geliefert hat.

Nur an das Ziel denkt er, stört sich nicht daran, dass seine Hände schmerzen, brennen oder dass er bei diesem Versuch seine Zauberkräfte völlig verlieren könnte. Sie nur einen Moment, nur einen Augenblick lang sehen zu können, so wie sie war, wie sie in seiner Erinnerung noch lebt ...

Er hat die Formel zu Ende gesprochen, das Dunkel ist von Klängen erfüllt, doch nichts passiert.

Das ist normal, er weiß, wie schwierig der Zauber ist. Er muss es noch mal versuchen. Oder vielleicht doch nicht? Vielleicht sollte er aufhören, sollte verzichten. Es ist ein verbotener Zauber, und er hat geschworen, sich auf so etwas nie mehr einzulassen.

Doch er beginnt erneut, spricht die Formel jetzt lauter, und wieder strömt die Kraft aus seinen Händen. Schon fühlt er sich schwächer, doch sein Geist ist fest, entschlossen. Es ist die Entschlossenheit der Verzweiflung.

Wieder passiert nichts, nur die Klänge, die er hört, werden tiefer, dröhnender, anhaltender.

Seine Hände brennen, als habe er sie ins Feuer gehalten. Aber auch das ist normal, er muss dem Totenreich von seinem Leben schenken, von seiner Energie, um vor seine Tore gelassen zu werden. Noch einmal wiederholt er die Formel, schreit sie hinaus ins Nichts, fällt entkräftet auf die Knie. Seine Hände fühlen sich an wie abgewetzt bis auf die Knochen, so als sei noch der letzte Tropfen seines Daseins ausgepresst worden. Aber das ist gleich. Es ist ja alles für sie, alles.

Da beginnt die Leere, Gestalt anzunehmen. Die Farben tanzen in der Luft, und die ihm bekannte Welt verschwindet. Er hat es geschafft. Er ist eingedrungen. Undeutliche Formen entstehen vor seinen Augen, verschmelzen, nehmen das Aussehen irgendwelcher Wesen an.

Sennar weint, ohne zu schluchzen, bewegt von Freude und Schmerz, und auf Anhieb erkennt er sie, als sich ihre Gestalt vor ihm abzeichnet. Sie ist unverwechselbar, wunderschön, einzigartig. Ihr Haar, so lang wie damals, als sie starb, glitzert bläulich in der Dunkelheit. Sie trägt ihre Kampfmontur und ist so jung wie als Drachenritterin, während er jetzt alt ist, aber das ist gleich.

Er beobachtet sie, wie sie sich verwirrt umschaut, dann den Blick auf ihn richtet, ihn erkennt.

»Nihal …«

Sie lächelt sanft. Wie sehr hat ihm dieses Lächeln gefehlt. Es lohnt sich zu sterben für dieses Lächeln, für diesen einzigartigen Moment, da er Gelegenheit hat, sie wiederzusehen. Es ist gleich, wenn dadurch all seine Kräfte verloren gehen und sich im Nichts auflösen.

»Was tust du hier, Sennar?«

So wie ihr Blick ist auch ihre Stimme gramerfüllt. Einst war er es, der sie beschützen konnte, der ihr zur Seite stand, wenn sie in den Abgrund geschaut hatte, der ihr half, ihren Weg zu finden. Nun scheint es umgekehrt zu sein.

»Ich wollte dich wiedersehen. Du fehlst mir so sehr …«

»Auch ich vermisse dich.«

Sie streckt eine Hand zu ihm aus, streichelt ihm über die Wange, doch ihre Hand hat keine Festigkeit, sie ist unberührbar. Er wusste, dass es so sein würde, aber nun ist es doch unerträglich, ihre Berührung nicht spüren zu können.

»Wodurch hast du dich so verändert? Früher hättest du das niemals getan.«

»Ich bin wie tot, mein Innerstes ist mit dir gestorben, ruht mit dir in deinem Grab. Und was mir noch geblieben war, hat Tarik mitgenommen.«

»Er liebt dich, auch wenn er es sich nicht eingestehen will.«

»Nur dich hat er geliebt.«

Sie lächelt ihn traurig an, aber sie wirkt ruhig, versöhnt, so wie in ihren letzten Lebensjahren, als das Zusammensein mit ihrem Mann und ihrem Sohn sie glücklich gemacht hat.

»Es ist nicht recht, dass du hier bist, Sennar, das ist nicht dein Platz und meiner auch nicht. Kehr zurück!«

»Ich kann nicht ohne dich leben.«

»Eines Tages werden wir erneut vereint sein, mein Geliebter, aber jetzt nicht, nicht auf diese Weise. Merkst du nicht, dass du dich verzehrst, dass du stirbst?«

»Das ist mir gleich. Tarik hat mich verlassen, er hat seinen Weg gewählt, und ich werde nicht mehr gebraucht. Nimm mich mit!«

Schmerz zeichnet sich in Nihals Zügen ab, und Sennar geht es durch

Mark und Bein. Er versucht, ihre Wange zu streicheln, hat aber keine Kraft mehr dazu.

»Du kannst noch nicht sterben. Glaub mir, du wirst noch gebraucht werden. Deine Mission ist noch nicht beendet. Und zudem will ich nicht, dass du stirbst.«

»Aber ich kann nicht ohne dich leben!«

»Das ist nicht wahr, und das weißt du. Lass mich gehen, denk an die glücklichen Jahre, die wir zusammen verbracht haben, und lass mich gehen!«

»Nimm mich mit!«

»Keine Angst, wir werden uns wiedersehen, doch nun musst du mich loslassen. Jeder hat seinen Platz, und der deine ist nicht hier.«

»Nimm mich mit.«

Doch Sennars Kraft lässt nach, seine Energien sind verbraucht. Langsam, fast gegen seinen Willen, legt er die Hände zusammen. Manche Dinge sind eben nicht möglich, sosehr man sie sich auch wünscht. Nach und nach entschwindet sie wie Rauch, der in den Himmel aufsteigt. Dabei lächelt sie, lächelt weiter, während sich ihr Gesicht schon im Dunkel auflöst.

Sennar ruft ihr nach, doch Nihal lässt ihn allein, kehrt zurück ins Reich der Schatten, und sie werden sich nicht mehr wiedersehen. Eines Tages würden sie wieder zusammen sein, hat sie gesagt, aber er glaubt nicht daran.

Die Finsternis löst sich auf, bald liegt der Raum wieder im Halbschatten, und Sennar wirft sich schluchzend zu Boden. Seine Hände sind wie verkohlt, und fast all seine magischen Kräfte hat er eingebüßt. Aber er hat ihr Lächeln gesehen.

Sennar schloss die Augen, und eine einzelne Träne rann langsam über seine Wange. Er hatte nicht mehr viele Tränen, die er hätte vergießen können. Als er sich im Bett auf die andere Seite drehte, sah er das Licht wie an jenem Nachmittag durch die Fensterläden einsickern.

Nihal …

Aber sie hatte doch recht gehabt. Er wurde noch gebraucht.

29

Wiedersehen

Es war an einem Morgen, als Dubhe, Lonerin und Sennar in Laodamea eintrafen. Auf Oarfs Rücken und unter Sennars Führung, der die Unerforschten Lande sehr gut kannte, war die Reise völlig ohne Zwischenfälle verlaufen. Getragen von den mächtigen, widerstandsfähigen Flügeln des Drachen, hatten sie für die ganze Strecke nur zwei Wochen gebraucht.

Dubhe hatte Laodamea noch nie von oben gesehen, und es war ein überwältigender Eindruck. Weißlich schimmerte die Stadt wie ein Diamant auf dem grünen Teppich der Mark der Wälder, und der königliche Palast verbreitete noch einmal einen besonderen Glanz. Zu ihrer eigenen Verwunderung hatte sie ganz stark das Gefühl, nach Hause zu kommen. Sie hatte nie ein Zuhause gehabt, es sei denn ihr Heimatdorf Selva, aber das gehörte einer archaischen Vergangenheit an, gehörte zu jener Dubhe, die in den Wäldern damals gestorben war. Die Unerforschten Lande hingegen waren so entsetzlich fremdartig gewesen, dass ihr im Vergleich dazu die Aufgetauchte Welt richtig heimisch vorkam. Wie eine heimkehrende Tochter fühlte sie sich, und dabei kam ihr ein merkwürdiger Gedanke.

Dies ist tatsächlich etwas, für das es sich zu sterben lohnt.

Oarf setzte bei den Befestigungsanlagen des königlichen Palastes auf. Dubhe und Lonerin stiegen ab, nur ein paar Schritte von dem mächtigen Wasserfall entfernt, der das Gebäude überragte.

Lediglich drei Monate waren seit ihrer Abreise vergangen, doch Dubhe kam die Zeit viel länger vor. Alles hatte sich verändert. Wie sie wusste, hatte jeder Abschied etwas Endgültiges, und auch wenn man zurückkehrte, kam man nicht mehr an denselben Ort.

Folwar und Dafne erwarteten sie. Lonerin lief seinem Meister entgegen, während sich Dubhe ein wenig abseits hielt, und obwohl die Königin ihr zur Begrüßung freundlich zuwinkte, wusste sie nicht recht, wie sie sich verhalten sollte. Sennar hingegen blieb noch eine Weile auf dem Drachen sitzen und blickte sich um, so als müsse er erst begreifen, sich erst erinnern, wo er sich befand. Aber sein Blick verriet nicht, ob er irgendetwas wiedererkannte, vielleicht war das alles doch zu lange her.

Dann kletterte er mühsam mit Dubhes Hilfe von Oarf herunter.

»Was bin ich doch für ein gebrechlicher, unnützer Alter«, grummelte er, als er endlich wieder festen Boden unter den Füßen hatte.

»Das dürft Ihr nicht sagen«, protestierte sie, »Ihr seid doch der Einzige, der uns retten kann.«

Doch diese Worte konnten Sennars Miene nicht aufhellen. »Zum letzten Mal war ich anlässlich eines Festes hier«, erzählte er. »Dafne war bereits Königin, und ich kam zusammen mit Nihal, die ein wunderschönes rotes Samtkleid trug. Es war kühl, und wir standen auch hier oben und bewunderten den Ausblick.« Er schaute sich um. »Sie deutete auf das Land ringsum und fragte mich, ob wir das wirklich alles aufgeben sollten, ob wir es verantworten könnten, die Aufgetauchte Welt sich selbst zu überlassen.«

Dubhe betrachtete den prächtigen Wasserfall, das satte Grün der Wälder und weiter entfernt noch den hellen Streifen der beginnenden Steppe im Land des Windes, Nihals Heimat. Und sie spürte einen Stich im Herzen.

»Ich antwortete, wir hätten uns diese Reise verdient und den Frieden, den sie uns bringen würde. Jetzt sei es uns erlaubt, nur an uns zu denken, und jeder Ort, wo wir zusammen sein könnten, sei unser Zuhause.« Und mit verbitterter Miene fügte er hinzu: »Aber Frieden haben wir nicht gefunden, und ein Zuhause habe ich auch nicht mehr.«

Dubhe wusste nicht, was sie antworten sollte. Alles, was sie früher gedacht hatte, jede einzelne Sorge, schien gering, gemessen an Sennars immensem Leid. Der alte Magier wandte sich nun auch den anderen zu und ging Folwar und Dafne begrüßen. Beide verneigten sich fast bis zum Erdboden vor ihm, und Sennar richtete einige höfliche Worte an sie, erkundigte sich nach ihrem Befinden und nach dem Rang von Folwar, den er offenbar noch aus ihrer Jugendzeit kannte.

»Ido ist noch nicht wieder gesund, deswegen konnte er nicht zur Begrüßung kommen.«

Bei diesen Worten aus Dafnes Mund erstarrte Sennar, und in seinem Blick zeigte sich wieder jene seltsame Kälte, die Dubhe schon häufig aufgefallen war. Sie hatte sie zunächst für Gefühlskälte gehalten, dabei handelte es sich um den letzten Schutz, den der Magier der Flut von Erinnerungen entgegensetzen konnte, die ihn auch jetzt wieder zu überwältigen drohte.

»Er hat auch Euren Enkel mitgebracht. Aber gehen wir doch hinein.«

Als Sennar Ido dann traf, hatte er vielleicht schon eine Vorahnung, war in gewisser Weise vorbereitet durch die Art, wie Dafne mit ihm geredet hatte – ernst, gefasst – und wie sie mit ihm umging, wie mit einem kostbaren, zerbrechlichen Gut. Und wieso sprach sie nicht von Tarik? Dafür aber von einem Enkelsohn?

Langsam betrat er den Raum, über dem Gesicht die Maske, unter der er alles verbergen wollte – Wehmut und Schmerz, Erinnerungen und Schuldgefühle.

Ido schien ihm zwar gealtert, aber doch nicht so sehr. Sein schlohweißes Haar und seine erschöpfte Haltung auf dem Sessel mochten täuschen, aber im Grund war er immer noch der alte Ido, zäh und nicht unterzukriegen. Gewiss, er war noch nicht ganz wiederhergestellt, aber er lebte.

Wahrscheinlich hatte der Gnom von ihm selbst einen ganz anderen Eindruck. Er war ja innerlich seit Langem tot, und das Einzige, was ihn noch auf den Beinen hielt, war ein dumpfer Überlebenswille. Er bemühte sich, Ido anzulächeln, aber es geriet ihm mehr schlecht als recht.

»Ido …«

Der Gnom erhob sich ein wenig mühsam, ging ihm entgegen und umarmte ihn lange und herzlich. Solch eine Wärme, dachte Sennar unwillkürlich, hatte er viele Jahre nicht mehr gespürt. Und wie sehr hatte sie ihm gefehlt.

»Ich hätte nie zu hoffen gewagt, dich noch einmal wiederzusehen«, murmelte der Gnom. Er löste sich von ihm und blickte ihn an. »Du bist alles, was mir von der Vergangenheit geblieben ist. Weißt du das? Du kannst dir ja gar nicht vorstellen, wie sehr ich mich freue.«

»Ich mich auch, Ido, ich mich auch.«

Sennar spürte den salzigen Geschmack von Tränen in der Kehle. Er wusste es. Gleich würde es geschehen, und es gab nichts, womit er es hätte aufhalten können. Dieses süße Gefühl des Friedens, das er jetzt beim Wiedersehen seines alten Freundes genießen durfte, würde bald schon hinweggefegt werden.

»Wann ist Soana gestorben?«, fragte er, vielleicht nur, um den Augenblick der Wahrheit hinauszuzögern.

Idos Schultern sanken leicht ein. »Bald nachdem du aufgehört hattest, mir zu schreiben.«

Sennar schnürte es das Herz zusammen. Soana verdankte er so unermesslich viel, und auch Nihal war in besonderer Weise von ihr geprägt worden.

»Ein Schmerz, den wir jetzt teilen können«, sagte Ido, während er ihn vielsagend anblickte.

»Ja, aber es sind schon viel zu viele von uns gegangen«, antwortete Sennar.

Er atmete tief ein. Der Moment war gekommen.

»Ido, sag mir die Wahrheit.«

Der Gnom versuchte erst gar nicht, sich überrascht zu geben oder vom Thema abzulenken. Viele, viele Jahre hatten sie sich nicht gesehen, aber sie kannten sich noch sehr gut. So blickte er Sennar nur fest in die Augen und sagte es ihm.

Später berichtete jemand, draußen vor der Tür Sennars Reaktion mitbekommen zu haben, sein fassungsloses Schweigen, während Ido ihm die ganze Geschichte erzählte. Andere wollten wissen, der greise Magier habe laut geheult vor Schmerz und vor Wut. Lonerin aber interessierte es nicht, ob Sennar geweint hatte, geflucht oder wortlos zugehört, während er vom Tod seines Sohnes erfahren musste. Er hielt sich fern von diesem Tratsch, von jenen Leuten, die versuchten, im Innenleben eines Helden herumzukramen in der Hoffnung, dessen Geheimnis zu ergründen. Trauer ist heilig, dachte Lonerin, und jeder Mensch hat das Recht, sich ihr zu überlassen, ungestört, allein.

Deshalb hatte Ido auch darauf bestanden, Sennar selbst die Mitteilung zu machen. Danach hatte sich der Magier ganz zurückgezogen, sich in seiner Kammer eingeschlossen und von allen und allem abgekapselt.

Lonerin stellte sich vor, wie der Schmerz Sennar zerriss. Doch ein Mann wie er, der in seinem Leben so viel gesehen, verstanden und hingenommen hatte, würde auch das überwinden. Und dann war da ja noch San …

Lonerin sah den Jungen kurz nach ihrer Ankunft. Er wirkte ängstlich und verloren und wurde auf Schritt und Tritt von einem bewaffneten Soldaten begleitet, der ihn keinen Moment aus den Augen ließ. Er war der erste Halbelf, dem er begegnete, wobei er eigentlich nur ein Halbblut war – genau wie der Tyrann.

Sie hatten keine Gelegenheit, sich zu unterhalten, doch Lonerin war doch schon einiges über ihn zu Ohren gekommen.

Am Tag nach ihrer Rückkehr waren er, Theana und Folwar

miteinander verabredet, um die Sitzung des *Rats der Wasser* vorzubereiten, in der die nächsten Schritte beschlossen werden sollten.

Lonerin fühlte sich ganz seltsam bei dem Gedanken, nun auch seine Studiengefährtin wiederzusehen. In mancher Hinsicht hatte er sie vermisst und auch die Gewohnheit beibehalten, hin und wieder über das samtene Säckchen unter seinem Gewand mit ihren Haaren darin zu streicheln. Aber er hatte auch Angst. Während seiner Abwesenheit hatte sich alles geändert, das wusste er. Vor allem er selbst hatte sich verändert. Aufgebrochen war er mit einem stillschweigenden Versprechen und zurückgekehrt mit dem Wissen, es gebrochen zu haben.

Er hatte sich gewundert, sie nicht in dem Grüppchen zu sehen, das sie bei ihrer Rückkehr empfangen hatte, jedoch gedacht, dass sie ihn lieber unter vier Augen sprechen wollte. Als er sie nun vor Folwars Tür erblickte, fühlte er sich gänzlich unvorbereitet. Blitzartig überlegte er, wie er ihr entgegentreten, was er zu ihr sagen, wie er ihr seine Gefühle erklären sollte. Doch sie hob noch nicht einmal den Blick, wandte sich zur Tür, klopfte und trat vor ihm ein.

Wunderschön kam Theana ihm vor. So attraktiv hatte er sie nicht in Erinnerung, aber auch nicht so fern, als würden Gebirge und Meere sie nun trennen. Es war anders als die Distanz, die er zu Dubhe empfand, vielleicht aber sogar noch schmerzhafter, noch fremder.

Er folgte ihrem Kleid, das vor ihm hin und her wallte, und dann war er wieder da, wie in alten Zeiten, bei seinem verehrten Meister.

Lange unterhielten sie sich, und Folwar unterrichtete ihn über alles, was sich in seiner Abwesenheit zugetragen hatte. Von Tariks Tod wusste Lonerin bereits, der ganze Palast sprach darüber, doch der Meister berichtete ihm nun in allen Einzelheiten von den Vorkommnissen.

Natürlich kamen sie auch auf San und seine magischen Kräfte zu sprechen.

»Er ist wirklich außergewöhnlich«, bemerkte Theana ernst.

Lonerin fiel auf, wie kühl sie ihn anblickte und wie selbstsicher sie sich gab. Auch sie hatte sich verändert.

»Als wir uns berührten, spürte ich eine Art Energiefluss zwischen uns beiden, eine magische Kraft, wie ich sie noch nie erlebt habe.«

»Ido hat uns von einer Reihe von Vorfällen während ihrer Reise erzählt, bei denen San seine außerordentlichen magischen Gaben unter Beweis gestellt hat«, fügte Folwar hinzu und erging sich dann in ausführlichen Berichten über die Abenteuer des Gnomen mit dem jungen Halbelfen.

»Ihr glaubt also, dass er ganz besonders begabt ist?«, fragte Lonerin noch einmal nach.

»Das glauben wir nicht nur, das ist so«, bestätigte Theana trocken.

»Es ist schon faszinierend, wie sehr er in vielerlei Hinsicht an den jungen Aster erinnert. Findet ihr nicht?«, warf Folwar ein.

»Wie meint Ihr das?«

»Nun, Aster war genauso ein Halbblut wie er, und genau wie er ganz außergewöhnlich begabt auf dem Feld der Magie. Auch Aster begann mit unbeabsichtigten Zaubern, üblicherweise Heilzaubern, geradeso wie San.«

Lonerin spürte, wie ihm ein kalter Schauer durch die Glieder fuhr. »Was wollt ihr damit sagen? Dass es ihm wirklich vorherbestimmt ist, den Geist des Tyrannen aufzunehmen?«

Folwar schüttelte den Kopf. »Nein, nein, so weit würde ich nie gehen. Dazu wissen wir zu wenig. Dennoch bereiten mir diese seltsamen Übereinstimmungen Sorge. Auf alle Fälle müssen wir klären, ob es da tatsächlich einen Zusammenhang gibt zwischen außergewöhnlichen magischen Fähigkeiten und der Tatsache, ein Halbblut zu sein.«

Dann war es an Lonerin, von seiner eigenen Reise zu erzählen. Er berichtete von all ihren Abenteuern in den Unerforschten Landen und vor allem auch von den Dingen, die Sennar ihm erklärt hatte.

Folwar hörte mit großem Interesse, aber auch wachsender Erschöpfung zu.

»Wenn es Euch zu sehr anstrengt, kann ich ja auch ein andermal weitererzählen«, schlug der junge Magier zaghaft vor. Sein Lehrer schien ihm in den wenigen Monaten, die er unterwegs gewesen war, sehr gealtert zu sein.

Folwar schüttelte den Kopf. »Nein, nein, ich möchte alles erfahren, bevor der *Rat der Wasser* zusammenkommt.«

So fuhr Lonerin fort. Dabei warf er hin und wieder Theana einen Blick zu, doch sie blieb so kalt wie Eis. Interessiert hörte sie sich an, was er erzählte, aber ohne wirkliche Anteilnahme.

Als Lonerin geendet hatte, blickte Folwar ihn aus müden Augen an. »Und du selbst willst diese Aufgabe übernehmen?«

»Wer käme denn sonst infrage?«

»Ein Ratsmitglied.«

Lonerin spürte, wie sich sein Magen verkrampfte. »Meister, ich …«

Erschöpft hob Folwar eine Hand. »Ich weiß, Lonerin, ich weiß. Aber du bist noch sehr jung, und der Zauber ist äußerst schwierig. Und er muss gelingen!«

»Schwierig war die Durchquerung der Unerforschten Lande auch.«

»Ich will dich nur schon mit den Einwänden vertraut machen, die man im Rat erheben wird.«

»Sennar ist nicht mehr dazu in der Lage. Wie er mir erzählt hat, ist ihm ein Großteil seiner magischen Kräfte abhanden gekommen.«

»Und was ist mit deiner Freundin? Hat Sennar ihr helfen können?«

Lonerin errötete heftig. Aus den Augenwinkeln sah er Theanas reglose Gestalt und ihre undurchdringliche Miene. Und in dürren Worten erzählte er rasch, was die Mission für Dubhe gebracht hatte.

»Du müsstest sie unterstützen«, bemerkte Folwar. »Sie

braucht doch noch das Gegenmittel, und ohne die Hilfe eines Magiers kann sie es unmöglich schaffen.«

»Mein Kampf gegen die Gilde geht vor.« Der Satz war Lonerin spontan über die Lippen gekommen. Und er entsprach der Wahrheit.

Folwar blickte in die Glut des offenen Kamins in einer Ecke des Raums.

»Ich werde dich im Rat unterstützen«, sagte er dann und wandte den Blick wieder seinem jungen Schüler zu. »Aber vielleicht machst du dir selbst etwas vor, Lonerin. Eines Tages, wenn du all deine aktuellen Aufgaben erledigt hast, wirst du dir Klarheit darüber verschaffen müssen, was dich wirklich antreibt.«

»Was wollt Ihr damit sagen?«

»Dass du den Gedanken an Rache nie wirklich aufgegeben hast.«

Innerlich bebend, senkte Lonerin den Blick. »Ich hatte Gelegenheit, einen Assassinen der Gilde zu töten, aber ich habe es nicht getan.«

»Das ehrt dich, aber ich wünsche mir, dass du überhaupt nicht mehr gegen diesen Hass in dir ankämpfen musst.«

Dabei ist er das Einzige, was mir geblieben ist, dachte Lonerin unwillkürlich.

Es war schon stockdunkel, als sie den Raum verließen. Lange hatten sie geredet und waren jetzt alle erschöpft. Ohne ein Wort, ohne einen Gruß wandte sich Theana von Lonerin ab, um sich in ihre Unterkunft zu begeben, doch er hielt sie am Arm zurück.

»Ich hab dich vermisst«, sagte er und lächelte sie an.

Sie blickte ihn aus kalten Augen an. »Du lügst.«

Vielleicht hatte er im Grund nichts anderes erwartet, war aber nun doch schockiert. »Nein, das stimmt.«

Theana lächelte verbittert. »Und ob du lügst! Du warst nie ehrlich, auch damals nicht, als wir uns voneinander verabschiedeten.«

Sofort war die Erinnerung an diesen so sanften Kuss wieder da. Es war etwas vollkommen anderes gewesen als die Bilder, die ihm in letzter Zeit nicht aus dem Kopf gehen wollten, die Bilder von der einen gemeinsamen Nacht mit Dubhe.

»Wie kannst du so etwas nur denken?«, entrüstete sich Lonerin.

Er war verwirrt. Verstand sie nicht. Hatte sie nie verstanden. Theana war immer schon ein Mensch für ihn gewesen, den er nicht eindeutig hätte beschreiben können, ein Wesen mit verschwommenen Umrissen.

Sie machte sich los. »Nicht hier, nicht vor dieser Tür«, sagte sie und zog ihn hinaus in die kühle Spätsommerluft. Die Nacht war klar, der Himmel voller Sterne.

»Ich hab dir nichts vorgemacht, als ich dich geküsst habe!«, wehrte sich Lonerin noch einmal.

»Doch, das hast du. Du hast mich belogen, ich weiß es. Kaum hast du sie kennengelernt, war sofort alles vergessen, nichts mehr wert, was wir in vielen Jahren geteilt haben. Im Grund habe ich dir doch nie etwas bedeutet.«

Ein ähnliches Gespräch hatten sie schon einmal geführt, damals war Theana nicht so strikt gewesen, und er selbst hatte nicht solch ein schlechtes Gewissen verspürt wie in diesem Moment.

»Wie oft muss ich dir noch sagen, dass mich nichts mit ihr verbindet?«

»Doch. Du liebst sie. Ich weiß es«, erwiderte Theana kalt. »Ich erkenne es daran, wie du sie anschaust, wie du mit ihr umgehst. Und in den vergangenen Monaten … in all den Monaten …« Sie biss sich auf die Lippen.

Lonerin überlegte, ob er es ihr sagen musste. Musste er ihr die Wahrheit gestehen? Aber welche Wahrheit? Die kannte er ja selbst nicht. Er hätte nicht mehr beschreiben können, was er für die eine oder andere, für Theana oder Dubhe, empfand. Beide verschmolzen so sehr zu einer einzigen Gestalt.

»Seid ihr zusammen?«

»Nein«, antwortete er leise.

»Hat sie dich abgewiesen?«

»Gewissermaßen.«

Sie senkte den Blick und versuchte die Tränen zurückzuhalten. Ganz plötzlich traf ihn die Ohrfeige, und fast erleichtert wie eine gerechte Strafe nahm er sie hin.

»Ich konnte nichts dagegen tun«, sagte er. Ein Satz, der sogar in seinen eigenen Ohren unsinnig klang.

»Sei bloß still! Ach, wie konnte ich bloß so dumm sein? Dabei dachte ich, es mache mir nichts mehr aus. Aber ...«

Theana nahm die Hände vor das Gesicht und brach, leise schluchzend, in Tränen aus.

Sie war so weit entfernt. Lonerin verstand ihren Schmerz, aber es machte ihn auch wütend, keinen Zugang zu ihr zu finden. Sanft umfasste er ihre Schultern, genauso wie damals, Monate zuvor, als sie sich zum ersten Mal geküsst hatten. Doch als er sie in den Arm nehmen wollte, schaute sie zu ihm auf. Ihr Blick war voller Groll.

»Sie hat dich abblitzen lassen, und jetzt kommst du zu mir. Ganz schön dreist!«

»Nein, ich ...«

»Belüg dich doch nicht selbst.«

Mit einem Ruck wand sich Theana aus seinem Griff und stürmte in ihre Unterkunft, ohne dass Lonerin eine Möglichkeit gehabt hätte, sie zurückzuhalten.

San saß da und ließ die Beine baumeln. Der Stuhl war zu hoch, und er ärgerte sich darüber, denn er wollte kein kleiner Junge mehr sein. Wie ein Erwachsener fühlte er sich, und dieser Körper, in dem er gefangen war, kam ihm wie eine Last vor. Er stellte sich vor, wie das sein würde, wenn er erst ein stattlicher Jüngling wäre und machen konnte, wozu er Lust hatte. Niemand würde ihn mehr zu irgendetwas zwingen können, so wie jetzt, seinen Großvater zu treffen. Er wusste nicht, was er von der Sache halten sollte.

Woher kam der plötzlich? So lange Zeit hatte er ihn für tot gehalten, dass er in seinem Denken einfach keinen Platz mehr hatte. Und die Vorstellung, dass er gleich leibhaftig durch diese Tür dort treten würde, kam ihm so abwegig vor, als müsse er einen Toten treffen.

Aber Sennar lebte.

San war nervös. Wie sollte er sich verhalten, wenn er gleich vor ihm stand? Sollte er »Opa« zum ihm sagen? Ihm um den Hals fallen? Im Grund war er doch ein Fremder für ihn. Und obwohl er der letzte Verwandte war, den er überhaupt noch hatte, verspürte er keinerlei Zuneigung für ihn. Nur Angst spürte er.

Wohl zum ersten Mal, seit sie in Laodamea waren, hatte sein Leibwächter ihn allein gelassen. Immerhin. Denn kaum im Palast eingetroffen, hatte Ido, obwohl halb bewusstlos, sofort Befehl gegeben, ihn Tag und Nacht von einem Mann bewachen zu lassen. Gesagt, getan. Und jetzt hatte er diese Bohnenstange, diesen Soldaten am Hals, der kein Wort redete, sondern ihm nur wie ein Schatten folgte. Neben ihm kam er sich wirklich wie ein Säugling vor, und dass er die Wache nun endlich einmal los war, war das einzig Gute an diesem Treffen mit seinem Großvater, das ihn sonst nur mit Angst und Sorge erfüllte.

Er betrachtete seine Schuhspitzen. Wie lange saß er wohl schon da und wartete, ohne dass jemand kam? Vielleicht war Sennar etwas dazwischengekommen. Oder er hatte selbst keine Lust, ihn zu sehen. Oder war ihm einfach die Zeit zu schade für einen Jungen wie ihn?

Als die Tür aufging, sprang San sofort auf, fast so als sei er bei etwas Verbotenem ertappt worden, ähnlich wie früher, wenn sein Vater ins Zimmer kam und er mit seinen strahlenden Händen gespielt hatte.

Mit unergründlicher Miene blieb Sennar auf der Schwelle stehen.

Er ist alt, dachte San, und sein Herz begann wie wahnsinnig zu rasen.

Einige Augenblicke standen sie wie angewurzelt einander gegenüber, so als sei die Zeit stehen geblieben.

»Setz dich doch«, sagte Sennar schließlich und schloss die Tür hinter sich.

Und seine Stimme ist so tief, dachte San wieder. Dieser Mann war vollkommen anders, als er ihn sich vorgestellt hatte. Jener Sennar, der die Bücher geschrieben hatte, die er so gern las, war nicht so viel älter als er selbst, hatte eine jugendliche Stimme, klare Augen und war nicht auf den Mund gefallen. Dieses Bild in seinem Kopf widersprach nun in jeder Hinsicht dem hinkenden Greis, den er vor sich hatte.

Er gehorchte unverzüglich und saß jetzt wieder mit baumelnden Beinen da.

Sennar brauchte endlos lange, bis er sich einen Stuhl zurechtgerückt hatte, und als es ihm endlich gelungen war, setzte er sich seinem Enkelsohn gegenüber und schaute ihn wieder nur an.

San fühlte sich unbehaglich. Sennars Blick schweifte über seinen Körper, verweilte jetzt bei seinen ein wenig spitz zulaufenden Ohren, dann bei seinen leicht bläulich schimmernden Haaren und schließlich besonders lange bei seinen Augen.

»Du hast genau die Augen deiner Großmutter«, bemerkte er.

San wusste nicht, was er sagen sollte, und beschränkte sich auf ein vages Nicken. Dabei wäre er am liebsten davongelaufen.

Das ist dein Großvater, ein großer Held. Sag irgendetwas Schlaues.

»Hat dein Vater dir von mir erzählt?«

San überlegte, wie er antworten sollte: mit einer barmherzigen Lüge oder der grausamen Wahrheit?

»Keine Sorge, du kannst ganz ehrlich sein. Bei alten Leuten kann man das immer.«

Zwar fühlte sich San ermutigt durch diese Bemerkung, aber noch ermutigender wäre es gewesen, wenn Sennar dabei gelächelt hätte. Aber er tat es nicht.

»Nein, er hat mir gesagt, dass Ihr tot seid.«

»Du kannst ruhig ›du‹ sagen.«

»Wie Ihr wollt.«

Erstaunt wurde sich San bewusst, dass Sennar wohl genauso verlegen war wie er selbst.

»Ich vermisse ihn, San … So heißt du doch, nicht wahr?«

Der Junge nickte.

»Ich habe ihn immer vermisst, seit er mich damals, vor so langer Zeit schon, ganz verlassen hat. Und jetzt hatte ich wirklich geglaubt, ihn wiederzusehen. Deshalb bin ich gekommen.«

San war überrascht von den Tränen, die er in Sennars Augen sah. Sie passten genau zu dem Kloß, den er selbst im Hals verspürte.

»Und nun bist du da.«

Sennar lächelte, das erste Lächeln, seit dieses unangenehme Gespräch begonnen hatte. San hätte selbst nicht sagen können, wieso diese Geste noch unerträglicher war als der ganze Rest, mehr als sein forschender Blick, mehr als sein plötzliches Auftauchen, sogar mehr als seine Tränen. Und er merkte, dass er sich nicht mehr zurückhalten konnte und begann heftig zu schluchzen und verachtete sich dabei selbst für seine Schwäche. Er fühlte sich so unendlich allein und dachte daran, dass sein altes Leben vollkommen zerstört, dass ihm nichts geblieben war als ein Berg unerträglicher Erinnerungen.

Mit tränenverschleierten Augen sah er, dass sich Sennar langsam erhob und auf ihn zutrat. Dann umarmte er ihn. Eine Umarmung, in der nichts Herablassendes lag. Es war kein alter Mann, der einen Knaben umarmte, sondern die Umarmung zweier gleichwertiger Menschen.

»Wir werden diese Trauer gemeinsam tragen. Auch diese schreckliche Geschichte wird einmal enden, und wenn wir alles hinter uns haben und du sicher bist, kommst du mit zu mir und wirst bei mir wohnen. Es wird schön werden, auch wenn es nicht so wie früher sein wird. Aber es wird schön.«

»Bleibst du denn jetzt nicht bei mir?«, fragte San und hob den Blick.

Sennar schüttelte nur den Kopf. »Vor mir liegt noch eine Aufgabe, ich werde noch gebraucht, so wie es mir deine Großmutter vor langer, langer Zeit prophezeit hat. Du bleibst bei Ido, in Sicherheit, an einem Ort, wo dir niemand wehtun kann. Aber ich komme zurück. Das schwöre ich dir.«

San barg sein Gesicht in Sennars Gewand, ausnahmsweise einmal ohne sich zu schämen, ein Kind zu sein. Ich muss mich irgendwie an mein neues Leben gewöhnen, dachte er, muss versuchen, stehen zu bleiben, während der Sturm um mich tost, und geduldig abwarten, was die Zukunft mir bringt.

Der Rat trat zu einer Vollversammlung zusammen. Es waren wirklich alle gekommen. Angefangen bei Sennar, dem – auf Beschluss aller Ratsmitglieder – jener Sessel zugewiesen wurde, auf dem er schon in jungen Jahren als Vertreter des Landes des Windes im Rat der Magier gesessen hatte, bis zu Dubhe, die mit ihrem schwarzen Umhang über den Schultern etwas abseits von den anderen saß.

Ido war fast ganz wiederhergestellt und hatte die Leitung der Sitzung übernommen.

Die Versammlung wollte kein Ende nehmen. Vor allem die einzelnen Berichte zogen sich in die Länge. Drei Monate lang war der Rat nicht mehr in voller Stärke zusammengekommen, und jetzt hatten alle etwas zu erzählen, um die anderen auf dem Laufenden zu halten.

Dafne machte den Anfang mit einer Darstellung der Kriegslage. Dort gab es eigentlich nichts Neues, man hatte sich in einer Pattsituation festgefahren. Immer noch hatte Dohor Mühe, seine neuen Eroberungen ganz unter Kontrolle zu bekommen, und ein Teil seiner Streitkräfte war an die Fronten im Innern verlegt worden, was dem *Rat der Wasser* zunächst einmal eine Atempause von einigen Monaten gewährte.

Yeshols Männer hingegen waren überall. Da waren nicht nur die Assassinen, die Ido gehetzt hatten. Andere hatten in jüngster Zeit sogar versucht, sich in den königlichen Palast einzuschleichen, waren zum Glück aber noch rechtzeitig enttarnt worden.

Als Nächster erstattete Ido Bericht, zunächst über seine Suche nach Tarik und dann über all das, was er mit San erlebt hatte.

Dann kam Lonerins lange Erzählung, und erst als es draußen schon stockdunkel war, kam endlich auch Sennar zu Wort.

Als Ido ihn ankündigte, kam plötzlich Bewegung in die Menge. Sennar war eben immer noch eine Legende, und alle fühlten sich, als werde mit ihm nun die Vergangenheit selbst wieder lebendig.

Auch Dubhe horchte auf, als er das Wort ergriff. Sie hatte sich immer gefragt, wie seine Stimme klingen mochte, wenn er in der Öffentlichkeit sprach, und welche rhetorischen Künste er beherrschen mochte, Künste, mit denen es ihm unter anderem gelungen war, sich vom Rat der Magier in die Untergetauchte Welt entsenden zu lassen.

Doch kaum hatte er zu sprechen begonnen, machte sich eine gewisse Enttäuschung bei ihr breit. Sennar schien aufgeregt, und seine Hände zitterten. Sie überlegte, dass es wohl auch für ihn nicht leicht war, den Ruhm der Vergangenheit neu zu beleben und nun wieder eine Rolle zu spielen, die er so viele Jahre zuvor eigentlich schon aufgegeben hatte.

Doch nach und nach legte sich die Anspannung, und langsam zogen seine Worte, die an Ereignisse erinnerten, die viele der Versammelten nur aus den Geschichtsbüchern kannten, die ganze Zuhörerschaft in ihren Bann.

Er sprach über Aster als einen Mann, den er persönlich kennengelernt hatte, und über eine Aufgetauchte Welt, die in vielerlei Hinsicht anders als die heutige und ihr doch wieder so entsetzlich ähnlich war. Vor allem aber sprach er furchtlos und ohne Zurückhaltung über schwarze Magie und verbotene Zauberformeln, und dies mit der Kompetenz eines Menschen, der alles gesehen hat und vor keiner Hölle zurückgeschreckt ist.

Mit verständlichen, nüchternen Worten beschrieb er den Zauber, mit dem Asters Geist zu befreien und in die Welt der Toten zurückzuweisen wäre, und erklärte zum Schluss, was wohl niemand von ihm erwartet hätte:

»Dieser Zauber ist überaus kompliziert und riskant, und wäre ich noch dazu in der Lage, würde ich selbst dafür bereitstehen. Aster hat mein Leben so stark geprägt, dass ich ihm diesen Gegenzauber eigentlich schulden würde. Aber ich kann nicht. Meine magischen Kräfte sind fast vollständig verbraucht und würden niemals ausreichen, um einen Zauber dieses Ausmaßes zu bewältigen. Noch einmal ganz deutlich: Ich bin nicht mehr in der Lage, diesen Ritus zu vollziehen. Das ändert aber nichts daran, dass ich dem Magier, der diese Aufgabe übernimmt, mit Rat und Tat zur Seite stehen werde. Ich will ihn alles lehren, was er können muss, und ihn auch auf seiner Mission begleiten.«

Ein leichtes Raunen durchlief den Saal. Gewiss hatte manch einer gehofft, Sennar bleibe beim Rat in Laodamea, und sei es auch nur als moralische Unterstützung, für die allein schon seine Gegenwart ausgereicht hätte.

»Es hat sich bereits jemand erboten, die Aufgabe zu übernehmen, und auch wenn ich einer Entscheidung des Rats nicht vorgreifen will, halte ich diesen Magier tatsächlich auch für den geeignetsten Mann. Ich spreche von dem jungen Zauberer, der mich dazu brachte, meine einsame Klause zu verlassen und in die Aufgetauchte Welt mitzukommen, um hier endgültig ein langes Kapitel meines Lebens abzuschließen.«

Mit diesen Worten nahm Sennar wieder Platz, während sich im Saal nachdenkliches Schweigen breitmachte.

Nach einigen Augenblicken stand Ido auf: »Ich denke, wir sind alle erschöpft von der langen Sitzung. Deshalb schlage ich vor, dass wir uns auf morgen vertagen. Heute haben wir alles erfahren, was wir wissen müssen, um über unser weiteres Vorgehen zu entscheiden. Ich denke, die Nachtruhe wird uns dabei helfen, die richtigen Wege zu finden, mit denen sich unsere Ziele erreichen lassen.«

Er löste die Versammlung auf, und schweigsam und erschöpft zogen sich alle zurück. Gewiss, alle waren müde, aber diese Erschöpfung rührte wohl auch von den großen Gefühlen des Tages her, der Freude, Sennar wiederzusehen, und den Sorgen angesichts einer unsicheren Zukunft.

Dubhe machte sich auf den Weg in die Kammer, die man ihr zugewiesen hatte. Weil sie wusste, was ihr zu tun aufgegeben war, hielt sie sich meistens abseits von den anderen. Wieder einmal fühlte sie sich erdrückt von der Last ihres Schicksals, zumal sie sich in ihrem Leben selten so allein gefühlt hatte wie zu dieser Zeit. Der Schatten ihres Meisters, der sie über viele Jahre begleitet hatte, hatte sich wie ein Traum aufgelöst. Und auch Lonerin, an dem sie sich festhalten wollte, hatte ihr nicht helfen können. Ihr war nichts geblieben als diese Aufgabe, die vor ihr lag, eine Aufgabe, die sie gleichzeitig herbeisehnte und ablehnte.

Diesen traurigen Gedanken nachhängend, stieß sie unabsichtlich gegen Folwars Rollstuhl.

»Verzeiht, ich war in Gedanken«, erklärte sie verlegen lächelnd.

Das offene, wenn auch erschöpfte Lächeln, mit dem der greise Magier ihr antwortete, überraschte sie. »Das kann ich mir vorstellen.«

Dubhe blickte ihn fragend an.

»Lonerin hat uns alles erzählt.«

Das Mädchen verzog das Gesicht. Sie mochte es nicht, wenn ihre Angelegenheiten öffentlich ausgebreitet wurden. Daher verneigte sie sich nur kurz und wollte gehen. Doch Folwar hielt sie zurück.

»Was hast du jetzt vor?«

Darüber hatte sie auch schon nachgedacht. Aus vielerlei Gründen war hier kein Platz mehr für sie. »Ich werde morgen aufbrechen.«

»Ohne den Rat darüber zu unterrichten, was du zu tun gedenkst?«

»Ja. Dieser Fluch ist nur mein Problem, nicht eures.«

»Aber Lonerin hat mir erzählt, dass du ihm geholfen hast, Sennar zu überzeugen. Liegt dir denn wirklich nichts am Schicksal der Aufgetauchten Welt?«

Früher hätte sie, ohne zu zögern, »Nein« geantwortet, aber heute musste sie sich doch eingestehen, dass sie sich als Teil dieser ganzen Geschichte fühlte.

»Was ich tun muss, um meine Freiheit wiederzuerlangen, entfernt mich unweigerlich von diesem Rat hier. Oder würdet Ihr meine Tat wirklich gutheißen, die kaltblütige, hinterhältige Ermordung eines Feindes?«

Folwars Augen verschleierten sich, und sein Blick wirkte kalt, als er antwortete. »Aber es wäre etwas anderes, wenn Dohor im Kampf getötet würde.«

Dubhe horchte auf. »Nur bin ich nun mal eine Meuchelmörderin …«, murmelte sie.

»Bist du das wirklich?«

Sie wusste nicht, was sie antworten sollte.

»Jedenfalls kannst du es allein unmöglich schaffen. Du brauchst dein Gegenmittel, und zwar in großen Mengen. Und wer soll eigentlich den magischen Ritus zur Vernichtung der Dokumente vollziehen?«

Dubhe hüllte sich fester in ihren Umhang ein. »Ich werde schon jemanden finden.«

»Außerhalb dieser Mauern? Nur Sennar allein kennt die Formel.«

Dubhe biss sich auf die Lippen.

»Dein Schicksal geht nicht nur dich etwas an, Dubhe, und mittlerweile weißt du das auch. Ich kenne dich ja nicht sehr gut, aber es gehört nicht sehr viel Scharfsinn dazu, zu erkennen, dass du dich verändert hast. Ich bitte dich, zu bleiben und Ido darüber zu unterrichten, wie du vorgehen willst. Der Rat sollte doch eingeweiht sein.«

Folwar lächelte ihr noch einmal zu und rollte dann auf seinem Stuhl davon. Dubhe blieb stehen, wo sie war. Sie fühlte sich zerrissen. War es immer gewesen. Auf der einen Seite all das Finstere in ihr, das dem Tod, ihrem Schicksal so nahe war, auf der anderen Seite etwas Lebendiges, Gegenwärtiges, das sich ebenfalls in ihr regte, etwas Reines, Aufrechtes. Und so war es auch jetzt wieder, zumal nach alldem, was sie auf ihrer langen Reise über sich selbst herausgefunden hatte.

Sie kehrte in ihre Kammer zurück, und anstatt ihre Sache zu packen, versuchte sie, ein wenig Schlaf zu finden. Die Versammlung am nächsten Tag würde anstrengend werden.

Epilog

In ihren schwarzen Umhang gehüllt, betrat Dubhe den Ratssaal und nahm wie am Vortag etwas abseits in einer Ecke Platz. Sie hatte keine Lust, wirklich teilzunehmen, musste andererseits aber wissen, was hier besprochen wurde.

Nicht lange, und neben ihr nahm jemand Platz, den sie auf Anhieb erkannte. Es handelte sich um das Mädchen, das zusammen mit Lonerin die magischen Künste studiert hatte. Theana hieß sie wohl, wenn sie sich recht erinnerte. Unwillkürlich rückte sie ein wenig von ihr ab und hüllte sich noch fester in ihren Umhang. Doch obwohl sie versuchte, ihre Aufmerksamkeit dem sich füllenden Saal zuzuwenden, spürte sie überdeutlich die bloße Anwesenheit der jungen Frau neben sich und fühlte sich unbehaglich dabei. Aus den Augenwinkeln musterte sie sie.

Sie war schön mit ihrer puppenhaften Blässe, den blonden Locken und der versunkenen Miene. Dubhe hatte sie eher schmollend in Erinnerung und sich dieses Bild von ihr bewahrt. Sehr wahrscheinlich war sie Lonerins Freundin, das Mädchen, das er mit ihr betrogen hatte.

Dubhe spürte, wie ein leichter Schauder ihre Glieder durchlief. Indirekt hatte sie auch diesem Mädchen wehgetan.

Sie überlegte, dass die beiden in den Jahren sicher vieles geteilt hatten und dass vieles sie verband. Und dabei überkam sie ein Anflug völlig unpassender Eifersucht. Sie selbst hatte mit Lonerin nichts mehr zu tun, hatte ihn zurückgewiesen, und es wäre ein Glück, wenn er wieder mit diesem Mädchen zusammenkäme.

»Lonerin hat uns erzählt, wie es um dich steht und was du jetzt tun musst.«

Dubhe schrak kurz auf, drehte sich zu Theana um und blickte sie beunruhigt an.

»Willst du dem Rat heute darüber berichten?«

Auch Theana drehte sich zu ihr um. Groll war zu erkennen in ihren Augen, die aber so klar waren, kristallen, dass Dubhe fast neidisch wurde.

»Das ist allein meine Angelegenheit. Der Rat hat damit nichts zu tun.«

»Aber du brauchst doch einen Magier.«

Verwirrt wandte Dubhe den Blick ab. Sie konnte sich nicht vorstellen, worauf das Mädchen hinauswollte.

Theana kam so nahe an sie heran, dass sie deren warmen Atem am Ohr spürte. »Lonerin will ja gemeinsam mit Sennar losziehen, um Asters Geist ins Totenreich zurückzuschicken.«

Als Theana den Kopf zurücknahm, sah Dubhe, dass sie lächelte. Ein triumphierendes, aber gleichzeitig auch betrübtes Lächeln, das Dubhe ärgerte. »Na wenn schon.«

Sie merkte, dass sich das Mädchen die Hände rieb, und das Verlangen, einfach wegzugehen, zu fliehen, wurde übermächtig. Was hatte sie hier schon zu suchen? Sie musste fort, Dohor finden und ihm die Kehle durchschneiden, wie es die Bestie in ihrem Innern forderte und sie selbst auch wünschte. Ihr Platz war nie in solch einem Ratssaal gewesen, sondern im Halbdunkel der Paläste, wo sie sich verbarg, mit dem Dolch in den Händen, einsam und verflucht. Denn verflucht war sie schon immer gewesen, schon vor der Bestie, und es war pure Illusion, zu glauben, sich davon befreien zu können.

Ruckartig stand sie auf, machte einen abgelegeneren Platz weiter oben aus und flüchtete sich dorthin. Ja, es war eine Flucht, aber das war ihr jetzt egal. Am besten wäre es gewesen, den Saal ganz zu verlassen, aber das konnte sie nicht. Seltsam, aber ihr war, als habe ihr Lonerin ein wenig von seiner leidenschaftlichen Anteilnahme am Schicksal der Aufgetauchten Welt übertragen.

Als alle Platz genommen hatten, eröffnete Ido die Sitzung.

Mit ruhiger Stimme und vor einer Zuhörerschaft, die wie stets, wenn er sprach, an seinen Lippen hing, fasste er die wichtigsten Punkte der Berichte vom Vortag zusammen und kam zu folgendem Ergebnis:

»Es liegt auf der Hand, dass jetzt zwei Aufgaben vordringlich sind: Zum einen geht es darum, San in Sicherheit zu bringen. Ohne ihn sind Yeshol die Hände gebunden. Andererseits können wir uns nicht damit zufriedengeben, dass Asters Geist zwischen den Welten umherschwebt, denn damit wäre er bis in alle Ewigkeit eine Bedrohung, und wir können doch keinen zwölfjährigen Jungen dazu verurteilen, sich sein ganzes Leben lang zu verstecken. Daher ist es unverzichtbar, dass jemand den Zauber bricht, den Yeshol in die Welt gesetzt hat. Sennar hat uns ausführlich erklärt, mit welchem Ritus das geschehen kann und dass dazu als Katalysator der Talisman der Macht benötigt wird. Aber wo steckt der? Ich jedenfalls habe ihn nicht.«

Ein besorgtes Raunen durchlief den Saal, und auch Dubhe schüttelte den Kopf. Das Problem hatten sie nicht bedacht. Wieso hätte sich Ido auch um den Talisman, der ja in Tariks Besitz war, kümmern sollen?

»Ich habe Tariks Haus nicht durchsucht, kann sein, dass er sich dort noch befindet. Sicher ist nur, dass ich keine Ahnung habe, wo er ist.«

»Und der Junge? Weiß der vielleicht mehr?«, rief jemand aus der Schar der Versammelten.

Ido schüttelte den Kopf. »Nein.« Er atmete einmal tief durch und fuhr dann fort. »Die Mission hat also zwei Ziele: zunächst den Talisman zu finden und dann in die Gilde einzudringen, um Asters Geist wieder loszuwerden. Sennar hat angedeutet, dass er zu dem gefährlichen Abenteuer bereit ist. Ich bitte ihn nun noch einmal, uns diese Entscheidung zu bestätigen.«

Dubhe sah, wie sich der alte Magier von seinem Platz, fast so abseits wie ihr eigener, erhob.

»Ja, das kann ich bestätigen. Um diese Mission zu erfüllen, bin ich in die Aufgetauchte Welt zurückgekehrt.«

»Aber du kannst es nicht allein, sondern willst dich an der Seite eines anderen Magiers auf den Weg machen, nicht wahr?«, fügte Ido hinzu.

Sennar nickte.

»Und du hast uns auch schon jemanden genannt.«

Lonerin sprang auf und rief, ohne sich an irgendein Protokoll oder Ähnliches zu halten: »Ja, mich! Ich stehe bereit und würde mich sehr freuen, die Aufgabe übernehmen zu dürfen.«

Ido hob eine Hand. »Daran zweifelt hier wohl keiner«, sagte er mit einem Lächeln. »Irgendwelche Einwände?«

Davon gab es einige. Dubhe hörte sich alle aufmerksam an und hoffte, ohne es sich selbst wirklich einzugestehen, dass nicht alle zurückgewiesen würden. Denn sie spürte das Blut der Bestie in ihren Adern pochen und wusste, dass sie einen Magier brauchte. Und am liebsten wäre ihr Lonerin gewesen. Vielleicht weil sie fürchtete, keinen anderen zu finden, vielleicht auch als Affront gegenüber Theana. Oder aber weil sie beide, Lonerin und sie selbst, etwas verband, das nicht ihrem Willen unterlag, etwas, das zu schwach war, um es Liebe, zu stark aber, um es bloße Freundschaft zu nennen.

»Es handelt sich hier um einen äußerst komplizierten Zauber, der enorme magische Kräfte verlangt. Und dieser junge Magier hier hat noch nicht einmal seine Ausbildung fertig abgeschlossen.«

»Es ist eine Sache, eine weite Reise in unerforschte Länder zu unternehmen, eine ganz andere aber, einen Ritus dieses Schwierigkeitsgrads zu vollziehen.«

Lonerin hörte sich das alles an und ergriff dann das Wort: »Mein Meister kann bezeugen, wie gut ich vorbereitet bin. Zudem wurden meine magischen Fähigkeiten auch auf unserer Reise durch die Unerforschten Lande immer wieder auf die Probe gestellt. Und vergesst nicht meinen eisernen Willen: Diese Aufgabe im Dienst des Rats ist wichtiger als alles andere für mich.«

Folwar unterstützte ihn, indem er mit schwacher Stimme, aber glasklaren Worten erklärte: »Lonerin ist ein sehr begabter Zauberer. Ich versichere der Versammlung, dass die Aufgabe keineswegs zu groß ist für seine magischen Kräfte. Zumal ihm ja ein Magier von der Größe eines Sennar zur Seite stehen will.«

Sogar Sennar selbst erhob sich noch einmal. »Aus guten Gründen habe ich der Versammlung diesen jungen Magier vorgeschlagen. Ich weiß, welche Kraft vonnöten ist, um diesen Ritus zu vollziehen, und spüre, dass Lonerin dem gewachsen sein wird. Zudem will ich alles tun, um ihm dabei zu helfen, soweit es mir meine verbliebenen Kräfte noch erlauben.«

Das genügte, um den Rat zu überzeugen. Man beschloss, dass sich Sennar und Lonerin zunächst auf die Suche nach dem Talisman machen sollten. Danach würden sie in den Bau der Gilde eindringen, um das zu tun, was getan werden musste. Es verstand sich von selbst, dass Dubhe ihnen zuvor noch genau erklären würde, wie der Raum zu finden war, in dem Asters Geist in der Kugel umherschwebte.

Als sie hörte, dass man ihren Namen nannte, schlug sie ihren Umhang noch fester über der Brust zusammen.

»Für die zweite Aufgabe stelle ich mich zur Verfügung. Ich werde San in Sicherheit bringen«, erklärte Ido schließlich.

Ein Raunen durchlief den Saal. Dafne fasste in Worte, was alle dachten: »Wir haben gehofft, du würdest nun wieder zum Herzen des Widerstands werden … Es reicht nicht, die Pläne der Gilde zu vereiteln. Dohors Ziele gehen weit über das Bündnis mit Yeshol hinaus, und wir haben noch einen schweren Kampf vor uns.«

»Ich verstehe euch. Aber ich habe geschworen, San zu beschützen, ihm selbst und seinem sterbenden Vater. Daran muss ich mich halten. Das müsst ihr verstehen. Auch wenn ich um den Ernst der Lage weiß, so bin mir doch im Klaren darüber, dass ich mittlerweile vor allem ein Symbol des Widerstands für euch bin.«

Wieder erhob sich Gemurmel, lauter nun.

»Lange schon bin ich nicht mehr in den Kampf gezogen, ich entwerfe Schlachtpläne, aber andere sind es, die sie tatsächlich ausführen. Und in den vergangenen Monaten seid ihr auch ganz gut ohne mich zurechtgekommen. Die Aufgaben, die mich nun erwarten, sind anderer Art.« Noch lauteres Gemurmel durchlief die Schar der Zuhörer, doch Ido brachte sie zum Schweigen, indem er sofort anfügte. »Ich bringe San in die Untergetauchte Welt.«

Augenblicklich kehrte Stille ein.

»Wie einige von euch wissen, habe ich mich in den Tagen meiner Genesung hier in Laodamea mit dem König des Landes des Meeres besprochen und durch seine Vermittlung eine sichere Unterbringung gefunden für mich und San. Ihr werdet verstehen, dass ich hier nichts Genaueres mitteilen kann, denn auch in diesem Palast könnten die Wände Ohren haben. Ihr wisst von den Assassinen, die wir gerade noch rechtzeitig aufgreifen konnten.«

Wieder entstand ein lautes Raunen.

»Was Dohor betrifft, so weichen wir nicht von unserer Linie ab und versuchen, alle Stellungen zu halten. Aber im Moment ist der Tyrann die weitaus größere Bedrohung für uns.«

Dubhe zuckte zusammen, und etwas in ihr drängte sie, sich zu erheben und das Wort zu ergreifen. Aber sie hielt sich zurück. Wenn es schon sein musste, so war es wohl besser, mit Ido unter vier Augen über diese Angelegenheit zu reden. Das Ziel ihrer eigenen Mission und das Vorgehen, das dazu verlangt war, hätten in diesem Saal nur für neue Aufregung gesorgt.

»Ich glaube, damit wäre alles geklärt. Vielleicht werden viele Monate vergehen, bevor wir uns alle wiedersehen können. Vielleicht ist für einige von uns dies hier ein endgültiges

Lebewohl. Wer kann das schon sagen? Fest steht aber, dass wir an einem Wendepunkt stehen so wie damals, vor langer Zeit. Die Ältesten unter uns werden sich daran erinnern. Erneut hängt unser Schicksal ganz vom Gelingen einer Mission ab, von den Kräften eines Magiers und der Willensstärke eines alten Mannes wie mir. Jeder von uns wird all seine Kräfte nur der Aufgabe widmen, die ihm übertragen ist, so als wenn es nichts anderes auf der Welt für ihn gäbe. In den zurückliegenden Jahren haben wir den *Rat der Wasser* aufgebaut als einen Korpus mit vielen Köpfen: Dies war eine Lehre, die ich aus dem verlorenen Widerstandskampf in meiner geliebten Heimat, dem Land des Feuers, hierher mitbrachte. Denkt daran und lasst euch nicht entmutigen. Darüber hinaus kann ich nur hoffen, dass wir uns eines Tages alle, wirklich alle wiedersehen und gemeinsam einen neuen Frieden genießen werden.«

Mit der traditionellen Formel löste Ido die Versammlung auf, und in tiefem Schweigen bewegten sich die Teilnehmer langsam auf den Ausgang zu.

Die Worte des Gnomen hatten alle berührt.

Dubhe stand erst auf, als der Saal schon fast ganz leer war, bahnte sich einen Weg durch die Menge und kämpfte sich zu Ido durch. »Ich muss mit Euch reden«, sagte sie.

»Nur zu«, antwortete er mit einem erschöpften Lächeln.

»Nicht hier.«

»Hast du gefunden, wonach du gesucht hast?«, fragte der Gnom sie als Erstes, als sie in seinem Zimmer waren.

Mit einem Mal erinnerte sich Dubhe ganz lebhaft des kurzen Gesprächs, das sie vor ihrem Aufbruch in die Unerforschten Lande auf einem Balkon des Palasts miteinander geführt hatten. Damals hatte Ido gesagt, es hänge alles von ihr selbst ab, und sie hatte ihm nicht geglaubt. Nun plötzlich verstand sie, was er gemeint hatte, doch diese Erkenntnis brachte keinerlei Erleichterung mit sich. Entlang des Weges hatte sie vieles gefunden, aber ebenso vieles achtlos liegen lassen. Und nun stand sie mit leeren Händen da, hielt nur ihren Dolch, so wie von Anbeginn an. Das Töten war nicht nur ihre Vergangenheit, sondern auch ihre Zukunft. Es war ihr Kerker, aus dem es offenbar kein Entrinnen gab.

»Ich weiß es nicht«, antwortete sie ehrlich.

»Die Suche ist nie zu Ende. Hast du die *Geschichte der Drachenkämpferin* gelesen?«

»Teilweise.«

»Ich glaube, es würde dir guttun, sie aufmerksam zu lesen. Auch dort geht es um eine Suche. Im Grund ist das Leben nichts anderes. Aus meiner Erfahrung von hundert Lebensjahren kann ich dir versichern, dass man nie zu dem Punkt gelangt, wirklich etwas zu besitzen.«

Dubhe senkte den Blick. Es fiel ihr schwer, vor diesem bedeutenden Mann über das zu sprechen, was sie zu tun hatte. »Ihr alle habt neue Aufgaben übernommen. Und auch ich habe meine Mission zu Ende zu führen«, sagte sie.

Sie schwieg und blickte zu Ido, der ihr lange in die Augen schaute und dann zu seiner Pfeife auf dem Tisch griff. »Was meinst du damit?«, fragte er, während er Platz nahm.

»Sennar hat mir erklärt, was ich tun muss, um meinen Fluch loszuwerden«, sagte sie in einem Atemzug. Es war, als befreie sie sich von einer schweren Last, als könne sie ein wenig die Finsternis aufhellen, die so lange schon ihre Seele verdunkelte. »Ich muss Dohor töten«, setzte sie rasch hinzu. »Folwar hat mir geraten, mit Euch darüber zu sprechen, denn auch wenn dies zunächst einmal meine Aufgabe ist, würde das Gelingen doch die Rettung der Aufgetauchten Welt bedeuten.«

Ido schwieg, zog nur nervös an seiner Pfeife und stieß in regelmäßigen Abständen kompakte Rauchwölkchen aus, die sich rasch in der Luft auflösten. »Was erwartest du von mir? Meine Zustimmung?«

Dubhe fühlte sich getroffen durch diese wenig einfühlsamen Worte.

»Du willst also, dass ich deiner Mission meinen Segen

gebe? Das geht nicht. Der *Rat der Wasser* hat sich deiner nie als Auftragsmörderin bedient. Du hast für uns gearbeitet, hast uns geholfen, aber ich habe nicht vor, deine Verzweiflung auszunutzen, um einen Feind töten zu lassen.«

Er sprang auf und begann, raschen Schritts im Zimmer auf und ab zu gehen.

»Aber ich habe ja keine andere Wahl …«, murmelte Dubhe.

»Und ich kann dir nicht helfen.« Ido blieb vor ihr stehen und legte ihr die Hände auf die Schultern. Wegen seiner kurzen Arme war ihr sein Gesicht nun so nahe, dass es fast das ihre berührte. »Der Rat kann dir nicht den Auftrag geben, Dohor zu töten. Ja, wir können solch eine Tat noch nicht einmal gutheißen. Sie verstößt gegen unsere Grundsätze.«

Dubhe wandte den Blick ab. »Aber wenn er stirbt …«

Ruckartig löste sich Ido von ihr und schritt wieder nervös auf und ab. »Würden wir diesen Mord gutheißen, wären wir auch nicht besser als Yeshol oder Dohor selbst, das heißt, zu allem fähig, um ein Ziel zu erreichen. Verstehst du das, Dubhe?«

Sie verstand es, ja, leider verstand sie es. Sogar Dohor, den er doch hasste und dessen Tod er sich doch nur wünschen konnte, war mehr als bloßes Schlachtvieh für ihn. Allerdings hatte der Meister ihr beigebracht: ›Im Opfer, das du töten willst, darfst du keinen Menschen sehen. Es ist nichts. Sieh es als ein Tier oder noch etwas Niederes, ein Stück Holz, einen Stein.‹ Doch Dubhe wusste, dass auch ihr Meister dies im Grund nie geglaubt hatte. Wie hätte sie, seine Schülerin, es dann tun können?

»Ich verlange ja gar nichts von Euch, weder Eure Einwilligung noch Eure Hilfe. Ich wollte nur, dass Ihr Bescheid wisst.«

Ihr den Rücken zuwendend, blieb Ido am Fenster stehen. Er atmete schwer, schien verärgert. Man sah es daran, wie sich seine Schultern hoben und senkten.

»Seit fast vierzig Jahren ist er mein Feind. Ich hasse ihn,

wie ich noch nie jemanden gehasst habe. Noch nicht einmal Aster.«

Blitzartig war Dubhe klar, was dem Gnomen so zu schaffen machte. »Ich verstehe Euch, aber was soll ich tun? Ich kann nicht darauf warten, dass der Krieg seinen Lauf nimmt und Dohors Schicksal besiegelt. Bis dahin hätte mich die Bestie längst zerfleischt, und ich bin zu feige, um freiwillig dieses Ende auf mich zu nehmen.«

Ido blieb vor dem Fenster stehen und drehte sich plötzlich zu ihr um. »Dann such dir einen Magier unter denen, die hier vertreten sind. Offiziell kann ich dir meinen Segen nicht geben und gebe auch zu, dass ich eigentlich hoffte, persönlich mit Dohor abrechnen zu können, mit diesem Mann, der so viel in meinem Leben zerstört hat … Aber geh nur, und sag dem betreffenden Magier, dass ich ihn ermächtige, dich zu begleiten und in allem zu unterstützen.«

Das war sehr viel mehr, als Dubhe sich erhofft hatte. »Glaubt mir, ich hatte ehrlich geschworen, nie mehr zu töten, aber …«

»Du lebst, und das ist im Moment das Einzige, was zählt. Willst du dich ändern, einen anderen Weg finden, musst du zunächst einmal dein Leben retten. Tu also, was ich gesagt habe.«

Dubhe drückte dem Gnomen fest die Hand und senkte dabei den Blick. Vielleicht hätte sie ihn umarmt, wenn sie sich seiner würdig gefühlt hätte, doch ihre Hände waren blutbesudelt. Deshalb ließ sie seine Hand los und wandte sich der Tür zu.

Theana stand im Gang, an dem Idos Zimmer lag. Sie wusste, dass Dubhe dort vorbeikommen würde, hatte sie kurz zuvor hineingehen sehen. So brauchte sie eigentlich nur zu warten, doch dieses Warten strengte sie an, und sie rieb sich die Hände wie immer, wenn sie nervös war.

Dabei dachte sie über die Entscheidung nach, die sie so spontan getroffen hatte. Auch wenn das Ganze eigentlich nicht zu ihr passte, sie würde keinen Rückzieher machen. Im Grund wusste sie selbst nicht so genau, warum sie das hat. Aber sie hatte nicht anders gekonnt, als sie diese Entschlossenheit in Lonerins Blick gesehen und dann aus seinem Mund diesen Satz gehört hatte: »Diese Aufgabe ist wichtiger als alles andere für mich.«

Wichtiger als Dubhe sicherlich, aber auch wichtiger als sie selbst. Wichtiger als alles andere. Das war eindeutig. Lonerin würde niemals ihr gehören trotz seiner unbeholfenen Versuche, sie zu lieben, trotz der grenzenlosen Liebe, die sie für ihn empfand.

Deshalb blieb ihr nichts anderes übrig, als fortzugehen. Dohors Tod, egal wie und aus welchen Gründen es dazu kam, würde die Rettung der Aufgetauchten Welt bedeuten. Und dazu würde sie ihren Beitrag leisten, und mochte er noch so gering sein.

Jetzt sah sie Dubhe in ihrem schwarzen Umhang näher kommen: Sie hat tatsächlich etwas Unwiderstehliches, dachte sie. Allein, gezeichnet, umfangen von einem düsteren Schicksal. Das war es, was sie ausstrahlte.

»Ich muss mit dir sprechen«, sagte Theana, während sie plötzlich vortrat.

Dubhe bedachte sie mit einem ungläubigen Blick.

»Mit mir?«

Ihre Frage war verständlich. Schließlich war sie vorhin nicht gerade zu höflich zu ihr gewesen. »Ja«, antwortete Theana lächelnd.

Sie gingen hinaus. Der Himmel war bewölkt, und die Luft roch nach Moos und Regen. Auf einer Bank im Garten nahmen sie Platz.

»Was hast du jetzt vor?«, fragte Theana.

Dubhe blickte sie verwundert an. »Warum interessiert dich das?«

Theana zuckte mit den Achseln. So genau wusste sie es selbst nicht. »Hast du einen Magier gefunden, der dich begleitet?«

Theana redete nicht lange um den heißen Brei herum, denn so oder so, ein unangenehmes Gespräch war es auf alle Fälle.

Dubhe schüttelte den Kopf. »Wer will schon einer Mörderin helfen? Ich glaube nicht, dass ich hier im Palast jemanden finden werde.«

Theana schluckte. Einer Mörderin helfen: So hatte sie das noch gar nicht gesehen. »Ich könnte mit dir kommen.«

Dubhe fuhr herum und starrte sie an: »Was sagst du da?«

»Nun, ich bin eine Magierin und in gewisser Hinsicht einzigartig. Ich bin bewandert in den Künsten und Riten Thenaars, des wahren Thenaars.«

Dubhe blickte sie weiter ungläubig an. »Was meinst du damit?«

»Für die Gilde war mein Vater ein Ketzer. Denn Thenaar ist eine sehr antike Gottheit, einige halten ihn für identisch mit dem elfischen Gott Shevrar.«

»Ich weiß.«

Jetzt war Theana verblüfft. Davon wussten nur wenige. »Mein Vater war ein Priester, sein ganzes Leben hat er damit zugebracht, den Irrglauben der Gilde zu bekämpfen.«

Die Unsicherheit in Dubhes Blick wollte nicht verfliegen. »Aber das ist doch noch kein Grund, mich zu begleiten. Du kannst mich doch gar nicht leiden. Das ist offensichtlich, und ich verstehe es auch.«

Es stimmte, aber Theana fiel es auch schwer, all die Gründe zu erläutern, die zu ihrem Entschluss geführt hatten. Das Verlangen, sich von Lonerin fernzuhalten, einem eigenen Ziel zu folgen; die Freude daran, etwas zu tun, nachdem sie sich so lange in der Sicherheit von Folwars Stuhl verborgen hatte; der verrückte, absurde Wunsch, der Frau zu helfen, die Lonerin liebte oder die er zumindest geliebt hatte. Die heimliche Lust, sich die Folter aufzuerlegen, ihrer eigenen Feindin zu helfen. Diesen ganzen Gefühlswirrwarr in ihrem Herzen konnte sie nicht in Worte fassen, zumindest nicht diesem Mädchen gegenüber.

»Du brauchst doch Hilfe. Und Lonerin hätte sie dir nicht verweigert. Aber er kann ja nicht. Deswegen tue ich es.«

Das war ein Teil der Wahrheit.

Dubhe schüttelte den Kopf. »Das kannst du nicht wirklich wollen. Oder macht es dir Spaß, zu leiden?«

Das auch.

»Ich biete dir meine Hilfe an«, ließ Theana nicht locker. »Warum nimmst du sie nicht einfach an, bevor ich es mir noch mal anders überlege?«

Dubhes Miene erstarrte. »Ich habe dich um nichts gebeten.«

»Ich weiß, aber ich habe einfach keine Lust mehr, hier herumzusitzen, verstehst du? Folwars brave Schülerin zu sein. Vor einigen Wochen zog ich los, um Ido zu retten, den man vergiftet hatte, und dadurch ist mir klar geworden, dass ich aus meinem Gefängnis ausbrechen muss. Reicht das als Erklärung?«

»Du hast doch keine Ahnung, wer ich bin!«, rief Dubhe und sprang auf. »Mich umgibt der Tod. In mir haust eine Bestie, und wenn sie hervorbricht und mich überkommt, töte ich, egal ob Freund oder Feind: Ich war kurz davor, Lonerin in Stücke zu reißen. Das hat er dir wohl nicht erzählt. Und mach dir klar, ich breche auf, um einen Menschen zu töten.«

Verzweiflung lag in Dubhes Blick, und Theana wusste nicht, was sie sagen sollte.

»Liebst du ihn denn so sehr?«

Von der unvermuteten Frage getroffen, starrte Theana Dubhe nur weiter sprachlos an.

»Aber es bringt dir nichts, wenn du mir hilfst. Denn so sehr begehrt er mich auch nicht, sonst würde er selbst mit mir kommen.«

»Aber es ist dennoch wichtig für mich, Dubhe ... Ich muss meinen eigenen Weg finden«, versuchte Theana noch einmal zu erklären.

Dubhe lehnte den Kopf an die Wand. Eine Weile schwieg sie.

»Frag Sennar, was du zu dem Zauber wissen musst«, sagte sie schließlich. »Wenn du mitkommen willst … nun, ich breche morgen auf.«

Damit ging sie, und Theana blieb allein dort draußen sitzen, während ihr die herbstliche Kühle langsam in die Glieder kroch.

Lonerin riss die Tür auf und fand Theana beim Packen vor, ein Anblick, bei dem ihn blinde Wut überkam.

Er rannte zu ihr und hielt ihre Hände fest. »Was soll das? Bist du wahnsinnig geworden. Nein, das werde ich verhindern! Du bleibst hier!«

Theana war überrumpelt worden, brauchte aber nicht lange, um sich zu fassen. »Du tust mir weh«, zischte sie, und Lonerin blieb nichts anderes übrig, als sie loszulassen.

»Warum nur? Das ist der reine Wahnsinn!«

Gelassen packte Theana weiter, und Lonerin beobachtete, wie alle ihre Utensilien, die sie als Priesterin brauchte, in einer Ledertasche verschwanden.

»Du hast mir nicht zu sagen, was ich zu tun habe. Diese Chance hatte ich dir vor einiger Zeit gegeben, aber da hast du sie zurückgewiesen.«

»Du kennst Dubhe doch noch nicht einmal. Warum willst du ihr helfen? Sie zieht los, um einen Mann umzubringen! Das ist nicht deine Welt.«

Theana hielt inne, ihre Hände zitterten. So war es immer, wenn Ohnmacht und Wut sie überkamen. Das wusste Lonerin, und mit unerträglicher Wehmut dachte er daran, wie viel er von ihr wusste, wie gut er sie doch kannte.

»Ich habe Ido gerettet, als er vergiftet auf feindlichem Territorium lag. Hast du das nicht mitbekommen?«, fragte sie und fuhr herum.

»Doch, schon …«

»Ich habe es satt, in diesem Palast festzusitzen, während du und die anderen handeln könnt. Auch für mich ist es jetzt Zeit, mir darüber klar zu werden, was ich eigentlich will und welchen Weg ich gehen soll. Und dazu muss ich fort von hier, weit weg.«

Die Tränen zurückhaltend, starrte sie zu Boden.

Lonerin umfasste ihre Schultern, doch sie wich immer noch seinem Blick aus.

»Tust du es für mich?«

Sie starrte weiter hartnäckig zu Boden.

»Wenn du es für mich tun willst, dann lass es lieber.«

»Ich tue es für mich!«, entfuhr es Theana, während sie sich losmachte. »All die Monate, in denen du fort warst, Monate, in denen du mit Dubhe zusammen warst und sie geliebt hast, haben mir nicht gereicht, um Abstand zu gewinnen.«

Lonerin wollte etwas sagen, doch sie brachte ihn mit einer Geste zum Schweigen. »Jetzt sei wenigstens so anständig, den Mund zu halten!«, rief sie vor Zorn bebend.

Sie bemühte sich, ihre Fassung wiederzufinden, doch als sie jetzt weitersprach, zitterte ihre Stimme. »Während du neue Wege gegangen bist, blieb ich zurück, gefesselt an das, was du immer für mich warst.«

Lonerin fühlte sich tief getroffen. Plötzlich war ihm alles klar.

»Ich gehe mit ihr, um mich zu retten.«

Eine Weile stand Lonerin nur schweigend da und sah ihr zu, wie sie weiter ihre Tasche packte und hin und wieder die Nase hochzog.

Ich habe sie verloren. Ich habe Theana für immer verloren. Etwas anderes konnte er nicht denken.

»Aber warum ausgerechnet mit ihr?«, murmelte er irgendwann.

»Weil es auch hier um alles geht. Hast du das noch nicht verstanden? Wenn sie schafft, was sie vorhat, ist es vorüber.« Trotz allen Bemühens, die Fassung zu wahren, entfuhr ihr ein Schluchzen, das die Stille im Raum füllte. »Wenn dir wirklich etwas an mir liegt, dann geh jetzt und komm dich morgen nicht mehr verabschieden.«

»Das ist zu viel verlangt«, murmelte er.

»Wenn du nicht wolltest, dass es so endet, hättest du dir früher Gedanken machen müssen. Ich wusste immer, was ich mir von dir wünsche. Du deinerseits nicht. Aber jetzt hast du ja immer noch deine Rache. Genieße sie!«

Wie versteinert stand Lonerin da. So entfernt, kalt und mutig wie noch nie kam sie ihm vor.

Wieder umfasste er ihre Schultern und gab ihr einen Kuss auf die Stirn, während sie erstarrte. »Ich flehe dich an, pass gut auf dich auf!«, raunte er.

Sie schloss die Augen, und er fühlte, dass sie in seinen Armen zitterte.

»Du auch.«

Er löste sich von ihr und wandte sich zur Tür. Als er draußen war, erlaubte er sich endlich, seinen Fehler zu beweinen.

Noch einmal las Ido das Schreiben durch, das er in den Händen hielt. Er wollte ganz sicher sein.

General Kyrion aus dem Land des Meeres stand vor ihm und blickte ihn ernst an. Es ging ein stürmischer Wind an diesem Morgen, und San hüllte sich fester in seinen Umhang ein.

»Man wird euch bis zu den Ascose-Klippen begleiten, wo euch dann Tiros Leute erwarten.«

Ido faltete das Schreiben zusammen und nickte. »Danke«, sagte er knapp.

Kyrion lächelte. »Für Euch stets zu Diensten.«

Es war früher Morgen. Ido hatte beschlossen, so zeitig wie möglich ohne großen Abschiedstrubel aufzubrechen. San war immer noch in Gefahr, und bis sie endlich am Ziel waren, würde er es auch bleiben.

Kyrion rief nach dem Ritter, mit dem er gekommen war. Neben diesem stand ein kleiner blauer Drache, der aber bei Weitem ausreichen würde, um das Gewicht eines zwölfjährigen Knaben und eines Gnomen zu tragen.

»Nicht wahr, der ist anders als die Drachen, die Ihr kennt«, bemerkte der Ritter, an Ido gewandt.

Kyrion blickte ihn tadelnd an. »Du sprichst hier mit dem erfahrensten Krieger der Gegenwart.«

Ido bremste ihn mit einer Geste und wandte sich dann an den Soldaten. »Keine Sorge, ich bringe ihn dir schon heil wieder zurück.«

Er bedeutete San aufzusteigen. Dessen bleiche Hände fuhren unter dem Mantel hervor, und obwohl er mächtig fror, war er doch voller Bewunderung. »Der ist wunderschön ...«, flüsterte er Ido ins Ohr.

Der Gnom half ihm hinauf und schwang sich dann selbst in den Sattel. »Fertig?«

San nickte.

Ido schlang einen Arm um ihn, um ihn ein wenig zu wärmen und sicherzustellen, dass er nicht hinunterfiel. »Können wir?«

»Ja. Aber wohin fliegen wir eigentlich?«

»In die Untergetauchte Welt zu einer alten Freundin deines Großvaters.«

Ein sanfter Druck mit den Fersen, und schon hob der Drache ab.

»Musst du unbedingt dieses ganze Zeug mitschleppen?«

Dubhe blickte Theana skeptisch an, die eine Tasche voller Bücher mitgebracht hatte.

Sie nickte. »Sennar hat sie mir gegeben. Das sind Werke zu dem Ritus, das muss ich alles lernen.«

»Dann mach das unterwegs. An Dohors Hof können wir die Sachen nicht mit uns herumschleppen, sonst fallen wir sofort auf.«

Theana nickte wieder.

Dubhe lud sich ihr eigenes kleines Bündel auf die Schultern. In ihrem Leben gab es nicht viel, das ihr gehörte.

Etwas mühsam saß die junge Magierin auf, und Dubhe fragte sich wieder einmal, ob das Mädchen dieser Aufgabe gewachsen sein würde. Sie wusste kaum etwas von Theana, bis auf das Wenige, das sie ihr am Vortag im Garten hatte erzählen wollen. Sie wirkte entschlossen, aber Entschlossenheit allein würde mit Sicherheit nicht ausreichen. Wer mit ihr ging, musste sich darauf gefasst machen, die Hölle kennenzulernen.

»Was ist los?«, fragte Theana, unsicher im Sattel sitzend, als sie sah, dass Dubhe zögerte.

Dubhe drehte sich noch einmal um. Es war niemand da, um sie zu verabschieden. Lonerin war nicht gekommen. Am Abend vorher aber hatte er noch einmal bei ihr vorbeigeschaut.

»Mir gefällt das nicht, dass Theana mitkommt«, hatte er zu ihr gesagt.

»Ich hätte es auch nicht für möglich gehalten, dass ihr so etwas einfällt«, hatte sie geantwortet.

Er hatte verlegen auf seine Hände geschaut, und Dubhe verstand, dass es aus war, ein für alle Mal. Eine Zeit lang hatte sie etwas verbunden. Jetzt nicht mehr. Jetzt lag eine breite Kluft zwischen ihnen. Er gab ihr einen flüchtigen Kuss auf die Wange, ohne Leidenschaft, freundschaftlich.

»Pass auf dich auf. Wenn wir uns wiedersehen, wirst du frei sein.« Er hatte sie angelächelt.

Sie erwiderte das Lächeln. Frei. Wirklich frei? Das hing von ihr selbst ab, wie Ido schon Monate zuvor zu ihr gesagt hatte.

Vielleicht würde es wirklich ihr letzter Mord sein, das letzte Blut, das sie vergoss, um sich dann ein neues Leben aufzubauen unter einem Stern, der nichts mehr mit dem roten Rubira, dem Wahrzeichen der Gilde, zu tun hatte. Sie wusste noch nicht einmal mehr, wie sehr sie sich das wirklich wünschte. Sie war bloß erschöpft.

Und nun war Lonerin nicht da. Er war nicht gekommen, um sie losziehen zu sehen, und auch Theana war er aus dem Weg gegangen. Nun waren sie beide allein. Sie selbst noch mehr als dieses Mädchen, denn noch nicht einmal mehr die tröstliche Erinnerung an den Meister war ihr geblieben. Die hatte sie in der Hütte bei den Huyé zurückgelassen.

»Hast du mein Gegengift dabei und alles Notwendige für die anderen Zauber?«, fragte sie, während sie in den Sattel stieg.

»Ja«, antwortete Theana und hüllte sich fester in den Umhang ein.

»Dann los!«

Dubhe setzte ihr Pferd in Trab, und so ritten sie langsam davon. Am Himmel über ihnen standen dunkle Wolken, und die Schattenkämpferin fragte sich, wann sich diese Glocke endlich hob, um einen Sonnenstrahl hindurchzulassen.

Register

Aires	Letzte Königin des Landes des Feuers vor Dohors Thronbesteigung
Assassinen	Mitglieder der Gilde der Assassinen, die als Meuchelmörder arbeiten. Nennen sich selbst die *Siegreichen*
Aster	Auch »der Tyrann« genannt, jener Mann, dem es fast gelungen wäre, die gesamte Aufgetauchte Welt in seine Gewalt zu bringen, und der von Nihal in der Großen Winterschlacht getötet wurde; siehe *Die Drachenkämpferin*
Kinder des Todes	Für die Gilde Kinder, die unabsichtlich getötet haben und daher dazu bestimmt sind, Thenaar zu dienen
Winterschlacht	Große Schlacht, durch die es dem Heer der Freien Länder unter Nihals Führung gelang, den Tyrannen zu vernichten; siehe *Die Drachenkämpferin*
Bestie	So nennt Dubhe den Fluch, dessen Opfer sie wurde und der in ihr einen ungeheuren Blutdurst entfacht hat

Bau	Der geheime Wohnsitz der Gilde tief im Erdinneren im Land der Nacht
Rat der Wasser	Großer Rat, in dem die Herrscher sowie die Vertreter der Magier und der Militärs aus dem Land des Meeres, aus der Mark der Wälder und der Mark der Sümpfe versammelt sind. Er steht im Kampf gegen Dohor
Dafne	Königin der Mark der Wälder
Dohor	König des Landes der Sonne; durch Kriege, Intrigen und ein Bündnis mit der Gilde konnte er fünf der acht Länder der Aufgetauchten Welt mehr oder weniger direkt unter seine Kontrolle bringen
Dubhe	Eine junge Diebin, die die Assassinenausbildung der Gilde durchlaufen hat
Fammin	Wilde Geschöpfe, die sich der Tyrann durch Magie als Kämpfer für seine Kriege geschaffen hatte. Nach der Winterschlacht wurden sie im Land der Tage angesiedelt
Filla	Schüler von Rekla und ihr Gefährte bei dem Versuch, Lonerins und Dubhes Mission zu vereiteln
Folwar	Magier und Rat aus dem Land der Meeres, Lonerins Lehrmeister
Forra	Bruder Sulanas, brutaler Mitstreiter Dohors
Ghuar	Dorfoberhaupt der Huyé

Gilde der Assassinen	Eine Sekte, die an den Mord zur Verherrlichung ihres blutrünstigen Gottes Thenaars glaubt
Gornar	Junge, den Dubhe als kleines Mädchen unabsichtlich tötete
Huyé	Gnomenvolk in den Unerforschten Landen
Ido	Gnom, Lehrer Nihals und lange Zeit Oberster General des Ordens der Drachenritter, schloss sich dem Rat der Wasser an, um gegen Dohor zu kämpfen
Jenna	Freund und Kamerad Dubhes, der ihr zur Seite stand, als sie im Land der Sonne als Einbrecherin ihr Dasein fristete
Kagua	Spezieller, auffallend kleiner Erddrache
Kerav	Assassine der Gilde, Rekla unterstellt bei dem Auftrag, Dubhe und Lonerin aufzuspüren
Laodamea	Hauptstadt der Mark der Wälder
Learco	Sohn Dohors
Leuca	Assassine der Gilde, Shervas Begleiter bei dem Auftrag, San zu entführen
Lonerin	Magier, Schüler von Folwar, Rat aus dem Land des Meeres, schlich sich in den Bau der Gilde ein, um deren Pläne zu erkunden, und lernte dort Dubhe kennen
Marva	Dorf in der Mark der Sümpfe

Nihal	Halbelfe, die den Tyrannen in der Winterschlacht töten konnte; siehe *Die Drachenkämpferin*
Oarf	Nihals Drache; siehe *Die Drachenkämpferin*
Postulanten	Menschen, die Thenaar um Hilfe bitten und sich dafür der Gilde der Assassinen als Sklaven anbieten. Werden schließlich von der Gilde dem Gott geopfert
Rekla	*Wächterin der Gifte* in der Gilde der Assassinen
Saar	Mächtiger Strom, der die Aufgetauchte Welt von den Unerforschten Landen trennt
Salazar	Hauptstadt des Landes des Windes
San	Sohn von Tarik, Enkel Nihals
Sarnek	Dubhes Meister, der aus der Gilde floh, in der er geboren und aufgewachsen war
Seferdi	Hauptstadt des Landes der Tage
Selva	Dubhes Heimatdorf im Land der Sonne
Sennar	Magier, Nihals Lebensgefährte; siehe *Die Drachenkämpferin*
Sherva	Wächter in der Gilde der Assassinen, Spezialist für den Nahkampf
Soana	Früheres Mitglied im Rat der Magier, später Lebensgefährtin von Ido; siehe *Die Drachenkämpferin*

Sulana	Königin des Landes der Sonne, Gemahlin Dohors
Talya	Gattin Tariks
Tarik	Sohn von Nihal und Sennar
Unerforschte Lande	Alle unbekannten Gebiete jenseits des Saars
Thal	Größter Vulkan im Land des Feuers
Theana	Zauberin, Mitschülerin Lonerins bei Folwar
Thenaar	Von der Gilde angebeteter Gott und antike elfische Gottheit
Vesa	Idos Drache; siehe *Die Drachenkämpferin*
Volco	Learcos Adjutant
Xaron	Learcos Drache
Yeshol	Höchster Wächter der Gilde der Assassinen und damit Oberhaupt der Sekte
Yljo	Ein Huyé, der Lonerin und Dubhe auf dem letzten Abschnitt ihrer Reise in den Unerforschten Landen führt

Leuchtturm von Dessa
Letztes Vorgebirge
Giafta (Hafen)
Barahar-Bucht
Lome
Barahar
Mark der Sümpfe
Laia
Seewald
Kleines Meer
Mittlere Wüste
Land des
Nael-Wasserfälle
Westlicher Wald
Sonnenberge
Laodamea
Loos
Mark der Wälder
Steppe
Land des Windes
Großes Land
Salazar
Bannwald
Daress (nördliche Berge)
Land der Felsen
Thal (Vater der Berge)
Nassel
Assa
Steinwald
Schwarzes Gebirge
Land des Feuers
Gana
Feuerwall
Passel
Totenfelder
Hora (Südkegel)